'Waldman laat zien hoe familielec
met hun eigen verwarring en tegens
gevangen zien in een politiek mijn
verdriet en deze woede weer te geven geeft deze roman zijn buiten-
gewone emotionele lading.' – *The New York Times*

'Met het scherpe en deskundige oog van een uitstekende journalist
schetst Waldman rake portretten van haar hoofdpersonen en legt
behendig hun zwakheden en onderlinge strijd bloot... In deze ver-
warrende tijden is een historische roman, die tegelijkertijd verhel-
derend en vermakelijk is, een welkom en waardevol geschenk.'
– *The New York Times Book Review*

'Een openhartige uiteenzetting van het Amerikaanse fanatisme en
een genuanceerd onderzoek naar de manier waarop een nationale
tragedie het beste en het slechtste in de mens naar boven haalt...
Waldman heeft oog voor de cruciale invloed van ideologie en
macht op de wereld...' – *Vogue*

'Een samenhangend, goed getimed en fascinerend onderzoek naar
de relatie van een rouwend Amerika met zichzelf. Waldman blinkt
uit in levendige dialogen waarin het debat hoog oplaait is en waarvan de gevolgen aanzienlijk zijn...' – *The Washington Post*

'[Een] emotioneel en politiek rijke roman... *De inzending* roept
hartverscheurende post-9/11 vragen op over wat het betekent om
een Amerikaan te zijn... [Waldman's] roman overstijgt het ideolo-
gische gekonkel.' – *USA Today*

'Meesterlijk... [Een] vernietigende, verbijsterende aanklacht tegen
de puinhopen die mensen maken wanneer ze ideologie voor moraal houden en fanatisme voor patriottisme... Waldman vertelt
haar verhaal met de nauwkeurigheid van een doorgewinterde journalist en met de fijnzinnigheid van een geboren schrijver... Een
aangrijpend verhaal.' – *Entertainment Weekly*

Amy Waldman

De inzending

Vertaald door Thera Idema

2011
Uitgeverij Contact
Amsterdam/Antwerpen

© 2011 Amy Waldman
© 2011 Nederlandse vertaling Thera Idema
Oorspronkelijke titel *The Submission*
Oorspronkelijke uitgever Farrar, Straus and Giroux
Auteursfoto Pieter M. van Hattem
Omslagontwerp Studio Jan de Boer
Omslagillustratie CSA Images / Mod Art Collection / Getty Images
Zetwerk/Typografie binnenwerk CeevanWee
Drukker Bariet, Steenwijk
ISBN 978 90 254 3755 8
D/2011/0108/970
NUR 302
www.uitgeverijcontact.nl

Als de cipressenboom, die zijn kruin opheft en vrij is binnen de omheining van de tuin, zo voel ook ik me vrij in deze wereld en niet gebonden aan haar grenzen.

onbekende Pasjtoe-dichter

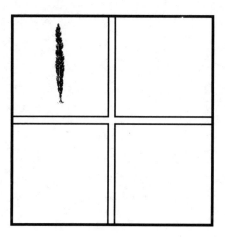

I

'De namen,' zei Claire. 'Wat doen we nou met de namen?'

'Die zijn bedoeld als aandenken, niet als gebaar,' zei de beeldhouwster. Bij Ariana's woorden knikten de andere kunstenaars, de criticus en de twee openbarekunstsponsors die aan de eettafel zaten, allemaal onder haar betovering. Ze was de beroemdste van de juryleden, de dominerende figuur, Claires grootste probleem.

Ariana had aan het hoofd van de tafel plaatsgenomen, alsof ze de vergadering voorzat. Vier maanden lang hadden ze hun beraadslagingen gevoerd aan een ronde tafel, waardoor ze allemaal gelijk waren. Die tafel stond in een kantoorruimte in het centrum, hoog boven de krater in de aarde, en daar hadden de andere juryleden steeds toegegeven aan de behoefte van de weduwe om met haar rug naar het raam te zitten, zodat de doodse grond beneden slechts een grijze vlek was als Claire naar haar stoel liep. Maar vanavond zat de jury aan de lange tafel in Gracie Mansion, de ambtswoning van de burgemeester van New York, om de laatste beraadslagingen te voeren. Ariana had zonder het te vragen en blijkbaar zonder scrupules de belangrijkste plaats ingenomen, waarmee ze aangaf dat ze van plan was zich te laten gelden.

'Men verwacht de namen van de doden; dat is zelfs een eis die in het reglement is opgenomen,' vervolgde ze. Voor zo'n heerszuchtige vrouw had ze een honingzoete stem. 'Bij het juiste monument zijn het niet de namen die emoties opwekken.'

'Maar voor mij doen ze dat wel,' zei Claire met strakke mond, terwijl ze enig behagen schepte in de neergeslagen ogen en schuldige blikken aan de tafel. Ze hadden natuurlijk allemaal iets verloren

9

– het gevoel dat hun natie onkwetsbaar was, de meest herkenbare iconen van hun stad; misschien waren ze vrienden of bekenden kwijtgeraakt. Maar alleen zij had haar man verloren.

Ze had er geen moeite mee om hen hier vanavond nog eens aan te herinneren, nu ze op het punt stonden hun keuze voor het monument te maken. Ze hadden vijfduizend anonieme inzendingen weten terug te brengen tot twee. Dat laatste snoeiwerk had eenvoudig moeten zijn. Maar na drie uur delibereren, twee stemrondes en te veel glazen wijn uit de privévoorraad van de burgemeester was de conversatie rauw en kortaf geworden en vervielen ze in herhalingen. De Tuin was te mooi, zeiden Ariana en de andere kunstenaars telkens weer over Claires keuze. Kijken was hun werk, maar toch, waar het om de Tuin ging, wilden ze maar niet zien wat zij er zo mooi aan vond.

Het was een simpel concept: een ommuurde, rechthoekige tuin, aangelegd op basis van strenge geometrische lijnen. In het midden zou een verhoogd paviljoen komen, waar ruimte was voor contemplatie. Twee brede, loodrechte kanalen deelden de 2500 vierkante meter grote tuin in vieren. Paden doorsneden elk kwadrant en bepaalden het patroon van de levende en stalen bomen, die in boomgaardachtige rijen waren opgesteld. Een witte, drie meter hoge muur eromheen omsloot het geheel. De namen van de slachtoffers zouden worden aangebracht op de binnenkant van de muur in een patroon dat leek op het geometrische patroon op de buitengevel van de verwoeste gebouwen. De stalen bomen lieten de gebouwen zelfs letterlijk weer oprijzen: ze zouden worden vervaardigd uit wat daarvan over was.

Vier schetsen stelden de Tuin in de verschillende seizoenen voor. Claire vond de licht- en schaduweffecten van het wintertafereel het mooist. Een deken van sneeuw bedekte de aarde; bladerloze natuurlijke bomen verdwenen in een metalen omkasting; de stalen boomstammen glinsterden in het roze licht van de middagzon; de donkere wateroppervlakken van de kanalen glansden als gekruiste zwaarden. Zwarte letters waren in de witte muur gekerfd. Schoonheid was geen misdaad, maar dit oversteeg schoonheid. Zelfs Ariana moest toegeven dat de Spartaanse stalen boomstammen een onverwacht detail vormden – ze verwezen ernaar dat een tuin, ondanks de vertrouwdheid van de natuur, door de mens was gemaakt; uitstekend geschikt voor de stad, waar witte plastic zakken tussen de vogels door zweefden en het afvoerwater uit de airconditioners zich vermengde met de regen. Het leken organische vormen, maar ze waren niet onderworpen aan het komen en gaan van de seizoenen in een tuin.

'De Leegte is ons te duister,' zei Claire, niet voor de eerste keer. Het ons verwees naar de familieleden van de overledenen. Binnen de jury was zij de enige die 'ons' vertegenwoordigde. Ze verafschuwde de Leegte, de inzending van de andere finalist en Ariana's favoriet, en Claire wist zeker dat de andere nabestaanden er hetzelfde over zouden denken. Er was niets leegteachtigs aan. Een dreigende, ongeveer twaalf verdiepingen hoge rechthoek van zwart graniet die oprees uit een grote ovaalvormige vijver; het zag er op de schetsen uit als een gapende wond tegen de achtergrond van de hemel. De namen van de doden zouden gekerfd worden in het oppervlak, dat weerspiegeld werd in het water eronder. Het leek op het monument voor de Vietnamveteranen, maar Claire vond dat het zijn doel voorbijschoot. Een dergelijke abstractie werkte wel als mensen die konden aanraken, er dicht genoeg bij konden komen om het terug te brengen naar een behapbare proportie. Maar de namen op de Leegte waren buiten bereik, je kon ze nauwelijks zien. Het enige voordeel van het ontwerp was de hoogte. Claire was bang dat sommige nabestaanden – zo chauvinistisch en letterlijk denkend – de Tuin zouden interpreteren als een stukje vaderland dat werd overgeleverd aan de vijanden van Amerika, al bestond dat stukje vaderland uit lucht.

'Tuinen zijn de fetisj van de Europese bourgeoisie,' zei Ariana, wijzend naar de muren van de eetkamer, waarop behang was aangebracht met een panorama van weelderig groene bomen waartussen piepkleine, keurig geklede mannen en vrouwen wandelden.

Ariana's kleding was, zoals gewoonlijk, geheel in beigeachtige kleuren, waarin ze altijd rondliep als een uiting van eerbetoon aan en belachelijk maken van Calvin Kleins schitterende blauw. De bespotting van pretenties, had Claire besloten, kon op zichzelf ook weer pretentieus zijn.

'De fetisj van de aristocratie,' corrigeerde Ian, de enige historicus in de jury, haar. 'De bourgeoisie die de aristocratie na-aapt.'

'Dat behang komt toevallig wel uit Frankrijk, hoor,' protesteerde de assistente van de burgemeester, die hem in de jury vertegenwoordigde.

'Wat ik wil zeggen,' vervolgde Ariana, 'is dat tuinen niet bij onze aard passen. Wij hebben hier parken. Tuinen horen niet in het plaatje thuis.'

'Beleving is belangrijker dan gewoonte,' zei Claire.

'Nee, gewoonte ís beleving. We zijn geprogrammeerd om bepaalde emoties te voelen op bepaalde plekken.'

'En begraafplaatsen dan?' zei Claire, die een vertrouwd gevoel van koppigheid voelde opkomen. 'Hoe komt het dat die vaak de mooiste plekken in een stad zijn? In een gedicht van George Herbert staan de regels: "Wie had gedacht dat mijn verschrompeld hart/ 't groene loof weer zou hervinden?"' Een vroegere schoolvriendin had dit stukje poëzie op een condoleancekaart geschreven.

'De Tuin,' vervolgde ze, 'zal een plek zijn waar wij – waar de weduwen, hun kinderen, iedereen – een stukje vreugde kunnen vinden. Mijn man...' zei ze, en iedereen boog zich naar haar toe om te luisteren. Ze veranderde van gedachten en zweeg, maar haar woorden bleven als een rookwolkje in de ruimte hangen.

Ariana blies ze weg. 'Sorry hoor, maar een monument is geen begraafplaats. Het is een nationaal symbool, een historisch punt van betekenis, een manier om ervoor te zorgen dat iedereen die het bezoekt – ongeacht de mate van verbondenheid in tijd en plaats met de aanslag – kan begrijpen hoe het voelde, wat het betekende. De Leegte is intuïtief, straalt woede, duisternis, rauwheid uit, want op die dag was er geen vreugde. Je kunt niet zien of de granieten plaat oprijst of omvalt, en dat is heel eerlijk – dat geeft dat moment in onze geschiedenis feilloos weer. Hij creëert destructie, wat de werkelijke destructie van zijn macht berooft, bij wijze van spreken. De Tuin appelleert aan ons verlangen naar heling. Een volkomen natuurlijke behoefte, maar misschien niet de meest hoogstaande.'

'Heb je iets tegen heling?' vroeg Claire.

'We zijn het gewoon niet eens over de beste manier om die tot stand te brengen,' antwoordde Ariana. 'Volgens mij moet je de pijn tegemoet treden, jezelf ermee confronteren, je er zelfs in rondwentelen, voordat je verder kunt met je leven.'

'Ik zal erover nadenken,' zei Claire. Ze legde haar hand over haar wijnglas voordat de ober kon bijschenken.

Paul kon het gesprek nauwelijks volgen. Zijn juryleden hadden van alle troostrijke lekkernijen gesmuld die hij had besteld – gegrilde kip, aardappelpuree, spruitjes met spek –, maar veel troost hadden ze er niet uit geput. Hij beriep zich er altijd op dat hij goed kon omgaan met krachtige vrouwen – hij was tenslotte met zo'n vrouw getrouwd –, maar van Claire Burwell en Ariana Montagu samen werd hij doodmoe; hun beider sterke overtuigingen botsten tegen elkaar als magnetische velden en de animositeit knetterde door de ruimte. Paul kreeg het gevoel dat Ariana met haar kritiek op de schoonheid van de Tuin, zelfs op schoonheid in het algemeen, impliciet iets over Claire wilde zeggen.

Zijn gedachten dwaalden af naar de komende dagen, weken, maanden. Ze zouden het winnende ontwerp bekendmaken. Dan zouden Edith en hij op bezoek gaan bij de familie Zabar in Menerbes, waar ze woonden, een kleine pauze voor Paul tussen de maanden van beraadslagingen en de fondsenwerving voor het monument, waarmee hij na zijn terugkeer zou beginnen. Dat zou een enorme uitdaging zijn, want de bouwkosten van beide inzendingen waren geraamd op minimaal honderd miljoen dollar; maar Paul vond het heerlijk om zijn vrienden grote bedragen te ontfutselen. Bovendien zouden talloze gewone Amerikanen hun portemonnee ook wel trekken.

Dit voorzitterschap zou vervolgens tot andere leiden; dat verzekerde Edith hem in ieder geval. In tegenstelling tot de meeste van haar vriendinnen verzamelde Edith geen Chanel-pakjes of accessoires van Harry Winston, al bezat ze beide in grote hoeveelheden. Zij had haar zinnen gezet op prestigieuze posities, en daarom was het haar ideaal dat Paul voorzitter van de openbare bibliotheek zou worden, waar hij nu al in het bestuur zat. De bibliotheek was rijker dan het Metropolitan Museum, en Edith had Paul tot literair bestempeld, al wist Paul zelf niet zeker of hij na *Het vreugdevuur der ijdelheden* ooit nog een boek had aangeraakt.

'Misschien moeten we het nog eens goed hebben over de lokale context,' zei Madeline, een plaatselijke lobbyiste uit de buurt van de ramplocatie. Alsof ze hierop had gewacht, haalde Ariana de schets die ze van de Leegte had gemaakt uit haar tas om te laten zien hoe goed hij paste in de skyline van de stad. De verticaliteit van de Leegte, zei ze, weerspiegelde die van Manhattan. Claire keek Paul met opgetrokken wenkbrauwen aan. Claire had Paul al een paar keer verteld over haar vermoeden dat Ariana de ontwerper van de Leegte kende – een leerling, een protegé? –, omdat ze het ontwerp zo vurig leek te promoten. Misschien was dat zo, hoewel Ariana zich voor haar favoriete ontwerp volgens hem niet meer had ingezet dan Claire voor dat van haar. Ondanks haar beheerste houding leek Claire niet goed tegen haar verlies te kunnen. En Ariana, die gewend was minder sentimentele jury's dan deze te domineren, ook niet.

Voor het nagerecht trok het gezelschap zich terug in de zitkamer, waar de muren zachtgeel waren. Jorge, de chef van Gracie Mansion, reed een trolley naar binnen met cakes en koekjes, waarna hij met enig drama een meter hoge constructie van gemberkoek onthulde, die de verdwenen torens voorstelde. Hun vormen waren duidelijk herkenbaar. Het was muisstil.

'Het is niet bedoeld om op te eten,' zei Jorge opeens verlegen. 'Het is een eerbetoon.'

'Natuurlijk,' zei Claire, en toen, op warmere toon: 'Het lijkt wel een sprookje.' Het kaarslicht werd weerkaatst in de raampjes van suiker.

Paul had zijn bordje volgeladen met een beetje van alles, behalve zoetigheid, toen Ariana zichzelf als een vastberaden speertje voor hem posteerde. Samen slenterden ze naar een rustig hoekje achter de piano.

'Ik maak me zorgen, Paul,' zei Ariana. 'Ik wil niet dat onze beslissing te veel is gebaseerd op' – het laatste woord bijna fluisterend – 'emotie.'

'We zijn bezig een monument te kiezen, Ariana. Ik weet niet zeker of je emotie daarbij helemaal kunt weglaten.'

'Je begrijpt wel wat ik bedoel. Ik vrees dat Claires gevoelens een te grote invloed hebben.'

'Er zijn misschien mensen die vinden dat jij te veel invloed uitoefent, Ariana. Jouw opvattingen dwingen groot respect af.'

'Niet in vergelijking met een nabestaande. Verdriet kan een dwingeland zijn.'

'Goede smaak ook.'

'En zo hoort het ook, maar we hebben het hier over iets diepzinnigers dan goede smaak. Over beoordelingsvermogen. Een familielid in de kamer betekent net zoiets als de patiënt de beste behandelmethode laten bepalen, en niet de arts. Een beetje klinische afstand is gezond.'

Vanuit zijn ooghoek zag Paul dat Claire diep in gesprek was met de toonaangevende kunstcriticus van de stad. Op haar hoge hakken stak ze twintig centimeter boven hem uit, maar ze deed geen moeite zich kleiner te maken. Gekleed in een perfect zittend, nauw aansluitend zwart jurkje – de kleur was geen toevallige keuze, vermoedde Paul – was ze een vrouw die heel goed wist hoe ze op haar voordeligst uitkwam. Paul had hier respect voor, hoewel respect misschien niet het juiste woord was voor de manier waarop hij haar in zijn fantasie voor zich zag. Niet voor het eerst betreurde hij zijn leeftijd (hij was vijfentwintig jaar ouder dan zij), zijn voortschrijdende kaalheid en zijn trouw aan zijn huwelijk – die wellicht meer op het instituut dan op de persoon was gericht. Hij zag haar van de kunstcriticus weglopen en achter een ander jurylid aan de kamer verlaten.

'Ik weet dat ze iets ontroerends heeft,' hoorde hij zeggen; zijn gestaar naar Claire was niet bepaald subtiel. Met een ruk draaide hij zich om naar Ariana, die vervolgde: 'Maar de Tuin is te soft. Ontworpen voor Amerikaanse liefhebbers van het impressionisme.'

'Toevallig hou ik ook van het impressionisme,' zei Paul, niet zeker of hij dit als grapje moest brengen. 'Ik kan Claire niet muilkorven, en je weet dat het veel waarschijnlijker is dat de nabestaanden onze keuze steunen als ze het gevoel hebben onderdeel van het keuzeproces te zijn. We hebben haar emotionele inbreng nodig.'

'Je weet toch dat er buiten veel kritische geluiden klinken, Paul? Als we het verkeerde ontwerp kiezen, als we ons overgeven aan sentimentaliteit, bevestigt dat alleen maar...'

'Ik ken de zorgpunten,' zei hij op norse toon. Hij wist dat het te vroeg was voor een monument – het gebied was nog niet eens helemaal opgeruimd; dat het land de oorlog nog niet had gewonnen of verloren, en zelfs nog niet precies wist tegen wie of wat het vocht. Maar tegenwoordig gingen de dingen in zo'n snel tempo – de opkomst en afgang van idolen, de verspreiding van ziektes en geruchten en trends; de nieuwsverslaggeving; de ontwikkeling van nieuwe monetaire instrumenten, wat vervolgens tot Pauls terugtreden als directievoorzitter van de investeringsbank was versneld. Dus waarom dan ook geen snelheid voor het monument? Er waren dringende commerciële redenen, dat was waar: de projectontwikkelaar van de plek wilde er geld mee verdienen en had daarvoor het monument nodig, aangezien de Amerikanen kantoorgebouwen waarschijnlijk niet zouden accepteren als meest welsprekende repliek tegen het terrorisme. Maar er waren ook dringende patriottische redenen: hoe langer het terrein braak bleef liggen, hoe meer het een symbool werd van de nederlaag, van overgave, het onderwerp van spot voor 'hen', wie ze ook waren. Een monument slechts voor

Amerika's verdwenen grootsheid, voor zijn nieuwe kwetsbaarheid voor een aanslag, voor zijn middelmatigheid in alles behalve moord. Paul zou het nooit zo bot formuleren, maar die lege plek was gewoon gênant. Naast de ambities van Edith was de invulling ervan de reden waarom hij voorzitter van de jury wilde zijn. Het werk van de jury zou niet alleen zijn geliefde stad markeren, maar ook de geschiedenis.

Ariana wachtte tot Paul verder zou gaan. 'Je verdoet je tijd met mij,' zei hij abrupt. De winnaar moest tien van de dertien stemmen hebben. Paul had duidelijk gemaakt dat hij zijn neutraliteit alleen zou laten varen als een van de finalisten één stem tekortkwam. 'Als ik jou was, zou ik Maria maar uit de handen van Claire gaan redden.'

Claire had Maria met een sigaret in de hand naar buiten zien lopen en haastte zich achter haar aan. Ze had Elliott gesmeekt – er was geen ander woord voor – met haar pleidooi: 'We hoeven geen doodse plek te creëren alleen omdat we ons de doden willen blijven herinneren,' zei ze, terwijl ze zag hoe hij zijn hoofd heen en weer rolde alsof hij pijn kreeg in zijn nek door naar haar op te kijken. Maar ook had ze koortsachtig in haar herinnering gezocht naar feiten uit haar rechtenstudietijd: hoe het werkte met jury's. De experimenten van Asch – wat toonde Asch aan? Hoe gemakkelijk mensen werden beïnvloed door de perceptie van anderen. Conformeren. Groepspolarisatie. De druk van waarden en normen. De reputatiecascade: hoe het verlangen naar sociale acceptatie de gedachten en het gedrag van mensen beïnvloedt. Wat betekende dat Claire de beste kans had als ze de juryleden alleen kon spreken. Maria was curator van een museum, die haar stempel had gedrukt door grote kunstwerken in Manhattan te plaatsen, waaronder een werk van Ariana. Dat maakte dat ze waarschijnlijk niet zou overlopen, maar Claire moest een poging wagen.

'Mag ik een sigaret van je bietsen?' vroeg ze.

Maria gaf haar er een. 'Ik zou jou niet als roker hebben ingeschat.'

'Ik rook maar af en toe,' loog Claire. In werkelijkheid rookte ze nooit.

Ze stonden op de veranda, waar het gazon zich voor hen uitstrekte, de majestueuze bomen niet meer dan donkere vlekken, de lichtjes van de bruggen en buurten als nabije sterrenbeelden. Zonder te verblikken of verblozen liet Maria haar as over de balustrade op het gazon vallen, en hoewel dit op Claire op de een of andere wijze respectloos overkwam, volgde die haar voorbeeld.

'Een verwoeste tuin binnen de muren – daar zou ik wel achter kunnen staan,' zei Maria.

'Sorry?'

'Dat zou als kunstwerk heel krachtig zijn. Het zou ervoor zorgen dat de verschrikkelijke herinneringen niet vervagen. We moeten de geschiedenis in ogenschouw nemen, de lange termijn, een symbool dat mensen over honderd jaar ook nog aanspreekt. Kunst met een grote K overstijgt de tijd.'

'Een verwoeste tuin biedt geen hoop, en dat is onacceptabel,' zei Claire; het lukte haar niet de scherpte uit haar stem te weren. 'Jullie hebben het steeds over de lange termijn, maar ook wij zitten in die lange termijn. Mijn kinderen, mijn kleinkinderen, mensen die een directe verbinding hebben met deze aanslag, zullen hier in de komende honderd jaar rondlopen, en dat lijkt misschien maar een seconde als je terugkijkt naar de Venus van Willendorf of zo, maar nu lijkt het nog een lange tijd. Dus begrijp ik niet waarom onze belangen minder zouden tellen. Weet je, vannacht droomde ik over die zwarte vijver rond de Leegte, en dat de hand van mijn man eruit omhoogstak om me naar beneden te trekken. Dat is het effect dat de Leegte heeft. Jij kunt erheen gaan en je op de borst kloppen dat je zo'n briljant artistiek punt hebt gemaakt, maar ik denk niet dat je veel nabestaanden in de rij zult zien staan om er naar binnen te gaan.'

Maanden geleden had ze de kracht van haar woede ontdekt, maar haar kwaadheid op dit moment was er niet minder om. Op een winterse middag, toen zij en de andere weduwen uit een vergadering met de directeur van het overheidscompensatiefonds kwamen, had een journalist die met een groep collega's stond te wachten hun toegeroepen: 'Wat hebben jullie te zeggen tegen de landgenoten die genoeg hebben van jullie gevoel dat je ergens recht op hebt, die vinden dat jullie te hebberig zijn?' Claire had haar tas stevig vastgepakt om te voorkomen dat haar handen zouden trillen, maar ze deed nu geen moeite de trilling in haar stem te verbergen. 'Ergens recht op hebben? Hoorde ik dat goed?' De journalist deinsde terug. 'Had ik er recht op mijn man te verliezen? Had ik er recht op aan mijn kinderen te moeten uitleggen waarom ze hun vader nooit zullen kennen? Was het mijn recht ze alleen te moeten grootbrengen? Heb ik er recht op te leven in de wetenschap hoe mijn man heeft geleden? Dit heeft niets met hebzucht te maken. Doe je huiswerk: ik heb geen stuiver van deze compensatie nodig en ben niet van plan een cent te houden. Het draait niet om geld. Het gaat om rechtvaardigheid, om rekenschap afleggen. En ja, daar heb ik recht op.'

Later vertelde ze dat ze zich niet van de zoemende tv-camera's bewust was geweest, maar elk woord dat ze zei werd opgenomen. De clip met de intens bleke blonde vrouw in de zwarte jas werd zo vaak herhaald dat ze dagenlang de tv niet aan kon zetten zonder zichzelf te zien. Er stroomden brieven met steunbetuigingen binnen, en Claire was opeens sterweduwe. Ze had geen politiek standpunt willen uitdragen; ze had zich echt beledigd gevoeld door de gedachte dat ze op geld uit zou zijn en wilde zich van dat soort mensen distantiëren. En nu werd ze naar voren geschoven als hun kampioene, de secretaris van Verdriet. Haar leiderschap was de reden dat de gouverneur haar had gekozen als jurylid, wist ze.

Op de veranda stond Maria haar vragend aan te kijken. Claire keek haar aan en nam zo'n diepe trek van haar sigaret dat ze duizelig werd en zich moest vastgrijpen aan de balustrade. Ze voelde zich maar een klein beetje schuldig. Alles wat ze had gezegd, was waar, behalve haar zekerheid dat de omhoogstekende hand die van Cal was.

Maria was de eerste die haar mening herzag. 'De Tuin,' zei ze dapper. Claire begon geluidloos de woorden Dank je te vormen, maar bedacht zich. De kunstcriticus volgde: 'De Tuin.' Dit schonk haar iets minder genoegen. Claire, die zijn basset-achtige gezicht met het poedelhaar bestudeerde, kreeg het teleurstellende gevoel dat hij zijn keus had aangepast omdat hij moe was. Maar de Tuin had nu acht stemmen, wat betekende dat de overwinning in zicht kwam. In plaats van dat ze zich opgetogen voelde, zonk de moed Claire in de schoenen. Als morgen de ontwerpwedstrijd was afgelopen, zou haar leven elk spoor van zijn huidige vorm verliezen. Dankzij de erfenis van Cal had ze geen inkomen nodig, en ze had geen nieuwe zaak waarop ze zich kon storten. Haar toekomst zag er blanco uit, met een gouden randje.

De nasleep van de aanslag had de twee jaren sinds Cals dood gevuld. De golf van verdriet die langzaam overging in het rouwproces, de eentonigheid van het herstel, banale nieuwe routines die vanaf het begin versleten aanvoelden. Formulieren, en nog meer formulieren. Verslagen van de schouwingsarts: er was weer een stukje van haar echtgenoot aangetroffen. Het opzeggen van creditcards, rijbewijs, clublidmaatschappen, tijdschriftabonnementen, overeenkomsten om kunst te kopen; de verkoop van auto's en een zeilboot; zijn naam verwijderen uit vermogensbeheerfondsen en van bankafschriften, uit de lijst van bestuurders van bedrijven en nonprofitorganisaties – alles op een nietsontziende, efficiënte manier, die haar medeplichtig maakte aan het uitwissen van zijn leven. Haar kinderen vertellen over haar herinneringen aan hun vader, waardoor het verleden zoveel zwaarte kreeg dat het doorboog onder het gewicht. Maar de nasleep moest tot een einde komen. Zij voelde het als het afsluiten van een periode die veertien jaar geleden was begonnen, toen een man met blauwe ogen, die niet zozeer opviel door zijn uiterlijk maar eerder door zijn bruisende vitaliteit, opgewekte humeur en zelfvertrouwen, haar had tegengehouden toen ze van de tennisbaan af liep waar hij een partij zou spelen en tegen haar zei: 'Met jou ga ik trouwen.'

Al snel ontdekte ze dat een dergelijke opmerking typerend was voor Calder Burwell, een man met zo'n opgewekt humeur dat Claire hem de bijnaam California gaf, al was zij degene die het in werkelijkheid wispelturige klimaat van die staat kende omdat ze er was opgegroeid – de vorst en de droogtes die haar grootvader, die citrusfruit verbouwde, jarenlang op het randje van de afgrond hadden laten balanceren, tot haar vader erin stortte. Van al haar pijnigende, onbeantwoorde vragen over Cals dood – waar, hoe, hoeveel pijn? – was misschien wel het ergst de angst dat hij tijdens zijn laatste momenten zijn eeuwige optimisme was kwijtgeraakt. Ze wilde dat hij was gestorven in de overtuiging dat hij zou overleven. De Tuin was een allegorie. Net als Cal benadrukte die dat verandering niet alleen mogelijk was, maar zelfs onontkoombaar.

'Het is elf uur,' zei Paul. 'Volgens mij moet een van jullie wellicht zijn stem heroverwegen. Hoe kunnen we dit land vragen samen de weg naar heling in te slaan als deze jury dat niet eens voor elkaar krijgt?'

Schuldbewuste blikken. Een lange stilte. En eindelijk, van de historicus, op bijna speculatieve toon: 'Tja...' Alle vermoeide blikken richtten zich op hem, maar hij zei niets meer, alsof hij zich had gerealiseerd dat het lot van 2500 vierkante kilometer Manhattan in zijn handen lag.

'Ian?' drong Paul aan.

Al had hij flink wat gedronken, Ian liet de kans niet voorbijgaan om zijn keuze uitgebreid in te leiden. Hij wees op de eerste openbare tuinen op de begraafplaatsen van de voorsteden van het achttiende-eeuwse Europa, ging verder met de op tuinen gebaseerde hervormingen van Daniel Schreber in Duitsland ('We zijn geïnteresseerd in zijn sociale hervormingen, niet in de "hervormingen" waaraan hij zijn arme zoons blootstelde'), maakte vervolgens de sprong naar de gruwelen die werden overgebracht door Luytens' Monument voor de Vermisten aan de Somme in Thiepval, waarin 73 000 namen – 'Drieënzeventigduizend!' riep Ian uit – waren aangebracht op de binnenmuren, waarna hij stilstond bij het verschil tussen een nationaal monument en de herinnering aan de veteranen in Verdun, om ongeveer een kwartier later te besluiten met: 'En dus: de Tuin.'

Paul zou dus de tiende en beslissende stem uitbrengen, en daar was hij niet ontevreden over. Hij had zich vast voorgenomen om niet alleen in het openbaar neutraliteit te betrachten, maar ook innerlijk, zodat geen enkele inzending zijn voorkeur had gewonnen. Maar in de loop van de avond trok zijn gevoel steeds meer naar de Tuin. Een stukje vreugde – dat zinnetje had iets in hem losgemaakt. Hoe zou dat voelen? Hij zocht dat gevoel in zijn herinnering en werd overweldigd door verlangen. Hij kende genoegen, de opgetogenheid van het succes, tevredenheid en blijdschap, voor zover hij die van elkaar kon onderscheiden. Maar vreugde? Hij moest vreugde hebben gevoeld bij de geboorte van zijn zoons – een dergelijke gelegenheid riep die zeker op –, maar hij kon het zich niet herinneren. Vreugde: het was als een deurknop zonder deur, een geheim dat hij niet kende. Hij vroeg zich af of Claire het kende.

'De Tuin,' zei hij, en iedereen in de kamer ontspande zich, niet zozeer van blijdschap als wel van opluchting.

'Dank je, Paul. Dank jullie allemaal,' fluisterde Claire.

Paul liet zich onderuitzakken in zijn stoel terwijl hij zichzelf een gevoel van sentimenteel chauvinisme toestond. De onwaarschijnlijkste kandidaat had gewonnen – hij had niet verwacht dat Claire Ariana zou kunnen overtroeven – en dat leek heel toepasselijk voor Amerika. Er kwam champagne, kurken plopten, aangename geluiden vulden de kamer. Paul tikte tegen zijn champagneglas om hun aandacht te vragen voor een moment van stilte ter ere van de slachtoffers. Ze bogen het hoofd en hij ving een glimp op van de scheiding in Claires haar, zo scherp en wit als de condensatiestreep van een straaljager, een onverwacht intiem beeld, als een glimp van een vrouwendij. Toen herinnerde hij zich dat hij de doden moest herdenken.

Hij dacht ook aan de dag zelf, wat hij al een hele tijd niet meer had gedaan. Hij zat vast in het verkeer richting centrum toen zijn secretaresse hem belde met de mededeling dat zich een ongeluk of aanslag had voorgedaan en dat dit effect op de aandelenmarkt zou kunnen krijgen. In die tijd ging hij nog steeds naar kantoor, nog niet beseffend dat de titel emeritus bij een investeringsbank zich vertaalde naar niet langer een van ons. Toen er totaal geen beweging meer in het verkeer zat, stapte Paul uit zijn auto. Ook anderen stonden buiten, hun blik gericht op het zuiden, sommigen met hun hand voor hun ogen geslagen, allen nutteloze informatie uitwisselend. Edith belde, huilend: 'It's falling down, it's falling down', de woorden uit het kinderliedje, en toen viel het mobiele netwerk uit. 'Hallo? Hallo? Schatje?' klonk het overal om hem heen en toen een dikke, Pompeiaanse stilte, zo onthutsend dat Paul dankbaar was toen Sami, zijn chauffeur, die verbrak door te zeggen: 'O, meneer, ik hoop maar dat het niet de Arabieren zijn', die het dus uiteindelijk wel bleken te zijn.

O, meneer, ik hoop maar dat het niet de Arabieren zijn. Sami was geen Arabier, maar hij was een moslim (tachtig procent van de moslims was geen Arabier; dit was een van de feiten die veel mensen vlak na de aanslag te weten kwamen en ernstig herhaalden, zonder precies te weten wat ze daarmee wilden zeggen (of wel wetend dat ze bedoelden dat niet alle moslims zoveel problemen veroorzaakten als de Arabische, maar dat niet zo letterlijk wilden uitspreken). Paul wist dat zijn chauffeur een moslim was, maar had er nooit bij stilgestaan. Hij probeerde zich nu niet te laten beïnvloeden door dat feit, maar het gaf hem toch een ongemakkelijk gevoel, en toen een zeer verdrietige Sami (was hij ooit níét verdrietig?) hem drie maanden later verlof vroeg om naar zijn stervende vader in Pakistan te gaan, was Paul opgelucht, al vond hij het vervelend dat toe te geven. Hij beloofde Sami dat hij hem na terugkeer uitstekende referenties zou geven, sloeg Sami's aanbod van vervanging door diens neef beleefd af en nam een Rus in dienst.

De echte klap kwam voor Paul pas later, toen hij naar de herhalingen keek, zijn trouw zwoer aan de verschrikkingen. Je kon jezelf geen Amerikaan noemen als je niet in solidariteit had gekeken naar je mede-Amerikanen die werden verpulverd, maar tegelijkertijd: wat voor soort Amerikaan leverde het kijken op? Een getraumatiseerd slachtoffer? Een razende wreker? Een misselijkmakende voyeur? Paul – en naar hij vermoedde veel Amerikanen met hem – had van al deze protagonisten een stukje in zich. Het monument was bedoeld die in toom te houden.

Nu niet meer een willekeurig monument, maar de Tuin. Paul begon zijn toespraak ermee de juryleden aan te moedigen om 'eropuit te gaan, het monument aan te prijzen en zich niet te laten afschepen', maar toen hij over zijn woordkeus nadacht, zwakte hij die af door hen aan te sporen het monument 'aan te bevelen'. Het zachte tikgeluid dat werd veroorzaakt door het getyp van de notuliste, vulde de pauzes in zijn speech op, en het schrikbeeld van de historische verslaglegging dreef hem tot wankele retorische hoogtepunten. Hij wees hen op een vergulde gouden spiegel, waarbovenop een adelaar was afgebeeld die zijn ketenen afwierp.

'Net als in de tijd van de stichting van Amerika zijn er ook nu krachten aan het werk die tegen de normen en waarden zijn waarvoor wij staan, die zich bedreigd voelen door onze gehechtheid aan onze vrijheid.' Alleen de vertegenwoordiger van de gouverneur knikte bij Pauls woorden. 'Maar we hebben ons hoofd niet gebogen, en zullen dat nooit doen. "Despotisme kan alleen bestaan in duisternis," zei James Madison, en jullie hebben allemaal de lichtjes aan het firmament brandend gehouden met jullie inspanningen onze doden te herdenken. Jullie hebben een heilig vertrouwen op gepaste wijze en met waardigheid gehanteerd en ons land zal daar profijt van hebben.'

Tijd om het ontwerp een gezicht te geven, van een naam te voorzien. Een onbekend gevoel voor Paul: gretige, bijna kinderlijke nieuwsgierigheid – zelfs blijdschap – vanwege een échte verrassing, een zeldzaam verschijnsel. Het zou het mooist zijn als de ontwerper een volkomen onbekende of juist beroemde kunstenaar zou blijken; beide mogelijkheden voegden een onweerstaanbaar element toe aan het verkoopverhaal. Onhandig drukte hij op de toetsen van een mobiele telefoon die op de tafel voor hem was klaargelegd. 'Wilt u het dossier van inzending nummer 4879 brengen?' zei hij in de telefoon. Om misverstanden te voorkomen, sprak hij de nummers langzaam en duidelijk uit. '4-8-7-9,' herhaalde hij, en hij wachtte tot de persoon aan de andere kant van de lijn ze voor hem teruglas.

Gloeiend van belangrijkheid kwam de hoofdassistent van de jury een paar minuten later binnen. Zijn lange vingers waren stevig om een dunne A4-envelop geklemd, die was verzegeld zoals het protocol vereiste. 'Ik ben helemaal zenuwachtig,' zei Lanny zachtjes toen hij de envelop overhandigde aan Paul, die geen antwoord gaf. De nummers en barcode op de envelop kwamen overeen met die van de Tuin; de verzegeling was onbeschadigd. Paul verzekerde zich ervan dat zowel de juryleden als de notuliste dit hadden gezien en wachtte tot de dralende assistent aanstalten maakte om te vertrekken.

Toen de deur achter hem was dichtgevallen, pakte Paul de zilveren briefopener die de jongeman had laten liggen – hij had wel oog voor detail – en sneed de flap open (nogmaals: het schrikbeeld van de geschiedenis), waarbij hij oppaste dat hij de envelop niet openscheurde. Zijn voorzichtigheid deed hem op de een of andere manier aan Jacob denken, zijn oudste zoon, die tijdens een verjaardagspartijtje overdreven zijn best deed om het cadeaupapier niet te scheuren, omdat hij zelfs toen al niet begreep waar de werkelijke waarde in zat. Paul was ongeduldig geworden en had hem gezegd dat hij moest opschieten.

Opschieten: dezelfde boodschap uit de stilte in de kamer, waarin de juryleden als één leken te ademen. Hij haalde de papieren uit de envelop en voelde dertien paar ogen op zich branden. Dat hij wist wie de winnaar was vóór de jury, om nog maar te zwijgen over de burgemeester, gouverneur of de president, had een klein, maar bevredigend teken moeten zijn van zijn belangrijke positie. Wat was een betere maatstaf van hoe hoog Paul Joseph Rubin, klein-zoon van de Russische joodse boer, op de ladder was gestegen? Maar toen hij de naam las, voelde hij geen blijdschap; het enige wat hij voelde, was een pijnlijk vertrekken van zijn kaak.

Over onwaarschijnlijke kandidaat gesproken.

2

Het papiertje waarop de naam van de winnaar stond, werd als een fragiel blaadje van hand tot hand doorgegeven. Er klonk het gesis van ingehouden adem, een paar keer 'hmm', iemand zei: 'Interessant', een ander: 'O, jeetje.' Toen: 'Jezus fucking Christus! Het is een verdomde moslim!' Het papiertje was bij de vertegenwoordiger van de gouverneur aangekomen.

Paul zuchtte. Het was niet Bob Wilners schuld dat ze in deze situatie waren beland, als je al van een situatie kon spreken, maar het ergerde Paul dat hij hen hierdoor dwong onder ogen te zien óf ze inderdaad een situatie hadden. Voordat Wilner zich had uitgesproken, had niemand een stem gegeven aan wat er op het papier stond, alsof ze wilden voorkomen dat het probleem, of de persoon erachter, reëel zou worden.

'Mevrouw Costello.' Paul sprak op bijna mijmerende toon tegen de notuliste, zonder haar aan te kijken. 'Deze opmerking laat u uiteraard weg. We willen niet dat het verslag godslasterende woorden bevat.' Hij wist dat dit belachelijk klonk. Geen enkele New Yorker had moeite met vloeken. En welke notuliste zou de moeite doen om gevloek in het verslag op te nemen? 'Misschien wilt u zo vriendelijk zijn de kamer even te verlaten? Neemt u nog wat van het dessert.

O, en mevrouw Costello,' riep Paul haar na toen ze naar de deur liep, zijn toon even licht als haar houding stijf was. 'Als u zo vriendelijk wilt zijn, zorgt u ervoor dat er niemand aan de deur staat te luisteren. Laten we niet vergeten dat we geheimhouding hebben afgesproken, vindt u niet?'

De deur ging dicht. Hij wachtte een paar tellen en zei toen: 'Laten we rustig blijven.'

'Wat moeten we verdomme doen?'

'We weten niets over deze man, Bob.'

'Is hij wel Amerikaan?'

'Ja, het staat hier, onder het kopje "Nationaliteit": Amerikaan.'

'Dat bemoeilijkt de zaak alleen maar.'

'Wat wil je daar nou mee zeggen?'

'Hoe heeft dit kunnen gebeuren?'

'Hoe groot is de kans dat zoiets gebeurt?' zei de burgemeestersassistente keer op keer. 'Hoe groot is de kans?'

'Eén op de vijfduizend!' blafte Wilner haar toe. 'Zo groot is de kans.'

'Misschien wel groter,' zei de historicus nadenkend, 'als er meer moslims hebben meegedaan.'

'We weten het niet zeker. Misschien is het gewoon zijn naam,' zei Maria. 'Hij zou net zo goed een jood kunnen zijn.'

'Doe niet zo stom.' Dat was Wilner weer. 'Hoeveel joden ken jij die Mohammad heten?'

'Ze heeft wel gelijk,' zei Elliott, 'misschien is hij wel bekeerd tot een andere godsdienst. Ik ben drie jaar geleden boeddhist geworden. Of eigenlijk een Jo-Bo, nu ik erover nadenk.'

'Ja hoor, misschien is het wel een vrouw!' zei Wilner op schampere toon. 'Misschien heeft hij een seksoperatie gehad. Word wakker, het staat hier zwart op wit.'

'Ik denk dat we van het ergste uit moeten gaan – dat hij moslim is, bedoel ik,' zei de burgemeestersassistente. 'Niet dat dat erg is,' – ze werd nu zenuwachtig – 'dat bedoel ik helemaal niet, alleen in dit geval wel.' Ze heette Violet en ze was een aartspessimiste, altijd op zoek naar het zachte bruine plekje in het fruit, waarbij ze er zo hard in kneep dat ze het zelf veroorzaakte. Maar zelfs zij had dit niet zien aankomen.

'Misschien is het bedoeld als verzoeningsgebaar,' merkte Leo op. Hij was gepensioneerd preses van een universiteit, had een diepe, sonore stem en het postuur van Pavarotti.

'Dat is niet het soort gebaar dat meteen bij mij opkomt,' zei Wilner. 'De nabestaanden zullen dit als zeer beledigend ervaren. Dit is niet het moment voor multiculturele samenwerking.'

'Vergeet alsjeblieft niet dat er een nabestaande naast je zit,' zei Claire.

'Prima, Claire, mijn excuus. Veel nabestaanden zullen zich beledigd voelen, kan ik beter zeggen.'

'Ik heb aan het hoofd gestaan van drie universiteiten, en op geen van de drie stond ik bekend als fanatiek multiculturist,' zei Leo.

'Er heerst veel verwarring,' zei Maria. Ze sprak aarzelend, als een taxi die zich voorzichtig tussen het verkeer drong. 'We weten nog steeds niet wat de moslims ervan vinden...'

'Waarvan?'

'Ik weet niet – van ons, van de heilige strijd, of...'

'We weten niet of hij praktiserend moslim is...'

'Dat maakt niets uit,' zei Wilner. 'Je kunt niet weg uit die religie. Dat staan ze niet toe.'

'Ik wist niet dat jij theologie had gestudeerd,' zei Leo. 'Wie hij ook is, hij had het recht om mee te doen aan de wedstrijd.'

'Maar wij zijn niet verplicht zijn ontwerp te kiezen!' riep Wilner uit. 'Hoor nou eens, hij kan er niets aan doen, wie hij ook is, maar we moeten denken aan de associaties die hij bij mensen zal opwekken. En stel je voor dat hij wél een van die problematische gevallen is? Zou je dan ook nog zeggen dat hij het recht heeft om het monument te ontwerpen?'

Violet slaakte een zucht. 'Ik... Ik moet met de burgemeester praten.'

'Er valt niets te bepraten,' zei Claire. Haar woorden klonken stoerder dan haar aarzelende stem. 'We hebben gestemd. Het is voorbij.'

'Het is pas voorbij als wij dat zeggen, Claire.'

'Jij bent advocaat, Bob. Jij moet dit soort dingen voorkomen, niet aanmoedigen. Onze stemming is genotuleerd.'

'Het verslag van onze beraadslagingen kan veranderen, Claire, dat weet jij net zo goed als ik. Paul heeft die mevrouw – hoe heet ze ook weer? – alleen laten notuleren als hij wist dat er geen pikante dingen gezegd zouden worden.'

'Maar jij hebt voor de Tuin gestemd, Bob. Dat was het ontwerp dat je koos.'

'Nou, laat ik eerlijk zijn. Ik zal eerlijk zijn.' Wilner keek dreigend om zich heen, alsof hij de aanwezigen tartte om te zeggen dat hij oneerlijk moest zijn. 'Ik weet niet zeker of ik het wel wil als de naam Mohammad eraan hangt. Het doet er niet toe wie hij is. Ze zullen het opvatten als overwinning. In de hele moslimwereld springen ze een gat in de lucht en lachen ze zich krom over onze stupiditeit, die stomme tolerantie van ons.'

'Tolerantie is niet stom,' zei Claire op belerende toon. 'Vooroordeel wel.'

Ze had vuurrode wangen. Ze schrok waarschijnlijk een beetje van haar eigen woorden. Paul zelf had een bonkende hoofdpijn – de naeffecten van de wijn, de prelude voor de storm.

'Luister nou, ik wil niet doen alsof het voor mij geen verrassing is,' ging ze verder. 'Maar... dit zal een boodschap overbrengen, een positieve boodschap, dat het er in Amerika niet toe doet wat je naam is – en veel meer dan een naam hebben we op dit moment niet –, dat hoe je heet geen belemmering vormt om mee te doen aan een wedstrijd als deze, of om hem te winnen.' Ze verfrommelde haar servet, alsof ze probeerde er vocht aan te onttrekken.

'Ja, natuurlijk,' zei Maria. 'En elke Amerikaan heeft het recht iets te creëren – dat is ons geboorterecht. Dat begrijpen we allemaal. We zijn tenslotte New Yorkers! Maar zal de rest van Amerika het begrijpen? Die zijn veel minder liberaal. Geloof mij maar, ik kom ervandaan.'

'Misschien missen we de essentie.' Ariana's stem rolde door het gekrakeel heen. Een paar mensen knikten, al wist niemand wat ze zou gaan zeggen. 'Het zou als hij heeft gewonnen volkomen gewetenloos zijn om te zeggen dat hij de opdracht niet krijgt. Stel je voor dat bij Maya de opdracht was teruggetrokken.' Claire keek opgelucht – Ariana had zich uitgesproken –, maar Ariana was nog niet klaar. 'Maar ik moet wel zeggen dat de omstandigheden dit keer dramatisch anders zijn. Dat er op de een of andere manier verband werd gelegd tussen het feit dat Maya een Chinees-Amerikaanse is en dat de oorlog in Vietnam een Aziatische oorlog was – dat was absurd, een afleidingsmanoeuvre, bedacht door filistijnen die het ontwerp niet mooi vonden. Maar dit keer, als die man een moslim is, liggen de zaken veel, veel gevoeliger, en misschien wel terecht, zolang we niet meer over hem weten, en – tja, ik ben er niet zo zeker van of het ontwerp sterk genoeg is om zoveel tegenstand aan te kunnen. Dat van Maya had die kracht wel. Ik vraag me af of we niet beter onze beslissing kunnen herzien.'

'Nou, wacht eens even...' zei Claire.

'Dat is waar,' onderbrak Violet haar. 'Strikt genomen heeft Mohammad Khan de wedstrijd nog niet gewonnen. Ik bedoel, er zijn toch uitzonderingsregels ingebouwd, als iemand een crimineel blijkt te zijn? Of een terrorist.'

'Beweer je nu dat hij een terrorist is?'

'Nee, nee, ik wil helemaal niets beweren. Helemaal niets. Ik wil alleen zeggen dat als hij het was, we hem toch niet ons monument zouden laten bouwen?'

'Net zomin als we het bijvoorbeeld Charles Manson zouden laten bouwen, als die een ontwerp zou insturen vanuit de gevangenis,' zei de kunstcriticus.

'Dit is moeilijk te vergelijken met Charles Manson.'

'Voor sommige mensen misschien wel,' zei Ian. 'Niet voor mij, natuurlijk. Maar voor sommige anderen.'

'Volgens het huishoudelijke reglement heeft de jury het recht een andere finalist te kiezen als de geselecteerde winnaar "ongeschikt" wordt bevonden,' zei Paul. Hij had er persoonlijk voor gezorgd dat dit voorbehoud erin kwam, als voorzorgsmaatregel; hij beschouwde het monument als te belangrijk om een anonieme wedstrijd te riskeren, zeker als iedereen eraan mee kon doen. Hij had liever alleen ontwerpen toegelaten van bekende kunstenaars en architecten. Alle belangrijke historische monumenten en gedenktekens – van de Sixtijnse Kapel tot de Triomfboog van St. Louis – waren opdrachten aan de elite, waren niet overgelaten aan goedbedoelende en onervaren enthousiastelingen, zoals Edmund Burke het zo treffend had uitgedrukt. Alleen in Amerika regeerden die enthousiastelingen, op de troon gezet door politici wier enige angst was ondemocratisch over te komen. Ondanks Pauls protest was het besluit genomen om te zorgen voor een kanalisering van de enorme hoeveelheid reacties van burgers, en de families van de overledenen waren het daar van harte mee eens geweest, hunkerend naar uitingen van interesse, van betrokkenheid. Betrokkenheid was er in ruime mate, gezien het aantal inzendingen, maar Paul vroeg zich af wat de nabestaanden nu over hun kostbare democratische proces te zeggen zouden hebben.

'Ik dacht dat iemand de finalisten zou natrekken, of ze geschikt waren...'

'Dat hebben ze gedaan,' zei Paul. 'De veiligheidsconsultants. Ik heb het rapport uiteraard niet gelezen, maar ze concludeerden dat er geen problemen waren, geen rode vlaggen.'

'Hoe kan dat nou?' vroeg Wilner.

'Ze hebben gecheckt op een strafblad, op voogdijzaken, arrestatiebevelen, faillissementen. Op banden met organisaties op de regeringslijst met terrorismeverdachten. Beide finalisten waren schoon. Geschikt, zo je wilt.'

'Maar deze is per definitie ongeschikt!' zei Wilner.

'Ik kan niet geloven dat juist een advocaat met zo'n argument komt,' zei Claire.

'Natuurlijk is hij niet per definitie ongeschikt,' zei Ariana op bijna sussende toon. 'Laten we op een duidelijke, objectieve manier proberen te bedenken wat verstandig is om te doen, Claire. Als ik het met hen over kritiek heb, raad ik mijn studenten altijd aan een stap terug te doen en hun werk te bekijken alsof het van iemand anders was – dan zie je alles veel duidelijker. Dus probeer een stapje terug te doen en te vergeten voor welk ontwerp je hebt gestemd.'

'Mijn steun voor de Tuin heeft hier niets mee te maken, Ariana. Als jouw favoriet had gewonnen en de ontwerper bleek een moslim te zijn, zou ik ook zeggen dat we ermee moesten doorgaan.'

'Maar hij is geen moslim!' snauwde Ariana. Het bleef stil, terwijl het belang van haar woorden tot de aanwezigen doordrong. Ze probeerde terug te krabbelen; het was voor het eerst dat Paul haar uit haar evenwicht zag. 'Ik bedoel, hoe groot is de kans dat hij dat wel zou zijn...?' Haar stem stierf weg terwijl ze druk in haar tas zocht naar een of ander denkbeeldig voorwerp.

Leo, met zijn volle bariton, nam het woord. Paul zag drie witte dingetjes – cakekruimels? – in zijn inktzwarte baard zitten. 'Claire, ik ben het volledig met je eens. Het zou gewetenloos zijn om deze man nu zijn overwinning te ontnemen. Maar de mensen zijn bang. Twee jaar later weten we nog steeds niet precies of we het opnemen tegen een handjevol fanatiekelingen, die geluk hebben gehad, of tegen een wereldwijde samenzwering van een miljard of meer moslims die het Westen haten, ook al wonen ze er. We weten gewoon niet genoeg. We zijn zelden rationeel als onze persoonlijke vrijheid wordt bedreigd, laat staan onze nationale veiligheid. We moeten praktisch blijven. Het is onze taak om dat monument van de grond te krijgen. Als we daarvoor vechten, zal ik de strijd leiden...'

Tegen deze aanmatigende woorden kwam Pauls ego in opstand. Impliceerde Leo op de een of andere wijze dat Paul niet tegen zijn taak opgewassen was? Misschien leek dat zo door Pauls zwijgen, maar hij werd in beslag genomen door de vraag of hij de burgemeester en de gouverneur uit hun slaap moest halen, omdat ze wellicht verwachtten meteen te worden ingelicht over deze ontwikkelingen, hoewel het zou lijken of er iets mis was als hij ze midden in de nacht liet wakker maken, en Paul had nog niet besloten of ze er nu van uit moesten gaan dat er iets mis was.

Leo vervolgde zijn betoog: 'Maar laten we eerst bepalen of er wel een gevecht geleverd moet worden. We moeten de reactie van het publiek in aanmerking nemen, de mogelijkheid dat er opschudding ontstaat. Beter dan wie ook ken jij het gevoel van eigenaarschap dat de nabestaanden hebben ten opzichte van de rampplek. Fondsen werven zal moeilijker worden, misschien zelfs aanzienlijk moeilijker. Het monument zou jarenlang het onderwerp van verdeeldheid kunnen worden, zelfs een reden tot wetsaanpassingen. Is het punt dat we willen maken dat waard?'

'Hoewel, als die Mohammad Khan er ooit achter komt dat we het hem hebben afgepakt, zou hij ons wel eens voor de rechter kunnen dagen,' bracht Violet bezorgd naar voren.

'Laat de rechterlijke macht maar aan mij over, Violet,' zei Wilner. 'Hij komt er niet achter.'

Claire viel hem in de rede, haar stem nu krachtig, bijna scherp. 'Dus dat is jouw voorstel? Dat we het ongedaan maken, terwijl de meerderheid het het beste ontwerp vindt? Dat is een totaal verraad aan wat dit land betekent, waar het voor staat. Mijn man draait zich om in zijn...' Ze maakte de zin niet af. 'Als hij nog leefde, zou hij ervan walgen,' hervatte ze, nu op rustiger toon.

'Maar je man leeft niet meer, Claire, en daarom zijn we hier.' De historicus sprak zo vriendelijk als hij kon, waar hij niet bijzonder goed in slaagde. 'De geschiedenis maakt zijn eigen waarheid, een nieuwe waarheid. De geschiedenis kan niet worden uitgegumd, we moeten accepteren...'

'Onzin,' onderbrak ze hem, op een toon die meer klonk als 'Hou je kop.' 'Dingen – idealen – veranderen alleen als wij dat toestaan. En staan we dat toe, dan hebben zij gewonnen.'

Elliott, de kunstcriticus, kwam tussenbeide. 'Kijk eens hier, in dit geval ligt mijn sympathie bij de moslims – ik weet zeker dat je dit op de juiste manier opvat, Bob – in die zin dat de zaken voor hen nu net weer een beetje normaal beginnen te worden. De te verwachten reacties hierop zouden wel eens een flinke achterstand kunnen veroorzaken in hun pogingen geaccepteerd te worden. Dus hoewel het wellicht in het belang van Mohammad Khan is om te winnen, is het misschien niet in het belang van zijn medemoslims. We kunnen de wensen van een enkel individu niet laten prevaleren boven het welzijn van de meerderheid. We willen het vuur tegen hen toch niet opnieuw opstoken?'

'Ja,' zei Violet. 'Het is wellicht voor hun eigen bestwil om... om... niet de uitkomst te veranderen, maar, ehm... gewoon eens na te denken of er een andere manier is, om een uitkomst te bereiken die anders is – of niet, natuurlijk! – in hun eigen belang. Gewoon iets om over na te denken, zoals ik zei. Wat is de beste uitkomst voor iedereen? En vervolgens kunnen we bedenken hoe we die kunnen bereiken.'

'Ze heeft gelijk,' zei Wilner. 'Je weet dat ik jou en jouw verlies respecteer, Claire. Maar je bent niet goed wijs als je denkt dat we in dit geval kunnen doen alsof het om een willekeurige winnaar gaat.'

Claire had haar lippen toegeknepen, als een dichtgesnoerde tas; Paul zag dat ze zich vanavond niet zou laten overhalen. Hij stelde voor de beraadslagingen een paar dagen te schorsen, zodat hij Khans geschiktheid verder kon onderzoeken. 'Zoals ik dat bij elke ontwerper zou doen,' voegde hij er snel aan toe. Ze zouden aan het einde van de week weer bij elkaar komen. 'Geen woord tegen de pers. Tegen wie dan ook. Zelfs niet tegen je familie.'

'Ik zei het toch al, Paul, maar je luisterde niet,' zei Wilner voordat hij vertrok. Hij klonk bijna triomfantelijk. 'Ik zei toch al dat we de finalisten van tevoren hadden moeten screenen? Dan was alles opgelost. Dan had hij wel finalist kunnen zijn, maar niet hoeven wínnen. Dan waren we wel ruimdenkend overgekomen, maar hadden we niet zo klem gezeten. Je hebt ons echt in een benarde positie gebracht, Paul. Echt.'

Paul raadpleegde vroeger altijd zijn ondergeschikten bij de bank om van tevoren onvoorziene gebeurtenissen te bedenken. Onwaarschijnlijkheden waren geen onmogelijkheden; onwaarschijnlijkheid deed niets af aan de mogelijke kosten. En nu werd hij geconfronteerd met de meest onwaarschijnlijke onvoorziene gebeurtenis. Of niet? Waarom was iets als dit nooit bij hem opgekomen? De onvoorziene posten waarover hij had nagedacht, hadden te maken met ruzie over de onderhoudskosten van de Tuin, of over de volgorde van de namen van de slachtoffers, over de vraag of de namen van de reddingswerkers apart van de andere namen moesten worden geplaatst, maar niet hierover.

'Ik weet niet of je je het nog herinnert, Bob, maar ik was tegen een open competitie, en het was mijn idee om de finalisten na te trekken.'

'Ja, nou, dat heeft geweldig geholpen,' zei Wilner. Met sombere gezichten en verslagen houding pakten hij en de anderen hun spullen bij elkaar en vertrokken, Paul achterlatend als voorzitter van een congres van vuil glaswerk. Verwoestten moslims dan alles wat ze aanraakten? Hij schrok van deze onredelijke gedachte, alsof iemand anders de vraag had gesteld.

Uiteindelijk hees hij zichzelf overeind uit zijn stoel en liep naar buiten, naar zijn zwarte Lincoln Town Car (zijn zoon Samuel noemde de auto Satans limousine). Vladimir stuurde de auto geluidloos door de poort van de villa en reed de doodstille East End Avenue op. Een straat verderop zag Paul een paar van zijn juryleden op diverse hoeken staan, op zoek naar een taxi, waarbij ze deden alsof ze de anderen, die hetzelfde deden, niet zagen. Hij kon er niet eentje een lift aanbieden; dan zou hij ze allemaal moeten meenemen, en hij had geen zin in gezelschap. Vladimir reed door. Maar in de daaropvolgende uren kwam het beeld van de juryleden, verspreid als losgekomen bloemblaadjes, bijna net zo vaak in zijn gedachten als de naam Mohammad Khan.

3

Vanwege zijn naam werd hij uit de rij gehaald bij de veiligheids-
controle op het vliegveld van Los Angeles, vanwaar hij zou terug-
vliegen naar New York. De aanslag was een week geleden, de luchthaven van Los Angeles was zo goed als leeg, afgezien van de
patrouillerende National Guard-agenten. Mo's koffer werd meegenomen voor een grondig onderzoek, terwijl hij in een raamloze kamer werd ondervraagd. De agenten hielden hun gezichtsuitdrukking vriendelijk om niet te insinueren dat hij iets verkeerd had
gedaan. Een informeel gesprekje, noemden ze het.

'Dus u bent architect, zegt u?'

'Inderdaad, architect.'

'Kunt u dat bewijzen?'

'Bewijzen?'

'Ja, bewijzen.'

Mo viste een visitekaartje uit zijn tas, waar zijn naam MOHAM-
MAD KHAN met koeienletters op stond, al kenden de agenten (er
waren er nu vier) die natuurlijk al. Hij ontrolde een aantal bouwte-
keningen op het stalen bureau en begon er doorheen te bladeren.
'Dit zijn de tekeningen van het nieuwe theater dat ik – dat we bouwen in Santa Monica. Er is over geschreven in de *Los Angeles Times*,
in *The Architect's Newspaper*, in *Metropolis*...' Hij wees op de naam
van zijn bedrijf, ROI, die in de bovenhoek van de tekeningen stond
– hij was ervan overtuigd dat de bekende naam wel enig respect
zou afdwingen. Ze haalden hun schouders op en bekeken de tekeningen nauwkeurig en met achterdocht, alsof hij van plan was een
bom te gooien op gebouwen die alleen in zijn verbeelding bestonden.

'Waar was u tijdens de aanslag?'

'Hier. In Los Angeles.' Naakt, onder de lakens in zijn hotelkamer, de aanslag een kakofonie van geluiden – paniekerige sirenes, gebarsten stemmen van presentatoren, helikopterrotoren die door de lucht sloegen, het gedempte lawaai van imploderende gebouwen – die uit zijn hotelklokradio kwamen. Pas toen er geen gebouwen meer overeind stonden, dacht hij eraan de televisie aan te zetten.

'Hier,' zei hij nog een keer. 'Bezig met het theater.' Aan het werk terwijl hij naar New York verlangde. Californië was de in het wit geklede persoon bij een begrafenis, slecht passend bij een nationale tragedie. De zon schitterde en de mensen lachten hun tandpastaglimlach; de graatmagere lichamen en namaakborsten bleven heen en weer paraderen. Zelfs het glorieuze vlekkenpatroon van de zonsondergang leek een cinematografische nabootsing van de branden die thuis woedden.

Elke dag dook er meer bewijs op dat de aanslag was gepleegd door moslims die uit waren op de rechtstreekse lancering naar het martelarenparadijs – en dus bereidde Mo zich geestelijk voor op de achterdocht toen hij terugging naar het in aanbouw zijnde theater. Toen hij zichzelf een paar dagen later tegen de aannemer hoorde zeggen: 'Hebt u er bezwaar tegen als ik een andere plek aanwijs voor die muurgroef? Alleen als het helpt, hoor', besefte hij dat het verschil niet zat in de manier waarop hij werd behandeld, maar in zijn eigen gedrag. Hij deed altijd nogal kortaf op bouwplaatsen, maar nu was hij behoedzaam, beleefd geworden, voorzichtig, zodat hij geen aanleiding zou geven voor schrik of kritiek. Hij was niet blij met zijn nieuwe, voorzichtige alter ego, dat zoveel moeite deed het iedereen naar de zin te maken dat het leek of hij ergens schuld aan had, maar hij kon hem niet goed van zich af schudden.

Nu hij ingesloten zat op de luchthaven, probeerde hij uit alle macht zijn zelfrespect te bewaren, al moedigde zijn alter ego hem aan onderdanigheid te betrachten. De agenten stelden algemene, onbeduidende en insinuerende vragen; hij gaf laconieke antwoorden. Toen ze hem vroegen waar hij woonde, vertelde hij het; toen ze hem voor de tweede maal vroegen wat hij in Los Angeles deed, gaf hij ook keurig antwoord. Meteen nadat hij het had gezegd, had hij al spijt van zijn voorstel zijn cliënt, de voorzitter van de raad van bestuur van het theater, te bellen. Maar ze leken überhaupt niet geïnteresseerd.

'Er zijn waarschijnlijk wel meer mensen die we zouden kunnen bellen over u,' zei de agent die Mo in gedachten Flipper noemde omdat hij met zijn vingers voortdurend tegen zijn dijbeen trommelde. Hij glimlachte toen hij dat zei, alsof hij wilde suggereren dat hij misschien een grapje maakte.

Ze vroegen naar zijn reizen van de afgelopen maanden; ze vroegen waar hij was geboren.

'In Virginia. Dat in Amerika ligt. Wat betekent dat ik Amerikaans staatsburger ben.'

'Ik zei niet dat u dat niet was.' Flipper liet zijn kauwgum klappen.

'Hou je van dit land, Mohammad?'

'Net zoveel als jullie.' Dat antwoord leek hun niet te bevallen.

'Wat vindt u van de jihad?'

'Daar heb ik geen mening over.'

'Maar misschien kunt u ons vertellen wat die betekent. Mijn collega hier is niet zo goed in buitenlandse talen.'

'Ik heb geen idee wat het betekent. Ik heb dat woord van mijn leven nog nooit hoeven gebruiken.'

'Bent u geen praktiserend moslim?'

'Praktiserend? Nee.'

'Nee?'

'Ja.'

'Ja? Ja of nee? U brengt me in de war.'

Abbott en Costello in een apenpak. 'Nee. Ik zei nee.'

'Kent u moslims die Amerika kwaad toewensen?'

'Niet één. Ik ken ook geen communisten.'

'We vroegen niet naar communisten. Gelooft u dat u naar de hemel gaat als u zichzelf opblaast?'

'Ik zou mezelf nooit opblazen.'

'Maar als u dat wel zou doen...'

Mo gaf geen antwoord.

'Bent u in Afghanistan geweest?'

'Waarom zou ik daarheen gaan?'

Ze keken elkaar veelbetekenend aan, alsof het stellen van een tegenvraag duidde op het ontwijken van een antwoord.

'Koffie?' vroeg Flipper.

'Graag,' zei Mo opgewekt. 'Een klontje suiker en een beetje melk.' De agent die bij de deur stond, deed die open en verdween.

Mo keek op zijn horloge; nog maar een halfuur voordat zijn vliegtuig zou vertrekken.

'Ik moet wel mijn vlucht halen,' zei hij tegen niemand in het bijzonder, waarop geen antwoord kwam.

Hij kreeg zwarte koffie zonder suiker. Mo dronk die toch maar op. Hij pauzeerde tussen zijn antwoorden om een slokje te nemen. Hij liet zijn minachting voor de slechte snit van hun jasjes niet blijken; voor de openheid van hun gezichten, zo vol vertrouwen ondanks al hun vragen; voor hun onbeholpen manier van ondervragen. Maar toen Flipper opeens vroeg: 'Kent u islamitische terroristen?', kon hij een spottend gesnuif niet inhouden.

'Betekent dat ja of nee?' zei Flipper.

'Wat denkt u nou zelf?' snauwde Mo met stijgende woede.

'Als ik het antwoord zelf kon bedenken, zou ik het niet vragen,' zei Flipper op neutrale toon, en hij wipte zo ver achterover met zijn stoel dat alleen zijn vingertoppen, die lichtjes op de rand van het bureau rustten, voorkwamen dat hij omviel. Toen schoot hij, zonder waarschuwing, opeens naar voren. De stoelpoten knalden op de vloer, zijn handen klapten op het bureau. Zijn gezicht, met de lichte beharing tussen de wenkbrauwen, het donkere bloedvlekje dat in zijn oogwit zweefde, was zo dichtbij dat Mo de flauwe geur van kaneel in zijn adem rook. Deze plotselinge beweging, zo zorgvuldig getimed, zo nonchalant uitgevoerd, moest hij hebben geoefend. Dit was kunst, geen onbeholpenheid, en Mo schrok ervan. Mo's benen trilden, alsof hij zojuist drie kogels had weten te ontwijken.

'Nee,' zei hij op geforceerd beleefde toon. 'Nee, ik ken geen terroristen.'

'Kom op, Mohammad, doe wat beter je best.'

'Ik heb niets gedaan,' sprak hij in zichzelf. 'Ik heb niets gedaan.'

'Sorry, wat zei je?' Had hij hardop gesproken?

'Niets,' zei hij. 'Ik zei niets.'

Niemand zei iets. Ze wachtten. In de architectuur was ruimte een materiaal dat kon worden gevormd, zelfs gecreëerd. Deze mannen gebruikten de stilte als materiaal. Stilte, als water waarin je kon verdrinken, waarin de afwezigheid van woorden even verstikkend was als de afwezigheid van lucht om te ademen. Stilte die aan je vrat totdat je naar adem snakkend aan de oppervlakte kwam en je misdaden bekende, of ze verzon. Er gebeurde hier niets zonder bedoeling. Dat Flipper hem een pakje kauwgom voorhield, was net zo'n opzettelijke daad als Mo's beslissing een bocht aan te brengen in de gang van het theater, zodat de bezoeker de lobby niet zag als hij kwam aanlopen. De agenten, die hun vriendelijkheid nu als strategie leken te gebruiken, vroegen hem of hij het erg vond om nog wat tijd met hen door te brengen, terwijl zij er een andere collega bij haalden. Toen ze de kamer hadden verlaten, keek hij onderzoekend om zich heen. Ze hadden een scheidingswand van grijs, beschimmeld kurk gebruikt om de afmeting van de kamer te verkleinen en het benauwende karakter ervan te vergroten. Er bleek toch een raam in de ruimte te zitten: de scheidingswand hield het binnenvallende licht tegen om de ambiance van een cel te creëren. Een van die kerels begreep blijkbaar goed hoe hij ruimte kon manipuleren.

Hij haalde de kauwgom uit zijn mond en zag een prullenbak in de hoek van de kamer, maar toen hij aanstalten maakte om op te staan, stelde hij zich voor dat ze naar hem zaten te kijken en ging weer zitten. Hij wilde hun geen reden tot argwaan geven. Misschien was de kauwgom een truc om zijn DNA te bemachtigen; hij had wel eens gelezen dat dit gebeurde bij criminele of voogdijzaken, of misschien had hij het gezien in een aflevering van *Law and Order*. Hij stopte de kauwgom terug in zijn mond, kauwde er nog eens goed op en slikte hem door, waarbij hij de irrationele angst dat hij bewijsmateriaal vernietigde van zich af probeerde te zetten. Het rubberachtige bolletje gleed door zijn slokdarm en voegde zich bij de samengebalde zenuwen in zijn maag.

Hij deed zo zijn best om te zorgen dat ze hem niet als crimineel zouden zien dat hij zich juist als een crimineel gedroeg en voelde. En dat terwijl hij – enkele gebruikelijke uitzonderingen daargelaten – altijd een braaf joch was geweest en nu een keurige man was, in ieder geval op het gebied van de wet. Het feit dat hij zich af en toe als een klootzak had gedragen – vriendinnen gedumpt, aannemers ontslagen – telde niet mee. De wet zelf had hij bijna nooit overtreden. Hij trok zich niets aan van snelheidsbeperkingen en voerde misschien te veel aftrekposten op bij zijn belastingaangifte, maar dat was net zozeer de schuld van zijn boekhouder als van hemzelf. In zijn tienerjaren had hij een keer een chocoladereep gejat, gewoon om te kijken of dat hem lukte. Dat was de optelsom van al zijn misdaden en hij was bereid ze allemaal op te biechten om aan te tonen dat het belachelijk was hem van iets ernstigers te beschuldigen. Dit is echt absurd, wilde hij zeggen. Jullie hebben niet alleen de verkeerde man te pakken, maar zelfs het verkeerde soort man. Het verkeerde soort moslim: hij was misschien één of twee keer in zijn leven in een moskee geweest.

Zijn ouders, die in de jaren zestig naar Amerika waren geëmigreerd, verhieven moderniteit tot religie en werden bijna puriteins in hun secularisme. Hij had als kind geen godsdienstonderwijs genoten. Hij at varkensvlees, al was hij er niet mee opgegroeid. Hij ging uit met joodse vrouwen, om nog maar te zwijgen van katholieke vrouwen en atheïstes. Hij was misschien zelf geen atheïst, maar wel agnosticus, waardoor hij misschien niet eens moslim was.

Zodra de agenten zouden terugkomen, zou hij hun dit allemaal vertellen.

Maar toen ze terugkwamen, slenterend en grapjes makend, vertelde hij niets. Zijn uiteenzetting over zijn niet-religieus zijn hield hij voor zich, waarom kon hij niet uitleggen, net zomin als hij kon uitleggen waarom de onuitgesproken woorden als vanzelf in zijn hoofd opkwamen: *La ilaha illa Allah, Muhammad rasulullah.* De Kalima, het Woord van Reinheid, de geloofsbelijdenis. Hij moest er bijna om lachen: op het moment dat hij zijn moslimidentiteit wilde verloochenen, kwam de kern daarvan uit zijn onderbewustzijn naar boven.

Het gesprekje eindigde net zo onvoorspelbaar als het was begonnen. Zonder verder uitleg vroegen ze of ze hem mochten fotograferen en zijn vingerafdrukken mochten nemen. In plaats van dit te weigeren, waar hij volgens hem het recht toe had, liet hij toe dat ze zijn vingers neerdrukten alsof hij verlamd was, met een berusting die de man die de kamer verliet onderscheidde van de man die er was binnengekomen. De fysieke aanraking van de agent – de hand die de zijne optilde – veroorzaakte een korte vlam van woede, een neiging tot gewelddadigheid, die hij vrijwel onmiddellijk wist te onderdrukken. Toen hij thuiskwam, zag hij dat ze zijn koffer hadden doorzocht: zijn keurig gevouwen overhemden waren verfrommeld, zijn sokken uit elkaar getrokken en de dopjes van zijn shampoo en tandpasta waren eraf, zodat zijn toiletspullen met een troebele drab waren bedekt. Hij kiepte de inhoud van zijn koffer op het bed, smeet de toiletspullen in de afvalemmer en schopte de prullenbak tegen de muur.

Maar zijn verbittering viel in het niet bij de enorme, zware rouw om hem heen. De stad wankelde – as dwarrelde in de lucht, de mensen zagen grauw, de plek van de aanslag was een gapende wond die hij voelde, al zag hij hem niet. Op een avond, kort na zijn thuiskomst, liep Mo naar de plek waar de verwoesting had plaatsgevonden. Het maanlicht scheen op een vreemde stoflaag die op de bladeren en takken lag; hij stapte op een stukje papier waarvan de randen verschroeid waren. In de omliggende kantoorgebouwen waren de eeuwige lichtjes uit, alsof de dierlijke vraatzucht van de stad was verzadigd. Een bonte schakering van vermiste personen – portretten van opgewekte mannen in pak en vrouwen met hun lippen gestift, haastig gefotokopieerd door trillende handen, stelde hij zich voor – hing aan de hekken en triplex omheiningen, maar de straten waren leeg, en voor het eerst sinds hij zich kon herinneren hoorde hij in New York City het geluid van zijn eigen voetstappen.

Hij slaagde er niet in het beeld kwijt te raken van de trillende handen die deze foto's onder een kopieerapparaat hadden gelegd, van dat rollende blauwe licht, die koude, mechanische hoop. Valse hoop. Het hart was uit honderden en honderden netwerken van familie, vrienden of werk gerukt. Mo kon het niet bevatten; het gaf hem een gevoel van schaamte. Deze mannen, die uiting hadden gegeven aan hun moordlustige schijnvroomheid, hadden niets met hem te maken, maar toch stonden ze niet geheel los van hem. Ze vertegenwoordigden de islam net zomin als zijn eigen uitgebreide familie, maar misschien ook zelfs minder? Hij wist niet genoeg over zijn eigen religie om daar een uitspraak over te doen. Hij was de middenklassen-moslimzoon van een ingenieur, een profiel dat niet heel veel afweek van dat van sommige van de terroristen. Als hij in een andere samenleving was opgegroeid en religieus was opgevoed, zou hij dan een van hen hebben kunnen worden? De vraag schudde door hem heen en liet een ongemakkelijk gevoel achter.

Achter een politieafzetting stond een Indiase man in een smoezelig wit jasje met een zwart strikje die een bord omhooghield met de woorden WIJ ZIJN OPEN. De man gebaarde naar een piepklein restaurantje iets verderop en hoewel Mo geen honger had, liep hij achter hem aan en bestelde uit sympathie een portie *chola*. De ober liet hem alleen met de kok, die hem tevens bediende, en Mo zat in zijn eentje te prikken in zijn kikkererwten en *naan*. Hij kon zijn eigen gekauw horen.

Wat probeerde hij toch te zien? Toen de gebouwen er nog stonden, hadden ze hem niets gedaan. Hij hield meer van vloeiende vormen dan van hun onbuigzame onmenselijkheid, hun zelfbewuste monumentalisme. Maar ze hadden nooit gewelddadige neigingen bij hem opgeroepen, die hij soms wel voelde als hij dat afgrijselijke Verizon-gebouw aan Pearl Street zag. Nu wilde hij hun beeld fixeren, hun waarde, hun plek. Ze vormden een levende afwijzing van nostalgie, die Goliaths die kleine ondernemers, levendige straatbeelden, de continuïteit der generaties en andere romantische beelden hadden verpletterd onder hun gigantische voeten. Toch was juist nostalgie dat wat hij voor de gebouwen voelde. Een skyline vertegenwoordigde een samenwerking tussen de generaties, al was die misschien onwillekeurig, en leek die net zo natuurlijk als een bergketen die was opgerezen uit de aarde. Deze nieuwe leemte in de ruimte had de tijd teruggedraaid.

4

Als een knipmes dook Claire het water in, hield haar armen stijf tegen haar zijden, stuwde zich met krachtige beenbewegingen omhoog tot ze aan de oppervlakte kwam en begon haar armen rond te draaien. Ze opende haar ogen achter het duikbrilletje; haar zintuigen stelden zich open voor de kobaltblauwe tegels, het vage licht over de bodem van het zwembad, de geur van chloor, haar eigen happen naar adem. Haar eenzaamheid. Cal op zijn werk, William op de kleuterschool, Penelope die een dutje deed. Na elke twee baantjes trok ze zich omhoog om te luisteren bij de babyfoon die ze aan de rand van het zwembad had neergezet, en zodra ze een gelijkmatige ademhaling hoorde, liet ze zich weer in het water zakken. Een zeeleeuw in een afgesloten aquarium waar niemand op haar lette, dat was ze.

Ze was ervan uitgegaan dat ze zou blijven werken als ze kinderen kreeg; Cal had aangenomen dat ze ermee zou stoppen. Achteraf bezien vond ze het verbijsterend dat ze er voor hun huwelijk nooit over hadden gesproken, maar misschien kónden ze het toen niet bespreken. In theorie vindt niemand het leuk om toe te geven, maar in de praktijk – in een huwelijk, wilde dat standhouden – moest een van beiden dat toch doen.

'Ik kan me gewoon niet voorstellen dat we een kindermeisje kunnen vinden dat net zo intelligent is als jij,' had Cal glimlachend gezegd toen ze, vijf maanden zwanger van William, het onderwerp ter sprake bracht.

'Ik ben niet afgestudeerd aan Dartmouth en de rechtenfaculteit van Harvard om kindermeisje te worden.'

'En ik ben niet met jou getrouwd om voor een goede advocaat voor onze kinderen te zorgen, al zou dat wel van pas kunnen komen als ze op school iemand een stomp verkopen.' Hij werd serieus: 'Ik zeg niet dat ik gelijk heb, alleen dat ik misschien traditioneler ben dan ik zelf wist.'

Als ze hem zou vertellen dat ze behoefte had aan de onafhankelijkheid die haar inkomen als advocaat haar gaf, zou dat kunnen impliceren dat ze geen honderd procent vertrouwen had in hun huwelijk, en dat was niet het geval. Ze was gewoon bang om afhankelijk van iemand te zijn. Toen zij zestien was, overleed haar vader en erfde haar moeder de bergen schulden die hij altijd verborgen had gehouden. Als reactie daarop had Claire nog harder gewerkt dan ze al deed, werd klassenoudste, aanvoerster van het tennisteam, kampioen debatteren. Ze legde elke cent opzij, bemachtigde elke studiebeurs en lening die ze kon krijgen, en slaagde erin te worden toegelaten op de universiteit van Dartmouth. Haar huwelijk met Cal, de telg uit een familie waarvan de rijkdom terugging tot de Industriële Revolutie en die sindsdien met elke beweging van de Amerikaanse economie was verveelvoudigd, zou haar zorgen moeten hebben wegnemen dat het haar niet zou lukken zover te komen als ze verdiende. Maar het was zijn geld, niet dat van haar. Dat feit gaf hem een onuitgesproken macht, die haar ervan weerhield hem te vragen: Waarom blijf jíj niet thuis?

Ze besloten sollicitatiegesprekken met kindermeisjes te houden. Cal bleek gelijk te hebben: ze waren niet zo intelligent als zij, of in ieder geval rationaliseerde ze met dat argument haar beslissing om te stoppen met werken. Het was slechts een week voor de datum waarop ze was uitgerekend toen hij voor het eerst zonder haar naar zijn werk ging. Ze zette hem af bij het treinstation in Chappaqua, waar ze zich samen met de andere echtgenotes door de wachtrij heen worstelde, en toen ze de auto keerde in de richting van haar huis, kon ze het gevoel niet van zich af schudden dat ze achteruitging.

Sindsdien waren er vier jaren verstreken, doorgebracht met het bijwonen van kleutervoetbaloefenwedstrijden en met dameslunches, met muziekles en speelpartijtjes, met winkelen en liefdadigheidscomités. Claire deed alsof dit het leven was dat ze zich altijd had gewenst. Maar toen Cal, bezig zich aan te kleden om naar zijn werk te gaan, haar voor de tweede keer vroeg of ze al een tennisleraar voor William had gevonden, snauwde ze hem toe: 'Probeer jíj maar eens secretaresse te spelen voor een kind van vier!'

Met een kalme, dolmakende meelevende blik zei hij: 'Wil je dat ik even bel? Dat doe ik graag, hoor', waardoor ze zich nóg rotter voelde. Even bellen zou misschien twee minuten kosten, veel minder tijd dan ze nodig zou hebben om haar gevoel uit te leggen dat haar leven was teruggebracht tot telefoneren met sportartikelenwinkels. Het was gemakkelijker om haar excuses aan te bieden voor haar slechte humeur, veroorzaakt door de slechte slaapgewoontes van Penelope, en toen ze hem afzette bij het station hadden ze met een kus weer vrede gesloten. Maar misschien geen echte vrede, want ze was in het zwembad gedoken om haar sluimerende woede weg te zwemmen, die haar, in combinatie met de lichaamsbeweging, in de flauwe ochtendkilte verwarmde.

Na drie kwartier klom ze, gekalmeerd, uit het zwembad en strekte zich uit om even in de zon te liggen en haar bonzende hart tot bedaren te laten komen. Ze hoorde niets behalve de kirrende geluidjes van haar dochtertje dat wakker begon te worden, het gerinkel van de penning van haar hond die zich krabde, het zachte gekabbel van het water, en het rusteloze getik van een specht ergens in de rij sparren en esdoorns aan de rand van het gazon. Ze liep terug naar het huis en zette op haar blote voeten een drafje in toen ze de telefoon hoorde rinkelen – een normaal gerinkel.

'Je ruikt naar het zwembad, mammie,' snoof William een dag – of waren het er twee? – later. Sinds ze het nieuws had gehoord, was het niet meer bij haar opgekomen om te douchen. Ze zou er nog vaak aan denken dat zij in water lag ondergedompeld, terwijl haar man werd verteerd door het vuur. Wat betekende dat? Het leek een mythe, een duister gedicht, waarvan de betekenis haar steeds ontging.

Het was Cals hand waarnaar ze had getast toen ze gisteravond in Gracie Mansion Mohammad Khans naam las, Cals verontwaardiging die ze opriep, maar ook Cals specifieke karakter waarnaar ze zocht. Het was twee jaar geleden. Hij verscheen in haar dromen, maar verdween zodra ze ontwaakte, en als ze over hem sprak, gebruikte ze dimensieloze karakteristieken: positief, uitbundig, intelligent, principieel.

Dus op deze ochtend ging ze niet zwemmen, maar naar zijn studeerkamer. De kleine kamer, met eiken lambriseringen, een verborgen hoekje in een huis dat uit grote ruimtes bestond, was voor Cal zijn toevluchtsoord, en ook voor Claire in de maanden die volgden op zijn dood. Op slechte dagen, als de eenzaamheid haar bij de keel greep of de kinderen krijsten, trok ze zich terug in de studeerkamer en kwam er, gesterkt door dit verzinsel van zijn lijdzaamheid, weer uit. Beter een poppenhuis dan geen huis. Zijn studeerkamer was vrijwel hetzelfde gebleven, het was een soort museum geworden. Als de kinderen groot genoeg waren, zou ze hen zijn boeken laten aanraken en lezen, hen in zijn papieren en dossiers laten snuffelen. Ze had dat zelf ook gedaan tijdens die eerste maanden. Nu kon ze zich niet meer herinneren wanneer ze voor het laatst achter zijn bureau had gezeten.

Ze maakte het zich gemakkelijk en staarde naar het schilderij dat tegenover haar aan de muur hing. Het was van een leverkleurig rood, dat zich in het midden tot een klodderig zwart ophoopte. 'Het doet me denken aan een bevalling,' had ze met weerzin in haar stem tegen Cal gezegd op de avond dat ze het zagen hangen in een galerie in Chelsea. 'Dat zie je verkeerd,' antwoordde hij op zowel respectvolle als overtuigde toon, zoals altijd als hij haar beslissingen herriep. De dag daarop kocht hij het; Claire deed alsof ze niet van de prijs schrok. Wat had ze verkeerd gezien? Dat het aan een bevalling deed denken? Hij wist daar net zo weinig over als zij:

in die tijd hadden ze nog geen kinderen. Of verkeerd vanwege haar weerzin? Verlies een geliefde te vroeg, en het leek of je eindeloos de tijd had om terug te denken aan beëindigde gesprekken. Aan fossielen.

Cal had in de kasten naast zijn bureau keurig zijn dossiers opgeborgen: over Kunst, Politiek, Liefdadigheid, Reizen. Zelfs een Claire-dossier, dat haar altijd deed glimlachen als ze het zag. Ze pakte de dossiers een voor een op, zonder te weten waarnaar ze zocht. In het Kunst-dossier – waarin voornamelijk gedetailleerde beschrijvingen zaten van de kunst die Cal had verzameld, of wilde verzamelen, of van kunstenaars die hij bewonderde – trof ze met enig genoegen een artikel aan over Ariana Montagu's *Tectonics*, een enorm kunstwerk bestaande uit reusachtige granieten platen die tegen elkaar aan leunen, alsof ze zo waren gevallen, en dat een paar jaar geleden in Central Park was geplaatst.

Andere mappen bevatten informatie over doelen die hij had gesteund, vrijgevig – soms verbijsterend vrijgevig: milieugroeperingen, mensenrechtenorganisaties, hervormingsgezinde Democraten, een programma in Bridgeport dat tienermoeders ondersteunde, zodat die hun opleiding konden afmaken. Nu financierde Claire dat project, al bezocht ze Bridgeport niet zo vaak als Cal had gedaan. Dit alles riep het beeld op van een fatsoenlijk man, een overtuigd liberaal, een burger die probeerde zijn land beter achter te laten dan hij het had aangetroffen. Een brief die hij had geschreven op twintigjarige leeftijd waarin hij het lidmaatschap opzegde van de golfclub van zijn ouders en grootouders, bood het duidelijkste inzicht in zijn principes. De brief had de aandoenlijke, ergerlijke arrogante toon van een universiteitsstudent die zojuist de wereld om zich heen had ontdekt en ervan overtuigd was dat die zich zou buigen voor zijn pasontdekte idealisme.

'Het is onder mijn aandacht gekomen,' begon de brief – Claire had hem met deze zin geplaagd: was de homogene samenstelling van de club hem werkelijk nu pas opgevallen? – 'dat de club niet één lid heeft dat zwart of joods is. Of dit nu wel of niet een aanwijzing is voor een opzettelijk beleid van uitsluiting, ik kan mezelf niet associëren met een instituut dat zo weinig waarde hecht aan diversiteit.'

Claire wist dat het ledenbestand van deze countryclub zoals gebruikelijk bestond uit uitsluitend lelieblanke Angelsaksische protestanten, wat een van de redenen was dat ze deze dossiers als een kroniek van mislukkingen beschouwde. Cal wilde altijd beeldhouwer worden; hij had zelfs na de universiteit een atelier gehuurd om te werken. Tegen de tijd dat Claire hem leerde kennen, zat hij op een businessschool. Hij had ingezien dat hij nooit een groot, of zelfs goed kunstenaar zou worden en ging in plaats daarvan kunst verzamelen, om te bezitten wat hij zelf niet kon creëren. Rijkdom vergaren was een talent dat in de familie Burwell zat, maar hij was bang dat hij alleen om die reden bekend zou worden. Politiek engagement, liefdadigheid: dat was Cals manier om zijn stempel te drukken. Hij had alleen het juiste medium nog niet gevonden. De ontdekking van dit ongevormde plekje in een man die aanvankelijk zo compleet leek, bracht Claire, die nog steeds boetseerde aan haar eigen, ongevormde persoonlijkheid, van haar stuk. Maar hoewel ze gevallen was voor Cals charme en kracht, begon ze na verloop van tijd het meest van hem te houden als hij op z'n zwakst was. Zoals hij het meest van haar hield als ze op haar hardst was – haar ernst vormde voor hem zowel een last als een uitdaging, die hij altijd te lijf ging met pogingen haar aan het lachen te maken. Het los te laten. Zijn huwelijk met Claire was zijn bescheiden uiting van rebellie. Ze was zeker presentabel. Maar zijn familie kende de hare niet en het was duidelijk dat ze geen eigen geld had. Ze zat nu door het Claire-dossier te bladeren – foto's (waaronder naaktfoto's, gemaakt tijdens hun huwelijksreis; ze bekeek ze zorgvuldig op zoek naar veranderingen aan haar lichaam), papiertjes met redelijk goede gedichtjes over haar, ideeën voor haar verjaardagscadeautjes. Documenten waaruit Cals onverwachte afbetaling bleek van haar studieleningen, bij elkaar ongeveer 100 000 dollar. Hij vaagde die schuld in één dag weg zonder haar om toestemming te vragen.

Destijds leek het een monumentale daad, maar het leek niet meer zoveel toen ze achter de verbijsterende omvang van zijn fortuin kwam. Ze wenste dat die wetenschap het gebaar niet zoveel waarde had ontnomen.

Deze documenten vertelden net zozeer over hun gezamenlijke geschiedenis als hun trouwboekje. Toen ze de liefde bedreven, op de avond dat hij haar over het aflossen van de leningen had verteld, voelde ze dat hij een nieuw kunstje van haar verwachtte, een nieuwe ongeremdheid, een stukje bewijs van haar dankbaarheid. Dit maakte haar gespannen, omdat ze niet alleen maar dankbaar was; door haar te bevrijden van haar zorgen had hij haar de met veel moeite verworven zelfstandigheid ontnomen. Maar de volgende ochtend kwam ze tot de conclusie dat ze zich aanstelde. Hij had haar alleen willen verlossen.

'Ik wil de Tuin tekenen,' zei William, met zijn kleurboek in zijn handjes. Hij stond naast haar; snel stopte ze de naaktfoto's terug in de map en maakte ruimte voor hem op het bureau. Met een geluidloos, bevelend gebaar overhandigde hij haar de krijtjes.

Ze hadden dit ritueel al wekenlang uitgevoerd, vanaf het moment dat ze hem over de Tuin had verteld; ze vond dat haar belofte van geheimhouding niet telde bij een zesjarig kind. Hoe meer tijd zij besteedde aan het selectieproces van het monument, hoe lastiger William was geworden. Al zijn driftbuien wekten dezelfde emoties bij haar op: verdriet en schuldgevoel, boosheid over zijn manipulaties, irritatie over zijn gejank, een gevoel van verstikking. De kinderen hadden haar meer dan ooit nodig, hadden méér van haar nodig – één ouder tekort en de behoefte aan meer ouderschap. Meer doen met minder, een emotionele recessie. Af en toe besefte ze dat de pijn die zijn pijn bij haar veroorzaakte zo ondraaglijk was dat ze hem dat op de een of andere manier kwalijk nam. Zijn verdriet, te groot voor zijn kleine lichaampje, was als een schaduw die een plant belemmerde in zijn groei.

De Tuin, vertelde ze hem, was een speciale plek waar zijn vader kon worden aangetroffen, al zou William hem daar niet kunnen zien. Dit was maar al te waar: stukjes, of minder dan stukjes, van Cal lagen in de aarde van de tuin, hoewel William dat niet wist. Het idee van de Tuin leek hem te troosten en vanaf dat moment hadden ze samen de bomen en bloemen, de paden en de kanalen getekend. William tekende er altijd twee figuurtjes bij: hij en zijn vader. Op de tekeningen scheen altijd de zon.

'Het kan ook wel eens regenen in de Tuin,' zei Claire vandaag, terwijl ze een grijze wolk tekende. William tekende een paraplu boven de figuurtjes.

Het was bijna tijd voor de lunch. Ze liepen samen de studeerkamer uit met het stapeltje tekeningen in haar hand. Toen haar blik er toevallig op viel, zag ze dat de documenten van Cals aflossingen van de leningen er nog tussen zaten. Ze wilde ze eerst gaan terugstoppen in de map. Maar ze liep door, de hal in met haar zoon.

Paul had slecht geslapen en toen hij wakker werd, had hij overal pijn. Toen hij de gordijnen opentrok schoot het zonlicht naar binnen op zijn ogen. Hij trok de gordijnen weer dicht, stond te lang onder de douche, kleedde zich te langzaam aan. 'Paul!' riep Edith zodra ze hem hoorde stommelen. 'Je eieren zijn klaar.'

Tot ergernis van de kokkin waren zijn eieren koud tegen de tijd dat hij plaatsnam aan de eettafel. Als een kind schoof hij ze over zijn bord rond, terwijl hij probeerde de vragen die Edith op hem afvuurde te negeren: 'Wie heeft er gewonnen? Hoe ziet het ontwerp eruit?'

Zijn zwijgen irriteerde haar. 'Je geeft geen antwoord, Paul,' zei ze in zijn rechteroor. 'Moet ik weer een afspraak maken met de oorarts?'

'Er mankeert niets aan mijn gehoor, Edith,' zei hij, starend naar zijn eieren, die aan een lekkende zon deden denken.

Hij ging naar zijn studeerkamer, waar zijn blik eerst viel op een foto van hem met de gouverneur, omlijst door een zwartleren frame dat tegen een rij decoratief oude boeken van Edward Gibbon stond. Op de foto schudden Paul en gouverneur Bitman el-kaar stralend de hand, een handdruk die Pauls voorzitterschap van de jury voor het monument bekrachtigde.

Hij zat net achter zijn bureau toen zijn mobieltje ging.

'Meneer Rubin, hallo, u spreekt met Alyssa Spier. U weet nog wel – van de *Daily News*.'

Hij wist inderdaad nog wie ze was. Hij had zich ervan verzekerd dat hij alle journalisten kende die schreven over het selectieproces van het monument. Ze was niet slechter dan de anderen, mis-schien zelfs iets beter; ze kortte zijn uitspraken in, maar verdraaide ze niet. Hij zocht in zijn geheugen naar hoe ze eruitzag: een klein vrouwtje met een bril, iets aan de dikke kant, slap haar, lippen die voortdurend bewogen, alsof ze iets wilde vragen. Het soort dat droomde in de vragende vorm.

'Wat kan ik voor u doen?'

'Ik sprak een bron die zei dat een moslim de wedstrijd heeft ge-wonnen. Kunt u dat bevestigen?'

Paul greep zich aan het bureau vast alsof het de rand van een af-grond was. Wie was de Judas? Iemand had zijn mond voorbijge-praat. 'Ik kan helemaal niets bevestigen,' zei hij. 'We hebben nog geen winnaar bepaald.' Was dit strikt genomen waar? Het laatste wat Paul kon gebruiken, was te worden betrapt op een leugen.

'Dat is niet wat ik heb gehoord. Het is... u weet wel... meneer, eh, meneer, eh... Een momentje graag, ik kijk even in mijn aante-keningen.'

Door de telefoon kon hij horen dat ze blufte: ze had de naam niet. Hij zei niets.

'O, nou, ik zoek het later wel op. Luister, ik zal u niet citeren over de bevestiging, die is onofficieel, al zal ik u waarschijnlijk wel vragen om een officiële reactie. Ik wil alleen zeker weten dat mijn bron gelijk heeft.'

'En uw bron is...?' Hij moest het weten. Was het een van zijn ju-ryleden? Hij probeerde te bedenken wie van hen dit buitenskamers kon hebben gebracht. Niet de notuliste, die zo schrok toen hij haar wees op haar eed tot geheimhouding. Claire – zou zij denken dat ze hen voor het blok kon zetten?

'U weet heel goed dat ik mijn bron niet kan prijsgeven, net zomin als ik uw naam zou prijsgeven,' kirde Alyssa.

Paul zette zijn 'strengevaderstem' op, zoals zijn zonen dat noemden; het kostte hem weinig moeite. 'Alyssa, of het nu officieel of onofficieel is, ik heb niets te zeggen. Ik kan niet bevestigen wat iemand zich inbeeldt. Ik zou je helpen als ik kon, en uiteraard zullen we binnenkort de winnaar bekendmaken, maar vandaag heb ik niets voor je.'

Hij verbrak de verbinding. Denk na, Paul, denk na. Het was vreemd, maar deze crisis binnen een crisis luchtte hem in zekere zin op, want hij wist hoe hij hiermee moest omgaan. Je moest bedenken wie je onder druk kon zetten, aan welke touwtjes je moest trekken. Je vroeg mensen om een wederdienst, je paaide anderen. Hij voelde zijn oude vaardigheden terugkeren, vond het nummer dat hij nodig had en pakte de telefoon.

'Fred, met Paul Rubin. Zullen we straks even iets gaan drinken?'

Paul had met de redacteur van de *Daily News* afgesproken in het Four Seasons Hotel. Hij wilde een omgeving die ernst uitstraalde, en martini's van twintig dollar per stuk hielpen altijd wel.

'Ik denk dat ik al weet waarom ik hier ben,' zei Fred glimlachend toen ze gingen zitten in een discreet hoekje. De bar baadde in het amberkleurige licht van whisky in een glas.

'Wat wil je drinken?' vroeg Paul.

'Jameson,' zei Fred.

'Weet je het zeker?' vroeg Paul. 'Waarom probeer je deze Glen-Dronach Grandeur niet? Breng er maar twee,' zei hij tegen de ober. 'Puur.'

Toen de ober was weggelopen, wendde hij zich tot Fred. 'Ik ben ervan overtuigd dat ik je niet hoef uit te leggen hoe gevoelig de situatie ligt.'

'Dus Alyssa had gelijk?'

'Dat heb ik niet gezegd. Of het een feit is of een gerucht doet eigenlijk niet ter zake.'

'In de krantenwereld zien we dat anders.'

'Maar je hebt het nog niet bevestigd gekregen?'

'Dat heb jij zojuist gedaan.'

Paul schrok.

'Ik maak maar een geintje, Paul. Dat zou ik je niet aandoen. Maar Alyssa is een terriër – ze zál het uiteindelijk bevestigd krijgen. Moet je horen, ik begrijp jouw positie, maar ik hoop dat je die van mij ook begrijpt. Het is een explosieve primeur.'

'"Explosief" is het juiste woord, Fred. Het land kan dat nu niet aan. Ik weet dat je een krant moet runnen en dat je de, eh... plicht voelt het nieuws te brengen, maar er staan hier belangrijker principes op het spel. Het staat zo dicht bij een nationale veiligheidsaangelegenheid als maar kan zonder het echt te zijn. Het enige wat ik je vraag is meer tijd, de kans om het nog wat langer binnenskamers te houden.'

Fred bleef een paar minuten zwijgen. Vanuit zijn ooghoek zag Paul Barry Diller binnenkomen, met zijn borst vooruit en Diane von Fürstenberg aan zijn arm. Ze zag er goed uit voor haar leeftijd, met haar als mandarijntjes uitstekende jukbeenderen. Paul wenkte met zijn vinger en de ober schonk hun nog een drankje in en zette een nieuw bakje amandelen voor hen neer; het eerste had Paul leeggegeten.

'En, hoe schat je gouverneur Bitmans kansen in?' vroeg Fred, en zo wist Paul dat hij voorlopig veilig was.

5

Een jaar na de aanslag waren nieuwsberichten over gearresteerde of verdachte moslims, de voortdurende analyses van de 'werkelijke' aard van de islam, voor Mo achtergrondgeluiden geworden. Zijn werk stond op de voorgrond, en de wereldpolitiek, een serieuze relatie, zelfs een stoel en een bed voor zijn hol klinkende zolderappartement, trokken zich daarachter terug. Die dingen konden allemaal wachten tot hij 'het had gemaakt', al was hij er zich sterk van bewust dat het succes, als dat al ooit een architect ten deel viel, altijd laat kwam. 'Je kunt je leven niet steeds voor je uit schuiven,' zei zijn moeder. Ze maakte zich zorgen over hem omdat hij nu hij de veertig naderde nog geen stap dichter bij een huwelijk en kinderen was dan toen hij twintig was. Hij popelde om haar te vertellen dat zijn opofferingen binnenkort zouden worden beloond.

Het gerucht, dat zo vaak de ronde deed dat het een onontkoombare waarheid was geworden, ging dat Mo vandaag zou worden gepromoveerd tot een van de projectdirecteuren van het bedrijf. Om vier uur 's middags raasde Emmanuel Roi, de oprichter, als een bladblazer het kantoor binnen, waarbij hij alles en iedereen op zijn pad uiteen deed stuiven. Hij bleef staan bij het bureau van een architect die aan een maquette bezig was en zei: 'Weet je waar dit op lijkt? *Merde.* Het lijkt wel of er een hondje op dit bureau is geklommen en daar heeft zitten schijten.' Hij hield ervan in de eerste minuten van zijn bezoekjes een indruk achter te laten.

Een uur later ontbood hij Mo in zijn kantoor met glazen wanden, de stadse koepelgevangenis die was bedoeld om 'niets te verbergen en alles te tonen', zoals Rois beroemde woorden luidden. Mo had in het halfuur daaraan voorafgaand zitten oefenen hoe hij de promotie zou accepteren, dus hij had een paar tellen nodig om Rois nieuws tot zich te laten doordringen: niet Mo, maar Percy Storm – het over het paard getilde mannetje dat Mo en Thomas Kroll, zijn beste vriend op zijn werk, achter zijn rug 'Storm Trooper' noemden – kreeg de promotie.

'Storm...?' Mo begon naar adem te happen, maar riep zichzelf tot de orde. Hij kreeg bijna geen lucht.

Roi streek met zijn handen over zijn grijze stoppelhaar, zijn ogen zwart en nietszeggend. Mo vroeg naar de reden – zonder succes. Had Roi er lucht van gekregen dat Mo en Thomas van plan waren in de toekomst weg te gaan en voor zichzelf te beginnen, vroeg hij zich af. Thomas had de naam van hun nieuwe bedrijf zelfs al geregistreerd: K/K Architecten. Mo kon het niet vragen, want dan zou hij hun plannen verraden en dus vroeg hij in het algemeen of Roi niet tevreden over hem was, waarop Roi hem op zalvende toon geruststelde: 'Jouw beurt komt nog.'

'Heb je problemen... met mij? Bevalt mijn gedrag je niet?'

'Natuurlijk niet. Ik heb geen problemen met jou.' Dat was uiteraard een leugen, omdat Emmanuel zich bedreigd voelde door iedereen met talent en een ego, door elke jongere versie van zichzelf. Maar die karaktereigenschap had hem er nooit van weerhouden Mo belangrijke opdrachten te gunnen. Naarmate Roi groter werd – een icoon, een luchtschip – kreeg hij meer behoefte aan betere talenten om zich heen, om te verhullen hoe beperkt het zijne was. Hij hield toezicht op drieënzestig projecten in elf landen: iedereen kon uitrekenen – al deden alleen zijn werknemers dat – dat zijn werkelijke betrokkenheid bij die projecten minimaal moest zijn. Misschien was Mo's gemopper hierover de reden dat hij was gepasseerd. Hij kon het niet vragen; dit was zo'n gesprek waarin de woorden bleven steken in gevaar en misleiding.

Emmanuel zat door te zeuren over Mo's veelbelovende toekomst en, ergerlijk genoeg, Percy's managementcapaciteiten, toen Mo hem in de rede viel: 'Heeft dit iets te maken met het feit... het feit dat ik... je weet wel wat ik bedoel?'

'Nee, ik weet niet wat je bedoelt,' zei Emmanuel, meer gekrenkt door de onderbreking dan door de insinuatie.

'... moslim ben?'

'Het idee alleen al...' Deze gedeeltelijke ontkenning vond Emmanuel genoeg, en hij liet zijn enorme handen over het bureau glijden, op zoek naar iets om hem af te leiden. Hij vond niets – op het grote glazen oppervlak lag geen enkel stuk papier om mee te schuiven, zelfs geen vergeten paperclip – en begon met zijn wijsvingers op de toetsen van de computer te tikken. Iedereen wist dat hij zijn e-mails dicteerde, om van zijn ontwerpen nog maar te zwijgen – hij maakte papieren of kartonnen vormen op basis waarvan zijn jonge architecten computerbeelden maakten – dus zijn vingeroefeningen waren schijn. Het gesprek was voorbij.

'Natuurlijk,' mompelde Mo. 'Sorry.'

Hij liep zonder te groeten de kamer uit. De jaloerse ogen van zijn collega's, die ervan overtuigd waren dat hij was gepromoveerd, volgden hem toen hij naar de uitgang van het kantoor liep. Door hun verkeerde veronderstelling, die heel snel zou worden rechtgezet, werd zijn keel nog strakker dichtgeknepen van vernedering. Buiten joeg de temperatuur overdreven rillingen door zijn lijf en er kwam geen vliegtuig over dat het gebulder in zijn oren kon verklaren.

Hij diepte de herinnering aan de ondervraging op de luchthaven uit zijn geheugen op, schudde die uit en vulde hem met stro om hem weer levend te krijgen. Er was geen bewijs dat Roi Mo de promotie niet had gegeven omdat hij moslim was, maar evenmin van het tegenovergestelde. Hij was al een keer uit de rij gehaald, dus waarom zou dat nu niet weer het geval zijn? Achtervolgingswaanzin was net zo kneedbaar als boetseerklei.

Tijdens de spits zat Mo in een hoek gepropt in de wagon van de ondergrondse en keek naar vier zwarte tieners die instapten en begonnen – weliswaar ongebruikte – condooms op de hoofden van de op elkaar gepakte reizigers te gooien, die deze kwelling met gebogen hoofden ondergingen, totdat een kleine, keurig in het pak gestoken zwarte man een scherpe berisping uitdeelde – 'Hou daarmee op! Hou er nu mee op!' – wat hem slechts een extra rondje stukjes rubber opleverde. Kort daarna stapte hij uit, maar hij bleef in Mo's gedachten hangen. De man was tussenbeide gekomen omdat hij ook zwart was en aanstoot nam aan het gedrag van andere zwarte mensen, daarvan was Mo overtuigd.

'Maar hoe weet je zeker dat dat de reden was dat hij zich ermee bemoeide?' vroeg Yuki, sinds twee maanden zijn vriendin, hem toen hij haar die avond het verhaal vertelde. Ze was bezig flinterdunne doorschijnende stukjes peer te snijden met een rasp. 'Misschien was hij gewoon een modelburger.' Mo klampte zijn slechte humeur tegen zich aan alsof Yuki, met haar leuke snoetje en haar nuchtere wijsheid, probeerde het van hem af te pakken.

Ze had lang haar met een recht afgeknipte pony en droeg ongeacht het seizoen het liefst minirokjes en dure trenchcoats. Ze was architecte en had zich gespecialiseerd in het ontwerpen van architurale, zeer exclusieve babykleertjes, maar tijdens hun eerste afspraakjes bekende ze dat ze niet bijzonder dol was op kinderen. Ze aten samen, dronken samen, bedreven de liefde met elkaar, maakten ruzie over gebouwen en keken samen televisie, wat ze later op die avond aan het doen waren toen Yuki, die de afstandsbediening had, naar Fox News zapte.

Het publiek in een studio volgde een debat met als onderwerp 'Moeten moslims op luchthavens worden aangehouden en doorgelicht?', zoals bleek uit de ondertitel.

'Hoe kan iemand daar nou voor zijn?' vroeg ze.

Mo, nog steeds uit zijn humeur, ging er niet op in. Het debat werd gevoerd tussen Issam Malik, de directeur van de Amerikaanse Coördinerende Moslimraad, en Lou Sarge, de populairste presentator van rechtse radioprogramma's van New York, die zijn programma in de maanden na de aanslag had aangevuld met de ondertitel Ik Sla Islam.

'Discriminatie is onwettig, immoreel en niet effectief,' zei Malik. Hij leek op George Clooney met een donkerder huid en keurig getrimde baard.

'Belachelijk!' riep Sarge. Zijn haar glansde als een pasgepoetste Cadillac en zijn gezicht was zwaar gepoederd. 'We moeten op onze luchthavens aparte veiligheidszones voor moslims hebben, waar ze allemaal ondervraagd en gefouilleerd worden.'

'Vroeger hield de politie Afrikaanse Amerikanen aan omdat ze "in een auto reden terwijl ze zwart waren". En nu is het acceptabel om ons te isoleren omdat we "vliegen terwijl we moslim zijn"?' vroeg Malik. 'En hoe wilt u moslims identificeren? Gaat u ons tatoeëren? Ik ben een vredelievende Amerikaan die de wet volgt. Waarom moet ik worden uitgezonderd terwijl ik niets verkeerds heb gedaan?'

'Wilt u soms dat we oude dametjes fouilleren voordat ze aan boord van een vliegtuig mogen, alleen om de gevoelens van de moslims te sparen?' vroeg Sarge. 'Belachelijk!'

'Je bent zelf belachelijk,' zei Yuki tegen het tv-scherm.

'Hij heeft gelijk,' zei Mo.

'Wat?' Haar bloemvormige lippen weken iets vaneen.

'Hij heeft gelijk. We kunnen niet net doen alsof iedereen even gevaarlijk is.'

'Ik kan niet geloven dat je dat zegt!' sputterde Yuki tegen. 'Dat betekent dat jij een van degenen bent die worden uitgezonderd.'

'Dat moet dan maar– ik heb niets te verbergen. Ik ga niet doen alsof alle moslims te vertrouwen zijn. Als de moslims de reden zijn dat ze iedereen controleren, waarom zouden ze moslims dan niet aanhouden?'

'We weten wie de vijand is!' zei Sarge; eigenlijk schreeuwde hij het uit. 'Laten we eens ophouden met net te doen of de keizer kleren aanheeft! Hij is naakt! De radicale islam – de naakte radicale islam – is onze vijand.'

Mo stond op en zette de tv uit, in de wetenschap dat dit niet minder dan een oorlogsverklaring was op het serene terrein waarin hij en Yuki vertoefden, en liep naar de keuken om een biertje te pakken. Een moslim die dronk om de stress aan te kunnen van het moslim-zijn: hij wist niet zeker of iemand die grap zou vatten.

'Volgens mij staan we allebei aan dezelfde kant,' zei Yuki toen hij terugkwam uit de keuken.

'En welke kant is dat dan?'

'De goede kant. Wat is je probleem, Mo?' Wat was zijn probleem? Hij wist dat hij bewust tegen de draad inging, maar iets in de gemoedelijke troost van haar commentaar streek hem tegen de haren in.

'Om te beginnen ben je hypocriet,' zei hij. 'Nadat je me ervan hebt beschuldigd dat ik meen te weten hoe de zwarte man in de trein zich voelde, neem je nu zelf aan dat ik een mening heb over hoe moslims moeten worden behandeld, uitsluitend omdat ik zelf moslim ben.'

'Ik neem niets aan, behalve dat je niet wilt dat een of andere veiligheidsbeambte jou je broek teruggeeft omdat je Mohammad heet. Heb ik ongelijk?'

Ze had geen ongelijk, waardoor hij er nog harder tegen inging. 'Ik vind die houding neerbuigend. Je kunt niet net doen alsof de islam geen bedreiging vormt.'

'Als ik de islam bedreigend vond, zou ik niet met jou omgaan,' zei ze.

'Wat wil je daarmee zeggen?'

'Precies wat ik zeg.'

'Wat – dat de vraag of je met mij omgaat of niet afhankelijk is van jouw goedkeuring van mijn godsdienst?'

'Dat zei ik niet, maar voor de goede orde: ik vind de islam een mooi geloof.'

'O, dus je krijgt er een kick van om verkering te hebben met een moslim?'

'Mo! Wat is er met je aan de hand?'

Ze ruzieden verder, of liever gezegd: Mo deelde verbale stoten uit, waarop Yuki haar handen omhoogstak tot ze pijn in haar armen kreeg.

'Het kan me niet schelen dat je moslim bent, Mo, maar wel dat je een klootzak bent,' zei ze, en hij wist dat hun relatie voorbij was.

De animatiepoppetjes zwermden over een plein bij een kantoorgebouw totdat de camera inzoomde op een ander getekend figuurtje met een donkere huid, een baard en een rugzak en... BOEM! De knal van de ontploffing was zo hard en onverwacht dat een paar mensen overeind schoten in hun stoel. Het scherm ging op zwart en toen er weer beeld verscheen, waren de poppetjes niet meer geanimeerd omdat ze dood waren. Het licht ging aan en onthulde een banner aan de muur met de tekst ONTWERPERS TEGEN TERRORISME en een kamer vol architecten, onder wie Mohammad Khan.

'En, hoe denkt u dit risico te kunnen verminderen?' vroeg de Britse contraterrorisme-expert die het seminar leidde. Hij heette Henry Moore; zijn naam ontlokte een droevige, wrange glimlach aan enkele van zijn leerlingen. Zijn huid had de textuur van bladerdeeg, maar hij had een verrassend mooi gebit.

'Ermee ophouden andere landen binnen te vallen,' mompelde een van de mannen.

'Iedereen aanhouden en fouilleren – dat doen ze in Israël ook.'

'Rugzakken verbieden.'

'Maar dat zijn allemaal niet echt... architectonische oplossingen,' zei Henry.

'Gepantserd glas,' zei een ander slijmerig. 'En natuurlijk een barrière tegen trucks.'

'Geweldig. Nog andere... wat creatievere ideeën?'

Stilte. Henry schetste de geschiedenis: kruisvaarderskastelen, hoog op heuveltoppen; steden, omgeven door slotgrachten – en ging toen over naar de moderne tijd: enorme betonnen plantenbakken en gigantische zitbanken, die kunstig bij elkaar stonden; een beeld van Richard Serra ('defensieve kunst'); slingerende toegangswegen met subtiele controleposten; scholen met getraliede ramen waardoor ze op gevangenissen leken; nepramen. Mooie dingen en veiligheid hoefden elkaar niet te bijten, zei hij belerend, al gaf hij niet veel voorbeelden die zijn stelling onderbouwden. Wat Mo alleen maar prikkelde om de stelling zelf te bewijzen. Hij deed zijn beste werk als er beperkingen werden opgelegd. ROI had verschillende prijzen gewonnen voor een museum voor gehandicapten waarin de geschiedenis van hun ervaringen in Amerika te zien was, en dat Mo voor het grootste deel had ontworpen. Zoals zoveel architecten had hij een selectief inlevingsvermogen. Als je hem achter een man zou zetten die in een rolstoel over het trottoir in Manhattan navigeerde, zou Mo zo'n obstakel vervloeken. Maar als je de positie van een verlamd persoon als ontwerpvraagstuk presenteerde, zou Mo in een rolstoel plaatsnemen en het dode gewicht van zijn ledematen voelen. Voor het museum had hij zijn inspiratie gehaald uit de haarspeldbochten van een bergweg, het duizelingwekkende gevoel van daling dat die opriepen, en ontwierp hij een serie hellende paden die kriskras in het gebouw omhoog leidden en daarbij zowel in als buiten het gebouw onverwachte uitzichten boden.

Dus speelde Mo met het probleem van veiligheid in de stad: was er behoefte aan gebouwen die uitstraalden dat ze veilig waren of gebouwen die je de angst deden vergeten? Het was gemakkelijk om kruisvaarderskantelen of slotgrachten weg te lachen; het was minder gemakkelijk om te onderzoeken of er eigenschappen van konden worden overgenomen. Een waterbarrière zou een prettiger obstakel vormen dan een betonnen plein. Een zigzaggende aanlooproute met ommuurde blikvangers kon een visueel avontuur zijn. Hij hield deze gedachten voor zichzelf.

'Denkt u niet dat ze gewoon gemakkelijker doelwitten uitkiezen naarmate je meer ondoordringbare barrières opwerpt?' vroeg een van de weinige vrouwen in de kamer. 'Moeten we alles gaan bepantseren?'

'Het is geen bepantsering,' zei Henry. 'Het is slim bouwen.'

Hij liet een dia zien van een rij coniferen die een groene grens vormden tussen een steriel plein en een doorsneekantoorgebouw.

'Cipressen,' zei Henry. 'Die kunnen heel goed de kinetische energie absorberen die vrijkomt bij een ontploffing. Sterke stammen, gebladerte als een schild – die blijven overeind bij een ontploffing. En ze zien er niet... sinister uit. Beschouw ze maar als een verdedigingslinie.'

'Gaat onze regering dit allemaal betalen?' De man sprak op agressieve toon. 'Als we overal barrières en gepantserd glas en cipressen moeten plaatsen, bedoel ik? Je zult geen projectontwikkelaar vinden die er geld in wil steken, tenzij je kunt bewijzen dat er volgende week een terroristische aanslag zal worden gepleegd.'

'Het draait hier om *preventieve* architectuur,' zei Henry.

'Ja, om creativiteit te voorkomen.' Er klonk gegniffel.

'Als ik eraan denk hoeveel geld ik over de balk heb gegooid om te leren uitnodigende gebouwen te ontwerpen...'

'Er hangen tegenwoordig overal camera's – is dat niet voldoende?'

'Misschien moeten we alle openbare ruimtes opheffen,' zei de man die had voorgesteld rugzakken te verbieden.

'Of alle moslims het land uit zetten, als we het er toch over hebben.'

'Nou, nou,' zei Henry afkeurend.

Mo staarde uit het raam. De zon in de grauwe lucht leek in troebel water te zijn weggezakt.

Mo zou vanuit Londen naar Kabul reizen, waar ROI meedeed aan een wedstrijd voor het ontwerp van de nieuwe Amerikaanse ambassade. Mo en Thomas waren een biertje gaan drinken en hadden Rois besluit om Mo te sturen geanalyseerd, maar het enige resultaat daarvan was dat ze dronken werden, wat de balans in het huwelijk van Thomas geen goeddeed. Ze hadden de volgende theorieën ontwikkeld: ter compensatie van zijn gemiste promotie trakteerde Roi Mo op een internationaal snoepreisje inclusief een uitstapje naar Londen, waar deelname aan het seminar over contraterrorisme bedoeld was om de geloofsbrieven van hun firma op te poetsen; Roi stuurde Mo voor straf naar Kabul; door een moslim te sturen, probeerde Roi de kans te vergroten dat zijn bedrijf de opdracht kreeg een ambassade in een moslimland te ontwerpen; of hij stuurde een moslim, zodat ze de opdracht juist niet kregen.

'Hij wil aantonen dat hij jou niet als risicofactor beschouwt,' zei Thomas. 'Of, als je het cynisch benadert: misschien beschouwt hij je in dit geval als iemand met toegevoegde waarde.'

'Wat, met mijn speciale inzichten in de denkwijze van terroristen, bedoel je?'

Nadat hij had overwogen tegen Roi te zeggen dat hij dood kon vallen, besloot Mo de opdracht toch te aanvaarden, voornamelijk om te ontsnappen aan de zelfvoldane Percy. Maar ook omdat hij van dichtbij het soort moslims wilde zien dat hij op de luchthaven van LA was geweest, zoals hij behandeld werd: het vrome, primitieve, gewelddadige soort. Door hem te vragen of hij in Afghanistan was geweest, hadden de agenten zijn toekomst voorspeld.

Tijdens de vlucht van Dubai naar Kabul dommelde Mo in slaap. Toen hij wakker werd, zag hij een blanke vrouw in het gangpad staan die zich in een lange tuniek over haar strakke T-shirt wurmde en een sjaal om haar hoofd wikkelde. Beneden waren de dikke bruine ribbels en aardplooien van de Hindu Kush-bergketen zichtbaar.

Kabul lag in een door bergen omgeven dal, zodat het vliegtuig als een basketbal op de landingsbaan stuiterde. De bergtoppen waren bedekt met sneeuw; stof verstikte de stad. Toen Mo uit het vliegtuig stapte, drongen de stofdeeltjes en de droge lucht zijn longen binnen. Hij hield zijn hand tegen zijn voorhoofd om zijn ogen tegen de zon te beschermen en zag om zich heen Amerikaanse helikopters, Amerikaanse vliegtuigen en Amerikaanse soldaten die over de landingsbaan beenden.

Na de chaos van de douaneprotocols en de bagageafhaalruimte, waar grijsharige mannen hem een paar dollars *basheesh* aftroggelden om zijn eigen bagage te mogen pakken, stond er een auto klaar om hem naar zijn hotel te brengen. Ze stortten zich in het stroperige verkeer. De stad Kabul was als een minotaurus: het bovenste deel als een energieke, goedgebouwde jongeman, waar internetcafés werden aangeprezen op billboards en afgrijselijke kantoorgebouwen met groenblauw glas omhoogschoten; en het deel daaronder oud en lusteloos, waar rauw vlees hing in gammele houten kraampjes en gebogen, afgetobde grootvaders met handkarretjes sleepten.

In het centrum van de stad zwoegden arbeiders aan de bouw van een enorme moskee; de steigers rondom de koepel vormden een stekelig vogelnest. Vanaf de koepel stak een houten loopbrug uit, die zich vervolgens in de vorm van een trap om de minaret heen wikkelde. Piepkleine arbeiders liepen de trap op en af, en door de afwezigheid van een bouwkraan of welke zichtbare mechanische hulpmiddelen dan ook, leek het alsof je zag hoe een moskee vierhonderd jaar geleden werd gebouwd.

Het Inter Continental Hotel leek uit een meer recent verleden te stammen. Het kwam op Mo, toen hij incheckte, over als een kleurloos Sovjetgebouw. In de tochtige lobby was het een komen en gaan van een mengeling van tulbanden en stropdassen, westerlingen en Afghanen, zichtbaar in het licht van buiten, omdat – niet voor de eerste keer die dag – de elektriciteit was uitgevallen.

Mo viel op zijn harde bed in een diepe slaap. Voor zonsopgang werd hij wakker door de oproep tot het gebed. De stem van de muezzin dreef als een wolk zijn kamer binnen en klonk door in zijn lichaam. *Allah-hu akbar*, God is de grootste – de opgetogen woorden, de merkwaardige, treurende toon. De roep daalde de valleien in, om vervolgens op te stijgen naar de bergen en daarboven. Hij werd geleid langs een onzichtbaar raamwerk, kronkelde om Mo heen en pinde hem vast, hoewel hij hem eigenlijk moest opwekken. De soepele, holle stem klonk steeds hoger tot hij bijna brak en bleef toen op dezelfde hoogte. Hij klonk eenzaam. Hij klonk gebiedend. In de duisternis stonden mannen op, wasten zich en bogen zich voor het gebed. Mo zag hen in zijn verbeelding totdat hij weer in slaap viel.

Om de Amerikaanse ambassade binnen te komen, moest Mo drie fouilleringen, vier identiteitscontroles en een lange wachttijd ondergaan voordat hij toestemming kreeg. Aan de overkant van het hoofdgebouw stonden rijen witte caravans – de behuizing voor het ambassadepersoneel – in de zon te glimmen als badkamertegels. De ambassademedewerker die de architecten van de twaalf architectenbureaus die aan de inschrijving meededen moest briefen, legde uit dat de nieuwe ambassade het huidige gebouw in grootte ver zou overtreffen. Het moesten gebouwen aan weerszijden van de weg worden, die voor altijd gesloten zouden zijn voor 'buitenstaanders', zoals de Afghanen werden omschreven.

Voor Mo's vertrek uit New York had Roi, die vanuit Parijs belde met de telefoon op de speaker, een uiteenzetting gegevens over de glorietijd van de ambassadearchitectuur, toen grote modernisten – Saarinen, Gropius, Breuer (allen immigranten, merkte Mo bij zichzelf op) – werd gevraagd om gebouwen te ontwerpen die Amerikaanse waarden als democratie en openheid belichaamden. Maar die tijden waren allang voorbij, ondanks de pretentie toparchitecten uit te nodigen voor de inschrijving. Het enige aspect van het ontwerp dat nu telde, was veiligheid: ervoor zorgen dat de ambassade niet werd opgeblazen. De openbare diplomatie zou nu worden bedreven vanachter drie meter hoge, ontploffingsbestendige muren. De architectuur, ooit zelf ambassadeur, was nu een beveiligingsbeambte van DynCorp die iedereen bedreigde die iets te dichtbij kwam.

In plaats van glazen muren of gebeeldhouwde muren – de uitingen, of extravaganties uit een onschuldiger tijd – was er het Standaard Ambassade Ontwerp: een geprefabriceerde doos die verkrijgbaar was in small, medium en large. Een fort. Geproduceerd in aantallen, nauwelijks passend bij de manier waarop ROI zijn reputatie had opgebouwd. Maar Mo wist dat hij niet hier was vanwege de artistieke uitdaging. Meer dan honderd ambassades en consulaten over de hele wereld moesten worden vervangen, voornamelijk uit veiligheidsoverwegingen. Zelfs een klein deel van een dergelijke opdracht zou voor ROI lucratief zijn.

Mo concludeerde echter al snel dat de firma geen kans had om de ambassadeopdracht te krijgen. ROI was gespecialiseerd in hoogst onveilige gebouwen, die bekendstonden om hun transparante karakter ('verberg niets, laat alles zien'). Ze moesten het opnemen tegen concurrenten die gespecialiseerd waren in snelle, goedkope standaardbouw. Tijdens de monotone uiteenzetting over 'verdedigingsperimeters' en 'vooraf doorgerekende ontwerpoplossingen' zat hij te dagdromen en stelde zich in gedachten voor dat hij de richtlijnen zou tarten door een ontwerp in te dienen van een ambassade die een kopie was van een kruisvaarderskasteel. De locatie was niet hooggelegen, maar hij kon voorstellen een heuvel op te werpen, een voorgebergte – een echt 'Ontwerpers tegen Terrorisme-gebouw' midden in de stad...

Aan het einde van de dag werden de architecten in SUV's geladen om in colonne een rondrit door Kabul te maken en de 'lokale sfeer' te proeven. Onderweg maakte de chauffeur hen attent op het Russische Culturele Centrum, een gegroefde, gepokte bouwval die nu onderdak bood aan vluchtelingen en drugsverslaafden.

'Zo vergaat het alle imperiums,' mompelde Mo. 'Zo zal onze ambassade ook eindigen.'

'Kunnen we niet wat teamgeest tonen?' vroeg de mollige architect van middelbare leeftijd die naast Mo zat. Hij keek alsof hij al te veel van dit soort rondritten had meegemaakt.

'We zitten niet in hetzelfde team, weet je nog?' zei Mo.

Na een tijdje kwamen ze bij een rotonde waarop de grillige, vaalgrijze overblijfselen stonden van gebombardeerde gebouwen, een visueel rijm op de seismografie van het gebergte op de achtergrond. De kale kraters waren het werk van bombardementen tijdens de burgeroorlog in 1990, vertelde de chauffeur. In de ogen van Mo hadden de ruïnes een tijdloos karakter.

'Zo vergaat het al die achterlijke derdewereldlanden,' zei zijn buurman.

Voor het diner werden ze afgezet bij een Frans restaurant, weg-

gestopt achter hoge muren van leem. Het had een tuin vol wijn-
ranken, een kleine appelboomgaard en een zwembad vol Europea-
nen en Amerikanen, die elkaar met veel geplons natspetterden. De
geuren van chloor, marjolein, marihuana en bakboter vermengden
zich met elkaar tot een onbekende, zware mix.

'Ik vraag me af wat de Afghanen hiervan vinden,' zei een van de
architecten, terwijl hij gebaarde naar de vrouwen in bikini en bier-
drinkende mannen.

'Die mogen hier niet in,' zei Mo's reisgenoot uit de SUV. 'Waarom denk je dat ze onze paspoorten hebben gecontroleerd? Het is
beter als ze niet weten wat ze missen.'

'Hete wijven en fruitbomen: ze missen hun eigen paradijs,' zei
iemand anders aan de tafel – Mo had niet de moeite genomen al
hun namen te onthouden. 'Het verbaast me dat ze zichzelf niet
eens opblazen om hier naar binnen te komen.'

'Sommigen van hen hoeven dat niet te doen,' zei zijn buurman
uit de SUV, terwijl hij zijn blik op Mo gericht hield.

6

Op Pauls verzoek hadden de veiligheidsconsultants hun aanvankelijke rapport over Mohammad Khan uitgebreid met meer details
over wat Paul zijn 'identiteit' noemde. Een koerier kwam het gere-
viseerde rapport afleveren toen het al donker was. Paul klemde de
envelop tegen zijn borst en haastte zich van de marmeren en be-
spiegelde hal naar zijn weelderige, landelijk ingerichte studeerkamer, ging zitten achter zijn Louis xv-bureau en begon te lezen.
Eerst Khans cv: dat was schitterend, en dus onopmerkelijk. Hij
was zevenendertig, had gestudeerd aan de universiteit van Virginia
en aan de School voor Kunst en Architectuur van de universiteit
van Yale. Vier jaar dienstverband bij Skidmore, Owings en Merrill;
zes jaar bij ROI. Khan was de projectarchitect geweest voor een
museum in Cleveland, een appartementenoren in Dallas en een
bibliotheek in San Francisco, die alom zoveel waardering had ge-
oogst dat Paul erover had gelezen. Hij werd, samen met Emmanuel
Roi, genoemd in sommige perspublicaties. Khans ster was rijzende
en dat deed Paul denken aan de periode in zijn eigen leven toen
zijn ambitie en zijn vermogen hogerop te komen grenzeloos hadden geleken. Terugkijkend waren die verwachtingen, die ambities
van toen, bijna even lonend als het succes dat ze hem brachten.

Khan, stond in het rapport, was opgegroeid in Alexandria, Virginia. Zijn ouders waren in 1966 vanuit India geïmmigreerd, wat
volgens Pauls berekening kort was nadat de Verenigde Staten de in-
stroomquota voor Aziatische immigranten hadden verhoogd – een
beleidsbeslissing die zich, bijna vier decennia later, vertaalde in een
Indiase Amerikaan, al was het een hindoe, die aan het hoofd stond

van zijn voormalige investeringsbank. Khans vader, meldde het rapport, was een senior ingenieur bij Verizon, zijn moeder een kunstenares die lesgaf aan een plaatselijke middelbare school. Ze hadden hun huis gekocht in 1973 en hadden nog 60 000 dollar hypotheekschuld. Khan zelf bezat geen huis; hij woonde in Chinatown, wat Paul, die in het centrum woonde, vreemd leek voor een Indiase Amerikaan. Hij had geen strafblad, er liepen geen rechtszaken tegen hem, hij had geen belastingschuld.

De website van een moskee in Arlington, Virginia, maakte melding van twee donaties van Khans vader Salman, allebei van na de aanslag; dit feit leidde, samen met informatievergaring zowel bij de moskee als bij buren en collega's van het gezin, tot de bevestiging dat de familie inderdaad moslim was.

De moskee, die in 1970 was geopend en in 1995 naar het huidige gebouw was verhuisd, had voor zover bekend geen 'radicale banden', al had de neef van de zoon van een van de voormalige bestuursleden op school gezeten met een aantal jongeren uit Virginia, die er onlangs van waren beschuldigd een terroristische training te volgen in de vorm van paintballspelletjes ('Ik zag ze vroeger altijd rondhangen op de parkeerplaats,' had deze neef tegen de *Washington Post* gezegd). Verwantschap in de zestiende, niet de zesde graad.

Khan was eerder dat jaar namens ROI naar Afghanistan geweest, maar hij had geen bekende of identificeerbare banden met organisaties die op de lijst van mogelijke terroristische groeperingen stonden. Hij had geen politieke bijdrage geleverd aan extremistische kandidaten of aan kandidaten van grote partijen. Hij was blijkbaar alleen lid van het Amerikaanse Instituut van Architecten. Er was niets wat suggereerde dat hij extremitisch was. Integendeel, hij leek puur Amerikaans, zelfs wat zijn ambities betrof.

Paul pakte een gele blocnote, zijn favoriete redeneringsinstrument, en legde die op het bureau voor zich neer. Hij trok een lijn in het midden en schreef boven aan de kolommen 'Voor Khan' en 'Tegen Khan'. Er waren in het leven zelden, of misschien wel nooit, 'juiste' beslissingen, nooit perfecte beslissingen – alleen de beste onder de gegeven omstandigheden. Het kwam erop neer de voorspelbare gevolgen van elke keus te overwegen en de onvoorspelbare proberen te voorzien – de onwaarschijnlijke eventualiteiten.

In Khans voordeel schreef hij op:

Principe: hij heeft gewonnen!
Bewijs van tolerantie
Aansprekend ontwerp
Juryleden – tegenstand: Claire
Journaliste heeft verhaal gepubliceerd?

Vanaf dat laatste trok hij een lijn naar de 'Tegen'-kant en schreef 'Fred' op, die moest zorgen dat de journaliste buitenspel werd gezet. Paul was dankbaar voor de hiërarchische structuur van kranten, al wist hij dat die onder vuur stond van de democratie, of eigenlijk de anarchie van blogs en het internet. Maar voorlopig moesten journalisten nog steeds verantwoording afleggen aan hoofdredacteuren, die bepaalden of ze hun baan zouden houden.

Maar al had hij dat lek gedicht, er kon weer een ander opdoemen, een bedreiging die vroeg om snelle en besliste actie. Het had echter geen zin daar te lang bij stil te staan. In de 'Tegen'-kolom schreef zijn pen energiek:

Verzet
Afleiding
Verdeelde families
Moeilijker om $$$ te werven
Gouverneur/politiek

Het was niet waarschijnlijk dat de gouverneur, wiens nationale ambities in de lucht bungelden als een ketting, nu een moslim als winnaar zou accepteren.

Hij ging door. Tegenover 'Bewijs van tolerantie' schreef hij:

Bewijs van concessie/zwakte.

Onder de twee kolommen schreef hij het kopje: 'Onvoorspelbaar' en daaronder:

GEWELD.

Hij keek op de blocnote om een visuele inventarisatie te maken. De argumenten in het voordeel van Khan leken wat schamel, niet alleen in aantal, alsof de kolom 'Voor' was geschreven met lichtere inkt. Misschien hadden de woorden 'Principe: hij heeft gewonnen' het pleit al moeten beslechten voordat het was begonnen, maar het was Pauls taak om een monument gebouwd te krijgen en dat doel zou hij niet opofferen voor een man die Mohammad heette.

Dus de beslissing was duidelijk, maar de manier waarop hij Khans ontwerp moest afblazen niet. De enige keus was om Khan ongeschikt te verklaren, maar op welke gronden? Paul zocht 'ongeschikt' op in het woordenboek: 'ongepast'. Hij zocht 'gepast' op: 'geschikt voor een bepaald persoon, een bepaalde omstandigheid, gelegenheid of plaats: passend.' Hij zocht 'passend' op: 'behorend bij een situatie: gepast.' Daarom was hij nou bankier en geen woordkunstenaar. Konden ze zeggen dat Khan niet 'passend' was? Als jury, achter gesloten deuren, konden ze zeggen wat ze wilden, dus de oplossing was Khan als ongeschikt te elimineren voordat zijn naam bekend werd. Dan was er nog het probleem van Claire, natuurlijk, maar Paul vermoedde dat zij wel kon worden overtuigd door de gevoelens van woede van de nabestaanden in overweging te nemen die zij moest vertegenwoordigen. Niet dat hij die gevoelens deelde. Khan was gewoon een probleem dat moest worden opgelost.

Conform het verzoek had de architect een foto bijgevoegd bij zijn inzending. Hij leek een aantrekkelijke jongeman, zijn huid lichtbruin, zijn haar zwart, krullerig en kort, zijn wenkbrauwen donkere, dikke accenten boven een brede, sterke neus. Zijn lichte, groenige ogen werden enigszins gemaskeerd door de weerschijn in de glazen van zijn bril die, onopvallend en zonder randen, Khan in Pauls achting deed stijgen, omdat hij de rechthoekige monturen in primaire kleuren waaraan veel prominente architecten de voorkeur gaven niet kon uitstaan. Khan glimlachte niet op de foto, maar keek niet ongelukkig. De aanblik van dat gezicht maakte duidelijk hoeveel Khan zou verliezen, hoeveel Paul van hem zou afnemen. Hij legde de foto met het beeld naar beneden op zijn bureau.

'Heb je de *Post* gezien?'

Het was zes uur 's morgens en Paul had nog niets gezien, behalve het knipperende lichtje van zijn mobiele telefoon. Hij probeerde uit alle macht de stem te plaatsen. Lanny, de hoofdassistent van de jury.

'De *Post*?' brabbelde Paul.

'Ja, de *New York Post*. Ze schrijven dat een moslim de wedstrijd voor het monument heeft gewonnen. Jij had me verteld...'

'De *Post*?'

'Jij had me verteld dat er nog geen winnaar was, Paul.' Hij klonk gekwetst. 'Dat heb ik tegen alle persmuskieten gezegd. Ik sta volkomen in mijn hemd.'

'Hoe jij erbij staat, is nu wel mijn minste zorg, Lanny. Ik bel je terug.'

Hoe was de *Post* dat op het spoor gekomen, vroeg hij zich af terwijl hij een jas over zijn pyjama heen aantrok. Werkte die journalist, Spier, niet voor de *News*? Iemand anders moest het hebben gelekt, of degene die als eerste had gelekt was naar een andere krant gestapt... Hij probeerde een omgekeerde legpuzzel op te lossen. Edith gromde alleen wat toen hij haar vroeg of ze zijn bril ergens had gezien; hij was hem altijd kwijt en zij vond hem weer terug, een routine van veertig jaar waar ze op dit tijdstip geen zin in had. Hij gaf het op, trok zijn schoenen aan, en snelwandelde naar de dichtstbijzijnde krantenkiosk met het beeld van Khans gezicht voor ogen. Halverwege bedacht hij dat hij net zo goed de computer had kunnen aanzetten. Oude gewoonten waren bijna niet af te leren, maar het was meer dan dat: hij moest deze calamiteit kunnen aanraken.

Hij kwam bij de krantenkiosk. Daar was het, niet meer tegen te houden: de krant de *Post*, de auteur Alyssa Spier, en de foto van een onherkenbare man met een bivakmuts, angstaanjagend als een terrorist. De kopregel luidde: MYSTERIEUZE MOSLIMKNOEIBOEL ROND MONUMENT.

De Pakistaanse krantenverkoper op de hoek van Mo's straat werd zoals gewoonlijk omlijst door de boezems van een dozijn blanke vrouwen en de billen van een paar zwarte dames, die allemaal opbloeiden vanaf de cover van glossy tijdschriften. Vandaag had de verkoper zijn plumeau bij zich en was hij bezig het gruis van de stad van zijn snoeprepen te vegen. Toen Mo glimlachte, half uit waardering, half uit geamuseerdheid, viel zijn oog op de stapel *New York Post*s onder de snoeprepen. Zijn hart begon zo hoorbaar te bonken – of dat dacht hij tenminste – dat hij zijn hand tegen zijn borst drukte om het geluid te dempen. De verkoper, die dit opvatte als begroetingsgebaar, legde op zijn beurt zijn hand tegen zijn hart en zei: '*Asalamu aleikum.*'

'*Aleikum asalam,*' antwoordde Mo; de woorden kwamen vreemd en rubberachtig over zijn lippen. Hij pakte een krant van de stapel. Op de binnenpagina stonden de woorden WEER DE ISLAM: WAS HET NOG NIET GENOEG? in koeienletters op een foto van de verwoeste plek waar de aanslag had plaatsgevonden. Met trillende hand zocht hij in zijn zak naar kleingeld en drukte de verkoper uiteindelijk een biljet van vijf dollar in de hand. Mo las terwijl hij liep, zich niet bewust van de drukte op het trottoir. Een buitenstaander zou zich kunnen afvragen welk nieuws die dag zo schokkend was dat Mo zo ongelooflijk stom was om blind en doof in New York over te steken, midden op de weg stil te staan om te lezen en de menigte om zich heen te laten klotsen als water tegen een rotssteen.

Een moslim had gewonnen. Maar niemand wist wie...

Het getoeter van een taxi deed hem snel van de weg af het trottoir op lopen. Hij stond te trillen van opgetogenheid. Er waren vijfduizend ontwerpen ingezonden. Behalve de bevestiging dat zijn inzending was ontvangen, had hij niets meer gehoord. Maar een moslim had gewonnen. Dat moest hij wel zijn.

Die avond plakte hij de voorpagina van de *Post* op zijn badkamerspiegel, maar zag toen de man met de bivakmuts met koude, harde ogen naar hem staren. Hij herkende zichzelf niet in die foto, wat nu juist het punt was. De volgende dag maakte hij een vergroting van de foto die hij bij zijn inzending had gevoegd en plakte die over de foto in de *Post* heen. Nu hij dat lelijke beeld had bedekt, kon hij net doen alsof het verdwenen was.

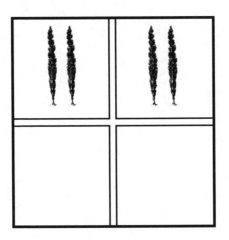

7

Er waren geen gebouwen, geen wegen, alleen duinen van puin. Zijn broer Patrick moest hier ergens zijn en Sean was zich bewust van zijn iets te sterke verlangen degene te zijn die hem vond, en van zijn angst dat hij hem misschien niet zou herkennen als dat inderdaad gebeurde. Ze hadden elkaar al maanden niet meer gezien en Sean probeerde zich voortdurend Patricks gezicht voor de geest te halen; maar bij de aanblik van de gebroken lichamen realiseerde hij zich dat de gezichten van de doden wellicht niet meer leken op die uit de herinnering.

De uren verstreken. Dagen. Hij kon niet goed ademen, niet goed horen – dit was een nieuw soort onderwaterervaring. Felle lampen schenen boven hem, maar het enige echte licht kwam van de andere zoekenden. Vaak waren de reddingswerkers, gehuld in rookwolken, verborgen door stapels puin, slechts stemmen, maar dat was genoeg. Iedere keer als hij een hand uitstak om iets te pakken of aan te geven was daar een andere wachtende hand. Na verloop van tijd ontstond er een hervindbare orde: lichamelijke overblijfselen hier, persoonlijke bezittingen daar, de uiteengereten auto's verderop, de rode zeven en de gele, de tenten en de plek waar de dienstroosters werden opgesteld, de kantines en het medisch personeel: de lopende band, een wereld die voor Sean echter was dan die van de stad daar buiten. Als hij 's avonds terugkeerde naar Brooklyn leek het of hij thuiskwam van de oorlog, alleen voelde het niet meer als thuiskomen. Hij was verbijsterd door de onderwerpen waarover de mensen praatten en waarover niet, hoe schoon hun vingernagels waren, hoe keurig zij de dagelijkse dingen deden.

Zijn vrouw zei dat hij naar de dood rook en hij kon niet geloven dat dit haar met weerzin vervulde. Het stof dat hij mee naar huis nam was heilig – hij schudde zijn schoenen en hemd uit boven een krant om het te bewaren.

Bijna twee jaar later zag de rampplek eruit als een schoongeveegde vlakte. In het huis van de familie Gallagher, aan de overkant van de rivier, heerste een bedrijvigheid als in een verkiezingshoofdkwartier. Tien leden van de familie Gallagher en evenveel leden van Seans Steuncomité voor Patricks Nagedachtenis zaten tegen elkaar gepropt aan de tafel, die was uitgeklapt tot zijn maximale grootte. Exemplaren van de *Post* lagen onder blocnotes en twee laptops. Het whiteboard was tevoorschijn gehaald, de markerstiften opgetrommeld om hun plicht te vervullen. Seans moeder Eileen en zijn drie zussen ruimden met grimmige efficiency de lege borden op en schonken koffie bij.

Frank, Seans vader, was aan de telefoon met een journalist. 'Ja, we zijn van plan hiertegen tot onze laatste ademtocht te vechten. Wat? Nee, meneer, dit is geen islamofobie. Want fobie betekent angst en ik ben niet bang voor ze. U mag mijn adres in de krant zetten, zodat ze me kunnen vinden.' Een stilte. 'Ze hebben mijn zoon vermoord. Is dat genoeg reden voor u? En ik wil niet de naam van een van hen boven zijn graf.' Weer een stilte. 'Ja, we hebben zijn lichaam teruggevonden. Ja, we hebben hem begraven op een kerkhof. Jeetje, u bent wel erg van de details. Het is de plek waar hij zijn leven verloor, oké? Het moet een monument voor hem zijn, niet voor hen. Hebt u nog meer vragen? Ik moet nog een heleboel telefoontjes plegen...'

Een stem van beneden: 'Heb je nog iets gehoord, Sean?' Mike Crandall lag languit op de vloer – zijn rug had het weer begeven. Hij was een gepensioneerd brandweerman en sloeg geen bijeenkomst over, al wenste Sean soms dat hij dat wel deed. Zijn comité was een bonte mengeling van voormalige brandweermannen en vaders van overleden brandweermannen.

'Niets,' zei Sean. Hij kreeg het bijna niet over zijn lippen. Hij werd verondersteld degene te zijn met de directe lijntjes met het kantoor van de gouverneur, met Claire Burwell. Het feit dat deze lijntjes uit de lucht waren gegaan overtuigde hem, achterdochtig als hij van nature was, ervan dat het verhaal klopte, en tot zijn schaamte luchtte dit hem op. Een moslim die de zeggenschap kreeg over het monument was het ergste wat kon gebeuren, en precies het roer dat Sean, die de laatste tijd stuurloos ronddreef, nodig had. In een catastrofe, had hij geleerd, kwam het beste in hem naar boven. Bij afwezigheid daarvan verloor hij enigszins de moed.

De tien jaren die voorafgingen aan de aanslag bestonden voor Sean uit een reeks van willekeurige improvisaties – een man die wild om zich heen slaand door de blanke ruimte van het volwassen leven dreef. Elke verkeerde keuze was een voortzetting van de vorige. Hij had een grote mond op de lagere school, maakte de middelbare school niet af. Bij gebrek aan iets beters begon hij een klusbedrijf. Hij dronk te veel omdat hij het vreselijk vond de mindere te zijn van mensen met wie hij was opgegroeid. En omdat hij het lekker vond om te drinken. Hij trouwde omdat hij te veel zoop om goed te kunnen nadenken en kreeg vervolgens ruzie met zijn ouders vanwege zijn huwelijk.

Vijf maanden voor de aanslag was Sean een beetje melig, een beetje luidruchtig, lichtelijk bezopen tijdens een etentje bij Patrick, of misschien was hij het al toen hij aankwam. Hij ging erover tekeer dat zijn ouders Irina, zijn vrouw, niet mochten; hij vloekte hartgrondig, zelfs creatief, toen hij een kom soep omstootte. Patrick had met een uitdrukkingsloos gezicht zijn autosleutels gepakt en hem naar huis gebracht, en toen Sean de volgende dag zijn gebutste Grand Am kwam ophalen, had Patrick hem buiten tegengehouden en tegen hem gezegd dat hij voorlopig maar even weg moest blijven. 'Je kunt gewoon niet verwachten dat de mensen nog respect voor je hebben,' zei Patrick, en daardoor wist Sean dat zijn broer, die jarenlang had volgehouden dat het met Sean wel goed zou komen, zijn vertrouwen in hem had verloren. Zelfs nu nog benaderden Patricks kinderen hem met een beleefdheid die voortkwam uit angst.

Maar op die aanstootgevend prachtige ochtend ging Seans eerste gedachte uit naar Patrick, wiens machinewerkplaats niet ver van de torens lag. Sean racete naar het huis van zijn ouders, verdrong zijn gekwetstheid toen ze verbaasd leken hem te zien en ging samen met zijn vader op zoek naar Patrick. Hij werd gevonden door iemand anders, wat maar goed was ook, maar Sean ging niet meer weg. Die dag niet, de zeven daaropvolgende maanden niet. Toen hij niet meer mee mocht met de officiële opruimingsdiensten omdat hij geen politieman, brandweerman of bouwvakker was, werkte hij door aan de rand van het gebied, hielp een protestbijeenkomst te organiseren om te zorgen dat de brandweerlieden konden doorwerken in de krater, richtte een comité op om actie te voeren voor meer ruimte voor een monument. Hij kreeg het voor elkaar dat het aantal vierkante meters ervoor werd verdubbeld. Zijn 'moeite met gezag', zoals ouders en docenten het altijd noemden, werkte nu officieel in zijn voordeel. Al snel begon hij toespraken te houden – meestal in de kleine stadjes waar niemand anders heen wilde – voor Rotary Clubs, Kiwanis Clubs, politie-, brandweerlieden- en veteranenorganisaties, die allemaal dolgraag uit de eerste hand wilde horen over de reddings- en bergingsoperaties. Zijn opvliegendheid maakte hem ook populair bij de pers. Het was alsof iemand een gps in zijn brein had geplant: ga hierheen, doe dit, en alles klopte.

Zowel in zijn gedachten als in zijn toespraken werden zelfs zijn onachtzaamheden het bewijs van zijn toewijding: 'Zeven maanden lang ging ik elke dag naar het gat,' vertelde hij de menigten die waren toegestroomd om hem te horen spreken. 'Mijn huwelijk ging eraan,' – altijd klonk er dan gemompel – 'mijn carrière, mijn huis raakte ik kwijt, maar dat heeft niets te betekenen.' Een pauze. 'Mijn broer, mijn enige broer, verloor zijn leven.' Soms begonnen mensen na deze woorden spontaan te klappen, wat een beetje misplaatst was. Sean leerde zijn ogen neer te slaan tot ze ermee ophielden.

Zelfs weer bij zijn ouders intrekken nadat hij en Irina uit elkaar waren gegaan, leek juist. Ze hadden hun bescheiden victoriaanse huis in Brooklyn altijd goed verzorgd – Eileen wist hoe ze moest woekeren met beperkte middelen – maar tegen de tijd dat Sean bij hen introk, bladderde de verf van de muren, kraakten de deuren en lieten muizen hun schaamteloze sporen achter. Zonder dat het hem werd gevraagd repareerde Sean, maakte schoon, ruimde op, schilderde, oliede, dichtte gaten, zette vallen en schuurde. Hij liet zijn handen wapperen. Hij verving alle familiefoto's in de hal door foto's van Patrick. Eileen, die Sean als de jongste van zes kinderen nooit erg had bemoederd, toonde steeds meer genegenheid.

Maar vervolgens werd hij niet gevraagd voor de jury voor het monument. Hij kreeg minder verzoeken om toespraken te houden, alsof het land zonder hem doorging. In de films waarnaar Sean keek, raakte je de verlossing nooit meer kwijt als je die eenmaal had gevonden. Maar in het echte leven was de verlossing zoiets als omhooglopen op de roltrap naar beneden: bleef je even staan, dan zakte je zo weer terug. Zijn vroegere ik stak telkens weer de kop op, vaak onder het oog van zijn moeder. In de afgelopen maanden gedroeg ze zich weer net zo bits als vroeger, beval ze hem om zijn bed op te maken, wat hem dubbel zo hard raakte, want zo ging het ook in zijn jeugd. Zijn vader noemde hem voortdurend Patrick en Sean kon het niet over zijn hart verkrijgen hem te corrigeren, maar Eileen deed dat wel, op ijzige toon. En Seans 'aannemersbedrijfje', dat hij onlangs had opgezet, voelde aan als een pak waar hij uit was gegroeid zonder dat hij een nieuw kon betalen. Twee dagen geleden was hij weggelopen van een opdracht om IKEA-planken op te hangen, nadat de huisvrouw die hem had ingehuurd hem had gevraagd of hij aan het eind van de dag haar vuilniszakken wilde wegbrengen. 'Weet je wel wie ik ben?' wilde hij haar toeschreeuwen, maar het juiste antwoord daarop deed pijn. Hij was gewoon een klusjesman die bij zijn ouders inwoonde.

Alyssa Spier keek gebiologeerd toe terwijl haar mysterieuze moslimprimeur de nieuwscyclus in ging en doordenderde, elk minder belangrijk verhaal op zijn pad verpletterend. Tegen het middaguur was ze geboekt voor drie nieuwsprogramma's op tv en had ze vier radio-interviews gegeven.

Ze zat bij de make-up om te worden opgemaakt, naast een lokale presentator die klaagde dat de foundation die bij hem werd aangebracht zijn gebruinde huid bleker maakte. Toen de dame van de make-up aan Alyssa begon, die niet bruin was en dus ook niet bleker gemaakt kon worden, begon de presentator te oefenen met het woord 'moslim': 'De *New York Post* bericht dat een moslim is gekozen...', waarbij hij precies met de juiste, ironische verbazing de nadruk legde op de eerste lettergreep. 'De jury weigert te praten, maar blijf bij ons,' vervolgde hij op vertrouwelijke toon, om te verbergen dat hij niets vertrouwelijks te melden had. Het licht van de studiolampen weerkaatste als zonlicht op een rivier op de gel in zijn krullende haar.

Elke politicus praatte over haar nieuws, of vermeed het onderwerp juist. 'Ik geef geen commentaar op onbevestigde berichten,' zei de burgemeester op de zender New York 1. In zijn jeugd was hij een strijdlustig politicus geweest, maar nu was hij verzacht tot een burgerlijke pater familias. 'Ik maak me op dit moment meer zorgen over ongeautoriseerde lekken – over iets wat misschien niet eens waar is – uit wat een gesloten procedure moet zijn. Het laatste waar we op zitten te wachten is dat de pers zichzelf uitroept tot jury.'

Al weigerde hij beslist commentaar te leveren op hypotheses, toch kon hij het niet nalaten eraan toe te voegen: 'In principe is er niets mis mee om moslim te zijn. Het hangt ervan af over welk soort moslim we het hebben. De islam is een vredelievende religie, zoals ik al herhaaldelijk heb gezegd. Het probleem is alleen dat die boodschap bij sommige mensen nog niet is doorgedrongen...' Het was niet duidelijk of hij met 'sommige mensen' de gewelddadige moslims bedoelde of de mensen die de vredelievende moslims zwartmaakten.

Tussen de interviews door ging Alyssa terug naar de nieuwsre-

dactie, waar ze werd omgeven door blije redacteuren en werd gene-
geerd door norse journalisten. 'Dit verhaal heeft meer uitsteeksels
dan de Rockettes!' kraaide Chaz, haar nieuwe eindredacteur, terwijl hij aan het zappen was en aankondigde dat er een borrel ter ere
van haar werd georganiseerd. Ze kon nog niet goed geloven dat
haar kansen zo gekeerd waren. Twee dagen geleden was ze nog een
journaliste van de *Daily News* met een radioactieve primeur die
haar baas niet wilde publiceren. Nu was ze de journaliste van de
New York Post wier verslag het gesprek van de dag was, niet alleen
in de stad, maar misschien zelfs in het hele land.

Fred, haar eindredacteur bij de *Daily News*, had het verhaal tegengehouden. Ze moest bevestiging van een tweede bron zoeken,
zei hij, en voordat ze aan het zoeken van een tweede bron toe
kwam, droeg hij haar op om in de kostenoverschrijding te duiken
van de reparaties aan de George Washington-brug. Zijn plotselinge
redactionele rechtschapenheid ergerde haar; hij vroeg nooit om een
tweede bron, waaronder de reputatie van de krant tijdens zijn be-
wind had geleden. Haar zeurderige eerste bron bleef maar bellen
om te vragen wanneer het verhaal gepubliceerd zou worden. Ze
hield hem aan het lijntje, bang dat hij de primeur aan iemand anders zou geven, onzeker hoe ze hem moest zoethouden. Ze had
hem al getrakteerd op een etentje in restaurant Balthazar, compleet
met de toren van zeevruchten. Alleen dat al was genoeg om haar
onkostenvergoeding op rood te zetten. 'Ze zullen iemand anders
benaderen en dan is het te laat,' waarschuwde hij voortdurend.
'Dan heb jij geen verhaal meer.'

Ze probeerde hem om te praten; ze vleide, terwijl ze de hele tijd
dacht: waarom doet hij dit? Ze had een motief nodig om te testen
op onwaarheden, kwetsbare plekken om het volgende klompje
goud eruit te trekken. Was hij omgekocht door een andere inzen-
der? Had hij iets tegen moslims? Behandelde de voorzitter hem als
oud vuil en wilde hij wraak nemen? Of schepte hij genoegen in het
drama dat hij zou veroorzaken? Iedereen gaf graag een wending
aan de geschiedenis als de kans zich voordeed.

'Ik raak het verhaal kwijt,' zei ze tegen Fred. 'We zullen het kwijtraken. Mijn bron begint ongeduldig te worden.'

'Manage hem,' zei Fred. Hij slikte zijn woorden in met de hap banaan die hij aan het eten was. Het klonk alsof hij had gezegd: 'Masseer hem.' 'Met bronnen omgaan is een kunst,' vervolgde hij. Hij gaf haar het gevoel dat het haar schuld was.

Toen ze haar bron belde om nog wat tijd te rekken, zei deze: 'Dit is belachelijk. Ik geef het aan de *Post*.' Nee, dacht ze, dat ga ik zelf doen. Ze vroeg Sarah Lubella, een oude kennis daar, om een ontmoeting met de hoofdredacteur van de krant te regelen.

'Ik heb een waanzinnig verhaal, op mijn erewoord,' zei Alyssa.

'En waarom publiceert je eigen krant het niet?' vroeg Sarah, op haar teentjes getrapt omdat ze het verhaal niet kende dat ze niet had en het verhaal niet had dat ze niet kende. 'Ze durven niet,' zei Alyssa. 'Ze worden onder druk gezet.'

'Maar als je dit doet, is er geen weg terug meer. Kun je het aan om te werken voor die minderwaardige *Post*?' Haar stem klonk als krakend oud leer, een getuigenis van dertig jaar overvolle asbakken in de overvolle perskamers van New York voordat die rookvrij waren gemaakt.

Alyssa had altijd neergekeken op de *Post*, net zoals, naar ze wist, de journalisten van de *Times* op haar neerkeken. Maar dit was niet de eerste keer dat Fred haar had verneukt. Zijn pasgevonden terug-houdendheid was geen goede eigenschap voor een redacteur van een sensatieblad, maar het was zijn vriendjespolitiek die ze niet kon uitstaan. Rubin en hij waren bevriend, wist ze. Alyssa zelf was op-geklommen vanuit een depressief rivierstadje tot New York City. Zij had dit soort vrienden niet.

Het had haar veel tijd gekost om het tot New York City te bren-gen, waarvan ze zich altijd had voorgesteld dat ze er terecht zou ko-men. Tijdens haar ballingschap in de wildernis van Nergenshuizen, Amerika – Brattleboro, Duluth, Syracuse, nietsbetekenende stadjes die te veel op haar geboorteplaats leken – bekroop haar het vreem-de, vreselijke gevoel dat haar leven niet zo liep als ze gepland had, al vertelde ze iedereen dat dat juist wel het geval was. Tegen de tijd dat ze het tot de *Daily News* had geschopt, elf jaar later en acht sporten van de ladder hoger, wist ze precies wat ze waard was. Ze kon niet goed genoeg schrijven voor de elitekranten, en was bovendien niet geïnteresseerd in hun zware, gemaniëreerde nieuwsverslaggeving. Ze was echt een sensatiebladvrouw – dat was precies wat ze was. Ze hing geen ideologie aan, ze geloofde alleen in informatie, die ze verkreeg, ruilde voor iets anders, waar ze mee leurde, die ze verpakte en publiceerde, en ze verzette zich tegen elke poging haar product te bewerken. De kick die ze iedere keer kreeg als ze een brokje nieuws ontdekte en het ter inspectie voor de neus van het publiek hield, was nog net zo vers als toen ze het hoofd van haar middelbare school confronteerde met het gerucht – door haar als feit gepresenteerd – dat er naar een van de leraren onderzoek werd ingesteld omdat hij de opbrengst van een taartenverkoop in zijn zak had gestoken. Geschiktheid, angst en geruststelling gleden als wolken over zijn gezicht en zij zag dat zij het weer kon bepalen. Ze kreeg het bovendien voor elkaar om diefachtige wiskundeleraren overgeplaatst te krijgen naar andere schooldistricten.

De eindredacteur, de directeur, hun hele benoemde, betitelde kliek, waren anders: alleen waarheidsgetrouw totdat het hun niet van pas kwam. Dus was zij overgelopen, en de gevolgen van haar overloperij regenden neer op de stad. De Overdenkingen van Nabestaanden, een journalistiek genre dat in de afgelopen twee jaar was ontstaan, kwamen in een stroomversnelling. Elke verslaggever had een digitale Rolodex met weduwen en weduwnaars, ouders en broers of zussen van de doden, die gebeld konden worden voor een uitspraak over het onderwerp van de dag: hoe de rampplek erbij lag, de arrestatie van een verdachte van betrokkenheid bij de aanslag, de marteling van voornoemde verdachte, de compensatiebetalingen, samenzweringstheorieën, de gedenkdagen van de aanslag (eerst na één maand, toen na zes maanden, toen na een jaar), de verkoop van afgrijselijke prullaria met afbeeldingen van de verwoesting. Op de een of andere manier hadden de nabestaanden altijd wel iets te zeggen.

De gouverneur, de mysterieuze afwezige toen de controverse begon – wachtend op de resultaten van de eerste polls, wist Alyssa zeker –, trad naar buiten om haar 'ernstige bezorgdheid' uit te spreken over de mogelijkheid van een moslimbouwer, zonder zich iets aan te trekken van de vergoelijkende, ruimdenkende uitingen van de burgemeester. Gouverneur Bitman straalde als een verliefde vrouw, of als een vrouw die zojuist een onderwerp had ontdekt dat haar in sneltreinvaart tot een landelijke bekendheid kon maken. Alyssa, wier ambities geheel in overeenstemming waren met die van de gouverneur, begon te dromen dat ze een presidentiële campagne zou volgen van de ene staat naar de andere.

Paul Rubin liet zijn blik door het restaurant glijden, een bistro aan de Upper East Side die hij had gekozen omdat er geen bekenden van hem kwamen. Zoals hij had gehoopt, was het vrijwel leeg, afgezien van een paar getrouwde dames die aan de donkerhouten bar zaten. Hij raakte enigszins gedesoriënteerd door de van verlichting voorziene spiegels aan de mosterdgele muren en kon Mohammad Khan niet in de lange smalle ruimte ontdekken. Toen viel zijn oog op een man met een donkere baard, die vanaf een tafeltje achterin naar hem keek. Paul herinnerde zich de foto die bij de inzending van de Tuin was gevoegd. Dit kon onmogelijk Khan zijn. Hij was – Paul zocht naar de woorden terwijl hij de tafel naderde – 'opgeleukt'; zijn golvende zwarte haar was langer en naar achteren gekamd, zijn kaaklijn verdoezeld door een keurig getrimde baard, zijn ogen omrand door lichtgetinte, amberkleurige rechthoeken.

Khan stond op. Hij was ruim tien centimeter langer dan Paul. Hij had plaatsgenomen op de stoel met zicht op het restaurant en de deur, de plek waar Paul het liefst zat; hij werd onrustig als hij met zijn rug naar de ruimte achter hem moest zitten. Toen ze hadden plaatsgenomen, nam Paul een paar slokjes water, in de hoop daarmee wat evenwichtigheid naar binnen te krijgen. Hij zag dat Khan koffie met melk dronk die de kleur van zijn huid had en verwierp die vergelijking snel uit angst dat die te racistisch was.

'U ziet er anders uit,' begon hij, 'vergeleken met uw foto.'

Khan haalde zijn schouders op. 'Dat was een oude foto.' Hij droeg een gladgestreken overhemd van goede kwaliteit, de manchetten omgeslagen, een smaakvol plukje haar zichtbaar bij de hals. Hij leek op Pauls voorstelling van een Bollywood-ster. Paul, met zijn vlinderdasje, kreeg het gevoel dat hij zich te netjes had gekleed voor een schoolbal.

Een moment van stilte. En nog een moment. Zelfs in het gedempte licht van het restaurant, zelfs achter de brillenglazen, waren Khans ogen mooi – en Paul zou zoiets nooit zeggen over een man, het zelfs niet denken. Mooi zoals hij als kind knikkers mooi had gevonden. Mooi op een manier die vrouwen wel moest aantrekken.

'Dank voor uw komst op deze korte termijn,' begon Paul opnieuw.

'Geen probleem, maar ik ben wel nieuwsgierig waarom ik dit in de *Post* moest lezen,' zei Khan. Er lag een schetsblok voor hem met een paar lijnen erop getekend.

Paul aarzelde even. 'Er is nog niets definitief. We gaan zorgvuldig te werk, zoals het hoort bij elke selectieprocedure.'

'En dit hoort daar ook bij?'

'Ja, ja, dit gesprek hoort er inderdaad bij,' zei Paul. Khans vraag gaf hem ruimte om te manoeuvreren.

'Maar ik heb gewonnen.' Hij pakte zijn pen en begon figuurtjes te tekenen. Nee, figuurtjes tekenen was wat Paul deed. Khan was écht aan het tekenen. Paul voelde zich zeer ongemakkelijk toen hij de omtrekken van de Tuin op het papier zag verschijnen. Zelfs ondersteboven gezien was het onmiskenbaar: de vier kwadranten, de kanalen, de muren, de bomen...

'Er is pas een winnaar als het proces is afgerond. Als de gouverneur haar handtekening heeft gezet.'

Khan bestudeerde met koele blik Pauls gezicht. 'Maar de jury heeft mijn ontwerp gekozen. Ze hebben de Tuin gekozen.'

Paul zwichtte. Hij moest wel. 'Ja, inderdaad.'

Die glans in Khans ogen: van vreugde. Die verdween achter stalen poorten. 'En wat hebt u nu nodig om de keuze definitief te maken?' vroeg hij.

'Wel, zodra alle zorgvuldigheid is betracht, kan het publiek zijn zegje doen. In feite gebeurt dat nu al, zoals u wellicht hebt gemerkt.'

Khan hapte niet toe. 'Het publiek,' zei Paul nogmaals. 'Hoor eens, we leven in moeilijke tijden, vreemde tijden.' Hij onderbrak zichzelf. 'Waarom hebt u meegedaan?' vroeg hij, tot zijn eigen verbazing uit oprechte nieuwsgierigheid.

Khan keek hem aan alsof hij een stumperig oud vrouwtje was. 'Omdat ik het kon.'

'Het publiek,' zei Paul, die opeens genegenheid had opgevat voor deze vage, hardnekkige entiteit, 'zal wat meer welsprekendheid van u verwachten.'

'Natuurlijk,' zei Mo, die – Paul zag het gebeuren – uit alle macht probeerde een uitdrukking van inschikkelijkheid op zijn gezicht te toveren. 'Bij mijn idee kreeg ik het gevoel dat er een juiste balans was tussen herdenken en herstellen. Ik wilde een bijdrage leveren,' zei hij stijfjes.

Paul knikte. 'Wat ik wilde zeggen, was dat het publiek al een zekere mate van... ongerustheid begint te vertonen. Wat doet vermoeden dat het me wel eens heel veel moeite zou kunnen kosten om de fondsen te werven die nodig zijn voor de bouw van de Tuin. Wat zou betekenen dat u alleen in naam de winnaar bent en ik geen noemenswaardig monument van de grond krijg. Dat is voor ons allebei nauwelijks een wenselijk resultaat. Dus ik vraag me af of we het wellicht wat indirecter zouden kunnen benaderen. U werkt voor Emmanuel Roi, klopt dat?'

'Ja.'

'Misschien kunnen we het project onder zijn naam presenteren. Wat inhoudt dat u er nog steeds aan kunt werken. U zou de uitvoerder zijn. Dat gaat trouwens toch bijna altijd zo?'

Verbazing gleed over Khans gezicht, gevolgd door kwaadheid. Hij legde langzaam zijn pen neer; het doordachte gebaar bracht

Paul een beetje van zijn stuk. 'Dat is precies hoe ze werken, wat de reden is dat ik op persoonlijke titel aan die verdomde wedstrijd heb meegedaan,' zei hij met onderdrukte woede.

'Dus het draait hier om uw carrière,' zei Paul.

'Ik moet de vraag over de achterliggende redenen over het hoofd hebben gezien toen ik het inzendingsformulier las. Ik wil voor mijn ontwerp de erkenning krijgen die iedere andere winnaar zou ontvangen.'

'Zoals ik al zei: er is niet per se "een winnaar",' zei Paul. 'Die is er pas als het publiek zich heeft uitgesproken. Voorlopig hebben we alleen de keuze van de jury.'

'Ook goed. De erkenning die iedere andere keuze zou ontvangen dan.'

'Als de reacties tot nu toe representatief zijn voor wat er nog komen gaat, ben ik niet zo zeker of u die erkenning wel wilt krijgen. Misschien wenst u na verloop van tijd wel dat u anoniem was gebleven.'

Khan drukte zijn lange, spitse vingers tegen zijn slapen, alsof zijn ergernis steeds meer druk in zijn hoofd veroorzaakte. 'Dat is dan mijn probleem, nietwaar? Of is dit als dreigement bedoeld?'

Paul gaf geen antwoord. Hij probeerde zich in plaats daarvan de lijst met vragen voor de geest te halen die Lanny, na een nachtelijke snelcursus over de islam, voor hem had opgesteld: soenniet of sjiiet? Beschrijft hij zichzelf als gematigd? Heeft hij een joodse vriendin? Als ze een moslim als winnende ontwerper zouden presenteren, was het van het hoogste belang erachter te komen wat voor soort moslim hij was.

'Uw achtergrond... lijkt tamelijk vrijzinnig,' zei Paul. 'Klopt dat?'

'Waarom is dat belangrijk?'

'Ik probeer me gewoon een beeld te vormen. Als vrijzinnig niet het juiste woord is, dan zou u zichzelf waarschijnlijk als gematigd omschrijven?' Een miniatuurversie van de ventilator aan het plafond draaide rond in Pauls lepel.

'Ik sjacher niet in dat soort kwalificaties,' zei Mo.

'Gematigdheid is niet echt een kwalificatie,' zei Paul. 'Meer een levenshouding. Ik ben zelf ook een gematigd man.'

'Gefeliciteerd,' zei Mo. Hij klonk verbitterd. Toen leek hij zijn reactie te heroverwegen. 'Ik ben een sjiietische wahabiet, als u het per se wilt weten,' zei hij.

'Juist, ja,' zei Paul, die een pen pakte. 'Vindt u het goed dat ik dat even opschrijf?'

Khan schoof een blanco stuk papier naar hem toe, wachtte tot Paul het had opgeschreven en zei: 'Ik zou daarmee niet naar de kranten rennen. De sjiieten en wahabieten proberen elkaar af te maken, heb ik begrepen. Voor zover ik er iets van begrijp.'

Paul voelde voor het eerst in zeer lange tijd zijn gezicht gloeien. Hij had niet gedacht dat hij dat op zijn leeftijd, in zijn positie, nog zou meemaken.

Er schoot een incident door zijn hoofd waaraan hij ooit dagelijks had gedacht. Hij was vierentwintig en had een zomerbaantje bij een advocatenkantoor. Hij was zover gekomen dankzij zijn intelligentie en doorzettingsvermogen: altijd de beste leerling van de klas, verlegen en onhandig als hij geen boek bij zich had, altijd bang te falen of een misstap te begaan. Een van de seniorpartners had hem mee uit lunchen genomen. In het stijve, elegante restaurant, waar de obers rondliepen met een gevouwen servet over hun arm, stootte Paul zijn glas bessensap om, wat sowieso al een ongepast drankje was. De partner deed niet net alsof hij het niet zag en maakte er ook geen gemoedelijke grap over. In plaats daarvan volgde hij de reis van de vlek over het tafellaken alsof er menstruatiebloed overheen liep. Vervolgens keek hij Paul recht in de ogen. Tot zijn eigen grote verbazing – hij was er nu nóg verbaasd over – keek Paul terug zonder te schuiven op zijn stoel, te blozen of te proberen de vlek op te deppen. Hij maakte geen oogcontact met de ober, die snel kwam aanlopen om het tafellaken te vervangen met, naar Pauls mening, overdreven veel misbaar. In dat eindeloze, woordeloze moment leerde Paul wat bijna twintig jaar school, middelbare school en rechtsstudie hem niet hadden bijgebracht: intelligentie zorgde slechts voor de helft, misschien nog minder, van je succes; de andere helft bestond uit het naamloze spel waarin de dobbelsteen psychologie heette. Om te winnen moest je intimideren of bluffen. In de daaropvolgende jaren bevrijdde deze openbaring hem langzaam van zichzelf en van een leven met zijn neus in de wetboeken. Hij oefende nooit iets, ging rechtstreeks als juniormedewerker naar een investeringsbank, waar hij minideals sloot. Hij vond het spel van risico's nemen leuk. De ervaring dat rampen overleefd konden worden, zelfs gemanipuleerd, bevrijdde hem. Khan leek dit ook te hebben geleerd. Of misschien leerde Paul het hem. Hij was er vandaag niet zeker van of de herinnering was opgeroepen doordat Paul Khan vernederd had of andersom.

'U lijkt te denken dat we hier een spelletje spelen, meneer Khan.'

'Het is ook een spelletje. En u hebt de regels bepaald. En nu probeert u die te veranderen.'

'Ik verander niets,' zei Paul. 'Ik probeer slechts zorgvuldig te zijn, zoals ik al aangaf. Het publiek zou zich bijvoorbeeld kunnen afvragen wat de ontwerper van hun monument in Afghanistan te zoeken had.' Paul was niet van plan geweest dit ter sprake te brengen, maar hij besloot dat hij er geen spijt van had. Het zou nuttig kunnen zijn om te zien hoe Khan zich gedroeg als hij uit zijn evenwicht werd gebracht.

Hij antwoordde met de zelfverzekerdheid van een kandidaatrechter die goed was voorbereid op de vragen van het toelatingsverhoor. 'Ik ben zes maanden geleden namens ROI naar Afghanistan gegaan,' zei hij. 'We deden mee aan de inschrijving voor de opdracht daar de nieuwe Amerikaanse ambassade te bouwen. We hebben de opdracht niet gekregen – nauwelijks een verrassing, als je iets van ROI's werk af weet. Maar ik was blij dat ik de kans kreeg het land te zien dat voor Amerika zo belangrijk is geworden,' besloot hij ongedwongen.

'Dan zult u ook begrijpen hoe belangrijk dit monument voor Amerika is,' zei Paul. Op dringender toon vervolgde hij: 'U zou toch niet willen dat uw land verdeeld raakt?'

'Natuurlijk wil ik geen verdeling veroorzaken.'

'Dan... Het is moeilijk te zien hoe het anders kan aflopen. Als u op uw strepen blijft staan.'

'Begrijp ik u nu goed?'

'Ik heb niets anders gezegd dan wat ik zei. Het enige wat ik wil zeggen is dat ik niet weet waarom iemand die van Amerika houdt, die wil dat het land zich herstelt, het zou onderwerpen aan de strijd die zal ontstaan als er een moslim wordt gekozen. Denk aan het kind van Salomon.'

'Kunt u dit argument niet beter aan de mensen voorhouden die zich klaarmaken voor de strijd? Het enige wat ik heb gedaan is een monument ontwerpen.'

'En het enige wat zij hebben gedaan is dat ze echtgenoten, kinderen, ouders zijn verloren.'

'En daardoor hebben ze moreel gezien de overhand?'

'Sommige mensen zouden dat kunnen zeggen, ja.' Paul glimlachte kil en draaide zich om om de ober te wenken.

'Ik zou mijn naam kunnen veranderen,' zei Khan toen Paul koffie had besteld.

'Veel architecten hebben dat gedaan,' zei Paul. 'De meesten waren joods.'

'Ik maakte een grapje.'

'Mijn overgrootvader heette Rubinsky. Vervolgens komt mijn grootvader naar Amerika en heet opeens Rubin. Wat betekent een naam? Niets, of alles. We verbeteren onszelf allemaal, veranderen mee met de tijd.'

'Het is wel iets ingewikkelder om een naam uit te kiezen die je herkomst verbergt, je afkomst, je etniciteit.'

'Rubin verbergt nauwelijks iets.'

'Maar meer dan Rubinsky. Niet iedereen is bereid zichzelf opnieuw uit te vinden om in Amerika hogerop te komen.'

Impliceerde Khan hiermee iets over de joden, over hun assimilatie en ambities? De opmerking die Edith die ochtend had gemaakt kwam in Pauls gedachten. 'Een moslimland zou nooit toestaan dat een jood hun monument zou bouwen,' zei ze. 'Waarom zouden wij daar anders tegenover staan?' Edith had de gewoonte alle sentimenten te verwoorden die Paul nooit zou uitspreken, alsof zijn liberale kant bij hem in zijn appartement was getrokken.

'Dit is geen moslimland, Edith. Wij staan boven dit soort dingen. We kunnen hem niet afwijzen uitsluitend omdat hij moslim is,' had hij gezegd, al was dat precies wat hij van plan was.

'Daniel Pearl betaalde een veel hogere prijs, alleen omdat hij jood was,' antwoordde Edith met nuffige hooghartigheid.

Khan zwaaide met zijn arm. Paul deinsde terug, maar besefte toen dat Khan alleen maar om de rekening vroeg. Paul had het ongeruste gevoel dat hij, zonder het te willen, iets nieuws in gang had gezet. Wat voor moslim Khan ook was, hij zou hier als een boze moslim vertrekken.

Paul kwam thuis en hij had helemaal geen zin in zijn volgende afspraak, een lang geleden geplande ontmoeting met zijn oudste zoon Jacob. Hij had geprobeerd de afspraak uit te stellen. Edith wilde er niets van horen.

Deze afspraken werden zogenaamd gepland om 'bij te praten', maar in werkelijkheid waren ze bedoeld om Jacob, een bedelaar met babyzachte handpalmen, de gelegenheid te geven weer om geld te vragen. Paul plande deze ontmoetingen zodanig dat ze niet samenvielen met een maaltijd. Hij haatte het om familiaire genegenheid te moeten veinzen als het over geld ging.

Jacob noemde zichzelf filmmaker, maar van zijn films – drie korte en één speelfilm die op een paar onbelangrijke filmfestivals was vertoond en vervolgens meteen op dvd werd uitgebracht – hadden Paul of Pauls vrienden nooit gehoord. Dat je jezelf kunstenaar noemde betekende nog niet dat je er een was. Hij had er genoeg van Jacob te financieren, maar Edith zat hem onophoudelijk op zijn huid en Paul wist dat ze waarschijnlijk stiekem met elkaar bekonkelden dat de cheques bleven komen. Edith kon onbuigzaam zijn als het over haar zoon ging.

Pauls giften aan Jacob sloegen slechts kleine deukjes in zijn fortuin, maar door de aanname dat de geldkraan altijd open zou staan slibde de stroom van zijn vrijgevigheid een beetje dicht. Om het nog ergerlijker te maken, had Jacob altijd een houding van milde afkeer, waarvan Paul niets begreep. Hij was veertig en zijn vader gaf hem geld; waarover kon hij zich in vredesnaam gekrenkt voelen? Hij duwde zijn onvervulde potentieel voor zich uit als een kinderwagen. Voordat hij begon met investeren in zijn zoon had Paul de economische aspecten van de filmwereld bestudeerd. Het gebeurde zelden dat niet-gesubsidieerde films geld in het laatje brachten en Jacob, in zijn zwartleren jas (altijd van dezelfde uitstekende snit en altijd meteen door een nieuwe vervangen als er slijtage zichtbaar werd), schepte trots in zijn hekel aan commercie. Dat betekende dat, tenzij hij een onvoorzien succes zou boeken, wat zijn talent tot dusver niet leek aan te kondigen, hij zijn hele leven van Pauls toelagen moest rondkomen. Het vaderschap schonk in de loop der jaren minder plezier in plaats van meer, wat misschien de reden was dat zijn vrienden hun kleinkinderen zo adoreerden: vanwege de kans om opnieuw te beginnen. Aangezien hij zelf nog geen kleinkinderen had, moest hij het met zijn zoons doen, die niet alleen qua lengte waren gegroeid, maar ook qua vermogen hem teleur te stellen.

De jongste zoon, Samuel, was een streber. Hij was directeur van een prominente organisatie voor homorechten en had op de cover gestaan van het tijdschrift *New York* als een van de veertig New Yorkers onder de Veertig om te Volgen. Paul had geen bezwaar tegen zijn seksuele voorkeur; nadat Samuel uit de kast was gekomen, had hij er genoeg over gelezen om zichzelf ervan te overtuigen dat homoseksualiteit onveranderlijk was en dat hem, als vader, geen blaam trof. Maar hij wilde er niet mee te koop lopen en haatte de eindeloze stroom onderling uitwisselbare jongemannen die Samuel meebracht met Pascha en Thanksgiving. 'Jij wilt dat ik leef alsof ik hetero ben,' beschuldigde Samuel hem een keer. Dat klopte als een bus. Paul kon maar niet over zijn verbazing heen komen over het feit dat Jacob de mislukkeling van de familie was.

Toen Paul zijn kantoor in liep, bracht de aanblik van Jacobs achterhoofd, met de krullerige haardos, bij hem een vertrouwde, onwillekeurige afstandelijkheid teweeg. Toen Jacob was opgestaan, schudden ze elkaar de hand.

Jacob was bruin, of liever gezegd: er lag een roze gloed over zijn normaal gesproken bleke gezicht. 'Ben je op vakantie geweest?' vroeg Paul, die net deed alsof hij zijn post aan het doornemen was.

'Gewoon een kort reisje,' zei Jacob schouderophalend.

'Vakantie,' herhaalde Paul. 'Lijkt me leuk.'

Jacob gaf geen antwoord, dus informeerde Paul naar zijn vrouw, een onrustbarend mooie Taiwanese Amerikaanse.

'Bea is geweldig. En, wat ben je van plan te gaan doen, pap?'

'Waarmee?' zei Paul kortaf, hoewel hij het wel wist. Hij was aangenaam verrast, want Jacob vroeg zelden naar Pauls eigen zorgen, maar toen raakte hij geïrriteerd: er moest blijkbaar iets sensationeels gebeuren voordat hij interesse toonde.

'Met het monument, natuurlijk.'

'Wat zou jij doen als je in mijn schoenen stond, Jacob? Als het waar blijkt te zijn?'

'Ik zou het hem gunnen. Of haar – ik heb Bea verteld dat het volgens mij om Zaha Hadid gaat.' Geen antwoord. 'Wie het ook is, gewonnen is gewonnen.'

Als de Simpele Zoon bij de Pascha-ceremonie, dacht Paul. 'En, wat hebben we vandaag te bespreken?' vroeg hij. Jacob begon over zijn nieuwe film te vertellen – iets over een vrouw die haar negenjarig zoontje meeneemt naar Laos. Laos klonk duur.

'Weet je, pap, die vrouw die een bijrol had in *Exiled*? En zwanger werd? Dit is haar kind!' De inhoud van zijn verhaal was te mager om het gewicht van zijn opgewonden toon te dragen, en dat, zo concludeerde Paul, was ook de reden waarom Jacob een slechte verkoper was: hij had geen gevoel voor gepaste stembuigingen, het interesseerde hem niet hoe hij op zijn toehoorders overkwam. Met dit oordeel, wist Paul, ontweek hij meteen zijn eigen schuldgevoel:

hij had de voorvertoning van *Exiled* gemist omdat hij liever naar een diner ter ere van de gouverneur ging in Gracie Mansion, omdat hij bezig was het voorzitterschap van de jury binnen te halen. Later had hij thuis gedurende de hele film verveeld en met onbegrip zitten dommelen en was hij pas wakker geworden bij de aftiteling, waar hij zijn eigen naam zag staan als producent, een blijk van waardering voor het geld dat hij aan deze dwaasheid was kwijtgeraakt. Hij had Jacob een door Edith gedicteerd briefje gestuurd, waarin hij de 'originaliteit en passie' van *Exiled* prees, maar vandaag was hij er met zijn hoofd niet helemaal bij, was zijn voorzichtigheid wat verzwakt. 'Ik denk dat ik dat deel in mijn slaap heb gemist,' zei hij, zonder erbij na te denken, nogal nors – en zelfs sarcastisch, bedacht hij later.

Op Jacobs wangen gloeiden twee dieprode vlekken en Paul zag hem als een geschokt jochie dat troost kwam zoeken nadat hij was gekwetst door een beledigende opmerking op school. Maar zijn eigen vader was degene die hem had gekwetst. Misschien betekent het ouderschap dat je je kinderen beschermt totdat ze sterk genoeg zijn om de pijn te dragen die je ze aandoet, dacht Paul.

'Het sp...' Nee, hij wilde zich niet verontschuldigen. 'Ik ben moe,' zei hij. 'Ik heb veel aan mijn hoofd.' Jacob opende zijn mond en sloot hem weer, maar zei niets. Dit zwijgen, deze mislukte poging tot spreken, verminderde Pauls respect alleen maar.

'Hoeveel heb je nodig?' vroeg hij; hij wilde het achter de rug hebben.

'Vierhonderd,' mompelde Jacob; de toevoeging 'duizend' sprak vanzelf. Het was een hoog bedrag en Paul hoopte half dat Jacob in zijn woede genoeg tegenwoordigheid van geest had gehad om het te verhogen. Onwillekeurig vergeleek hij zijn zoon met Mohammad Khan, en de vergelijking viel niet in zijn voordeel uit.

8

Hoe kon je dood zijn als je niet eens bestond? Van de veertig Bengalezen die in de dagen na de aanslag bij hun consulaat als vermist werden opgegeven, hadden er slechts zesentwintig een legale status, en Asma Anwars man hoorde daar niet bij. De niet-geregistreerden konden niet worden meegeteld, hielden de ambtenaren vol. Het consulaat kon geen illegalen bijstaan, zelfs niet postuum. Ze spraken hun medeleven over Inam uit, 'als hij inderdaad had bestaan' – woorden die met dezelfde frequentie over hun tong rolden als *Inshallah*, maar ze konden niet helpen bij het repatriëren van zijn lichaam als dat zou worden gevonden, of de weduwe financiële bijstand verlenen.

De aannemer bij wie Inam in dienst was als conciërge gebruikte dezelfde argumenten: er bestond geen Inam Haque, want toen hij de baan kreeg, had hij een valse naam en een vals burgerservicenummer opgegeven. De aannemer had deze schijn van legaliteit als voorwaarde gesteld, maar gebruikte het nu als excuus om Asma niet te helpen. 'Hij betaalde wel belasting,' zei ze steeds weer tegen Nasruddin, de 'burgemeester' van Klein Dhaka, zoals hun wijk in Brooklyn werd genoemd, al waren de bewoners voor het grootste deel afkomstig van het eiland Sandwip. 'Dat moet toch iets betekenen?'

Nasruddin schudde alleen zijn hoofd. Hij woonde al langer in Brooklyn dan Asma, die eenentwintig was, op aarde rondliep. De mensen zeiden dat zijn gezicht in al die tijd nauwelijks was veranderd – al was zijn buik steeds dikker geworden, als bij een uiterst langzaam vorderende zwangerschap. Hij verdiende zijn brood als opzichter van een groep Bengalese bouwvakkers die een stuk of tien herenhuizen van een Iers-Amerikaanse slager onderhielden en verbouwden. Maar zijn echte energie stopte hij in de zorg voor zijn gemeenschap, waar hulp nodig was bij het aanvragen van verblijfs- en ondernemingsvergunningen, de inschrijving bij scholen en ziekenhuizen, de aankoop van een huis, bij huwelijken en scheidingen, bij arrestaties en boetes vanwege huisvuil op het trottoir en dubbelparkeren. Hij sprak uitstekend Engels en iedereen vertrouwde op zijn eerlijkheid. Inam was bij hem in dienst en was onder zijn hoede veilig. Nasruddin had hem afgeraden de baan in Manhattan te nemen – dat was bijna een ander land. Maar Asma had het doorgeduwd, omdat ze ervan overtuigd was dat het werken in de torens, die zoveel hoger waren dan de herenhuizen in Brooklyn, aangaf dat Inam en ook zij hogerop waren gekomen. Wat was ze trots als ze eraan dacht hoe dit nieuws aan de overkant van de oceaan zou aankomen. Nasruddin sprak nooit over haar verkeerde inschatting; dat was niet nodig.

Hij was haar het nieuws komen vertellen; misschien was dat de reden dat hij haar beschermer werd. Ze was acht maanden zwanger en deed een dutje in haar kamer toen ze luid gebons hoorde op de deur van hun huisbazen, de familie Mahmoud. Mevrouw Mahmoud, die de hele ochtend al aan de telefoon was, legde de hoorn neer, waggelde naar de deur en deed hem open voor Nasruddin, die buiten adem was. Hij droeg zijn werkoverall.

Asma was inmiddels moeizaam uit haar bed geklommen.

'Heeft Inam al gebeld?' vroeg Nasruddin.

Mevrouw Mahmoud was niet alleen de eigenaresse van de raamloze kamer die zij huurden, maar ook van de telefoon waarvan ze afhankelijk waren. 'Nee,' zei ze. Ze keek over haar schouder naar de kast, alsof Inam zich daar misschien verstopt had.

Nasruddin keek Asma aan en zei op een te formele toon: 'Ga alsjeblieft even zitten.' Hij wachtte tot ze zich had geïnstalleerd op de bank en mevrouw Mahmoud haar had geholpen haar gezwollen voeten op een pluchen voetenbankje te leggen.

'De gebouwen zijn ingestort,' zei hij, en toen wist ze het.

In de daaropvolgende wazige periode legde Asma verklaringen af bij ambtenaren van het consulaat, onderzoekers van Inams werkgever, de politie, de FBI en het Amerikaanse Rode Kruis, over Inams werk, zijn werktijden, zijn gewoontes, zijn achtergrond. Ze ontving al deze bezoekers en vergat ze meteen weer, volledig afgestemd als ze was op een innerlijke wereld van een fragiel en onvoorspelbaar ritme. Dwangmatig streelde ze haar gezwollen buik; ze mat haar eigen leven af aan de schopjes die ze voelde. Ze had nog nooit zo intens gebeden, nog nooit had ze de tegenstelling tussen de vredigheid van het gebed en de verwarring van de buitenwereld zo sterk gevoeld. Haar buik was zo dik dat ze niet meer kon bukken, maar ze vertrouwde erop dat God haar machteloosheid zou begrijpen.

Net als Inam verbleef Asma illegaal in Amerika. Ze was ervan overtuigd dat al deze aandacht zou leiden tot haar uitzetting. Ze had zich daarbij neergelegd, maar ze hoopte nog wel op twee dingen: dat ze daarvóór zou bevallen, zodat haar kind Amerikaans staatsburger zou zijn, en dat Inams lichaam zou worden gevonden, zodat ze met z'n drieën terug naar huis konden vliegen. In de tussentijd redde ze zich met geld dat ze kreeg van het Weduwe- en Wezenfonds van de moskee, waaraan Inam altijd had bijgedragen, en dankzij de vrijgevigheid van de familie Mahmoud. 'Je kunt zo lang blijven als je wilt en je hoeft niets te betalen,' zei mevrouw Mahmoud, die wist dat Asma binnenkort zou terugkeren naar Bangladesh.

Toen de baby was geboren, bestudeerde Asma hem, op zoek naar trekken van Inam. Iedereen zei dat het jongetje op hem leek – 'als twee druppels water', in de woorden van mevrouw Mahmoud, alsof het kind was vervaardigd in een kledingfabriek. Inams gezicht was echter weliswaar vriendelijk, maar lang en bleek geweest. Deze baby had de vitaliteit van Asma's eigen vader: grote ogen, donkere wenkbrauwen, een rond gezicht, een getinte huid. Zelfs de reflexgebaartjes die hij maakte, deden haar denken aan de manier waarop haar vader verhaaltjes vertelde. Ze bleef haar best doen iets van

Inam in hem te ontdekken; dat vond ze belangrijk. Als twee druppels water.

Ze noemde hem Abdul Karim, Dienaar van de Meest Edelmoedige. Ze hoopte dat God hem zou beschermen. 's Nachts lag ze met hem onder de dunne dekens in het koude appartement en vertelde hem fluisterend verhaaltjes. Ze vertelde hem hoe ze Inam aan haar ouders had voorgesteld als echtgenoot, nadat er al drie kandidaten waren afgehaakt vanwege haar slechte gewoonte haar mond niet te houden bij ontmoetingen met potentiële schoonfamilies. Hij was zes jaar ouder en zijn familie was armer, maar ze kon niet te kieskeurig zijn. Ze herinnerde zich vaag, vanuit haar jeugd, dat hij een aardig gezicht had. Hij woonde in Amerika en daar wilde zij ook wonen. Tegen haar vader zei ze dat ze niet zoals de meeste vrouwen op Sandwip zou blijven terwijl ze zwanger was, onder de duim van haar schoonfamilie en wachtend tot haar echtgenoot eenmaal per jaar op bezoek zou komen. Ze zou met hem naar Amerika gaan. Tot haar verbazing vond Inam het goed.

Als ze met elkaar telefoneerden – Inam in Brooklyn, zij nog in Sandwip – zei hij zo weinig dat ze de stiltes zelf moest opvullen. In hun huwelijk was dat vrijwel hetzelfde gebleven. Maar ze miste zijn zwijgzaamheid. Ze besefte nu pas hoe die haar had gekalmeerd.

Een gouden zegel, zwarte letters: de overlijdensverklaring werd bezorgd. Het Bengalese consulaat erkende Inam als een van hen en kende Asma een bescheiden uitkering toe. Dankzij de hulp van een joodse advocaat die zich inzette voor illegale nabestaanden, kreeg Nasruddin de aannemer voor wie Inam had gewerkt zover dat die ook een klein bedrag uitkeerde. Er gingen drie maanden voorbij, en zes maanden, zonder dat er een lichaam of lichaamsdeel werd gevonden. Abdul kon zich al op zijn buikje draaien, en de onuitgesproken vraag klonk steeds luider: wanneer zou Asma naar huis terugkeren? 'Ze zeggen dat sommige lichamen misschien wel nooit gevonden zullen worden,' zei mevrouw Mahmoud plotseling op een dag. 'Die zijn verbrand.'

Waren haar woorden kwetsend bedoeld? Verbranding was een gruwel in de ogen van moslims. God had het gebruik van vuur voor zijn schepping verboden, of in ieder geval had Asma dat geleerd. Maar waarom had God dan toegestaan dat deze mannen haar echtgenoot hadden verbrand, terwijl ze ook nog beweerden dat ze hem hadden verbrand in naam van God! Waar zou Inams ziel heen gaan? Zou hem hierdoor de toegang tot het paradijs worden ontzegd? Toen ze de volgende ochtend de familie Mahmoud had horen weggaan, sloop ze naar hun telefoon en belde de plaatselijke imam. Ze vond het gemakkelijker haar vragen te formuleren als ze hem niet hoefde aan te kijken. Ze zag voor zich hoe zijn ogen achter de brillenglazen knipperden, de dunne baard die haar altijd deed denken aan een vlammetje dat probeerde een vuur te worden.

'Waarom moest mijn echtgenoot zo lijden?' vroeg ze.

'Het stond geschreven,' zei hij, zoals ze al verwachtte. 'Het lijden dat Inam door het vuur moest ondergaan, was niets vergeleken bij de eeuwige marteling van het hellevuur,' vervolgde de godgeleerde. Als Inam een gelovige was, hoefde ze zich geen zorgen te maken; dan verbleef hij nu in de Tuin. Zijn pijn was van korte duur geweest; zijn gelukzaligheid zou voor eeuwig zijn. Ze twijfelde er niet aan dat Inam naar de paradijselijke tuinen was gevoerd. Hij gaf aalmoezen aan de armen. Hij vastte altijd tijdens de ramadan. Als hij niet in de gelegenheid was vijfmaal per dag te bidden, dan deed hij het zo vaak hij kon. Op de ochtend van zijn dood, toen ze met haar ogen dicht in bed lag en deed alsof ze sliep, te lui en te zwanger om op te staan en ontbijt voor hem te maken – hij moest maar genoegen nemen met de koude *dal* die ze de vorige avond voor hem had klaargemaakt – hoorde ze zijn geritsel terwijl hij zich ter aarde wierp. Hij was een gelovige.

En toch schonk de wetenschap dat hij het paradijs zou bereiken haar niet de rust en de vrede die de onderwerping aan God zou moeten schenken. Bang voor wat dat jeukerige gevoel in haar borst echt betekende, bad ze om vrede.

Waarom moest Inam sterven, vroeg ze de imam, wetend dat het

niet aan haar was om deze vraag te stellen. Ze voelde de behoefte om hem aan de lijn te houden, om het gesprek te rekken. De imam citeerde uit de Koran: 'Geen ziel mag sterven behalve met toestemming van God en op het voorbestemde tijdstip.' God was alomtegenwoordig, alwetend, zei hij: 'De Schepper, de eigenaar en de meester van het universum. We mogen deze verwoesting niet in twijfel trekken; wij zijn zijn Schepping en aan zijn wil overgeleverd.'

Zijn woorden – woorden die ze al haar hele leven in een of andere vorm hoorde – deden God overkomen als een rijkaard die vrij was om zijn dienaars te straffen of te belonen wanneer hij verkoos. Deze gedachten wekten schaamte bij haar op, een gevoel dat ze zich moest verontschuldigen tegenover God. Maar ze vroeg hardnekkig door. De mannen die Inam hadden vermoord, geloofden dat dit een daad van devotie was, een daad waarvoor ze naar het paradijs zouden gaan, vertelde ze de imam. Iedereen zei dat. Ze geloofden dat ze strijders van God waren en de Koran beloofde dergelijke strijders een 'grote beloning'. Hoe was het mogelijk dat ditzelfde paradijs ruimte kon maken voor zowel hen als voor haar echtgenoot?

'God weet wat goed voor ons is,' zei hij. Maar ik wil het ook weten, dacht ze. Het geloof was voor haar altijd een onverwoestbaar gebouw geweest. Nu had ze daarin een losse steen ontdekt waardoor de gehele structuur zou kunnen instorten, en haar hand reikte er aarzelend naar, ertoe aangetrokken, angstig.

En toch geloofde ze dat God, de grootste intrigant, over haar lot zou beslissen. Of misschien had hij dat al gedaan. Ze verwachtte te worden uitgezet; dat was niet gebeurd. Ze had gepland te vertrekken zodra Inams lichaam was gevonden; dat was niet gevonden. Op een dag besefte ze dat het wachten daarop een voorwendsel was geworden. Het feit dat ze zich vastklampte aan het sprankje hoop dat zijn lichaam zou worden gevonden, verbond haar ook aan het dunne draadje waarmee Inam een denkbeeldige Amerikaanse toekomst had geweven voor hun ongeboren zoon. Zelfs na zes jaar hard studeren om een graad aan de universiteit van Chittagong te behalen kon Inam in Bangladesh geen baan krijgen, tenzij hij er een kocht. Er waren honderden kapers op de kust voor elke vacature bij de overheid of bij bedrijven, dus de banen gingen naar de hoogste bieders. Hij voelde daar niets voor, maar zelfs als zou hij het willen, hoe kwam hij dan aan geld om zich in te kopen in een baan als hij geen werk had waarmee hij geld verdiende? Hun zoon zou het beter krijgen, zei Inam altijd. Ze was vastbesloten daarvoor te zorgen.

In Kensington waren zoveel Bengalezen dat ze al haar benodigdheden zoals voedsel, schoonmaakmiddelen, medicijnen en kleding kon kopen zonder een woord Engels te spreken (en waar ze geen stap kon zetten voordat die uitgebreid in het Bengalees was besproken). Maar ze kon niet leven zonder geld, en met de giften die aan haar werden uitgekeerd konden Abdul en zij zich niet lang meer redden.

God is de grootste intrigant. Op een dag nam Nasruddin haar mee naar een advocaat die Asma wilde helpen overheidscompensatie te krijgen vanwege Inams dood. Alle legale nabestaanden kregen compensatie, dus er was geen reden waarom Asma die niet zou ontvangen. En als ze echt in Amerika wilde blijven en daar haar zoon wilde grootbrengen, hield Nasruddin haar voor, dan moest ze deze stap nemen.

De advocaat, zei hij, was een Iraanse Amerikaanse. Een moslima, maar anders dan de moslims die Asma kende. Haar donkere haar was onbedekt, in tegenstelling tot dat van Asma. De rok van haar strakke turquoise mantelpakje kwam tot iets boven de knie. Ze droeg geen kousen aan haar witte benen; haar schoenen, die bij haar pakje pasten, hadden hoge hakken. Ze had haar lippen donkerrood gestift. Asma had haar de hele dag vragen willen stellen, voornamelijk vragen die niets met de aanslag te maken hadden, maar Laila Fathi had daar geen tijd voor. Ze sprak gehaast; haar telefoons rinkelden voortdurend; haar agenda, die openlag bij haar elleboog, was vol.

Asma had zelf nooit een agenda gehad; die had ze nooit nodig gehad. Zelfs na de aanslag rekende ze erop dat Nasruddin een dag van tevoren – of zelfs op de ochtend zelf – langskwam om haar eraan te herinneren dat ze een afspraak hadden. Op Sandwip werd de tijd gemeten in gebeurtenissen, niet in data, en datzelfde gold voor haar herinneringen: de rijstoogst in de zomer, de herfst, de winter; de komst van de eerste mangovruchten; schoolvakanties en religieuze vrije dagen; de aanblik van de halvemaan aan het begin en einde van de ramadan. De twee vakanties, voor en na de ramadan. De verkiezingstijd, een periode van geweld. In haar geboorteland hadden plannen en schema's een voorlopig karakter. Afspraken werden vaak niet nagekomen. De mensen liepen vertraging op door de slechte wegen, lekke banden aan hun riksja, brandstofgebrek of gewoon door gesprekken die langer duurden dan voorzien. In Amerika was tijd goud waard, in Bangladesh golfplaten.

Laila was als een verbijsterende droom, waardoor ze moeite had zich te concentreren op wat zij, volgens de vertaling van Nasruddin, te zeggen had. Na enkele maanden van argumenteren hadden de politici besloten tot compensatie van illegale vreemdelingen die familieleden waren verloren bij de aanslag. Nasruddin en Laila wilden haar in contact brengen met de regeringsambtenaar die het geld verdeelde. Op deze manier kon voor Abdul de toekomst worden veiliggesteld die zijn vader voor hem gewenst had.

Recht in de armen van de regering lopen? Hadden ze hun verstand verloren? Ze kon niet geloven dat een land zo genereus zou zijn.

'Het moet een truc zijn,' zei Asma. 'Een manier om illegalen op te sporen en ons uit te zetten.'

Laila zei dat de regering had beloofd dat informatie uit dit proces niet zou worden doorgegeven aan de immigratiedienst. 'Geloof mij maar, ik zou je nooit aan enig gevaar blootstellen,' zei ze. 'Maar dat wil niet zeggen dat je niet kunt worden uitgezet als je op een andere manier de aandacht van de overheid trekt – door gearresteerd te worden, bijvoorbeeld –, dus contact met de politie kun je beter vermijden.'

'Geven ze het zwart op wit dat het geen truc is?' vroeg Asma, onder de indruk van haar eigen scherpzinnigheid. Laila's glimlach deed vermoeden dat ook zij onder de indruk was.

Uiteindelijk raakte Asma overtuigd door haar vertrouwen in Nasruddin. Gedrieën werkten ze aan haar claim en probeerden te schatten wat Inams inkomsten in de loop van de tijd geweest zouden zijn. Trillend van angst ging Asma naar haar afspraak met de regeringsambtenaar, zocht op zijn gezicht naar tekenen van bedrog, en verliet de bijeenkomst met 1,05 miljoen dollar op zak ter compensatie van het levenslange verlies van haar mans inkomsten. Ze wist dat het niet zo eenvoudig kon zijn, maar in haar geval was het dat wel. Ze was zomaar miljonaire geworden, hoewel ze begreep dat ze voorzichtig met haar geld moest omspringen nadat Nasruddin haar had voorgerekend dat het geld toereikend moest zijn tot Abdul volwassen was en voor haar misschien haar hele leven.

En hoe voorzichtig ze zelf moest zijn, want ze was geen gewone miljonaire, maar een heimelijke. De goedgeefsheid van de overheid had haar rijk gemaakt, maar het feit dat diezelfde overheid haar geen verblijfsvergunning gaf, maakte haar tot illegaal. Ze had genoeg geld om honderd keer op en neer naar Bangladesh te vliegen, maar ze kon Amerika niet verlaten omdat ze er dan misschien niet meer in mocht. Laila vertelde dat er meer nabestaanden zoals zij waren – in goeden doen, illegaal – maar Asma wist niet hoeveel dat er waren. Misschien passeerden ze elkaar dagelijks op straat, terwijl elk van hen zich eenzaam in het donker verschool, bang dat de glans van hun goud hen zou verraden. God spon een spinnenweb om Mohammed, die onderdak in een grot had gevonden, aan het oog van zijn achtervolgers te onttrekken. Als hij haar wilde beschermen, zou hij dat doen.

Er was nog een reden waarom Nasruddin haar aanraadde discreet te zijn: hij wilde niet dat de gemeenschap achter haar pasverkregen rijkdom kwam of bericht daarover zou sturen naar Bangladesh. Iemand zou haar kunnen aangeven bij de immigratiedienst. Familieleden thuis in Bangladesh zouden kunnen worden ontvoerd en er zou losgeld kunnen worden geëist. Het geld moest verborgen blijven, als een nieuw ontstane vetrol onder haar kleren. Dus al investeerden door Laila Fathi aangetrokken financieel adviseurs Asma's miljoen, zijzelf leefde als een arme sloeber.

Zelfs een marginale toename van haar uitgaven trok de aandacht van mevrouw Mahmoud. 'Hebt u *brinjal* gekocht?' snoof ze toen de aubergines negen cent per pond duurder waren geworden. Of: 'Hebben we iets te vieren?' toen Asma haar wat in paarse folie verpakte chocolaatjes aanbood in een poging iets terug te doen voor mevrouw Mahmouds veelvuldige uitingen van gastvrijheid. Ze kostten 2,20 dollar. Asma vertelde de familie Mahmoud dat de aannemer haar wat meer geld had gegeven en dat ze van plan was in Amerika te blijven. Hun overduidelijke ongenoegen veranderde al snel in medelijden. Asma moest zo lang mogelijk met haar geld doen, zeiden ze. Ze moest bij hen blijven en hoefde maar vijftig dollar huur te betalen. Ze vond het oneerlijk dit aan te nemen, omdat ze gemakkelijk meer kon betalen, maar Asma zag geen andere mogelijkheid. Misschien kon het ook een vorm van betaling zijn om mevrouw Mahmouds geklets aan te horen.

De status van haar overleden echtgenoot bleef net zo tijdelijk als die van haar. Nasruddin vertelde haar dat er een monument ter nagedachtenis aan de slachtoffers zou komen, maar dat een anti-immigrantengroepering wilde dat de naam van Inam en die van andere illegale immigranten er niet op kwamen. Als hun namen er wel op werden aangebracht, zo beweerde de groepering, zou dat betekenen dat we hun 'wetteloosheid' goedkeuren en hen gelijkstellen aan onze burgers. De gedachte dat haar man werd uitgesloten vrat aan Asma. Dat zou de ultieme ontkenning van zijn leven zijn, alsof hij slechts in haar verbeelding bestond. Hij moest genoemd worden, want in die naam lag zijn leven.

Toen de anti-immigrantengroepering een kleine protestbijeenkomst bij het stadhuis hield, volgden de familie Mahmoud en zij dit op het plaatselijke nieuws. Meneer Mahmoud vertaalde wat er werd gezegd. De boze man die werd toegejuicht door de menigte, legde hij uit, was een populaire radiopresentator, Lou Sarge, wiens populariteit nog was toegenomen door zijn aanvallen op de islam. Hij joeg Asma angst aan, met zijn te bleke huid en te zwarte haar.

'Het respect voor de wet is wat Amerika tot Amerika maakt,' brulde Sarge. 'Als we die illegalen op het monument vermelden, spugen we daarmee in het gezicht van de omgekomen Amerikanen, inclusief de legale immigranten, die zich wél aan de wet houden. De gestorven illegale immigranten zijn hier gekomen in de hoop op een kans, maar als ze thuis waren gebleven, zouden ze nog in leven zijn. Is dat niet de allergrootste kans?'

Asma stompte met haar vuisten in de kussens, woedend omdat niemand voor haar man kon opkomen, voor het leger van werkers die schoonmaakten en kookten en bogen en de eindjes aan elkaar knoopten en die toen het moment aanbrak stierven, alsof dat gewoon een andere manier was om in de smaak te vallen. Maar de volgende dag zei de burgemeester dat hij vond dat alle omgekomenen, illegaal of niet, moesten worden vermeld, en al snel kreeg hij bijval van de gouverneur en de voorzitter van de jury voor het monument. Inam zou zijn plaats als permanente bewoner innemen op het monument, wat dat dan ook zou zijn. Maar net zoals ze niet kon ophouden met beven na een nipte ontsnapping aan een verkeersongeluk in een bus in Chittagong, zo kon ze het gevoel niet van zich af schudden dat de geschiedenis maar met tegenzin een plekje voor hem had vrijgemaakt.

9

Mo stond in de lobby van het Huis van God, een naam die zowel op de vorm van het gebouw betrekking had als op de duizeling-wekkende serie religieuze organisaties die erin gehuisvest waren. De Amerikaanse Coördinerende Moslimraad – de ACMR – was een van de drie islamitische groeperingen die er waren ingeschreven, naast vijf joodse comités en een stuk of tien christelijke, variërend van protestantse groeperingen tot evangelische missies. Het deed hem denken aan een lint dat in steeds smaller wordende slierten was geknipt.

Hij had voor het eerst gehoord van de ACMR en zijn directeur Issam Malik toen hij dat televisiedebat met Yuki had gezien op de zender Fox. Malik was op Mo overgekomen als de gladpratende vertegenwoordiger van een specifiek standpunt, zelfs al was dat standpunt toevallig hetzelfde als dat van Mo. Maar na zijn ont-moeting met Paul begon Mo er anders over te denken. Misschien was Malik de juiste man om de zaak te bepleiten dat Mo dezelfde rechten had om te winnen als elke andere Amerikaan. In dat bela-chelijke Franse restaurant waar hij met Rubin had gesproken, had hij besloten dat hij niet zou toegeven aan de druk om zich terug te trekken en dat hij ook weigerde wie dan ook gerust te stellen door te zeggen dat hij 'gematigd' was, of 'ongevaarlijk' of soefi, of een ander bijvoeglijk naamwoord waardoor Amerikanen durfden te gaan slapen zonder bang te zijn dat hij een bom onder hun kussen had gelegd. Juist omdat ze van hem niets te vrezen hadden, wilde hij dat ze zich zorgen zouden maken.

Aan de wanden van de kantoorruimte van de ACMR op de derde

verdieping hingen ingelijste posters van de reclamecampagne die de raad direct na de aanslag had gevoerd in de ondergrondse en in kranten. Het motto was 'Bescherm ons, dan zullen wij u beschermen', gesymboliseerd door twee enorme handen die in elkaar grepen. Toen hij voor het eerst met de campagne werd geconfronteerd, vond Mo dat ze het verkeerd hadden aangepakt – er ging een dreiging van uit die ongetwijfeld onbedoeld was: naïef in de poging een overeenkomst te sluiten, terwijl de Amerikanen daarvoor helemaal niet in de stemming waren. Nu hij daar rondliep in de hal deden de handen hem denken aan Issam Malik, die op de ene na de andere foto de handen vastgreep van gouverneurs, burgemeesters, filmsterren en zelfs van de president, alsof hij een overeenkomst met al die mensen beklonk.

Mo trof Malik telefonerend aan achter de punt van een enorm, V-vormig bureau dat leek te zweven in de gigantische kamer. '*Asalamu aleikum*,' zei hij toen hij de telefoon had neergelegd. Er stonden drie televisies te flikkeren – met de zenders CNN, MSNBC, Fox News –, maar het geluid stond uit. Op het bureau lagen drie afstandbedieningen keurig naast elkaar.

'Hoe gaat het?' mompelde Mo.

Malik stond op en liep om zijn bureau heen om hem de hand te schudden. Hij gaf een stevige hand. Hij was net zo goedverzorgd en goedgebouwd als op tv, maar kleiner.

Mo had hem gewoon opgebeld; hij voelde zich als een misdadiger die zichzelf aangaf. 'Ik ben de moslim,' had hij gezegd toen hij Malik eindelijk aan de lijn kreeg. En toen Malik hem niet meteen begreep, voegde hij eraan toe: 'De mysterieuze moslim. Het monument.'

'O,' had Malik gezegd. 'Wauw!'

De fonkeling die in Maliks stem had geklonken, scheen nu in zijn ogen. Hij leidde Mo een kamer in waar het voltallige bestuur van de ACMR bijeenzat. De raad was een overkoepelende organisatie van verschillende moslimgroeperingen, sommige op politieke, andere op theologische en weer andere op juridische grondslag.

Het bestuur bestond uit opvallend veel verschillende types: Zuid-Aziaten, Afrikaanse Amerikanen, Arabieren; mannen met baarden en zonder, gekleed in pakken en in boernoes; twee vrouwen met hoofddoeken en één – een zeer aantrekkelijke vrouw met zwart haar die een paars mantelpakje droeg – zonder. Mo's blik gleed over haar donkere ogen, volle lippen en prominente, maar aantrekkelijke neus, en zag dat ze naar hem knikte op een manier die voorwaardelijke goedkeuring deed vermoeden.

Malik vroeg Mo zijn verhaal te doen. 'Ik voel met u mee,' zei een oudere man, die zich had voorgesteld als imam Rashid, meteen. 'U hebt geprobeerd het juiste te doen: een gebaar van verzoening te maken. Ik ben na de aanslag naar het gebied gegaan. Ik heb me als vrijwilliger opgegeven. Ik heb andere imams gevraagd hetzelfde te doen. Vervolgens plantte de FBI een informant in mijn moskee.'

'Allah zal u belonen,' zei iemand anders. 'U hebt een goede daad verricht voor onze gemeenschap, door te laten zien dat de moslims in Amerika in vrede willen leven.'

'Maar wil Amerika ook in vrede met de moslims leven?' vroeg een man met de naam Ansar, die een lobby leidde voor buitenlandse politiek, op uitdagende toon. 'Nu we het toch over monumenten hebben: waar is het monument ter nagedachtenis aan de half miljoen Iraakse kinderen die zijn omgekomen door de sancties van de VS? Voor de duizenden onschuldige Afghanen die als reactie op de aanslag zijn vermoord, of voor de Irakezen die zijn vermoord onder het mom van een reactie op de aanslag? Of voor alle moslims die zijn afgeslacht in Tsjetsjenië of Kasjmier of Palestina, terwijl de VS toekeken? We horen steeds dat het drie uur duurt om alle namen van de slachtoffers van deze aanslag op te lezen. Weet u hoe lang het duurt om de namen van een half miljoen dode kinderen op te lezen? Eenentwintig *dagen*.'

'We dwalen nu wel erg ver af,' mompelde Malik.

'Nee, helemaal niet,' zei Ansar. 'Het doet niets af aan de tragiek van de aanslag hier als we erkennen dat die andere tragedies ook hebben plaatsgevonden, en als we daarvoor evenveel tijd en aandacht vragen. Het gezegde luidt toch: Als je naar de film kijkt, ben je voor de cowboys, maar als je de geschiedenis leest, ben je voor de indianen? Op dit moment zitten de Amerikanen vast in een bioscoop, kijkend naar een cowboyfilm, en wij moeten de muren slechten.'

'Ik ben architect, geen politicus,' zei Mo in een poging het gesprek een andere wending te geven. 'En ik ben Amerikaan, dus wil ik de aanslag op Amerika gedenken. De Afghanen, de Irakezen, de andere slachtoffers die u noemde – die moeten hun eigen monumenten oprichten.'

'Het is moeilijk je met monumenten bezig te houden als je in bezet gebied woont of gebombardeerd wordt,' zei Ansar.

'We kunnen Mohammad niet vragen elke goede zaak van de moslims of van landen op zijn schouders te nemen,' zei Laila Fathi, de vrouw zonder hoofdbedekking. Haar stem had een zangerige toon en Mo dacht dat mensen haar daardoor waarschijnlijk zouden onderschatten. 'Op dit moment is hij de zaak. Als ze hem zijn overwinning ontzeggen, wat ze duidelijk van plan zijn, of als ze daartoe door de oppositie onder druk worden gezet, dan zenden ze de boodschap dat wij minderwaardige Amerikanen zijn.'

'We zíjn minderwaardige Amerikanen,' zei een man die een boernoes droeg. 'De vrije dagen rond de ramadan worden niet officieel erkend.'

'Malik keek hem aan. 'Moet je dat nou bij elke bijeenkomst naar voren brengen?'

'Nu je het vraagt: ja, net zo lang tot er verandering in komt. Ik denk dat Mohammad zich ook over dat onderwerp niet wil uitlaten.'

'In principe ben ik niet godsdienstig,' zei Mo.

Een vrouw met een strak om haar hoofd gewikkelde, beige hoofddoek keek hem nieuwsgierig aan en stak haar hand op. Dit was Jamilah Maqboul, de vicevoorzitter van de ACMR. 'Ik vraag me af of we erover hebben nagedacht of meneer Khans strijd productief – of constructief – kan zijn voor de moslimgemeenschap. Hij heeft geen interesse getoond – in ieder geval niet hier – om zich sterk te maken voor zaken die belangrijk voor moslims zijn. Tot nu toe heeft hij ons alleen verteld dat hij niet bijzonder is geïnteresseerd in de islam, en dat hij geen politicus is en niet godsdienstig.'

'Precies,' zei Ansar. 'Gebruiken we onze beperkte middelen om te vechten voor zijn recht een monument te ontwerpen dat Amerika's medeplichtigheid aan zijn eigen tragedie verdoezelt door niet te erkennen dat in de moslimwereld een veel hogere prijs is betaald voor Amerikaanse acties?'

'En ondertussen krijgen we ruzie met de familie van de slachtoffers, waar we niets mee opschieten,' voegde Jamilah eraan toe.

'Het gaat er hier juist om dat we onze financiële krachten bundelen, niet versnipperen,' zei Malik. 'We beginnen te begrijpen hoe polariserend dit kan zijn en, om er geen doekjes om te winden, dit is het moment waarop je je achterban juist moet optrommelen, waarop je fondsen moet werven, waarop je de apolitieke meerderheid van onze broeders en zusters duidelijk moet maken dat hun rechten hier in het geding zijn, dat ze zich moeten organiseren, en dat ze ons nodig hebben om voor hen op te komen. Dankzij de media-aandacht kunnen we andere onderwerpen ter sprake brengen die moslims raken. En we kunnen toch moeilijk de islamofobie negeren die is ontstaan?'

'Hij heeft gewonnen,' zei Laila Fathi. 'En als deze organisatie achterover blijft leunen en hem laat hangen als een of andere boksbal waar mensen tegenaan kunnen schoppen, dan is dit niet de organisatie waar ik me bij thuisvoel.'

Mo zag een paar mannen blikken wisselen.

'Zo werkt het in de geschiedenis,' zei Malik. 'Een zaak om voor te strijden kan uit een onverwachte hoek komen. Rosa Parks had er genoeg van. Mohammad Khan kreeg er inspiratie door.' Hij zweeg even. 'Er genoeg van krijgen, inspiratie krijgen – klinkt niet slecht.'

'Maar dat verhaal klopt niet, dat ze er genoeg van kreeg. Ze werd gekozen als gezicht van de beweging,' zei Aisha, een Afrikaans-Amerikaanse vrouw, die ook een hoofddoek droeg.

'Jullie kunnen zelf wel de historische feiten achterhalen,' zei Malik. Hij keek op zijn horloge en raadpleegde zijn BlackBerry; hij wilde spijkers met koppen slaan. 'Zoals je ziet, houden we hier van een stevig debat, Mohammad. Wil iedereen die vóór Mohammads zaak is de hand opsteken?'

Zeven van de twaalf handen gingen omhoog. Na enige aarzeling stak Jamilah ook haar hand op.

'Uitstekend,' zei Malik. 'We hebben een meerderheid van tweederde. Nu hebben we een strategie nodig. Laila, kun jij ons meenemen in de opties op het juridische vlak?'

Ze hield het kort en beperkte zich tot de hoofdpunten. De beste optie, zei ze, was angst oproepen voor een rechtszaak zonder er in werkelijkheid een te voeren. Mo moest zich in het openbaar presenteren als de winnaar, zei ze, waardoor de jury zou worden gedwongen tot een uitspraak. 'Je geeft een persconferentie, waarbij je mij introduceert als impliciete juridische dreiging, of misschien laat je mij de vragen beantwoorden...'

'Volgens mij is dat niet de juiste benadering,' zei Ansar.

'We moeten het bestuur erbij hebben – Issam, Jamilah – anders denken de mensen dat mevrouw Fathi het gezicht van de ACMR is,' zei imam Rashid.

Er hing opeens een ongemakkelijke, zelfs onprettige sfeer in de kamer. Mo keek naar Laila. Die bestudeerde met overdreven concentratie haar aantekeningen.

'Ik vind het een prima idee,' zei hij. 'Mevrouw Fathi zal alle vragen voor me beantwoorden.' Ze kneep haar lippen samen. Mo kon niet bepalen of dat uit genoegen was.

'Het bestuur moet erbij zijn,' zei imam Rashid. 'Issam?'

Kort daarop was de bijeenkomst voorbij en Mo slaagde erin samen met Laila de kamer uit te lopen. 'Wat gebeurde daar tussen jou en de anderen?' Met zijn veel langere benen probeerde hij met haar in de pas te lopen.

'Welk van deze dingen is niet als de andere?'

'Dat begrijp ik niet.'

'Is het u niet opgevallen dat ik de enige vrouw zonder hoofdbe-dekking was? Het is al heel wat dat ik in die kamer mocht zijn. Die andere vrouwen hebben gevochten voor een plaats in de raad, en daar waren ze nooit in geslaagd als ze geen hijab hadden gedragen. Ik ben nieuw. Malik heeft me gevraagd omdat ik rechtszaken na-mens moslims voer die veel aandacht hebben gekregen. Omdat ik goed ben. Maar het gaat niet zonder slag of stoot, zoals u wel hebt gemerkt.'

'Maar wat moet u dan met ze? Ze lijken weinig richting te heb-ben, zoals die man die maar doorzeurde over de Irakezen.'

'Ik ben een eenmanszaak. Ze kunnen zaken aanbrengen. Ze pu-bliceren over wat ik doe. Ze lobbyen voor mijn issues. De wet is een politiek dier, zeker nu. Als de regering een manier wil vinden om de grondwet terzijde te schuiven en mensen zonder vorm van proces op te sluiten, dan kunnen ze dat. Net als ze u uw monu-ment zullen ontzeggen, als ze dat willen.'

'Niet als ik u aan mijn zijde heb.'

Daar reageerde ze niet op. 'Wat Ansar betreft, hij is vermoeiend, maar heeft geen ongelijk. Niet over de geschiedenis van ons bui-tenlandbeleid, niet over het aantal moslims die we sinds de aanslag hebben omgebracht vanwege wat ze ons hebben aangedaan of zou-den kunnen aandoen. Ze laten nauwelijks nog blijken dat we pro-beren het goede in de wereld te verspreiden; het enige wat telt, is dat wij beschermd moeten worden omdat we goed zíjn.'

'Ik geloof dat ik per ongeluk in iets groters terecht ben gekomen dan ik wist.'

'Volgens mij gebeuren dingen bij u niet per ongeluk,' zei Laila.

Misschien was het toeval, maar in de week dat de jury Moham-mad Khans naam hoorde, droomde William, Claires zoon, dat zijn vader de weg terug naar huis niet kon vinden. De nachtmer-rie bezocht hem nacht na nacht, in duistere harmonie met Claires spanningen vanwege het monument. Nadat ze William weer eens in slaap had gesust, schonk ze een glas wijn in en probeerde te bedenken hoe Cal hem getroost zou hebben.

Toen ze de kinderen de volgende ochtend vroeg mee naar buiten nam, was de lucht helder en het gras bedekt met dauw. Ga de stenen bij elkaar zoeken, droeg ze hun op, wijzend naar de tientallen exemplaren die de bloemperken omrandden, een slinger vormden op het kortgemaaide gras en langs de paadjes naar het zwembad en de tennisbaan lagen. Cal en zij hadden de stenen gevonden tijdens uitstapjes naar stranden, bossen en bergen. Blauwe, lichtgroene, gitzwarte, geaderde, gladde, gegroefde, gespikkelde, vaalbruine. Gladgeschuurd door een rivier, ruw geschuurd door zand, scherp als een dolk.

'Weet je nog wat papa je liet zien toen jullie aan het wandelen waren?' vroeg ze William. 'Over hoe je de weg terug kon vinden als je verdwaald was?'

William schudde ontkennend zijn hoofd en ze kon wel gillen omdat hij alles zo snel vergat. Maar hij was nog geen vier toen Cal hem had meegenomen naar de Catskills. Ze ging op haar hurken zitten en maakte een stapeltje van een paar stenen. 'Je legt een hoopje stenen neer op het pad, zodat je onthoudt uit welke richting je bent gekomen. Een eindje verder doe je dat weer, en nog een keer. Net als de broodkruimels van Hans en Grietje, maar de stenen worden niet opgegeten door dieren.'

William knikte en herhaalde deze uitleg voor Penelope. 'Dieren lusten geen stenen,' zei hij. 'Die smaken vies.'

Penelope stopte er een in haar mond.

'Jullie hoeven niet naar school vandaag,' kondigde Claire aan. 'We gaan een spoor uitzetten voor papa.'

Het idee belichaamde Cal ten voeten uit – impulsief, creatief. Voordat ze hun tocht begonnen, schoot het juiste woord voor de stapeltjes in haar gedachten, en voor de zekerheid zocht ze het nog even op in het woordenboek: 'Cairn: een aantal opgestapelde stenen, bedoeld als monument of als markering.' Het aspect van een monument vertelde ze William niet; laat hem maar denken dat hij zijn vader terug naar huis leidde, terwijl zij net deed alsof de hele stad niet in beslag werd genomen door een ander, belangrijker monument.

Ze keek nog even naar het nieuws voordat ze vertrokken. Op New York 1 stond een verslaggever voor de zoveelste keer Sean Gallagher te interviewen, de oprichter van het Comité ter Ondersteuning van het Monument. Zijn kin stak naar voren als een indiaanse pijlpunt. 'Het is een steek in mijn hart om te horen dat dit monument misschien door een moslim wordt gebouwd, een steek in mijn hart,' zei hij. 'Die boodschap willen we de jury helder en duidelijk meegeven.'

Claire wist dat hij vond dat hij in de jury had moeten zitten; hij had geprobeerd de gouverneur zelf daarvan te overtuigen. Maar hij was te wispelturig, zelfs agressief, en daarom hadden ze hem niet gevraagd in de jury plaats te nemen. De nabestaanden stonden achter hem omdat hij hun beloofde namens hen zijn stem te laten horen. Maar juist om diezelfde reden zou hij nooit de bastions van de echte macht binnenkomen, waar men wist dat fluisteren beter was. Ze hadden elkaar niet meer gesproken sinds het nieuws van de moslimwinnaar bekend was geworden. Dat maakte haar nerveus, maar Paul had haar opgedragen te wachten met contact met nabestaanden, Sean of anderen, totdat hij een plan had bedacht.

Ze reed met de kinderen naar de stad en lieten het kindermeisje bij de auto wachten. Hun eerste halte was vlak bij de plek van de aanslag, maar niet in het gezichtsveld daarvan. Ze nam de kinderen er alleen mee naartoe op de gedenkdagen, als de mensenmenigte en de pracht en praal de woestenij van de plek camoufleerden. Zeker nu moest ze Williams levendige beeld van de tuin beschermen tegen de werkelijkheid.

Ze plaatsten drie stenen aan de voet van een lantaarnpaal en deden een stap achteruit. William begon te huilen. Penelope viel hem bij.

'Wat is er? Wat is er?' zei Claire, die zich naar hen toe boog.

'Het is te klein,' snikte William. 'Hij kan het niet zien.'

Het nietige hoopje stenen zag er inderdaad zielig – teleurstellend – uit tegen de achtergrond van de hoge gebouwen. Net als zij drieën, trouwens.

'Nou, dan maken we een grotere hoop,' zei ze, terwijl ze er nog drie stenen bovenop legde.

Haastig gingen ze verder in noordelijke richting: door Soho, Fourteenth Street en Sixth Avenue, Madison Square Park, over Times Square (William wilde om de een of andere onbegrijpelijke reden langs het gebouw waar soldaten werden gerekruteerd), door Central Park (de Schildpaddenvijver, de Schapenwei, het Aardbeienveldje). Het had iets aangenaam clandestiens om deze piepkleine, gemakkelijk te missen interventies in de stad te maken. De enkeling die zijn pas voldoende vertraagde om ze in het oog te krijgen, glimlachte naar de kinderen, denkend dat ze een spelletje deden. Toen William en Penelope begonnen te kibbelen over welke stenen ze waar moesten gebruiken, wilde Claire zeggen: 'Het werkt niet als jullie ruziemaken', maar ze hield zich in.

Tijdens de lunch staken William en Penelope giechelend hun patatjes in de steenhoopjes. Tot haar schande moest Claire bekennen dat het spelletje haar verveelde; ze begon onrustig te worden. De voortdurende oproepen op haar telefoon waren doorgezet naar haar voicemail, als stembriefjes die in een doos gleden. De uitslag, wist ze na het afluisteren van de boodschappen, was vrijwel unaniem: de nabestaanden waren tegen de moslim, zoals ze hem noemden. Toen de telefoon weer ging, beantwoordde ze de oproep in een opwelling.

'Claire, ik wil je alleen laten weten dat het een steek in mijn hart is,' zei een mannenstem. Ze gebruikten allemaal Gallaghers woorden; het was vermoeiend. Ze kon niet zo snel op de naam van de beller komen, maar dat maakte niet uit. 'Hoor je wat we zeggen, Claire? Vertel me dat je hoort wat we zeggen.'

'Ik hoor je,' mompelde ze zachtjes, want de kinderen waren binnen gehoorsafstand. 'Ik hoor je.'

Claire vergrootte de afstand tussen hun stopplaatsen om het proces te versnellen; ze wilde gauw naar huis. Weer thuis in Chappaqua, waar de schaduwen lengden en de bladeren in het licht van de namiddag glansden, begonnen ze met geïmproviseerd ceremonieel het laatste steenhoopje neer te leggen, aan de voet van de knoestige bruine beuk die bij het huis stond. Toen William haar een donkere blik toewierp, zette Claire haar telefoon uit en knielde neer om de ceremonie te volgen. De kinderen plaatsten de stenen zeer zorgvuldig, alsof ze een haiku perfectioneerden.

Sean was bezig de verenigingen van nabestaanden en eerste reddingswerkers te noteren die vertegenwoordigd waren in de aula van de middelbare school, toen de nabestaanden in de zaal opeens overdreven enthousiast begonnen te klappen. Gouverneur Bitman kwam over het toneel op hem af lopen, haar haar glanzend in de toneellampen. 'Wat een verrassing,' kon hij nog net zeggen voordat ze een gemanicuurde hand tegen zijn rug legde en met haar andere hand de microfoon aan zijn greep ontfutselde.

'Ik ben hier vandaag om u mijn steun te betuigen,' zei ze op ingestudeerd meelevende toon. Haar arm gleed onopvallend van Sean af, zodat ze de microfoon met beide handen kon omvatten. Een piepklein speldje met de Amerikaanse vlag glom op de revers van haar mosgroene broekpak. 'Mijn doel is een monument waar met name de nabestaanden zich prettig bij voelen, en dat doel heb ik vanaf het begin nagestreefd. Het is het enige wat u nog hebt.'

Sean wist dat de meeste aanwezigen niet hadden gestemd op Bitman, die Democraat was. Maar hun ovatie nu beloofde dat ze dat wel gingen doen. Ze was iets minder dan een jaar voor de aanslag benoemd en tijdens de nasleep verscheen ze veel in het openbaar om haar loyaliteit te bewijzen, bracht een bezoek aan de rampplek met een masker voor en liep al kussend honderden begrafenissen van brandweerlieden af. En nu was ze hier, bij hen.

'We kunnen de jury zijn taak niet afnemen,' ging ze verder. 'We moeten het proces in acht nemen. Maar dat proces voorziet ook in een inbreng van het publiek, en dat betekent dat we de jury kunnen uitbreiden met ons allemaal – we kunnen er alle Amerikanen bij betrekken als het moet. We gaan een openbare hoorzitting houden over dit ontwerp, dus als u het niet mooi vindt, kom dan naar de hoorzitting en laat uw stem horen.'

'Maar wat als de ontwerper ons niet bevalt?' zei Sean. 'Het spijt me dat ik u in de rede val, mevrouw de gouverneur, maar dat is de reden dat we hier vandaag allemaal zijn.'

'Uw afkeer van de ontwerper is geen geldig bezwaar, ben ik bang.' Toen hij hierop wilde antwoorden, stak ze haar hand op in een 'laat me even uitpraten'-gebaar. 'Maar ik denk dat ik rustig kan zeggen dat als de ontwerper je niet bevalt, je waarschijnlijk ook zijn ontwerp niet mooi vindt.' Ze glimlachte. De toehoorders brulden.

'Voordat ik wegga, wil ik Sean Gallagher even bedanken dat hij deze strijd voor het monument leidt,' zei de gouverneur. 'Hij toont dezelfde moed als de mensen die op die fatale dag hun leven gaven.'

Sean kreeg een kleur. Hij hoefde het gezicht van zijn ouders niet te zien om hun minachting te voelen. Hij kon niet eens voorwenden dat hij net zo moedig als Patrick zou zijn geweest als hij de kans had gekregen: bij de aanblik van een vuurspuwend, rokend gebouw had hij onmiddellijk rechtsomkeert gemaakt. Hij wist trouwens niet eens zeker of dat wel zo verkeerd zou zijn geweest. Patrick was een gebouw in gestormd dat vrijwel meteen als een kaartenhuis op hem instortte, en had drie kinderen in rouw achtergelaten.

De gouverneur pakte Seans hand en hield die omhoog, en ergens achterin begon een rock-'n-rollversie te spelen van 'America the Beautiful'. Toen was ze vertrokken, met in haar kielzog een luchtstroom die als water achter haar aan leek te klotsen.

Nu hij zijn microfoon terug had, probeerde Sean weer de aandacht van zijn toehoorders te krijgen. Hij begon te ijsberen. 'Weet u, op de avond dat ze hun keuze maakten voor het monument, zaten de juryleden Dom Perignon te drinken in Gracie Mansion. En dan komen ze erachter dat ze een moslim hebben uitgekozen en zeggen: "Jeetje, is dat even geweldig, wat voor boodschap brengt dit over aan de moslims, dat we hun vrienden zijn, dat we niets te-gen de islam hebben, want wat heeft de islam ons ooit aange-daan?"' Vanuit de zaal klonk instemmend, bitter gelach. 'En de na-bestaanden? Die moeten zich er maar overheen zetten. Zelfs onze nabestaande in de jury, Claire Burwell, laat ons links liggen.'

Dat dit voor hem een uitgesproken bron van verbittering was, zei hij niet. In de wetenschap dat Seans steun cruciaal was voor welk gekozen monument dan ook, had Claire veel aandacht aan hem besteed. Het feit dat hij zich dit realiseerde, deed daar nauwe-lijks iets aan af. Na een van de bijeenkomsten van juryleden en di-verse nabestaanden had ze Sean, die zoals gewoonlijk geen blad voor de mond had genomen, uitgenodigd om een biertje te drin-ken. Toen hij zei dat hij niet dronk, leek ze enigszins van haar stuk te zijn gebracht, alsof ze erop rekende dat de drank hen nader tot elkaar zou brengen. Maar ze bestelde toch een biertje, nipte eraan alsof het wijn was en bestookte Sean met vragen. Hij was onder de indruk van haar schoonheid, haar rijkdom, haar intelligentie; hij had nog nooit een vrouw ontmoet die zo bevoorrecht was. Aan het einde van de avond – twee biertjes voor haar, drie nerveus maken-de colaatjes voor hem – boog hij zich naar haar toe en gaf haar een kus, gewoon om te bewijzen dat hij dat kon. Ze duwde hem niet weg, maar onderging de kus stijfjes; zelfs toen wilde ze zijn welwil-lendheid behouden. Het zou beter voor zijn zelfrespect zijn ge-weest als ze hem had weggeduwd. Ze was tien jaar ouder dan hij, zei ze; hij kon zijn jeugd beter met iemand anders delen. Dat zou hij zelf wel bepalen, antwoordde hij.

Dat was het laatste echte lichamelijke contact tussen hen ge-weest, maar slechts het begin van zijn fantasieën over haar. In de daaropvolgende maanden projecteerde hij Claire als een film op het plafond van zijn slaapkamer, waar hij vroeger posters had ge-plakt van modellen van Victoria's Secret in de hoop dat zijn moe-der niet omhoog zou kijken. Hij kleedde haar uit alsof ze de aan-kleedpop van zijn nichtjes was, nam haar op alle manieren die hij kon bedenken. Haar geflirt als ze elkaar zagen woog niet op tegen dit fantasieleven, en voelde dus altijd als een afwijzing. Dit verhaal – werkelijkheid, verbeelding – gaf een extra dimensie aan het feit dat ze hem niet had gebeld.

'Ik ben er, hoor,' klonk een stem van achter in de zaal. 'Ik ben het, Claire Burwell.' Hij lokaliseerde haar bij de ingang van het auditorium. De zoveelste vrouw die zijn donderpreek onderuithaalde. Claire, handig gebruikmakend van het verrassingselement, had niet gereageerd op de boodschap over de bijeenkomst die hij had ingesproken. Geërgerd zag hij haar met vastbesloten tred door het gangpad lopen.

'Zeg ons dat het niet waar is!' klonk een galmende stem uit het duister. Gevolgd door tientallen stemmen die als granaatscherven door haar heen sneden: 'Is het waar? Is het waar? Vertel het ons!'

'Wat is er gebeurd, Claire?'

'Zeg dat je er een einde aan hebt gemaakt!'

De helft van wat ze hoorde had niets met het monument te maken, alsof twee jaar opgekropte frustratie en verdriet eindelijk een uitweg hadden gevonden.

'Drie weken, zei het Rode Kruis...'

'Wat ze ons hebben aangedaan...'

'Een moslim...'

'Luchtvaartmaatschappijen beschermen die ons niet hebben beschermd...'

'Elke vrijdag begeleiding, verdomme...'

'Ze haten ons...'

'Eén grote schertsvertoning...'

'Een gewelddadige godsdienst...'

Claire probeerde iets te zeggen, maar werd voortdurend overschreeuwd, dus gaf ze haar pogingen op. Haar oksels prikten, maar ze deed haar best rust uit te stralen. Sean liep heen en weer over het podium, met de verende tred die haar deed denken aan die van een jongeman die ouder probeerde te lijken, een kleine man die groter wilde lijken, of misschien een arme man die rijker wilde lijken.

Vanaf een afstand zagen zijn ogen er slaperig uit, alsof ze waren neergezakt op de kussenachtige wallen eronder, maar van dichtbij waren ze alert. Alert en argwanend. Wat de reden was dat ze vanaf het moment dat ze in de jury zat had geprobeerd aardig tegen hem te zijn, al was het alleen maar om hem zoet te houden. De nauwgezette telefonische updates. De spijtige, flirterige glimlachjes (te flirterig, gezien die onverwachte kus), die deden vermoeden dat als de zaken anders waren geweest, als ze elkaar niet onder deze omstandigheden hadden ontmoet, als, als, als... Het was een vergissing geweest hem niet meteen te bellen nadat het nieuws bekend was geworden. Dat zag ze nu in. Ze wierp hem een uitdagende blik toe terwijl ze het podium op kwam, waarmee ze suggereerde dat hij de menigte niet onder controle had. Zoals ze al had gehoopt, werd hij hierdoor geprovoceerd om te bewijzen dat dat wel het geval was.

'Rustig, rustig,' zei hij, zijn hand omhooghoudend tot het stil werd. 'Claire is hier, we moeten haar aan het woord laten.'

'Dank je, Sean. Het spijt me dat ik zo laat ben, maar ik hoorde heel laat dat deze bijeenkomst zou plaatsvinden,' zei ze. Ik was net thuisgekomen nadat ik een spoor had uitgezet voor mijn overleden echtgenoot; ik moest mijn kinderen thuislaten, me omkleden, als een gek de hele stad door rijden, om hier door jullie toegeschreeuwd te worden – dit zei ze allemaal niet. 'Dank u voor uw komst hier vandaag,' begon ze. 'Uw ongerustheid over het monument is overduidelijk, en dat benadrukt nog eens welk heilig vertrouwen wij, als jury, genieten. Ik kan niet te veel in details treden, maar mag ik vragen: hoevelen van u houden van tuinen?'

In het publiek werden perplexe blikken gewisseld. 'Niet schrikken; het is geen strikvraag. Steek uw hand op als u van tuinen houdt. Ja, de mannen ook. Mijn man durfde ook toe te geven dat hij ervan hield.'

Langzaam gingen er wat handen omhoog, eerst van vrouwen, daarna van een behoorlijk aantal mannen. Toen Claire tevreden was met het aantal omhooggestoken handen, zei ze: 'Dat wordt het monument. Een tuin. Het is perfect. Een tuin.'

'En hoe zit het met die moslim?' zei Sean op uitdagende toon.

'Ik kan niet ingaan op geruchten, en als ik heel eerlijk ben, weet ik bijna niets over de ontwerper, omdat de inzendingen anoniem waren. Wat ik wel weet is dat dit ontwerp en de manier waarop het onze geliefden en de gebouwen oproept, heel mooi en krachtig zijn, dus ik hoop dat u ervoor open blijft staan.'

'Mijn geest sloot zich af voor moslims op de dag dat mijn broer overleed,' zei Sean.

'Dat begrijp ik,' zei Claire. 'Daar hebben we allemaal mee geworsteld. Maar als je toelaat dat je door hen een ander mens wordt, hebben ze gewonnen.'

'De toiletten – weet u waar...?' Claire vroeg het aan de eerste die ze zag toen ze achter het podium kwam, een vrouw met een kort, grijs, streng kapsel, die op haar leek te wachten. Ze voelde zich een beetje giechelig dankzij het applaus dat opging toen ze het podium verliet. Zij had ervoor gezorgd dat ze de gedachte van een tuin als monument nu net zo verwelkomden als zij.

'Ik hoop dat u ons niet voor de gek houdt,' zei de vrouw, en er trok een rilling door Claire heen.

Met nietszeggende blik zei ze: 'Natuurlijk niet. Ik wil juist dat u op de hoogte bent van het monument. Ik neem aan dat u iemand bent verloren...'

'Mijn zoon,' zei de vrouw. 'Mijn oudste.'

'Wat vind ik dat erg voor u,' zei Claire, alsof zij niet haar man was verloren.

'Ik wil uw medeleven niet.'

Claire verbleekte.

'Ik heb behoefte aan uw waakzaamheid. We willen geen moslimmonument, maar dat weet u wel, denk ik.'

'Als hij eerlijk heeft gewonnen, kunnen we hem de overwinning niet afnemen,' zei Claire, die meteen spijt had van haar woorden. Ze had nu de keuze voor Khan bevestigd, terwijl Paul haar juist had gezegd dat ze dat niet mocht doen. De vrouw had iets – een morele strengheid – dat zowel de behoefte aan vertrouwelijkheid als aan uitdagen bij haar opriep.

'Dus hij heeft inderdaad gewonnen.'

'De Tuin heeft gewonnen,' zei Claire. 'Daar draait het om. Wat voor monument het wordt. Dat is het enige wat telt.'

Er speelde een vage herinnering aan een glimlach om de lippen van de vrouw. 'Soms wens ik dat Patrick bij een gewone brand was omgekomen. Geen enkele brandweerman sterft privé, niet als hij tijdens zijn werk omkomt. Maar om nou al die politieke dingen erbij te halen... Ik vind het maar niks, al dat lawaai. Verdriet draag je in stilte. Een monument moet de stilte van een klooster hebben. Misschien is het anders als je je man verliest...'

'Ik hield van mijn man,' zei Claire op opzettelijk hooghartige toon.

'Ik zei niet dat dat niet zo was.' Weer dat vreugdeloze, mechanische glimlachje.

Voordat Claire kon reageren, kwam Sean achter het toneel. De bijeenkomst was afgelopen.

'Ma,' zei hij tegen de vrouw die bij Claire stond.

'Niets aan de hand,' zei mevrouw Gallagher. Ze hield haar blik op Claire gericht, die er in haar vlaag van openhartigheid niet aan had gedacht dat ze misschien met Seans moeder sprak. Dit maakte het gewicht van haar vergissing aanzienlijk groter. Ze had daar op het podium niet echt gelogen, maar mevrouw Gallagher zou haar waarschijnlijk verantwoordelijk houden, zoals ze ongetwijfeld ook bij Sean deed. Zijn onvermurwbare moeder tevreden houden, in de te grote schoenen van zijn dode broer willen staan: het waren gevaarlijke, onbereikbare doelen. Door de enorme druk waaronder hij stond, was hij nog meer een man om beducht voor te zijn. Haar angstige voorgevoel bouwde zich op – kraaien die een voor een op een veld neerstreken.

'Ik was op zoek naar het toilet,' zei Claire, zoekend naar een waardige uitweg.

'De naam van de moslim, kunt u me die geven?' hoorde ze. Een verslaggeefster – Alyssa Spier – voegde zich bij het gezelschap. Zij versloeg alle gebeurtenissen rond het monument en leek nooit erg onder de indruk van het geïdealiseerde beeld van Claire.

'De juryberaadslagingen zijn vertrouwelijk,' zei Claire.

'Maar je hebt het ontwerp daarstraks toch besproken?' zei Sean.

'Alleen omdat er zoveel over te doen is. Wat ik daar zei, is waar: ik weet vrijwel niets over de ontwerper.'

'Vrijwel niets,' zei Alyssa. 'Dus u kent zijn naam.'

'Misschien ben ik niet duidelijk genoeg. De jury zal de pers te woord staan als we het ontwerp bekendmaken,' zei Claire, die de blik van mevrouw Gallagher in zich voelde boren. Ze kromp inwendig in elkaar en probeerde een smoes te verzinnen om weg te komen. 'Ik moet naar huis,' zei ze. 'Naar mijn kinderen. Sean, je hoort nog van me. Mevrouw Gallagher, het was fijn u te ontmoeten.' Ze wilde haar hand uitsteken, maar hield zich in. Misschien zouden ze die niet aannemen, wat vervelend zou zijn. 'Een open geest,' zei ze. 'We kunnen niet toestaan dat ze ons die ontnemen.'

Toen ze naar de uitgang liep terwijl ze theaterapparatuur en decorstukken probeerde te ontwijken, besefte ze dat Alyssa Spier achter haar aan kwam. Claire versnelde haar pas maar het mens bleef haar volgen, door zalen, de hoek om, het gebouw uit en de parkeerplaats op.

Ze hoorde de voetstappen achter zich, het gehijg – de verslaggeefster had korte benen – en haar onophoudelijke vragen: 'Mevrouw Burwell, hoe heet hij? Is het een hij? Wat gaat de jury doen? Wat is uw reactie op de woede in die aula? Mevrouw Burwell! Mevrouw Burwell!'

Toen ze bijna bij haar auto was, ging Claire nog sneller lopen, graaide in haar tas naar haar sleutels, drukte de afstandsbediening in, liet zich op de bestuurdersstoel zakken en sloeg het portier dicht, biddend dat de vingers van de verslaggeefster er niet tussen zouden komen. Spier schreeuwde haar vragen achter het raampje en toen Claire wegreed, zag ze Spier in haar achteruitkijkspiegel; ze stond nog steeds te schreeuwen, al was ze niet langer hoorbaar.

Ze reed in het donker Manhattan binnen. De wind veroorzaakte ruwe vlakken op het zwarte water; de onheilspellende aanblik kleurde Claires gedachten.

De opmerkingen van gouverneur Bitman werden herhaald op de radio. Nu begreep Claire waarom de toehoorders zo opgewonden waren geweest. Maar wat bedoelde Bitman, aan wiens verkiezingscampagnes eerst Cal, en later Claire, hadden bijgedragen, nu eigenlijk? Zij werd geacht alles goed te keuren wat de jury deed – althans, dat was de jury verteld. Claire begreep dat ze er alleen voor stond, zowel in de jury als daarbuiten.

Het was al na tienen toen ze bij haar huis in Chappaqua aankwam. Toen ze van haar auto naar de voordeur liep, viel haar oog op iets wat leek op de slaapplaats van een dakloze, aan de voet van de bruine beuk. Toen ze dichterbij kwam, zag ze in het melkwitte licht van het huis en de maan een doos Raisin Bran-muesli ('Papa's lievelingsmuesli,' had ze de kinderen verteld, al wist ze nu niet meer zeker of Cal echt zo van Raisin Bran hield of dat alleen had gezegd om William en Penelope zover te krijgen dat ze het aten), een stapel boeken uit Cals studeerkamer, een tennisracket en zijn bruiloftssmoking van tweeduizend dollar – dit alles netjes geschikt rond het hoopje stenen. De dodenbezwering van een kind: William die geloofde dat hij de stenen tot leven kon wekken, of zijn vader kon overreden thuis te komen.

'Weten wij veel, een eenogige moordenaar met een baard en in pyjama kan dit wel hebben bedacht – dat maakt het zo griezelig,' had Alyssa die ochtend tegen Lou Sarge gezegd in een uitzending van zijn radioprogramma.

Voornoemde moordenaar zat nu voor haar en stond op het punt zijn identiteit te onthullen tegenover de wachtende journalisten, en hij leek helemaal niet op de omschrijving. Hij had een baard, maar die was smaakvol getrimd. Zijn pak zag er duur uit en hij had een hooghartige houding, in tegenstelling tot de graaiende, behaagzuchtige Indiase mensen in de wijk waar zij woonde. Naast hem zat een donkerharige, buitenlands uitziende vrouw in een bloedrood mantelpak, die de indruk wekte dat ze zich niet alleen op haar gemak voelde bij al die aandacht, maar er zelfs naar hongerde. Stijf tegen de muur achter hen stonden mannen, sommige in islamitische klederdracht, en een paar vrouwen met hoofddoeken, als in een rij opgestelde terrorismeverdachten. Alyssa zat op haar nagels te bijten totdat ze metaal proefde. Bloed.

Ze was in het kantoor van de Amerikaanse Coördinerende Moslimraad, een organisatie waarvan Alyssa tot die ochtend nog nooit had gehoord. Het leek of de gehele New Yorkse pers zich met haar in de ruimte had gepropt. Gezamenlijk ondergingen de journalisten berustend de introductie van alle twaalf leden van de raad, die vervolgens op hun stoel plaatsnamen.

De hoofdattractie wachtte tot het geritsel en geschuif was opgehouden en hield toen een exemplaar van de *Post* omhoog, met de foto van het gezicht met bivakmuts. 'Mijn naam is Mohammad Khan, en ik geloof dat deze foto mij moet voorstellen.' Flitslampen plopten, camera's klikten – voor even de enige geluiden die in de ruimte te horen waren.

'Ik ben architect en Amerikaan,' zei hij. 'Toevallig ben ik ook moslim. Ik ben in Virginia geboren en heb het grootste deel van mijn volwassen leven in New York gewoond. In Manhattan. Ik heb meegedaan aan de wedstrijd omdat ik dacht dat mijn idee de nabestaanden en het land een weg zou bieden om hun verdriet te uiten over alles wat op die dag verloren is gegaan, en een plek om te herdenken en te helen. De jury was het daar blijkbaar mee eens; het is nu algemeen bekend dat die mijn ontwerp heeft gekozen.' Hij gebaarde naar de illustraties van een tuin, die op een ezel rechts van hem stonden. 'Het lijkt erop dat ze alleen een probleem met de ontwerper hebben.'

Alyssa zat driftig te schrijven. Ze wilde geen woord missen, al stond haar taperecorder aan en wist ze dat zijn woorden tientallen malen zouden worden herhaald op tv. Het was een oefening in overbodigheid; er waren minstens vijftig journalisten en camera's aanwezig, die allemaal popelden om hetzelfde nieuws, dezelfde woorden te brengen.

Na een korte stilte ging Khan verder: 'Er is me gevraagd me terug te trekken uit de wedstrijd, of om anoniem te blijven en mijn naam dus niet aan het monument te verbinden, of om een partnerschap aan te gaan met iemand anders die dan het ontwerp onder zijn naam zou indienen. Maar ik trek me niet terug en zal ook geen van de andere verzoeken honoreren. Als ik dat wel zou doen, zou dat betekenen dat ik niet alleen verraad pleeg aan mijzelf, maar ook aan het credo van dit land dat de prestatie telt, niet de naam, religie of herkomst. De jury heeft voor dit ontwerp gekozen; de ontwerper krijgen ze erbij. En als u nu het ontwerp afwijst...'

Zijn stem klonk harder – de toon van een ophanden zijnde tirade. 'Hij is uit op een confrontatie,' fluisterde iemand naast Alyssa. Maar de vrouw die naast hem stond, wierp hem een blik toe, boog zich naar de microfoon en zei: 'Het proces moet doorgaan zoals het hoort, zoals het staat in de richtlijnen voor de selectie van het monument.'

'Wie bent u?' riep iemand.

'Dit is mijn advocate, Laila Fathi,' zei Khan, weer gekalmeerd. Vervolgens ging hij in op zijn ontwerp: een soort tuin, met de namen van de doden vermeld op de omringende muren. Er werd langzamer geschreven, mensen verlieten de ruimte, journalisten stonden onrustig te schuifelen. Niemand was geïnteresseerd in het ontwerp, dacht Alyssa. Begreep hij dat niet?

'Aanvullende vragen kunt u stellen aan mevrouw Fathi,' zei hij met een gebaar naar haar, waarna hij opstond en in de richting van een zijdeur liep. Er ontstond chaos in de ruimte. Alyssa kreeg een zet in de rug, waardoor ze naar voren schoot; een dikke cameraman wurmde zich langs haar. 'Uit de weg!' riep hij. Voordat ze kon reageren, werd ze weer geduwd door de horde mannen die achter Khan aan gingen en iedereen op hun weg onder de voet liepen.

'Fuck!'

'Hij is daarginds!'

'Maak een foto!'

'Je staat voor mijn lens!'

'Klootzak! Dat is mijn slechte been! Klootzak!'

Hij was weg. De schildersezel was in de stormloop omgestoten, de illustraties lagen verspreid op de vloer. Op een van de tekeningen was een afdruk te zien van een geribbelde rubberen zool. 'Maak daar een foto van,' droeg Alyssa haar fotograaf op. Het zou een dramatischer plaatje opleveren dan de illustraties op de ezel: zijn droom vertrapt. Zijn eigen schuld, dacht ze, maar ze wist niet zeker of dit haar eigen gedachte was of wat ze dacht dat haar lezers zouden zeggen.

Jonglerend met haar notebook en taperecorder veegde Alyssa met haar onderarm over haar gezicht in een poging het zweet weg te krijgen dat in haar ogen prikte. Het was altijd hetzelfde bij dit soort afschuwelijke persconferenties: de verstikkende hitte, al die ergerlijke lichamen.

'Het lijkt erop dat je eigen onderwerp je de primeur heeft afgepakt,' zei Jennie Sciorfello, een journaliste bij de *Daily News*, en Alyssa wilde haar een klap verkopen maar hield zich in.

Toen ze op kantoor kwam, stopte ze een zak vol met ijsklontjes en probeerde die tegen haar pijnlijke rug te leggen. Ze wenste dat ze haar ego op ijs kon zetten. Zolang hij geen naam had, was Khan van haar geweest. Nu was hij openbaar bezit geworden. Het was duidelijk dat hij dacht het initiatief te kunnen nemen door de sluier op te lichten. Alyssa moest grinniken bij deze gedachte en besefte toen dat het een prachtige kopregel was: 'Moslim licht sluier op.' Ze konden de foto van de man met de bivakmuts en die van Khan naast elkaar plaatsen. Ze stuurde snel een e-mailtje naar haar eindredacteur, hopend dat haar slimme vondst het gebrek aan een primeur goed zou maken.

Toen ze haar artikel had ingeleverd, begon ze haar onderzoek naar Khan. De krant had al journalisten gestuurd naar de architectenfirma waar hij werkte en naar zijn huis, dus zette zij de computer aan, googelde zijn naam en kreeg 134 000 hits. 'Mohammad Khan': de 'Jan Jansen' van de moslimwereld. De lovende artikelen over de architectuur van de juiste Mohammad Khan zouden hooguit wat saaie kopij opleveren. De overige vermeldingen verwezen naar heersers en artsen met de naam Mohammad Khan, naar zakenlieden en dorpelingen, helden en oorlogsmisdadigers – een wereldgemeenschap in naam alleen. Haar blik gleed langs intrigerende artikelen ('Taxichauffeur Mohammad Khan luisterde naar zijn geweten toen hij besloot de tas met gouden juwelen aan de rechtmatige eigenaar terug te geven') en langs verleidelijke knipsels ('Mohammad Khan, zoon van Firoz, besteedde al zijn tijd aan het najagen van pleziertjes'). Er zat een rangorde in de rangorde, een verborgen hiërarchie, maar alleen Google of zijn algoritmes kenden die.

Ze begon te zoeken in openbare databases. De criminele databases leverden niets op, maar in de zakelijke publicaties stuitte ze op K/K Architecten, ingeschreven door ene Mohammad Khan en een Thomas Kroll. Uit een snelle check op internet bleek dat Kroll ook bij ROI werkte, wat betekende dat ze haar Khan had gevonden. Een gevoel van opluchting trok door haar heen – nu had ze tenminste iets –, maar vervolgens raakte ze in paniek bij de gedachte dat andere journalisten misschien op hetzelfde spoor zaten. Bij ROI kreeg ze Kroll niet te pakken, maar ze vond zijn huisadres – een adres in Brooklyn, dat hetzelfde was als dat van de inschrijving van K/K Architecten. Ze pakte de telefoon en wilde het nummer draaien, maar bedacht zich; als hij zou ophangen, kon ze het vergeten. Met bonzend hart ging ze er met de ondergrondse heen, biddend dat niemand haar voor zou zijn.

Thomas Kroll woonde in een gebouw aan de Eastern Parkway met de uitstraling van een douairière: statig bij de geboorte, afgetakeld van ouderdom. De hal was schemerig; de portier – Indiaas of zoiets – was resoluut: 'Nee, nee, mevrouw, u kunt niet zonder aankondiging naar boven.'

'Hij verwacht me,' zei ze. 'Het is een verrassing.' Ze overwoog hem een twintigdollarbiljet toe te stoppen, maar was bang dat dat verkeerd zou overkomen. Toen hij de telefoon pakte om Kroll te bellen, keek ze stiekem in zijn logboek en zag het appartement staan, nummer 8D. Ze liep snel naar de lift; en zoals ze al had gehoopt, legde hij de telefoon neer en kwam hij achter haar aan. 'Mevrouw, neem me niet kwalijk, u kunt niet zomaar naar boven. Mevrouw, neem me...' De liftdeuren sneden zijn woorden af.

Toen ze bij het appartement kwam, stond er een vrouw – de echtgenote, nam ze aan – in de deuropening, armen over elkaar geslagen.

'Wie bent u?' Haar stem klonk kwaad, ze keek bezorgd. Nee, ze leek uit op een ruzie. Ze had slordig opgestoken haar en in haar rechterhand klemde ze een rood speelgoedautootje als wapen vast.

'Alyssa Spier, *New York Post*.' Uitgesproken op de gezaghebbende toon van een belastinginspecteur, alsof de vrouw niet het recht had haar te weigeren.

'Geweldig. Thomas, het is al begonnen,' riep de vrouw achterom. 'De roddelpers is hier. In ons huis.' Ze wendde zich weer tot Alyssa en staarde haar woedend aan.

Er kwam een man, met bruin haar dat voor zijn vermoeide ogen hing, naar de deur. 'U kunt beter weggaan,' zei hij. 'Wij hebben hier niets mee te maken.'

'Ik heb een zakelijke inschrijving gevonden waarin uw naam, en die van Mohammad Khan, vermeld staan,' zei ze, terwijl ze door haar notitieblok bladerde. 'K/K Architecten.'

Zijn melkwitte huid werd nog bleker. 'Dat gaat u toch niet publiceren?'

'Waarom niet?' vroeg ze op onschuldige toon. 'Weet de baas er niets van?'

'Shit,' zei Thomas tegen zijn vrouw, en ze deden een stap opzij om haar binnen te laten.

Ze liepen een lange, claustrofobische gang door en kwamen in de huiskamer, die vol lag met speelgoed: treintjes, blokken, lego. Kinderen, drie stuks, leken aan het breakdansen te zijn tegen de met krijt besmeurde muren. Alyssa had altijd aangenomen dat architecten, professionals zoals artsen en advocaten, een dik salaris hadden; de bekrompen, aftandse sfeer van het appartement verbaasde haar. Zou Khan ook zo leven? Waarschijnlijk niet, want uit haar onderzoek wist ze dat hij niet getrouwd was, evenmin als zijzelf. Maar gezien zijn gevoel voor stijl leefde hij ook niet zoals zij.

Het kleine meisje grinnikte naar haar, waarbij zichtbaar werd dat ze haar voortandjes miste. Alyssa glimlachte niet-overtuigd terug terwijl ze om zich heen zocht naar een plek om te zitten.

'Alice,' zei Thomas, 'misschien kun je de kinderen even mee naar achteren nemen?'

Met een onheilspellende blik in zijn richting nam ze haar kroost mee de kamer uit.

'Ze maakt zich zorgen,' zei Thomas zachtjes, en toen ze weg waren, voegde hij er ten overvloede aan toe: 'Ze is bang dat dit de kinderen in gevaar brengt.'

Alyssa probeerde wat troostende woorden te vinden. Zijn situatie zou niet verbeteren als ze hem in de krant zette, wat haar eraan deed denken dat ze een fotograaf nodig had. Nadat ze snel een sms'je had gestuurd, nam ze het beduimelde glas water aan dat hij haar voorhield.

'Wat die zakelijke inschrijving betreft,' begon Thomas. 'Ik heb liever dat u die niet noemt.'

'Dat is ook niet nodig,' zei ze, waarbij zijn onmiddellijke opluchting haar opviel, 'mits ik een betere inhoud voor mijn artikel krijg.'

Hij knikte. Maar toen ze probeerde uit hem los te krijgen waarom Khan had besloten met de wedstrijd mee te doen, of hem vroeg of hij had meegewerkt aan het ontwerp, liet zijn stem hem in de steek. Hij zat haar alleen maar aan te kijken; zijn ogen waren net blauwe knoopjes. En opeens drong het tot haar door. 'Hij heeft u helemaal niets verteld, hè?' zei ze. 'Hij heeft u niet gewaarschuwd dat dit zou gebeuren.'

Die opmerking was raak. Kroll boog zijn hoofd. De kale plek in het midden van zijn dikke haardos deed haar denken aan een luchtopname van de rampplek in Manhattan, en ze voelde een vluchtige behoefte haar hand uit te steken om zijn hoofd aan te raken.

'Dit zal wel moeilijk voor u zijn,' zei ze met een medeleven dat haarzelf verbaasde.

'Hij is mijn vriend,' zei hij eindelijk op hese toon. 'Niet alleen mijn zakenpartner. Mijn beste vriend.'

Alyssa kon niet bepalen of hij dit zei om de zwaarte van zijn verraad te benadrukken of om haar te waarschuwen dat hij ondanks dit feit loyaal zou blijven. Ze dacht koortsachtig na over de beste benadering. Haar eindredacteur zou het niet als nieuws beschouwen dat Khan zijn zakenpartner had genaaid, maar het vertelde haar wel veel over Khan. Hij was een egoïst; een conclusie die ze niet trok als veroordeling, maar in herkenning. Hij was ambitieus, net zo prestatiegericht als zij.

'Nou,' zei ze, 'waarom vertelt u me niet het een en ander over die vriendschap?' Hij keek haar met vermoeide blik aan. 'Help ons te begrijpen wie deze man is.'

'Op dit moment begrijp ik dat zelf niet helemaal,' zei hij, en ze pakte haar notitieblok. Kon ze die uitspraak gebruiken? Ja, ze zou hem gebruiken.

'Mo is een sterke persoonlijkheid,' zei hij.

'Mo?' vroeg Alyssa.

'Zo noemt iedereen hem.'

Iedereen behalve zij. 'Mo' had niet dezelfde klankkleur – theologisch, historisch, hysterisch – als 'Mohammad'.

'Moet u luisteren, ik ben niet blij dat hij niet de moeite heeft genomen me over dit gedoe in te lichten.' Een goede soundbite. 'maar voor zover ik kan zien, heeft hij die wedstrijd eerlijk gewonnen.' Minder goed. 'Er is geen reden om hem de overwinning te ontnemen.'

'Is hij godsdienstig?'

'Mo? Nauwelijks.' Thomas grinnikte bij de gedachte. 'Hij is veel decadenter dan ik.' Ze onderstreepte het woord 'decadent'.

'Op wat voor manier decadent?' vroeg ze op geamuseerde toon, alsof ze om zijn grapje moest lachen.

'Normaal,' zei hij, terwijl hij zijn hoofd schuin hield, als om haar vanuit een andere hoek te bekijken. 'Dat is een beter woord. Normaal.'

'Zoals met meisjes? Drugs? Alcohol?'

'Ik bedoel dat hij niet religieus is,' zei Thomas, die nu zijn ogen wantrouwig had samengeknepen. 'Hij is niet een of andere gestoorde moslim. En hij heeft verdomd veel talent – zorg ervoor dat u dat publiceert.'

Ongewild dreef ze Kroll ertoe om het voor Khan op te nemen. Wat ze wilde, was zijn teleurstelling, Khans steek in de rug, de vriendschap en dit op en top Amerikaanse gezin die hij op het spel zette. Ze wilde de echtgenote, die, dacht ze, haar daar maar al te graag uitgebreid over wilde vertellen.

'Dus hij heeft u nooit verteld dat hij meedeed? Is dat niet een beetje vreemd? Ik bedoel, jullie zijn van plan samen een zaak op te zetten, jullie zijn zulke goede vrienden, toch?' Er klonk gegil uit de slaapkamer; ze wachtte tot het weer stil was. 'Ik zou denken dat jullie alles samen deden.'

Thomas kreeg een kleur en begon met zijn trouwring heen en weer te schuiven. Dat mannelijke ego – je moest het met fluwelen handschoenen aanpakken. Ze kon in het interview niet te diep ingaan op het vernederende aspect: de beste vriend die was beetgenomen door zijn maatje. 'Ik bedoel, hij had ongetwijfeld zijn redenen,' zei ze, 'maar welke waren dat, denkt u?'

'Ik weet het niet,' zei hij vermoeid. 'Dat zou ik hem zelf graag willen vragen.'

Tijdens hun gesprek was de telefoon gaan rinkelen. Alice reageerde er niet op en na een tijdje kwam Thomas overeind om hem op te nemen. 'Hoeveel?' hoorde Alyssa hem zeggen. 'Juist. Nee, nee – laat ze niet naar boven gaan.'

De concurrentie was gearriveerd. Het interview was afgelopen. Alyssa gaf Thomas aanwijzingen over de beste manier om de journalisten op een afstand te houden, gaf hem de suggestie om aan zijn Vereniging van Eigenaren te vragen of er tijdelijk extra beveiliging kon worden ingehuurd, en gaf hem de raad de portier een bewakerstraining te laten volgen, alsof haar aanwezigheid zijn schuld was. 'De woorden 'geen commentaar' zijn je beste vrienden,' instrueerde ze. 'U hebt alle recht die te gebruiken, en praten levert u niets op. Tegen iemand anders, bedoel ik.'

Ze zei gedag, aaide over de bol van het zoontje, de oudste, dat uit de slaapkamer was gekomen. Hij draaide zijn hoofd weg en keek haar achterdochtig aan. Die helderblauwe ogen, het engelachtige verwijt dat erin lag. Ze was nooit goed geweest met kinderen.

In de lobby belaagden journalisten de portier, die zo zenuwachtig was geworden dat hij 'meneer' en 'mevrouw' door elkaar haalde en dreigde de politie te bellen. Ze herkenden haar en haastten zich naar haar toe. 'Welk appartement? Welk appartement is het?' Ze haalde haar schouders op alsof ze het niet wist, en zei toen: 'Doe geen moeite, er is niets te halen, het is een droge spons.' Ze liep de donkere lobby uit. Het zonlicht deed haar met haar ogen knipperen. Aan de overkant van de straat zag ze groen: Prospect Park, de longen van Brooklyn. Ze zoog een diepe teug lucht in haar eigen longen.

10

In meneer Chowdhury's vishandel annex kruidenierswinkel laadde Asma tarwemeel, rijst, tomaten, melk, bakolie, vier soorten groente en Bengalese kranten in haar karretje. Er leek elke week een nieuwe Bengalese krant te verschijnen, wat haar trots maakte op de geletterdheid van haar volk, tenzij ze een sombere bui had; in dat geval vond ze het een bewijs van hun onderlinge verdeeldheid. Ze rekende de kranten samen met haar levensmiddelen af met het prettige gevoel dat ze niet zo'n gierig mens was dat bij de kassa de kranten stond te lezen zonder ervoor te betalen, alsof het daar een bibliotheek was, al moest ze bekennen dat ze dat wel had gedaan in de tijd voordat het onverwachte geluk haar ten deel was gevallen.

Het meeste nieuws in de kranten ging over Bangladesh, en was grotendeels zorgwekkend: de politieke strijd, de een beschuldigd van corruptie, een ander in de gevangenis gegooid, het geweld, de twee vrouwelijke leiders en rivalen die elkaar een oog uitstaken zodra ze de kans kregen. Overstromingen teisterden het land; de mensen trokken naar hoger gelegen gebied, zagen hun huizen wegspoelen, bouwden alles weer op. Veerboten zonken als stenen. Een stad werd lamgelegd door een staking, tot men erin slaagde de reden van de staking uit de weg te ruimen. Het was verbazingwekkend hoe chaotisch en onmogelijk dingen leken als ze met zwarte letters op een paar pagina's bij elkaar stonden, in plaats van te vervagen tijdens lange dagen van rode chilipepers die lagen te drogen in de zon, van het licht dat op het water danste, van verhalen over gearrangeerde en mislukte huwelijken, van de muziek van Runa

Laila, van de lieve lach van haar nichtje, de gekruide vis van haar moeder, de grappige verhalen van haar vader over de slapende bewakers van zijn rijstmolen die hij moest wekken, van de ingebakerde rust van haar dagdromen. Zelfs de ergste gebeurtenissen vonden daarin balans, vonden hun plek.

Het plaatselijke nieuws in de kranten was meestal minder schokkend. Wijzigingen in de immigratieregels. Nieuwe Bengalese ondernemingen of plaatselijke samenwerkingsverbanden in de omgeving van New York. Bengalezen die het slachtoffer waren van een misdaad of die – minder vaak – vanwege een misdaad waren opgepakt. Gelukwensen van plaatselijke politici voor de lezers vanwege feestdagen en festiviteiten. Na de aanslag stonden er natuurlijk een tijdlang verhalen in over nieuwe immigratieproblemen, over moskeeën die bedreigd werden, over moslims die in hechtenis waren genomen. Maar in het afgelopen jaar was dat soort nieuws verminderd, alsof het leven stapje voor stapje zijn normale ritme hervatte.

Maar nu had die Mohammad Khan de ontwerpwedstrijd gewonnen voor het monument voor Inam en de andere doden. In de winkel van meneer Chowdhury propte ze een zak rijst in haar winkelkarretje. De winkelier stond te discussiëren met dr. Chowdhury (geen familie) over de vraag of de pogingen Khan zijn overwinning te ontnemen overeenkomsten vertoonden met wat er in de geschiedenis van Bangladesh was gebeurd. Ze betrokken haar niet bij hun discussie, dus stond ze zoals gewoonlijk mee te luisteren.

'Het is net als in 1970,' zei dr. Chowdhury, terwijl hij ter begroeting naar Asma glimlachte. 'Wat Pakistan ons aandeed, toen ze de verkiezingen ongeldig verklaarden omdat de uitslag hun niet beviel. Precies hetzelfde. Amerika zou daarboven moeten staan.'

'Dit was geen verkiezing,' zei meneer Chowdhury. Hij was een dominante man, zelf ondemocratisch, vond Asma. 'Het was maar een klein groepje mensen dat moest beslissen. Want als het verkiezingen waren geweest, denk je toch niet dat de Amerikanen op een moslim hadden gestemd? Dus het is het tegenovergestelde: ze hebben geprobeerd hem te laten winnen zonder verkiezingen te houden. Nu zeggen de Amerikanen dat ze hem niet willen. Wij waren toen in de meerderheid; zij zijn dat nu.'

'Wij wilden onze vrijheid. Zij willen discrimineren.'

'Misschien wel, maar het is geen parlement. Het is gewoon een monument. Ik neem het ze niet kwalijk dat ze er geen moslimnaam op willen.'

'Er komen toch moslimnamen op, of ze willen of niet,' zei dr. Chowdhury met een knikje naar Asma, die net deed of ze bezig was een rijpe meloen uit te zoeken.

'Ik weet alleen dat er in Dhaka vijfduizend mensen zouden kunnen wonen in de ruimte die ze ervoor hebben vrijgemaakt.'

Asma was verontwaardigd door deze opmerking. Haar man had geen graf. Alleen op dit monument kon zijn naam voortleven. Alleen daar kon zijn zoon die zien, misschien aanraken. Een parlement van overledenen verdiende ook respect.

Haar boodschappenkarretje achter zich aan trekkend liep ze naar huis, terwijl ze in gedachten hun discussie herhaalde. Ze kende de geschiedenis goed waarover ze hadden gesproken, want haar vader had daarvan deel uitgemaakt. Toen de militaire dictatuur van Pakistan had geweigerd de winnende partij in Bangladesh – destijds Oost-Pakistan – toe te laten, had haar vader zijn boeken opzijgelegd, de universiteit verlaten en zich in de strijd geworpen. Honderdduizenden, miljoenen doden later kreeg Bangladesh zijn onafhankelijkheid. Zijn verhalen hadden diepe indruk op Asma gemaakt. Ze had zich voorgenomen net zo moedig te zijn als hij, totdat ze erachter kwam dat dat van een vrouw niet werd verwacht.

Aangekomen bij het gebouw waar ze woonde, begon Asma aan de zware taak haar boodschappen vier verdiepingen omhoog te zeulen, om vervolgens weer naar beneden te lopen voor de volgende lading. De zak rijst, die twaalf kilo woog, bewaarde ze voor het laatst. De zak woog minder dan haar zoontje, maar leek zwaarder om te dragen. Toen ze hem uit het karretje tilde, vielen er wat rijstkorrels op de grond. Toen ze goed keek, zag ze een klein gaatje in

de punt van de zak en een spoor van dunne witte korreltjes dat te-
rugliep tot aan de voordeur. Buiten lag nog meer rijst. De vogels
deden zich er al aan te goed. Met een zucht keerde ze de zak ondersteboven, zodat er niet nog meer korreltjes uit zouden ontsnappen,
zette hem weer in het winkelwagentje en volgde haar eigen spoor
terug naar de winkel.

Moed, dacht ze tijdens haar wandeling, had niet alleen met
kracht te maken. Er was ook een goede aanleiding voor nodig.
Oorlogen braken niet vaak uit. Ze herinnerde zichzelf hieraan
wanneer ze zich afvroeg of Inam net zo moedig was als haar vader.
Haar man was in een andere, minder roerige tijd geboren. In het
dagelijkse leven was het moeilijk om een oorlogswaardige zaak te
vinden. Dat had ze zelf geleerd.

Toen ze eenmaal was getrouwd en gesettled in Kensington, had
Asma besloten dat ze wilde werken. Op deze ongewone wens reageerde Inam aarzelend, zelfs bezorgd, met de voor hem kenmerkende vriendelijkheid. Het was ook een onlogische wens; ze had alleen haar middelbareschoolopleiding en sprak gebrekkig Engels.
Maar hij benaderde een Bengalese apotheker aan Church Avenue,
een hindoe die Sanjeev heette, wiens dochter die hem in de zaak
hielp onlangs naar de universiteit was vertrokken, zoals hij iedereen
vertelde die het maar wilde horen. Sanjeev wilde Asma wel een
kans geven. Hij was veilig en betrouwbaar: een gerespecteerd man,
wiens vrouw en schoonzuster ook in zijn apotheek werkten. Asma
zou zijn vrouw helpen bij het uittellen van de pillen die in de re-
cepten werden voorgeschreven. Het was saai, maar ontspannend
werk en ze was trots op haar accuratesse. Sanjeevs vrouw controleerde haar werk op fouten, totdat ze zag dat Asma die niet maakte.
Het tellen weerhield haar er niet van om alles te volgen wat er in de
apotheek gebeurde. Een tijdlang wist ze meer over de ziekten in de
buurt dan mevrouw Mahmoud. Sanjeev was net een dokter, vertelde ze Inam 's avonds. Iedereen kwam hem om raad vragen, niet alleen de Bengalezen, maar ook de zwarte en de Spaanse buurtbewo-
ners.

Voor zover zij kon zien, was zijn gierigheid Sanjeevs enige gebrek. Hij gaf vrijwel niemand krediet, behalve een paar hindoes die hij kende. Mensen hadden hun medicijnen vaak nodig voordat hun salaris was betaald of hun uitkering binnen was, maar Sanjeev eiste altijd boter bij de vis. Op een dag besloot ze er iets van te zeggen. Haar vader had mensen vaak geld geleend, zonder rente te vragen. Ze wist zeker dat hij Sanjeevs gedrag zou afkeuren.

'Sanjeev-oom,' zei ze zo beleefd als ze kon, 'ik begrijp niet waarom u niet wat vaker krediet geeft. U kent deze mensen toch? Ik ken ze ook. U weet waar ze wonen.'

Hij keek haar aan alsof ze zijn dochter was die hem een grote mond gaf en zei op luchtige toon: 'Als jij denkt dat ze zo betrouwbaar zijn, waarom geef jij ze dan geen krediet?' Sanjeev wist heel goed dat ze geen geld had om uit te lenen. De rest van de dag zat ze met trillende handen te tellen. Die middag bedankte ze hem omdat hij haar een baan had gegeven, ging weg en kwam nooit meer terug. Inam, die schrok van haar impulsiviteit, ging naar Sanjeev om vrede te sluiten. Hij kreeg Asma niet zover dat ze dat ook deed.

Toen ze terug was in de winkel, liet ze meneer Chowdhury het gat in de rijstzak zien.

'Dat is een oude truc,' zei hij korzelig. 'Eerst haal je er een kopje vol uit, dan kom je vertellen dat er een gat in zit en wil je een nieuwe zak. Daar trap ik niet in. Ik ken al die trucjes.'

Bijna sprakeloos van woede trok ze hem mee naar buiten en liet hem de rijstkorrels zien, die door de wind, de voetgangers en de vogels al bijna weg waren. Ze liepen samen een halve straat verder, tot hij zei: 'En dit spoor loopt helemaal door tot uw woning?'

Ze knikte heftig van ja, opgelucht dat hij het eindelijk begreep.

'Dwazin!' zei hij. 'Dromer. Hoe kunt u dat daar pas gezien hebben?' Hij begon haar de huid vol te schelden, beschuldigde haar ervan dat ze onderweg de kranten liep te lezen in plaats van op haar rijst te letten.

'Ik kon niet weten dat die weg zou lopen,' zei ze, waardoor hij nog kwader werd.

Meneer Chowdhury weigerde haar een nieuwe zak te geven en de hele weg terug naar huis ziedde ze van woede en wenste ze dat Inam er nog was, zodat hij het voor haar kon opnemen, al wist ze eigenlijk niet of hij dat wel gedaan zou hebben. 'Misschien heb je de zak gescheurd toen je hem in je winkelwagentje legde,' zou hij misschien hebben gezegd, niet om te beweren dat ze fout zat, maar om aan te geven dat iedereen het gedaan kon hebben. Voor hem was een kopje rijst geen strijd waard. Voor haar telde elke korrel.

Toch gaf ze wat betreft de rijst toe aan meneer Chowdhury. Als vrouw had ze geen keus.

'Paul,' zei de gouverneur ademloos.

Bitman zat in een zwartvelours sweatpak op haar merkwaardige fitnessapparaat. Het was kwart over zeven, een tijd waarop Paul liever de zachte rondingen van de billen van een slapende Edith lag te bekijken. Nu hij was ontboden in het New Yorkse pied-à-terre van de gouverneur, had Paul een pak aangetrokken en zijn vlinderdasje omgedaan. Een assistente bood hem een glas jus d'orange aan en wees naar een stoel.

Ze keek naar zichzelf op tv. 'Zelfs als meneer Khan geen veiligheidsrisico vormt – en er is geen reden om te denken dat dat wel het geval is –, maakt de manier waarop hij deze anonieme wedstrijd heeft gewonnen ons erop attent dat radicale islamisten onze democratische instituten en onze openheid kunnen misbruiken om hun eigen belang te dienen,' zei de gouverneur op het scherm in een interview op CNN van de vorige dag. De gouverneur naast Paul knikte op de maat van het omhoog- en omlaaggaan van haar benen, waardoor de indruk van een schommelende boot werd gewekt. 'Als vrouw kan ik dat gevaar niet negeren, gezien het feit dat de vrouwen de last moeten dragen van onze verloren vrijheid als de islamisten hier de macht overnemen. Zoals je wellicht weet, Wolf, zat ik in een delegatie van vrouwelijke politici die vorig jaar Afghanistan heeft bezocht...'

'Ik sta verbaasd over je, Geraldine,' zei Paul, niet in staat zijn mond te houden. Hij kende de gouverneur al meer dan twintig jaar, en haar echtgenoot kende hij nog langer. Toen Joseph Bitman overleed en zijn vrouw zijn fortuin en niet-gerealiseerde politieke ambities naliet, was Paul een van haar eerste en overtuigde supporters geweest. Hij had haar gesteund vanaf haar eerste verkiezingspoging tot ze aan het hoofd van de staat stond, en had dat niet alleen uit vriendschap gedaan. Hij was onder de indruk van haar levendigheid en heldere geest, evenals van haar linkse en rechtse afwijkingen van haar eigen, onvoorspelbare middelpunt. Ze was de eerste vrouwelijke gouverneur van New York en deze primeur smaakte naar meer. Ze wilde president worden.

'Lees mijn afstudeerscriptie van Smith, Paul.' Haar ademhaling klonk zwaarder, ze pompte nog harder met haar benen; het apparaat stond in een lagere versnelling. 'Dan ben je misschien niet meer zo verbaasd. "De machtshiërarchie in de vrouwenbeweging." Ik maakte me zorgen over de vrouwen die werden onderdrukt door andere vrouwen. Mijn bezorgdheid over de islam ligt geheel in lijn daarmee.' Ook in lijn, dacht Paul nu voor het eerst, met haar begunstiging van Bob Wilner; ze had de advocaat, haar voormalige assistent, niet in de jury benoemd omdat ze wist dat een moslim zou winnen, maar zijn scherpe standpunt erover was haar ongetwijfeld bekend. Een roze gloed op haar gezicht, zweetdruppeltjes op haar voorhoofd. Paul bestudeerde Geraldine van opzij: haar perfecte kapsel, een weelderige roodbruine haardos waaraan ze haar bijnaam, 'de Vos', gedeeltelijk ontleende; haar aantrekkelijke adelaarsprofiel, dat niet zou misstaan op een munt.

'Ik ben juist verbaasd over jou, als ik heel eerlijk ben,' zei ze.

'Omdat?'

'Je hebt het proces niet onder controle.'

Het was duidelijk wat ze bedoelde. Khans verklaring dat hem was gevraagd zich terug te trekken uit de wedstrijd had Paul overvallen, omdat hij zo zijn best had gedaan Khan dat niet rechtstreeks te vragen, maar er alleen op te zinspelen dat het misschien geen slecht idee was. Dus had Paul onmiddellijk een verklaring doen uitgaan dat hij een dergelijk verzoek nooit had gedaan. Dat was Vergissing Nummer Een. Vergissing Nummer Twee was de uitgave van een verduidelijkende verklaring, waarin hij stelde dat de conclusie van de journalisten uit zijn eerste verklaring, namelijk dat hij Khan een leugenaar noemde, onjuist was. Het eindresultaat van deze twee verklaringen was de bevestiging dat Khans ontwerp inderdaad was gekozen door de jury, wat betekende dat Paul een manier moest vinden om Khan te introduceren nadat Khan dat zelf al had gedaan. Hij moest zich verdedigen tegen de beschuldigingen dat de jury had geprobeerd de keuze voor Khan te verijdelen, al schreeuwden de nabestaanden dat de jury die keuze had moeten tegenhouden.

'Het is een lastige situatie, Geraldine, en daarom denk ik niet dat het helpt om de angst aan te wakkeren...'

'Die angst leeft, Paul. De angst is echt. En in Midden-Amerika, waar mijn belangen groot zijn, dat geef ik toe, hebben de mensen het gevoel dat de jury die angst niet begrijpt. Dat zouden ze wel moeten doen, gezien het feit dat ze bijna allemaal uit Manhattan komen, en je weet wat daar is gebeurd, maar ze begrijpen het niet,' Ze vertraagde haar beenbewegingen; haar gezicht werd steeds roder.

'Mijn jury valt hier niets te verwijten. Het was een anonieme wedstrijd, dat weet je.'

'Ik wel, maar uit de peilingen blijkt dat zeventig procent van de Amerikanen daarvan niet op de hoogte is. Mensen hebben in dit soort situaties een zondebok nodig. Je houdt ze niet zoet met een abstracte procesgang.'

Geraldine had hem helemaal niet uitgenodigd voor het ontbijt, besefte Paul, want er was geen ontbijt te bekennen. Ze had hem uit vriendschap laten komen om hem te waarschuwen dat ze het evenzeer op zijn jury voorzien had – een stelletje kunstenaars uit Manhattan, zo elitair als het maar kon – als op de islamitische dreiging. Hij kon hiertegen allerlei bezwaren opwerpen, nog afgezien van de anonimiteit van de inzendingen. De meeste van die kunstenaars waren helemaal niet gecharmeerd van de Tuin. Maar de gouverneur, met haar mannetje in de jury dat alles aan haar rapporteerde, moest dat weten.

'En vergeet niet dat ik de eindbeslissing neem, Paul.' Hij gaf geen antwoord. Toen ze hem had gevraagd als voorzitter van de jury, had ze erop aangedrongen dat hij ervoor zou zorgen dat de meeste juryleden kunstenaars waren, professionals. 'We willen niet dat een stelletje brandweermannen besluit een gigantische brandweerhelm te plaatsen in Manhattan,' waren haar woorden. In een privégesprek, uiteraard. Over Sean Gallaghers campagne om de jury uit nabestaanden samen te stellen, had ze haar veto uitgesproken. Ze was ervan overtuigd dat er onderlinge ruzies zouden ontstaan en ze schoot er niets mee op als ze mensen uit hun midden aanwees. Claire Burwell, de enige nabestaande in de jury, was gekozen omdat haar contacten met belangrijke universiteiten en haar kunstcollectie de gevoeligheden van de andere juryleden goed compenseerden. Het idee van inspraak van het publiek – de hoorzittingen, de periode waarin commentaar geleverd kon worden, de gouverneur die moest tekenen – was in het proces ingebracht om de illusie te wekken dat het publiek gehoord zou worden, terwijl het in feite geleid werd. Er konden symbolische aanpassingen aan het ontwerp worden aangebracht, maar de keuze van de jury zou gehandhaafd blijven, met de zegen van de gouverneur.

Maar nu was de strijd, op een onvoorziene schaal, al losgebroken, en het was duidelijk dat Bitman vastbesloten was daarvan te profiteren. Ze was niet bezig de regels te herschrijven, dacht Paul, maar interpreteerde die nu met een nieuwe, cynische letterlijkheid.

Haar cooling-downtijd was voorbij. Ze stapte van het apparaat af, vroeg hem met een gebaar haar de handdoek aan te geven die over Pauls stoel lag en kuste hem bij wijze van afscheid lichtjes op de wang.

Alyssa Spier staarde naar haar eerste column en beeldde zich in dat ze Carrie Bradshaw was: slordige gouden lokken, sigaret in de hand, het tengere lichaam gekleed in een tanktop en gezeten op het bed, terwijl kernachtige commentaren het computerscherm vulden. Maar Alyssa's studiootje rook zoals altijd naar de geuren die werden uitgestoten door de Indiase restaurants rond haar appartementengebouw. 'Curry Hill' werd haar buurt genoemd; zij noemde hem Curry Hell. Maar nog sterker dan de geuren deed een zijdelingse blik in de spiegel haar fantasie uit elkaar spatten. Ze had een slobberige sweatbroek aan en een extra large T-shirt van een Bruce Springsteen-concert uit 1992 (was het echt al zo oud? Was zij al zo oud?). Ze woog een paar pond – oké, meer dan een paar – meer dan Carrie, misschien omdat ze de sigaretten had vervangen door zakken pepermunt. Ze had haar haar niet geverfd, zelfs niet gewassen. En ze had een ernstige kater. Het borrelen met Chaz, haar nieuwe eindredacteur, was meer als treiteren dan als feestvieren op haar overgekomen. Hij dronk vier martini's en stelde de lege glazen naast elkaar, als danseressen, voor zich op. Ondanks zijn plagerijen gaf zij het na twee al op, maar dat waren er twee te veel op een lege maag; het leek of Chaz alleen op gin leefde. De handjes pretzels die ze naar binnen werkte als hij even niet keek, legden niet voldoende bodem. Ze had 's nachts drie keer overgegeven. Dan had je nog de onderwerpen, die van haar en van Carrie. Je bent algauw sexy als je over onderwerpen als seks en single vrouwen schrijft. De dreiging van terrorisme – of 'het moslimprobleem', zoals Chaz het noemde – resulteerde niet bepaald in verleidelijke pennenvruchten. Niets aan te doen, gewoon doorgaan. Ze was wie ze was, hoewel ze de laatste tijd niet meer precies wist wie dat dan was.

Nog geen week geleden was ze gewoon een journaliste, naarstig op zoek naar primeurtjes. Ze was vasthoudend, waardoor ze de tip over de moslim kreeg, maar ze was een van de velen – daar koesterde ze geen illusies over. Ze viel advocaten, assistenten van politici en limousinechauffeurs lastig en elke ander die een nieuwtje zou kunnen hebben, waarbij ze met vleiende stem en een air alsof ze alles wist, probeerde hun te ontfutselen wat ze maar kon. Ook als ze geen nieuwtjes hadden, belde ze haar tipgevers om grapjes met hen te maken, te roddelen en om hun het gevoel te geven dat ze hun vriendin was, of misschien omdat ze ten onrechte in de veronderstelling verkeerde dat zij haar vrienden waren.

Maar nu was ze Columniste – ze zag het woord altijd met een hoofdletter voor zich. Chaz had dit idee geopperd midden in de chaos die was ontstaan door haar verhaal. Het was een manier om de primeur op te schroeven, om zo veel mogelijk uit het nieuws en uit haar te halen. Haar ego maakte dat het idee haar wel aanstond. Haar foto hadden ze al genomen, waarop ze er gelukkig beter uitzag dan haar spiegelbeeld van vandaag. Nu moest ze de woorden nog vinden.

Chaz had haar de vorige avond wat tips gegeven over de beste aanpak. De belangrijkste eigenschap van een goede columnist, legde hij uit, was overtuiging: 'Geen "hij zei, zij zei", alleen "ik zeg".' Ze moest overkomen alsof zij alle antwoorden wist. 'Mensen willen dat je ze vertelt wat ze moeten denken,' zei hij, terwijl hij zijn martini achteroversloeg. 'Of ze willen horen dat wat ze al denken juist is.'

Maar zij wilde mensen niet vertellen wat ze moesten denken, ze was er juist altijd tuk op om erachter te komen wat mensen niet wisten. Haar gedachten keerden telkens terug naar de bijeenkomst van nabestaanden in die school, naar het feit dat ze het had verbruid bij Claire Burwell door haar zo hard aan te pakken. Alyssa wist dat ze soms wat wanhopig kon overkomen zonder dat ze het wilde, en dat dit mensen afschrok. Ze voelde het nooit aankomen en bleef naderhand met de gebakken peren zitten.

Deze gedachtegang leidde haar, zoals zo vaak gebeurde, naar Oscar. Hij was de beste misdaadverslaggever van de *News*, misschien wel van de hele stad, verbazend modieus voor zo'n kleine, gedrongen man met een rechthoekige zwarte bril en slechts een paar plukjes haar. Hij kleedde zich elke dag zorgvuldig: een gestreken overhemd, een subtiel geruit of zwart vest, een mooie das. Hij droeg broeken van goede snit met omslagen en altijd gepoetste Engelse schoenen. Hij geloofde in lichaamsbeweging. Hij had een grote neus en toegeknepen ogen, maar gedroeg zich alsof hij zich niet bewust was van zijn eigen onaantrekkelijkheid. Ze spraken dezelfde taal: een harteloos jargon dat typisch was voor journalisten: een ingestort gebouw was 'een geweldig verhaal', een brand die gezinnen uit elkaar dreef als de verspreide as 'de grootste lol die ze ooit hadden gehad'. Buitenstaanders zouden geschokt zijn door de ongevoeligheid. Maar die verhalen vormden hun jachtprooi, het waren niet hun tragedies. Alyssa had deze beroepsmatige verbondenheid aangezien voor meer en Oscar liet haar een tijdje in die waan. Toen liet hij zijn ware gezicht zien, zijn afwijzende gezicht, en dat kwetste haar enorm. Een andere nieuwsredactie, een verse start; het was gemakkelijker om hem niet meer te zien.

Als een grammofoonplaat die blijft hangen – het deprimeerde haar dat ze oud genoeg was om een vergelijking uit het tijdperk van vinyl te bedenken – keerden haar gedachten telkens terug naar dat moment achter het podium. Er vibreerde een geheimzinnige, heftige, woedende energie tussen Claire Burwell en Eileen Gallagher. Alyssa kon die nu voelen, terwijl ze toen, in haar achtervolging van Claire, niets in de gaten had. Ze was niet teruggegaan om met de moeder te praten. 'Eileen', schreef ze op een envelop die ze bij de hand had, en ze tekende een rechthoek om de naam. Ze vroeg zich af of mevrouw Gallagher naar de kerk ging.

Terug naar de column. 'Het probleem,' typte ze, en haar hand bleef even boven het toetsenbord hangen. 'Met de islam,' ging ze verder, en ze stopte weer, dit keer om een pepermuntje te pakken. De belangrijkheid van haar opdracht, de enorme uitdaging – haar eerste verhaal uit de eerste hand – vormden redenen genoeg om haar regel van 'geen suiker voor twaalf uur 's middags' te breken. Bovendien was dit het enige eetbare dat ze in huis had.

Ze kauwde en slikte het pepermuntje door. Haar maag protesteerde heftig. De islam was ook heftig. Volgens de islam was het doden van onschuldige mensen acceptabel. De islam hield niet van vrouwen. Hield niet van andere godsdiensten. De islam was net zo akelig als haar misselijkheid. Ze moest weer overgeven.

'Het probleem met de islam is de islam.'

Ze had één zin.

Toen Mo de dag na de persconferentie naar zijn werk ging, probeerde hij zich te gedragen alsof er niets bijzonders was gebeurd. Voordat hij omhoogging naar zijn kantoor, bleef hij even wachten bij de lift in hoop en vrees om Thomas te zien. Thomas moest wel woedend zijn omdat Mo hem niet in vertrouwen had genomen, hem niet had gewaarschuwd, of – misschien nog erger – hem niet had gevraagd om mee te werken aan de inzending. Mo had zich bewust oneervol gedragen, dat wist hij. Hij was door de familie Kroll altijd behandeld als hun vierde kind, mocht altijd mee op vakantie, werd verwacht op elk verjaarspartijtje. Petey, de oudste, van vijf jaar, adoreerde Mo, die zich nog de eerste keer kon herinneren dat Petey zijn naam had gezegd: dat gevoel dat je wordt gekend door een kind, herkend en gewaardeerd als iets anders dan alle andere dingen in de wereld. Vrachtauto. Helikopter. Mo. Verrader. Hij had geen antwoord gekregen op zijn telefoontjes en e-mails waarin hij zijn verontschuldigingen aanbood, en zijn schuldgevoel was slechts iets verminderd door het artikel in de *Post* van vanochtend: 'Vriend noemt moslimwinnaar decadent'.

Thomas' gezicht lichtte uit gewoonte op toen hij Mo zag; vervolgens dacht hij eraan dat hij boos moest kijken. Mo was nog steeds bezig zijn excuses te formuleren toen Thomas hem op een aandoenlijke, jongensachtige manier tegen de muur kwakte, alsof het gewelddadige gebaar niet echt uit zijn hart kwam. Het was eerder een reactie die bij Mo paste. Hij kon geen woord uitbrengen en begon te lachen, voornamelijk van opluchting, omdat het confrontatiemoment achter de rug was.

'Dat heb ik verdiend,' zei Mo.

'Als Alice erbij was geweest, zou je nu bloeden.'

'Daar twijfel ik geen moment aan.'

'Jij bent de grootste klootzak die er op twee benen rondloopt. Je hebt dat ontwerp vier, vijf maanden geleden gemaakt en het kwam niet bij je op het mij te vertellen?'

'Ik had nooit gedacht dat ik zou winnen, dus het leek me niet de moeite waard erover te praten.'

'Gelul!' zei Thomas. 'Je bent veel te verwaand om te denken dat je niet zou winnen.'

'Ik heb het zelfs mijn ouders niet verteld. Helpt dat?'

'Ik dacht dat we partners waren,' zei Thomas. 'Ik dacht dat dat ons doel was.'

'Dat waren we ook. Dat zijn we nog steeds. Ik wil je partner blijven. Alleen... dit draaide om mij, dat geef ik toe. Maar het was iets dat ik in mijn eentje moest doen. En kijk maar hoe het is afgelopen – mijn eigen stomme schuld.'

'Dus ik moet medelijden met je hebben? Er kwamen journalisten naar ons huis. Alice is bang. Ik ben bang. De kinderen... Wat ben je toch een klootzak,' zei hij weer, nu met meer gevoel in zijn stem.

'Ik wist niet dat ze naar je huis zouden komen, Thomas. Shit, het spijt me. Op de een of andere manier is het niet bij me opgekomen dat ze jullie erbij zouden betrekken.'

'Uiteraard kwam dat niet bij je op. Dat zou hebben betekend dat je aan iemand anders dan aan jezelf had moeten denken.'

Mo's geduld voor zijn boetedoening begon op te raken. Op hoeveel manieren kon hij zeggen dat het hem speet? 'Prima, ik ben de grootste klootzak van de hele wereld, maar jij hebt me als decadent bestempeld. Decadent!'

Thomas begon te lachen. 'Ik zei dat jij decadenter was dan ik, wat tegenwoordig niet zo moeilijk is. Ze heeft alle overbodige woorden weggelaten. Eigenlijk probeerde ik je juist te helpen, hoe boos ik ook op je was, door duidelijk te maken dat je niet een of andere extremist bent. Haar gezicht begon te stralen zodra ik dat woord had gezegd.'

'En ik probeerde jou te helpen door deze wedstrijd te winnen. Bedenk eens hoe goed het zal zijn voor onze praktijk.'

'Er komt helemaal geen praktijk, Mo! Het is afgelopen met K/K Architecten. Dankzij jou. Nog afgezien van alle andere problemen, zal Alice het niet toestaan. Die houdt haar wrok als een baby-dekentje om zich heen gewikkeld.

'Ik praat wel met haar,' zei Mo. Nu Alice erbij werd gehaald, kreeg hij het gevoel dat hij het ergste gehad had. Zelfs deze gedachte riep een schuldgevoel bij hem op: hij wist dat hij bewust het risico had genomen Thomas van zich te vervreemden omdat de man totaal niet rancuneus was, in tegenstelling tot zijn vrouw en Mo zelf.

Roi was dat blijkbaar wel. Hij was op kantoor, maar sprak niet tegen Mo – noch op die dag, noch op de volgende. Toen Mo eindelijk werd ontboden, zette hij zich schrap voor een uitbrander.

'Het amuseert je misschien te weten dat ik er zelf ook aan heb gedacht mee te doen aan die wedstrijd,' zei Roi zonder enige verdere inleiding. 'Ik had een idee – een goed idee; ik zal je wel eens een paar schetsen laten zien die ik heb gemaakt. Maar ik dacht: als ze eenmaal weten dat het een Fransman is die gewonnen heeft? Een Fransman die in zijn jeugd toegewijd lid was van de Communistische Partij in Parijs? Dat laten ze nooit gebeuren. En dus ben ik er niet mee doorgegaan. Jij hebt meer moed getoond.'

Mo was zo verbouwereerd dat hij geen woord kon uitbrengen. Beter een Franse communist dan een Amerikaanse moslim, dacht hij; Paul Rubin had voorgesteld dat Mo zijn ontwerp zou indienen onder Rois naam.

Roi vervolgde zijn betoog. 'Zuivere competities bestaan niet, weet je. Denk niet dat het wel zo is: iemand kent iemand in de jury; één sterke wil domineert de beraadslagingen. Ze zijn allemaal besmet. Ik heb er eigenlijk een hekel aan. We doen alleen mee omdat dit de manier is waarop de meeste opdrachten in Europa worden gegund. Maar dit is iets anders, wat de mensen over jou zeggen. Ik ben niet dol op alle moslims, op de moslims die niet integreren, bedoel ik; Frankrijk heeft er al te veel van dat soort toegelaten. Maar dat staat hierbuiten. Jij hebt gewonnen en we moeten ervoor zorgen dat je door kunt gaan. Ik ben aan het praten met wat vrienden' – hij noemde een aantal van de grootste namen ter wereld op het gebied van architectuur – 'en we gaan een steunverklaring voor jou opstellen.'

'Dank je,' stotterde Mo.

'Maar je moet de zaken wel in perspectief zien, Mo.' Er kwam een assistent binnendribbelen, die Rois macchiato exact twintig centimeter en vijfenveertig graden van diens rechterhand neerzette en weer verdween. 'Dat ontwerp van je –ik weet zeker dat het een mooi monument zal zijn, maar laat je er niet door afleiden van je carrière. Vergeet niet dat het gewoon een tuin is. Hoe zal ik het zeggen? Een randverschijnsel. Je zult er misschien de geschiedenis mee in gaan, maar de geschiedenis van de architectuur herschrijf je er niet mee.'

Met deze woorden stuurde hij Mo weg. Mo vroeg zich af of Roi had meegedaan aan de wedstrijd en erover loog omdat hij niet had gewonnen, maar zijn dankbaarheid was er niet minder om.

'U: NYPost 2mrw'. Claire stond op het punt om naar bed te gaan toen het sms'je van Lanny binnenkwam. Ze belde hem met tegenzin, zich afvragend welke zonde ze had begaan die haar veroordeelde tot deze wolfachtige man als haar hoofdcorrespondent. 'Paul wilde dat je dit wist: er is een column gepubliceerd, hij staat online,' zei hij. Zijn opzettelijk neutrale toon vertelde haar dat het slecht nieuws was. Ze kreeg een angstig voorgevoel, trok haar ochtendjas dichter om zich heen en ging achter de computer zitten.

'Het probleem met de islam,' begon Alyssa Spiers' column, om vervolgens een opsomming te geven van de gewelddadige geneigdheid van de godsdienst: de onderdrukking van vrouwen, de grote tegenstellingen ten opzichte van democratie en de Amerikaanse manier van leven. Maar halverwege veranderde het lange verhaal plotseling van toon, alsof er opeens een belangrijk nieuwsfeit was binnengekomen en de columniste haar Fouad Ajami-pretenties overboord had gegooid om Cindy Adams een stem te geven: 'Een van de andere nabestaanden vertelde me dat de charmante weduwe in de jury een warm plekje in haar hart heeft voor Mohammad Khan. Als zij, metaforisch gesproken, slaapt met de vijand, aan welke kant staat ze dan?' Claires mond opende zich van schrik. Ze tikte nerveus en dwangmatig met haar wijsvinger tegen het scherm, alsof ze de woorden probeerde weg te tikken. Vijand.

Ze installeerde zich in een stoel in haar slaapkamer, want ze wilde niet in haar eentje in bed liggen. Het was een eer als je werd aangevallen in de *Post*, hield ze zichzelf voor. Als ze Khan steunde, moest ze dat ook in het openbaar doen. Het feit dat ze voor Khan opkwam was evenzeer een monument voor Cal als welk tastbaar monument dan ook. Toch had ze het prettiger gevonden als haar standpunt verborgen was gebleven. Wat was dat voor een lafheid, die angst, die haar weerhield voor haar eigen overtuigingen op te komen? In de war door al die vragen sloeg ze haar armen om zich heen en viel in de stoel in slaap.

Zij en de kinderen werden wakker door het gerinkel van de telefoon; ze nam niet op. Hij rinkelde weer, weer, weer. 'Wie belt daar steeds?' vroeg William. Sinds kort kon hij zelf de telefoon aannemen. 'Neem maar niet op. Hij is kapot, schat,' zei ze. 'Het telefoonbedrijf probeert hem te repareren.'

Toen de kinderen naar school waren, regelde ze dat hun telefoonnummer uit de telefoongids werd verwijderd. Het was halverwege de middag toen ze een auto de oprit op hoorde rijden. Een donkergroene Pontiac Grand Am stopte naast het huis en Sean Gallagher en vier leden van zijn comité stapten eruit. Claire verstopte zich samen met haar dienstmeisje in de slaapkamer. Er werd aan de deur gebeld, nog een keer. Toen was het stil.

Vanachter het gordijn zag Claire met bonzend hart hoe Sean driftig rond ijsbeerde, waarbij hij af en toe omhoogkeek. Ze zag dat hij zich bukte en een steen pakte van het hoopje aan de voet van de bruine beuk, en nog een. Ze wendde zich af, zette zich schrap voor het geluid van brekend glas. Er gebeurde niets. Sean liep nu beneden om haar Mercedes heen. Even dacht ze dat hij ertegen zou piesen. Een van de andere mannen zei iets tegen hem; ze leken ruzie te maken. Toen stapten ze alle vijf in de Pontiac en reden weg. Toen ze zeker wist dat ze niet meer terugkwamen, ging Claire naar buiten om het steenhoopje te herstellen. De stenen waren weg.

II

Claire Burwell pakte Mo's hand. Er viel een korte, maar onmiskenbare pauze. Ze kreeg een kleur en zei: 'Dank u voor de Tuin – hij is prachtig.'

Ook zij was prachtig, maar het droop ervanaf, een beetje als bij het neo-georgiaanse huis waarin ze zich bevonden. Perfect, zelfs met klassieke proporties, finesse tot in de details, maar het onvoorspelbare element waardoor zijn adem zou stokken van afgunst of nijd ontbrak.

Ze had de korte pauze laten vallen in afwachting van zijn reactie, daarvan was Mo overtuigd: ze wachtte op zijn dankbetuiging omdat ze hem steunde. Hij had de column over haar in de *New York Post* gelezen, had op het nieuws de huichelachtige nabestaanden gezien die haar hekelden. Maar als hij haar zou bedanken, zou dat op de een of andere manier de indruk wekken dat ze iets buitengewoons deed. Hij weigerde haar te feliciteren omdat ze gewoon fatsoenlijk was. En omdat ze erop wachtte, had hij er helemaal geen zin meer in.

Ze stonden in Paul Rubins woonkamer, waarvan het overdreven aristocratische decor Mo tegenstond en waar de officiële bekendmaking van zijn overwinning zou plaatsvinden. Het tijdstip was een anticlimax; de locatie en de manier waarop het was georganiseerd waren merkwaardig, zelfs besloten. Geen pers en – behalve Claire – geen familieleden van de doden die herdacht werden. Geen gevoel voor het historische belang of voor het monumentale karakter van de opdracht. Alleen Mo die samenkwam met de jury voor de groepsfoto, die zou worden uitgereikt samen met een persmap waarin zijn ontwerp werd beschreven. Hij was ervan overtuigd dat elke andere inzending met meer fanfare zou zijn aangekondigd. De juryleden hadden hem allemaal begroet en meestal gefeliciteerd, waarna ze zich in groepjes terugtrokken en hem aan Claire overlieten.

Naast hem ontstond ruzie in een groepje mensen dat bij Paul stond. Mo trachtte mee te luisteren, terwijl hij tegelijkertijd de indruk probeerde te wekken dat hij zijn aandacht aan Claire schonk.

'Wat de gouverneur zegt, zaait onrust, Paul,' zei Leo, de preses van de universiteit.

'Hoe wist u dat een monument dat meer is dan alleen somber voor ons precies goed was, voor wie mijn man was?' vroeg Claire aan Mo.

'Het belang van een openbare hoorzitting benadrukken...' hoorde hij zeggen.

'Ik kreeg het gevoel dat u in mijn hoofd kon kijken,' zei Claire. Ze leek zich even ongemakkelijk door dit gesprek te voelen als hij, maar ze ging toch door.

'Paradeplaats of slagveld...'

'Ik heb tegen mijn zoontje gezegd dat het een plek is waar zijn vader zal wonen,' zei Claire.

'Rustig maar,' zei Paul Rubin. 'Het komt allemaal goed.'

Mo knikte nietszeggend, totdat Claires woorden tot hem doordrongen. Voor hem waren de namen op de muren gewoon een element van het ontwerp geworden, maar het waren de doden. Zij waren de gezichten die vlak na de aanslag op elk vrij oppervlak waren geplakt, de eerste versie van een monument. Zijn beroepsmatige afstandelijkheid verloor zijn kracht bij het beeld van een jongetje dat in de Tuin op zoek ging naar zijn vader. Mo en Claire waren even lang. Hij keek haar in de ogen en schraapte zijn keel. 'Hoe oud is hij? Ik hoop dat het hem zal helpen.'

'Als negentig procent van die mensen naar de hoorzitting komt en zegt dat ze geen tuin willen, kan zij die hun niet door de strot duwen,' hoorde hij de assistent van de gouverneur zeggen. 'Zes,' zei

Claire, 'en het zal hem zeker helpen, als we het tenminste voor elkaar...' Ze stopte midden in haar zin toen ze Ariana Montagu zag aankomen en liep weg.

Mo had Ariana één keer ontmoet, drie jaar geleden op een groot feest dat Roi gaf omdat hij de Pritzker Architectuurprijs had gewonnen, maar ze gaf geen teken van herkenning. De meeste juryleden hadden zich neutraal vriendelijk opgesteld. Het was duidelijk dat Ariana neutrale vriendelijkheid beschouwde als heulen met de vijand.

'Het was niet mijn eerste keus,' begon ze, alsof ze er zeker van wilde zijn dat zij niet de schuld zou krijgen. 'U hebt een aantal interessante keuzes gemaakt, maar een tuin? Zo' – uitgesproken op langgerekte toon – 'gekunsteld. Het lijkt niet bij uw andere werk te passen.'

Hij vroeg zich af wat haar eerste keus was geweest, en welke andere mensen de Tuin niet hadden gekozen. Hij had hem niet ontworpen met haar in gedachten, maar hij vond haar van alle juryleden degene met het meeste oog voor de modernistische invloeden en de details, zoals de stalen bomen, waarvan de eeuwig kale stammen helpen de zichtlijn te bewaren vanaf het paviljoen naar de muur. Hij wilde deze aspecten net met haar gaan bespreken toen Rubin hen bijeenriep voor de groepsfoto.

'Lachen, alstublieft,' riep de fotograaf. Mo gehoorzaamde uit reflex.

Zodra hij Paul Rubins huis uit was, belde hij Laila Fathi. 'Heb je tijd voor een drankje?' De vraag werd zo nonchalant gesteld als mogelijk voor iemand die zijn adem inhield. Hij wist niet waarom; ze was totaal niet zijn type. Meestal ging hij uit met architecten of ontwerpers, tenger van gestalte, met delicate gelaatstrekken en zorgvuldig gekleed, koel in stijl en affectie. Laila was in geen enkel opzicht koel. Ze was klein, maar met de rondingen op de juiste plaats, en had uitgesproken gelaatstrekken, waarbij de lippenstift die ze droeg goed paste. Ze droeg felgekleurde kleding en ze had veel passies, had hij al gemerkt tijdens een aantal werkvergaderingen: allerlei soorten voedsel, Perzische dichtkunst en Iraanse films, haar uitgebreide familie. Ze was over niets blasé, zeker niet over haar rechtszaken, wat betekende dat ze zijn strijd voor zijn monument nobel vond. Hij hield tegenover zichzelf vol dat deze overtuiging de oorzaak was van de gewichtloosheid die hij voelde als hij aan haar dacht – als een ballon die door een kind de lucht wordt in gelaten – en hij dacht vaak aan haar sinds hun eerste ontmoeting bij de ACMR, veel vaker dan normaal zou zijn.

Hij stelde een donker, intiem barretje in de West Village voor. Zij noemde als tegenvoorstel een restaurant vlak bij Madison Square Park, dat haar beter uitkwam. Terwijl hij op haar wachtte, bewonderde hij het art deco-interieur – opvallend hoog plafond, strakke lijnen. Ze gingen zitten tegen de muur aan een rond tafeltje waarop een flakkerende kaars stond; daaronder raakten hun knieën elkaar af en toe.

Hij herhaalde de gespreksflarden die hij had opgevangen, waaruit viel af te leiden dat ze de hoorzitting zouden gebruiken om het ontwerp af te keuren, en deelde zijn indruk met haar dat Ariana volgens hem niets liever wilde. 'Het was niet bij me opgekomen' – hij zweeg even en bevochtigde zijn lippen met zijn tong, verlegen door zijn gekwetste trots – 'dat de stemming voor de Tuin niet unaniem was en dat zij of anderen het feit dat ik moslim ben zouden gebruiken als manier om een ander ontwerp door te drukken.'

'We benaderen de situatie stap voor stap,' zei Laila. 'In ieder geval hebben ze je nu erkend.'

'Maar op zo'n vreemde manier. Het was alsof ik op een cocktailparty was waar niemand wilde toegeven dat er zojuist een atoombom was ontploft. Een andere winnaar zou nooit zo behandeld zijn.'

'Je hebt gelijk, maar je kunt het niet bewijzen, dus in wettelijk opzicht is dat irrelevant.'

'Dat weet ik wel,' zei hij. 'Het gaat me ook niet om de wettelijke...' Hij sloot zijn mond. Hij wist niet hoe hij het moest uitleggen.

'Het gaat erom welk gevoel het je gaf,' zei ze. 'Dat begrijp ik.' Deze woorden riepen een gevoel van verbondenheid bij hem op. Er was niemand met wie hij kon praten over zijn spanningen. Zijn ouders, die hem tweemaal, soms wel driemaal per dag belden, klonken te bezorgd. Hij kon zich niet beklagen bij Thomas. Hij straalde volkomen zelfvertrouwen uit, omdat hij lang geleden, als de enige kleurling op een blanke school, had geleerd dat onverschilligheid ten opzichte van de mening van anderen hem macht gaf. Maar hij was geen robot.

'Ik heb de laatste tijd zulke vreemde gevoelens,' zei hij tegen haar. Een nare verbittering tegenover die nabestaanden die hem hekelden en bespottelijk maakten. 'Ik heb dit voor hen gedaan en ze waarderen het niet,' zei hij.

'Voor hen of voor jezelf?' vroeg Laila. Ze glimlachte toen ze zag hoe hij keek. 'Ik ben ervan overtuigd dat je graag wilt helpen bij hun herstel. Maar mijn vader is een politiek cartoonist. Hij wil provoceren en meningen vormen, maar hij vindt het ook heerlijk om te tekenen. Jouw ontwerp is trouwens echt heel mooi – ontroerend, moet ik eigenlijk zeggen. Het paviljoen is briljant, als manier om bezinning te stimuleren. Het is een erg oosters, of in ieder geval Perzisch concept, weet je: dat een tuin niet is bedoeld om in te lopen, om actief in te zijn, maar juist om in te zitten. Om bij stil te staan. Wat precies past bij een monument. Ik zie steeds voor me hoe ik over het water kijk en al die namen zie.'

Hij durfde de vreemde gevoelens die haar betroffen nog niet uit te spreken, dus bood hij aan haar thuis te brengen. Ze liepen Third Avenue op; het Empire State Building was als een lantaarn die hun weg verlichtte. Ze was uitgelaten door de wijn en de avondlucht, en straalde een bepaalde vrijheid uit die hij niet bezat, die zijn pogingen zijn individualiteit te handhaven – zijn identiteit vast te stellen – vermoeiend deden lijken, zelfs belachelijk. Toen hij terug was uit Kabul had hij zijn baard laten staan, gewoon vanwege het recht een baard te dragen, om de aannames over zijn religiositeit uit te lokken die de baard zou kunnen oproepen. Hij kon zich niet voorstellen dat zij om die reden een hoofddoek zou dragen. Hij beschouwde zichzelf als iemand die onverschillig stond ten opzichte van de mening van anderen. Zij was werkelijk zo iemand.

De aantrekkingskracht die zij op hem had, was van uitgesproken lichamelijke aard, maar tegelijkertijd merkwaardig onschuldig, alsof hij bescherming bij haar zocht. Hij pakte haar hand. Ze trok hem terug.

'Nee, Mo,' fluisterde ze. 'Niet in het openbaar, nooit, tenzij...' – ze wierp hem een ondeugende glimlach toe – '... we getrouwd zijn.' Toen werd ze weer ernstig. 'Ik zou uit de raad worden gezet. Ik heb geprobeerd het je uit te leggen. Ze vinden zedigheid belangrijk.'

'Laten ze dan politieagentje spelen bij hun eigen vrouwen.'

'Zo eenvoudig is het niet. Ik moet hun overtuigingen respecteren als ik met ze wil werken.'

Het was al laat toen ze bij haar appartementengebouw kwamen, maar ze nodigde hem toch uit voor een kopje thee. 'Moeten we apart van elkaar naar binnen gaan?' zei hij bij wijze van grapje.

'Nu je het zegt: ja, inderdaad,' zei ze. 'Bel over vijf minuten aan bij 8D.'

Toen Claire de groepsfoto van Khan met de juryleden in de kranten van de volgende dag bestudeerde, zag ze dertien stugge, zelfs sombere gezichten en één glimlach. Khans grijns ergerde haar; die suggereerde een onverschilligheid voor de wrok en het verdriet om hem heen. Ze vroeg zich af of hij het monument als iets anders beschouwde dan als een mijlpaal in zijn carrière.

Ze had pas beseft dat ze zijn dankbaarheid had verwacht toen hij er niets over zei. Hij had de column in de *Post* ongetwijfeld gezien; hij moest toch een idee hebben van de moed die ervoor nodig was om voor hem op te komen. Dus waarom weigerde hij dat te erkennen? Ze keek weer naar de foto. Een stukje geschiedenis, waarvan de betekenis nog niet duidelijk was. Voordat de geschiedenis was uitgehard en het leek alsof het nooit anders geweest was, was hij vloeibaar, onvast.

Claire pakte de kunstbijlage van de *Times*, benieuwd of het ontwerp zelf ergens werd besproken. De kranten hadden na Khans persconferentie zoveel ander nieuws te melden dat er alleen zijdelings naar zijn tuin werd verwezen. Maar vandaag zag ze een grote kop boven aan de kunstpagina: 'Een lieflijke tuin – en een islamitische tuin?' Haar hart sloeg een slag over. Volgens de architectuurcriticus van de krant vertoonden de elementen van Khans ontwerp die zij zo mooi vond – de geometrie, de muren, de vier kwadranten, het water, zelfs het paviljoen – overeenkomsten met tuinen die in de loop van de afgelopen eeuwen in de gehele islamitische wereld waren gebouwd, van Spanje tot Iran, van India tot Afghanistan. Er stonden foto's bij van het Alhambra in Spanje, de Tombe van Humayun in India en naast Khans schetsontwerp uit de persmap stond een afbeelding van de kenmerkende *chahar bagh*, de uit vier kwadranten bestaande tuin. De overeenkomst was treffend. De criticus benoemde de tuinen als een van de vele rijke kunstvormen van de islamitische wereld. Hij schreef: 'Uiteraard weet niemand of deze overeenkomsten exact zijn, of zelfs bedoeld – alleen meneer Khan kan die vraag beantwoorden, en misschien was zelfs hij zich niet bewust van de invloeden die op hem inwerkten. Maar er kunnen controversiële zinspelingen worden opgeroepen. Er kunnen stemmen opgaan die zeggen dat de ontwerper ons bespot, of dat hij speelt met zijn religieuze erfgoed. Of probeert hij misschien iets belangrijkers over te brengen met betrekking tot de relatie tussen de islam en het Westen? Zouden deze vragen over deze mogelijke invloeden wel worden opgeworpen als hij geen moslim was?'

Geen van de juryleden – noch de kunstenaars, noch de experts – had eraan gedacht dit naar voren te brengen toen Khans identiteit nog niet bekend was, dacht Claire, en in zijn elegante, neutrale toelichting op zijn ontwerp had hij er geen enkele zinspeling op gemaakt.

Hij verdiende het voordeel van de twijfel, besloot ze. Het voordeel van het gebrek aan twijfel. De overeenkomsten berustten misschien op toeval. Of misschien had hij inspiratie geput uit deze mooie vormen. Daartoe had hij alle recht. Bang zijn voor een tuin met islamitische elementen – en ze moest toegeven dat haar eerste reactie misschien geen angst, maar wel schrik was geweest – was hetzelfde als een moslimontwerper afwijzen. Ze dwong zichzelf het artikel uit te lezen.

De tuinen, aldus het artikel, hadden hun kenmerken waarschijnlijk niet ontleend aan theologische, maar aan agriculturele behoeften, in het bijzonder de noodzaak om grote stukken land te bewateren. Tijdens de eerste eeuwen van de islam hadden de tuinen sensuele genoegens geboden – de geur van oranjebloesem, het bubbelende water dat de hete lucht verkoeld, schaduw – voor de heersers. Maar toen sommige van die heersers in hun tuinen werden begraven, veranderden hun graftombes de tuinen in een aardse representatie van het paradijs van de Koran – de 'tuinen onder welke rivieren stromen'.

Claire zette de tv aan; ze was benieuwd naar wat de onruststokers hiervan zouden maken. 'In deze potentieel explosieve ontwikkelingen zou het ontwerp voor het monument wel eens het martelarenparadijs kunnen voorstellen,' zei de presentator van Fox News op sombere toon, waarna hij zich wendde tot het panel van experts op het gebied van de radicale islam. Een van hen sprak: 'Zoals we nu allemaal weten, dachten de terroristen die de aanslag pleegden dat hun daad hen naar het paradijs zou brengen, waar ze beloond zouden worden met zijde en wijn, mooie jongetjes en donkerogige maagden, en het lijkt er nu op dat dat inderdaad is gebeurd.'

Een tweede spreker bevestigde: 'Ook hún overblijfselen liggen in die grond. Hij heeft een tombe, een begraafplaats, voor hén gemaakt, niet voor de slachtoffers. Hij weet natuurlijk dat het Arabische woord voor "tombe" eveneens "tuin" betekent.'

'Hij probeert nieuwe martelaren aan te moedigen: kijk, dit krijg je als je jezelf opblaast,' sloot een derde man zich hierbij aan.

Claire deed de tv snel uit, ze wilde niets meer horen. Door de spanningen van die dag sliep ze 's nachts slecht en ze voelde zich gammel toen ze de volgende dag de kranten opensloeg.

'De Tuin van de Overwinning,' schreeuwde een kop in de *Post* de volgende dag. In een opiniestuk in *The Wall Street Journal* werd Khans ontwerp 'een aanval op het Amerikaanse joods-christelijke erfgoed, een poging het culturele landschap te veranderen' genoemd. Het was blijkbaar een bedekte poging tot islamisering, reciteerde de krant. 'Twee decennia van multiculturele verzoeningen hebben hiertoe geleid: we hebben de vijand uitgenodigd ons huis in te richten.' De leden van de 'Red Amerika van de Islam'-partij domineerden de commerciële nieuwszenders met goedklinkende oneliners – hun leider, Debbie Dawson, zei: 'Moslims vinden het geen probleem om te liegen om mensen tot hun waarheid te bekeren.' En: 'Kijk naar de geschiedenis: moslims bouwen moskeeën in de gebieden die ze veroverd hebben. Het zou ze nooit lukken een moskee op deze plek te bouwen, dus hebben ze een achterbakse oplossing bedacht: een islamitische tuin, dit martelarenparadijs, het lijkt een code voor de jihadi's. En ze hebben het ons monument binnengesmokkeld – het is een Paard van Troje.'

Bittere gal rees omhoog door Claires slokdarm, kwam in haar keel en bleef daar zitten, waardoor ze bijna niet kon praten of slikken. Richt je op het ontwerp, niet op de ontwerper, had ze vastbesloten verklaard, zelfs toen de gouverneur zei dat bezwaren tegen de ontwerper waarschijnlijk betekenden dat men het ontwerp ook niet mooi vond. Khan had Bitman in de kaart gespeeld, of had de jury juist hem in de kaart gespeeld door hem te kiezen en – in Claires geval – te verdedigen?

Als je de berichten moest geloven, had Khan leven en vorm gegeven aan een idee dat zo krachtig was dat moslims bereid waren ervoor te sterven en te moorden. Islamitische extremisten zouden hun fantasieën over de eeuwige roem aan de voet van diezelfde bomen, langs dezelfde paden voeden als waar zij en de andere nabestaanden zouden lopen op zoek naar troost. De mogelijkheid dat deze tuin was bedoeld om gelovigen met een veelzeggend zwijgen te sterken, golfde als een volhardende zee tegen de grens van haar gedachten.

Toen kwam ze weer tot zichzelf. Elk nieuwskanaal dat dit oprakelde, was bij voorbaat al tegen Khan omdat hij moslim was. Ze zouden alles doen om hem tegen te houden. Dit was slechts het nieuwste voorwendsel, voor redelijk denkende Amerikanen een aanvaardbaarder argument dan alleen zijn religie. Zodra Khan zijn ontwerp zou toelichten, de beschuldigingen zou weerleggen, zou de bangmakerij zijn kracht verliezen.

Radiopresentator Lou Sarge maakte af en toe in zijn programma gebruik van een assistent, Otto Toner, die de rol van de professionele idioot moest spelen. 'Ik zat net te denken,' zei hij in de uitzending. 'Weet je nog toen de Russen onze ambassade in Moskou afluisterden? Wij bouwden hem, zij plaatsten afluisterapparatuur, en was alles niet voor niets? De ambassade is toch nooit gebruikt? Klopt dat?'

'Je mag door voor de koelkast,' zei Sarge.

'Misschien lijkt dit daarop – gebeurt er hetzelfde. Misschien zijn ze van plan afluisterapparatuur te planten.'

'Natuurlijk gaan ze dat doen, Otto,' zei Sarge. 'Het is een tuin. Daar plant je in. En dan komen de bijtjes.' Het theatrale geluid dat hoorde bij het juiste antwoord: *taadaataadaaa*!

'Maar weet u,' zei Sarge, nu met een dreigende ondertoon, 'zelfs Otto heeft af en toe gelijk. Misschien is er iets geheimzinnigs aan de hand, misschien zijn ze van plan er tunnels onder te graven. Of om iets gevaarlijks te planten – te plaatsen – in het monument. Ik bedoel, hoe weten we of het gevaar hier alleen maar symbolisch is? Misschien wordt dit een soort basis voor hen. Ik bedoel, heeft iemand die Mohammad Khan echt nagetrokken? Is hij de Mantsjoerijse kandidaat van de islam?'

De Gallagher-clan zat bij elkaar in de huiskamer naar de radio te luisteren. Frank en Eileen. De zusjes: Hannah, Miranda en Lucy, de twee laatstgenoemden met hun baby op schoot. De zwagers: Brendan, Ellis en Jim. Sean.

'Krijg nou wat,' zei Jim.

'Wat nou, verdomme?' Dat was Brendan. 'Wat, verdomme?' Miranda legde haar hand op zijn knie, alsof ze door haar aanraking zijn taalgebruik kon intomen.

Frank zat naar Eileen te kijken. Die staarde naar een onzichtbaar punt op de muur tegenover haar. Haar vinger trok telkens hetzelfde rondje op haar dij, alsof ze door het textiel heen wilde branden. Van buiten klonk het geschreeuw van de jongste generatie, die American football speelde. De volwassenen, die gespannen waren, verstijfden. Sean, die tegen de muur geleund stond, liep naar het raam. Er werd gejuicht over een touchdown. Tara, zijn vier jaar oude nichtje, had de bal gekregen om te scoren. Zo begon het altijd: vriendschappelijk, totdat de meisjes en de kleintjes naar de zijlijn werden verbannen, zodat het echte spel kon beginnen. Hij, de jongste volwassene in de kamer, verlangde op dit moment naar het zweet en de duidelijkheid van het spel in de herfstlucht. Iedereen kende de regels.

Hij probeerde het gevoel van zich af te zetten dat hij op de een of andere manier had gefaald, dat zijn strijd om de omvang van het monument te vergroten slechts had geresulteerd in meer ruimte voor de moslim om hen te beschimpen. Het was hem niet gelukt in de jury te komen, laat staan die onder controle te krijgen. Uit gewoonte schoof hij het raam omhoog en omlaag – een controle op stijfheid en kromtrekking van het hout.

'Hier is de gouverneur.' Jim zette de radio uit en het geluid van de tv aan. Ze ging net weg uit de National Press Club, waar ze een toespraak over defensiebeleid had gehouden. 'Ik vind het verontrustend dat een jury van zogenoemde experts over het hoofd kon zien dat dit een islamitische tuin is,' zei ze.

'Je hebt de jury zelf uitgekozen!' zei Sean. 'Denkt ze soms dat we achterlijk zijn?'

'Als dit waar blijkt te zijn, is het ongrondwettelijk om een religieus gebouw te zetten op openbare grond. Ik zal gerechtelijk advies inwinnen. Zelfs als dit bericht niet waar is, kan blijken dat dit toch niet het beste ontwerp is. Maar ik wil dat het publiek zich uitspreekt tijdens de hoorzitting.'

'Een hoorzitting kan dit niet meer tegenhouden,' zei Ellis. 'Ze hebben het al te ver laten komen.'

'Het is te veel,' fluisterde Eileen. 'Te veel.' Frank maakte aanstalten om op te staan, boog zich een stukje naar haar toe en ging weer zitten. Miranda, die naast haar op de bank zat, pakte haar ene hand en Lucy pakte de andere. Eileen trok een hand terug, zodat ze weer over haar been kon wrijven.

'Het is nog niet genoeg dat ze ons vermoorden. Ze moeten ons ook nog vernederen,' zei Brendan. Hij had een kortstondige betoging geleid bij het ondergrondsestation in de buurt, naar aanleiding van een daar opgehangen poster met een vrolijk lachend gezicht met daaronder de tekst: 'Hallo, ik ben uw stationsmanager, Talib Islam'. 'Verwachten ze nou van ons dat we daar elke dag tegenaan kijken?' had hij gevraagd. De vervoersmaatschappij had politieagenten in het station gezet om Islam te beschermen, wat Brendan bijna een beroerte had bezorgd. Toen was de stationschef op een dag verdwenen. Brendan beschouwde dat als een overwinning, totdat hij hoorde dat Talib Islam een hogere functie had gekregen.

Nu zouden Khans naam en diens paradijs hen komen kwellen op een veel heiliger plek dan de ondergrondse. Sean werd doorstroomd door een gevoel van medelijden met zijn moeder – een gevoel dat sterker was dan zijn eigen woede, sterker dan zijn liefde voor haar. Soms dacht hij dat ze wenste dat hij was gestorven, en niet Patrick. En toch, nu hij dat weer dacht, werd zijn medelijden met haar alleen maar groter. Het beschermen van het monument gaf hun de kans waakzaam te zijn, wat ze die eerste keer niet waren geweest. Eileen was bezig geweest de zolder schoon te maken toen de vliegtuigen overvlogen. Sean wilde Khan opsluiten in een kamer met zijn moeder, om te zien of hij opgewassen was tegen haar pijn.

'Laat dit alsjeblieft niet gebeuren, Sean,' zei ze. Die blik in haar grijze ogen – wat was dat? Hij had een dergelijke blik nooit gezien, niet bij haar. Smekend. Zijn onverzettelijke moeder die toegaf dat ze hem nodig had. Als ze hem op dat moment had gevraagd een bom om te gorden en iets of iemand op te blazen, zou hij het hebben gedaan. Maar dat had ze niet gevraagd. Aan hem de taak een plan te bedenken.

Er verscheen een archieffoto van Claire Burwell, met donkere zonnebril, op de tv.

'Er stroomt een ander soort bloed in die aderen,' zei zijn moeder. Misschien voelde je minder als je geld had, dacht Sean, terwijl hij zich Claire voorstelde in haar grote huis, groter dan hij ooit had kunnen denken (en hij had er heel vaak aan gedacht), groter dan elk ander huis dat hij ooit had gezien. En anders. Zoveel glas. Hij hoopte dat ze naar hem had staan kijken, hij hoopte dat ze bang was geweest, hij wenste dat hij die steen had gegooid in haar huis van licht.

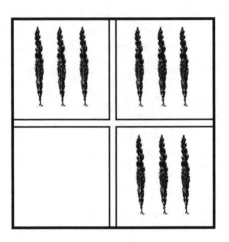

12

Nadat Mo officieel was uitgeroepen tot winnaar, begonnen de bedreigingen. Zijn landgenoten beloofden per telefoon, per brief, per e-mail dat ze hem zouden verbranden zoals de terroristen hun slachtoffers in de as hadden gelegd, dat ze hem een doodssteek zouden toebrengen zoals hij dat bij Amerika deed. De FBI zette beveiliging in. Agenten zoals zijn ondervragers in Los Angeles deden zich onbeholpen voor als zijn assistenten. In hun aanwezigheid zag Emmanuel Roi eruit als een oude brahmaan die werd gedwongen onaanraakbaren te ontvangen.

Vervolgens kwamen de betogers. Twee, drie, soms tien van hen, voornamelijk vrouwen, liepen rondjes in het park tegenover zijn huis. Ze droegen protestborden met daarop de nu bekende kreten: GEEN MEKKA IN MANHATTAN of STOP SLUIP-JIHAD, en zodra ze Mo in het vizier kregen, begonnen ze te joelen, te schreeuwen en met ratels te draaien. Al snel kwam er een politieagent bij om ervoor te zorgen dat het leek of ze het op de hele wijk hadden voorzien, in plaats van alleen op zijn huis, wat illegale pesterij zou zijn geweest. Dit onderscheid ontging Mo. Er kwamen wat fotografen, aangetrokken door het spektakel en het vooruitzicht van een confrontatie, en die trokken weer nieuwsgierigen aan, die op hun beurt andere sensatiezoekers aantrokken, en in een mum van tijd was het park veranderd in een kamp van waaruit Mo's rust werd belaagd.

Hij vond een toevluchtsoord bij Laila. Met Laila. Hun relatie had zich verdiept, aanvankelijk voorzichtig: zij was zijn advocaat, protesteerde ze, het was ongepast, de raad zou erachter komen –, gevolgd door een hartstochtelijke overgave, alsof de druk van de controverse hen in elkaars armen dreef. Ze had haar studio op Murray Hill, samen met de lage huur, overgenomen van een vriendin. De indeling leek op die van een hotelkamer of een bedrijfsappartement, maar het appartement was voorzien van ingebouwde boekenkasten en een lange wand met ramen. Laila had de ruimte ingericht met fluweelzachte Perzische tapijten en een pompeuze rode bank, een notenhouten eettafeltje met twee bijpassende rechte stoelen, de elegante kast van haar grootmoeder waarin haar servies stond en de antieke fonograaf, een familiestuk, met een versterker die eruitzag als een enorme trompethoorn. Het geheel leverde het merkwaardige, maar aantrekkelijke beeld op van een orkest dat een Weense wals speelde in de behandelkamer van een tandarts. Door middel van een met parelmoer ingelegd kamerscherm had ze een afscheiding gemaakt waarachter haar bed stond, maar 's morgens klapte ze het scherm in, haar welgevormde rug naar Mo gekeerd. Het eerste wat hij zag vanachter haar raam was het Chrysler-gebouw, waar hij als kind dol op was geweest, en zo was een cirkel waarvan hij het bestaan niet had geweten weer rond.

De ene keer dat Laila bij Mo in zijn loft was blijven slapen, was ze de hele daaropvolgende dag binnen gebleven uit angst dat de fotografen buiten hun relatie zouden verraden. Vanaf nu, zei ze tegen Mo toen ze onder de dekmantel van de duisternis was weggeslopen, moest hij naar haar appartement komen als hij haar wilde zien. 'En ik weet niet eens zeker of je daar wel veilig bent.'

Hij nam een koffer met kleren mee naar haar studio, waar ze hem een plank in de kast toewees en zei dat hij die kon houden. Hij bleef steeds langer in haar appartement zonder tussendoor naar huis te gaan: drie dagen, toen vijf, totdat hij het spitsroeden lopen naar zijn loft voor gezien hield. Tot zijn verbazing bracht hij meer tijd door in Laila's studio dan zijzelf. Ze had vergaderingen, werkdiners, rechtszaken en andere zaken te doen. Mo, uit zijn werkritme omdat hij niet meer naar kantoor ging, deed af en toe een project en had verder niet veel omhanden. Soms liet ze hem weten wanneer ze thuis zou komen, soms vergat ze het. Als ze terugkwam, was het appartement schoon en opgeruimd. Het amuseerde Mo dat dat haar niet opviel. Ze kwam binnen en verwarmde de kamer als een zonnetje, en tijdens haar afwezigheid leken hij en het meubilair te wachten tot ze weer tot leven werden gewekt.

'Mohammad Khan heeft het absolute, onherroepelijke recht door te gaan met zijn monument,' luidde het wekelijkse hoofdredactionele commentaar van de *New Yorker*. 'Het is de vraag óf hij er wel mee moet doorgaan.' Mo's maag trok zich samen. Tot op zekere hoogte had hij troost geput uit de voorspelbaarheid van zijn tegenstanders: vijandiggezinde nabestaanden; conservatieve publicisten; opportunistische politici zoals gouverneur Bitman, die in de voorverkiezings- en blanke staten had gesproken over 'de heimelijke jihad'. De *New Yorker* paste in geen van deze categorieën.

'Khans tegenstanders beoordelen hem op basis van zijn medemoslims – niet alleen diegenen die de torens hebben verwoest, maar ook de aanzienlijke aantallen moslims die geloven dat Amerika de aanslag over zichzelf heeft afgeroepen, of dat die is gepleegd door de Amerikaanse regering zelf. Dat is niet fair, zelfs laakbaar. We mogen hem alleen op basis van zijn ontwerp beoordelen. Maar daar begint de zaak ingewikkeld te worden. Zodra de openbare ruimte erbij betrokken is, staat de private verbeelding ten dienste van de natie en moet dientengevolge zijn eigen ideologieën en overtuigingen terzijde schuiven. Dit monument is geen exercitie in zelfexpressie, noch mag het een uiting zijn van religieuze symboliek, hoe goedaardig ook. De herdenkingsplaten aan de Mall in Washington reflecteren niet meer dan onze bewondering voor de klassieke architectuur en de rede en harmonie die deze, zoals onze democratie, had moeten belichamen... Khan weigert te zeggen of hij een martelarenparadijs heeft gecreëerd, op grond van het feit dat een dergelijke vraag nooit gesteld zou worden aan een niet-moslim. Maar volhouden dat elke vraag over invloeden of motieven beledigend is, is hetzelfde als de smart van de nabestaanden beantwoorden met koketterie. Zijn tegenstanders bedienen zich van de absurde bewering dat moslims niet te vertrouwen zijn omdat hun godsdienst hun toestaat te liegen. Dit is een grove misinterpretatie van het concept van taqiya, die sjiieten die onder soennitische heerschappij leven toestaat hun geloof verborgen te houden ter zelfbescherming. Maar begrijpt Mohammad Khan niet dat hij die stereotypes juist voedt door te weigeren de mogelijke betekenis van zijn monument te bespreken?'

Mo legde het tijdschrift weg en bladerde door zijn stapel ongelezen *New Yorker*s. Het feit dat er op deze manier in dit tijdschrift over hem werd geschreven, gaf hem het gevoel dat hij als onbetrouwbaar werd bestempeld door een kamer vol met mensen die hij als zijn vrienden had beschouwd. Het retorische zigzaggen kon niet verhullen dat van hem werd geëist dat hij de verdenkingen zou adresseren die hij had opgeroepen. Mo voelde zich nauwelijks getroost toen een aantal liberale collega's van de hoofdredacteur de dubbelzinnigheid van het artikel in hun eigen publicaties verwierp, of toen Susan Sarandon en Tim Robbins groene linten – het groen van een tuin, het groen van de islam – droegen bij een filmpremière, om zo hun solidariteit met hem te tonen. Door het hoofdredactionele commentaar was ambiguïteit respectabel geworden, en was de weg ervoor vrijgemaakt.

Inwoners van Manhattan die altijd trots waren geweest op hun vrijdenkersmentaliteit gaven nu toe dat ze er met hun therapeuten over praatten dat ze moeite hadden met Mohammad Khan als ontwerper van het monument. 'Het is heel vervelend,' verklaarde een tweeëndertigjarige vrouw die een leidinggevende functie in de muziek had en anoniem wilde blijven, tegenover de *New York Observer*, die het artikel vergezeld deed gaan met een kleurtekening waarop een dreigend uitziende Mo zich boog over een piepklein Manhattan. 'Een instinctief gevoel binnen in me zegt er "nee" tegen, al zegt mijn verstand "ja" – een beetje alsof je seks met iemand wilt hebben maar je lichaam niet meewerkt, of je wilt het niet en je lichaam doet het toch – en ik begrijp niet waar het vandaan komt. Het lijkt alsof er iemand anders in mijn lichaam zit. Wat kan ik verder zeggen? Ik heb geen goede redenen. Het geeft me gewoon een ongemakkelijk gevoel, en dat ongemakkelijke gevoel geeft me de kriebels.'

Mo begon een psychologische afstand te scheppen tussen hemzelf en de Mohammad Khan over wie werd geschreven en gepraat, alsof dat een totaal ander iemand was. Vaak was hij dat ook. Feiten werden niet gevonden, maar verzonnen, en als dat eenmaal was gebeurd, bestonden ze en tartten ze iedereen om de onwaarheid ervan aan te tonen. Vreemden analyseerden hem, veroordeelden en verzonnen hem. Mo las ergens dat hij een Pakistani was, een Saudi was, in Qatar geboren was; dat hij geen Amerikaans staatsburger was; dat hij donaties had geschonken aan organisaties die het terrorisme steunden; dat hij een relatie had gehad met de helft van alle vrouwelijke architecten in New York; dat hij, omdat hij moslim was, nooit met een vrouw uitging; dat zijn vader aan het hoofd stond van een onduidelijke islamitische liefdadigheidsinstelling; dat zijn broer (wat had Mo als kind graag een broer willen hebben!) een radicale moslimstudentenvereniging had opgericht aan de universiteit waar hij studeerde. Hij werd niet alleen bestempeld als decadent, maar ook als geheelonthouder, als anders geaard, als gewelddadig, schaamteloos, weerzinwekkend, atypisch en typisch. Als hij zijn gevoel van onbehagen van zich af zette, kon hij met de vage belangstelling die hij zou hebben voor een boor die in een verdoofde kies werd gezet lezen dat de groene lintjes als zaailingen ontsproten aan de revers van de voorstanders van zijn recht het monument te ontwerpen; dat een lid van Red Amerika van de Islam als reactie hierop een anti-Tuin-sticker had ontworpen: een groen vierkant met een dikke rode streep erdoorheen, die begon te verschijnen op autobumpers, helmen en T-shirts. Of dat beide kampen nu speldjes met de Amerikaanse vlag droegen om hun vaderlandsliefde te bewijzen, en dat er ruzies uitbraken in de ondergrondse en op straat tussen de lintjesdragers en stickerplakkers, waarvan er minstens één gewelddadig werd en waaraan een van de stickerplakkers een gekneusd scheenbeen overhield, al bleek later dat een meningsverschil over een parkeerplaats ook een rol had ge- speeld. Door zichzelf te leren geen gevoel te tonen, was hij in staat de aandacht te ondergaan van vreemden die hem op straat staande hielden om hem te vertellen dat hij zich moest terugtrekken uit de wedstrijd of dat juist niet te doen of – en dat was meestal het geval – die hem vaag herkenden, alsof hij een acteur was uit de een of an- dere B-film die ze niet goed konden plaatsen.

'En,' zei Paul Rubin, 'wat kan ik voor u doen?'

Het was kwart over acht in een koffieshop aan Madison Avenue. Sean was al twee weken bezig een afspraak met Rubin te krijgen; hij wilde hem duidelijk laten weten dat zijn comité en zijn familie tegen de Tuin waren. In frustratie over – en misschien in competi- tie met – de groep anti-islamisten die postten bij Khans huis, waar- door Sean op het idee was gebracht, hadden de leden van zijn co- mité hun eigen protestgroepje gevormd bij het huizenblok waar Rubin woonde. RED HET MONUMENT, stond er op hun borden. GEEN TUIN VAN OVERWINNING. Behalve dat het protest Rubin onder druk zette, zorgde het voor een nuttige uitlaatklep voor Seans toenemende en steeds geagiteerder wordende ledental. Hij had nu bijna tweehonderdvijftig nabestaanden, gepensioneerde po- litieagenten en brandweerlieden die langskwamen in het huis van zijn ouders of er bleven hangen, allemaal vol adrenaline en wach- tend op een taak. Telefoneren met volksvertegenwoordigers was niet echt hun ding. Dus zorgde hij dat de protestgroep de hele dag bemand was, met een pauze tussen middernacht en zes uur 's mor- gens. Sommige van de mannen vertelden hem dat het hun deed denken aan het werk op de rampplek, al begreep Sean de overeen- komst niet tussen dat en het omhooghouden van een protestbord op een trottoir in de Upper East Side.

Eindelijk belde Rubins slijmerige assistent om te zeggen dat de voorzitter hem wel even te woord kon staan tijdens het ontbijt, mits Sean niet te laat kwam. Hij was op tijd, nam plaats in een zitje midden in het restaurant en moest vervolgens tien minuten wachten op Rubin, die hem onmiddellijk naar een tafeltje aan het raam dirigeerde, waar ze meer privacy hadden.

Het restaurant zag er in Seans ogen nogal gewoontjes uit, maar de prijzen waren dat niet: vijf dollar voor een halve grapefruit, twaalf voor een broodje met roomkaas. Veel mannen in modieuze sportkleding en vrouwen die zich in leven leken te houden met alleen een halve grapefruit.

'Is dat niet...?'

'Ja,' zei Rubin. Zelfs op dit vroege uur had hij zijn vlinderdasje om. 'Politici zijn dol op dit etablissement. Maar wat kan ik voor u doen?'

'Wat u voor mij kunt doen...'

'Hetzelfde als altijd,' zei Rubin tegen de ober die hun bestelling kwam opnemen.

'Eh... drie eieren met bacon, koffie en een sapje,' zei Sean. 'Met wit geroosterd brood. Nou, wat u voor mij kunt doen is...'

'Laat ik het anders formuleren,' zei Rubin, terwijl hun koffie werd ingeschonken. 'Ik ben altijd erg geïnteresseerd in de inbreng van de nabestaanden, zoals u weet, maar er is nu een formeel proces gaande en er komt een hoorzitting waar jullie je gevoelens over het ontwerp kunnen laten horen. Dus waarvan denkt u precies dat het niet kan worden overgebracht...'

Er bleef een man met zilvergrijs haar bij hun tafeltje staan om Paul de hand te schudden. 'Ik heb alle vertrouwen in de uitkomst omdat jij dit behandelt, Paul. Ik zou niemand anders als voorzitter willen.'

'Dank je, Bruce, dat waardeer ik.' Sean werd niet aan de man voorgesteld. Hij had het gevoel of hij zich in het vijandige kamp bevond – niet de moslims, maar die figuren die met een zilveren lepel in hun mond waren geboren hadden Manhattan veranderd in een vrouw die zich te goed voelde om Sean haar telefoonnummer te geven.

Toen Bruce verdwenen was, boog Sean zich over de tafel. 'Hoe heeft dit verdomme kunnen gebeuren?'

'En wat bedoelt u daar precies mee?'

'Kom op. Mohammad Khan. Die islamitische tuin van hem.'

'Zo noemt hij het zelf niet.'

'Nee, zo noem ik het. Speel geen spelletjes met mij, met ons.'

'Hoe heeft dit kunnen gebeuren? Was dat uw vraag? Als ik me goed herinner, wilden mensen zoals u – uzelf, de nabestaanden – een wedstrijd uitschrijven, een democratisch proces waaraan iedereen kon deelnemen. En dat deed dus ook iedereen.'

'Maar dat is niet wat wij met iedereen bedoelden.'

'Zo werkt het niet.'

'Maar dat zou wel moeten. U denkt toch niet dat wij akkoord gaan met een moslimmonument? Ik had in de jury moeten zitten. Dan was dit nooit gebeurd.'

'Zoals je heel goed weet, Sean, hebben we een nabestaande in de jury, en we hebben momenteel geen plek voor nieuwe leden.' Hij deed het klinken alsof het over een countryclub ging.

'Ze vertegenwoordigt ons niet – Claire,' zei Sean.

'Bedoel je dat ze geen orders van je aanneemt? Dat is niet haar rol. Jouw vertegenwoordiger in het Congres doet toch ook niet alles wat jij wilt? Ze zit in de jury om jullie wensen – en die van vele andere nabestaanden, die het misschien wel, misschien niet met jullie eens zijn – aan de jury over te brengen. Ze is geen marionet. Ze bepaalt zelf hoe ze functioneert.'

'Ja, nou, de gouverneur is een van ons.'

'Dan hoef je je nergens zorgen over te maken. Maar de politiek is bijna nooit zo simpel als hij lijkt, Sean, en de huishoudelijke regels van dit proces zijn bovendien nogal ingewikkeld. De gouverneur kan niet zomaar besluiten dat een ontwerp haar niet aanstaat. Er moeten bewijsbare redenen zijn voordat zij het ongeschikt kan verklaren. De hele gedachte was het werk van de jury te respecteren.'

'Het klotewerk van de jury, bedoel je zeker.'

'Zoals je weet, wist de jury niet wiens ontwerp men uitkoos, dus je kunt ze daarvan niet de schuld geven. En let alsjeblieft een beetje op je taalgebruik, Sean. Er zijn hier kinderen.' Alsof de hele koffieshop zijn reprimande wilde ondersteunen, kwam er een man naar hen toe met een blonde kleuter in een tuigje. Voor de vorm gaf Rubin het jochie een aai over zijn wang.

'Zo te horen zit je in de rotzooi,' zei de man.

'Waarschijnlijk niet zo erg als jij, Phil,' zei Rubin. Het jongetje spuugde een waterval van fijngekauwde cracker uit.

Phil glimlachte en zei: 'Als er iemand is die rotzooi kan opruimen, ben jij het wel.' Tegen Sean zei hij: 'Als u had gezien hoe Paul die Aziatische crisis aanpakte...' Bewonderend schudde hij zijn hoofd. 'Overal raakten de mensen in paniek, maar voorzitter Rubin hier bleef zo kalm als wat, verloor geen zweetdruppeltje.'

Terwijl hij zijn gevlei naadloos liet overgaan in financiële praat, zag Sean zichzelf maar al te duidelijk: een naamloze persoon, de moeite waard om aan te spreken, maar niet om te kennen. Een toehoorder, geen speler, ongeschoren en in een jack omdat hij niet te laat had willen komen.

Rubin zat ongeduldig op de tafel te tikken en stuurde de stoorzender toen weg: 'Bedankt, Phil, ik waardeer het zeer, goed om je weer eens te zien.' Nu de indringer en zijn kind weg waren, ging hij zachter en tegelijkertijd onverzettelijk praten: 'Er komt een openbare hoorzitting. Daar kun je je zegje doen, Sean. Maar het is misschien verstandig om je tegenwerpingen wat minder grof te formuleren.'

'Minder eerlijk, bedoel je? We moeten juist grover worden, niet minder grof. Wat heeft zo'n hoorzitting voor zin als we niet mogen zeggen wat we op ons hart hebben?'

'Jullie kunnen je wel uitspreken, maar op een beschaafde manier, een manier die past bij het feit dat Khan Amerikaan is, net als jullie. Hij heeft rechten, waaronder het recht niet te worden belasterd vanwege zijn geloof.'

'En mijn rechten dan? De rechten van de nabestaanden? Die

van de slachtoffers? Tellen die helemaal niet mee?' zei Sean, die zijn stem verhief. Klanten draaiden zich om. Prima dat er getuigen bij waren. 'De rechten van mijn ouders. Weet je wel wat dit voor hen betekent?'

'Emoties zijn geen wettelijke rechten,' zei Rubin.

'Ik vertel je dat mijn ouders hieraan kapotgaan en jij wijst me op wettelijke rechten?' Sean werd woedend. Paul gebaarde met een opgeheven vinger naar de man bij de kassa, een codesignaal dat zowel 'Bel de politie' als 'Mag ik de rekening?' kon betekenen.

'En hoe zit het dan met goed en slecht?' Sean sprak nog steeds op luide toon. 'Waar zijn die gebleven? Als je gaat censureren wat wij bij de hoorzitting zeggen, vinden we zelf wel een manier om te zeggen wat we willen.'

'Moet je vooral doen,' zei Rubin. Zijn stoïcijnse toon maakte Seans geschreeuw belachelijk. Onder zijn blik werd Sean zo klein als een schooljongen. 'Ga op de rampplek liggen, als je je daardoor beter voelt. Maar de hoorzitting zal plaatsvinden volgens de geldende regels.'

Sean stond op en smeet een twintigdollarbiljet op de tafel, en het glimlachje dat dit aan Rubin ontlokte, wiens nettofortuin ongeveer vierhonderdduizend keer zo groot was als dat van Sean, deed hem blind van woede het restaurant uit en Madison Avenue op struikelen. Hij bleef alleen even staan om chagrijnig naar zijn spiegelbeeld in een etalageraam te kijken en daarmee te bevestigen dat alles wat er onverzorgd aan hem was ervoor zorgde dat hij respectloos werd behandeld. Zijn haar, dat hij snel had gladgestreken voordat hij het huis verliet, zat nu in de war; Sean had de gewoonte van zijn vader overgenomen om met zijn handen door zijn haar te woelen als hij gespannen was. Hij dacht dat de bebrilde, keurig in het pak gestoken winkelbediende die door het raam naar hem staarde de deur waarschijnlijk niet open zou doen als hij zou proberen de winkel binnen te komen.

In de etalage lagen witte handschoenen als uitgestrekte lichamen uitgestald, waardoor hij zich Rubins spottende opmerking weer herinnerde: 'Ga op de rampplek liggen, als je je daardoor beter voelt.' Maar toen kwam er onverwacht een idee bij hem op. Sean grijnsde als een idioot, drukte op de winkelbel tot hij paniek op het gezicht van de bebrilde man zag verschijnen, en liep toen door.

Een paar dagen later begon de eerste gezamenlijke vergadering van de groepering 'Red Amerika van de Islam' en het Comité ter Verdediging van het Monument, in een kerk in Brooklyn die ze voor de gelegenheid mochten gebruiken. De RAVI's, zoals ze zich noemden, alsof ze een vergeten volksstam uit Judea waren, kwamen voornamelijk van Staten Island, uit Queens en van Long Island, en waren voornamelijk vrouwen. Voor zover Sean wist, had niemand van hen iemand verloren bij de aanslag. De radicale islam vormde hun freelance obsessie. Zijn moeders woede was meestal zo geluidloos dat die vaak niet opviel. Maar bij de RAVI's was dat anders. Die waren de professionele worstelaars onder de activisten.

Hun leider, Debbie Dawson, zag eruit als een lelijke, oude versie van Angelina Jolie. Ze moest rond de vijftig zijn, maar in haar blog, getiteld *The American Way*, was ze te zien op een foto in een doorschijnende boerka met daaronder alleen een bikini. Vandaag droeg ze een handgemaakt T-shirt met het woord ONGELOVIGE erop en een met strass ingelegde hanger die het woord PEACE vormde.

Debbie had Sean voorgesteld dat hun groepen zouden samenwerken. 'Ze proberen deze gewijde grond te kolonialiseren,' zei ze. 'Dat hebben ze over de hele wereld, in de hele geschiedenis gedaan: ze verwoesten iets en bouwen vervolgens een islamitisch overwinnaarssymbool op de betreffende plek. Babur verwoestte Rams tempel in India en zette er een moskee voor in de plaats. De Osmanen veroverden Constantinopel en veranderden de Hagia Sophia in – hoe kan het ook anders? – een moskee. En hier verwoest het ene stel moslims onze gebouwen en komt er nu een andere die daar een paradijs voor zijn dode broers voor maakt. Wie weet waren ze dit al die tijd al van plan.'

Sean begreep haar niet en wilde haar er niet bij hebben; hij had al genoeg moeite zijn eigen mensen in toom te houden. Maar ook haar ledental groeide – er waren nu al vijfhonderd RAVI's, als je de satellietclubs in dertien staten meetelde – en gezien Seans openbaring na zijn ontmoeting met Paul, hadden deze aantallen een nieuwe aantrekkingskracht gekregen. Hij ging ermee akkoord om hun krachten te bundelen.

Maar toen de vergadering een kwartier aan de gang was, had hij al diepe spijt. Hij had zich voorgesteld dat hij een nog uitgebreidere kruistocht tegen Khans monument zou aanvoeren, maar deze vrouwen – christenen, joden, huisvrouwen, gepensioneerde dames, makelaars – hadden niets dat deed vermoeden dat ze zich gemakkelijk lieten leiden. Ze lieten elkaar niet eens uitspreken. Hun kennis van de islamitische dreiging was veel groter dan de zijne. Ze vertelden iedereen die het maar horen wilde dat in hoofdstukken uit de Koran over Mohammeds verblijf in Mekka de illusie van tolerantie werd gewekt door de lofzang op de 'Mensen van het Boek', terwijl in de hoofdstukken die zich in Medina afspeelden, de werkelijke, gewelddadige aard van de islam duidelijk werd: 'Dood hen waar u ze ook vindt.' Sommigen zeulden een exemplaar van het boek mee, waarin ze met oranje markers passages hadden aangestreept. De besten van hen hadden de beledigende passages uit het hoofd geleerd. Ze strooiden met termen als 'dhimmitude' alsof ze die tijdens hun cheerleaderschap op de middelbare school hadden geleerd: 'Hé, ho, hé, hé, dhimmitude, weg ermee!' scandeerden drie vrouwen die in de kerkbankjes zaten.

Toen Sean vroeg wat dhimmitude was, riep Debbie verontwaardigd naar een van de scanderende vrouwen: 'Shirley, vertel Sean, vertel al die jongens eens wat dhimmitude betekent.'

Shirley, met haar grijze krullen, bril en rozige wangen, deed Sean aan zijn lagereschooljuffrouw denken; hij vroeg zich af of zij ook naar menthol en muffe boeken rook. 'Dat is de vrijwillige onderwerping tot tweedeklasburger onder de wet van de sharia,' riep ze terug. Dit verduidelijkte het woord niet bijster goed, maar Sean hield zijn mond. 'Dat betekent dat je stom bent,' voegde ze eraan toe. 'Of je je eigen manier van leven nu laat afnemen door liberale idioten of door moslims.'

Debbie en Sean stonden samen voor het altaar. Hun leden bezetten het grootste deel van de kerkbankjes. Debbies toeterende stem reikte moeiteloos tot achter in het schip van de kerk. 'Wat we hier hebben, al lijkt het misschien niet zo, is ongelooflijk veel geluk,' zei ze. 'Twee jaar na de aanslag begonnen de Amerikanen zelfgenoegzaam te worden. Deze poging om onze meest gewijde grond in bezit te nemen – doet mensen wakker schrikken. Ik heb geprobeerd mensen dit te vertellen: denk je dat die gewelddadige moslims gevaarlijk zijn? Wacht maar eens tot je ziet wat de niet-gewelddadige doen! Wat is de volgende stap? De halvemaan op het Capitool? Ze proberen dit stukje grond te veranderen in Dar al-Islam!'

'Het Huis van de Islam,' zei ze vermoeid toen ze Seans niet-begrijpende blik zag. 'Maak een spiekbriefje, Sean. Je kunt deze dreiging niet bestrijden als je niet op de hoogte bent van het woordgebruik.'

'Je kunt dit niet met woorden bestrijden,' kaatste hij terug, waarop de leden van zijn comité, die ook genoeg leken te krijgen van Debbies belerende gedoe, in applaus uitbarstten. 'Ze willen censureren wat wij tijdens de hoorzitting over Khan zeggen. Ze noemen ons on-Amerikaans, en vervolgens ontzeggen ze ons het recht op vrije meningsuiting. Dus gaan we de rampplek letterlijk terugnemen – we gaan erop liggen en gaan pas weg als ze ermee akkoord gaan een nieuwe wedstrijd voor het monument uit te schrijven. We gebruiken Martin Luther Kings technieken gewoon tegen hen. Wie heeft zin om gearresteerd te worden?'

Handen schoten omhoog alsof ze een wave deden. Er klonk gejuich en gejoel en er werd 'Neem het terug, neem het terug' geroepen. Sean gaf een intekenlijst voor de protestactie door en sprak een datum af voor een oefensessie.

'Vergeet niet druk te blijven uitoefenen op Claire Burwell. Zij is de belangrijkste medestander die Khan heeft,' zei Debbie toen de kerk leeg was. Ze had haar handen op haar smalle heupen gezet; het woord 'peace' schitterde aan haar hals. Ze keek nadenkend naar de Maagd Maria, alsof ze een potentiële rekruut inschatte.

'Asma!' riep mevrouw Mahmoud, terwijl ze in haar handen klapte. 'Kom je theedrinken? Ik heb *gulab jamun* gekocht.'

Asma zat doodstil op haar bed en vroeg zich af of ze kon doen alsof ze niet thuis was. Vanaf haar zwangerschap verafschuwde ze gulab jamun – dat plakkerige, mierzoete, misselijkmakende gebak. Het enige wat ze wilde, was zich installeren met de meest recente kranten en lezen, terwijl Abdul rustig zat te spelen. Ze zat net een uit de Engelstalige kranten vertaalde column te lezen: 'De islam betekent onderwerping – die maakt zijn volgelingen tot slaaf en eist dat mensen die een andere religie aanhangen zich ook onderwerpen. Hun doel is de sharia, de islamitische wet, in te voeren waar ze maar kunnen, ook in de Verenigde Staten. Ze zullen zeggen dat dit niet waar is, maar het probleem is dat de islam liegen goedkeurt – de islamitische term daarvoor is taqiya – als dat helpt het geloof te verspreiden of de jihad te voeren. De moslim die heeft meegedaan aan deze ontwerpwedstrijd voor het monument heeft de taqiya gepraktiseerd door zijn identiteit te verbergen...'

Asma dacht hier even over na. Aangezien ze geen Arabisch kon lezen of spreken, was haar kennis van de Koran fragmentarisch; wat ze wist, had ze overgehouden van uit het hoofd geleerde gebeden, uit preken tijdens het vrijdaggebed, uit gedeeltes die werden geciteerd en besproken door haar grootvader, haar vader, de imams. Geen van deze mensen had haar ooit verteld dat ze strijd moest voeren tegen niet-moslims of dat ze moest proberen anderen de sharia op te leggen, al zouden ze dat soort dingen waarschijnlijk niet aan een vrouw overlaten. En helemaal niemand had haar ooit opgedragen om te liegen. Dit wilde niet zeggen dat ze nooit had gelogen. Ze had gelogen om Amerika in te komen door 'huwelijksreis' als doel van haar bezoek op te geven, terwijl ze wist dat ze naar

Amerika kwam om daar te blijven. Maar mensen over de hele wereld, van elke religie, vertelden die leugen. Ze had gelogen toen ze Inam had verteld dat het geen pijn deed toen ze voor het eerst de liefde bedreven, maar daarna was de pijn omgeslagen in een genot zo diep dat ze er geen woorden voor kon vinden, dus was het geen slechte leugen, en bovendien vermoedde ze dat die niet alleen door moslimvrouwen werd verteld. Ze loog, nu nog steeds, tegen meneer en mevrouw Mahmoud door hun niet te vertellen over haar geld...

'Gulab jamun!' riep Abdul opgetogen. Nu kon ze er niet meer onderuit.

'We komen eraan!' riep Asma, terwijl ze een diepe zucht slaakte en hoopte dat die haar van haar tegenzin zou bevrijden.

Ze deed de deur van haar kamer open en zag dat mevrouw Mahmoud haar billen behaaglijk op de bank liet zakken, alsof ze zich eens lekker installeerde voor een lang gesprek. Asma liet Abdul los, zodat hij rond kon lopen, en nam plaats op een stoel naast haar. Mevrouw Mahmoud hield haar de schaal met gulab jamun voor en Asma slaagde erin een klein hapje te nemen.

Theedrinken met mevrouw Mahmoud was nooit alleen maar dat; het diende meer als smeermiddel voor de roddels die werden verteld of aangehoord, een inventarisatie van ieders situatie en die van de hospita zelf.

'Ze zeggen dat de regens op Sandwip dit jaar verschrikkelijk zullen zijn,' begon ze, op gezaghebbende toon. 'Maar de ouders van mijn man hoeven zich geen zorgen te maken. Ze hebben een nieuw dak dankzij het geld dat hij hun heeft gestuurd. Ze zeggen dat het het mooiste dak in de hele omgeving is...'

Mevrouw Mahmoud slurpte haar thee en liet een beleefd boertje. Ze was twintig jaar ouder en twintig kilo zwaarder dan Asma en had honderden grijze haren meer dan zij. Haar monoloog was een solide object dat de hele kamer in beslag nam en Asma in een piepklein hoekje drong.

'Salima Ahmed denkt tegenwoordig dat ze heel bijzonder is omdat ze een geschikte vrouw voor haar zoon heeft opgeduikeld,' zei mevrouw Mahmoud over haar aartsvijandin, die soms ook haar beste vriendin was. 'Ze drong voor toen ik in de rij bij de slager stond. Ze dacht dat ik het niet in de gaten had, maar ik zag het wel. Ze snaaide het stuk geitenvlees dat ik wilde hebben voor mijn neus weg, en nog geen woord van verontschuldiging, zelfs amper een salaam.'

Vaak brachten deze kleine drama's, die onthulden hoe gemakkelijk het was mevrouw Mahmouds gevoelens, haar trots, te kwetsen, Asma's genegenheid voor haar naar boven. Op haar eigen, opdringerige manier was mevrouw Mahmoud erg aardig voor Asma geweest en hadden zij en haar man als surrogaatouders gefungeerd. Maar vandaag was Asma niet in de stemming, en het gepoch en de afgunst gaven haar het gevoel dat ze de gevangene was van deze onbeduidende vrouw, die vaak net zo oneerlijk tegenover zichzelf was als tegenover anderen. Op momenten als dit kwam het akkevietje van het wisselgesprek weer bij Asma boven en stak haar verbittering daarover de kop op.

Een tijdje na Abduls geboorte – twee weken misschien, of een maand – kwam mevrouw Mahmoud Asma een bekentenis doen. Ze had Asma verteld dat Inam niet had gebeld op de ochtend van de aanslag. Maar de waarheid was dat ze het niet wist. Ze had die hele ochtend aan de telefoon zitten roddelen met haar nicht. Ze had een paar keer het signaal gehoord van een wisselgesprek, maar – nu keek ze omlaag naar haar vroegreumatische handen – in werkelijkheid kon ze maar niet onthouden hoe dat werkte, al schepte ze er altijd over op dat ze het wist. Het was zeer wel mogelijk dat het Nasruddin was geweest, die probeerde Asma te bereiken. Maar het zou ook kunnen – en dit had haar al die tijd al dwarsgezeten – dat het Inam was geweest. Ze had Asma niet van streek willen maken voordat de baby kwam. Nu kon ze deze kwellende gedachte niet meer voor zich houden.

Het delen van een geheim, begreep Asma op dat moment, was hetzelfde als een last van je schouders wentelen. Op die dag, en nog vaak daarna, wenste ze dat mevrouw Mahmoud het haar nooit had verteld, zo ondraaglijk was de gedachte aan Inam die belde en belde, maar er niet doorheen kwam; de gedachte dat het overgaan van een onbeantwoorde telefoon het laatste geluid was dat hij had gehoord. Nog lang daarna bezorgde het geluid Asma een akelig kil gevoel, alsof ze zijn laatste momenten gadesloeg vanachter glas. Op die dag had Asma voorgewend dat ze het mevrouw Mahmoud vergaf. Op dagen als vandaag wist ze dat ze dat niet had gedaan.

Onder het voorwendsel dat ze Abdul de afstandsbediening moest afpakken, maar eigenlijk om vrijer te kunnen ademhalen, liep ze naar hem toe. Ze nam zijn handjes, die kleverig waren van de siroop en licht naar rozenwater roken, in de hare. Ze keek in zijn nieuwsgierige, ondeugende ogen en probeerde zich te verliezen in de zwarte rondjes van zijn pupillen. Hij kraaide van pret en gooide zijn hoofd achterover, waarbij hij haar bijna met zijn kin raakte.

Pas toen ze Nasruddins naam hoorde, luisterde ze weer naar mevrouw Mahmoud. 'En hij had beloofd te zorgen voor een baantje voor mijn mans neef, maar hij heeft geen poot uitgestoken. Volgens mij is hij al die mensen helemaal vergeten die hem hebben geholpen zo'n *big shot* – deze term in het Engels uitgesproken – 'in Brooklyn te worden.'

'Hém geholpen?' zei Asma op ongelovige toon, terwijl ze weer naar de bank liep. 'Hij is juist degene die alle anderen heeft geholpen. Hij heeft geen tijd voor zichzelf. U moet dat soort dingen niet zeggen.' Hou je kop, vadsige waterbuffel met je gewentel in de modder van andermans leven, wilde ze eigenlijk zeggen. Maar ze beet op haar tong en herinnerde zichzelf eraan hoe mevrouw Mahmoud haar hand had vastgehouden tijdens haar bevalling van Abdul, wat de gedachte bij haar opriep dat als ze de kracht had gevonden om hem naar buiten te persen, ze nu haar lelijke gedachten ook voor zich kon houden. Maar op dit moment leek dat laatste moeilijker dan bevallen.

Al had ze zich ingehouden, ze merkte dat haar felle uitval mevrouw Mahmoud verbaasde. Ook dit voorval zou waarschijnlijk worden herkauwd, doorgeslikt en weer uitgespuugd worden bij iemand anders thuis. Dat moest dan maar. Even zaten ze zwijgend naast elkaar.

Toen zei mevrouw Mahmoud: 'Nou ja, misschien is er straks toch niemand meer van ons om wie dan ook te helpen.'

'Waar hebt u het over?' vroeg Asma, nog een beetje kortaf.

'Nu ze – in de Engelse kranten, op de radio – zeggen dat moslims hier niet thuishoren!' Mevrouw Mahmoud was weer in vorm; zoals gewoonlijk als ze opgewonden was, zwaaide ze licht heen en weer, alsof ze op wieltjes stond. 'En wie, als ik vragen mag, zal dan hun gebouwen onderhouden en hun taxi's besturen? En wie zal hun dan van rein vlees voorzien?'

'Als er geen moslims zijn, heeft niemand rein vlees nodig,' zei Asma ernstig. Ze kreeg het opeens warm en trok haar trui uit.

'Ze zeggen,' ging mevrouw Mahmoud op samenzweerderige toon verder, 'dat we, als we onze loyaliteit willen bewijzen, tegen die Mohammad Khan moeten zeggen dat hij moet stoppen met de bouw van zijn monument. Volgens mij hebben ze gelijk,' zei ze, terwijl ze met haar tong een etensrestje tussen haar tanden probeerde uit te werken. 'Als ik hem zou kennen, zou ik het hem zeggen.'

'Nee!' zei Asma. Weer die felheid. Nu was ze er zelf verbaasd over. Misschien was ze het vandaag over alles oneens met mevrouw Mahmoud. 'Hij moet nergens mee stoppen! Ze kunnen zijn prestatie niet zomaar van hem afnemen. Dat is net zoiets als Pakistan dat ons onze verkiezingen ontnam.'

'Je hebt weer naar de mannen geluisterd,' zei mevrouw Mahmoud, afkeurend klakkend met haar tong.

Haar neerbuigendheid maakte Asma woedend en ze schoof een stuk van haar vandaan op de bank. 'Zelfs als we zeggen dat we niet achter hem staan, geloven ze ons toch niet, omdat ze denken dat we liegen,' zei Asma.

'En als ik wel achter hem sta, wat schiet ik daar dan mee op?

Wat heeft hij voor ons gedaan, die Mohammad Khan? Van mij mogen ze hun monument hebben.'

'Maar het is ook mijn monument, tante,' zei Asma met opeengeklemde kaken.

'Dat weet ik, dat weet ik.' Mevrouw Mahmoud gaf haar een klopje op haar knie. 'Maar het is al die ellende niet waard.'

'Dat is het wel!' zei Asma, maar het was eruit voordat ze de woorden kon vinden om uit te leggen waarom. Mevrouw Mahmoud stond op; zelfs zij was niet immuun voor een natuurlijke aandrang na vier koppen thee. Als een te zwaar beladen vrachtwagen waggelde ze naar de gang. 'Als we worden weggestuurd,' zei ze over haar schouder, 'kan Salima Ahmed maar beter niet proberen voor te dringen.'

Paul wilde dat Khan ermee zou stoppen. Deze overtuiging werd weer bevestigd na het zoveelste woedende telefoontje van een jurylid over de aanvallen van de gouverneur op hun elitarisme. Geraldine greep elke kans aan om het belang van de openbare hoorzitting en haar recht het veto uit te spreken over de keuze van de jury te benadrukken. Paul, die zichzelf beschouwde als de patriarch van dit te uitgebreide, weerspannige gezelschap, wilde niet dat zijn jury overstemd zou worden. Maar hij wilde Geraldine, aan wie hij zijn positie te danken had, ook niet tegen zich in het harnas jagen. Het meest wenselijke voor de jury, voor het land, voor hemzelf, voor alles maar niet noodzakelijkerwijs voor Khan, was dat hij zich zou terugtrekken.

De juiste strategie viel hem in tijdens een cocktailparty waar geld werd ingezameld voor de homorechtenorganisatie van zijn zoon Samuel. Hij had de cheque al uitgeschreven, dus Paul zag niet in waarom hij nog naar die party moest, maar Edith had erop gestaan en twee glazen whisky en drie kreeftenrolletjes later begon hij het wel naar zijn zin te krijgen. Ze bevonden zich in een van die enorme lofts in het centrum met een stijl en kunstcollectie die Paul het gevoel gaven dat hij een eeuw of twee achterliep. De gastheren, twee prominente homofiele filantropen die in Samuels bestuur zaten, waren fervente voorvechters van zijn organisatie en toonden derhalve interesse in Paul. Ze namen hem mee naar de slaapkamer om hem een schilderij van Richard Prince te laten zien, waarvoor ze een recordbedrag hadden betaald op een veiling van Sotheby's. Lange tijd bestudeerde Paul het schilderij – een cowboy op een paard, rijdend tegen de achtergrond van een bewolkte hemel –, niet zeker of het er ten opzichte van de hoge prijs gewoontjes of juist bijzonder ongewoon uitzag.

Toen hij terugkeerde van zijn privérondleiding, voegde hij zich bij een groepje mensen die rond een of andere blaaskaak stonden te luisteren naar diens lange verhaal over een incompetente werknemer. De man wilde de futloze figuur niet ontslaan – 'Zijn pa was iemand die veel geld doneerde', woorden die Paul, als Samuels vader, ineen deden krimpen –, dus had de blaaskaak hem steeds meer onbelangrijke, geestdodende taken gegeven: rapporten collationeren, telefoonlijsten bijhouden, enzovoort.

'Als je maar genoeg onredelijke eisen stelt, geven ze het vanzelf op,' zei hij tegen zijn toehoorders, die instemmend lachten. Wie had niet datzelfde gedaan bij een incompetente ondergeschikte of zelfs bij een irritant dienstmeisje? Iemand ontslaan was vervelend en vaak kostbaar. Iemands trots krenken was goedkoop.

Edith vatte Pauls zwijgen onderweg naar huis op als afkeuring. 'Soms wou ik dat je wat ruimdenkender was,' zei ze. 'De jongens zouden dat heel fijn vinden. Het was een erg leuk feestje en ze zeiden zulke aardige dingen over Samuel...'

'Edith, het was inderdaad een erg leuk feestje,' zei hij terwijl hij haar poederzachte gezicht met zijn handen omvatte. Het kon hem niet schelen dat Vladimir hen in de achteruitkijkspiegel zag. 'Ik meen het. Ik ben blij dat we zijn gegaan.'

De volgende dag zei Paul tegen Mo dat hij een samenwerking met een landschapsarchitect moest aangaan omdat hij te onervaren was om zo'n groot project in zijn eentje te doen. Hij moest iemand kiezen uit de lijst die hij zou krijgen. Mo reageerde eerst achterdochtig: 'Is dit een tactiek om de naam van iemand anders aan het project te hangen?' en, toen hij de lijst kreeg, minachtend: 'Jij – of wie dan ook – hebt hier alleen de meest conventionele architectenbureaus op gezet. We spreken niet dezelfde visuele taal.'

'Dan leer je dat maar,' zei Paul.

Vervolgens vroeg Paul de rapportages op van de veiligheidsadviseurs van de jury en liet hij Khan naar een vergadering komen waar die werden besproken. Ze zaten aan dezelfde ovale tafel waaraan de jury al die maanden had vergaderd. De adviseurs vonden het een te groot risico om de tuin geheel met muren te omringen, omdat daardoor een afgesloten doelwit zou ontstaan. Het was beter om een lage ommuring te gebruiken, zoiets als een brugleuning. Ook de kanalen vormden een veiligheidsrisico: 'Er hoeft maar een kind in te vallen en het hele monument wordt gesloten.' Ze deden de aanbeveling deze weg te laten.

'Dit kun je toch niet menen?' zei Mo toen de adviseurs waren vertrokken. Paul en hij zaten een paar stoelen van elkaar vandaan aan de ronde tafel. Paul leunde elegant achterover in zijn stoel en sloeg zijn ene dunne been over het andere. Ze waren zich min of meer op hun gemak met elkaar gaan voelen, dacht Paul, ondanks al hun meningsverschillen.

'In de huishoudelijke regels staat dat het ons is toegestaan om wijzigingen aan te brengen, om dat verzoek te doen.'

'En ik mag die weigeren, afwijzen.'

'Inderdaad, maar als je ze wel aanbrengt, vergroot dat wellicht je kansen op de goedkeuring van de gouverneur.'

Er gleed een sceptisch glimlachje over Mo's lippen. 'Geloof je dat echt?'

'Het is mijn taak consensus te bereiken,' zei Paul, die liever niet zijn eigen mening wilde uitspreken. 'Als die er niet is...'

'Wat dan? Als dit een dreigement is, spreek dat dan uit.'

'Geen dreigement, gewoon de realiteit. Het is de bedoeling dat we een dialoog voeren, die zou moeten leiden tot verfijningen. Als de jury en de gouverneur niet tevreden zijn, wordt het onmogelijk om door te gaan. Geen enkele winnende inzending is definitief. Elke visie moet zich ontwikkelen. Wij zijn tenslotte de klant. Niemand is immuun voor compromissen. Dacht je soms dat Maya Lin dat standbeeld van die soldaten naast haar monument wilde hebben?'

'Maar als je je zorgen maakt over de veiligheid: de muren zijn juist de ideale manier om te controleren wie erin en –uit gaat. Ze kunnen worden gemaakt van sterke materialen – van gewapend beton, van materiaal dat een ontploffing kan weerstaan, je zegt het maar. Jouw argumenten zijn... misleidend, ik kan niet zo gauw een beter woord bedenken. Ik kan elk argument weerleggen met een tegenargument dat even sterk is. Sterker zelfs.'

'Achter alle wijzigingen die we wensen, zitten solide technische of financiële redenen.'

'Jouw wijzigingen zouden de essentie van mijn ontwerp wegnemen.'

'Een essentie die, zo lijkt het momenteel, neerkomt op een martelarenparadijs. Zelfs al heb je het niet zo bedoeld, het wordt wel zo geïnterpreteerd – door je tegenstanders, door Amerika's tegenstanders. Je hebt vast de verklaring van de Iranese president gezien. Die is dolblij – dolblij! – met een islamitisch paradijs in Manhattan.'

'Hij is een clown.'

'Hoe dan ook, jouw ontwerp is niet onaantastbaar. Heb je wel eens iets van Edmund Burke gelezen?'

'Nee.'

'Ik heb net weer eens zijn verhandeling "Over het sublieme en het schone" herlezen. Hij pleit voor willekeurigheid in plaats van geometrie: het aantal sterren en de willekeurige volgorde daarvan, hun ongeordendheid die een soort oneindigheid bevat...'

'Een patroon dat zichzelf eindeloos herhaalt, kan ook een vorm van oneindigheid zijn.'

'Zijn punt is dat de mens heeft geprobeerd de natuur te leren hoe het hoort door middel van rechte lijnen en wiskundige vormen, maar de natuur liet zich niet leren. Hij schreef dit rond de tijd dat de Engelse tuinen ontstonden, de tijd van Capability Brown en zo.' Pauls nonchalante opmerking hierover deed geen recht aan het uur dat hij had doorgebracht met het onderzoeken van de oorsprong en verbreiding van Engelse tuinen, of liever gezegd: met het uitpluizen van het onderzoek dat hij Lanny had gevraagd te doen. 'En die tuinen tonen aan dat wiskundige principes niet de werkelijke maatstaven voor schoonheid vormen.'

'Ik wist niet dat schoonheid ons doel was,' zei Mo.

'Het belang van variatie,' vervolgde Paul, die besloot niet in te gaan op zijn opmerking totdat hij zijn betoog had gehouden, 'om geen hoekige delen te scheppen, maar de delen met elkaar te laten versmelten, zoals hij het stelde. "Geen kunstwerk kan groots zijn, maar omdat het misleidt..."'

'Dat klopt als een bus, aangezien ik juist van misleiding word beschuldigd.'

'Ja, nou, dat soort misleiding bedoelt hij niet – hij doelt op de misleiding van het oog.'

'We hebben het hier over een monument, niet over een landgoed van een Engelse lord. De geometrische vormen van de Tuin scheppen orde met een reden, namelijk omdat die een antwoord is op de chaos die ons is aangedaan. Het is niet de bedoeling dat het er natuurlijk uitziet. Of chaotisch, zoals na de aanslag. Als de Tuin al iets moet oproepen, dan is het de indeling van de stad waarin hij ligt.'

Deze halsstarrigheid zou Khan fataal worden, hoopte Paul. Maar vreemd genoeg kreeg Paul door Mo's koppigheid steeds meer respect, zelfs genegenheid voor hem, en werd misschien ook zijn geweten gesust. Khan had doorzettingsvermogen – Pauls doorzettingsvermogen. Als deze wedstrijd Mohammad Khan geen roem zou brengen, zou iets anders dat wel doen. Hij droeg zijn eigen lotsbestemming in zich.

13

Er werd een rondvaart rond Manhattan georganiseerd voor de familieleden van slachtoffers. Zoals altijd bij dit soort bijeenkomsten kwam een klein deel van Claire in opstand: wat onecht om het te doen voorkomen dat de nabestaanden meer gemeen hadden dan hun verlies, en wat morbide om alleen dat gemeen te hebben. Ze had er niet voor gekozen het land van verdriet te betreden, maar ze kon zelf bepalen wanneer ze eruit wegging; ze kon zich voegen bij de minderheid die een zweem van verraad om zich heen had. Daar werden de doden wel herdacht, maar met minder gevoel. Claire merkte dit allang bij zichzelf, bij hen allemaal. Ze hadden gedacht dat ze niet verder konden leven. Maar dat deden ze wel.

De pers was van tevoren op de hoogte gesteld – geen vragen over het monument – en tegen de weduwen werd gezegd: geen lintjes, geen stickers, hou het rustig voor de kinderen. Toch was Claire voorbereid op vijandigheid en vroeg ze zich af of ze sterk genoeg was om zich daartegen te verweren. De boot gleed de rivier op. Al snel renden kinderen, beladen met slingers, rond moeders die hun aangeschotenheid probeerden te verbergen voor de journalisten die op zoek waren naar een andere invalshoek dan betraande herdenking en bewonderenswaardige veerkracht.

Hun interesse in Claire was nog groter dan anders, maar ze ontweek hen. 'Het is hier niet de plek voor politiek,' zei ze vermanend tegen een van die gretige jongemannen toen die haar benaderde.

Met een wodka-tonic had ze zich wat moed ingedronken en ze begon een gesprek met Nell Monroe, een van haar favoriete medeweduwen, wier humor droger werd naarmate ze meer dronk. 'Ik ben blij dat jij met dat gedoe te maken hebt en niet ik,' zei Nell. 'Ze mogen wat mij betreft dat monument door een marsmannetje laten ontwerpen. Dat zal mijn leven niet veranderen. Tenzij de marsmannetjes op een vrijpartijtje uit zijn, natuurlijk. Nu we het er toch over hebben: heb jij dat nog gedaan?'

'Wat heb ik gedaan?'

'Een wip gemaakt.' Claires liefdesleven, of eigenlijk het ontbreken daarvan, was onderwerp van voortdurende fascinatie bij de andere weduwen. Claire wist dit doordat enkelen van hen, zoals Nell, niet schroomden haar dat te vertellen. Iedereen wilde met haar uit, met haar trouwen, werd algemeen aangenomen – de helft van de mannen die ze kenden viel op haar. Dus waarom die nonnenact? Niemands echtgenoot was onvervangbaar, zelfs die heilige Calder niet.

Het klopte niet helemaal dat er niemand was geweest; alleen had Claire dat aan niemand verteld. Toen ze de vorige zomer bij een van haar buren was om een benefietavond te bespreken, kwam er een jongeman in joggingkleren binnenstuiven die zich excuseerde omdat hij zo laat was. Claire had het lange, stevige lichaam dat onder het zwarte hardloopshirt en –short zat en zijn aantrekkelijke bebaarde gezicht bestudeerd en dacht simpelweg: hij. Jesse was een neef van de gastheer, woonde een tijdje in hun gastenverblijf, hielp hen met de honden en de kinderen, totdat hij naar de school voor fotografie in New York zou gaan. Hij was twaalf jaar jonger dan Claire. Tegen het einde van de avond was ze erin geslaagd een manier te vinden hem uit te nodigen om Cals fotocollectie te komen bekijken en waren ze een verhouding begonnen – 'speeldates' noemden ze het – die zich voltrok als haar kinderen naar hun eigen speeldates waren of een weekend bij Cals ouders logeerden.

Jesse was net zo goedgehumeurd, open en gezond als hij op het eerste oog had geleken; de seks was zowel uitputtend als energiegevend – mensen zeiden tegen Claire dat ze er sinds de aanslag niet zo goed, zo *levend* (een ongelukkige woordkeus, vond ze) had uitgezien als nu. Ze had hem een paar keer toegestaan te komen als de kinderen thuis waren. Ze keek toe hoe hij William in het zwembad gooide en Penelope zijn gebruinde lichaam liet gebruiken als landingsbaan voor haar poppen, en stond zichzelf even toe aan iets meer te denken dan aan een zomerse bevlieging. Maar ze zat zo vast in het keurslijf van haar waardigheid – de waardigheid van een weduwe, van een vrouw van bijna veertig, van een vermogende vrouw – dat ze het amper kon opbrengen hem uit te zwaaien toen hij in de herfst vertrok.

Datzelfde keurslijf deed haar tegenover Nell zwijgen over de affaire – hoe zou dat overkomen: een jongeman, een onbetekende man?

'De laatste tijd niet,' zei ze met een flauw glimlachje. 'En jij?'

'Ik heb je toch over die chirurg verteld?'

'Nog maar drie keer,' plaagde Claire haar goedmoedig.

Ze zaten te lachen toen William aankwam, die zijn tranen nauwelijks kon bedwingen. 'Ze laten me niet voor brandweerman spelen, mammie.' Claire woelde door zijn haar. 'William is geobsedeerd door brandweermannen,' zei ze tegen Nell. 'Zijn lakens. Zijn pyjama. Zijn Halloween-pakjes. Ik probeer hem steeds een andere obsessie aan te praten, maar dat is me tot nu toe niet gelukt.' Nells glimlach naar William vertoonde een meelevendheid die Claire, naar ze vreesde, hem niet had betoond. Toen verontschuldigde Nell zich en ging kijken wat haar eigen kinderen uitspookten. 'Zij zijn waarschijnlijk de reden dat we überhaupt een brandweerman nodig hebben,' zei ze.

Claire knielde voor William neer. 'Wat is er gebeurd? Wil je geen ander spelletje doen? Waarom mocht je geen brandweerman zijn?' Hij ontweek haar blik, wat niets voor hem was, en toen ze hem op schoot nam, begon hij te huilen. Om hen heen was het feest voor de 'Kinderen van de Helden' in volle gang en de journalisten met microfoons en camera's schuimden alles af – ze zag er eentje dralen in haar buurt en toen doorlopen; die had genoeg fatsoen om een huilend kind met rust te laten. 'Wat is er, William?' vroeg ze nogmaals. Hij wilde haar nog steeds niet aankijken.

'Ze zeiden dat het jouw schuld was dat ik geen brandweerman mocht zijn.'

'Wie zei dat?'

'Timmy en Jimmy.'

De tweeling Hansen. Dikke, blozende roodkoppen. Pestkoppen vond ze hen. Op een verjaarspartijtje had ze een keer gezien dat ze Bozo de Clown vroegen hoeveel hij verdiende, terwijl hun moeder net deed alsof ze niets hoorde en de geverfde mond van de clown als reactie nog verder omlaagging. Maar ze waren nog maar acht jaar. Ze wist dat kinderen heen en weer geslingerd werden tussen creativiteit en na-aapgedrag. Ze hadden deze gedachte ongetwijfeld overgenomen van hun ouders. In ieder geval hadden ze William niet gedwongen om terrorist te spelen.

'En wat zeiden ze dan precies?'

'Dat jij van de slechteriken houdt. Dus dat ik geen goeie kan spelen. Doe jij dat? Hou jij van de slechteriken?'

'Natuurlijk niet,' zei ze, terwijl ze hem een kus op zijn bolletje gaf. 'Ze zijn in de war.' Ze vroeg William even te gaan kijken bij Penelope, die samen met een paar andere meisjes de wacht hield bij de onaangesneden taart, en ging op zoek naar Jane Hansen. Zij woonde in New Jersey en zag er nog steeds uit als de voorzitster van de vrouwelijke studentenvereniging die ze ooit was geweest. Alles aan haar, zelfs haar kapsel, leek op een beeldhouwwerk.

'Je zoontjes hebben het William geloof ik moeilijk gemaakt vanwege de een of andere mening die ze over mij hebben,' zei Claire zonder haar te begroeten. 'Waar kunnen ze dat toch vandaan hebben?'

'Hoe moet ik dat weten?' zei Jane. 'Jammer genoeg hebben ze hun eigen mening.'

'Kom nou,' zei Claire. 'Hij is zes jaar. Hij heeft zijn vader verloren.'

'Dat hebben ze allemaal,' antwoordde Jane op afgemeten toon, terwijl ze Claire niet aankeek, maar haar blik liet rusten op de uitgroei van haar haar, alsof ze de oorspronkelijke kleur probeerde te bepalen.

Laat gaan, zei een stem in Claires hoofd, maar haar echte stem zei: 'Als je iets te zeggen hebt, zeg het dan tegen mij. Je moet je kinderen leren zich behoorlijk te gedragen.'

'Is het wel eens bij je opgekomen dat het gedrag van mijn jongens voortkomt uit wat er is gebeurd?' vroeg Jane. 'Ik zal niet beweren dat ze daarvoor zo braaf waren, maar ze waren een stuk hanteerbaarder. Het zijn andere kinderen geworden.' Claire voelde een onwelkome steek van herkenning. Ze vroeg zich vaak af hoe William zou zijn geweest als hij zijn vader niet had verloren. Minder nukkig misschien, zorgelozer.

'Honderden uren therapie,' zei Jane, 'en moet ik ze nu een hoop onzin vertellen over dat Amerika zo'n geweldig land is omdat het de mensen die hun vader hebben vermoord een monument voor hem laten ontwerpen? Een islamitische tuin nog wel.'

'Maar het zijn niet dezelfde mensen – daar draait het juist om,' zei Claire. 'En er is geen enkel bewijs dat de Tuin islamitisch is. En als hij dat wel is, kan het goedaardig zijn. Zelfs een vredesgebaar.'

'Probeer *jíj* dat maar eens uit te leggen aan een achtjarige. Of heb je dat al gedaan? Heb je William al je lesje over burgerrechten geleerd?'

Opeens stond William achter haar. Of misschien had hij daar al die tijd al gestaan. Hoeveel had hij gehoord? 'Waar is je zusje?' vroeg ze.

'Bij-de-meisjes-bij-de-taart,' zei hij, alsof het één woord was. En hoewel Claire daar niet naar had gevraagd: 'Het gaat goed met haar.' Zijn voeten stonden stevig naast elkaar. Zijn gezichtje, waarin zijn ogen heen en weer gingen tussen haar en Jane, deed Claire denken aan de herten in Chappaqua, aan de manier waarop ze even bleven staan, met die tegelijkertijd treurige, nieuwsgierige en angstige blik in hun ogen voordat ze wegvluchtten. Maar William ging nergens heen. Hij leek aan de grond genageld bij de aanblik van zijn moeder die stond te ruziën.

'Wat is er mis met de Tuin?' vroeg hij.

'Niets,' zei Claire.

'Vertel het hem,' zei Jane.

'Er valt niets te vertellen.'

'Laat hem dat zelf beoordelen.'

'Wil je een zesjarig kind hiermee opzadelen?'

'Hij snapt er waarschijnlijk meer van dan die jury van je.'

'Dames,' zei Nell. Ze kwam Claire een verse wodka-tonic brengen. Ze sprak een beetje met dubbele tong. 'Jullie kunnen dit gesprek misschien beter een andere keer voortzetten.'

Claire zag de tweeling Hansen bij William staan, de drie jochies nu in verwarde verbroedering.

'Je hebt gelijk, Nell,' zei ze. 'Jane, het spijt me... dit alles. We hebben het er nog wel een keer over. Kom, William, we gaan eens even bij je zusje kijken.'

Hand in hand liepen ze weg. Haar knieën knikten. Misschien trokken deze bijeenkomsten een bepaald soort mensen aan – de conformisten, de meerderheid. Buitenbeentjes wisten wel beter dan de veiligheid van een groep op te zoeken.

'Wat is er mis met de Tuin?' vroeg William weer.

'Sommige mensen willen een ander ontwerp,' zei ze.

'Waarom?'

'Omdat ze de man niet aardig vinden die het heeft ontworpen.'

'Waarom?'

'Daar hebben ze geen goede reden voor, William. Daarom hadden we ruzie.'

Cals stem zette haar ertoe aan de grenzen op te zoeken, maar zou hij hun kinderen hierheen hebben meegenomen als hij in haar positie had verkeerd, zou hij vrijwillige ballingschap zoeken vanwege Mohammad Khan? Cals eigen overtuigingen hadden weinig anders dan geld gekost. Een standpunt dat hij moest verdedigen tijdens een dinertje, een doel dat hij moest kiezen voor zijn donaties, een hokje dat hij moest aanvinken. Zakgeld. Noblesse oblige. Die uitdrukkingen had Cals moeder gebruikt om het tienermoedersprogramma in Bridgeport te omschrijven. Zijn dapperste daad was het opzeggen van het lidmaatschap van de golfclub geweest. En hoe prijzenswaardig dat ook was, een grote opoffering had hij zich daarmee niet getroost. Hij kon niet goed genoeg golfen om het te missen.

Claire wilde meteen van boord, maar dat kon niet, dus zei ze tegen een van de bemanningsleden dat ze zich niet lekker voelde. Hij bracht haar naar een benauwde hut, waarin een bed met wat dekens stond, en daar zaten ze, de kinderen al met hun jack aan, gereed voor vertrek, de tijd uit tot hun schip zou aanmeren.

Toen Asma op een avond aan het zappen was, kwam ze op een zender die een nieuwsitem bracht over een rondvaart voor de familieleden van de doden. De gezichten van de vrouwen – en het waren voornamelijk vrouwen – kwamen haar bekend voor, en niet alleen omdat ze sommigen van hen al eerder op het nieuws had gezien terwijl ze interviews gaven, persconferenties hielden, begrafenissen bijwoonden. Ze hadden een bepaalde blik – nietszeggend, behoedzaam, overdreven beschermend ten opzichte van hun kinderen, maar niet honderd procent aanwezig – die ze soms ook op haar eigen gezicht zag. Ze kende de Circle Line ook, want dat was een van de weinige uitspattingen die Inam en zij hadden aangedurfd tijdens de twee jaren die ze samen waren geweest. Ze wist de prijs per kaartje nog: vierentwintig dollar, wat neerkwam op zestien dollar per uur voor hen samen, wat zeven dollar meer was dan wat Inam per uur verdiende – en ze herinnerde zich haar twijfel omdat ze van mevrouw Ahmed had gehoord dat de Staten Island-veerdienst gratis was, en daarop zag je hetzelfde water, dezelfde stad en hetzelfde standbeeld, maar Inam had erop gestaan, en dat deed hij zelden, en dus had ze ermee ingestemd.

Zes maanden na haar aankomst in Amerika waren ze op een zondag, Inams enige vrije dag, op pad gegaan. De andere passagiers – Amerikanen en Zweden, Japanners en Italianen – zaten zelfs op dit vroege uur in de ochtend al te drinken; sommigen stonden elkaar, tegen de reling geleund, te zoenen. Inam en zij dronken niet en zoenden elkaar niet. Ze stonden hand in hand naar het water te kijken en naar de stad, alsof ze die vanaf een afstand eindelijk begrepen. Ze gingen kijken bij de oranje reddingsvesten en – boten die netjes op een rij waren opgesteld voor het geval zich een ongeluk zou voordoen. Ze dachten allebei aan de veerdiensten in hun thuisland en wisten dat van elkaar. Bangladesh was een land met rivieren waarop overvolle, gammele boten voeren die omsloegen of zonken of aanvaringen kregen, waarbij de lichamen overboord werden gegooid zoals deze passagiers hun plastic bekertjes in het water gooiden.

Op de boot hoorde je geen geluid van Manhattan, alsof je naar een televisie zonder geluid keek, maar om hen heen joeg de wind over het water dat tegen de boot klotste, de toeristen lachten en gilden, en de kreten van de witte zeemeeuwen vielen omlaag als dwarrelende veren. De vrijpostige wind blies de achterkant van haar hoofddoek omhoog alsof hij die van haar hoofd wilde rukken, en Inam had de doek weer omlaaggetrokken alsof hij met de wind streed om haar eer te bewaren.

Inam nam een foto van haar met een wegwerpcamera en vroeg een Zweed om een foto van hen samen te maken, vervolgens vroeg een Japanner Inam om een foto van hem en zijn vrouw te nemen, en zo moeiteloos werden ze onderdeel van alles, werden ze New Yorkers. Ze hadden geen zorgen op die dag; geld en werk, taal en familie waren op dat moment even onbetekenend als een emmer water die werd leeggegooid in de haven.

Op de tv glimlachten de weduwen gespannen naar de journalisten, die hun microfoons in hun gezicht duwden als artsen die ergens in prikten om een ziekte vast te stellen. Daar was de blonde weduwe uit de jury met haar huilende zoontje op schoot. Zonder erbij na te denken schepte Asma nog wat rijstpudding in Abduls kommetje; ze had haar aandacht gericht op de kinderen op de tv, wier gezichtjes en gratis T-shirts onder de ketchup zaten, hun glimlach opgewekt en echt, in tegenstelling tot die van hun ouders. Abdul zat naar haar te kijken. Hij voelde het altijd aan als verdriet of kwaadheid of afgunst haar naar een andere plek voerde, en hij bracht haar altijd terug; zijn donkerbruine ogen waren de indrukwekkendste correctie. Hij wist niet dat hij een vader miste, was niet op de wereld gekomen met de verwachting er een te krijgen, om wat dan ook te krijgen, zelfs geen rondvaart met de Circle Line. Misschien was dat het geheim van tevreden-zijn: niets verlangen en genoegen nemen met wat je wordt gegeven.

De volgende ochtend werd ze wakker door het lawaai van haar ruziënde buren. Asma had gedacht dat Amerikaanse gebouwen steviger zouden zijn, met dikkere muren, maar het leek wel of ze thuis was: met de mogelijkheid te weten, te moeten weten wat er gebeurde in levens die niet van jou of van je familieleden waren, zodat het soms moeilijk was te bepalen waar jouw eigen gedachten stopten en die van anderen begonnen. Haar directe buren, Hasina en Kabir, Bengalezen die zes maanden geleden waren gearriveerd, waren getrouwd, rond de dertig en hadden geen kinderen. Dit verbaasde Asma niet: ze hoorde nooit liefdesgeluiden in het huis naast haar, alleen die van kwaadheid. Met haar weliswaar beperkte ervaring wist ze dat ruzie geen baby's produceerde.

Hasina leefde strikt volgens de *purdah* en verliet het huis nooit zonder haar man. Soms vroeg ze Asma iets voor haar mee te brengen van de markt, een ingrediënt dat ze nodig had voor het eten of maandverband en zelfs een keer ondergoed; ze gaf Asma haar maat. Af en toe nodigden Asma en mevrouw Mahmoud haar uit op de thee, maar haar echtgenoot keurde het af dat Asma alleen met haar zoon in Amerika bleef en niet terug naar huis ging. Hasina had haar dit verteld, maar Asma wist het al door de manier waarop Kabir haar blik vermeed als ze elkaar tegenkwamen in de gang en kortaf *Asalamu aleikum* mompelde om niet onbeleefd te zijn. Ze vormden uiteraard een favoriet gespreksonderwerp voor mevrouw Mahmoud, maar Asma had er net zo genoeg van om over haar buren te praten als om hen te horen. Ze had al tweemaal gehoord dat Kabir Hasina sloeg; in ieder geval concludeerde ze dat op basis van de harde gil en de gedempte kreten die daarop volgden. Maar ie-

dereen deed net alsof hij niets had gehoord, alsof de ruzies niet bestonden. Toen ze aanklopte om te kijken of Hasina niets mankeer-
de, zei Kabir vanachter de deur dat zijn vrouw 'druk bezig' was.

Hun geruzie was als een radio die je niet uit kon zetten, wat haar
op het idee bracht haar radio harder te draaien. Ze zette de BBC op
en draaide het volume hoog in een poging hun lawaai te overstem-
men. De radio stond zo hard dat ze het gerinkel van de telefoon
waarmee ze op de hoogte werd gesteld van het overlijden van haar
vader pas hoorde toen mevrouw Mahmoud haar riep.

Hij was twee weken ziek geweest – 'water in de longen,' zeiden de
dokters, alsof hij een rivierdelta had ingenomen. Op de dagen dat
hij kon praten, klonk zijn stem aan de telefoon ratelend, zwak en
kwetsbaar, en vertoonde geen enkele gelijkenis meer met de com-
manderende, muzikale stem uit haar herinnering. Haar moeder
drong er voortdurend op aan dat ze naar huis zou komen en Asma
pakte in gedachten, soms zelfs in haar kamer, haar koffer in en uit.
Als ze niet zou gaan, zou Abdul nooit zijn grootvader kennen,
evenmin als hij zijn vader kende; hij zou nooit weten dat een vader
of grootvader iets anders kon zijn dan het satijnachtige oppervlak
van een foto waar hij met zijn vinger overheen gleed. Maar als ze
uit Amerika vertrok, zou ze er misschien nooit meer kunnen terugkeren. Waarom dit zo belangrijk was, was een raadsel voor haar
moeder, voor wie New York net zo onbereikbaar, onvoorstelbaar en
onnodig was als de sterren aan de hemel, die weliswaar het bewijs
vormden van Gods grootheid, maar verder nutteloos waren.

Daarnaast was Asma bang om haar verzwakte vader te leren
kennen, omdat ze haar koppige kracht aan die van hem ontleende.
Als ze zijn vervagende stem hoorde, leek het of haar eigen kracht
wegebde. Zo'n groot deel van wie zij was kwam van hem – en hield
haar van hem weg. Door zich vast te klampen aan Amerika, aan de
mogelijkheden die het beloofde, voerde ze haar eigen – weliswaar
eenzame – kleine bevrijdingsoorlog.

Ze koesterde de geheime fantasie dat ze in Amerika kon hertrouwen. Niet nu meteen, voorlopig nog niet, niet zolang ze Inam nog zo erg miste. Maar ze wilde dat haar zoon op een dag meer zou hebben dan een papieren vader. Als ze in Bangladesh zou hertrouwen, zou ze Abdul bij Inams familie moeten laten. Dat zou ze nooit doen. Het zou niet gemakkelijk zijn om een nieuwe man te vinden in Brooklyn, maar ze was ook weggekomen van Sandwip, dus dacht ze dat ze dan ook wel weg kon komen uit Kensington. Hoe zou het zijn om te wonen in zo'n wijk die ze op tv zag, met blanke mensen, grote huizen en opritten met auto's? En gazonsproeiers? Niet dat ze zo wilde leven. Ze vroeg het zich gewoon af.

'Kom je naar huis?' vroeg haar oom nu. Abdul had een pan over zijn hoofd gedaan en liep nietsziend rond, botste hysterisch giechelend tegen het meubilair. De ruzie tussen haar buren was nog steeds aan de gang; hun stemgeluid ging omhoog en omlaag zonder enige consideratie met haar verlies. Het was respectloos, zoiets als een bombardement tijdens de ramadan, om niet even op te houden met ruziën vanwege het nieuws van het overlijden van haar vader, zelfs al wisten ze er niets van. Ze nam hun dit net zozeer kwalijk als het feit dat ze elkaar hadden en elkaar haatten – dat ze elkaar hadden om te haten.

Het was even stil; misschien was de ruzie voorbij. Toen hoorde ze Kabirs stem weer, luider, kwader, toen een gil en gehuil en gesnik. Ze had er genoeg van. Ze dacht aan haar echtgenoot, de vriendelijkste man die ze kende, en aan haar vader, de moedigste; ze pakte Abdul op, haalde de pan van zijn hoofd af, beende naar de buren en bonsde op de deur.

Toen Hasina stopte met huilen, ontstond er daarna een vacuüm, scherper omlijnd dan alleen stilte, als het plotselinge, verrassende einde van een moesson. Zelfs de wurmende Abdul hield zich stil, alsof hij voelde dat er iets veranderd was. Asma bonsde nog een keer op de deur. Er klonk geritsel; ze voelde dat er iemand door het kijkgaatje keek. Toen deed Kabir de deur open en Asma drong zich langs hem heen naar Hasina, die ineengedoken op de bank zat, haar gezicht rood en gezwollen; haar rechteroog begon dik te worden.

'Kom met me mee,' zei Asma, die probeerde Hasina bij de arm te pakken zonder Abdul te laten vallen. Hasina leek zich slap te houden en zakte dieper in de bank weg. Abdul, die zich uit haar greep probeerde los te worstelen, werkte ook nog tegen. 'Kom met me mee,' zei Asma op luidere toon, alsof Hasina haar niet had gehoord. 'Ik vind wel een plek voor je om te wonen. Je moet bij die man weggaan.' In een van de Bengalese kranten had ze gelezen over een opvanghuis voor mishandelde moslimvrouwen. En hier had ze de ideale kandidaat, alsof er een personage uit een televisieserie was weggelopen.

'Weg?' siste Hasina. 'Waar haal je die taal, die gedachte vandaan?' Asma schrok van haar felheid. 'Ik wil niet weg,' zei ze. De huid rond haar ogen werd steeds dikker; nog even en het oog zou erin verdwijnen, als een rots onder water. 'Schande! Schande!' Ze werd helemaal hysterisch en begon tegen Asma te schreeuwen dat ze zich met haar eigen zaken moest bemoeien. Ook Kabir deed mee. Asma hield haar handen over Abduls oortjes, maar hij begon ook te schreeuwen. Ze liep achterwaarts het appartement uit en zag dat de gang vol met buren stond, onder wie mevrouw Mahmoud, die allemaal kwamen kijken wat er aan de hand was. Voordat ze konden vragen, hun mening geven, hun afkeuring verkondigen, rende ze naar haar kamer, deed de deur op slot en zat ze te snikken in Abduls haar.

Twee uur later werd er op mevrouw Mahmouds deur geklopt. Drie mannen, van wie Asma wist dat ze in het gebouw woonden, kwamen hun bezorgdheid uitspreken over haar bemoeienissen. Zoals in elke moeilijke situatie was het haar eerste reactie om Nasruddin te bellen. Die kwam meteen, gekleed in een elegant gewaad, en vol schuldgevoel vroeg ze zich af of ze hem had weggeroepen van een familiebijeenkomst. Ze deed haar relaas en vertelde hem snikkend over haar vader.

'Heb ik er wel goed aan gedaan om niet terug te gaan naar Bangladesh?' snikte ze. 'Zeg me dat ik er goed aan heb gedaan.'

'Je hebt gedaan wat ik ook zou doen,' zei hij.

Toen ze uitgehuild was, was alle strijdlust uit haar verdwenen en was ze zo moe dat ze dagen kon slapen. Nasruddin ging weg om vrede te stichten in het gebouw. Hij kwam een uur later terug. Om problemen te voorkomen, waarschuwde hij haar, moest ze haar buren met rust laten.

'Er bestaat een goede manier om problemen op te lossen,' zei hij. 'Dat moet je leren.'

'Maar hoe kan ik naast zo'n man wonen?'

'Ik praat wel met hem,' zei Nasruddin, 'maar je moet het aan God overlaten om over hem te oordelen.'

'Ik ben je dankbaar,' mompelde ze. Ze was uit het veld geslagen en boos, maar dat hield ze voor zich. Het gevoel knaagde aan haar dat ze was overtroefd door kwaadwillende krachten. Haar vader zou meer moed hebben getoond.

'Wat hebt u gezegd? Hoe hebt u het voor elkaar gekregen?' vroeg ze.

'Ik heb hun de waarheid verteld,' zei Nasruddin. Dat haar vader was gestorven en zij waanzinnig van verdriet was.

De Samenkomst ter Bescherming van de Heilige Grond begon op een milde zaterdagochtend op een plein tegenover de rampplek. De leden zowel van het Comité ter Verdediging van het Monument als van Red Amerika van de Islam waren aanwezig, verzameld in een afgezet gebied voor het podium. Daarachter strekte zich een menigte uit van duizenden mensen: vrouwen die protestborden droegen met de woorden GEEN TOLERANTIE VOOR DE INTOLERANTE ISLAM en GEEN TUIN VAN DE OVERWINNING en KHAN IS EEN OPLICHTER. Vaders met kleine kinderen op hun schouders, mannen in camouflagekleding die veteranen konden zijn of niet. Er waren honderden nabestaanden. Sean had velen van hen persoonlijk gebeld om te vragen of ze wilden komen. De menigte was te omvangrijk voor het kleine plein en verspreidde zich over de trottoirs, in de straten en bij en tussen de bussen die betogers vanuit het hele land hadden aangevoerd. Nieuwshelikopters cirkelden boven de hoofden.

Debbie Dawson was uitgedost in een strakke zwarte broek met daarop weer zo'n T-shirt dat ze had ontworpen, dit exemplaar met de woorden: ZWART EN TROTS. Twee bleke mannen met Ray-Ban-zonnebrillen, gekleed in blauwe blazer met kakipantalon, volgden haar door de menigte heen. Als ze bleef stilstaan om een interview te geven of supporters te begroeten, posteerden ze zich aan weerskanten van haar, hun blik naar de omgeving gericht, benen uit elkaar, voeten stevig op de grond, armen nooit ontspannen. Lijfwachten.

Sean ging het podium op om zijn toespraak te houden en liet zijn blik over de steeds groter wordende menigte glijden. Misschien hadden alle halvegaren zich vooraan verzameld; er leken er heel wat te staan. Een enorm dikke man met bretels hield een poster omhoog waarop een varken was afgebeeld dat de Koran opvrat. Drie vrouwen hielden een spandoek vast met de woorden BOMBARDEER ZE PLAT en LAAT ALLAH MAAR VOOR ZE ZORGEN. Een puisterige tiener met zwarte kleding en een Harry Potter-brilletje hield een bord omhoog waarop stond ZE MOGEN HET EERSTE AMENDEMENT HEBBEN, WANT WIJ HEBBEN HET TWEEDE, met daaronder een primitieve tekening van een pistool dat gericht was op het gezicht van een man met een tulband. Menselijke losse eindjes: een ongedisciplineerd leger dat Sean niet had opgetrommeld en dat hij ook niet kon wegsturen.

Zijn idee, dat eerst zo creatief leek, om door Claire Burwells portret een wit vlak te zetten en daar een vraagteken in te plaatsen, kwam hem nu griezelig voor toen honderdvijftig van die posters voor zijn ogen heen en weer werden gezwaaid. De RAVI-posters van Khan, met een kruis door zijn gezicht of een schietschijf eroverheen gefotoshopt, zagen er niet veel beter uit. De politie was bezig een man in te sluiten die er, door middel van aanstekervloeistof die hij had aangebracht op de poster, in was geslaagd Khans baard in brand te steken.

Alle keren dat Sean na de aanslag een toespraak had gehouden – ongeveer negentig keer – was hij ervan overtuigd dat het zowel een voorrecht als een vloek was om een geliefde op deze wijze te verliezen. De weldoorvoede, gretige gezichten die naar hem luisterden, smachtten naar iets wat niet te koop was en hij voelde medelijden met hen vanwege hun verlangen om dieper te gaan, om onderdeel te zijn van iets groters. Hoe afgrijselijk de aanslag ook was, iedereen wilde een beetje van de as in handen hebben.

Maar deze massa, het grootste gehoor dat hij ooit had toegesproken, straalde noch eerbied, noch verlangen uit. Patrick had hem een keer laten zien dat de druk op een brandslang zo groot was dat een brandweerman van de ladder af gestoten kon worden als de slang te snel werd opengedraaid. Sean vertrouwde deze menigte niet.

Zijn optreden was matig, zijn toespraak kort. 'Het was Khan niet genoeg om zijn rechten als moslim op te eisen. Nu heeft zijn tuin blijkbaar ook nog rechten...' Er werd slechts hier en daar gejuicht, onregelmatig, alsof de mensen hem niet goed konden verstaan. De echo van de microfoon leidde af. Toen hij zei: 'We weten toch allemaal hoe belangrijk de grondwet is?', klonk er wat onzeker gebrul, een paar boe's. 'We vinden echter niet alleen die belangrijk,' zei hij tot slot. Eindelijk wat handengeklap, maar het klonk niet overtuigd.

Toen Debbie het podium op struinde, kwam er een RAVI-vrijwilligster achter haar staan om met de vlag te zwaaien. Vooraan stond een door batterijen aangedreven ventilator, die haar lange haar deed wapperen. 'Ik wil dat het voor iedereen duidelijk is dat we strijden voor de ziel van dit land!' bulderde ze. De menigte, die opeens weer kon horen, brulde. 'Generaties lang zijn er immigranten naar dit land gekomen en geassimileerd, hebben ze de Amerikaanse normen en waarden geaccepteerd. Maar de moslims willen Amerika veranderen – nee, ze willen het veroveren. Onze grondwet beschermt ieders godsdienstvrijheid, maar de islam is geen godsdienst! Het is een politieke, totalitaire ideologie.' Meer gebrul. Sean wipte een beetje heen en weer met zijn voeten, ontevreden omdat haar tirade die van hem rechtstreeks de vergetelheid in stuurde. Vervolgens hief ze een meeslepende, opjagende kreet aan: 'Red Amerika van de islam! Red Amerika van de islam!'

Bij deze kreten, die bedoeld waren als startschot om te gaan liggen op de rampplek, stak Sean zijn rechterhand omhoog en blies op een fluitje. Hij was weer belangrijk. De leden van zijn comité en de RAVI's sprongen eerst als opgewonden schoolkinderen om hem heen, voegden zich toen in perfecte rijen en marcheerden de straat op.

Seans oorspronkelijke plan was ingeperkt door een aantal compromissen. De gouverneur beweerde dat zij niet de bevoegdheid bezat om hun toestemming te geven op de rampplek zelf te protesteren. 'Dus de poorten staan wel open voor Khan, maar niet voor ons,' zei Debbie tevreden. Ze had het talent om elke tegenslag om te buigen tot bewijs van haar wereldvisie, elke tegenwerping tot bewijs van dhimmitude. 'Prima, dan blokkeren we de straat,' zei ze vervolgens, alsof het allemaal haar idee was geweest in plaats van dat van Sean. Maar zelfs om daarvoor toestemming te krijgen, op een plek die zo gevoelig lag, moesten ze een concessie doen: de politie wilde van tevoren de namen van alle personen hebben die van plan waren zich te laten arresteren. Nu pas besefte Sean, die de hele tijd naar de mensenmenigte had staan kijken, dat de politie de straat al had afgesloten. Er stonden net zomin auto's als op het parkeerterrein van de kerk waar ze hadden geoefend. Er viel niets meer te blokkeren.

Hij blies nogmaals op zijn fluitje, nu met minder enthousiasme, en de marcherende rijen veranderden in exercitieteams: rond de vijfhonderd mensen, op gelijke afstand van elkaar, knielden als één man neer; dit was bedoeld als nabootsing en bespotting van het islamitische gebed. Ze raakten niet met hun hoofd de grond aan, maar strekten hun rug. Debbie noemde deze beweging 'Geef Allah je navel'.

'Bescherm de heilige grond!' scandeerden de leden van Seans comité.

'Red Amerika van de islam!' riepen de RAVI's.

Sean liet zijn blik over de deken van lichamen glijden en liet zich toen zakken in een wolk van RAVI-parfum en zijn eigen zweet. De grond onder zijn rug was hard, de hemel daarboven helderblauw en zo glad als pasgemaakt ijs. Een dag even helder en mooi als die waarop de aanslag plaatsvond, een geschenk van een dag, maar ergernis stak ergens binnen in hem als een steentje in een schoen.

'U blokkeert de openbare weg,' sprak een politieambtenaar door een megafoon. 'Ik tel tot honderd en dan moet u weg zijn voordat ik bij honderd kom. Doet u dat niet, dan gaan we u arresteren.'

Dit strakke tijdschema trof Sean als verzwakkend ('... drieënveertig, vierenveertig, vijfenveertig...'), hun verzet als niets meer dan gecontroleerde onderwerping. Hij had stiekem gehoopt dat de politie hen helemaal niet zou arresteren, zou weigeren de orders op te volgen, vaderlandsliefde zou verkiezen boven plicht ('... negenenzestig, zeventig, eenenzeventig...'). Maar toen hij wachtte op het geluid van de muur van blauw die uit elkaar viel, hoorde hij alleen politielaarzen schuifelen. En toen: 'Achtennegentig... negenennegentig... honderd. De tijd is voorbij, dames en heren', en: 'Staat u alstublieft op, meneer, laten we niet moeilijk doen, dank u, ik stel het op prijs, uw handen naar voren, alstublieft, ze zijn van plastic, u voelt er niets van, dank u.'

'Terroristenliefhebber!' hoorde hij een vrouw tegen een politieagent schreeuwen, die – bijna vriendelijk – antwoordde: 'Ik heb vier kinderen, mevrouw; het enige wat ik liefheb, is mijn salaris.'

Hij werd gek van hun beleefdheid, net als van de pijn in zijn rug, trouwens. Hij hief zijn hoofd op om te kijken wat de politie aan het doen was en zag een zwijgende groep antibetogers op het trottoir staan. De meesten, hoewel niet allemaal, zagen eruit als moslims – de vrouwen met hoofddoeken, de mannen met baard en een donkere huidskleur. Ze hielden borden omhoog: WIJ ZIJN OOK AMERIKANEN, ISLAM IS GEEN BEDREIGING, OOK MOSLIMS ZIJN DIE DAG GESTORVEN en FANATICI ZIJN IDIOTEN.

Door dat laatste bord kreeg Sean een rood waas voor zijn ogen, wat toevallig ook de kleur was van de hoofddoek van de vrouw die het bord omhooghield. Wilde Rubin dat híj minder grof was? Hij krabbelde overeind en beende naar de vrouw toe. 'Noemt u mij een idioot?' Zijn spuug vloog in het rond, zijn stem kraakte; het interesseerde hem niets. 'U noemt mijn ouders idioten? Een stelletje moslims heeft mijn broer vermoord. Waarom protesteert u daar niet tegen? Hebt u wel eens een bord omhooggehouden waarop stond: MOORD IN NAAM VAN MIJN RELIGIE IS VERKEERD?'

'Natuurlijk is dat verkeerd,' antwoordde de vrouw onbewogen, 'maar dat is discrimineren op basis van godsdienst ook.'

Haar onbewogenheid, zo provocerend, maakte dat hij ook haar wilde provoceren, haar van haar stuk wilde brengen, en de meest provocerende daad die hij kon bedenken was haar hoofddoek van haar hoofd trekken. Hij stak zijn hand uit – een deel van hem wilde ook zien wat zo waardevol was dat het bedekt moest worden – en hij greep de slip van haar hoofddoek toen zij angstig een stap achteruit deed, zodat de doek naar voren werd getrokken, misschien wat ruw. Misschien verblindde hij haar even, misschien raakte zijn hand haar hoofd, en toen trok een politieagent hen uit elkaar, of eigenlijk trok hij Sean weg en deed hem handboeien om, las hem zijn rechten voor en duwde hem in een bestelwagen bij de leden van zijn comité en RAVI's, die nog steeds 'Geen moslimmonument' scandeerden, terwijl ze breed naar hem lachten en hun duimen omhoogstaken; en op het politiebureau werden de anderen meegenomen, ingeboekt en vrijgelaten, terwijl hij op aanklacht van openbare geweldpleging werd vastgezet in het gezelschap van winkeldieven, wildplassers en andere overtreders, totdat hij werd vrijgelaten op persoonlijke borgtocht.

Debbie noemde zijn getrek aan de hoofddoek 'een geniale inval'. Woedende liberalen noemden het een stunt. Geen van hen geloofde dat hij het niet van tevoren had bedacht. Zijn vastbeslotenheid om zich niet aan het script te houden bevestigde hen in hun mening.

Hij had pijn in zijn borst. Toen hij thuiskwam, begroette zijn moeder hem met opeengeknepen lippen en een zwijgend hoofdschudden.

'Het zag er heel erg uit,' fluisterde zijn zus Miranda met betraande ogen, waarop Sean antwoordde: 'Dat interesseert me geen fluit,' waarna hij naar boven ging om te douchen. Maar hij vermeed het zichzelf in de spiegel aan te kijken. Hij had zich nog erger misdragen dan Debbie, en dat gaf hem helemaal geen goed gevoel.

14

Het Comité ter Verdediging van Mohammad Khan, het Mohammad Khan Verdedigingsfonds, het Verbond ter Bescherming van
Mohammad Khan – ze misten allemaal één belangrijk ingrediënt,
en dat was Mohammad Khan. Hij wilde zijn onafhankelijkheid
niet opgeven, wilde geen enkele donororganisatie steunen, wilde
niet een of ander radicaal-chic troeteldier zijn, een Zwarte Panter
met een baard in plaats van een afrokapsel, maar ze organiseerden
toch van alles zonder hem: persconferenties, toneelvoorstellingen,
fondsenwerving en seminars, allemaal in zijn naam. En feesten,
waaronder een dat Mo op verzoek van – of liever gezegd: in opdracht van – Roi moest bijwonen. De gastheer was een filmprodu-
cent wiens huis in de Hamptons Roi had ontworpen. 'Mensen willen met jou in één kamer zijn,' zei Roi, en hij zegde zelf af zodra
Mo had bevestigd dat hij zou gaan.

Het feest, dat plaatsvond in een gigantisch, schemerig verlicht
appartement met hoge plafonds in het Dakota (het appartementengebouw waar ook John Lennon had gewoond), was drukbe-
zocht. Stromen gasten bewogen zich onophoudelijk door de lang-
werpige kamers en duwden Mo en Laila, die een jurk aanhad
waarvan de verschillende lagen haar deden lijken op een roze pi-
oenroos, met zich mee. Vreemden plukten Mo uit de stoet om
hem voor te stellen aan andere vreemden, en hem vervolgens als
een onbruikbare kiezelsteen weer terug te duwen in de stroom. Er
werd getoost met champagne op iets wat niemand kon verstaan.

'Je kent Bobby toch, hè?' zei De Niro, knikkend alsof hij wilde
zeggen: ja, Mo kende hem.

'Ik ben altijd voorstander van de Palestijnse zaak geweest,' zei een Britse barones veelbetekenend tegen Mo.

'Het gaat niet om de Palestijnen,' zei iemand die haar woorden opving.

'Altijd maar proberen de zaak uit elkaar te trekken,' zei Mariam Said met rollende ogen.

Achter hem stond Rosie O'Donnell te lachen. Sean Penn was dronken.

Dit is een droom, dacht Mo. Ik droom dat ik dit allemaal meemaak. Het leek een beetje op zijn voorstelling van het leven van Frank Gehry of Richard Meier, of zijn eigen leven als hij hun niveau zou bereiken. Maar Meier stond hier als een ondergeschikte te wachten tot hij een woord met hem kon wisselen. Het was de omgekeerde wereld. Hij was half godheid, half bezienswaardigheid. Hij tastte naar Laila's hand, bedacht toen dat dat nu niet mocht. Russell Simmons drong zich langs hem heen en duwde daarbij tegen hem aan. Laila glimlachte zonder naar hem te kijken. Hij stelde zich voor dat ze thuis waren, in bed met hun handen ineengestrengeld.

Groene linten wapperden vrolijk aan jurken en revers. Mo dronk nog wat champagne en worstelde zich door de mensen heen naar de ramen die op de binnenplaats uitkeken. Bewonderaars klampten hem aan om hem onterechte lof toe te zwaaien of overdreven sympathie te betuigen. Een vrouw met een stel bicepsen die Madonna niet zouden misstaan, vroeg of iemand al de rechten op zijn levensverhaal had gekocht.

'Ik wist niet dat die te koop waren,' zei hij in een poging grappig te zijn. Hij was behoorlijk dronken.

'Ik ken Shah Rukh Khan vaag,' zei de man die bij haar was. 'Een neef...?'

'Mijn broer,' zei Mo.

'Hij maakt maar een grapje,' kwam Laila tussenbeide. 'In India is Khan een veelvoorkomende naam. Net als in andere landen.'

In de taxi naar huis keek Laila hem aan en zei: 'Geen grapjes maken, Mo. Die mensen staan aan jouw kant, al mag je ze niet. En je kunt je niet beklagen omdat je verkeerd wordt begrepen en je vervolgens anders voordoen dan je bent.'

Het alcoholwaas begon weg te trekken. 'Op een goede manier was ik mezelf niet daar binnen,' zei hij vermoeid. 'Ik heb me eigenlijk uitstekend vermaakt. Ik ben elke dag anders, Laila. Ik ben niet meer degene die jij drie weken geleden hebt leren kennen. Als het zo doorgaat, ben ik over twee weken al niet meer de man die je nu kent. Een bewegend object kan zich niet anders voordoen dan het is.'

Ze liet haar blik van zijn mond naar zijn ogen glijden. 'Je onderschat je eigen soliditeit. Ik zag het al tijdens onze eerste ontmoeting. Juist die trok me in je aan, en zal me uiteindelijk waarschijnlijk tot wanhoop drijven. Aan de oppervlakte verander je misschien door al deze gebeurtenissen, maar Mohammad Khan blijft intact. Je lijkt op je stalen bomen.'

Staal breekt, staal smelt, wilde hij zeggen – dat weten we nu zo langzamerhand wel. Maar hij zei niets; hij pakte haar hand.

Op weg naar haar werkplek op de nieuwsredactie besloot Alyssa even langs het bureau van haar eindredacteur te lopen. Chaz was er meestal rond tien uur, zijn mouwen opgerold, bevelen blaffend, journalisten uitscheldend, concurrerende kranten bespottend en zwarte koffie drinkend; zijn ongevoeligheid voor katers was net zo legendarisch als zijn boemelpartijen.

Hij vermeed haar de laatste tijd en in zijn ogen, die haar niet recht aankeken, zag ze de voorbode van haar demotie. De eerste column was provocerend genoeg geweest om haar er nog twee op te leveren, maar die bevatten geen exclusieve, explosieve elementen. De laatste was zo oninteressant dat Chaz er letterlijk van moest gapen, waarna hij hem naar de prullenbak verwees. Haar waarde was aan het dalen. Die eerste column had haar een gastoptreden in *The O'Reilly Factor* op Fox News opgeleverd; het filmpje speelde ze regelmatig af om het in haar herinnering te griffen.

'Zijn de moslims een "vijfde colonne", Alyssa?' had Bill O'Reilly gevraagd.

'Dat lijkt me wat sterk uitgedrukt, Bill,' antwoordde ze; zijn voornaam lag als een dropje op haar tong. 'Misschien vierenhalf.' Hij lachte hartelijk en zei na afloop dat hij haar nog een keer zou uitnodigen in zijn show. Maar dat had hij niet gedaan.

Nu boog Chaz zijn hoofd voorover, pakte zijn telefoon toen hij haar zag aankomen en legde hem weer neer toen hij dacht dat ze voorbij was. Daar was het: de bevestiging van haar vergane glorie. Haar verslaving had zich net als bij een junkie ontwikkeld van het nieuws lezen tot het verslaan, het op te sporen en ten slotte – de crack van haar vak – het nieuws te maken. Het te zijn. Bij het vooruitzicht van haar voorraad te worden afgesneden brak het koude zweet haar uit.

Niemand begroette haar tijdens haar rondgang op de nieuwsredactie, wat geen verrassing was. Ze had geen band opgebouwd met haar nieuwe collega's; ze hadden een hekel aan haar, zoals zij een hekel zou hebben aan hen als de rollen waren omgedraaid. Het gebeurde op een nieuwsredactie zelden dat men stond te juichen als iemand hoger op de ladder kwam, zeker als het een nieuwkomer betrof. De energie werd in plaats daarvan besteed aan het bedenken van ingewikkelde theorieën over de reden waarom het succes onverdiend was, zodat de afgang, als die kwam, deze theorieën alleen maar bewees. Ze had zich nog nooit zo vriendenloos gevoeld.

Voorzichtig, alsof het fijne zijde was, pakte ze haar enige sprankje hoop: Claire Burwells telefoonnummer, verkregen ten koste van het zoveelste dure dinertje met die grillige juryassistent, uit haar tas. Lanny's macht leek alleen maar toe te nemen. Hij stippelde de persstrategie uit voor de onverkwikkelijkheden rond het monument, en om de een of andere reden paste het binnen zijn strategie om haar informatie toe te spelen. Het verbijsterde haar dat niemand erachter was gekomen dat hij het lek was; in plaats daarvan had hij Paul Rubin weten te bepraten om hem het onderzoek naar het lek te laten leiden, waarbij hij vervolgens vage belastende toespelingen rondstrooide over diverse juryleden en verschillende werknemers.

Zenuwachtig draaide ze Claires nummer en ze liet de telefoon bijna vallen toen er werd opgenomen.

'Mevrouw Burwell?'

'Ja.'

'U spreekt met Alyssa Spier, van de *Post*.' Op dat moment haatte ze haar sissende naam, de naam van haar krant, al die sisklanken.

Stilte.

'Hoe komt u aan mijn nummer?'

'Van een vriend. Ik ben...'

'Geen enkele vriend van mij zou u mijn nummer geven.'

Ik heb niet gezegd dat het jouw vriend was. Alyssa zette door. 'Sorry dat ik u lastigval.'

'Wat wilt u?'

'Ik wil met u praten over het monument, over de hoorzitting. Eh... ik wil gewoon graag weten wat u ervan vindt...'

'U hebt een stuitende column geschreven over wat ik vind, en nu wilt u met me praten?'

Alyssa hield de telefoon een stukje van haar oor vandaan en dacht: krijg de klere, schijnheilige trut. Je hebt het altijd gemakkelijker gehad – oké, afgezien van het feit dat je man is overleden dan – en jij hebt een oordeel over mij?

'Misschien kunnen we elkaar ontmoeten voor een informeel gesprekje,' zei ze. 'U weet wel, officieus.'

'Bel me niet meer op dit nummer.'

'Wacht!' Alyssa sloeg een kruisje. 'Wacht even. Ik bel u omdat ik informatie voor u heb. Over Khan.'

Het bleef even tergend stil aan de andere kant van de lijn en toen zei Claire op ijzige toon: 'Waarom zou die informatie van u mij interesseren?'

'Omdat...' zei Alyssa. 'Omdat het schokkend nieuws zou kunnen zijn voor de nabestaanden en ik graag wil zorgen dat u daarop voorbereid bent.'

'Prima,' zei Claire na een paar tellen.

Hoewel ze opgelucht was dat Claire erin toestemde haar te ontmoeten, was Alyssa ook achterdochtig, alsof ze per ongeluk op een wankele, verrotte plank was gestapt op een vloer die verder helemaal gaaf was. Ze bespeurde wat onzekerheid, wat kwetsbaarheid bij Claire. Het enige probleem was dat Alyssa niet over het gereedschap beschikte om die plank op te lichten; ze had gelogen toen ze zei dat ze schokkende informatie over Khan had. Zeg zo weinig mogelijk toe en verras ze dan, had Oscar haar altijd voorgehouden. Zij had 'schokkend nieuws' toegezegd en had tot de volgende ochtend de tijd om dat ergens vandaan te halen.

Ze was bezig met bellen en tikken tot de spieren in haar onderarm zeer deden. Er moest toch iets over Mohammad Khan te vinden zijn dat ze kon gebruiken; er was over iedereen wel wat te vinden. Ze ging haar contacten bij de politie, bij de FBI nog eens na. Stond hij op een lijst met van terrorisme verdachte personen? Op een lijst met mensen die niet mochten vliegen? Op welke lijst dan ook met verdachte moslims? Niets te vinden, in ieder geval niets wat toegankelijk was. Er was genoeg zwartmakerij te vinden over die advocate, maar de blogs gingen over al haar vunzige klanten: terrorismeverdachten, luidruchtige imams die voor de Palestijnse zaak streden, niet-geïdentificeerde, niet-geregistreerde familieleden van slachtoffers van de aanslag, die dankzij haar geld in de schoot geworpen hadden gekregen. Maar van schuld aan een dergelijke vage verbintenis zou Claire waarschijnlijk toch niet onder de indruk zijn.

De nieuwsredactie begon leeg te stromen. Toen Alyssa naar buiten keek, bleek het al donker te zijn. Ze at wat Japanse noedels uit de automaat, die qua textuur niet veel verschilden van het kartonnen bekertje waar ze in zaten. De schoonmaker duwde zijn karretje schoonmaakspullen en zijn droefheid rond in de rommelige ruimte, en ze voelde zich bedrukt door iets wat dieper ging dan paniek.

Om tien uur verliet ze het gebouw en liep door de stad die zich tijdelijk onverschillig voor vertwijfeling toonde. Ze repeteerde de woorden: 'Oscar, ik heb je hulp nodig. Oscar, ik heb je hulp nodig.' Hij beschikte over veel diepgaandere contacten in de politiewereld dan wie ook. Waarom hij die zou delen met haar, een soort van ex-geliefde en nu journaliste bij een concurrerende krant, kon ze niet zeggen. Ze kon er alleen op hopen.

Tegen de tijd dat hij reageerde op zijn deurzoemer, was ze in tranen en snotterde ze zo dat de woorden eruit kwamen als: 'Osa, igeb de hulk boden.' Desondanks liet hij haar naar boven komen. Het was geen moment bij haar opgekomen dat hij misschien niet alleen was.

'Alyssa, dit is Desiree,' zei hij, waarbij hij erin slaagde te doen alsof alles heel normaal was, ondanks het feit dat zowel hij als Desiree rondliep in een T-shirt en een boxershort. 'Ze heeft een probleem op haar werk,' zei hij tegen Desiree. 'Geef je ons even een minuutje?' Hij had zijn bril niet op en Alyssa schrok omdat ze voor het eerst zijn blote ogen zag, die haar op de een of andere manier meer van haar stuk brachten dan zijn naakte lichaam had gedaan. Ze had er alles voor overgehad om nu weer terug op de nieuwsredactie te zijn, maar het was te laat. Toen Desiree zich had teruggetrokken in de slaapkamer, bekende Alyssa hem haar hachelijke situatie.

'Wat heb ik je altijd gezegd?' zei hij, zijn stem zo geruststellend solide als een muur, en net zo ondoorgrondelijk.

'Ik weet het, ik weet het. Maar nu zit ik vast. Alsjeblieft. Wat dan ook. Ik sta bij je in het krijt. Ik hoef niet eens iets te hebben dat ik kan publiceren. Als ik maar iets heb waarmee ik haar aan het praten krijg.'

'In dat geval zou je iets kunnen verzinnen.'

Terwijl Alyssa over deze opmerking nadacht, zette Oscar zijn bril op en sloeg haar vanachter de glazen gade. 'Dan zou ik de boel belazeren,' zei ze. 'Het is geen lollig onderwerp, dat weet je. En als je daar eenmaal aan begint, waarom zou je het dan überhaupt nog doen?'

Zijn ene mondhoek krulde omhoog, als een knipoog. Flinke meid: ze had de test doorstaan. De geluiden van de tv in de slaapkamer en de vrouw die ernaar zat te kijken negerend, stond ze zichzelf even toe te dromen over een verhouding die nieuw leven werd ingeblazen. Dat hij haar vervolgens een botje toewierp dat ze kon gebruiken, voedde de droom alleen maar. In hun wereld kon dat beschouwd worden als een romantisch gebaar.

'Ik heb het volgende voor je,' zei hij. 'Een vriendje van me bij de FBI die een tijdje in Kabul heeft gezeten, heeft het me verteld, maar het is Pluto' – hun codewoord voor iets dat zo vergezocht was dat het net zo goed van Pluto kon komen. Hij keek haar met een gebiedende blik aan. 'En je zult merken waarom ik er niets mee heb gedaan, en dat zul jij ook niet doen. Geef je me je woord daarop?'

Mijn woord, wat je maar wilt. Ze knikte.

Claire en zij troffen elkaar in de buurt van Arthur Avenue in de Bronx. Het was neutraal gebied tussen Chappaqua en Manhattan. En wie zou hen ontdekken in een Albanese koffieshop? De wanden bestonden uit spiegels, er stonden marmeren tafeltjes, de espresso was te sterk, het gebak smaakte alsof het al dagen oud was. Aan een van de tafeltjes zaten gerimpelde mannetjes domino te spelen; het getik van de stenen verving een gesprek. Aan een ander tafeltje zaten drie jongemannen de hele tijd met onheilspellende blik naar Alyssa en Claire te kijken. Op posters aan de muur zwaaiden vrouwelijke strijders met AK-47's. Alyssa liet haar blik even op de posters rusten: Albanezen waren... moslims. Misschien was deze neutrale plek toch niet zo neutraal.

Met een wazige blik bestudeerde ze Claires botstructuur en haar saffierblauwe ogen, tot die zich argwanend samenknepen. 'Waarom zijn we hier?' vroeg Claire koeltjes.

'Ik heb informatie, maar die kan ik u pas geven als u mij een interview geeft,' flapte Alyssa eruit. Ze was doodmoe, had te veel koffie gedronken en voelde zich opgejaagd.

'Dat kan ik niet doen,' zei Claire. 'Het is tegen de regels, dat heb ik u al gezegd.'

Wat achtergrondinformatie, drong Alyssa aan, waardoor ze kon schrijven over Claires manier van denken, al moest ze vermelden dat het afkomstig was van 'welingelichte bronnen' of 'een vriend van Claire Burwell'.

'Hoe weet ik zeker dat die informatie van u belangrijk is?' zei Claire.

'Vertrouw me maar,' zei Alyssa, waarop ze allebei beschaamd wegkeken.

Claire zat te spelen met haar servet. 'Het is een smerig zaakje, vindt u niet?' zei ze. Een vaststelling, geen vraag. Alyssa wist niet precies op welke zaak ze doelde. De journalistiek? De keuze van het monument? De Albanese koffieshop, die riekte naar een dekmantel voor de georganiseerde misdaad? Heel even kreeg ze medelijden met Claire, wier zuivere normen en waarden werden bevuild door de modder waarin de rest van de wereld leefde.

'Ik zou het liever praktisch noemen,' zei Alyssa met een naar ze hoopte geruststellende stem. Ze wachtte totdat Claire bijna fluisterend zei: 'O, juist ja,' en ze pakte haar notitieblok.

'Hij is in Afghanistan geweest,' zei ze nu tegen Claire. 'In Kabul.'

'En was het dan daar dat...' begon Claire.

'Hij heeft de ambassade daar bedreigd.'

'Wát?' Er klonk ongeloof in Claires stem. 'Dat kan niet waar zijn.' Maar ze trok wit weg. Alyssa schoof een glas water naar haar toe. Claire nam er een slokje van. 'Daar moet een verklaring voor zijn,' zei ze met trillende stem. 'Hoe kan het dat niemand hiervan weet? Waarom hebben ze hem niet gearresteerd?'

'Ik geloof niet dat hij echt iets heeft gedaan,' zei Alyssa. 'Het was meer een bedreiging met woorden. Of hij viel iemand bij die dreigende taal uitte in plaats van dat zelf te doen. Dit zijn moeilijke gevallen; als ze elke moslim die iets anti-Amerikaans zegt moeten opsluiten, dan zitten alle gevangenissen vol. Nog voller. Veel voller. Ik probeer u gewoon een indruk te geven van de manier waarop hij denkt.'

Tijdens de lange stilte die volgde, werkte Alyssa het vleespasteitje naar binnen dat ze had besteld in de hoop dat het zou helpen tegen het maagzuur, al gebaarde ze naar de gemelijke ober dat ze nog een kop koffie wilde. Ze zat nog te kauwen toen Claire begon te praten.

'U bent echt een verwerpelijk iemand, met uw pogingen hem zwart te maken,' zei ze, waarbij ze haar mondhoeken afkeurend omlaagtrok.

Alyssa haalde haar schouders op. 'Ik probeer hem niet zwart te maken. Ik zal het waarschijnlijk niet eens publiceren,' zei ze, zonder erbij te vermelden dat ze dat vanwege Oscars voorwaarden helemaal niet kon, of dat het gerucht naar de prullenbak was verwezen omdat het afkomstig was van een architect die in competitie met ROI zat voor het ontwerp van de nieuwe ambassade en op deze manier probeerde een voordeel te behalen. De 'bedreiging' bestond uit een achteloze opmerking die Mo had gemaakt. Alyssa wist niet precies wat hij gezegd had. Meestal waren het Afghanen die elkaar verlinkten uit wraak of om er zelf beter van te worden, had Oscars vriend hem verteld. Maar dit voorval bleef hangen omdat het om een Amerikaan ging die een andere Amerikaan probeerde onderuit te halen, waarbij hij gebruikmaakte van het feit dat Mo moslim was. Alyssa voelde zich niet schuldig toen ze Claire slechts een deel van het verhaal vertelde. Een feit verzinnen was misdadig, maar er een aangepaste versie van presenteren deed iedereen.

'Ik dacht dat u dit wel zou willen weten om een goede afweging te kunnen maken,' zei ze. 'Bovendien wilde ik met u praten en dit was een manier om u zover te krijgen. Dus hoe zit het?' Ze zweeg even terwijl ze haar taperecorder uit haar tas pakte. 'Gaat u uw belofte houden?'

Claire keek haar wantrouwig aan. 'Als u niet van plan bent me te citeren, waarom neemt u het dan op?'

'Om mezelf te beschermen,' antwoordde Alyssa zo oprecht als ze kon. 'En u ook.'

Het interview was een regelrechte ramp, zoals gedwongen interviews dat vaak zijn. Claire zag eruit alsof ze liever een van de Albanese boeven in vertrouwen had genomen. Haar houding was zo onverzettelijk en ze was zo zuinig met haar uitlatingen dat Alyssa zich bezorgd afvroeg of ze hier wel een artikel mee zou kunnen vullen. Ze besloot provocatie te proberen.

'Vertrouwt u Mohammad Khan?'

'Waarom zou ik dat niet doen?' snauwde Claire.

'Nou, laat ik het anders formuleren: hoeveel weet u over zijn standpunten? Afgezien van de vraag of zijn tuin een martelarenparadijs is of niet – en we weten allemaal dat hij weigert daar iets over te zeggen, al begrijp ik niet goed waarom niet – ,hoe staat hij tegenover de jihad? Is hij het ermee eens dat de Amerikanen in Afghanistan zitten? Wie heeft volgens hem de gebouwen verwoest? Gelooft hij in die samenzweringstheorieën dat de Amerikaanse regering het zelf heeft gedaan? Vindt hij dat Amerika zijn verdiende loon heeft gekregen?'

'Dat is allemaal irrelevant,' zei Claire.

'Echt?' zei Alyssa. 'Denkt u dat echt? Is het niet relevant als hij blij zou zijn als de Amerikaanse ambassade wordt opgeblazen? Of als hij gelooft dat de Mossad of de CIA de aanslag heeft gepleegd? Zou u hem dan nog steeds uw monument laten bouwen?'

'Waarom stelt u hém deze vragen niet?' beet Claire haar toe.

'Hij is niet bezig voor míjn man een monument te bouwen,' zei Alyssa, die zich afvroeg of dit klonk alsof ze een man had.

Claires ogen vulden zich met tranen die haar ogen niet verlieten, alsof ze hun plaats kenden. 'We kunnen hem dat niet vragen,' antwoordde ze gelaten. 'Dat mogen we niet. Het zou niet eerlijk tegenover hem zijn.'

'Is het wel eerlijk tegenover u?' In Alyssa brandde een profane lust, een verlangen om deze ijskoningin te doorpriemen, om haar steeds verder in het nauw te drijven, totdat ze haar eigen hypocrisie erkende, de onwaarschijnlijkheid – de belachelijkheid – van haar positie. Alyssa wilde dat Claire Burwells principes onder haar voeten werden weggeslagen en ze was zich er vaag van bewust dat dit verlangen evenveel over haar, Alyssa, zei als over Claire. Het paste niet bij haar om voor columniste te spelen, te proberen de onzichtbare massa te beïnvloeden. Maar om informatie te gebruiken, insinuaties en de juiste ondervragingstactiek in te zetten om een vrouw die tegenover haar zat te herprogrammeren – dat gaf haar een beangstigend grote kick.

'Kunt u ermee leven dat u de antwoorden op die vragen nooit zult weten?' vroeg ze.

'Ik moet wel,' fluisterde Claire. Haar handen lagen slap in haar schoot, ze had haar hoofd gebogen. Ze gedroeg zich nu bijna onderdanig tegenover Alyssa's woeste aanval, alsof ze terecht een veeg uit de pan kreeg.

'Of bent u bang om de antwoorden te weten? Wat als hij uw man haat of alle mensen als uw man haat? Wat als hij u, de overspelige weduwe, haat? Zijn er geen omstandigheden denkbaar waaronder u zou zeggen dat hij ongeschikt is?'

Claire rechtte haar rug. Ze keek weer helder uit haar ogen. 'Wettelijk gezien niet, en moreel gezien kan ik hem dit, mag ik hem dit niet afnemen alleen vanwege wat hij mogelijk denkt.'

'Dan hebt u des te meer reden om hem te vragen wát hij denkt!' protesteerde Alyssa heftig. 'Waarom doet u dat niet? Hij weigert mij en andere journalisten antwoorden te geven, maar u bent lid van de jury, een nabestaande, ik denk dat hij u wel zou móéten antwoorden.'

'Hebt u niet geluisterd?' Claire spuugde de woorden uit. Ze klemde haar kaken op elkaar, balde haar vuisten op de tafel. Haar woede maakte haar misschien niet lelijk, maar zeker niet mooi. 'Het is niet eerlijk hem deze vragen te stellen.'

'Dat is zijn argument, mevrouw Burwell, en hij vindt het vast geweldig dat u dat hebt overgenomen. Maar ik vraag u nogmaals: is dit werkelijk uw mening?'

Claire knikte, schudde haar hoofd, knikte weer, kneep haar lippen op elkaar als een kind dat niet wil eten en vestigde toen haar blik op de met AK's zwaaiende vrouwen aan de muur, alsof ze die nu voor het eerst zag.

'Hoofddoektrekker heeft misschien al vaker vrouwen mishandeld: om elf uur een verslag.'

De aankondiging op een plaatselijke nieuwszender midden in de periode waarin de reclametarieven werden aangepast aan de kijkcijfers, werd zo vaak herhaald dat het interview zelf, dat zoals beloofd om elf uur werd uitgezonden, bijna een anticlimax was. Seans ex-vrouw beweerde dat hij haar een keer geslagen had: 'Hij duwde me zo hard tegen de muur dat ik drie dagen lang een mitella moest dragen... Nee, ik weet niet waarom; hij verloor gewoon zijn zelfbeheersing. Hij is nogal opvliegend, dat weet iedereen nu wel.'

Ze had een ander kapsel: kort, punkachtig, blond geverfd. Ze zag er sexy uit, hoewel niet erg geloofwaardig. Het Lijf, had Patrick haar genoemd. Ze had haar verhaal waarschijnlijk verkocht. Irina deed niets voor niets.

'Ze is altijd al een leugenaarster geweest,' zei Eileen. Zij en Sean zaten op de bank. Frank zat in zijn gemakkelijke stoel, waar hij de hele avond al zat te dutten. Nu was hij weer klaarwakker.

Sean haalde diep adem. 'Ze liegt niet.' De lichamelijke tekenen van zijn moeders ongenoegen waren zo subtiel dat je ze gemakkelijk over het hoofd kon zien als je niet wist waar je op moest letten, maar Sean wist dat wel: de lippen tot een dunne streep getrokken, de oren die samen met de haargrens naar achteren gingen. 'Niet helemaal, bedoel ik. Ze overdrijft – ze hoefde geen mitella te dragen, dat deed ze alleen maar om mij een rotgevoel te geven en om niet naar haar werk te hoeven. Maar ze liegt niet.'

Irina was een schaduw die zelfs 's avonds niet verdween, een vergissing met een hiernamaals. Ze waren een paar maanden nadat ze elkaar hadden leren kennen getrouwd – snel, in een dronken bui, in Borough Hall. 'Niet in de kerk?' was het enige commentaar van zijn moeder toen hij het haar vertelde. Een veroordelende, maar ook een onderzoekende opmerking, alsof ze met haar typische, ergerniswekkende vooruitziende blik inschatte hoe moeilijk het zou zijn het huwelijk te beëindigen. De daaropvolgende vijf maanden tot aan de aanslag hadden ze al drinkend en feestend doorgebracht. Terwijl hij op zoek was naar lichamen, verzamelde zij haar wrok, en toen hij thuiskwam, verbande ze hem naar de bank omdat haar pasverschenen, aanhoudende hoest haar uit haar slaap hield. Ze wauwelde maar door over hoe stom haar baas was van de bar waar ze werkte, over de vraag of mensen vanwege de angst meer of minder fooi gaven, over haar haat jegens haar moeder. Door de mist van zijn uitputting heen zag hij haar voor het eerst zoals ze was: de overlevende van een moeilijke jeugd wier instinct tot zelfbescherming veranderd was in pure zelfzuchtigheid, en een alcoholiste. Ongetwijfeld kwam dit inzicht voort uit het feit dat hijzelf voor het eerst sinds hun ontmoeting nuchter was. Het bodemloze verlangen dat hij had gehad naar haar maanvormige billen en haar romige huid sloeg om in een soort walging. Toen ze zich net een keer te vaak beklaagde over dat het leek of er een dode man tussen hen in lag in bed, werd hij zo kwaad dat hij haar tegen de muur duwde. Toen hij haar daarna in zijn armen hield, kon hij het boze gebonk van zijn hart, of misschien van het hare, niet tot bedaren brengen. Ze scheidden zodra ze toestemming van de staat kregen. Zij bleef in hun appartement wonen, dat daarvoor van hem was geweest.

'Zo, dat is gebeurd,' had zijn moeder gezegd.

Nu probeerde Sean uit te leggen waarom hij haar lichamelijk had aangevallen. 'Ze toonde geen respect voor Patrick,' zei hij, hopend dat de verdediging van de eer van zijn broer zou opwegen tegen de minne daad; wetend, zodra hij de oren naar achteren zag gaan, dat dat niet zo zou zijn.

'Patrick zou nooit een vrouw geslagen hebben,' zei ze.

'Zelfs deze niet,' zei Frank.

Het tweede voorval van hoofddoektrekken deed zich nog geen week na de betoging voor. Een man in een winkelcentrum in Queens liep naar een moslima die een kinderwagen voortduwde, trok haar hoofddoek af en ging ervandoor. Het volgende incident vond plaats in Boston. Deze dader vluchtte niet; in plaats daarvan wachtte hij tot de politie hem arresteerde, zodat hij tegenover de media kon verklaren: 'Ik zag op het nieuws dat die vent dat deed en ik dacht: we moeten allemaal zo moedig zijn, een standpunt innemen.' Meer mannen deden hem na en de na-apers aapten de na-apers na, zodat er binnen een week ruim tien van dergelijke incidenten in het land plaatsvonden. Enkele niet-moslima's deden uit solidariteit een hoofddoek om, maar niemand viel hen lastig.

In een opiniestuk in *The New York Times* werd Sean tot vertegenwoordiger bestempeld van 'een nieuwe, onheilspellende intolerante stroming in het land'. Journalisten belden hem om te vragen hoe het voelde om een nieuwe intolerante stroming te vertegenwoordigen. De sfeer in zijn ouderlijk huis daalde tot onder het nulpunt. 'Alleen moslims mishandelen hun vrouwen,' zei Eileen tegen hem toen hij op een avond voor het eten de keuken in kwam. Ze had haar handen vol met een schaal gegrilde kip, maar voordat hij de zwaaideur naar de eetkamer voor haar kon openhouden, draaide ze zich om en duwde de deur met haar achterste zelf open.

Toen de FBI belde om te vertellen dat ze vijandige uitlatingen over Sean hadden opgespoord in jihadistische chatrooms op internet, trok hij zich niets aan van de dreiging, maar was hij blij met deze aanleiding om een tijdje weg te gaan uit zijn ouderlijk huis. 'Ik wil mijn ouders niet in gevaar brengen,' zei hij tegen Debbie Dawson; op de een of andere manier wist hij zeker dat zij wel tijdelijke woonruimte voor hem zou vinden. Hij verwachtte echter niet dat dat in haar appartement zou zijn.

Het was een rommelig arendsnest aan de Upper East Side, bestaande uit twee appartementen die haar echtgenoot had samengevoegd voordat hij met de noorderzon was vertrokken. Ze woonde er met haar drie dochters: Trisha, een opgewonden standje van achttien, die Sean graag een blik gunde op haar bh-bandjes, als ze er tenminste een droeg; Alison, een rondfladderende zestienjarige; en Orly, die altijd liep te pruilen en met haar dertien jaar de benjamin van het gezin was. Ze hadden alle drie een bord aan hun kamerdeur hangen waarop stond: VERBODEN VOOR DE ISLAM. Debbie mocht in hun kamers niet praten over 'de zaak', zoals ze het laatdunkend noemden. Als ze hun zin niet kregen, dreigden ze dat ze met een moslim zouden trouwen.

Debbie liep het grootste deel van de dag rond in haar badjas, waardoor Sean het gevoel kreeg dat hij, ook in badjas, terecht was gekomen in een nieuwe versie van *De Tovenaar van Oz*. Zodra de meisjes naar school waren, betrad zij haar virtuele wereld, actualiseerde obsessief haar blog, bracht supporters en vrijwilligers op de been (van wie er twee af en toe optraden als haar lijfwacht) en bracht tegenstanders in rep en roer via internet. Ze zorgde dat ze gedoucht en aangekleed was voordat de meisjes 's middags thuiskwamen.

Ze woonden op de achttiende verdieping, en aanvankelijk vergrootte de hoogte Seans gevoel van eigenwaarde. Hij woonde voor het eerst in Manhattan en kon zijn tijd doorbrengen zoals hij wilde, aangezien hij de leiding van zijn comité tijdelijk had overgedragen aan Joe Mullany, zijn rechterhand. Hij wandelde rond in de buurt van Debbies appartement en probeerde te doen alsof hij er thuishoorde. Maar dat was niet zo: hij was de enige man die geen haast had. Zelfs de kinderen waren hier altijd bezig. Op een middag volgde hij een man die hem door zijn gladde uiterlijk en donkere huid aan Mohammad Khan deed denken. De man ging een museum in, waarvan de kale, grijsbetonnen buitenkant Sean afstootte, niet alleen omdat hij het lelijk vond, maar ook omdat hij vermoedde dat het bedoeld was om mooi te zijn op een manier die hij niet kon bevatten – en hij kromp in elkaar toen hij besefte dat de architect Khan hier beter zou passen dan hij.

Toen hij terugkwam in het appartement was Debbie weg en hij wierp een blik op haar blog. De foto van Debbie in boerka met bi-

kini (die, zo wist hij nu, was genomen met een softfocus) was ver-
kleind om plaats te maken voor een nieuwe blikvanger. THE AME-
RICAN WAY VERLEENT MOMENTEEL ASIEL AAN IEMAND DIE
MOEST VLUCHTEN VOOR ISLAMITISCH POLITIEK GEWELD,
stond er in koeienletters. GEEF NU: *Deze man is bedreigd omdat hij
moedig genoeg was om zijn stem te laten horen tegen de islamitische
dreiging en tegen Mohammad Khan. Hij moest zijn huis ontvluchten.
Wij geven hem onderdak en eten.* GEEF NU.

'Gaat dit over mij?' vroeg hij toen Debbie met de meisjes thuiskwam.

'Je woont bij mij,' zei ze. 'En iemand zal toch de studie van de
meisjes moeten betalen.'

'Papa zorgt wel dat we kunnen studeren,' zei Trisha.

Debbie wierp haar oudste een strenge blik toe. 'Vrouwen moeten financieel onafhankelijk zijn.'

'Dat blog,' zei Trisha met opgetrokken neus, 'maakt jou echt
niet onafhankelijk.'

Op een milde herfstdag ontbood Paul Claire naar Manhattan voor
een lunch en een uitbrander. Hij was niet voorbereid geweest op de
kop WEDUWE AARZELT op de cover van de *Post*. Alyssa Spier citeerde haar in haar verhaal natuurlijk niet letterlijk, maar de vage
verwijzingen ('Vrienden van Claire Burwell zeggen dat ze zich zorgen maakt over Mohammad Khans ontwijkende uitspraken') klonken onecht. Hij was ontstemd omdat Claire, tegen de juryregels in,
blijkbaar had gepraat met de pers. Hij was geschokt dat ze tegen de
Post had gepraat. En als ze zelf niet de bron was, dan had ze beter
moeten weten dan hardop te denken tegenover haar vrienden.

'Ik heb het verknald,' zei ze, terwijl de ober haar stoel achteruit-
trok zodat ze zich kon installeren aan het tafeltje. 'Mijn excuses,
Paul.'

'En ik dacht dat ik de waarheid uit je zou moeten trekken,' zei
hij droogjes. 'Ging alle informatieverzameling in ons land maar zo
gemakkelijk.'

'Maar ik wijk niet van mijn standpunt af. Ze heeft me verkeerd ingeschat. Ze probeerde me de hele tijd zover te krijgen om te zeggen dat ik vond dat Khan zijn kaarten op tafel moest leggen.'

'Dus je hebt zelf met haar gepraat, niet alleen jouw vrienden? Waarom nou juist de *Post*, Claire?'

'Ze zei dat ze informatie over Khan had.'

Paul trok verrast zijn wenkbrauwen op. 'En?'

'Hij is in Afghanistan geweest, Paul, en...'

'Ja, dat weet ik,' zei hij.

'Wist je dat al? Waarom heb je er tegen ons niets over gezegd?'

'Omdat het onbelangrijk is. Hij ging erheen namens zijn architectenbureau. Er was niets geheimzinnigs aan de hand, er schoten geen rode vlaggen omhoog.'

'Dat is niet wat zij – Alyssa Spier – zei.'

'Dan moeten we haar misschien inhuren in plaats van onze veiligheidsadviseurs. Wat zei ze dan precies?'

'Het is... Hij... Ze gaf eigenlijk niet veel details,' zei Claire, en ze kreeg een kleur en begon toen te blozen omdat ze een kleur kreeg. Haar gezicht was nu prachtig roze.

Paul wachtte tevergeefs op meer en zei toen: 'Wees voorzichtig, Claire. Je bent een belangrijke speler in dit spel – je behoort tot de belangrijkste – en mensen zullen proberen je te manipuleren. En dat zal alleen maar erger worden door dit verhaal, dat de suggestie wekt dat je ervoor ontvankelijk bent. Het maakt je tot een pion.'

'Nou, ik ben geen pion; mijn standpunt is niet veranderd. Ik moest gewoon weten of er iets te weten viel.'

'Je kunt niet van twee walletjes eten.'

Er werd een schaal met meloen en ham voor hen neergezet. Claire zweeg even, tot de ober zich al buigend had teruggetrokken.

'Wat betekent dat?' vroeg ze.

'Je kunt niet zeggen dat de mensen niet achterdochtig mogen zijn alleen maar omdat hij moslim is, en vervolgens zelf achterdocht koesteren.'

'Ik koester geen achterdocht! Ik wil gewoon weten waarvoor ik me sterk maak. Het is niet gemakkelijk geweest dat mijn stand-punt bekend is geraakt. William is gepest. Ik raak erdoor van streek.' Haar onrust was duidelijk: haar pupillen leken groter.

'Ik zou nog steeds graag willen weten hoe het kan dat jouw steun voor Khan openbaar bekend is geworden,' zei Paul. 'Het was ook Alyssa Spier die dat heeft gepubliceerd, toch?'

'Paul, je denkt toch zeker niet dat ik...'

'Ik weet niet meer zo goed wat ik moet denken.'

'Dat was niet van mij afkomstig. Ik vind het niet erg dat het be-kend is, maar tussen ons gezegd en gezwegen: ik had liever gezien dat het niet zo was. Het beperkt me in mijn bewegingsvrijheid. Volgens mij heb je te gemakkelijk besloten dat Lanny het lek niet was,' zei ze uitdagend.

Hij reageerde niet op deze opmerking, nam een stukje meloen en schoof de schaal van zich af.

'Heb je geen trek?' vroeg ze, iets te verbaasd.

Hij probeerde een luchtig antwoord te geven – 'Ik ben al zo'n omvangrijk doelwit' – maar hij voelde zich helemaal niet luchtig. De oppositieleider van het Huis van Afgevaardigden, tevens aspi-rant-president, had de jury bestempeld als een stelletje islamsym-pathisanten en had plechtig beloofd dat hij een nieuwe wet zou steunen die de bouw van Khans ontwerp zou verbieden. Geraldine Bitmans reactie hierop was nauwelijks geruststellend: 'Amerika loopt niet alleen gevaar door de jihadisten,' zei ze, 'maar ook door de naïeve neiging om tolerantie boven elke andere norm te stellen, zelfs boven de nationale veiligheid. Mohammad Khan drukt ons met onze neus op onze eigen kwetsbaarheid.' Paul had gemerkt dat het steeds moeilijker werd om zijn vroegere vriendin aan de tele-foon te krijgen.

Deze kakofonie putte zijn herhaaldelijke en redelijke pogingen uit om duidelijk te maken dat de jury had gekozen uit anonieme inzendingen. Hij schepte er trots in om zijn juryleden af te scher-men van de aanvallen, nam de druk op zich als bewijs van zijn lei-derschapskwaliteiten. Maar het was een uitputtingsslag. Een flamboyante projectontwikkelaar met een toupetje en een oneindig groot fortuin verklaarde dat hij zelf een ontwerpwedstrijd voor het monument zou organiseren en de bouw van het winnende ontwerp zou betalen, al wist niemand zeker of zijn liquide middelen daarvoor toereikend waren. Toen een kennis van Paul, een liberale hedgefonds-biljonair, dit hoorde, had hij Paul gebeld om te zeggen dat hij bereid was een groot deel van de bouwkosten van de Tuin te betalen.

'Dacht je soms dat hiermee het probleem is opgelost?' wilde Paul hem toeschreeuwen. Hij was kwaad. 'Vind je het eerlijk tegenover je mede-Amerikanen om door middel van geld het democratische proces te omzeilen?' Maar het enige wat hij zei, was: 'Laten we even afwachten tot de selectie definitief is, en dan zal ik je aan je belofte houden.'

Alsof de eindeloze stroom nieuwsberichten – een autoalarm dat maar niet ophield – nog niet genoeg was. Paul kon de tv niet aanzetten zonder allerlei onheilspellende, tegen de Tuin gerichte reclamespots voorbij te zien komen. In een van die commercials scandeerden schuimbekkende Iraniërs 'Dood aan Amerika', werden stenigende Palestijnen vertoond, evenals in boerka's gehulde vrouwen, met raketwerpers zeulende talibanstrijders, dikbebaarde terroristenleiders, exploderende atoombommen, een grote menigte biddende moslims, en natuurlijk Mohammad Khan, onder wiens dreigende blik de woorden RED HET MONUMENT stonden geprojecteerd. Niemand wist door wie die commercials betaald werden. Onderzoeksjournalisten konden de groepering die er vermoedelijk achter zat niet verder traceren dan tot een postbusadres in Delaware.

Een andere begon met de woorden ZIJN WE HET VERGETEN?, de letters wit op een zwarte achtergrond. Dit werd gevolgd door een montage van de meest verschrikkelijke beelden en geluiden van de aanslag: de springers die door de lucht leken te zwemmen, de wanhopige boodschappen op antwoordapparaten, de paniekerige stemmen van de telefonisten van de hulpdiensten, de eerste implosie van de instortende gebouwen en de tweede, de tsunami van rook die doodsbange New Yorkers de smalle, ratelende straten in joeg, de verbijsterde gezichten van omstanders, de radeloze blikken van verweesde kinderen. Toen de woorden DE JURY IS HET VER-GETEN – en een vage, maar onmiskenbare foto, bijna een hologram, van het gezicht van Mohammad Khan – MAAR DE REST VAN ONS NIET.

Maar het ergste vond Paul dat hij persoonlijk werd aangevallen, al wilde hij dat niet toegeven. *The Weekly Standard* had 'de tot nu toe gerespecteerde voorzitter van de jury van de ontwerpwedstrijd' gehekeld omdat hij zich niet had uitgesproken tegen Khans 'martelarenparadijs'.

'Betekent Rubins instemming een gebrek aan toewijding voor de strijd tegen de islamitisch-fascistische dreiging; impliceert dit sympathie voor de doelen van deze beweging? Om kort te gaan: staat hij aan onze kant of aan de hunne?' vroeg het tijdschrift. 'We brengen hem graag de in 1938 geleerde les in herinnering, namelijk dat neutraliteit betrachten in een situatie van een existentiële dreiging neerkomt op concessies doen. Wij zouden graag van meneer Rubin horen welk standpunt hij inneemt. Het is nu het moment voor Churchill-achtige duidelijkheid.' Toen hij dit las, liet Paul zich achteroverzakken in zijn stoel; zijn gebogen hoofd gaf hem alleen een Churchill-achtige kin. Sindsdien kreeg hij bijna geen hap meer naar binnen.

'Het was zeker heel naar om die column in *The Weekly Standard* te lezen,' zei Claire nu.

Hij was verbaasd dat ze die had gezien – ze was niet bepaald de standaardlezeres van het conservatieve tijdschrift – en keek haar nieuwsgierig aan.

'Ik heb toch 's avonds niets anders te doen dan hierover te lezen?' zei ze met een glimlach van zelfspot.

Als ze medelijden zocht, had ze dat gevonden. Paul dacht vaak aan haar, alleen in haar huis (de kinderen telden niet mee, niet zoals hij het bedoelde). Hij moest rillen bij de gedachte. Zoals veel mannen die lang getrouwd waren, kon hij niet eens de gedachte aan alleen-zijn verdragen, laat staan het alleen-zijn zelf. In zijn fantasie was hij soms getrouwd met een jongere, mooiere vrouw, die als twee druppels water leek op de vrouw die tegenover hem zat, maar dan kroop hij weer terug in zijn veilige holletje bij Edith. Maar als Edith – God verhoede – eerder zou sterven dan hij, zou zijn rouwperiode uit noodzaak van korte duur zijn. Hij zou moeten hertrouwen. En toch zat Claire hier, die al twee jaar alleen was. Hij wist niet of hij haar kracht moest bewonderen of verdenken.

'Het is geen pretje, hè, dit hele gedoe?' zei ze. 'Soms zou ik willen dat het maar voorbij was.'

Weer verbaasde ze hem. 'Maar Claire, als jij je zin krijgt – als de Tuin het monument wordt, zal het nooit voorbijgaan. Gedeeltelijk omdat er altijd wel iemand onrust zal stoken tegen Khan en de Tuin. Maar ook omdat die dan het monument zal zijn. Het gaat hier niet om de een of andere hypothetische stelling, waarbij je tolerantie als winnaar uitroept en naar huis gaat. De Tuin, Khans ontwerp, dat is wat we zullen bouwen. En dat is het wat je moet willen.'

'Dat weet ik ook wel,' zei ze geërgerd. 'Ik wil de Tuin nog net zo graag als eerst.'

Hij geloofde haar niet, maar hij drong niet verder aan.

15

De zelfverdedigingsteams begonnen op te duiken na het derde of vierde hoofddoekincident. In het hele land schuimden jonge moslimmannen de straten in hun buurt af, honkbalknuppels in de hand, om buitenstaanders af te schrikken en soms een pak slaag te geven als ze te dicht bij vrouwen kwamen die een hijab droegen. Zelfs de orthodoxe joden die in een wijk naast Kensington woonden, begonnen er rond te lopen, hoewel zij, met hun eigen vrouwen die een pruik droegen en altijd keurig gekleed waren, onwaarschijnlijke daders waren.

Op een avond zaten Asma en meneer en mevrouw Mahmoud te kijken naar een speciaal nieuwsitem, getiteld 'De Hoofddoekencrisis'. Zoals gewoonlijk vertaalde meneer Mahmoud alles voor de twee vrouwen. Een zekere Debbie van Red Amerika van de Islam ('Ik ga zo langzamerhand denken dat wij juist van Amerika gered moeten worden,' zei meneer Mahmoud met een ongebruikelijk gevoel voor humor) bekritiseerde de zelfverdedigingsteams. 'Dat is dhimmitude: niet-moslims mogen niet meer in moslimbuurten komen. Van wie is dit land eigenlijk?' Het hoofddoektrekken zelf verdedigde ze: 'In Iran, in Saudi-Arabië, dwingen ze de vrouwen een hoofddoek te dragen, zich te onderwerpen. Dit is Amerika. Die mannen die die hoofddoeken af trekken, stellen eigenlijk een vrijheidsdaad.'

Meneer Mahmoud snoof toen hij dit hoorde. 'Ja, onze vrouwen voelen zich zo bevrijd dat ze niet meer naar buiten durven.'

Die nacht kon Asma niet slapen. Ze lag te denken aan wat meneer Mahmoud had gezegd. Hij overdreef niet eens heel erg: de meeste vrouwen in Kensington die hun hoofd bedekten, gingen de buurt en zelfs soms hun huis niet meer uit. Hun angst om gezien te worden, om het slachtoffer van geweld te worden, was te groot. Ze waren allemaal net zo onzichtbaar geworden als Hasina, hun directe buurvrouw, wat de Kabirs van deze wereld erg op prijs zouden stellen.

De volgende dag trok Asma haar gifgroene *salwar kameez* aan en wikkelde de bijpassende *chunni* wat strakker dan gewoonlijk om haar hoofd. Ze vroeg mevrouw Mahmoud om op Abdul te passen. Mevrouw Mahmouds mond vertrok zich in een onwillekeurig glimlachje, zoals altijd wanneer ze dacht dat er een sappig nieuwtje in het verschiet lag.

'Ik moet even naar de apotheek,' zei Asma. In werkelijkheid was ze van plan om Kensington uit te lopen, om te zien wat er zou gebeuren. Of misschien zou ze de ondergrondse helemaal naar Manhattan nemen om de situatie daar te verkennen. Ze liep vanaf de vierde verdieping de trap af naar beneden en ging vol zelfvertrouwen de straat op.

Een straat verder voelde ze dat er iemand dicht achter haar liep. Ongerust spande ze haar lichaam. Toen ze zag dat het maar een paar jongemannen uit de buurt waren, slaakte ze een zucht van verlichting. Ze bleef even staan om hen te laten passeren en besefte toen dat ze met haar meeliepen. Ze schaduwden haar.

'*Asalamu aleikum*,' zei ze.

'*Aleikum asalam*,' mompelden ze in koor.

Verder zeiden ze niets tegen haar en zij niet tegen hen. Ze liepen gezamenlijk door; gezamenlijk trokken ze een zigzaggende lijn door de wijk. De jongens – ze waren met z'n zessen of zevenen – bleven een halve meter achter haar. Ze zag hun spiegelbeeld in winkelruiten: hun groene hoofdband, de stokken waarmee twee van hen liepen te zwaaien. Het waren goede jongens, een paar zaten zelfs op een speciale gemeentelijke school, waarvoor je een toelatingsexamen moest doen. Wisten hun ouders dat ze hiervoor spijbelden? Zij sloeg een hoek om; zij sloegen een hoek om. Al zou ze helemaal naar Manhattan lopen, ze zouden aan haar blijven kleven. Ze wist niet meer wie nu wie gevangen hield, alleen dat de gevangenis hermetisch was afgesloten. Uiteindelijk maakte ze een omtrekkende beweging terug naar haar appartementengebouw. De jongens bleven op een kluitje achter haar staan en wachtten tot ze zichzelf had binnengelaten.

'Bedankt,' fluisterde ze, zonder zich om te draaien om hen aan te kijken.

Met een overdreven gebaar legde Issam Malik een aantal ontwerpen van de nieuwe reclamecampagne van de raad in de vorm van een waaier op de vergadertafel in het kantoor van de ACMR. 'Et voilà!' zei hij. 'Ze hebben het fantastisch gedaan. Ze worden geplaatst in zestien kranten en zes tijdschriften – of waren het er zeven? En we zijn bezig met een persbericht, misschien organiseren we ook een persconferentie. De campagne moet als nieuws gepresenteerd worden. Als de media aandacht aan de advertenties besteden, komt dat neer op tien dollar gratis advertentieruimte voor elke betaalde advertentie. Buzz, buzz, buzz.'

'Kun je het ook in de *Post* krijgen?' vroeg Laila. 'Het is allesbehalve eerlijk dat we moeten betalen om te reageren op hun vuilspuierij, maar we willen die lezers ook bereiken, niet alleen ruimdenkende mensen.'

'Je bedoelt dat het geen zin heeft *da'wah* te doen bij mensen die al bekeerd zijn,' zei Malik grinnikend.

Hun gebabbel vervaagde tot achtergrondgeluid terwijl Mo naar zijn eigen beeltenis zat te staren. De paginagrote advertenties waren geplakt op presentatieborden op kranten-, tabloid- en tijdschriftformaat, wat hem om de een of andere reden deed denken aan zijn ouders die zijn lagereschoolfoto's (vierentwintig bij dertig, twaalf bij vijftien, portefeuilleformaat) op de eettafel uitlegden. In de advertentie stond Mo, in een gesteven wit overhemd met opgerolde mouwen, gebogen over een tekentafel. Hij keek gemaakt ernstig, alsof het een advertentie voor een duur horloge of voor een creditcard was, en hij was aan het tekenen, of deed net alsof hij tekende, op een leeg vel. Achter hem stond de maquette van het hoofdkantoor van een investeringsbank dat door ROI was ontworpen. In Mo's ogen leek het alsof hij alle eer opeiste voor het werk dat door het architectenbureau was gedaan.

De fotosessie had 's morgens vroeg in een weekend plaatsgevonden in het kantoor van ROI, toen Mo zeker wist dat er niemand zou zijn. De artdirector en de fotograaf eisten dat Mo zijn bril af zou zetten; ze beweerden met klem dat de lichtweerschijn hem er dreigend deed uitzien. Tegen beter weten in gaf Mo toe, al voelde hij zich zonder zijn bril niet alleen blind, maar ook naakt. Ze lieten Mo achter de tekentafel zitten, hoewel hij probeerde uit te leggen hoe essentieel computer-aided design was voor de moderne architectuur en hij geen spottende reactie wilde krijgen van CAD-kenners, vooral omdat hij zelf zo vaak gebruikmaakte van CAD, al had hij er zijn twijfels over. Maar ze wilden er niets over horen; ze wilden het clichébeeld of, zoals de artdirector het noemde, 'het archetype van een architect'.

Maar het onbehaaglijke gevoel van die dag verbleekte bij de onrust die nu bij Mo ontstond. Het onderschrift in de advertentie, in grote vette letters die bedoeld waren de aandacht te trekken, luidde: EEN ARCHITECT, GEEN TERRORIST. Daaronder stond in kleinere letters: 'Moslims als Mohammad Khan zijn trots dat ze Amerikaan zijn. Laten we die trots verdienen. Een boodschap van de Amerikaanse Coördinerende Moslimraad'.

Zonder de campagne verder te beschrijven, had Malik vage geruststellende woorden gesproken over het feit dat die Mo zou 'vermenselijken'. Maar het tegengestelde was waar: hij had het gevoel dat hij een nieuw product was dat in de markt werd gezet, een product dat vermoedelijk veel mogelijkheden bood om fondsen te werven voor de raad. Maar het feit dat hij tot object was verworden was niet zijn grootste zorg. Sloegen mensen kleine woorden niet over bij het lezen – verbindende woordjes als 'een' of in dit geval relevante woorden als 'niet'? Jaren geleden was hij op een feest van de ouders van een vriendinnetje, waar een excentrieke emeritus professor hem een kaartje had gegeven waarop stond: AFGERONDE PROJECTEN ZIJN HET RESULTAAT VAN JAREN VAN WETENSCHAPPELIJKE STUDIE, GECOMBINEERD MET DE ERVARING VAN JAREN en vroeg hem te tellen hoe vaak de letter 'v' in die zin stond. Hij had er drie over het hoofd gezien, alle drie in het woordje 'van'. Hij vond het niet leuk hierop betrapt te worden – de professor leek iets te veel genoegen te scheppen in Mo's blinde vlekken, alsof hij hoogstpersoonlijk het een of andere stereotype van de intelligente Indiër naar het rijk der fabelen had verwezen –en Mo had het kaartje jarenlang bewaard, gedeeltelijk vanwege het bevredigende gevoel als zijn vrienden dezelfde fout maakten en gedeeltelijk als stimulans voor zichzelf om altijd goed op te letten.

Het ging erom dat als je de verbindingswoordjes uit het onderschrift weghaalde – het lidwoord, het ontkennende woord – er slechts twee zelfstandige naamwoorden overbleven. Architect. Terrorist. Architect-terrorist: hij kon net zo goed nieuwe visitekaartjes laten drukken. En hij had zich nog wel zorgen gemaakt dat andere architecten hem zouden beschouwen als tegenstander van technische vooruitgang!

Mo keek Laila aan en probeerde zijn onbehagen via zijn blik over te brengen. 'Wat vind jij ervan?' zei hij op ongelukkige toon. Ze stond met haar armen over elkaar tegen de vensterbank geleund naar hem te kijken.

'Ik denk dat het veel aandacht zal krijgen,' zei ze op geruststellende toon. 'En ik vind dat het jou precies goed neerzet – als Amerikaan, een trotse Amerikaan.'

Wat had hij er op dit moment spijt van dat hij zich tot de raad had gewend voor hulp. Issam Malik kwam meer dan ooit over als een schijnheilige bedrieger. Mo nam het Laila kwalijk dat ze dit niet in de gaten had, of dat ze het negeerde als ze het wel zag. Maar toen hij zijn mond opendeed, kwam er niet meer uit dan: 'Ik geloof dat ik er nog steeds aan moet wennen een bekende persoonlijkheid te zijn.'

'Daar heb ik nooit moeite mee gehad,' zei Malik schouderopha-lend.

Laila had een drukke middag en daarna een werkdiner, dus kwam ze pas laat thuis. Ze viel in slaap voordat Mo de advertenties met haar kon bespreken.

Zelf deed hij bijna geen oog dicht. In plaats daarvan sloeg hij haar uitgewaaierde zwarte haar, haar volle lippen, de sensualiteit van zelfs haar botten op in zijn herinnering. Hij wist dat hij niet kon doorgaan met de advertentie en hij wist dat zij dat niet zou be-grijpen. En dus begon hij Laila bij het aanbreken van de dag in een minder positief licht te bezien. Ze werd in zijn ogen met het uur minder wonderbaarlijk – halsstarriger.

Haar appartement lag op de achtste verdieping, waardoor de da-ken van naburige gebouwen boven de grond leken te zweven. Van-af de straat beneden klonk dag en nacht het lawaai van sirenes, toe-terende auto's en motoren, maar wat het geluid voortbracht bleef onzichtbaar, zoals het gebulder van een rivier ver beneden in een ravijn. Het lawaai werd luider; Laila's ogen gingen open; ze glim-lachte. In reactie daarop vertrok hij zijn mond even; dat was het enige wat hij kon opbrengen. Onder de douche zeepte hij haar rug in en trok haar tegen zich aan, waarbij hij van achteren haar bor-sten met zijn handen omvatte. Zolang het water op hen neerregen-de en alle geluid tegenhield, behalve dat van het stromende water, waren ze veilig. Maar ze wurmde zich los.

'Mo, ik kom te laat op mijn werk.'

Pas toen ze zich had aangekleed en aan haar thee zat te nippen terwijl ze een dossier doorkeek, kon hij de moed vinden.

'Kunnen we even praten over de advertentiecampagne, Laila?'

'Mm-mm?' zei ze. Ze legde haar papieren pas opzij toen hij eruit flapte: 'Ik wil er niet aan meewerken.'

Nu had hij haar onverdeelde aandacht.

'Het taalgebruik zit me niet lekker – door te zeggen dat ik geen terrorist ben, word ik juist met terrorisme geassocieerd.'

'Je bent al met terrorisme geassocieerd, Mo – iedere keer als er weer zo'n commercial op tv is. We kunnen niet eens achterhalen wie ervoor betaalt. We staan machteloos. De omroepen lachen ons dreigement van een boycot weg, omdat ze weten dat we met te weinig zijn. Dus moet je in de tegenaanval gaan. In de ACMR-commercials word je in ieder geval neergezet als architect, en dat beeld zal mensen bijblijven.'

'Die commercials hebben hun schade al aangericht,' zei Mo. 'Die wordt niet tenietgedaan door een paar advertenties van de ACMR. Maar afgezien daarvan herken ik mezelf er helemaal niet in. Ik doe dingen op een bepaalde manier – ik heb mijn redenen waarom ik heb meegedaan aan de ontwerpwedstrijd voor het monument in plaats van grote politieke standpunten uit te dragen. Bovendien – en ik weet dat ik dat had moeten bedenken voordat ik mijn medewerking aan de advertenties toezegde – zet het feit dat ik onderdeel ben van een ACMR-campagne me overduidelijk als moslim neer, terwijl ik juist heb betoogd dat ik niet als zodanig te boek wil staan. Het lijkt nu of ik van twee walletjes wil eten.'

'Klopt dat dan niet?' vroeg ze. Ze stond op, knielde bij hem neer en keek hem aan. 'Schaam je je ervoor?'

Hij had er moeite mee haar ernstige blik te beantwoorden. 'Natuurlijk niet,' zei hij, 'al ben ik er niet blij mee dat ik word gebruikt als rekwisiet in een propagandaoorlog.'

'Wat wil je daarmee nou zeggen? De propaganda komt van de mensen die jou als boeman willen afschilderen. Ze creëren een sfeer waarin gevaarlijke dingen kunnen gebeuren. De retoriek is de eerste stap; die zet de verhoudingen op scherp. Kijk maar naar de geschiedenis van nazi-Duitsland. De joden dachten dat ze Duitser waren, tot ze het opeens niet bleken te zijn. Hier praten ze al over ons alsof we een minder soort Amerikanen zijn. Vervolgens zullen ze zeggen dat we onder de duim moeten worden gehouden, en voordat je het weet, zitten we in een kamp.'

Mo's gedachten dwaalden even af naar foto's die hij had gezien van tuinen in Manzanar, het Japanse interneringskamp voor Amerikanen. De geïnterneerden hadden rotsen neergezet, vijvers gegraven en zelfs namaaktakken en stronken gehakt uit beton. Zou hij net zoveel volharding hebben getoond? Hij stelde zich voor dat hij zich op het terrein bevond van een met prikkeldraad omheind kamp, terwijl hij de lijnen voor een tuintje uitzette, er kanaaltjes in groef, er bomen in plantte...

'Mo!' Zelfs al na hun korte tijd samen wist Laila wanneer hij was weggegleden in wat zij zijn dromen noemde.

'Volgens mij overdrijf je de ernst van de dreiging. Ik vind het niet leuk wat al die mensen zeggen, maar ze hebben het recht om het uit te spreken. Het is niet eerlijk tegenover hen om te zeggen dat ze ons in kampen willen opsluiten.'

'Niet eerlijk tegenover hen?' Ze stond op en begon door het kleine appartement heen en weer te lopen. De hakken van haar laarzen tikten op de vloer, verdwenen in het kleed, en klikten weer, alsof ze even in een tunnel waren verdwenen en er weer uit kwamen. 'De menselijke geest werkt als een caleidoscoop: verander het uitzicht en opeens ziet alles er anders uit. Je bent zo frustrerend rationeel, Mo. Waar is je passie gebleven?'

'Ik voel passie voor jou,' zei hij haperend. Er zat een net in zijn keel waardoorheen alleen kleine, ontoereikende woorden naar buiten konden.

Ze staarde hem aan, bracht toen zijn koffiepot en haar theepot naar het aanrecht en begon al pratend af te wassen. Ze had haar rug naar hem toegekeerd, er stroomde water uit de kraan. Hij moest moeite doen om haar te verstaan. 'Niet lang nadat mijn familie hier was gekomen, werden die Amerikanen in Iran gegijzeld. Mijn moeder zei dat we moesten liegen over waar we vandaan kwamen – we mochten het tegen niemand zeggen. En desondanks moesten we naar een andere school, omdat mijn broertje gepest werd. Ik was net acht geworden, maar ik begreep dat mensen die me niet kenden me alleen vanwege mijn afkomst haatten en dat ik dat alleen kon vermijden door mezelf onzichtbaar voor hen te maken. Een poosje at ik niets meer. Ik dacht dat ik echt kon zorgen dat ik onzichtbaar werd. Zodat ze niet over me konden oordelen of me konden straffen voor dingen die ik niet in de hand had.'

Mo had Laila altijd als het meisje beschouwd dat met gebalde vuistjes de speelplaats op zou stormen om het kind dat gepest werd te redden van de pestkop. Niet als het meisje dat zelf gepest werd en probeerde onzichtbaar te worden. 'Laat die afwas nou eens even staan,' zei hij op zachte, dringende toon. 'Dit is te belangrijk.'

Ze droogde haar handen, kwam de kitchenette uit en begon te zoeken naar haar kleine gouden creolen die ze de avond tevoren op de tafel had neergelegd. 'Dus wat er nu in dit land aan de hand is, is voor mij niet nieuw,' vervolgde ze. 'Maar ik heb besloten dat ik mezelf dit keer niet onzichtbaar zal maken en het nu niet aan anderen zal overlaten om te bepalen wie ik ben. En dat ik zeker niet toesta dat ze mensen vastzetten of het land uit zetten alleen maar omdat ze moslim zijn. Natuurlijk verdiende ik veel meer geld op het advocatenkantoor. Maar mijn carrière was niet zo belangrijk als... ze zijn van mijn grootmoeder geweest, ik hoop dat ik ze niet kwijt ben...'

Hij had de oorbellen in haar juwelendoosje opgeborgen. Hij ging ze halen en overhandigde ze haar. De manier waarop ze haar hoofd eerst naar links en toen naar rechts hield om ze in te doen, waarbij ze haar haar naar achteren schudde, deed hem aan zijn moeder denken. 'Maar in zekere zin heeft het je carrière veel goed gedaan,' zei hij. 'Eerst was je gewoon een advocaat bij een advocatenkantoor. Nu sta je veel meer in de belangstelling.'

Ze wierp hem een blik vol walging toe. 'Ja, zoveel zelfs dat mensen me een verraadster noemen. Je begrijpt niet wat ik bedoel, Mo.' Ze begon haar papieren in haar werktas te stoppen. 'Ik was bereid iets op te geven, al wist ik dat het me zou kunnen schaden. Misschien is die advertentie niet goed voor jouw carrière, maar er zijn belangrijker dingen. Met deze advertentie definieer je jezelf. Je zegt ermee dat andere mensen van jou of andere moslims geen karikatuur kunnen maken, of ze nou arts, taxichauffeur of accountant zijn.'

'Advocaat, geen terrorist.' Zijn grapje riep slechts een minachtende blik op. 'Sorry, hoor, maar waarom laat je niet een van die artsen of taxichauffeurs in die advertentie figureren?'

'Wil je dat iemand anders doet wat jij niet durft?'

'Het heeft niets met durven te maken,' zei hij.

'Werk dan gewoon aan die advertentie mee. Doe het als Amerikaan, omdat het je niet bevalt wat er in jouw land gaande is.' Laila kon slecht verbergen wat in haar omging. Voordat ze iets zei, kon Mo al aan haar gezicht zien dat haar gedachten een andere richting op gingen. 'Ik zal je een vraag stellen,' zei ze. 'Over je baard. Je bent begonnen die te laten staan toen je aan de andere kant van de oceaan was.'

'Ja...'

'En vervolgens heb je, hoe lang, een paar weken aan je ontwerp gewerkt, toen je weer terug was?'

'Ongeveer, ja, maar ik snap niet...'

'Dus tegen de tijd dat je je inzending verstuurde, was je baard waarschijnlijk behoorlijk gegroeid, zoals hij nu is.'

Hij wist al wat ze ging vragen voordat ze het uitsprak. 'En de foto die je bij je inzending hebt gevoegd – met baard?'

Een moment van stilte. Van schaamte. Terwijl hij bij zichzelf naging of hij tegen haar zou liegen.

'Zonder baard.' Hij zou kunnen zeggen dat hij geen recentere foto had, maar ze had gelijk: dat was niet de reden waarom hij het had gedaan.

'Ik word er verdrietig van,' was Laila's enige antwoord. Ze had moeiteloos de vinger op de zere plek gelegd: zijn poging om de 'ongevaarlijke' moslim uit te hangen als dat hem uitkwam; zijn neiging om alleen moedig of provocatief te zijn als hij dacht zich dat te kunnen veroorloven, al schatte hij dat niet altijd even goed in. 'Nog even en dan scheer je je baard voor hen af.'

De druk die ze uitoefende, kwetste hem en zijn ego kwam in opstand, haalde uit. Misschien deelde ze alleen zijn bed om zich van zijn medewerking te verzekeren. Misschien spande ze tegen hem samen met Issam Malik.

'Met wie heb je gisteravond gegeten?' vroeg hij.

'Wat?'

'Laat maar, sorry.' Zijn achterdocht smolt weg; zijn hart trok zich samen. Jaloezie klampt zich vast aan de onderkant van de liefde als een vleermuis onder een brug. Doordat hij Laila van zich af stootte, drong het opeens tot hem door wat hij voor haar voelde.

Ze trok een donkerblauw gewatteerd jack aan en sloeg een witte zijden sjaal om haar hals.

'Misschien als ik zelf de inhoud van de advertentie kan bepalen,' bood hij aan.

'Om wat te zeggen?'

'Wil je even stoppen met je klaar te maken voor vertrek?' zei hij in plaats van antwoord te geven. 'We moeten dit afmaken.'

'Ik heb een afspraak met een vrouw van wie de man al zeven maanden zonder proces vastzit, Mo. Moet ik verstek laten gaan zodat wij kunnen doorpraten over waarom jouw principes je ervan weerhouden iets te doen dat juist principieel is?'

'Dat is niet fair, Laila. Als dit... Als we willen dat wat er tussen ons is goed blijft, moet je me accepteren zoals ik ben.'

'Hoe kan ik dat, als ik niet zeker weet wie je bent?' Ze bleef even bij het raam staan, alsof ze het uitzicht voor het eerst zag. Toen ze zich omdraaide, hadden haar ogen een kwade schittering – niet de levendige glans van hun eerste ontmoeting. 'Weet je, toen jij voor jezelf opkwam voor de ogen van het hele land, vond ik je heel moedig. Zoveel zelfvertrouwen had ik nog nooit bij een man gezien. Je plaatste jezelf in de vuurlinie. Maar nu begrijp ik dat het om jou draaide: jóúw ontwerp, jóúw reputatie, jóúw plekje in de geschiedenis. Je gaat wel in de vuurlinie staan als het in je eigen belang is, maar niet voor dat van anderen.'

'Het is maar een advertentie, Laila. Bederf nou niet vanwege zoiets wat wij samen hebben.'

'Het gaat niet om de advertentie! Het gaat erom of dezelfde dingen voor ons belangrijk zijn. Ik moet weg. Ik moet erover nadenken.' Ze graaide haar werktas mee en sloeg de deur achter zich dicht.

Verdriet welde in hem op, het leek zijn longen dicht te drukken. Hij wist dat hij zich niet in bochten kon wringen om in de door haar gewenste vorm te passen. Maar hij wist ook niet of hij wel verder kon leven met de leegte die haar vorm had opgevuld.

Weer een hoofddoekincident; het slachtoffer in het ziekenhuis met stressklachten, haar zoontje die ze aan de hand had, een kleuter, huilend op het nieuws. De president van de Verenigde Staten, die het tot nu toe had vermeden een standpunt over het monument in te nemen, maande op tv tot fatsoen en respect, zei dat hij zich schaamde voor wat er gaande was in het land. Hij noemde wat Sean had aangesticht 'een plaag'.

'Een plaag van gezond verstand!' snauwde Debbie tegen het tv-scherm. Ze was bezig Trisha's toelatingswerkstuk voor de universiteit te lezen en te corrigeren, dat de titel 'Mijn moeder, de stokebrand' droeg. Trisha had Sean verteld dat ze bang was dat liberale universiteiten haar zouden afwijzen als ze beseften wie haar moeder was. Dus had ze besloten haar werkstuk te schrijven over enerzijds haar respect voor haar moeder ('Twee jaar geleden was ze gewoon een huisvrouw die het grootste deel van haar tijd doorbracht met naar soapseries kijken. De aanslag veranderde alles. Ze werd opgeroepen om te vechten voor haar land. Ze leidde zichzelf op...') en anderzijds over het feit dat ze van mening verschilden ('Ik denk wel eens dat ze te hard probeert te provoceren. Ik geloof meer in de dialoog'). Debbie was het volledig eens met deze strategie, maar ze had 'kijken naar soapseries' doorgestreept en vervangen door 'zorgen voor mij en mijn zusjes'.

Het huilende zoontje weer: de commerciële zenders konden geen genoeg van hem krijgen. Sean kneedde zijn rechtervuist in de palm van zijn linkerhand en gluurde naar Debbies drankkast, waarvan de meisjes, zo wist hij, een kopiesleutel hadden. Sinds de aanslag stond hij droog, maar ondanks alle voordelen van het nuchter zijn, kon hij zijn vergissingen er moeilijk op afschuiven. De hoofddoek van die vrouw af trekken had totaal niet geholpen om het monument te laten ontsporen, maar had in plaats daarvan de aandacht gevestigd op de mensenmenigte die hij had samengeroepen om ertegen te protesteren.

'Weet je dat ze heeft gebeld?' zei hij tegen Debbie, die zich met gespitste oren naar hem toe wendde.

'Die vrouw van de betoging, Zahira Hussain. Nou ja, zij heeft niet gebeld – Issam Malik belde, van die moslimraad. Ze zeiden dat ze, als ik naar haar toe ga en mijn excuses aanbied, zal vragen of alle aanklachten tegen mij kunnen worden ingetrokken.' Hij vertelde er niet bij dat Malik het erover had gehad dat hij dit als 'leermoment' wilde behandelen. Hij wist hoe Debbie dat zou opvatten.

'Geen excuses,' zei Debbie. 'Niet tegenover die mensen. Je ex – tuurlijk, bied haar vooral je excuses aan.' Sean kreeg een kleur. 'Maar dit heeft symbolische waarde,' vervolgde ze. 'Ze zijn op zoek naar een propagandastunt – een aardige christenjongen, een Amerikaan, die zich aan hen onderwerpt. Weer een voorbeeld van de overwinning van de islam op het Westen. Ik hoor het al: Jeruzalem. Constantinopel. Cordoba. Morningside Heights – daar zit hun kantoor toch? Dit is een legale jihad: gebruikmaken van het rechtssysteem om jou te vervolgen. We zullen geld inzamelen voor een goede advocaat.'

'Ik dacht dat ik misschien met haar kon praten,' zei hij.

'Waag het niet om je excuses aan te bieden,' zei ze.

'Zo behandelt ze ons nou,' grinnikte Trisha.

'We zijn dhimmi's,' zei Alison met een zucht.

'Praten kan geen kwaad,' zei Sean.

'Geen kwaad,' zei Debbie met een peinzende, berekenende blik.

Toen hij de volgende ochtend aankwam bij het kantoor van de Amerikaanse Coördinerende Moslimraad stonden de RAVI's hem op te wachten. 'Geen excuses! Geen onderwerping!' riepen ze, met Debbie voorop. Een drom journalisten en cameramensen riep hem vragen toe. Feministen hielden borden omhoog met de tekst GEEN AMNESTIE VOOR VROUWENMISHANDELING.

Zijn instinct zei hem ervandoor te gaan. Hij balde zijn vuisten en wrong zich door de menigte.

Alyssa Spier klampte zich aan hem vast. 'Neem me mee naar binnen,' fluisterde ze. 'Je hebt een getuige nodig om te zorgen dat ze je woorden niet verdraaien.' Maar in het ACMR-kantoor keek Issam Malik Alyssa met een blik van herkenning aan en zei: 'Nee, nee, nee. We praten eerst privé. En als de deur opengaat voor de pers, komt zij er niet in.'

'Hebt u de pers gebeld?' vroeg Sean toen Alyssa teleurgesteld was afgedropen. 'Ik dacht dat dit een besloten gesprek zou zijn.'

'Je kunt niet onderwijzen in een leeg klaslokaal,' zei Malik. Sean had meteen een hekel aan hem. Ze liepen achter elkaar aan de vergaderruimte binnen. Die zat vol met voornamelijk mannen en een paar vrouwen met hoofddoek. Gekleed in alle mogelijke bruintinten. Hij miste de kleverige Alyssa. Voor het eerst van zijn leven was hij de enige christen en, zo te zien, de enige blanke in de kamer. Dit bracht hem een beetje van zijn stuk en hij keek om zich heen op zoek naar gevaar, toen hij uit een hoek van de kamer een geschrokken stem hoorde: 'Wat zit er in die tas?' Alle ogen richtten zich op Seans sporttas, die aan zijn schouder hing. Toen hij die ochtend bij Debbie was weggegaan, had hij al zijn spullen gepakt behalve zijn pak, dat hij had aangetrokken zodat het niet zou kreuken. Hij wist dat hij daar niet meer welkom zou zijn na zijn bezoek aan de Raad.

'Wat?' zei Sean.

'Wat. Zit. Er. In. Die. Tas,' zei Malik langzaam, alsof Sean geen Engels sprak. Twee mannen stonden op.

'Verdomme!' zei Sean. Hij haalde zijn vingers door zijn haar. Hij boog zich omlaag, ritste de tas open en begon de inhoud op de vloer te gooien: een spijkerbroek, sportschoenen, T-shirts, een sweatshirt, scheergerei, een exemplaar van *Sports Illustrated*, boxershorts en – tussen de vuile sokken – een roze katoenen onderbroekje – van Trisha. Hij raapte het op. Een excuus schoot door zijn hoofd. Het was bij zijn kleren terechtgekomen in de droger. Ze is legaal.

Er is trouwens niets gebeurd. Vergeet het: ze wisten helemaal niet waar hij geweest was.

Het was stil. De mannen keken elkaar aan. De vrouwen staarden naar de grond. Niemand wilde naar Sean of zijn spullen kijken.

Hij rolde met zijn ogen. 'Ik heb mijn kleren bij me omdat ik weg moest van mijn logeeradres,' zei hij. Zijn ogen prikten. 'Ik moest daar weg omdat ik vandaag hierheen ging en zij vonden dat ik dat niet moest doen. Ik ben *dakloos* omdat ik hier vandaag ben gekomen,' voegde hij er een beetje overdreven aan toe. 'En u denkt dat ik hier met een bom ben gekomen?'

'Een schietwapen,' zei iemand zachtjes. 'Ik dacht dat u misschien een schietwapen zou hebben.'

'De mensen – wij – zijn gespannen,' zei Malik. 'De sfeer is momenteel erg gespannen. Er hangt geweld in de lucht, en u bent daarvoor gedeeltelijk verantwoordelijk. We weten helemaal niet wie u bent. U hebt een betoging georganiseerd waarbij mensen doodsbedreigingen hebben geuit. U trok een hoofddoek van een vrouw af. Hoe moeten wij weten waartoe u nog meer in staat bent?'

Ik ben tot niets in staat, dacht Sean. Hij haalde zijn portefeuille uit zijn zak, waarbij er een paar kassabonnetjes op de grond dwarrelden, en pakte er een fotootje uit van Patrick in zijn gala-uniform. Hij hield het fotootje omhoog. Iedereen spande zich in om het te zien. 'Dit was mijn broer. Mijn broer die is omgekomen. Die werd vermoord. Door moslims. Jezus! Waarom is het zo moeilijk om het juiste te doen?'

'Het spijt me,' zei een van de vrouwen. Sean keek haar aan. Hij zou haar gezicht niet herkennen in een politie-identificatierij, maar hij herkende wel de rode hoofddoek. Hij had zijn hand er te vaak naar zien grijpen. Het kon geen toeval zijn dat ze die vandaag om had.

'Hebt u maar één hoofddoek?' zei hij.

'Sorry?'

'U hebt dezelfde hoofddoek om als op die dag. Denkt u dat ik een stier ben – dat ik weer dol word als ik hem zie?'

'Ik realiseerde me niet...'

'Zei u nou sorry? Sorry voor wat? Ik ben toch degene die sorry zou moeten zeggen, weet u nog? Dat is toch de reden waarom ik hier ben: zodat jullie me allemaal kunnen vernederen, me kunnen laten buigen, me jullie ring kunnen laten kussen of wat dan ook?'

'Niemand heeft u gedwongen om te komen,' zei ze vriendelijk. Haar gezicht was zo rond als een pompoen; haar opvallende ogen waren hazelnootbruin, met lange wimpers. 'En niemand dwingt u te blijven.' Ze sprak hem toe alsof hij een man was die op de richel van een hoog gebouw stond en dreigde ervan af te springen; tot zijn verbazing vond hij het niet erg. Hij bukte zich om zijn spullen weer in zijn tas te proppen, terwijl hij om zich heen keek om te bepalen wat zijn volgende zet zou zijn. Zijn gezicht was knalrood; hij had geen spiegel nodig om dat te weten.

'Ik wil onder vier ogen met u praten,' zei hij tegen Zahira. 'Niet met al die mensen erbij.'

'Dat is ongepast,' zei Malik.

'Hoezo?'

'Onze religie gelooft in terughoudendheid bij het contact tussen de seksen. En ze is in het openbaar vernederd, dus moeten de verontschuldigingen ook in het openbaar worden aangeboden.'

'Onder vier ogen,' zei Sean nogmaals.

'Dat is onmogelijk...' begon Malik.

'We gaan daar even naartoe,' zei Zahira, wijzend naar Maliks kantoor, 'en we laten de deur open.'

Ondanks Maliks bezwaren stonden Sean en Zahira als twee medeplichtigen op om bezit te nemen van zijn kantoor. De kamer werd gedomineerd door een gigantische tafel, groot genoeg om haar reputatie te beschermen. Zahira ging aan de tafel zitten en legde haar gevouwen handen erop. Sean nam plaats in een stoel aan de overkant. Er stonden drie tv's in de kamer. Hij probeerde er niet naar te kijken.

'Voordat je je verontschuldigingen aanbiedt, zou ik graag een uitleg van je willen, Sean,' zei ze. Al vanaf de eerste keer dat hij haar had horen praten, had Sean zich afgevraagd wat er vreemd was aan haar spreektrant, en nu wist hij het: ze had geen accent. Ze klonk net zo Amerikaans als hij. 'Waarom heb je mijn hoofddoek af getrokken? Was je dat al van plan?'

'Nee,' zei hij. 'Ik werd kwaad vanwege dat protestbord.' Hij was zich ervan bewust hoe kinderachtig dit klonk, en dus leende hij Debbies woorden: 'Maar ook omdat we vrouwen in dit land niet dwingen om hun hoofd te bedekken.'

'Nee, wij dwingen vrouwen hier niet om hun haar te bedekken.' Ze legde de nadruk op het woordje 'wij'. Het leek haar te amuseren. 'Maar vrouwen zijn vrij om te kiezen, zoals ik heb gedaan. Niemand dwingt mij om iets te doen. Mijn eigen vader is ertegen dat ik een hoofddoek draag. Het is mijn eigen keus,' herhaalde ze. 'En die van niemand anders.'

Seans blik dwaalde naar een van de tv-schermen, waar zijn moeizame tocht door de menigte buiten werd herhaald. Hij leek gespannen, zelfs bang. Minder dapper dan hij zich had gevoeld. In zijn verbeelding had dat beslissende moment van doorzetten geleken op zijn versie van Patricks bestorming van het brandende gebouw. Nu zag hij hoe dom die gedachte was geweest. Patrick was dood.

Zahira keek ook naar de tv's: Seans aankomst, de schreeuwende RAVI's. Even later pakte ze de drie afstandsbedieningen een voor een op om de tv's uit te zetten. Toen wendde ze zich met hernieuwde vriendelijkheid naar Sean en zei: 'En wat doe je verder zoal, Sean, behalve vrouwen tegen zichzelf beschermen? Waar woon je – o, nee, laat maar, je hebt al verteld dat je dakloos bent. Niet voor altijd, hoop ik. Wat voor werk doe je?'

Hij dacht aan de tijd dat hij schilderijtjes ophing en tegeltjes waterdicht maakte. Aan dat kriebelige pak – gekocht voor Patricks begrafenis, hergebruikt bij zijn toespraken – dat hij nu aanhad. 'Ik zit tussen twee banen in,' zei hij. 'En jij?'

Studente aan de universiteit van Columbia met twee hoofdvakken, literatuur en economie. Het beledigde gevoel van de tekst FANATICI ZIJN IDIOTEN van haar protestbord kwam weer bij hem boven.

'Je hebt ons uitgescholden,' zei hij. 'Leren ze je dat aan die universiteit?'

'Nee, dat had ik zelf bedacht. Misschien niet zo handig. Maar ik vind wél dat fanatici idioten zijn. Daarmee zeg ik niet dat ik jou een fanaticus vind omdat je tegen het monument bent. Maar ik zou graag willen horen waarom je ertegen bent.'

'Het is een islamitische tuin!' zei hij. Hij zocht wanhopig naar de juiste woorden, gebruikte toch maar weer die van Debbie. 'Het is een paradijs voor moordenaars. Een manier om ons te overheersen, ons te koloniseren.'

'Echt waar?' zei Zahira. 'Ik dacht dat het gewoon een tuin was. Eerlijk, Sean, zelfs al heeft het elementen gemeen met de traditionele islamitische tuinen, dat betekent nog niet dat het een paradijs is. En als hij bewust heeft geprobeerd het hiernamaals op te roepen, hoe weet je dan dat hij dat deed om terroristen aan te moedigen? Voor hetzelfde geld wijst hij de moslims er juist op dat we nooit in het paradijs zullen komen als we doen wat zij hebben gedaan. Waarom zou deze theorie vergezochter zijn dan die van jou?'

Sean had hierop geen antwoord. Ze ging verder: 'Maar in mijn ogen kan geen enkele architect het paradijs creëren. Alleen God kan dat. Als moslims aan het paradijs denken, heeft de hoop die we koesteren om daar ooit te komen, de vreugde over die mogelijkheid, niet te maken met bomen of zijde of juwelen of mooie vrouwen of jongens of wat ze je verder ook maar op de mouw hebben gespeld. Het heeft te maken met God. God. De beschrijving van het paradijs in de Koran is alleen bedoeld om onze beperkte verbeeldingskracht een idee te geven van de extase die we zullen voelen in de aanwezigheid van God. En dat geeft ons de inspiratie om fatsoenlijk te leven.'

Sean volgde haar woorden terug alsof hij op een pad liep te zoeken naar iets wat hij verloren had. Hij zei het enige wat hij kon bedenken: 'Het spijt me. Het spijt me echt.'

'Meen je dat?' vroeg ze vermoeid, opeens klein aan die grote tafel. Ze leken net twee kleine kinderen die speelden dat ze grote mensen waren in het kantoor van hun vader, al had Frank, de brandweerman, nooit een kantoor gehad. Zahira's vader waarschijnlijk wel; zij zat op Columbia.

'Ik meen het. Het spijt me dat ik je hoofddoek heb af getrokken.'

Ze keek hem taxerend aan met haar mooie, wantrouwende ogen en zei: 'Dan moet je dat in het openbaar zeggen, om een boodschap te zenden naar al die mensen die jou na-apen.'

'Dat is wat Issam Malik wil,' zei Sean. Ze bloosde en zei zachtjes: 'Het is wat ik wil.'

Hij beet even op zijn lip, gaf een toestemmend knikje en stond op uit zijn stoel. In hun afwezigheid had Malik een hele horde journalisten in de vergaderkamer gelaten en Sean probeerde zijn ergernis te onderdrukken. Samen met Zahira liep hij naar de plek waar alle microfoons stonden opgesteld. Ze rook naar kauwgum, of misschien was de geur een overblijfsel van Debbies dochters. Malik posteerde zichzelf aan de andere kant van Sean.

Sean zette zijn sporttas naast zich op de grond en schraapte zijn keel. 'Het spijt me werkelijk dat ik Zahira Hussains hoofddoek heb af getrokken, en dat heb ik haar ook verteld,' zei hij, wachtend tot de journalisten zijn woorden hadden opgeschreven. 'Wat ik heb gedaan, was fout. Als iemand anders het doet, is het ook fout. Mijn broer Patrick zou zich voor me geschaamd hebben en ik wil ook hem mijn verontschuldigingen aanbieden.' Hij had de naam van zijn broer sinds diens dood honderden, misschien wel duizenden keren uitgesproken – 'Nu hij dood is, praat je meer over hem dan dat je tegen hem sprak toen hij nog leefde,' had zijn moeder een keer beschuldigend tegen hem gezegd – maar nu hij zijn naam op dit moment zei, leek de last van die laatste dronken avond eindelijk van zijn schouders te glijden.

Maar vrijwel meteen voelde hij een andere last op zich drukken. Misschien kwam het door Patricks naam dat Sean ineens het beeld voor zich zag van de zitkamer van zijn ouders, waarnaar hij, bij gebrek aan eigen woonruimte, binnenkort zou terugkeren. Hij zag zichzelf, omringd door moslims, op het scherm van hun televisie; hij probeerde te reconstrueren hoe hij daar, in het andere kamp, terecht was gekomen en trachtte terug te krabbelen. 'Maar Patrick is wel gestorven terwijl hij zijn best deed mensen te redden van islamitische terroristen,' zei hij, 'en we zullen ons er nooit voor verontschuldigen dat we geen islamitische elementen in verband met het monument willen – geen persoon, geen ontwerp. Dat is niets persoonlijks, geen vooroordeel. Gewoon een feit.'

Er verscheen verrukking in de ogen van de journalisten. Maliks lippen bewogen woedend. De kamer was in rep en roer met zich verplaatsende mensen, stoelen, lucht. Sean hoorde geschreeuw en voelde toen hoe harde, boze handen hem snel de deur uit werkten, alsof ze hadden ontdekt dat hij toch een bom bij zich had. De sporttas werd achter hem aan gegooid. De hele tijd hield hij zijn gedachten op zijn ouders gericht. Pas toen hij later samen met hen de herhalingen op de tv bekeek, zag hij Zahira Hussains gekwelde gezicht.

16

Mo werd om drie uur 's nachts wakker en tastte in het donker naar het broodje rosbief naast zijn bed. Hij kauwde automatisch, slokte wat water naar binnen en probeerde weer in te slapen. Na een paar uur onrustige slaap werd hij weer wakker en kleedde hij zich aan om naar zijn werk te gaan. Nog maar een uur of twaalf totdat hij weer iets mocht eten of drinken.

Hij vastte nu al vijf dagen. Hij was niet meer dan een zandkorrel, slechts een van de honderdduizenden moslims die in de ramadan zaten: een maand lang geen voedsel, niet drinken en geen seks van zonsopgang tot zonsondergang. Hij maakte een gebouw van de periode, liep heen en weer van halvemaan naar halvemaan; maakte van elke dag een kamer, gemeten van dageraad tot zonsondergang. De maaltijd vóór zonsopgang vormde een drempel en de mond was tijdens de uren van onthouding een verzegelde deur. Maar dat waren de gekunstelde metaforen van een architect. De waarheid was dat hij niet wist waarom hij het deed, waarom nu zijn eerste dagelijkse daad onthouding was, en deze onzekerheid werd door veel anderen gevoeld, al deden ze het al sinds hun geboorte: onzekerheid over zijn gelijk als het erom ging koste wat het kost met het monument door te gaan, over zijn gelijk met zijn weigering het toe te lichten. Het hoofddoektrekken kon hem niet worden aangerekend. Zijn positie was een vast voorwerp dat alles om zich heen in beweging zette. Hij vroeg zich af hoe de God in wie hij niet geloofde hem zou beoordelen.

Hij had zich nog nooit zo onzeker gevoeld. Die betoging, de haat die daar heerste, gaven een hitte af alsof hij naast de man had gestaan die zijn gezicht in brand had gestoken. Mo had genoeg van de oorlogszuchtige, smartelijke religie die was ontstaan na de aanslag; hij werd ziek van die fundamentalisten die die verdedigde door de dag, de plek, de slachtoffers en de gevoelens van de overlevenden heilig te verklaren – zoveel heiligheid, geen grenzen aan de rechtvaardige profaniteit waardoor die in stand werd gehouden. Maar hij vroeg zich ook af of het feit dat hij de godsdienst niet beoefende hem ongeschikt maakte als architect voor de tempel ervan. Voor het monument.

Hij was kwaad omdat Paul Rubin zijn pogingen het hem te laten opgeven niet staakte, kwaad omdat de gouverneur de jury in twijfel trok, kwaad over de onbetwistbare lafheid van de jury. Maar bovenal voelde hij zich intens verdrietig. Na de ruzie met Laila had hij zijn koffer gepakt, haar sleutels op de tafel gelegd en was hij naar een hotel gegaan. Kort daarna bood een collega hem aan voorlopig in haar pas vrijgekomen en volledig lege appartement te trekken. Het was het meest kale toevluchtsoord dat denkbaar was. Mo's leven bestond alleen nog maar uit een koffer, een laptop en een luchtbed, een drie-eenheid, die niet zozeer paste bij een man die werd opgejaagd als wel bij een man die langzaam maar zeker werd uitgevlakt.

Op het werk leek het of iedereen uitsluitend praatte over wat ze gegeten hadden; gebouwen kwamen niet ter sprake ('Heb je wel eens rauwe sint-jakobsschelpen geprobeerd? Die kleintjes? Dat lijken verdomme wel snoepjes!'), en waar ze zouden gaan lunchen. Hij voelde zich een beetje als een puber die net seks ontdekte; zijn geile geest zag die in elke geur, elke glooiing, elk gesprek. Hij had zich niet gerealiseerd dat de Amerikaan van de eenentwintigste eeuw zo sterk werd bepaald door voedsel – het plannen ervan, het kopen, het bereiden, het eten ervan, het praten erover, het weggooien ervan, het verafgoden, het maken, het verkopen ervan. Voordat hij begon met vasten, was het hem magisch, zelfs nobel voorgekomen om zich dit alles te ontzeggen. Hij had altijd de neiging zich te verzetten tegen de heersende normen en waarden, en hij wist dat het vasten hem minder zou bevallen in een moslimland, waar het betekende dat je je conformeerde in plaats van een daad van verzet te stellen. Maar het was moeilijker dan hij had verwacht om te vasten tussen mensen die niet alleen zijn opoffering niet deelden, maar er ook helemaal geen rekening mee hielden.

De hele ochtend protesteerde zijn lichaam en nam zijn prikkelbaarheid toe naarmate zijn bloedsuikergehalte daalde. Zijn urine had de chemisch gele kleur van een verkeerslicht, zo geconcentreerd dat hij bijna een vaste substantie leek. Uit angst dat zijn adem zou stinken, hield hij voortdurend zijn hand voor zijn mond en zorgde hij ervoor dat hij niet te dicht bij mensen kwam. Hij mocht zijn tanden poetsen, als hij maar niets doorslikte, maar het vasten stuwde een stank uit zijn maag omhoog – het maagzuur dat niets te verteren had – die ook van zijn tong opsteeg en de gedachte opriep aan een dood beest dat onder een huis lag.

Thomas bleef bij zijn bureau staan. Een paar collega's gingen sushi eten. Had Mo zin om mee te gaan?

'Nee, ik heb een afspraak,' zei hij, waarbij hij meteen twijfel in de ogen van Thomas zag verschijnen: Mo die weer geheimen had. 'Met Laila,' voegde Mo eraan toe, een leugen om het wantrouwen weg te nemen. Het sneed door hem heen om haar naam hardop uit te spreken, maar hij zei het nog een keer: 'Laila.' Het pijnlijke gevoel kreeg een vleugje blijheid. Zijn 'assistent' luisterde mee, alsof ook hij Mo niet vertrouwde.

Even later kwam de dagelijkse hoofdpijn op: een verpletterende, bonkende pijn die weigerde te verdwijnen, zoals Mo's krachteloze tong niet kon loskomen van zijn uitgedroogde verhemelte. Hij ging een stukje lopen. Studenten deden examen, soldaten vochten in de oorlog, presidenten leidden het land tijdens de ramadan – dan kon hij toch zeker wel een wandelingetje opbrengen? Overal om zich heen zag hij vrachtwagens die levensmiddelen vervoerden, alsof die een doelwit waren; de vrachtwagens die halal-voedsel transporteerden waren het ergst. Het was ondenkbaar dat de eigenaren daarvan ook aan het vasten waren. De geuren van gegrild vlees en kruiden drongen zijn neus binnen, alsof ze razend waren dat zijn mond ontoegankelijk was. Maar zijn onstilbare honger werd overstemd door zijn onlesbare dorst. Hij smachtte naar water, naar mierzoete sinaasappellimonade, naar wat dan ook om zijn droge, papierachtige mond, die aanvoelde alsof hij net was uitgezogen bij de tandarts, te bevochtigen. En nog erger dan naar iets drinkbaars snakte hij naar koffie, om zijn hoofd te bevrijden van de bankschroef waarin het zat vastgeklemd. Hij sprak zichzelf vermanend toe: hij was zwak. Nee, hij was niet zwak. Het feit dat hij zich zwak voelde, betekende dat hij sterk was, betekende dat hij volharding toonde.

Aan het einde van de middag nam Mo een taxi naar de studio's van WARU, waar een jongeman om jaloers op te zijn hem naar een wachtkamer bracht en vroeg of hij thee, koffie of iets fris wilde.

'Nee, ik hoef niets, dank u,' zei hij.

'Een glas water? Dat kalmeert de zenuwen.'

'Waarom zou ik...' *zenuwachtig zijn*, begon Mo te protesteren, maar in verlegenheid gebracht door zijn raspende stem, de plakkerigheid van zijn spraak, zei hij: 'Nee, dank u. Ik hoef echt niets.'

'Wel, wel, wel, hoe gaat het met ú?' Daar kwam Lou Sarge, en zonder enige voorbereiding ging hij Mo voor naar de studio. Ze namen plaats in stoelen die tegenover elkaar stonden. De microfoon hing tussen hen in als een omgekeerde periscoop: een oog dat omlaagbungelde op zoek naar iets. De studio was donker, een verbleekte ontvangkamer, een plek die alle kleur wegzoog.

Het interview was niet Mo's, maar Pauls idee, de zoveelste eis vermomd als verzoek. 'Je moet doordringen tot het hart van de oppositie,' zei Paul vol overtuiging. 'Laat zien dat je niets te vrezen hebt. Als je Sarge aan jouw kant krijgt, maak je een hoop gekken onschadelijk.' Hij gaf verder geen tips hoe Mo een man aan zijn kant moest krijgen die moslims gewoonlijk beschreef als 'razende voddenkoppen'.

Sarge zette een koptelefoon op, zodat hij kon horen wanneer het reclameblok was afgelopen, en leek zo diep in zichzelf weg te zinken dat hij Mo's aanwezigheid vergat. In die geluiddichte studio, een vijandige baarmoeder, hoorde Mo niets behalve zijn eigen ademhaling.

'Zo, Mohammad – mag ik je Mohammad noemen?' vroeg Sarge eindelijk.

'Ik geef de voorkeur aan Mo. Zo noemt iedereen me.'

'Zo, Mo, we gaan het als volgt doen. Kom een beetje dichterbij – ik bijt niet. We gaan een paar minuten babbelen en dan gaan we een aantal telefoontjes nemen. Je zult de bellers zelf niet horen – we hebben gemerkt dat het voor onze gasten te verwarrend is om te proberen te volgen wat er buiten de studio gebeurt –, dus ik breng de vragen aan jou over. Je kunt gewoon in de microfoon praten, maar je hoeft hem niet in je mond te stoppen. Dat is het. We zijn blij dat je wilde komen. Hebben ze je al iets te drinken aangeboden?'

Mo, die niet had verwacht dat Sarge zo charmant, zo vriendelijk zou zijn, was ontwapend. Ze hadden nog een paar minuten zolang de reclame bezig was en Sarge begon te vertellen over zijn achtergrond, dat hij kortstondig in de architectuur had gewerkt – 'Buckminster Fuller-achtige dingen' – voordat hij radiopresentator werd. 'Mijn ontwerpen kwamen regelrecht uit de toekomst,' zei hij, 'maar dat is moeilijk te verkopen in het heden. Het is lastig om in je eentje architect te zijn – u weet vast wel wat ik bedoel. Je kunt niet zomaar in je kamer zitten tekenen; dat is net zoiets als proberen kindertjes te verwekken door middel van masturbatie. Je hebt iemand nodig die die dingen wil bouwen, wat eigenlijk betekent dat ze erin moeten geloven. Ik kreeg de mensen niet zover dat ze erin geloofden. Ik weet wat je denkt: dat ik er nu behoorlijk goed in ben om mensen dingen te laten geloven. Maar daar draait het juist om: ik probeerde de verkeerde dingen aan de man te brengen. De mensen wilden mijn ontwerpen niet, ze wilden mijn stem. Ze wilden mijn moed. Ik ben niet bang, terwijl de rest van de wereld dat wel is – bang om te zeggen wat ze denken, omdat ze dan anti of fobisch of racistisch of wat dan ook genoemd worden. Je moet feeling krijgen voor het historische moment, je moet de tijdstroom aanvoelen, weten waar die zich bevindt' – hij hief zijn handen op, alsof hij de lucht wilde inpakken – 'en je er dan aan aanpassen. Het oplepelen.'

'Ik zal het onthouden,' zei Mo, die genoeg had van de monoloog en zijn energie wilde sparen voor de uitzending.

'Goed, tijd om de sponsors een veer in de kont te steken. Alleen vandaag alweer drie nieuwe. We hebben bekendgemaakt dat jij zou komen en iedereen wilde opeens meedoen.'

Na het aanprijzen van de sponsors sprak Sarge zijn luisteraars toe: 'In onze uitzendingen hebben we al heel wat over Mohammad Khan gehoord, als u begrijpt wat ik bedoel, en vandaag kan ik u tot mijn vreugde zeggen dat de man zelf hier zit. We kunnen mét hem praten in plaats van óver hem, de antwoorden rechtstreeks van hem horen. Hij is architect, en tja, we kennen allemaal zijn religieuze achtergrond, en hij is New Yorker – geboren en getogen!'

'Eh... ik kom oorspronkelijk uit Virginia. Maar ik woon al heel lang in New York.'

'En, wat voelde je, wat voelde je echt, op de dag van de aanslag?'

'Ik was helemaal kapot, net als iedereen. Alsof er een gat in mij was geslagen.'

'Dat klinkt dramatisch,' zei Sarge. 'Je voelde je waarschijnlijk alsof je erachter was gekomen dat je broer de Unabomber was.'

'Nee, dat bedoelde ik niet.'

'En dus kwam je met dit monument, dat nogal veel stof heeft doen opwaaien. Vertel eens: hoe kwam jc op het idee?'

Mo was met zijn gedachten nog bij de opmerking over de Unabomber en vroeg zich af of hij nog een poging moest wagen om die te ontzenuwen. Te laat. 'Het kwam uit mijn fantasie,' zei hij. 'Een tuin als monument leek mij een mooi symbool, gezien de interactie tussen leven en dood en...'

'Ik snap het. Dus het is eigenlijk een islamitische tuin?'

'Het is gewoon een tuin.'

'Een martelarenparadijs?'

'Het is een tuin.'

'Een speeltuin voor jihadi's?'

'Het is een tuin.'

'Een grap ten koste van het Amerikaanse volk?'

'Wacht eens even! Ook ik behoor tot het Amerikaanse volk.'

'Ik bedoel, als ik een moslim was... De afgelopen jaren zijn niet gemakkelijk voor je geweest, neem ik aan. Je weet wel, misschien ben je een beetje geïrriteerd, misschien denk je: laat ik dit nu eens even stiekem doen.'

Mo was zo woedend over deze bewering, en over de kern van waarheid die die bevatte, dat hij even geen woord kon uitbrengen.

'Mohammad? Hé, Mohammad, ben je er nog?' Sarge was zachter gaan praten en boog zich naar hem toe, alsof ze samen alleen waren in dit duistere universum, en de verafgelegen sterren hun enige publiek. Hij had een milde sympathie in zijn stem gelegd, die des te krachtiger was omdat het volkomen onverwacht was, en Mo voelde sterke emoties in zich opwellen die vochten om naar buiten te komen. Wat had deze man een talent om te flemen. En hij sprak hem aan met Mohammad, niet met Mo – Sarge gebruikte zijn volledige naam om zijn luisteraars eraan te herinneren dat Mohammad alles vertegenwoordigde waar zij bang voor waren.

'Ik wilde iets doen voor mijn land,' zei Mo. De woorden kwamen stroperig, langzaam over zijn lippen, alsof ze door teer moesten waden. 'Zo simpel is het.'

Tijdens de pauze voor het reclameblok dronk Sarge een Red Bull. Mo wendde zich af. 'De eerlijke waarheid,' zei Sarge tegen hem, 'is dat ik op de dag van de aanslag zelf nauwelijks iets voelde, geen bal, al was daar in de uitzending niets van te merken. Ken je dat gevoel, als je te lang hebt gezeten en je voet gaat slapen? Het leek alsof mijn ziel sliep. Ik voelde me als een levende dode, als zo'n stomme zombie. Snap je wat ik bedoel, Mo?' Hij wierp zijn hoofd achterover om het plafond te bestuderen. 'Misschien moet je een monument voor mij ontwerpen.'

De uitzending werd hervat met de vragen van de luisteraars, allemaal beleefd beantwoord door een uit het veld geslagen Mo, tot wie pas later het wantrouwen doordrong dat in die vragen besloten lag.

Mildred in Manhasset: 'Als u getuigt voor de rechtbank, zweert u dan de eed op de Koran?'

'Ik zal doen wat elke Amerikaan in de rechtbank doet.'

Warren in Basking Ridge, New Jersey: 'Bidden moslims tot dezelfde God als wij?'

'Moslims, joden, christenen – ze bidden allemaal tot één God.'

Ricky op Staten Island: 'Ik begrijp gewoon niet waarom u zich niet terugtrekt als het duidelijk is dat zoveel nabestaanden dat van u vragen.'

'Het proces moet zo kunnen verlopen als het is bedoeld.'

'Ik zit net te denken, Mo,' zei Sarge na afloop van de uitzending. Ze waren alleen in de studio. Mo wist zeker dat de zon al onder was gegaan, maar de assistent die Sarge een merkwaardig, bruisend, romig sinaasappeldrankje had gebracht, had Mo niets aangeboden en die was te trots en te zeer op zijn hoede voor deze vreemde kameleon om iets te vragen. 'Zou het niet kunnen,' vervolgde Sarge, 'dat je onderbewustzijn iets met het ontwerp heeft gedaan wat je helemaal niet van plan was? Dat overkomt mij ook zo vaak. Van de helft van de dingen die ik zeg in deze show schrik ik – het floept eruit en dan denk ik: nou, nou, Lou, wat een walgelijke opmerking. Maar ik neem er geen afstand van. Toch?'

'Welke helft?' vroeg Mo, maar Sarge, die zich alweer diep in zichzelf had teruggetrokken, gaf geen antwoord.

Claires veertigste verjaardag begon met warme chocola en croissantjes, binnengebracht in haar slaapkamer door William en Penelope nadat ze naar boven waren gedragen door Margarita, die beneden in de hal bleef wachten. De kinderen klommen in bed,

kropen tegen haar aan, prikten haar met hun kleine, knokige ledematen. Ze hadden kaarten voor haar gemaakt. Op die van William
stond ze afgebeeld met een feesthoed als een verkeerskegel op haar
hoofd. En er waren, voor het eerst sinds de rondvaart met de Circle
Line, tekeningen van de Tuin. Claire had stilletjes gehoopt dat hun
belangstelling ervoor nu wel zou verflauwen.

'Zijn dat lolly's?' vroeg ze, wijzend op een aantal rode stippen op
groene strepen.

'Tulpen,' zei William giechelend. 'Rode tulpen.'

'En je weet zeker dat je geen lollybed wilt hebben?' zei ze terwijl
ze hem kietelde. 'Een snoeptuin?'

'Papa hield niet van snoep,' zei hij, en haar maag keerde zich
om. Het feit dat William haar hierop wees, versterkte het gevoel
van Cals afwezigheid op deze dag. Versterkte het en maakte het
pijnlijker. Hij had altijd beloofd dat hij zou zorgen dat de klap van
haar veertigste verjaardag niet zo hard zou aankomen – hij was drie
jaar jonger dan zij – en in de maanden voor zijn dood was dit een
grapje tussen hen geworden. Zijn plannen hadden epische proporties aangenomen en werden steeds lachwekkender en uitgebreider:
scubaduiken op de Maladiven maakte plaats voor een reisje naar de
Galapagos-eilanden, dat werd vervangen door een maand op een
jacht in de Middellandse Zee, dat ook weer werd verworpen, totdat Cal genoegen nam met een reis om de wereld (met de kinderen, en waarschijnlijk een kindermeisje, op sleeptouw) waarmee
Claire zeker tot haar eenenveertigste verjaardag zoet zou zijn, zodat
ze zou terugverlangen naar haar veertigste.

In plaats daarvan zou het een saaie dag worden in Chappaqua.
Er zou gebeld worden – haar moeder uit Californië, haar zusje uit
Wisconsin, wat vrienden, Cals ouders. Er zou een aantal automatische e-mails komen van beautyfarms en kledingboetieks die deze
speciale dag altijd 'onthielden'. Bij het avondeten zouden de kinderen haar verrassen met de taart die ze samen met Margarita hadden
gebakken; ze zouden voor haar zingen, waarschijnlijk een paar
keer; dan zouden ze naar bed gaan, waarna zij een glas wijn zou in-

schenken en zou wachten tot de avond voorbij was. En nu, vandaag, elke dag, speelde op de achtergrond altijd, onophoudelijk, het gezeur rond het controversiële monument. De ontmoeting met Alyssa Spier was nog maar een paar dagen geleden en ondanks Claires weerstand waren Spiers insinuaties over Khan in haar hoofd blijven hangen en hadden ze haar eigen twijfels aangewakkerd. Die weerzinwekkende, reptielachtige achterdocht raakte ze maar niet kwijt.

's Morgens liet ze zich masseren, waarna ze de gedienstige tuinman een aantal duidelijke instructies gaf over de beplanting in de herfst, die voor de zoveelste keer het gevolg waren van haar overgave aan de tirannie waaraan moeders waren blootgesteld. Toen er rond het middaguur een bezorgdienst arriveerde met een enorme doos van een bloemist, werd Claire bijna overspoeld door een golf van dankbaarheid. Ze pakte het envelopje met het kaartje en dacht met bijna kinderlijk verlangen: laat het alsjeblieft niet van een van die verliefde ouwe zakken zijn (Paul Rubin, de financieel adviseur van de familie). Laat het komen van – ze wist niet eens welk woord ze zocht, ze voelde slechts een verlangen, een plotselinge, acute wanhoop over haar isolement. Haar afgestomptheid.

'Sommige ontmoetingen zijn, net als sommige mensen, onvergetelijk,' stond er op het kaartje. 'Ik hoop dat deze dag je nog meer fijne dingen brengt. Hartelijke groet, Jack.'

Haar wens was vervuld – het was bijna niet te geloven. Met Jack Worth, die twee jaar hoger had gezeten op Dartmouth, had ze een knipperlichtrelatie gehad totdat ze Cal leerde kennen. Jack had haar verweten dat ze hem aan de kant had gezet vanwege Cals rijkdom – een verkeerde conclusie, waardoor ze hem niet hoefde te vertellen dat Cals temperament haar meer aantrok dan het zijne. Nadat ze uit elkaar waren gegaan, hadden ze elkaar twee jaar niet gesproken, totdat ze elkaar, in het gezelschap van hun partners, weer tegenkwamen en een ongemakkelijke wapenstilstand sloten. Toen Cal was overleden, had Jack haar een briefje gestuurd: 'Ik weet dat het op dit moment moeilijk is jezelf als gelukkig te be-

schouwen, maar het lijkt erop dat je die zeldzame schat hebt gevonden die de meesten van ons altijd ontsnapt: de eeuwige liefde.'
Dat was het laatste wat ze van hem had gehoord, tot nu.

Het cadeau zelf was aanzienlijk minder gewaagd dan het kaartje en bestond uit een soort miniatuurtuintje met kruiden, buffelgras en klavertjes, in een prachtige houten bloembak gearrangeerd. Slim, dacht ze, om niet iets heel romantisch te sturen, terwijl hij niet wist of ze nog vrijgezel was. Toch was hij waarschijnlijk wat milder geworden met de jaren. Op school hadden ze meer dan eens ruziegemaakt over zijn minachting voor attenties: hij vergat haar verjaardag, de datum van hun eerste ontmoeting, zelfs de naam van haar zusje. De enige bloemen die hij haar ooit had gegeven, had hij geplukt in de buurt van zijn ouderlijk huis in Maine.

Zijn telefoonnummer stond ook op het kaartje. Ze belde hem op om te bedanken. Hij nodigde haar uit voor een verjaardagsdinertje en zei dat haar partner ook welkom was, als ze die had.

'Nee, maar als jij wel een partner hebt...'

'Nee, prima, dan gaan we gezellig met z'n tweetjes.'

Het keurslijf van haar huwelijk, het harnas van haar rouw, scheurde opeens open, zodat haar naakte begeerte overbleef. De seks met Jack was altijd zo heftig dat ze nog maar net was aangekleed voordat ze alweer aan de volgende keer dacht – wanneer het zou zijn, waar en hoe, alsof het leven niet meer was dan opvulsel. Dat opgeven was het allermoeilijkste geweest toen ze bij hem wegging. De liefde bedrijven met Cal was minder overweldigend geweest; ze had zichzelf wijsgemaakt dat dat er meer betekenis aan gaf.

De burgemeester had besloten om 'achter mijn moslimvrienden te blijven staan', zoals hij het uitdrukte. Hij vertelde iedereen die het maar horen wilde dat hij zich dat kon veroorloven, omdat hij toch niet herkiesbaar was. 'Dus als hij zich weer verkiesbaar zou stellen, zou je zijn vriend niet meer zijn?' vroeg Thomas, die Mo's enige overgebleven bron van luchthartigheid was geworden, op spottende toon.

Samen met een aantal moslimleiders, notabelen en activisten was Mo uitgenodigd bij een *iftar* in Gracie Mansion – een maaltijd na zonsondergang om het vasten tijdens de ramadan te doorbreken. Hij had zijn ouders gevraagd om hierheen te komen uit Virginia, vermoedend dat dit meer voor hen zou betekenen dan voor hem en ook hopend dat ze hem zouden afschermen van de ACMR-leden, die er ongetwijfeld ook bij zouden zijn. Mo had hen niet meer gezien nadat hij zich had teruggetrokken uit de advertentie-campagne, die wel was doorgezet, nu met taxichauffeurs, onderwijzers en een stand-upcomedian in zijn plaats.

Zijn ouders wisten dat hij niet thuis woonde; hij had een hotelkamer voor hen geboekt. Nu wenste hij dat ze hadden afgesproken elkaar daar te treffen. Hun voetstappen echoden in de lege ruimte. Een blik van afschuw lag op hun gezicht.

'Mijn hemel, Mo,' zei zijn moeder. 'Dit is...' Ze liep de slaapkamer in, kwam weer terug en ging zitten op Mo's koffer, die in een hoek stond. 'Kun je niet bij vrienden logeren? Bij Thomas?' Ze was dol op Thomas en Alice en hun kinderen, niet in de laatste plaats omdat zij haar het geruststellende gevoel gaven dat een architect ook een gezin kon hebben.

'Hij heeft drie kinderen, weet u nog? Trouwens, ze werden een beetje overvallen door dat hele gedoe.'

'Had je hem niet verteld dat je meedeed?'

'Kunnen we het over iets anders hebben?' Mo deed geen moeite zijn ergernis te verbergen. 'Ik woon graag alleen, ik ben eraan gewend.' Dit was precies waar zijn moeder bang voor was. Hij draaide zich om om haar gezicht niet te hoeven zien.

'Misschien ben je er te veel aan gewend,' zei Salman. Hij verlangde naar zonsondergang en voedsel, had Mo's koelkast opengedaan en de veelzeggende witte kartonnen doosjes gezien: de Chinese, Indiase en Thaise maaltijden waarmee Mo dagelijks het vasten onderbrak. 'Het vasten onderbreken doe je met elkaar,' zei zijn vader. 'Niet in je eentje met een afhaalmaaltijd.'

Mo verstijfde; dit beeld van zichzelf beviel hem niet. 'Dan is het maar goed dat we naar de burgemeester gaan,' zei hij kortaf.

'Mo, je weet dat we trots op je zijn, maar we maken ons ook veel zorgen.' Salman had dit soort opmerkingen ook al via de telefoon gemaakt, maar zijn vurige gezichtsuitdrukking sprak boekdelen. 'Wat het je kost om dit door te zetten – het gaat te ver.'

Mo was niet erg verbaasd. Zijn vader had moedige stappen gezet: naar Amerika gaan om zijn ingenieurstitel te halen; trouwen met de vrouw van zijn keuze – een kunstenares nog wel – in plaats van de wens van zijn ouders te volgen; moderniteit verkiezen boven traditie. Maar toen was hij in Mo's ogen conventioneel geworden. Mo's keuze voor de architectuur had Salman zorgen gebaard. De voorkeursberoepen voor een Indiase zoon waren handeldrijven, een academisch beroep, geneeskunde – in willekeurige volgorde. Of techniek. De architectuur was een slechtbetaald vakgebied waarin succes moeilijk meetbaar was, tenzij het overduidelijk groot was. Naarmate Mo's talent bewezen werd doordat de gebouwen waaraan hij werkte ook echt werden gebouwd, veranderde Salmans scepsis in trots. Hij prees het werk van zijn zoon tegenover iedereen. Maar Mo was zijn aanvankelijke terughoudendheid niet vergeten.

'Het kost mij ook te veel om ermee door te gaan – het kost ons allemaal, alle moslims in Amerika te veel – op een manier die gevaarlijk kan zijn,' zei Salman. Hij liep heen en weer met zijn handen op de rug. 'Mijn moskee heeft een beveiliger ingehuurd vanwege de dreigementen die ze krijgen en ik heb bijna het gevoel dat ik dat zou moeten betalen. Denk aan de gemeenschap.'

Salmans recente gehechtheid aan zijn moskee was Mo een doorn in het oog. Een tijdje na de aanslag was Salman, die zijn hele leven onverschillig, misschien zelfs afwijzend ten opzichte van religie had gestaan, begonnen met bidden – eerst alleen, later in de moskee. 'Uit nieuwsgierigheid,' zei hij toen Mo naar de reden vroeg, 'of misschien uit solidariteit.' Toen Mo dezelfde vraag een paar maanden later nogmaals stelde, zei Salman: 'Omdat ik geloof.' Mo wist niet wat hij daarop moest antwoorden.

'Welke gemeenschap, *baba*? Mijn gemeenschap bestaat uit mensen zoals ik. Rationeel denkende mensen.'

'Maar zelfs sommige van die zogenaamde rationele vrienden van je vragen zich af of je dit wel moet doen,' zei Salman. 'En sommige van die mensen geven zelfs toe dat ze ons niet helemaal vertrouwen. Dat is het gevaarlijkste van alles.' Salman ging naast Shireen op de koffer zitten, die inzakte onder hun gewicht. Ze zagen eruit alsof ze zaten te wachten om opgepakt en uitgezet te worden. Even later stond Salman met moeite op en begon weer te ijsberen.

'Je moeder en ik hadden het van de week over jouw naam,' zei hij. 'Waarom juist de naam Mohammad? De meest voor de hand liggende moslimnaam die je maar kunt bedenken. Het was natuurlijk de naam van je grootvader, en hij belichaamde wat we voor jou wensten. De mensen spraken over zijn vroomheid, maar hij was gewoon een goed mens. Maar we gaven je de naam ook als uiting van vertrouwen in dit land. We hadden je de een of andere oer-Amerikaanse naam kunnen geven. Maar al keerden we de godsdienst onze rug toe, we hebben ons nooit geschaamd omdat we moslim waren. We geloofden zo sterk in Amerika dat het geen moment bij ons opkwam dat jouw naam je op welke manier dan ook zou kunnen belemmeren. En nu...' Hij zweeg, boog zijn hoofd en drukte zijn handen tegen zijn ogen. 'Jij bent niet verantwoordelijk voor de reacties, Mo. Maar toch is het mijn eigen zoon die deze twijfels teweeg heeft gebracht – mijn twijfel, voor het eerst, of dit land wel plaats voor ons heeft.'

'Kom nou, baba,' zei Mo zachtjes. 'Natuurlijk wel. Maar soms moet Amerika een duwtje krijgen – moet het eraan herinnerd worden wat het is.'

'Kijk nou toch wat er van je is geworden, Mo.' Salmans uitgestrekte armen met omhooggekeerde handpalmen richtten een smeekbede tot de lege ruimte.

De buffettafels stonden vol met kebabvlees en pitabroodjes, dadels en gegrilde fetakaas. Mo bleef dicht in de buurt van zijn ouders, knikkend naar bekende gezichten, teleurgesteld dat Laila er niet was. Hij wist niet of hijzelf of de raad haar op een afstand hield. Zonder Mo of het monument te noemen, maakte de burgemeester een paar opmerkingen over de noodzaak ervoor te zorgen dat de tragedie van de aanslag niet nog groter werd door de moslims nieuwe trauma's te bezorgen.

Er kwam een oudere man, die hem bekend voorkwam, naar hen toe. Hij had een grijze baard en geen snor. Mo stak zijn hand uit. Zijn gebaar werd niet beantwoord.

'Ik hoop dat u tevreden bent,' zei de man ernstig. Hij was bij die eerste vergadering bij de ACMR geweest. Mo herinnerde het zich weer: Tariq.

'Over...'

'Over wat u hebt teweeggebracht, over de positie waarin u ons hebt gebracht. Voordat u ten tonele verscheen, zou het schokkend, onacceptabel zijn geweest ons als vijand te bestempelen. Nu is dat niets bijzonders meer.'

'Dat is niet mijn schuld,' zei Mo. Hij wenste dat zijn vader niet meeluisterde.

'U hebt uw punt gemaakt. U hebt gewonnen. Nu kunt u zich terugtrekken.'

'Nee, nee. We moeten de aanval pareren, niet ons overgeven.' Issam Malik, die heel kundig beslag had weten te leggen op de burgemeester, verscheen opeens naast Mo.

'Pareren of ervan gebruikmaken?' zei Tariq.

'Wat bedoel je daar nou mee?' vroeg Issam.

'Alleen dat we over de rug van deze controverse wel heel veel e-mails uitsturen om donaties te vragen. Een heleboel e-mails waarin wordt opgemerkt hoe vaak de ACMR – jij – in de pers staat. Alles goed en wel, maar ondertussen hebben we te maken met mensen die onze vrouwen de hoofddoek af trekken, met als gevolg dat onze jonge mensen radicaliseren, en neem ze dat eens kwalijk! Dit zal slecht aflopen.' Hij wendde zich tot Mo. 'U leidt ons naar een slechte afloop. U bent degene, niet de terroristen, die onze religie gijzelt. De terroristen zijn tenminste gelovig. Welk excuus hebt u?'

'Pardon, maar u kunt hem niet zomaar van dergelijke dingen beschuldigen.' Iedereen keek naar Salman – wie was dat nou weer?

'Mijn vader,' mompelde Mo.

'Hij eist alleen zijn rechten op, zijn rechten als Amerikaan,' vervolgde Salman. 'U kunt hem niet verantwoordelijk stellen voor de manier waarop mensen daarop reageren.'

'Hij heeft het recht, daar zijn we het allemaal over eens, en dat is de boodschap die niet-moslims moeten horen.' Jamilah, de vicevoorzitter van de ACMR, was bij hen komen staan. Ze klonk vanavond indrukwekkender dan tijdens de ACMR-vergadering. 'Maar onder ons gezegd en gezwegen' – ze keek Mo aan – 'vind ik dat u als u terugtreedt meer interesse toont in herstel dan in confrontatie.'

'Waarom moeten wij dat altijd aantonen?' vroeg een andere vrouw. Haar kanariegele hoofddoek was bedrukt met in elkaar lopende draaiende lijnen, die een indruk gaven van zowel kalligrafie als van vallende bladeren. Mo kon zijn ogen er niet vanaf houden.

'Precies,' zei Malik. 'Het echte extremisme bevindt zich onder de mensen die tegen hem zijn. En als ze erin slagen Mohammad te dwingen terug te treden, dan zou dat wel eens aanslagen kunnen veroorzaken door zogenoemde islamitische extremisten.'

'Dat klinkt als een bedreiging,' zei Mo. Ze hadden allemaal hun handen vol met bordjes en glazen, en doordat ze daardoor niet konden gebaren, ontstond de indruk van een vreemde en onechte beleefdheid.

Mo had Malik niet meer gezien na de dag waarop ze de advertentiecampagne hadden gepresenteerd. De weerzin die hij toen tegen de man voelde kwam terug, en bovendien nam hij het hem – ongetwijfeld onterecht, maar niet minder hevig – kwalijk dat hij de oorzaak was van de breuk tussen hem en Laila.

'Maar het is waar,' kwam de vrouw met de gele hoofddoek ertussen. 'We moeten iedereen waarschuwen dat het extremisme van onze tegenstanders het islamitische extremisme voedt. Als we dat niet doen, zullen ze ons verantwoordelijk stellen als er iets gebeurt.'

'Als er iets gebeurt, aan welke kant dan ook, is híj daarvoor verantwoordelijk,' zei Tariq terwijl hij een beschuldigende vinger naar Mo uitstak. 'U zult het bloed aan uw handen hebben.'

'Dat is belachelijk,' zei de vrouw met de kanariegele hoofddoek.

Plotseling was iedereen aan het schreeuwen en door elkaar heen aan het praten, zodat hun woorden uit lagen leken te bestaan zoals de ingewikkelde, enigszins geheimzinnige Oosterse dipsaus die de chef van Gracie Mansion op de buffettafel had gezet. Tegelijkertijd propten ze hun mond vol met eten omdat ze een hele dag van vasten moesten inhalen en zich op de volgende dag van vasten moesten voorbereiden, dus het voedsel ging net zo snel naar binnen als de woorden naar buiten stroomden: brabbelen, opschrokken, brabbelen, opschrokken. Het eten zelf leek op een boze manier plaats te vinden.

De burgemeester, die het groepje mensen bij Mo zag staan, was naar hen toe gelopen om zich in het gesprek te mengen, maar toen hij het geruzie hoorde, had hij zich weer teruggetrokken in de veilige nabijheid van zijn assistenten. Hij leek verbijsterd dat deze gematigde moslims zulke korte lontjes hadden.

'Ik heb er wel voor gezorgd dat u van gedachten bent veranderd, denk ik,' zei Mo tegen zijn vader toen zijn ouders en hij aan Gracie Mansion waren ontsnapt. Zijn aanmatigende toon was puur gebaseerd op lef. De ruzie had hem erg doen schrikken over de onrust die hij had veroorzaakt, alsof het zijn lot was elke ruimte die hij betrad te verstoren.

'Je hebt niets veranderd,' antwoordde Salman. Hij klonk nors, zelfs verbitterd. 'Ik vind nog steeds dat je een verschrikkelijke fout maakt. Ik denk dat je zult verliezen, zelfs al win je. We zullen allemaal de verliezer zijn. Maar je bent mijn zoon; ik moest het daar binnen dus wel voor je opnemen.'

17

'In elke tuin gebeurt meer dan je weet, dan je ziet,' zei Mohammad Khan. 'Er is voortdurend iets aan het veranderen; dingen worden veranderd zonder dat we er invloed op hebben.'

De betekenis van zijn woorden ontging haar. Ze stak haar hand naar hem uit in een poging hem te begrijpen. Hij legde zijn handen op haar hoofd, trok haar naar binnen en wees haar op de rottende vezels, de omkrullende bladeren, de luizen die het sap eraan onttrokken, de Japanse kevers die aan de bloemblaadjes knabbelden, de spinmijt die de bladeren verschroeide, de eiken die afstierven... Met microscopisch scherpe blik zag ze alles.

'Dood, alles is dood,' zei ze. 'En er is geen reden voor.'

'Er is een reden.'

Ze had behoefte aan troost, ze leunde tegen hem aan – die groene ogen, die zachte mond...

Zijn baardstoppels prikten haar wakker, maar toen ze bij zinnen kwam, lag ze alleen in het bed, trillend van schaamte en verwarring. Haar onderbewustzijn, dat ze erop uit had gestuurd om zijn ware aard vast te stellen, had in plaats daarvan haar eigen, verborgen gevoelens voor hem opgediept.

Hij had de reden voor al het dode niet uitgelegd. Cals dood. De onthulling was zo dichtbij geweest. Ze wilde de kus uitwissen en het gesprek voortzetten. Maar hoe hard ze ook haar best deed, ze kon niet meer in slaap komen.

Het was halfzes 's morgens. Op haar tenen liep ze de trap af en ging door de achterdeur naar buiten. De hemel was een enorm doek, bijna melkachtig grijs; de bomen waren primitieve lijnen tegen de achtergrond ervan. Met alle concentratie die ze kon opbrengen bleef ze kijken naar de opkomende zon, die boomtakken, knoestige stammen en gebladerte langzaam tot leven wekte.

De donkere aderen in het witmarmeren barblad deden haar denken aan een kaart met landweggetjes. Claire volgde de flauwe lijnen met haar vinger terwijl ze aan de bar zat te wachten. Het restaurant – Grieks, geschilderd in azuurblauw en wit – bracht haar de zomer in gedachten toen ze haar rechtenexamen deed, waarna Cal en zij twee weken in Griekenland waren geweest, trekkend van eiland naar eiland. Als in een film zag ze hen op brommertjes op Samos rijden, de wijngaarden als groene linten, de zee saffierblauw. Ze had met een bandana haar haar naar achteren gebonden, haar dunne katoenen shirt bolde op in de wind. Cal droeg een mouwloos T-shirt, een kledingkeuze die zo ongewoon voor hem was dat ze er de hele tijd om moest lachen. Hun huid was gebruind na die dag van rondrijden, lopen en picknicken, en al die jaren later zag ze nog steeds het beeld van de witte strepen van het hemd op zijn huid toen ze die avond de liefde bedreven.

Bij hun picknicklunch hadden ze een fles Griekse wijn gedronken en toen ze weer gingen rijden, knalde Cal bijna tegen een stenen muur. Ze hadden dubbelgelegen van het lachen, gegrepen door een roekeloze vrijheidsdrang, het valse gevoel van onsterfelijkheid dat voortkwam uit hun jonge, kinderloze bestaan.

Toen Jacks hand haar elleboog raakte, voelde Claire al een schok nog voordat ze hem aankeek. Toen ze haar blik op hem richtte, zag ze zilver bij zijn slapen, interessante lijnen in zijn gezicht, het volle donkere bruin van zijn ogen, zijn welgevormde mond. Daarmee kuste hij haar nu op haar lippen, lichtjes, prikkelend, en ging zitten.

Zodra ze begonnen te praten, kreeg ze al spijt. Met hem praten tegen de achtergrond van hun intimiteit en latere vervreemding was bijna moeilijker dan een gesprek met een vreemde voeren. Ze

hielden zich bij de feiten: haar samenvatting van haar leven sinds
Cal, haar kinderen. Hij was gescheiden, zoals ze al had gedacht; hij
had eenderde van de tijd de voogdij over hun elfjarige zoontje. Het
grootste deel van zijn tijd besteedde hij tegenwoordig aan maat-
schappelijk activisme: door progressieve documentaires te financieren, naar politieke bijeenkomsten te gaan, te brainstormen met
jonge Turkse leden van de Democratische Partij. Een politieke sui-
keroom, dacht Claire – een met genoeg geld om niet te hoeven
werken.

Nadat ze een glas wijn hadden gedronken, gingen ze naar hun
tafeltje, waar ze oude herinneringen ophaalden.

'Weet je nog, al die avonden in de barakken?' vroeg hij. De barakken op Dartmouth, gemaakt van aan elkaar getimmerd afval-
hout, bedoeld om de onmenselijkheid te benadrukken van steun
aan het Zuid-Afrikaanse racistische regime, stonden uitdagend lelijk op die groene, smetteloze campus. Zowel haar relatie met Jack
als haar politieke opleiding had vorm gekregen binnen die flinterdunne wanden. Ze brachten vaak de nacht door in een van de barakken, bedreven daar vaak de liefde op een bekleding van kartonnen dozen op het harde cement. De barakken hadden geen sloten
en het was opwindend om – heel ongebruikelijk voor haar – dat
risico te nemen. De lucht die door de kieren op haar huid blies, de
slechts door krekelgetsjirp verstoorde stilte van de campus in
de korte tijd van slaap. Ze herinnerde zich er alles van en zag de
erotische potentie van de avond doordat hij de herinnering opriep.

Ze hadden nog maar net de eerste gang achter de rug toen Jack
zei: 'En, wat is er aan de hand met het monument?'

Ze vertelde hem hoe schuldig ze zich erover voelde dat ze inging
tegen de nabestaanden die Khan afwezen, zelfs al was ze het niet
met hen eens. Over hoe onzeker ze was met betrekking tot haar
oordeel over Khan zelf. Terwijl ze haar hart luchtte, begon de last
van haar keuze voor het eerst in weken iets minder zwaar te drukken.

'Soms heb ik het gevoel dat ik met het ene been in New York sta en met het andere in Amerika,' zei ze.

'New York is Amerika.'

'Je weet wel wat ik bedoel – we denken hier zo anders, zo afwijkend. We vormen een minderheid in ons eigen land. Wij liberalen, bedoel ik.'

'Wat niet betekent dat we ongelijk hebben.'

'Maar ook niet dat zij ongelijk hebben.'

'Dus iedereen heeft gelijk? Hoe kun je dat rijmen?'

'Ik bedoel gewoon dat alles twee kanten heeft, dit dus ook. Waarschijnlijk wel meer dan twee. Ik bedoel, die betoging was niet leuk, maar ik moet de nabestaanden vertegenwoordigen. Ik ben een van hen, we hebben die afschuwelijke ervaring met elkaar gemeen. Hun aanwezigheid bij de betoging was hun manier om me te laten weten: 'Je hebt ons teleurgesteld, ons verraden.' Ik voel me verplicht om te proberen hun standpunt te begrijpen.'

'Sommige dingen verdienen het niet begrepen te worden. Apartheid verdiende geen begrip, al zagen de blanken die ervan profiteerden dat anders.'

Deze tweede verwijzing naar hun gemeenschappelijk verleden irriteerde haar en wierp een nieuw licht op zijn eerdere opmerking over de barakken, die nu noch erotisch, noch toevallig leek. Toen hij zei: 'Het monument is de reden dat ik weer contact met je heb gezocht', was het al niet meer nodig dat hij haar dat vertelde, maar toch deden zijn woorden haar pijn. Hij was hier om haar aan hun gemeenschappelijke normen en waarden te herinneren en die weer op haar netvlies te krijgen. Alleen begreep ze nu dat het zíjn normen en waarden waren. Op haar twintigste had ze die zo sterk onderschreven omdat hij dat deed, omdat ze hunkerde naar zijn goedkeuring, waardoor die, achteraf bezien, een slechte voedingsbodem werd voor de plant van principe. Voor het eerst vroeg ze zich af of ze tijdens die avond in Gracie Mansion zowel Jacks principes had verdedigd als die van Cal. Het verontrustte haar niet te weten waar de idealen van de ene man eindigden en die van de andere man begonnen, niet te weten welke haar eigen principes waren.

'Jouw steun moet onvoorwaardelijk zijn. Er staat hier meer, veel meer op het spel dan een monument, begrijp je dat niet? Ik weet dat je zelf al zoveel pijn hebt moeten verwerken, misschien heb je niet alles kunnen volgen van wat er in het land gaande is. Door de aanslag is iedereen bang geworden niet-vaderlandslievend over te komen, bang om de regering, onze leiders in twijfel te trekken. Die angst heeft oorlog, martelingen, geheimzinnigheid en allerlei schendingen van rechten en vrijheden gerechtvaardigd. Laat niet toe dat hierdoor ook wordt gerechtvaardigd dat men Khan zijn monument ontzegt. De afgelopen jaren draaide alles om het afschuiven van verantwoordelijkheden. Geef niet toe aan de angst; verwar het absolutisme van Khans tegenstanders niet met moraliteit...'

Op de een of andere manier slaagde hij erin dit en nog meer te zeggen terwijl hij zijn lamsvlees naar binnen zat te werken – een knap staaltje van voedselverwerking, gezien het feit dat hij niet met volle mond praatte en dat Claire nauwelijks een woord had gezegd. Claires gegrilde vis daarentegen lag vrijwel onaangeraakt op haar bord; die had door haar teleurstelling zijn aantrekkelijkheid verloren. Ze had nu wat ze wilde: iemand die zich om haar bekommerde, haar versterkte in haar standpunt, maar het gewenste effect bleef uit. Wat voelde ze zich dwaas, ontmoedigd; ze had zich opgetut voor een afspraakje, maar in plaats daarvan kreeg ze een preek voorgeschoteld.

Ze wilde het laatste woord hebben, of in ieder geval het laatste wat dan ook, en daarom stelde ze voor bij haar thuis nog een drankje te drinken. Ze zei dat ze had beloofd rond elf uur thuis te zijn, zodat de oppas weg kon, in de hoop dat ze hierdoor de indruk zou wekken dat ze van deze avond niet iets anders had verwacht dan eens even gezellig bijpraten. Hij reed achter haar aan naar haar huis, zijn koplampen dansten achter haar in het donker en straalden het ene moment troost, het volgende dreiging uit, als in een droom waarin achtervolging en redding elkaar afwisselden. Toen ze de oprit op reed, ging de automatische verlichting bij het huis aan en wierp een bleke gloed over de tuin.

'Mooi huis,' zei Jack, die kwam aanlopen toen zij de glazen voordeur opendeed. Madison zat op de bank genesteld met een boek. Terwijl zij toekeken, rekte ze zich met katachtige nonchalance uit, waarbij haar omhooggeschoven T-shirt een gebruinde buik met een navelpiercing onthulde. 'Wat bent u vroeg,' zei ze. Claire werkte haar snel de deur uit en schonk twee glazen cognac in. Ze gingen in de woonkamer op de bank zitten, keurig een eindje van elkaar vandaan. Claire voelde haar woede in haar lichaam pulseren.

'Ik zal proberen je uit te leggen hoe het zit met de Tuin,' zei ze. Haar twijfels, vertelde ze hem, hadden niet met Khan te maken, maar met de symbolische betekenis van zijn ontwerp.

'Dat is gelul, Claire. Het is allemaal een kwestie van vertrouwen. Neem je zijn woorden zonder meer aan? Of ben je op zoek naar iets verborgens en dubbelzinnigs omdat hij moslim is?'

'Daar gaat het helemaal niet om.'

'Waar gaat het dan om?'

'Heb jij er dan geen moeite mee als Cals nagedachtenis wordt gevormd door een islamitisch martelarenparadijs?'

'Dat is weer dat wantrouwen,' zei hij. 'Die angst. Een tuin is gewoon een tuin, tot jíj besluit er achterdocht over te wekken. Heeft hij gezegd dat het een martelarenparadijs is?'

'Dat is nou juist het punt: hij weigert te zeggen...'

'Waarom zou hij?'

'Het is niet hetzelfde als hem wantrouwen,' zei ze. 'Dat is het niet.'

Ze zwegen.

'Er zijn dingen die jij niet weet,' zei ze. Ze overwoog hem te vertellen over Alyssa's informatie, maar wist zeker dat hij daar nog sceptischer op zou reageren dan zij. 'Die column in de *Post* — dat ik slaap met de vijand? Een aantal andere nabestaanden kwam naar mijn huis om te protesteren. Ik krijg dreigende, akelige telefoontjes. Ik heb ons telefoonnummer moeten laten verwijderen uit de gids. Al die buitenverlichting heb ik pas onlangs laten aanbrengen.'

'Ik kan me voorstellen dat dat beangstigend is geweest,' zei hij op bijna sympathieke toon. 'Maar is dat juist niet meer reden, in plaats van minder, om voor Khan op te komen? Ik was trots op je toen ik die column las.'

Maar hij had pas de moeite genomen om met haar contact op te nemen toen ze haar twijfels openbaar had gemaakt. Claire kon het niet uitstaan. Hij maakte zich meer zorgen om Khan, een man die hij nooit had ontmoet, niet meer dan een gezicht in het nieuws, dan om haar, de vrouw met wie hij ooit zijn leven wilde doorbrengen. Het had iets van verlating, van verraad. 'Je zou opiniestukken moeten schrijven!' barstte ze op schrille toon uit. 'Je hebt alle argumenten. Die had je vroeger ook al.'

'Niemand is geïnteresseerd in mijn visie,' zei hij. 'Samen met een heleboel andere Amerikanen voel ik me de laatste jaren hulpeloos, machteloos om de kant die dit land op gaat te veranderen, en jou moed inpraten is een manier om er iets aan te doen. Hoor eens, ik beweer niet dat het gemakkelijk is, ik weet dat er veel druk op je wordt uitgeoefend, maar dit is echt belangrijk. Je moet sterk zijn. Er is geen bewijs dat onze moslimpopulatie een bedreiging vormt; waarom zouden we die zelf tot bedreiging maken?'

'Je komt nog steeds op voor de underdog, merk ik,' zei ze, en hoewel ze het niet als compliment bedoelde, vatte hij het wel zo op.

'Voor wie zou ik anders moeten opkomen?'

'Voor de slachtoffers? De nabestaanden?'

'O, volgens mij is er geen gebrek aan rekruten voor hun leger,' zei hij.

'Er zijn bijna een miljard moslims op de wereld!' Ze dwong zichzelf tot een luchtig lachje. 'Denk je dat zij gebrek aan rekruten hebben?'

'In dit land wel. Khan is de underdog. Hij heeft eerlijk en open gewonnen, en dat wil jij hem afnemen.'

Door zijn kennelijke onvermogen de complicaties te begrijpen, vond ze hem voor het eerst dom. 'Ik wil hem niets afnemen, ik wil alleen weten wat hij ons heeft gegeven...'

Hij onderbrak haar: 'Beloof me dat je Khan niet zult verloochenen.'

'Verloochenen? Het is geen contract, Jack. Je bent al net zo erg als de mensen die willen dat ik beloof hem tegen te houden. Het is mijn beslissing, en dus ben ik degene die de belissing neemt. Mag ik je iets vragen? Hoe kun jij, met je liberale standpunten, jouw steun aan de islam verenigen met die voor de rechten van homo's en voor het feminisme, als je ziet hoe vrouwen, homo's of andere minderheden in veel moslimlanden worden behandeld?'

'Khan is niet zo'n soort moslim.'

'Maar dan verzin je je eigen lakmoesproef – de "acceptabele" moslims zijn de moslims die in jouw straatje passen.'

Hij dronk zijn glas leeg, hij leek geërgerd. Tot haar eigen verbazing schepte ze er nu net zoveel genoegen in om hem op stang te jagen als ze vroeger had gedaan om hem te plezieren.

'Je bent veranderd,' zei hij.

'Ja, vast,' zei ze, terwijl ze hun glazen bijschonk, hoewel de warmte van de cognac haar spieren en tong al leek te verzwaren. 'Ik kan me niet voorstellen dat wie op die dag iemand heeft verloren níet is veranderd.' Wat ze eigenlijk wilde zeggen was dat het misschien niet zozeer een verandering was als wel een verworden – het verworden tot zichzelf. Maar ze voelde dat hij haar al had veroordeeld. 'Probeer het te begrijpen, Jack. Het was... Er zijn geen woorden die kunnen beschrijven hoe gruwelijk het was Cal op deze manier te verliezen.'

Ze keek naar het tableau dat ze had geschapen op de voetenbank: een kunstzinnige uitstalling van familiefoto's, koraaltakken en op elkaar gestapelde kunstboeken, die moeilijk in stand te houden was vanwege de altijd aanwezige dreiging van sabotage door de kinderen. Haar blik viel op de foto van Cal, die grijnsde en toen zijn arm om haar heen sloeg, of zo leek het in ieder geval, tot ze opkeek en zag dat Jack naar haar toe schoof, haar in zijn armen nam, haar tegen zich aan trok en zei: 'Hé, hé, het spijt me, het spijt me.' Hij wiegde haar hoofd tegen zijn borst alsof ze zijn dochter was en aaide haar over het haar, maakte het los en streelde, streelde, tot ze zich sidderend ontspande. 'Het spijt me,' zei hij weer. 'Het spijt me.' Hij tilde haar kin op en boog zich voorover om zijn mond op de hare te drukken, en ze waren weer twintig, hijgend, nerveus, de elektrische lading tussen hen des te sterker vanwege hun onenigheid. Met vaardige hand trok hij haar blouse open en hij begon haar borst met cirkelende bewegingen te strelen, waardoor haar hele lichaam tintelend tot leven kwam. Toen gaf hij een kneepje in haar tepel, alsof hij daarmee wilde zeggen: 'Ik ken jou, ik weet wie jij bent.'

Tijdens de rit naar huis vanaf het restaurant had ze de gedachte gekregen hem naar haar huis te lokken, om hem vervolgens af te wijzen. Maar toch leunde ze nu opzij, zodat hij haar van haar blouse kon ontdoen en haar bh kon losmaken, toch liet ze toe dat hij haar rok omhoogtrok en zijn hand in haar slipje liet glijden, in haar liet komen, zodat ze naar adem hapte, het bijna uitschreeuwde door die steek van genot en pijn.

'Rustig aan,' zei hij lachend. 'Je maakt de kinderen nog wakker.'

'Hun kamers liggen te ver weg,' zei ze, geërgerd omdat hij op dit moment over hen begon. Maar ze kon zich er niet toe brengen zijn hand weg te trekken, totdat de herinnering aan hun gesprek tijdens het diner in haar opkwam en haar lustgevoelens verdwenen. Ze draaide zich van hem af en probeerde verveeld te kijken. 'Ik ben er gewoon... nog niet klaar voor,' zei ze. Hij leek onverstoorbaar, alsof het hem niet kon schelen hoe ver ze zouden gaan. Ze trok haar blouse aan en haar rok omlaag en liet hem uit, hem haar wang toedraaiend toen hij zich boog om haar te kussen.

'Hou je sterk, Claire, en vergeet niet het alarm aan te zetten.' Ze kon een halve snik nog net inhouden. Dit was het eerste beschermende gebaar van hem, van wie dan ook.

De bewegingssensors deden hun werk, waardoor hij in een veld van licht naar zijn auto liep. Hij verdween over de oprit. Ze was gevormd en werd gevormd niet alleen door degenen die ze op haar reis ontmoette, maar ook door de manier waarop ze hen weer kwijtraakte.

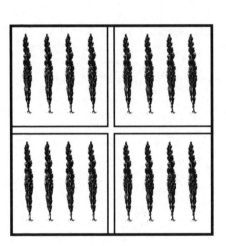

18

Veertien hoofddoekincidenten verspreid over het land, met als reactie vijfentwintig patrouillerende zelfverdedigingsbrigades van
moslims. Elf ontwijdingen van moskeeën in acht staten, het roos-
teren van een varken als protest bij een moskee in Tennessee niet
meegeteld, maar inclusief de hondendrol die op de stoep van een
moskee in Massachusetts werd achtergelaten. Tweeëntwintig moslimlanden die hun zorg uitspraken over de behandeling van moslims door Amerika en over de wijze waarop de islam in de media
werd neergezet. Zes ernstige bedreigingen van Amerikaanse belangen in het buitenland door islamitische extremisten die wraak
zwoeren voor de vervolging van Khan. En, het zorgwekkendst van
alles voor een land dat tot nu toe vrij was van binnenlands jihadter-
rorisme: drie verijdelde aanslagpogingen in eigen land.

Paul ontving deze bulletins, deze verbijsterende feiten, dag en
nacht, vanuit alle hoeken en gaten. Samen met de meningen die
erdoor werden gekweekt. De FBI en NYPD stelden in zeldzame
eensgezindheid voor dat Paul de openbare hoorzitting zou annuleren of in ieder geval zou uitstellen, omdat die de gemoederen nog
verder zou verhitten. Een lid van de presidentiële Nationale Veilig-
heidsraad pleitte voor het tegengestelde – het afgelasten van de
openbare hoorzitting zou 'in Peshawar niet goed vallen'. Ambtenaren van het ministerie van Buitenlandse Zaken meenden ook dat
de hoorzitting een positieve bijdrage zou leveren aan de wereldwijde campagne, gericht op 'het hart en de geest' van moslims, tenzij
daaraan juist schade zou worden toegebracht door de negatieve te-
neur van de hoorzitting. De gouverneur hield vol dat het publiek

de hoorzitting nodig had om spanningen af te reageren. 'Sommige conflicten moeten worden uitgevochten en niet met de mantel der liefde worden bedekt,' zei ze, wat de burgemeester van New York ertoe bracht haar ervan te beschuldigen dat ze daarmee een vrijbrief afgaf voor geweld. De president, ooit eigenaar van een basketbalteam, stelde voor met Khan een deal te sluiten ('Hij trekt zich terug en wij maken hem onze goodwillambassadeur in de moslimwereld') of hem te degraderen ('Zijn monument wordt gebouwd, alleen in een andere stad of plaats').

Pauls vertrouwde notitieblok bleek nutteloos bij deze tegenstrijdige geluiden. Zowel het annuleren van de hoorzitting als het laten doorgaan ervan was onvoorspelbaar en riskant. De stress, die hem al zijn eetlust had benomen, bezorgde hem nu slapeloosheid en maakte hem zeer prikkelbaar, met als gevolg dat Edith en het huishoudelijk personeel alleen nog op ongebruikelijk zachte toon durfden te praten. Er begon de sfeer in zijn huis te ontstaan van een wake, een onheilspellende omgeving voor een man die zijn leeftijd begon te voelen.

Om middernacht zat Paul in zijn studeerkamer door zijn dossiers over het monument te bladeren, waarbij hij op het papiertje stuitte waarop hij Khans naam voor het eerst had zien staan. Vanaf het moment dat hij het uit de envelop had gehaald had hij zonder succes op allerlei manieren geprobeerd het er weer in terug te stoppen. Zijn pogingen om de gevolgen ervan in te perken, hadden alleen tot meer chaos geleid. Misschien was het antwoord, dacht hij nu, om de chaos, het toeval, de architect van de geschiedenis te laten zijn. Hij was een beroepsmatige gokker, al was hij er een die opereerde met het respect van de gemeenschap. Zijn vroegere liefde voor risico's, die hem had aangetrokken tot het leven als bankier, stak nu de kop weer op. Hij haalde een kwartje uit zijn zak, bepaalde de kruis- en muntkant en wierp het omhoog. George Washington staarde in de verte, als om te zien of de natie die hij had gesticht deze hobbel zou nemen. Om te beginnen moest het publiek de gelegenheid krijgen zijn gal te spuwen.

De spanning die bij Mo eerst met de week, later met de dag groter was geworden, leek zich nu met het uur op te bouwen. Naarmate de hoorzitting dichterbij kwam, pulseerden steeds meer geruchten met kwaadaardige trekjes: de Verenigde Arabische Emiraten hadden de rechten op het monument 'opgekocht'; islamitische extremisten zouden sabotage plegen op de plek van de aanslag; Mo's tegenstanders zouden er een bom gooien en de moslims daarvan de schuld geven; Mo zou voorwenden dat hij Jezus Christus als zijn Verlosser aannam om te zorgen dat hij zijn paradijs kon bouwen.

In werkelijkheid zocht hij de verlossing uitsluitend bij zijn nieuwe advocaat, maar ook dit voedde de geruchtenstroom. Scott Reiss was zelfverzekerd, amusant, professioneel en duur. Zodra uitlekte dat Mo hem had ingehuurd – gelekt door Scotts kantoor, waar men dacht dat alle publiciteit goed was – verscheen er een hatelijk stuk in de *Post* waarin de vraag werd opgeworpen hoe Mo zo'n duur advocatenkantoor kon betalen, vergezeld van de insinuatie dat de Saudi's hem financierden. In het artikel werd beschreven hoe slecht architecten in New York werden betaald, zelfs met een citaat van een anonieme bron bij ROI. Mo's salaris was iets hoger dan hun schatting, maar de krant had gelijk: niet hoog genoeg om een advocaten- annex pr-kantoor te betalen dat vijfentwintighonderd dollar per uur rekende. De waarheid was dat Mo's vader geld van zijn pensioenspaarrekening had gehaald; spaarcentjes van vier decennia, die bij wijze van spreken via een infuus Reiss' in Armanipak gestoken arm binnendruppelden. Dit feit had openbaar kunnen worden gemaakt door een simpele '401(k)-verklaring', maar Mo wilde zijn ouders beschermen. Sterker nog: hij weigerde zijn onschuld te bewijzen. Het leek of hij zijn wapens achter slot en grendel had gezet, maar de grendel was vergeten. Zijn spieren deden pijn.

Reiss' eerste plan bestond uit een public relations-offensief.

'We moeten jou laten zien met foto's van je kinderen,' zei hij, en toen Mo hem erop wees dat hij die niet had: 'Leen er een paar. We moeten jou vermenselijken. Nee, veramerikaniseren. We willen je familiealbums zien. Je padvindersmedailles. We willen advertenties plaatsen voorafgaand aan de openbare hoorzitting. Je hebt een heleboel mensen achter je staan die bereid zijn om voor commercials te betalen.'

Mo schaamde zich bij de gedachte dat Laila een advertentiecampagne zou zien nadat hij die van de ACMR had geweigerd. Maar hij wilde ook niet met zichzelf te koop lopen: hij wilde zijn eigen landgenoten niet geruststellen door te verkondigen dat ze niet bang voor hem hoefden te zijn.

'Geen advertenties,' zei hij tegen Reiss, die met zijn ogen rolde.

Er leek geen einde aan de ramadan te komen. Mo vastte nog steeds elke dag van zonsopgang tot zonsondergang, en at de meeste avonden nog steeds alleen, ondanks de vermaningen van zijn vader. De herinnering aan de iftar bij de burgemeester zat hem dwars, gaf hem de overtuiging dat hij onrust zou zaaien bij elke bijeenkomst van moslims waar hij zich vertoonde. Maar de eenzaamheid vrat aan hem, steeds meer naarmate de hoorzitting dichterbij kwam. Vier dagen ervoor ging hij naar Brooklyn om met vijf protestanten het avondmaal te nuttigen: Thomas, Alice en hun kinderen.

Alice was nog steeds gul met haar woede over het feit dat Mo 'Thomas had verneukt en ons gezin in gevaar had gebracht', zoals ze het verwoordde, maar ze deelde voornamelijk voorwaarden voor vergiffenis uit. De meest recente voorwaarde was de constructie van de Lego Seattle Space Needle voor Petey. Toen het eten achter de rug was en de kinderen in bed lagen, ging Mo aan het werk op de vloer van de woonkamer, blij dat hij zich kon verliezen in de relatieve geestloosheid van de miniatuurconstructie. Alice lag languit op de bank met haar voeten op Thomas' schoot, en Mo probeerde de herinnering aan Laila te verdringen die haar sierlijke voetjes strekte als een kattenrug en ze in zijn schoot legde.

Alice zapte de zenders langs en stopte toen Mo's gezicht op het scherm verscheen. Zonder erbij na te denken schakelde Mo om van de eerste persoon naar de derde, zoals hij tegenwoordig altijd deed zodra hij naar zichzelf keek. Issam Malik en Lou Sarge debatteerden over het monument en toen hij hen zag moest Mo met een schok denken aan die avond met Yuki, nog geen jaar geleden. Deze twee mannen waren toen nog vreemden, stripfiguren voor hem, en zij wisten niets van zijn bestaan af. Nu waren ze allemaal personages, figuranten in de een of andere sinistere opera, en konden ze het toneel niet verlaten of – in het geval van Malik en Sarge – het tv-scherm.

Sommige van hun opmerkingen over en weer sloten zo perfect op elkaar aan dat Mo zich afvroeg of ze het gesprek voor de opname hadden ingestudeerd.

'Je trekt muren van achterdocht op met je retoriek,' zei Malik.

'Nee,' zei Sarge. 'Mohammad Khan trekt die muren op.'

Onwillekeurig glimlachte Malik, en Thomas, Alice en Mo keken allemaal tegelijkertijd naar de Space Needle. Sarge praatte verder: 'Hij heeft het perfecte dilemma gecreëerd. Als we het bouwen, is het een martelarenparadijs, wat de vijand alleen maar zal aanmoedigen. Bouwen we het niet, dan krijgen we de vijand op ons dak omdat we een moslim discrimineren.'

'Jij bent degene die het dilemma heeft gecreëerd, Lou. Als Khan opkomt voor zijn rechten, is hij een agressieve, boze moslim die een stiekeme jihad voert. Als hij de handdoek in de ring gooit, geeft hij toe dat hij die rechten helemaal niet had.' Mo koesterde de geheime hoop dat Malik nog steeds zijn kant koos dankzij Laila's invloed. Maar hij wist dat het waarschijnlijker was dat Malik nog steeds veel financiële mogelijkheden zag in Mo's zaak.

'Dat is belachelijk!' riep Sarge verontwaardigd uit. 'Hij heeft die rechten – daarover zijn we het allemaal eens. Maar hij zou zo fatsoenlijk kunnen zijn om ervoor te kiezen die niet op te eisen.'

Mo wist niet precies waarom hij zich ongemakkelijk voelde nu hij deze woorden in de aanwezigheid van Thomas en Alice hoorde. Thomas zou uit vriendschap, uit aangeboren loyaliteit, nooit toegeven, zelfs niet tegenover zichzelf, dat hij vond dat Mo zich moest terugtrekken. Maar Alice was een andere zaak.

'Vind je dat hij gelijk heeft, Alice?' vroeg Mo.

'Wil je een eerlijk antwoord?' zei Alice.

'Ik verwacht niet anders van jou.'

'Als we het niet over jou zouden hebben, maar over een andere moslim, laten we zeggen – ja, dan vind ik dat hij gelijk heeft. Ik vind hem ook een hufter die fatsoen nog niet zou herkennen als het op hem piste, maar dat doet er niet toe. Ik weet dat je wilt dat jouw ontwerp heling brengt, en dat respecteer ik. Maar die brengt het niet, in ieder geval niet nu.'

'Alice,' zei Thomas.

'Hij vroeg het toch?'

'Inderdaad,' zei Mo. 'En als ik een willekeurige andere moslim was, zou ik het misschien met haar eens zijn.'

Deze woordenwisseling liet een naar luchtje achter, ook nog toen ze alweer over andere dingen praatten. Een halfuur later stond Mo met verkrampte benen op. De Space Needle was nog niet af, maar hij zei dat hij naar huis moest. Het woord brandde in zijn mond.

'Veel geluk bij de hoorzitting,' zei Alice, en ze omhelsde hem voordat hij de lift in stapte. 'En ik meende wat ik zei: mijn mening geldt alleen voor een willekeurige moslim, wat jij niet bent. Jij bent onze moslim.'

'Alice!' riep Thomas uit.

Ze rolde met haar ogen naar hem. 'Mo weet wel wat ik bedoel. Hij heeft jou niet nodig om hem tegen mij te beschermen.'

Mo had er wanhopig behoefte aan gehad om aan zijn eenzaamheid te ontsnappen; nu wilde hij niets liever dan die weer opeisen. Hij wuifde nog even vermoeid en liet de liftdeuren dichtglijden. Om de ondergrondse te vermijden, wat zijn gewoonte was geworden – hij wilde niet worden herkend, applaus ontvangen en aangesproken worden in die kleine ruimte – had hij een zwarte taxi besteld.

'Mohammad Khan,' zei de chauffeur, ene Faisal Rahman, emotieloos toen Mo instapte.

'Dat ben ik,' zei Mo, die zich gedeprimeerd neerlegde bij de gedachte aan een lange rit naar huis en het vragenvuur dat hem wachtte.

Maar Faisal bleef bijna de hele weg zwijgen. Pas toen ze de Brooklyn Bridge op reden en het Empire State Building rood en wit als een parfait zagen oplichten, deed hij zijn mond open. 'In de eerste twee jaar dat ik hier woonde,' zei Faisal, 'dacht ik dat ze dat voor de islam deden als ik groene verlichting op het Empire State Building zag. Ik vertelde het tegen iedereen thuis; de helft van de inwoners van Matlab denkt nog steeds dat het waar is. Toen kwam ik erachter dat het voor vliegtuigen bedoeld is!' Hij begon te lachen en Mo ook, ondanks zijn sombere bui. 'Maar in die twee jaar vond ik het ongelooflijk om te zien hoeveel dit land van de islam hield.'

Toen ze op de plaats van bestemming aankwamen, wilde Faisal geen geld aannemen. 'Ik wens u geluk en Allahs zegen,' zei de chauffeur. 'Die zult u nodig hebben.'

Drie nachten voor de hoorzitting droomde Mo over een droogte, over harde, droge grond. Hij droomde van overstromingen die zijn tuin in een moeras veranderden. Hij droomde van sprinkhanen die de planten opvraten en om hem heen zwermden, en uit deze droom ontwaakte hij, trillend. Hij liep op de tast naar de keuken, pakte een pak sinaasappelsap uit de ijskast en dronk, dronk, met hetzelfde ziekmakende gevoel van zwakheid dat een verslaafde waarschijnlijk voelde, maar ook met hetzelfde armzalige gevoel van opluchting: dit is wie ik ben, nu kan ik ophouden met doen alsof het anders is. Eerst sinaasappelsap, typisch Amerikaans, maar daarmee had hij een einde gemaakt aan zijn ramadan-vasten. Hij wist niet eens waarom, alleen dat hij wakker was geworden met het plotselinge, abrupte idee dat hij aan een dergelijke vorm van opoffering geen kracht zou ontlenen, dat zijn onthouding nooit iets anders dan betekenisloos zou zijn. Als hij niet kon zeggen dat hij geloofde in het paradijs dat door het vasten zou worden bereikt, hoe kon hij dan in het vasten zelf geloven? Deze ramadan zou hem ook zonder te vasten op de proef stellen.

Een keer, ongeveer een jaar geleden, had Mo, die nieuwsgierig was naar de pasverworven vroomheid van zijn vader, hem vergezeld naar het vrijdaggebed. Vanaf het moment dat ze het parkeerterrein op reden, begon Mo de architectuur van de moskee te bekritiseren. De karikaturale koepel en minaret, de opzichtige, kille ruimtes binnen. 'Niemand zal daar God vinden,' zei hij toen ze weggingen.

'Ik weet dat gebouwen jouw religie vormen,' antwoordde Salman met milde verbazing. 'Maar die zouden je niet van God mogen weerhouden, en kunnen je ook niet naar Hem brengen.'

De herenkapperszaak was klein en onbeduidend. Er stonden alleen vier stoelen en een krantenrek, er was één kapper die knipbeurten van veertien dollar deed en de boel aanveegde, een ouderwets etablissement, een onopgesmukt stukje Manhattan. Mo bleef buiten even staan, dook toen het winkeltje in en liep naar de eigenaar, die een wit overhemd droeg en zijn gezicht achter een krant verborg. De man vouwde zijn krant dicht, waarop zijn spierwitte haar met bijpassende snor zichtbaar werd, en sloeg zijn armen over elkaar.

'Kortknippen, graag,' zei Mo. 'Netjes.'

De kapper dirigeerde hem naar een stoel en deed hem een zwarte kapmantel voor. Met chirurgische precisie legde hij zijn gereedschap klaar en ging aan het werk. Donkere lokken dwarrelden naar de vloer. De kapper floot een liedje. Mo registreerde elke knip als een concessie. Over twee dagen zou de hoorzitting plaatsvinden. Hij liet zijn haar – dat hij na zijn reis naar Afghanistan tot op zijn schouders had laten groeien – knippen op aandringen van zijn moeder, of dat probeerde hij zichzelf wijs te maken. Zijn uiterlijk, beweerde ze, leidde de aandacht af van zijn ontwerp; misschien zou een iets conservatievere stijl de tegenstand wat doen verminderen, de angst wat matigen. Zijn antwoord was dat hij zich niet zou moeten aanpassen aan een vooroordeel. Maar hier zat hij, zich aan te passen.

'Moet ik u nog scheren?' vroeg de kapper, die even wachtte voordat hij de kapmantel afdeed.

Mo schudde zijn hoofd.

Op de ochtend van de hoorzitting werd Mo vroeg wakker. Ondanks de koele herfstlucht was zijn boxershort vochtig van het zweet en zijn lakens waren in een kluwen gedraaid. Hij verborg zijn gezicht in zijn handen, voelde zijn zachte baard, douchte, veegde de beslagen spiegel droog en boog zich over de wastafel. Hij schrok van zijn spiegelbeeld met het korte haar, alsof iemand anders het medicijnkastje was binnengekropen. Hij keek zichzelf in de ogen en begon met zichzelf te redetwisten. Dit was praktisch. Nee, het was laf. De baard zou weer aangroeien. Dat zou niet hezelfde zijn. Hij had de touwtjes in handen; hij gaf zich over. Dit doen was slim; nee, het was iets om je over te schamen. 'Nog even en je scheert je baard voor hen af,' weerklonken Laila's woorden in zijn hoofd.

Hij had de baard laten staan om te spelen met de perceptie en misperceptie, om zich te verzetten tegen de pogingen hem te definiëren. Zou hij die strijd winnen of verliezen als hij hem afschoor? Pleegde hij verraad aan zijn religie? Nee, maar zo zou het wel overkomen. Pleegde hij verraad aan zichzelf? Door die vraag begon de hand die het scheermes vasthield te trillen.

Met een stevige haal begon hij het haar weg te schrapen, waarbij hij stukjes lichte huid tussen het haar zag verschijnen. Toen hij klaar was, zag zijn spiegelbeeld er jonger, flets en zwak uit, zoals zijn kortgeknipte haar zijn hoofd kleiner en jongensachtiger deed lijken. Hij vernederde zichzelf, misschien alleen om anderen de kans daartoe te ontnemen. Hij deed zijn koffer open, haalde er zijn oude, simpele titaniumbrilletje uit en vouwde zijn bril met getinte glazen op. Hij had het gevoel dat hij zichzelf in de koffer stopte.

Hij bracht een dubbele hoeveelheid deodorant aan onder zijn mooiste donkergrijze pak, een wit overhemd, een zijden das met donkergrijze en zachtzilveren diagonale strepen. Niet slecht, dacht hij terwijl hij zijn spiegelbeeld bestudeerde: beschaafd en buitenlands. Maar het ging hier niet om een schoonheidswedstrijd.

De hemel had de kwaliteit van een uitdrukkingsloos gezicht. Mo nam een taxi naar het stadhuis, waar de hoorzitting zou worden gehouden. De politie was bezig hekken te plaatsen als voorbereiding op de hoeveelheid mensen die werd verwacht. Politiehonden die bommen moesten opsporen, werden door het park van het stadhuis geleid.

Conform Paul Rubins instructie ging Mo door een zijdeur naar binnen. Een politieagent controleerde of zijn naam, 'Khan, Mohammad', op de lijst stond, verzocht hem zijn zakken leeg te maken en door het detectiepoortje te lopen dat de toegang blokkeerde. Hij deed zijn muntgeld, sleutels en mobieltje in het plastic mandje, trok zijn schoenen uit, liep door het poortje en hoorde een serie luide piepjes.

'Riem,' zei de agent terwijl hij naar Mo's middel keek.

Mo deed de riem af. Nog afgezien van het vasten had hij de laatste tijd weinig gegeten en de kilo's waren van zijn toch al slanke lichaam af gevlogen. Die ochtend had hij een extra gaatje in zijn riem geprikt. Nu slobberde zijn broek om zijn middel.

'Nog een keer,' zei de agent met een knikje naar de metaaldetector. Mo liep er weer doorheen; weer klonk het gepiep. De agent keek hem achterdochtig aan.

'Bril,' zei Mo, die dacht dat het titanium misschien het probleem veroorzaakte. De agent snoof en mompelde iets in zijn radio, dacht er toen aan die aan te zetten, herhaalde het gemompel, hield hem tegen zijn oor om het antwoord te horen en zei toen nors tegen Mo: 'Armen uit elkaar, benen spreiden.' Toen hij de paniek op Mo's gezicht zag, zei hij op mildere toon: 'Fouilleren.'

Mo was duizelig en voelde dat hij in shock begon te raken door deze vernedering juist op deze dag. Zonder dat hij het wilde, begon zijn lichaam te trillen en hij was bang dat dit de suggestie van een schuldig geweten zou wekken. De agent bevoelde Mo's uitgestrekte armen en liet zijn vingers met bijna tedere intimiteit langs de binnenkant van Mo's mouwen en de kraag van zijn jasje glijden. Op dat moment kwam Paul, een beetje buiten adem, uit de hal naar hem toe lopen, vergezeld van een officier die zijn gezag deed gelden.

'Kapitein,' zei de agent bij Mo als begroeting.

'O,' zei Paul toen hij Mo zag. 'O.' Toen, tegen de agent bij Mo: 'Het is in orde – laat hem door.'

De agent keek onzeker en begon te hoofdschudden.

'Alstublieft,' zei Paul ongeduldig terwijl hij zich tot de kapitein wendde. 'Ik neem de verantwoordelijkheid op me. Hij is de, dit is de...'

Iedereen bleef beleefd zwijgen, alsof hij een stotteraar was, terwijl Paul naar de juiste woorden zocht.

'De eregast!' riep hij eindelijk uit, alsof ze bij elkaar waren gekomen voor Mo's surpriseparty.

De kapitein knikte. Na enige aarzeling, als een hond die zijn prooi niet wil loslaten, haalde de agent zijn hand weg van Mo's rug, waar hij had gerust zonder dat Mo het in de gaten had. Mo liep met een wijde boog om het detectiepoortje heen, met het gevoel alsof hij een kind was dat de klas weer mocht binnenkomen of een gevangene die overwachts gratie kreeg. Hij voelde zich in verlegenheid gebracht omdat hij gered moest worden. Zijn voeten gleden in zijn schoenen, de losse voorwerpen gingen in zijn zak. Hij wilde zo snel mogelijk weg, dus zette hij de pas erin, totdat hij besefte dat Paul Rubin niet naast hem liep. Hij hoorde een beleefd kuchje en draaide zich om.

'Je riem,' zei Paul, zonder hem aan te kijken.

Beschenen door een spotlight en geflankeerd door een enorme Amerikaanse vlag stond de maquette van de Tuin op het podium. Hij stond daar al twee weken, samen met Mo's ontwerptekeningen, zodat het publiek die kon bekijken. 'Het is waarschijnlijk de strengst bewaakte architectonische maquette in de geschiedenis,' rapporteerde Thomas nadat hij er was gaan kijken. 'De Hope-diamant van de architectonische maquettes.'

Mo was een paar keer naar de modelbouwers gegaan toen ze met de miniatuurtuin bezig waren, maar toch, nu hij de maquette zag, zwol hij van trots. De witte muren, met op de buitenkant de datum van de aanslag, waren doorschijnend als bot onder de felle lampen. Een piepklein, door batterijen aangedreven pompje stuwde het water door de kanaaltjes. Uit tactische overwegingen bestonden de namen op de binnenkant van de muren uit willekeurig gerangschikte letters om zo de namen van de slachtoffers voor te stellen, maar de manier waarop ze waren gerangschikt riep tot Mo's tevredenheid de gevelbekleding van de verwoeste gebouwen op. De stalen en groene bomen, gemaakt van draad en papier, torenden boven de muren uit.

Het publiek, onzichtbaar voor hem vanachter het podium, gonsde als een bijenkorf. Op het laatst mogelijke moment liep hij het trapje af naar de voorste rij en nam plaats. Het gegons klonk nu oorverdovend. Dooraden, dooraden, zei hij tegen zichzelf. Hij wierp een blik naar rechts, waar hij Robert Wilner, de assistent van de gouverneur, zag zitten, die hem aankeek terwijl hij gedachteloos over zijn kin wreef. Een paar stoelen naar links zag hij Claire Burwell naar hem staren. Toen hij haar blik ving, keek ze de andere kant op en dat maakte hem onzeker. Hij had het artikel over haar twijfel in de *Post* gelezen, maar had daarbij aangenomen dat het overdreven of niet waar was, zoals de meeste berichten die in die krant verschenen. Haar steun was zo demonstratief, zo solide geweest, met haar gepraat over haar zoontje. Hij had nog geen moment aan haar getwijfeld.

Er kwam een leerling van een middelbare school het podium op die 'The Star-Spangled Banner' zong; de met moeite uitgebrachte laatste, breekbare toon bleef in de lucht hangen als een wankelende vaas. Paul Rubin klom het podium op, ging op zijn plaats zitten, tikte op de microfoon, bedankte de aanwezigen voor hun komst en verzocht om een moment van stilte ter nagedachtenis aan de slachtoffers van de aanslag. Net op tijd dacht Mo eraan zijn hoofd te buigen; hij kon zichzelf wel schoppen vanwege deze bijna-fout; hij zag de foto's en de afkeuring al voor zich als hij als enige in de verte was blijven staren. De camera's klikten als ongeladen pistolen.

'Tegen de nabestaanden,' zei Rubin, 'wil ik graag zeggen dat wat we hier vandaag doen draait om de dierbaren die u hebt verloren. U bent echt het geweten geweest van dit proces en daarvoor wil ik u bedanken.' Vervolgens begon hij opgewekt uit te leggen hoe het tijdens de bijeenkomst in zijn werk zou gaan, als een man die gewend was bijeenkomsten te leiden. Eerst zou Mohammad Khan een verklaring afleggen. Vervolgens zouden enkele mensen uit het publiek het woord krijgen, waarbij nabestaanden voorrang kregen. Hij verzocht de aanwezigen om hoffelijkheid te betrachten. 'Dat is het mooie van onze democratie,' zei hij, 'dat we iedereen de kans geven om te spreken, om gehoord te worden. We willen dat het proces zo democratisch mogelijk verloopt, en dus hebt u, het volk, het laatste woord.' Het duurde een halve minuut voordat Mo begreep dat Rubin hiermee zijn eigen jury van zijn macht ontdeed en de beslissing in handen van het publiek legde. Zijn ogen prikten; hij sloeg zijn blik neer om zijn zelfbeheersing terug te vinden.

'Meneer Khan?' zei Paul. 'Meneer Khan.'

Hoewel hij was opgehouden met vasten, was Mo die ochtend zo gefixeerd geweest op het afscheren van zijn baard dat hij was vergeten te eten. Hij stond op en liep met wankele tred naar links. Hij keek naar Claire, die omlaag naar haar blocnote staarde, zodat alleen haar blonde haarwrong en haar lange slanke benen zichtbaar waren. Ariana gaf hem tenminste nog een bemoedigend knikje – mededogen vanuit een onverwachte hoek, de kleine menselijkheid van een raam dat opengaat in een wolkenkrabber.

Vanaf het podium zag hij het publiek beurtelings scherp en wazig, het ene moment als een bleke, onbepaalde massa, het volgende moment elke fronsende of toegeknepen blik haarscherp in beeld. Hij had tegen zijn ouders gezegd dat ze niet moesten komen, al wist hij dat ze de bijeenkomst via de tv zouden volgen. De twijfel van zijn vader maakte hem onzeker; zijn moeder wilde hij de gespannen sfeer in de zaal besparen. Maar nu wenste hij dat ze erbij waren. Hij keek rond of hij Laila zag, maar kon haar niet ontdekken. Dat was ook niet te verwachten. Hij zag Reiss wel, die driftig in de weer was met zijn BlackBerry.

Het werd eindelijk stil in de zaal. Mo legde zijn speech, in 18-punts letters uitgeprint, op de tafel en boog zich voorover naar de microfoon. Hij nam de gezichten voor hem in zich op en dacht aan al die anderen die zaten te kijken. De hoorzitting werd over de hele wereld uitgezonden, dus dit was het grootste publiek dat hij ooit zou hebben bij een discussie over zijn werk. En hij moest zich beperken tot een uitleg over waarom een religie die hij nauwelijks praktiseerde het werk niet had besmet. Zittend achter de kleine sprekerstafel op het podium voelde hij zich als een of andere stomme marionet waarachter gigantische schaduwen met elkaar worstelden. Hij probeerde te denken aan de moeilijkste ervaringen in zijn leven – het geploeter en de kritiek tijdens zijn opleiding tot architect, de ingewikkelde vergaderingen met cliënten en Roi. De ondervraging na de aanslag was nog de beste voorbereiding geweest voor dit moment.

'Ik wil u bedanken dat u mij vandaag hier hebt uitgenodigd,' begon hij met zelfverzekerde, vaste stem. 'Ik voelde me vereerd dat mijn ontwerp voor het monument werd gekozen. Ik wil niets liever dan recht doen aan alle levens die ons op die verschrikkelijke dag zijn ontnomen.' Om over recht doen aan mij of mijn ontwerp nog maar te zwijgen, dacht hij kregelig, totdat hij een steek van ergernis voelde over zijn eigen woede, over de vervuilende, vervormende kracht ervan. Hij haalde diep adem.

'Ik wil u het een en ander over het ontwerp vertellen. Voor mij is de muur die de tuin omkadert, de muur met de namen, een allegorie voor de manier waarop verdriet de nasleep van deze tragedie omkadert. Het leven gaat door, de geest verjongt zich – dat is wat de tuin representeert. Maar terwijl de tuin groeit, zich ontwikkelt en verandert met de seizoenen, verandert de muur eromheen hele-

maal niet. Die is net zo tijdloos, net zo onveranderlijk als ons verdriet...'

Hij hoorde hier en daar een laag gesis, het langzaam lekken van
giftige lucht. Even leek het of de woedende blikken van de vijandige mensen hem verblindden. Het kwam door de felle lampen die
op hem gericht waren. Hij kneep zijn ogen toe. Een doffe pijn, veroorzaakt door het licht of de honger of de spanning, verspreidde
zich aan de rechterkant van zijn hoofd. Hij verschoof in zijn stoel,
ging rechtop zitten, sloeg een deel van de tekst over. 'Het ontwerp
is geïnspireerd door verschillende invloeden, onder andere door Japanse tuinen, waarin bouwwerken worden gebruikt als vast punt
in de seizoenswisselingen, zoals het paviljoen in dit ontwerp...'

'Niemand blaast zichzelf op om in een Japanse tuin te komen!'
riep een man in het publiek.

'Die hebben geen tweeënzeventig maagden die hun benen spreiden!' schreeuwde een andere stem.

Paul Rubin roerde zich en zette zijn microfoon aan met alle
haast die hij zou tonen tijdens een licht controversiële bestuursver-
gadering. 'Dit soort interrupties tolereren we niet,' zei hij. 'We laten de spreker uitpraten. Mensen die zich niet kunnen beheersen,
worden uit de zaal verwijderd.'

Mo was verbaasd over Rubins lankmoedige houding; hij leek
niet erg zijn best te doen de situatie in de hand te houden. Terwijl
de toehoorders tot rust kwamen, liet Mo zijn blik over zijn toespraak glijden. Hij was niet zozeer kwijt waar hij was gebleven, hij
was alleen even vergeten wat hij zojuist had gezegd. Het grote let-
tertype kwam op hem af als een alfabet uit een vreemde taal. Hij
improviseerde maar wat.

'... van Japanse tuinen tot moderne kunstenaars en architecten
als Mondriaan en Mies van der Rohe, tot de tuinen die we tegenwoordig islamitisch noemen...'

De verbijsterde stilte in de zaal werd een gebulder in Mo's oren.
Hij had juist de nadruk willen leggen op alle niet-islamitische invloeden die een rol speelden bij de Tuin, om aan te tonen dat als de

critici hetzelfde ontwerp zouden beoordelen als het was gemaakt door iemand die niet de naam Mohammad droeg, zij de diversiteit van de oorsprong ervan zouden hebben gezien. Maar de voortdurende onderbrekingen wakkerden zijn woede aan en brachten hem op dat moment tot de conclusie dat het afzwakken van enige islamitische invloed alleen het stigma zou versterken dat daaraan kleefde.

Er klonk boegeroep, er werd 'Red Amerika van de islam!' gescandeerd, en: 'Geen moslimmonument!'

'Stilte!' maande Rubin de ordeverstoorders tevergeefs. 'Stilte!'

Mo ging verder met zijn verhaal. 'De tuinen die we tegenwoordig islamitisch noemen,' herhaalde hij, 'al dateren die van minstens duizend jaar vóór de islam, omdat hun structuur werd bepaald door de agricultuur, niet door religie...'

'Taqiya!' schreeuwde een vrouw.

'Hij vertelt alleen maar leugens! Taqiya!' gilde iemand anders.

'Orde!' bulderde Rubin, eindelijk tot leven gekomen. Hij was bleek geworden; het zweet glansde op de halvemaan van zijn schedel, die hij verwoed droogdepte met een zakdoek. 'Orde!' brulde Rubin nog een keer. 'Of we beëindigen de hoorzitting! Orde!'

Mo gaf zijn pogingen om te spreken op en na een paar minuten werd het weer stil in de zaal. 'Als u – het publiek – zich niet weet te gedragen,' zei Rubin ernstig, 'verdient u het niet dat uw standpunt meetelt.'

'Wij zijn geen publiek, wij zijn de nabestaanden,' klonk een stem. 'U kunt niet zeggen dat we niet meetellen.' Er ging een instemmend applaus op.

Rubin, die nog steeds zweette, maar wel rustig was geworden, stak zijn hand op. 'Uiteraard tellen de nabestaanden mee. Maar de nabestaanden hebben ook respect voor dit proces, dus ben ik ervan overtuigd dat zij niet de ordeverstoorders zijn. De nabestaanden verdienen waardigheid bij hun zoektocht naar het juiste monument, dus de mensen die deze bijeenkomst verstoren, hebben blijkbaar geen respect voor hen.'

Deze logica, hoe krom ook, leek te werken: de toehoorders kalmeerden. Paul gaf met een knikje naar Mo aan dat hij door kon gaan. Ondanks de dubbele hoeveelheid deodorant transpireerde Mo ook. Hij probeerde de draad weer op te pakken. 'De tuinen dateren van vóór de islam, dus misschien waren de tuinen waarover we lezen in de Koran gebaseerd op wat er in die tijd bestond; misschien zijn het de tuinen die Mohammed zag op zijn reis naar Damascus. Misschien schreef men de Koran als reactie op de bestaande context: vergeleken bij de woestijn leken de tuinen hemels en dus werden die hun hemel. Ze werden het model voor hun paradijs.'

De angst dat hij iets onverstandigs had gezegd knaagde aan hem, maar net als een voetballer die een bal heeft gemist, kon hij alleen maar achter de bal aan blijven gaan. 'Wat ik wil zeggen,' – wat wilde hij eigenlijk zeggen? – 'wat ik wil zeggen is dat de Tuin, met al deze invloeden, dat deze mengeling van invloeden hem juist Amerikaans maakt.' Door het felle licht kon hij alleen Rubins gezicht zien en Rubin keek niet-begrijpend. Hij moest er een einde aan breien.

De maagden, de tweeënzeventig maagden, moest hij het daar nog over hebben...? Tweeënzeventig versies van de waarheid. Nee, dat zou de zaak alleen maar verergeren. De zwakke plek, de opzet van het proces, die begreep hij nu: hij zou geen kans hebben de sprekers die hem zouden aanvallen van repliek te dienen. Hoe kon hij het personaliseren, hun duidelijk maken wat ze hem aandeden. Maar dat kon hun niet schelen, daar kon hij niet op rekenen. Dan moest hij ze duidelijk maken wat ze zichzelf aandeden. Maar hij moest opschieten; het zweet dat zich vormde op zijn voorhoofd zou zo meteen in zijn ogen branden.

'Wat voor geschiedenis wilt u met dit monument schrijven?' vroeg hij, en toen, in zijn onvermogen zijn voorbereide opmerkingen terug te vinden, zijn onvermogen zich te herinneren wat hij na de invloeden had willen bespreken, kon hij niets meer bedenken, dus eindigde zijn toespraak abrupt, als een zin zonder punt, en omdat niemand besefte dat hij uitgesproken was, of misschien omdat niemand hem steunde of omdat dit onhandelbare publiek opeens voorzichtig was geworden na Pauls waarschuwingen tegen ordeverstoorders, was er niemand die klapte.

Een firma met de naam U.S. PEAK was ingehuurd om de public relations rond de hoorzitting voor zijn rekening te nemen. Alyssa zat gierend van de lach hun glossy brochure door te lezen, die in haar persmap was bijgesloten. Het bedrijf omschreef zijn missie als 'het vervullen van het Jeffersoniaanse ideaal dat elke Amerikaan zijn of haar vijftien minuten spreektijd krijgt' en wilde als spreekbuis dienen voor drukbezette 'burgergeneralisten', die in contrast stonden met 'specialisten' zoals politici en lobbyisten. Hun slogan luidde: 'Zelfs democratieën hebben af en toe een beetje Viagra nodig.' Als de reacties op Mohammad Khans opmerkingen een indicatie waren, was een gebrek aan testosteron niet het probleem van dit publiek, al helemaal niet voor de RAVI-vrouwen.

De programmaleider van U.S. PEAK was een vrouw die Winnie heette en rondliep met een glimlach op haar gezicht die daar chirurgisch leek te zijn aangebracht. Ze stond uit te leggen dat ze een aantal sprekers zou kiezen uit de lijst met negentig namen die ze in haar hand had. Winnie zei niets over hoe die lijst tot stand was gekomen, behalve dat nabestaanden voorrang hadden gekregen, en Alyssa vroeg zich af wie – U.S. PEAK, Paul Rubin, de gouverneur? – de lijst had samengesteld en aan de hand van welke criteria dat was gebeurd. Het stond haar een beetje tegen, alsof het verhaal al was geredigeerd voordat ze het had geschreven.

De sprekers kwamen aan het woord.

'Alan Bolton. Ik ben mijn zoon Jason verloren. Ik vind de gedachte dat een moslim het monument ontwerpt, en zelfs dat het islamitische elementen heeft, niet beledigend. Ik vind het ongevoelig, wat iets anders is.' Alyssa keek naar Rubin, zich afvragend of hij verwijzingen naar Khans geloof zou verbieden. Dat deed hij niet. 'Wij, die het gewicht van ons verlies dragen, krijgen nu de vraag of we ook het gewicht willen dragen van het bewijs van de tolerantie van Amerika en dat... nou, dat is nogal wat om te vragen. Toen de karmelietessen destijds een klooster wilden neerzetten bij Auschwitz, besloot de paus om de gevoelens van de joden te sparen en het ergens anders te plaatsen. Hij zei niet dat de nonnen niet het recht hadden om daar te zijn; hij zei niet dat ze op enige wijze verantwoordelijk waren voor wat er met de joden was gebeurd. Hij zei: ergens recht op hebben betekent niet dat het juist is, maar gevoelens tellen ook mee. Ik heb niets tegen meneer Khan. Maar als er ook maar één lid van zijn religie zich zit te verkneukelen over zijn verkiezing of over wat dit ontwerp misschien representeert, dan zou dat ongelooflijk pijnlijk voor me zijn.'

Terwijl Bolton het podium verliet, raadpleegde Alyssa haar aantekeningen. 'Ongevoelig' had ze opgeschreven. 'Nabestaanden tolerantie laten bewijzen = oneerlijk. Paus tegen nonnen; verplaats klooster anders joden boos. Recht op hebben vs juist. Gevoelens. Moslims verkneukelen.' De notities riepen Boltons verklaring net zo sterk op als een bloedeloos, in formaldehyde drijvend exemplaar van een lever. Nadat ze gecontroleerd had of haar taperecorder aan stond, bedacht ze een paar afkortingen om bij haar aantekeningen te zetten: VC betekende 'Vóór Khan en citeerbaar', VS 'Vóór Khan maar saai', en dezelfde afkortingen voor sprekers die tegen Khan waren: TC, TS. N voor 'neutraal', W voor 'Willekeurig', KN voor 'Komische noot'. Nu kon ze rustig luisteren.

'Arthur Chang.' De decaan van de Yale School of Art and Architecture en Mo's vroegere professor. Hij was een Chinese Amerikaan, een verfijnde man van een jaar of zestig met zilvergrijs haar. Hij prees de zuiverheid en de elegantie van het ontwerp, de spanning tussen vorm en vrijheid, tussen het natuurlijke en het anorganische.

'Als ik iets mag zeggen over de zaak: ik ken meneer Khan al vijftien jaar. Zijn karakter is net zo krachtig als zijn talent. En hij is net zo Amerikaans als ik.'

'Debbie Dawson.' Door de felle verlichting en haar zware make-up stond ze erbij als de Joker. Alsof ze wist hoe ze op tv zou overkomen, vroeg ze of de verlichting wat minder fel kon en wachtte, knikkend naar bekende gezichten, tot de technici haar wens hadden vervuld.

'De profeet Mohammed had slaven, overviel karavanen en trouwde met een kind van zes, al werd het huwelijk pas geconsumeerd toen het kind de rijpe leeftijd van negen jaar had bereikt,' begon ze. 'Is dat de naam die we aan het monument willen verbinden?'

Gejuich en een nieuwe kreet – 'Geen Mohammed-monument!' – klonken uit het publiek.

Winnie tikte tegen haar microfoon en zei: 'Laat u mevrouw Dawson alstublieft uitpraten', al leek mevrouw Dawson te genieten van de interruptie.

Het geroep ging door.

Rubin rukte aan zijn vlinderdasje en zei: 'Weest u zich ervan bewust dat de bijdragen van uw volgelingen ten koste gaan van uw spreektijd, mevrouw Dawson.'

'Ze mag mijn spreektijd hebben – ik sta op de lijst,' riep iemand.

'De spreektijd kan niet worden overgedragen, verkocht of op een andere manier worden weggedaan,' zei Rubin. 'Als er sprekers zijn die niet van hun spreektijd gebruik willen maken, stoppen we eerder.'

Dawson wuifde vrolijk met haar hand, alsof ze een fanfare naar het einde dirigeerde, en ging verder met haar verhaal. 'Ik wed dat toen de leider van dit bloedbad tegen zijn handlangers zei: "We zien elkaar terug in het paradijs", zelfs hij zich niet had voorgesteld dat dit midden in het hart van Manhattan zou zijn. De mensen die zeggen dat dit goedaardig is, denken waarschijnlijk ook dat jihad "innerlijke strijd" betekent, en als ze dat geloven, heb ik nog wel een brug in Brooklyn in de aanbieding. De Amerikaanse moslims moeten de daden van hun broeders veroordelen, niet aanmoedigen. En...'

Plotseling stond Mohammad Khan op, werkte zich langs de mensen in zijn rij en beende over het gangpad de zaal uit. Toen hij langs Alyssa kwam, zag ze de woede in zijn gezicht. Een man in een pak – zijn advocaat – haastte zich achter hem aan. Dawson zweeg glimlachend. 'Ik neem aan dat deze interruptie niet van mijn spreektijd af gaat, meneer de voorzitter,' zei ze. Rubin negeerde haar.

Alyssa stond op om achter Khan aan te gaan, maar alsof ze met handboeien aan elkaar vastzaten, stonden de andere journalisten in haar rij ook op. Ziedend van woede ging ze weer zitten. Zij ook. Khan kwam pas terug toen er een nieuwe spreker op het podium stond.

'Arlo Eisenmann.' Zijn vrouw verloren. 'Ik vind het ontwerp toevallig erg mooi. Erg krachtig. Mijn bezorgdheid geldt niet de vorm van de tuin, niet waar het al dan niet op lijkt, maar het idee van een tuin zelf – de beperktheid ervan in tijd. De aard ervan, zo u wilt. Het is een inherente kwetsbare vorm – een risico, en ik weet niet zo zeker of we in dit geval wel risico's willen nemen. Tuinen hebben generaties lang enorme inzet, geld en aandacht nodig. Zet een stenen of granieten monument neer en je hebt er geen omkijken naar. Maar stel je voor dat we geen geld meer hebben voor het onderhoud, of dat de klimaatverandering zo hard toeslaat dat alle planten kapotgaan? Het symbolisme van een verwoeste tuin die door de achteloosheid of de verwaarlozing van de mens aan de natuur is teruggeven, zou afgrijselijk zijn.'

Alyssa zag het plotselinge, vervreemdende beeld voor zich van een verwilderde tuin die het centrum van Manhattan in bezit had genomen, met bomen die uit gebouwen staken, wortels die de trottoirs omhoogwerkten. Dat beeld deed haar rillen, gedeeltelijk van plezier.

'Florence Garvey. Mijn zwager is op die dag omgekomen, maar ik ben ook historica en gespecialiseerd in de vroeg-Amerikaanse geschiedenis.' Ze dreunde haar slaapverwekkend lange lijst van kwalificaties op en zei vervolgens: 'Ik heb niets tegen een tuin, maar ik begrijp niet waarom het een ommuurde tuin is. Ommuurde tuinen zijn on-Amerikaans of misschien – ik houd niet van die uitdrukking – is niet-Amerikaans beter. Ze behoren niet tot onze traditie. Ze geven bepaalde ruimtes meer voorrechten dan andere. Puriteinen noemen de natuur "Gods tweede boek", en als we een ommuurde tuin kiezen als monument is het alsof we daar een enkele pagina uit scheuren. Dit monument is als het importeren van exotische soorten terwijl we tegenwoordig de schoonheid van inheemse planten weten te waarderen. Willen we niet een inheemser symbool?'

Er ging een uur voorbij. Alyssa, die rammelde van de honger, stopte discreet een paar gomballen in haar mond.

'David Albon.' Een professor in Midden-Oosten-studies, compleet met een professorbaard. 'De islam is een expansionistische religie en waar de islam verscheen, volgden vaak de tuinen, wat de reden is dat we die zien in India en Spanje en Marokko en in andere werelddelen, en nu zien we er een in New York. Als het lijkt op een eend, waggelt als een eend en kwaakt als een eend, zal het ook smaken als een eend, zoals het spreekwoord luidt. Dus nu hebben we hier, in Manhattan, een islamitisch paradijs, en het bereiken van dat paradijs door middel van het martelarendom is de obsessie geworden van islamitische extremisten, de ultieme overgave aan God. We spelen met deze dwangvoorstelling met gevaar voor eigen leven.'

Winnie kondigde een pauze van een kwartier aan. Alyssa, die spijt had dat ze 's morgens koffie had gedronken, bracht het hele kwartier door in de rij bij de toiletten.

'Maxwell Franklin.' Voormalig CIA-agent, nu consultant, die de jihadistische dreiging volgde en Arabisch kon spreken. 'Behalve de president van Iran, die weet hoe hij ons op stang kan jagen, heb ik geen bewijs gezien dat islamitische extremisten zich in de handen wrijven van leedvermaak over deze tuin. Ze volgen wel de reacties op de tuin, de behandeling van Mohammad Khan en alle andere dingen die in hun ogen de westerse vijandigheid jegens de islam bewijzen. We geven hun daarmee een geweldig handvat om hun basis te versterken. Maar de Tuin zelf? Die wordt nauwelijks genoemd.'

'Betsy Stanton.' De frêle, grijsharige auteur van een boek over islamitische tuinen, die toevallig ook weduwe was van een overleden senator van de Verenigde Staten. 'Sinds wanneer zijn we zo bang om iets te leren van andere culturen?' begon ze. 'De islam en het Westen hebben elkaar altijd beïnvloed – in tuinen, in hun architectuur. Die gebouwen die wij allemaal zo betreuren, sommige mensen beweren dat die islamitische elementen bevatten. De architect ervan – die geen moslim is, wil ik er nog even aan toevoegen – heeft tijd doorgebracht in de islamitische wereld, heeft daar gebouwen ontworpen.' Ze hield foto's omhoog, die niet groot genoeg waren voor het publiek om te zien, maar perfect zichtbaar op de tv, en zei: 'De bogen aan de basis van de gebouwen vertonen duidelijk islamitische invloeden en het geometrische filigrein op de gevels ook' – hetzelfde patroon, besefte Alyssa die rechtop in haar stoel ging zitten, waarin Khan de namen in de Tuin had gezet. 'Er zijn wetenschappers die menen dat de gehele gevel grote gelijkenis vertoont met een *mashrabiya*, de betraliede hekken en ramen die worden gebruikt in moskeeën en andere stedelijke bouwwerken.'

Het woord 'moskeeën' bracht een rondje boegeroep teweeg. Rubin boog zich naar zijn microfoon, maar Stanton was hem voor. Met haar beheerste toon slaagde ze erin tot de rauwe herrie door te dringen en die te beëindigen. 'U luistert niet. Mijn punt is dat de gebouwen waarover wij allemaal rouwen mogelijk islamitische elementen bevatten. Missen we de torens om die reden minder? Als u ze zou herbouwen, wat veel mensen willen, zou u dan deze aspecten weglaten? Dan kunt u net zo goed de halvemaan uit de hemel trekken.'

Alyssa keek om zich heen. Sommige mensen knikten; andere leken in verwarring gebracht. Zelfs Alyssa wist niet goed wat ze met Stantons opmerkingen aan moest; ze beweerde dat dit element van Khans ontwerp islamitisch was – maar alleen als de gebouwen ook islamitisch waren. Het ging haar boven de pet.

Er was weer een uur voorbij. Alyssa trok haar been op en ging erop zitten om haar pijnlijke billen te ontlasten. Haar voet werd gevoelloos.

'Jody Iacocca.' Echtgenoot verloren. 'Ik ben geen intellectueel. Mijn man zat niet in de Senaat – hij was een beginnend accountant, een gewone man. Ik heb geen universiteitsgraad; ik heb niet gedoceerd aan de universiteit van Yale. Maar ik kan lezen – daar mag ik het goede, solide Amerikaanse leerstelsel voor bedanken – en ik heb alles doorgenomen wat meneer Khan in het openbaar heeft gezegd en naar alles geluisterd wat hij hier vandaag heeft gezegd, en nergens verwerpt hij de aanslag, nergens verwerpt hij het terrorisme.' Wat dat waar? Alyssa maakte een aantekening dat ze dit moest controleren en porde met haar pen in haar dij, eerder om zichzelf te straffen dan om de vermoeidheid te verdrijven. Zo'n doorsneevrouwtje, maar dapper, dat met een nieuwtje kwam! Het deed haar pijn.

'Jim en Erica Marbury.' Dochter verloren. Jim deed het woord. 'Wij vertegenwoordigen de organisatie Nabestaanden voor Verzoening. We vinden het ontwerp poëtisch, helend. Het is al bijna echt voor ons. Het feit dat tuinen verzorging en onderhoud nodig hebben is juist het punt. De Tuin vertegenwoordigt een verbond tussen ons en toekomstige generaties. Hij vormt een prachtige metafoor voor het onderhouden van de nagedachtenis aan deze tragedie. Maar het ontwerp krijgt hier geen eerlijk gehoor en daarom willen we zeggen dat elke verwijzing naar Mohammad Khans religie een schande is, een belediging aan het adres van alles waar dit land voor staat. Onze dochter zou iets beters van ons verwachten. En als deze tuin islamitische elementen bevat – nou, we móéten ook zoeken naar manieren om onze culturen tot elkaar te brengen.'

'James Pogue III, maar iedereen noemt me de meester-dienaar.' Hij maakte geen gebruik van de stoel waarop de andere sprekers hadden gezeten. Met zijn slungelachtige gestalte en zijn versleten zwarte pak leek hij op een naargeestige poortwachter van het hiernamaals. Alyssa zag dat Paul Rubin niet-begrijpend zijn lijst raadpleegde. 'Mijn broer kwam om op die dag, en ik vrees voor zijn ziel.' Mensen hielden verschrikt hun adem in en hier en daar klonk boegeroep. Hij boog even zijn hoofd, maar het zag er niet naar uit alsof hij daarmee spijt betuigde. 'Ik ben hier om u het woord van de Heer te verkondigen, zodat uw ziel veilig zal zijn op de Dag des Oordeels,' zei hij, en hij begon uit het boek Prediker voor te lezen met zo'n zwijmelende stem dat de mensen in het publiek keken alsof ze in een hoek waren gedrongen door een zeurpiet op een feestje. Toen hield hij een pamflet omhoog: 'Ik heb een formule ontwikkeld voor betekenisgeving, die u buiten krijgt uitgereikt. Samen met een cd,' – ook omhooggehouden – 'die u kunt kopen.'

'We zitten hier niet bij Teleshopping,' zei Paul. 'En niet in tv-zendtijd.'

'K,' noteerde Alyssa. 'KN.'

'Sean en Frank Gallagher.' Alyssa, wier aandacht verslapt was, veerde weer op. Sean had laten zien dat hij vol verrassingen zat – zijn verontschuldigingen aanbieden voor het aftrekken van de hoofddoek bij die vrouw en vervolgens zijn eigen verontschuldiging onderuithalen door tegen een kamer vol moslims te zeggen dat hij geen moslimmonument wilde... en nu had hij een nieuwe verrassing in petto. Hij boog zich naar de microfoon en zei: 'Ik laat mijn vader voor ons allebei spreken', raakte even de schouder aan van de verbaasde Frank en liep het podium af. Hiervoor had Alyssa geen code bedacht. Ze zette sterretjes voor hun namen.

Door de spotlights leek er een stralenkrans rond Franks hoofd te zweven. Zijn blauwe ogen waren niet verbleekt met de jaren, hij had een strijdlustige houding. Zijn blik volgde zijn zoon, die van het podium af liep, waarna hij zijn bril opzette en van een papier de voorbereide tekst begon op te lezen: 'Deze tuin is onvoldoende' – hij struikelde een beetje over zijn woorden – 'heldhaftig om de levens te herdenken die verloren gingen. Wij geven de voorkeur aan een krachtiger monument, een monument dat niet suggereert dat Amerika zich neerlegde als een lam in de klaver in plaats van terug te vechten. We willen, we willen...'

Hij keek over de rand van zijn leesbril naar het publiek. 'Ik heb niets persoonlijks tegen niemand,' zei Frank Gallagher. Toen vertrok zijn gezicht zich in kreukels en Alyssa dacht onwillekeurig aan de imploderende gebouwen. Hij zweeg even. 'Maar... het enige dat ik wil zeggen is... Ik heb mijn zoon verloren. Ik heb mijn zoon verloren.'

Alyssa hoorde gesnif, zag mensen huilen. Het publiek leek zich van Khan terug te trekken alsof hij een stroomgeleider was.

'Moordenaar!' De stem sneed door de zaal.

'Het lijkt erop dat we geen sprekers meer hebben,' zei Rubin minzaam, alsof hij de schreeuw niet had gehoord. Maar hij moest die wel hebben gehoord: iedereen had hem gehoord. De gouverneur wilde dat men zich kon afreageren; Rubin volgde haar instructie tot op de letter.

'In de komende week accepteren we ook nog input in de vorm van geschreven reacties, en ik beloof u dat we die lezen. Verder zijn we nu klaar.'

'Tenzij er nog nabestaanden zijn die nog niet hebben gesproken, maar dat wel hadden moeten doen,' corrigeerde Winnie hem vriendelijk. 'Zijn er nog nabestaanden die op mijn lijst hadden moeten staan? Laatste kans.'

Er ging een gemompel op onder de toehoorders, dat zo in volume toenam dat Alyssa zich omdraaide om te zien waardoor het werd veroorzaakt. Achter in de zaal zag ze een vrouw met donkere huid en een hoofddoek haar hand opsteken, die vervolgens door de oudere man naast haar omlaag werd getrokken. De arm schoot weer omhoog, werd omlaaggetrokken, omhoog, omlaag, omhoog, omlaag – ze stonden verhit met elkaar te fluisteren, tot de vrouw zich losrukte, rechtop ging staan en met een stem die krachtig genoeg was om door de hele zaal gehoord te worden zei: 'Ik.'

19

Zoals zo vaak was Asma die ochtend wakker geworden rond de tijd dat Inam vroeger altijd gedag zegde. Haar lichaam had dat tijdstip onwillekeurig opgeslagen. Vele maanden lang had ze in de stilte van het ontwaken gedacht dat hij nog leefde. Nu wist ze beter.

Niemand had haar gebeld om haar uit te nodigen voor de openbare hoorzitting. Als er al een schriftelijke uitnodiging was verstuurd, kon ze die niet lezen. Ze wist niet wat er zou gebeuren bij de hoorzitting – zou er gestemd worden? – maar ze wilde erbij zijn. Zij was net zozeer een nabestaande als de blanke vrouwen die ze op het nieuws zag. Ze had een vaderloos kind en een leeg bed als bewijs.

Ze zei haar gebed en in de wetenschap dat hij wakker zou zijn, belde ze Nasruddin om kwart over zeven; ze wilde hem te pakken krijgen voordat hij aan zijn werkdag zou beginnen.

Piepkleine lovertjes, glinsterend op gele bloemen op een felroze achtergrond: dat was Inams favoriete salwar kameez geweest en daarom koos ze die om vandaag te dragen. Ze vroeg mevrouw Mahmoud om de hele dag op Abdul te passen, gaf tot de overduidelijke ontsteltenis van haar hospita geen uitleg en liep naar Nasruddins huis. Zijn bestelbusje, door een laag hek van krullerig metaalwerk opgesloten op zijn kleine oprit, leek op een groot dier in een kleine kooi. Nasruddin zelf zag er ook uit als een gekooid dier. Hij stribbelde tegen toen ze hem vertelde dat ze naar de hoorzitting wilde. Als ze iets deed waarmee ze de aandacht trok, kon ze Abduls toekomst hier in gevaar brengen. En waarvoor?

'Wilt u zeggen dat ik er niet thuishoor?' snauwde ze, waarvan ze onmiddellijk spijt had; als Nasruddin haar de afgelopen twee jaar niet had geholpen, zou ze het niet hebben gered. Op zachtere toon zei ze: 'Laten we gewoon gaan luisteren.'

Ze had wel willen huppelen en besefte dat dat kwam doordat ze voor het eerst weer eens de wijk uit kwam sinds het hoofddoektrekken was begonnen. Vrij! Maar Nasruddin had lang niet zoveel plezier in het uitje; toen ze de trap af liepen naar de ondergrondse, was hij voortdurend aan het woord. Het leek of hij over koetjes en kalfjes praatte, maar er lag een specifieke bedoeling achter zijn woorden. Hij vertelde haar dat hij naar Amerika was gegaan toen hij negentien was – jonger dan toen zij hier was gekomen. Er woonden toen nog niet zoveel Bengalezen in Kensington. Hij was eenzaam. Hij sprak nauwelijks Engels. Hij vroeg zich af wat hij hier kwam doen. Maar na verloop van tijd begreep hij het. Wat Nasruddin zo aansprak in Amerika, waren de systemen van het land – de voorspelbaarheid ervan. Je kon de overheid, zelfs volkomen vreemden, vertrouwen, niet alleen je familie of je mededorpelingen, zoals thuis. Daar waren gebeurtenissen vaak te veel afhankelijk van de wispelturigheid of hebzucht van individuen. Je kreeg er vrijwel niets voor elkaar zonder smeergeld uit te delen. Hier zamelde hij geld in binnen zijn gemeenschap om plaatselijke politici en de politievakbond te steunen. Hij wist dat dit zou helpen om een hoorzitting te krijgen, om hun aandacht te krijgen, maar om de giften werd niet gevraagd, ze werden niet afgedwongen. Iedere keer als hij na een bezoek aan Bangladesh terugkwam in Brooklyn voelde hij hernieuwde waardering voor de eerstehulparts die de snee in zijn hand behandelde zonder erop aan te dringen dat hij een vervolgafspraak maakte voor een consult in zijn eigen privépraktijk. Wat de meeste Amerikanen normaal vonden, beschouwde hij als een heldendaad. Toen hij naar de afdeling Bouwvergunningen ging, gaven ze hem de benodigde formulieren en accepteerden ze zijn aanvragen, zonder meer geld te vragen dan het bedrag dat op het formulier stond vermeld. Nasruddin miste zijn eigen land altijd, maar hij hield van Amerika.

Ze zaten nu in de ondergrondse. Asma zat naar een vrouw te kijken die lipgloss aanbracht op haar pafferige onderlip. Ze genoot van de manier waarop iedereen gewoon doorging met zijn leven in deze openbare voertuigen, alsof ze een extra kamer van hun huis waren. Vrouwen zaten zich op te maken, trokken hun schoenen uit, aten een broodje en lieten hun koffie afkoelen. Ze hadden er geen moeite mee om de scheidslijn van hun ondergoed of de kleur van hun bh, de aderen op hun kuiten of de moedervlekken op hun arm te laten zien. Ze kauwden, lazen, praatten, zongen en baden, zoals zij nu, maar in zichzelf, ook deed.

Nasruddin praatte nog steeds. Er waren te veel problemen geweest na de aanslag. Zij had er geen last van gehad; hij wel. Het ergst waren de arrestaties, de uitzettingen, te moeten besluiten of iemand zich vrijwillig moest melden om geregistreerd te worden, het worstelen met de keus wel of niet op familiebezoek in Bangladesh te gaan met het risico Amerika niet meer binnen te kunnen komen. Het leven begon nu net weer een beetje normaal te worden. Ze moest geen onnodige aandacht op hun kwetsbare gemeenschap vestigen. Er kwamen voortdurend nieuwe groepen mensen aan; dat hoorde bij New York. Het werk aan de stadspanden was niet meer alleen voorbehouden aan Bengalezen. De laatste tijd trof hij in portieken foldertjes aan waarin Poolse bouwvakkers beloofden goed werk voor weinig geld te leveren. Er stonden foto's van hen op: blanke mannen in witte overalls, gegroepeerd als bossen witte anjers. Wat kon daarvan de bedoeling zijn, vroeg hij Asma zonder op haar antwoord te wachten, behalve de aandacht vestigen op hun huidskleur? Hij sprak over zijn dochters. Hij vroeg zich vaak af of hij hen niet beter in Bangladesh had kunnen laten opgroeien. Hij wilde hier een veilige omgeving voor hen scheppen, maar dat was onmogelijk. Als kuikentjes pikten ze zich een weg naar buiten uit hun eierschaal. Ze zagen de wereld om zich heen en wilden die onderzoeken. Hij was zo'n tijd aan het woord dat ze zich afvroeg of hij wel eens met zijn vrouw praatte. De spanningen van twee decennia werden over haar uitgestort. Ze voelde zich zo vereerd dat hij haar zijn problemen toevertrouwde dat ze bijna vergat dat zij daar nog eens een probleem bij had veroorzaakt.

Ze verlieten de ondergrondse in Lower Manhattan en baanden zich een weg door de mensenmenigte op straat, langs de rijen politieagenten, naar de volgepakte zaal waar de hoorzitting plaatsvond. Ze was nog nooit in het stadhuis geweest, maar ze waren laat en ze had geen tijd het gebouw goed te bekijken. De zaal was al vol. Asma, die opeens nerveus werd, klemde haar handen in elkaar. Een politieagent die de stroom toehoorders moest reguleren die naar binnen wilde, bekeek hen van top tot teen en zei: 'We zitten helemaal vol. We hebben alleen nog plaats voor nabestaanden.'

Asma dacht aan Laila's waarschuwing dat ze contact met de politie moest vermijden en ze kreeg een droge mond. Maar Nasruddin bleef rustig. 'We zíjn nabestaanden,' zei hij puffend en hij haalde Asma's documenten van het Rode Kruis tevoorschijn. 'Ik ben haar tolk.'

'Juist,' zei de agent. Hij liet zijn blik over de rijen glijden en gebaarde naar twee aanwezigen dat ze hun plaats moesten afstaan. Een gevoel van opwinding omdat ze eindelijk eens in het centrum van de gebeurtenissen stond, maakte zich van Asma meester. Ze zag alle camera's, herinnerde zich de keer dat ze op tv had gekeken naar de rondvaart met de Circle Line. Nu bevond zij zich in de cirkel, op de tv, als erkend nabestaande. Ze knipperde met haar ogen om haar tranen terug te dringen.

De bijeenkomst ging van start. De sprekers slenterden een voor een het podium op, wat Asma deed denken aan bijeenkomsten in haar geboortedorp toen ze als middelbareschoolleerlinge de eindeloze toespraken van de een of andere regeringsfunctionaris moest uitzitten, briefjes doorgevend aan vriendinnen, met haar benen wippend van ongeduld.

Nasruddin deed zijn best alles voor haar te vertalen, waarbij hij hele stukken wegliet. Ze wist dit: er werd te snel gepraat, hij kon niet anders. Mensen draaiden zich om en maanden hen tot stilte, en ze wierp hun boze blikken toe om hun duidelijk te maken dat zij net zoveel recht had als zij om te begrijpen wat er werd gezegd. Ze stootte Nasruddin aan: ga door, ga door.

Mohammad Khan zag er stijfjes en houterig uit toen hij het podium op kwam. Hij fronste zijn voorhoofd tegen het felle licht. Ze wenste voor hem dat hij zich een beetje zou kunnen ontspannen. Maar wat hij zei beviel haar, in ieder geval zoals Nasruddin het vertaalde; het beviel haar minder toen mensen uit het publiek dingen begonnen te roepen waarvan Nasruddin beweerde dat hij die niet kon verstaan. Khan kwam nerveus op haar over.

'Tss,' zei Nasruddin op een bepaald moment afkeurend. 'Wat zegt hij? Dat de Koran door de mens is geschreven? Is hij wel goed bij zijn hoofd?' Ze wist niet waarover hij het had.

Toen kwam er een hele serie sprekers: een man met bruin haar en een bril, een elegant geklede blonde dame, een dame met grijs haar, een vader met zijn zoon enzovoort. Asma luisterde twee uur lang. Sinds de samenzwering om het bestaan van haar echtgenoot te ontkennen, was ze niet meer zo kwaad geweest. Degenen die vóór het ontwerp pleitten, werden in aantal overtroffen door mensen die ertegen waren. Sommige van hen zeiden dat alles wat met de islam te maken had 'pijnlijk' voor hen was, dat de Tuin een paradijs voor de moordenaars was, dat de naam Mohammad verbonden was met een gewelddadige religie, een religie van het zwaard. De voorzitter stond al deze opmerkingen toe, alsof moslims tweederangsburgers waren – of erger: alsof ze geen respect verdienden.

Ze trilde van woede. Omdat de naam van de Profeet – vrede zij met hem – zo werd opgevat. Omdat Mohammad Khan zo onwaardig werd behandeld.

'Ik wil iets zeggen,' fluisterde ze tegen Nasruddin, en ze stak haar hand op.

Hij trok haar arm omlaag. 'Dat kan niet.'

'Ik moet wel.' Arm weer omhoog.

Arm omlaag. 'Denk aan Abdul.'

'Wat voor een land is dit voor hem?' Arm omhoog.

Omlaag. 'Straks word je het land uit gezet.'

'Laat me iets zeggen!' siste ze hem toe. 'Help me iets te zeggen!'

De mensen hadden zich omgedraaid om naar hun gebekvecht te kijken. Hitte steeg naar haar gezicht; haar botten leken hol door het vasten tijdens de ramadan. Ze had nog nooit een mensenmassa toegesproken. Als ze nu niet in beweging kwam, zou de verlamming haar overmannen. Er schoten haar een paar dichtregels van Kazi Nasrul Islam te binnen die ze op school uit haar hoofd had geleerd: 'Ik ben de brandende vulkaan in de boezem van de aarde,/ ik ben het wilde vuur in de bossen,/ ik ben de woeste, schrikwekkende zee van wraak in de hel! [...] Ik ben de eeuwige rebel,/ ik hef mijn hoofd op boven deze wereld/ hoog, altijd rechtop, en alleen!' en nog voordat ze deze regels de revue had laten passeren, had ze zich losgeworsteld en fluisterde: 'Ik smeek u', stond op en riep: 'Ik!' Met een vuurrood gezicht liep ze door het gangpad naar het podium, waarmee ze Nasruddin dwong achter haar aan te lopen, zodat hij kon vertalen. In stilte verweet ze het zichzelf dat ze te lui was geweest om Engels te leren, ondanks de vele uren dat ze naar de Amerikaanse televisie zat te kijken.

Honderden ogen keken naar haar, elk paar leek een stukje van haar op te eisen. Voort ging ze, vechtend tegen haar lichamelijke zwakte, de angst, terwijl ze bad: God, help me, want u bent de beste van alle helpers en de beste van de beschermers en de beste van de vergevers, de meest genadige. En ze hoefde hem niet uit te leggen waarom ze vergeven moest worden.

Zelfs zonder directe bevelen bewogen haar benen in de richting die ze op wilde: naar rechts van het podium, met één trede tegelijk het trapje op, naar de stoel. Enkele ogenblikken later kwam Nasruddin naast haar zitten.

'Uw naam, alstublieft,' zei de vrouw die de bijeenkomst leidde op hoge toon.

'Asma, vrouw van Inam Haque. Hij werkte als schoonmaker; hij veegde vloeren en maakte wc's schoon.'

Nasruddin vertaalde haar woorden, maar liet de wc's achterwege.

Ze ging verder: 'Mijn man kwam uit Bangladesh. Ik kom ook

uit Bangladesh. Mijn zoontje,' zei ze stralend, 'is twee jaar, hij is drie weken na de aanslag geboren. Hij is honderd procent Amerikaan. Mijn man werkte. Hij betaalde belasting. Hij stuurde geld naar zijn familie in Bangladesh – elf familieleden – en ook naar mijn familie. Weet u wel hoe weinig we zelf overhielden om van te leven? Maar we konden rondkomen. Inam was niet ongeschoold. Hij behaalde zijn diploma van de middelbare school in Bangladesh en heeft een universitaire graad. Maar daar waren geen goede banen te krijgen, tenzij je er een kocht. Hij begon hier liever onder aan de ladder, omdat hij geloofde dat het mogelijk was om hogerop te komen. Daarginds kon je geen kant op. De politiek, de corruptie. Maar hier had je dat allemaal niet. Mensen hielpen je. Zelfs joodse mensen.'

Nasruddin wierp haar een blik toe. Ze kende genoeg Engels om te snappen dat hij niet alles vertaalde. Maar er was geen weg meer terug. Haar stem haperde doordat ze steeds vergat adem te halen, maar tegelijkertijd had ze de vreemde neiging om te giechelen, alsof ze weer twaalf was en voor het eerst met haar vader in een fietstaxi door de drukke straten van Dhaka reed en er bijna vanaf viel, lachend van angst en opgetogenheid.

'Mijn echtgenoot was een man van vrede, omdat hij moslim was. Dat is onze traditie. Dat is wat onze Profeet – vrede zij met hem – ons leert. U zorgt voor weduwen en wezen, zoals meneer Nasruddin voor mij en mijn kind heeft gezorgd. U verwart deze slechte moslims, deze slechte mensen, met de islam. Miljoenen mensen over de hele wereld hebben goedgedaan omdat de islam zegt dat ze dat moeten doen. Er zijn zoveel meer moslims bij wie het nooit zou opkomen een ander het leven te benemen. U praat over het paradijs alsof het een plek is voor slechte mensen. Maar dat is niet wat wij geloven. De tuinen van het paradijs zijn voor mannen als mijn echtgenoot, die nog nooit iemand kwaad heeft gedaan.' Ze zweeg even om adem te halen. 'Wij vertellen u niet wat het betekent om christen te zijn, of welke regels voor uw paradijs gelden.' Dit laatste werd door Nasruddin niet vertaald.

'Ik vind een tuin heel toepasselijk,' vervolgde ze, 'omdat dat Amerika is: alle mensen, moslims en niet-moslims, die hierheen zijn gekomen en samen groeien. Hoe kunt u zeggen dat wij en onze tradities geen deel uitmaken van dit land? Is mijn man minder belangrijk dan al uw familieleden?'

De gezichten in het publiek versmolten met elkaar, wat haar troost schonk.

'U voelt niets voor deze architect omdat hij moslim is,' ging ze verder. 'Ons parlement in Dhaka is door een Amerikaan ontworpen. Hij heette ook Khan. Louis Khan. Hij ontwierp ons parlement.'

Haar vader had haar daarmee naartoe genomen toen ze twaalf jaar oud was; haar het logge, stoïcijnse gebouw laten zien dat uit het water oprees, haar mee naar binnen genomen om het binnenvallende licht te zien, was met haar over de uitgestrekte, serene gazons gelopen die een oase van rust waren in een krankzinnig drukke stad. Hij had haar verteld over de Amerikaan die het gebouw had ontworpen en over het feit dat de Bengalezen het waren gaan beschouwen als het meest indrukwekkende symbool van hun jonge democratie. Dat de gebreken van de democratie er gedeeltelijk toe hadden geleid dat Nasruddin en Inam, en ook Asma, in New York terecht waren gekomen; wat Khan had ontworpen verklaarde haar vader als iets wat te goed was voor politici. En toch bleef de schoonheid van het complex, de kracht ervan, overeind, alsof het zich niet bewust was van alle gebroken beloftes of geloofde dat die nog zouden worden nagekomen.

'Wij zijn dankbaar voor dat gebouw,' zei ze. 'We zijn dankbaar. We hebben allemaal geprobeerd Amerika iets terug te geven. Maar ook wil ik weten, mijn zoon – hij is moslim, maar ook Amerikaan. Of niet? Vertelt u me: wat moet ik tegen mijn zoon zeggen?'

Ze werd doorstroomd door een gevoel van woede, sterk als brandend zuur, dat dreigde uit haar te stromen en iedereen in de zaal te verbranden.

'U moet zich schamen!' zei ze ten slotte, de woorden uitbrakend, maar ook dit vertaalde Nasruddin niet.

20

Toen de Bengalese vrouw naar de uitgang liep, bogen mensen die aan het gangpad zaten zich opzij om haar wat bemoedigende of meelevende woorden toe te fluisteren of om haar hand vast te pakken of, als dat niet lukte, de hand van haar tolk. De twee deden Sean denken aan een stel dat de kerk verlaat na hun huwelijksinzegening. Ze naderden de uitgang, waar hij had staan wachten sinds hij zijn vader op het podium had achtergelaten. Hij onderdrukte zijn eigen onverwachte impuls om hun de hand te schudden door de deur open te doen.

'Dank u,' zei de tolk, die dwars door hem heen keek.

Toen Sean de vrouw met de hoofddoek op het podium zag, moest hij aan Zahira Hussain denken. Van dichtbij leken ze helemaal niet op elkaar. Deze vrouw was kleiner, donkerder. Opwinding en nervositeit straalden van haar gezicht af, maar onder de oppervlakte lagen minder vluchtige kwaliteiten. Een vastbeslotenheid en een koppigheid, die hem aan zijn moeder deden denken. Beide vrouwen eisten met een primitief soort zekerheid dit monument voor hun zoons op.

Maar hun aanspraken waren niet gelijk, dat mocht hij niet vergeten. Patrick, die heldhaftige pogingen had gedaan om de te kleine, te snel afgeleide Sean om te vormen tot footballspeler van hun middelbare school, had hem geleerd om sportiviteit aan de buitenkant te combineren met het essentiële psychologische instrument van innerlijk leedvermaak. Medelijden met de tegenstander, hield Patrick hem voor, zou Seans wil om die te verslaan aantasten, zou als een worm zijn geest en zelfs zijn handen binnendringen, zodat hij punten zou weggeven zonder het te willen. Sean moest deze vlagen van sympathie met kracht onderdrukken. Als hij zijn hart zou schenken aan de andere kant, zou dat ten koste gaan van zijn eigen prestaties.

Nadat de zich naar buiten haastende Bengalezen waren verdwenen, ging Sean ook weg. Het was al bijna avond – ze hadden vrijwel de hele dag binnengezeten – en de hemel, waar zich een storm opbouwde, was asgrauw geworden. Zijn vertrek van het podium zou moeten worden uitgelegd aan zijn familie en hij overwoog de mogelijkheden daartoe. De waarheid was dat hij er niet over had nagedacht, maar het gewoon had gedaan. Zoals altijd kwam hij er door zijn daden achter wat hij voelde. Er was op het podium een vreemde mengeling van beelden in zijn hoofd gekomen: Debbie die hem thuis eieren voorzette en vervolgens beledigingen schreeuwde bij het kantoor van de ACMR; Zahira achter het bureau, eerst vriendelijk, daarna afwerend; Eileen, het ene moment koelbloedig, het volgende kinderlijk verdrietig. Al die dubbelzinnigheden. Hij kon van niemand precies bepalen waar hij stond, en al helemaal niet van zichzelf: de achtergebleven broer en de vechtende zoon, de slordige klussenman en de goedgeklede man die het ging maken, de man die een hoofddoek af trok en de man die zich verontschuldigde en het op de een of andere manier allemaal meende. Zijn empathie nestelde zich voortdurend in nieuwe, onverwachte plekken. Je kon die – hem – niet vertrouwen.

Net zomin als Claire Burwell. Daar was ze, zich een weg banend uit het stadhuis, omringd door opgewonden nabestaanden. Ze was al langer dan de meesten van hen, maar met de koninklijke verveeldheid van een vrouw die gelooft dat ze beter is dan de omstandigheden waarin ze verkeert, deed ze haar best om haar hoofd nóg hoger op te heffen. Het kluitje mensen ging samen met haar de trappen af, zodat het leek of ze de familieleden als schapen hoedde, terwijl ze eigenlijk probeerde hen van zich af te schudden. Ze drongen zich naar voren om de vragen te horen die zij niet beantwoordde.

'Claire!' riep hij. 'Claire Burwell!' Hij nam de treden omhoog, dook de mensenkluwen in en greep haar ruw bij de arm om haar eruit te trekken. Ze liepen naar beneden, het park van het stadhuis in, waar ze zich loswurmde.

'Je hebt me pijn gedaan,' zei ze kwaad, terwijl ze over de plek wreef waar zijn vingers haar hadden vastgeklemd.

'Ik probeerde je te helpen.'

'Ja, dat zal wel. Je bent toch zo'n hulpvaardige man, Sean; ik weet zeker dat je me ook probeerde te helpen toen je met je bende-leden naar mijn huis kwam.'

Hij was in verlegenheid gebracht omdat ze blijkbaar had staan kijken, al had hij dat toen juist gewild. Terwijl hij die dag zat te broeden op een manier om haar zover te krijgen dat ze Khan zou verwerpen, had hij ook gefantaseerd dat ze daar boven naakt, vol begeerte stond te wachten op hem, Sean. De fantasie dat hij zich in haar zou boren wond hem zo op, gezien het feit dat ze zo dichtbij was, dat hij die steen misschien had gegooid om de spanning kwijt te raken. Het was geen nieuws voor hem dat woede en seks dicht bij elkaar lagen, maar hij had die samensmelting nog nooit zo sterk gevoeld.

'En bij die betoging van je,' vervolgde ze, 'toen jouw mensen lie-pen te zwaaien met posters van mij met een vraagteken erop, was dat ook een manier van je om mij te helpen?' Er klonk onverhulde afkeer in haar stem.

Hij moest haar schoonheid neutraliseren, dus richtte hij zijn blik op de vage vlekken die als uitgegumde potloodstreepjes onder haar ogen lagen, op de rimpeltjes daaromheen. 'Ik probeerde te zeggen dat je ons in verwarring had gebracht, Claire. Dat zijn we nog steeds. Mijn vader daar op het podium – hoe is het mogelijk dat je daardoor niet geraakt wordt? Je verkiest Khan boven hem – Khan, die daar vandaag zat, ons zijn islamitische tuin onder de neus duwde en niet eens het fatsoen had te doen alsof het iets an-ders was. Wat hebben ze jou gedaan, Claire, mensen als mijn ou-ders, waardoor je alles doet om hun pijn maar niet te zien?'

'Ik zie hun pijn heus wel. Dat maakt het juist allemaal zo moeilijk.' Haar mondhoeken trilden. Dat vraagteken op haar gezicht, zijn dubieuze creatieve inval bij de betoging, was niet verkeerd geweest. Hij werd woedend op haar doorzichtigheid; hij wilde die zwakheid, die ontwijkende blik op haar gezicht verpletteren. Want andere mensen konden hetzelfde op zijn gezicht lezen.

Ze bleef staan als een standbeeld terwijl hij heen en weer liep, zich omdraaide en zelfs een keer om haar heen liep. 'Je weet niet wat je wilt,' zei hij terwijl hij voor haar bleef staan, geërgerd door hun verschil in lengte. 'Je weet wat je zou moeten willen, maar niet wat je echt wilt. Hou ermee op, Claire. Laat mensen die een eigen mening hebben dit uitvechten.'

'Nee, er zijn mensen zoals ik nodig, die beide kanten kunnen zien. Dat heet inlevingsvermogen.' Ze sprak nu op belerende, hooghartige toon.

'Dat heet lafheid! Je kunt alle kanten zien die je wilt, maar je kunt maar voor één kant kiezen. Eén! Je moet een keuze maken, Claire. Een keuze!' Hij stond nu te schreeuwen. Dat vertrouwde, gevreesde gevoel van verstikking, die opbouw van frustratie, bekroop hem. Zijn vuisten aan zijn zij balden zich, ontspanden zich, balden zich.

'Sean! Sean Gallagher!' hoorde hij zijn vader roepen. Achter Claire zag hij Frank op hen af stuiven, voor zover een drieënzestigjarige man dat kon. Als hij probeerde Sean van zichzelf te redden, slaagde hij daarin.

Sean maakte een armgebaar naar Claire alsof hij haar een basketbal toegooide, waardoor ze achteruitstruikelde en met haar armen zwaaide om haar evenwicht niet te verliezen. Maar hij raakte haar niet aan, hij had haar niet aangeraakt.

Tegen de tijd dat Claire was gearriveerd bij de kantoorruimte op de twintigste verdieping waar de jury zou vergaderen, was het donker en begon het te regenen. Het schijnsel van de rampplek beneden, die zoals altijd 's avonds verlicht was, leek achter de ramen te dansen als het noorderlicht. Claire kon haar ogen er niet vanaf houden.

Haar arm deed pijn op de plek waar Sean haar had vastgegrepen; haar hoofd tolde door zijn beschuldigende woorden. 'Misschien is het anders als je je man verliest,' had zijn moeder tegen haar gezegd. Misschien had ze gelijk. Misschien zat het probleem niet in de hartstochtelijkheid van de Gallaghers, maar in het feit dat die bij Claire ontbrak, in het feit dat haar redelijkheid, haar rationaliteit iets onthulde – evenveel, of meer, aan anderen dan aan haarzelf – over haar huwelijk. Dat ze van Cal had gehouden... Ze wist zo langzamerhand niet meer waartoe dat haar verplichtte.

Haar hoofd tolde ook nog na van de bespottingen en beschimpingen die Khan had moeten ondergaan. Ze was bang dat al haar vragen aan hem haar op één lijn zouden zetten met zijn kwelgeesten, maar ze had alleen maar vragen. Als de Tuin islamitisch was, betekende dat dan dat het een paradijs was, en was het daarom een martelarenparadijs enzovoort? Elke vraag bevatte een nieuwe, zoals die matroesjkapoppetjes die Cal had besteld om neer te zetten als speels familieportret.

Zijn oorspronkelijke idee voor de poppetjes, zoals hij dat had voorgelegd aan de voormalige kunstrestaurateur uit Moskou die hij had gevonden om de poppetjes te maken, was dat de kleine Penelope in William zou zitten, die in Claire zou zitten, die in Cal zou zitten. Maar toen William vroeg waarom papa de grootste pop kreeg, bestelde Cal drie extra sets waarin ze allemaal een keer de grootste pop waren. Claire kon nu een matroesjka van alleen zichzelf samenstellen: Claire in Claire in Claire. Tijdens de hoorzitting zag het er al naar uit dat al deze Claires, die gewoon toevallig op elkaar leken, in haar hadden gezeten, zodat elk argument, hoe tegenstrijdig ook, sympathie had gekregen. Iedere keer als ze dacht dat ze de laatste Claire had bereikt, de echte en tastbare versie, bleek dat weer niet zo te zijn. Ze was niet in staat haar eigen kern te vinden.

'Hebben we al die maanden verspild om alleen "een richting aan te geven"?' hoorde ze Elliott, de kunstcriticus, zeggen. 'En dan ook nog "niet de meest zinvolle"?'

'Het is net zoiets als het publiek laten beslissen over een eigendomsrecht,' snoof Leo, de trouwe aanhanger van de wetenschap, alsof hij zich geen verwerpelijker daad kon voorstellen.

Tijdens haar dagdromerijen was het kantoor volgestroomd met juryleden. Ontevreden juryleden, die Paul afsnauwden omdat hij het publiek het laatste woord had gegeven.

'De man die zijn leven wijdt aan het citeren van Edmund Burke blijkt nu van de Thomas Paine-school te weten hoe hij een openbare hoorzitting moet leiden,' zei Ian, de historicus.

Paul zag eruit of hij misselijk was. 'Ik probeerde jullie te beschermen,' zei hij. 'Je zag toch hoe de sfeer van die hoorzitting was? Om deze beslissing te laten rusten op de dertien mensen in deze ruimte – dat zou ons, jullie, tot een te gemakkelijk doelwit maken. Om jullie de schuld te geven van gevolgen die jullie niet kunnen voorspellen. Het leek me beter om de stemmen die vandaag opgingen – de luidste stemmen, de verdrietigste, welke je maar wilt – ook te laten meetellen.'

'De verdrietigste, zei je?' vroeg Ariana. 'De indrukwekkendste spreker vandaag was die Bengalese vrouw.' Er werd geknikt. 'Laat haar beslissen.'

'Asma Anwar,' zei Violet, de assistente van de burgemeester, terwijl ze haar aantekeningen raadpleegde.

'Een authentieke stem,' zei Maria, de expert in openbare kunst, op hese toon.

'Waarom is haar stem authentieker dan die van Frank Gallagher?' wierp Claire tegen, hiertoe aangespoord door de pijn in haar arm. De toespraak van de jonge vrouw, die inderdaad inspirerend was geweest, had Claire opgevat als een impliciete berisping, alsof Jack Worth opnieuw zijn preek ten voordele van Khan had afgestoken.

'Dat was hij niet, behalve dat we heel veel van de familie Gallagher en anderen als zij hebben gehoord. We hebben tot nu toe niets gehoord van mensen zoals deze vrouw.'

'Dat ze daar zat met een hoofddoek om na al dat barbaarse hoofddoektrekken, dat leek op een knap staaltje performance-kunst,' zei Elliott, de kunstcriticus, terwijl hij een verrukt zuchtje liet ontsnappen.

'Performance misschien wel, maar geen kunst,' zei Claire, waarna ze meteen spijt had van haar woorden. 'Hoor eens, we moeten een manier bedenken om al die verschillende standpunten van de nabestaanden met elkaar te verenigen.'

'Verschillende standpunten? Je laat het klinken alsof er geen goed of slecht bestaat, Claire, alleen verschillende gevoelens,' zei Ariana. Ze ontleedde Claire met haar blik. 'Voorheen was jij ons geweten. Ik denk dat Asma Anwar dat nu is geworden. Ik stel voor dat we vanavond nog onze steun voor Khan bevestigen.'

Het lang gekoesterde verlangen naar dit standpunt voelde Claire nu als duizelingwekkend. Hun steun voor Khan, waarvoor ze zich al die tijd zo vol overtuiging had ingezet, bracht haar nu in de war. Met strenge blik drong ze er bij Paul op aan de groep erop te wijzen dat het niet de bedoeling was om vanavond te stemmen, maar om de hoorzitting en de daar geuite commentaren van het publiek te bespreken. Maar Paul, die eerder op een barman leek die een interessant gesprek afluisterde dan op een voorzitter, zei niets.

'Je vond de Tuin niet eens mooi,' bracht Claire Ariana in herinnering.

'Het gaat niet om mooi; het gaat over het lot van de kunst in een democratie,' zei Ariana. 'We hebben allemaal gezien – nou ja, niet letterlijk, want ze deden het in het holst van de nacht – dat Serra's *Tilted Arc* werd bekrast en werd verwijderd van Federal Plaza omdat "het publiek" ertegen was. Nu zijn ze tegen Khans religie of tegen wat zijn ontwerp al dan niet betekent. Als je het publiek op die manier macht geeft, is zo meteen de jacht geopend op alles wat lelijk of uitdagend of moeilijk is, of gemaakt is door iemand die bij een niet-geaccepteerde groep hoort.'

'Dus alles waar het publiek tegen is, is de moeite waard om beschermd te worden?' vroeg Claire. Niemand gaf antwoord, alsof de vraag niet ter zake deed. 'Dit is geen kunstwerk. Het is een monument. Het is verkeerd om nu te stemmen. Als we dat nu doen, hebben we geen argumenten meer om Khan zover te krijgen dat hij de betekenis van de Tuin uitlegt of er iets aan verandert.'

'Khan hoeft niets uit te leggen. En ik ga hem ook niet vragen iets te veranderen vanwege onze speculaties.'

'Het is geen speculatie – hij heeft vandaag gezegd dat zijn tuin islamitisch is.'

'Nee, hij heeft gezegd dat er islamitische invloeden hadden meegespeeld.'

'Pre-islamitisch, probeerde hij volgens mij te zeggen,' kwam Maria ertussen.

'Is dat net zoiets als precolumbiaans?' vroeg de criticus.

Wanhopig wendde Claire zich tot Maria. 'Weet je nog dat ik zei dat nabestaanden niet naar de Leegte zouden komen?' vroeg Claire. 'Nu zeggen ze hetzelfde tegen mij over de Tuin. Wat moet ik nou doen?'

'Zeg dat zich eroverheen moeten zetten,' zei Maria. Claire was geschokt door haar lompheid. Haar vingers, die speelden met een onaangestoken sigaret, verspreidden kleine stukjes tabak over de tafel. 'Om eerlijk te zijn, ben ik dat gepraat over de nabestaanden beu. Als je ons zo hoort, zou je niet denken dat een heel land kapot is van deze aanslag.' Zenuwachtige halve lachjes gleden over de gezichten van de juryleden. Maria had met deze woorden een soort taboe doorbroken, had Claire ontdaan van een of ander magisch kleed. In een striptekening zou nu haar macht als een vloeistof uit haar weglekken.

'De nabestaanden zijn niet de enigen die willen weten wat dit ontwerp betekent,' zei ze voorzichtig. 'Veel Amerikanen zijn bang.'

Ariana richtte haar zwarte ogen op Paul, maar ze sprak over Claire. 'Voorheen moesten we haar standpunt meer gewicht toekennen, omdat ze alle nabestaanden vertegenwoordigde. Nu vertegenwoordigt ze heel Amerika. Nu wil ze dat we meegaan in haar ambivalentie, in haar gedraai. Genoeg!'

'Maar Claire heeft wel een punt.' Paul dwong zichzelf ertoe iets te zeggen. 'Het zou niet verstandig zijn om het iedereen door de strot te duwen. We moeten consensus met het publiek zien te bereiken, tussen alle partijen. Dat is het juiste om te doen.'

'Nee, dat is het voorzichtige,' zei Ariana. 'Het juiste is om niet toe te geven aan de druk om Khan in de steek te laten.' Haar kleine gestalte leek meer volume te krijgen, zodat ze er in haar gebruikelijke grijze kleding uitzag als een ijzeren baar. 'De Tuin,' zei ze uitdagend, 'zoals hij is.'

'De Tuin, zoals hij is.' De juryleden herhaalden deze zin een voor een, tot Paul, op de niet-overtuigende toon van een vader die zijn kinderen moet straffen na een lange dag op kantoor, zei: 'We gaan niet stemmen.'

'En als we dat wel doen, stem ik tegen,' zei de vertegenwoordiger van de gouverneur, waarop eerst Maria, toen Leo en toen Violet – de zenuwachtige, zeurderige Violet – zeiden: 'De Tuin, zoals hij is.'

Alleen Claire, die tevergeefs wachtte tot Paul een einde aan de stemming zou maken, had niets gezegd. Iedereen aan de tafel zat naar haar te kijken. Haar gedachten schoten met adembenemende snelheid alle kanten op, zodat ze in de fractie van een seconde tussen het openen van haar mond en het uitspreken van de woorden, in plaats van vóór Khan te stemmen zei: 'Ik onthoud me van stemming. Ik onthoud me van stemming', al was het alleen maar om niet in verlegenheid gebracht te worden door haar innerlijke strijd te moeten toegeven.

Haar lichaam had tegen de twijfel gevochten als tegen een virus, en had de strijd verloren.

Haar opwinding nam toe bij de gedachte aan de vragen van Alyssa Spier, de veroordelingen van Sean Gallagher en de principiële manipulaties van Jack Worth, en aan Khan zelf, zo ongrijpbaar. Haar gedachten keerden terug naar de Russische poppen, niet als vervanging voor Khans geheimen of die van haarzelf, maar naar de poppen die de familie Burwell vertegenwoordigden en hoe die haar hadden geleerd dat Cal geen geheimen had. Die poppen bedenken was een van zijn laatste daden geweest; en daarmee had hij zijn karakter onthuld, niet door het lidmaatschap van de countryclub twintig jaar geleden op te zeggen. Vreugde schenken was voor hem een scheppende daad, wat betekende dat hij haar niet zozeer zou hebben berispt voor haar onzekerheid als wel voor de ernst die ze daaraan verbond. Terwijl ze zijn tamelijk onbelangrijke politieke principes had opgeblazen, was ze zijn hoogste doel uit het oog verloren, namelijk van het leven genieten. Dit plotselinge inzicht – Cal zou zich lang niet zo druk hebben gemaakt over Khan als zij het deed voorkomen – verlichtte haar, bevrijdde haar. Ze kon haar eigen beslissing nemen, ze kon afstand nemen van een positie waarvan ze niet eens zeker wist of het de hare was; ze kon accepteren dat het poppetje dat het diepst binnen in haar zat onzeker was.

'Ik onthoud me van stemming omdat ik het gewoon niet weet,' zei ze. De stilte die volgde, voelde als een speldenprik in de geschiedenis. De andere juryleden, besefte ze, hadden niet meegeraasd op de trein in haar hoofd, hadden die niet eens voorbij zien komen. Voordat ze kon beginnen de stappen na te gaan die haar ertoe hadden gebracht zo overtuigd haar ooit onwrikbare standpunt los te laten, zei Ariana: 'We hebben tien stemmen, ook zonder de jouwe.'

Claire kromp in elkaar bij deze woorden, bij het gebrek aan respect waarmee ze werden uitgesproken. Toen knikte Wilner, de vertegenwoordiger van de gouverneur, haar meelevend toe. Tot haar onbehagen trok dit gebaar haar mee in zijn kamp. Ze zaten in een weerzinwekkende intimiteit, als een gezin, om de ronde tafel. Ze kon de nasale ademhaling van de historicus die naast haar zat te duidelijk onderscheiden. In een wanhopige behoefte aan lucht, aan ruimte, stond Claire op en draaide zich naar het raam, met als enig resultaat dat ze werd omvat door het lichtschijnsel van de verwachtingsvolle leegte daar beneden.

'Je hebt nog geen enkele stem,' zei Paul, nu eindelijk streng, tegen Ariana. Ze moesten een fatsoenlijke wachttijd in acht nemen – drie weken, hield hij vol – zodat het in ieder geval zou lijken alsof ze de ingezonden meningen serieus in overweging hadden genomen. Geen openbare discussie over hun beraadslagingen van vanavond, waarschuwde hij; geen verklaring over welke beslissing dan ook. En het zou voor alle betrokkenen beter zijn als ze punten van overeenstemming zouden bereiken met de enige nabestaande van de jury.

'Claire heeft tijd nodig om haar verwarring te ontrafelen,' zei hij.

Hitte steeg op naar haar gezicht bij deze woorden, maar ze ontkende ze niet.

Mo sliep elf uur achter elkaar zonder te dromen en werd gedesoriënteerd en uitgehongerd wakker. Pas toen hij een ontbijt bestaande uit een drie dagen oud Chinees gerecht met vlees en broccoli uit de ijskast had gehaald en naar binnen had geschrokt, had hij genoeg kracht om zijn telefoon aan te zetten. Zowel zijn mailbox als de sms-box zat vol. 'Bel me,' had Reiss te veel keren ingesproken en ge-sms't. 'Where the fk r u. Bel me. Bel me.'

'Goed nieuws en slecht nieuws,' zei Reiss kortaf zonder begroeting. Mo wachtte af, merkwaardig kalm.

'Het goede nieuws: je Bengalese cheerleader' – het onwaarschijnlijke beeld van de vrouw in een kort rokje en met pompons verscheen voor Mo's geestesoog – 'beheerste gisteravond het nieuws en dat heeft een stroom van steunbetuigingen voor jou opgeleverd. Snelle peilingen – hou in gedachten dat die een kleine responsgroep hebben en een grote foutmarge – laten zien dat de steun voor jou is verdubbeld ten opzichte van het niveau vóór de hoorzitting.'

'En het slechte nieuws?'

'Je hebt blijkbaar godlastering gepleegd tijdens de hoorzitting.'

Godslastering? Het woord had een maagdelijke, ongebruikte klank.

'Ik weet niet of je het met opzet deed, maar je zinspeelde erop dat de mens de Koran heeft geschreven, niet God. Het verhaal doet de ronde op internet, en imams uit Nederland tot Nigeria staan in de rij om jou te verwerpen, al weet ik zeker dat de meesten van hen geen idee hebben wat je in feite hebt gezegd.'

'En wat heb ik dan gezegd?'

'De belangrijkste zin – misschien kunnen we beter "dodelijkste" zeggen – was: "Dus misschien waren de tuinen waarover we lezen in de Koran gebaseerd op wat er in die tijd bestond, misschien zijn het de tuinen die Mohammed zag op zijn reis naar Damascus. Misschien schreef men de Koran als reactie op de bestaande context." Je sprak je uit als ongelovige. De een of andere klootzak in Iran heeft al een fatwa tegen je uitgevaardigd. Je bent een godslasteraar, een goddeloze godslasteraar,' herhaalde Reiss met iets teveel enthousiasme. 'Erger nog: een zonder baard.' Mo bracht zijn hand naar zijn gezicht en begon te lachen, alsof dat de meest natuurlijke reactie was voor iemand die zich midden in het kruisvuur tussen naties, tussen religies bevond. Hij lachte tot de tranen over zijn wangen stroomden, hij lachte alsof hij stoned was. 'Misschien had ik maar de helft van mijn baard moeten afscheren,' zei hij, happend naar adem.

'De humor ontgaat me even.'

'Ik kan gewoon niet winnen. Het is allemaal zo belachelijk dat het grappig is. Ik lijk wel een kind in een strijd over de voogdij, of, of... de Falklandeilanden of zoiets. Welke kant ik ook op draai, ik keer altijd iemand de rug toe, en diegene voelt zich dus beledigd. De mensen lezen mijn gezicht als een open boek, maar het boek dat ik heb geschreven kan ik zelf niet lezen.' Hij moest zo vreselijk lachen dat hij bijna geen woord meer kon uitbrengen. 'Ik lach omdat ik gestrest ben, en kwaad, en waarschijnlijk sta ik op het punt overspannen te worden. Is dat goed genoeg voor je?'

'De Falklandeilanden?'

'Laat maar, Scott,' zei Mo met een zucht. 'Wat gaan we doen?'

Op internet wemelde het van de verwijzingen naar hem in talen die hij niet kon lezen: Arabisch, Urdu, Farsi. Wat hij kon lezen, maakte hem duidelijk dat hij de doodstraf verdiende. Op CNN werden fragmenten vertoond van verontwaardigde geestelijken en marcherende kinderen en in Pakistan verbrandde een menigte een foto van hem. Het was niet eens een flatterende foto.

De fanatiekelingen voor wie hij al die tijd had moeten uitkijken, bestonden nu niet meer alleen uit moslimhaters, maar ook uit moslims die hem haatten omdat hij niet moslim genoeg was. Toen hij zijn moeder aan de telefoon had, deed ze geen moeite de bezorgdheid uit haar stem te weren. Ze wenste, zei ze, dat Mo nooit aan die wedstrijd had meegedaan. 'Ik heb zo mijn best gedaan om je ervan te overtuigen dat je bijzonder was,' zei ze. 'Het was beter geweest om je te laten denken dat je gewoon was.'

Laila had verstand van islamitische politiek, maar hij aarzelde haar om hulp te vragen; sinds de ruzie in haar appartement hadden ze elkaar niet meer gesproken. Uit trots, uit onvermogen verder te kijken dan de verwachte verschillen tussen hen, had hij zich er niet toe kunnen brengen om zijn verontschuldigingen aan te bieden. Toch wilde hij niets liever dan gerustgesteld worden door haar stem, die hem – weliswaar kortstondig – zou terugbrengen naar haar heldere, allesomvattende aanwezigheid.

Maar die stem had zich nu achter een gordijn verborgen. Achter een mashrabiya. Laila sprak weloverwogen, beleefd, alsof hij een cliënt was.

'Waarmee kan ik je helpen?' vroeg ze.

'De doodstraf?'

'Daar zou ik me niet druk over maken. Het klinkt dramatisch en zorgt voor een hoop publiciteit, maar alleen een staat zou de macht hebben om het ten uitvoer te brengen, en jij leeft niet onder de sharia. De baardmansen maken zo veel mogelijk lawaai. Trouwens, je hebt het niet met opzet gedaan, toch?'

'Ik was me er niet eens van bewust dat ik het zei. Je hebt gezien waar ik mee te maken had daarginds.' Hij viste naar medeleven, of alleen het bewijs dat ze had gekeken, maar ze gaf geen krimp.

'Natuurlijk kan het gebeuren dat de een of andere idioot verkeerde ideeën krijgt, dus wees voorzichtig.' De woorden klonken vriendelijk genoeg; het was dodelijk dat alle tederheid eraan ontbrak.

'Hoe kan ik zorgen dat dit alles verdwijnt?'

'Je geeft een verklaring uit dat je niet hebt bedoeld te zeggen dat de Koran niet het Woord van God is.'

Hij zei niets.

'Dat dacht ik al,' zei Laila uiteindelijk, en die simpele woorden riepen zo'n diepe intimiteit op dat ze toch enige genegenheid in haar stem liet doorklinken. 'Dan moet je gewoon maar wachten tot het allemaal is weggeëbd.'

Hij wilde haar aan de telefoon houden. 'Gaat het goed met je?' vroeg hij.

'Laten we het zakelijk houden, Mo,' zei ze na een tijdje op een totaal onzakelijke toon.

21

'En wie is Oprah?'

Nasruddin kon niet bepalen of Asma met opzet zo hooghartig deed of dat ze alleen maar zo klonk, omdat ze qua houding en gedrag leek op de Bengalese vrouwelijke premier die smekelingen ontving. Ze was omringd door dames, zoveel hofdames, aangezien vrijwel elke echtgenote en een groot aantal dochters uit de buurt zich in mevrouw Mahmouds appartement hadden gepropt. Het was een gekwinkeleer en gekakel van jewelste in de kamer, die tropisch warm was door al die op elkaar gepakte mensen.

Nasruddin wurmde zich naar binnen en sloeg het glas water en de zoetigheid die hem werden aangeboden af. Het was nog steeds ramadan. Waarom boden ze hem voedsel aan? 'Oprah Winfrey heeft gebeld,' had hij tegen Asma in het Bengalees gezegd. 'Of eigenlijk niet zijzelf, maar een vrouw die voor haar werkt. Ze wil dat je in haar show komt.'

'Oprah!' gilde zijn dochter Tasleen, nadat Asma had gevraagd wie dat was. 'Dat is die donkere vrouw. Heel beroemd, heel beroemd. Ze geeft auto's weg. Ik breng u wel. Ik ben bezig met mijn rijbewijs...'

O ja? Dit was nieuws voor Nasruddin.

'Zei u iets over Oprah Winfrey? Wil ze Asma in haar show?' Met al dat gekakel en al die kleuren en de chaos had hij de blanke vrouw niet opgemerkt die met haar pen boven haar blocnote aan Asma's voeten zat, aangezien de rest van de bank werd bezet door mevrouw Mahmoud en mevrouw Ahmed. Een journaliste, dacht hij, een gaste – wat de zoetigheden verklaarde – maar hoe kon ze een interview houden met iemand die vrijwel geen woord Engels sprak?

'Ik ben aan het vertalen, baba,' legde Tasleen al opgetogen uit voordat hij het kon vragen. 'En ja,' zei ze tegen de blanke vrouw, moeiteloos van Bengalees naar Engels overgaand, 'hij zei dat Oprah Winfrey heeft gebeld.'

Na de hoorzitting waren ze snel vertrokken. Nasruddin sleurde Asma langs de starende nabestaanden, de roepende journalisten en de politieagent, die tegen zijn pet tikte. De rammelende, overvolle, vies ruikende ondergrondse was nu eens een verademing en ze zaten de hele weg naar huis zwijgend naast elkaar. Er tolden te veel gedachten in zijn hoofd rond om die in woorden om te zetten. Ze had haar stem laten horen, en hij was trots op haar en schaamde zich misschien voor zichzelf. Hij had altijd gedacht dat leiderschap onopvallend moest zijn, maar vandaag vroeg hij zich af of die benadering niet een gebrek aan moed deed vermoeden. Waarmee waren zijn landgenoten meer gediend: met zijn toewijding aan bureaucratische details en beschaafde betrekkingen of met Asma's eis om gehoord te worden?

Hij bracht haar thuis en nam afscheid met een verlegen buiging en een compliment: 'Nu begrijp ik wat Inam bedoelde.'

Asma keek hem niet-begrijpend aan.

'Hij zei een keer tegen me: "Asma spreekt geen Engels, maar ze is heel intelligent."'

Hoezeer hij ook onder de indruk was, Nasruddin kon niet bevroeden hoe groot de impact van haar woorden was of hoe vaak die in de daaropvolgende uren en dagen zouden worden uitgezonden. Amerika snakte naar helden, zeiden de commentatoren. Hier was er een.

Een paar uur nadat hij haar had thuisgebracht, kreeg hij een zenuwachtig telefoontje: er stonden blanke mensen (en een zwarte man, fluisterde ze) voor haar deur, mevrouw Mahmoud was er niet en Asma begreep niet wat ze wilden. Sommigen hadden camera's bij zich. Hij haastte zich erheen en trof er een groepje journalisten aan die riepen: 'We willen alleen even met u praten.' Nasruddin zei slechts een paar woorden tegen hen: 'Mevrouw Anwar heeft bij de hoorzitting alles gezegd wat ze te zeggen had.' Maar vanaf dat moment verdrong iedereen, van lokale nieuwszenders tot nu Oprah, zich om een interview met Asma te krijgen. De Amerikaanse Coördinerende Moslimraad wilde haar in een advertentiecampagne hebben. Feministische moslims en niet-moslims claimden dat ze bij hun groepering hoorde en schilderden Nasruddin af als de slechterik die probeerde haar de mond te snoeren. 'Een typische moslimman,' zeiden ze; een van hen vergeleek hem met de mannen in Afrika die de genitaliën van hun vrouwen verminkten. Er werden T-shirts bedrukt met een opgeheven hand en de woorden LAAT HAAR SPREKEN, alsof Asma nu de vertegenwoordigster van alle moslimvrouwen ter wereld was.

Nasruddin had er spijt van dat hij het imago van de islam had geschaad. Ook zijn eigen reputatie was bezoedeld. Zijn wilde getrek aan Asma's arm, herhaaldelijk, in het openbaar, had geruchten op gang gebracht, of die misschien bevestigd: het feit dat een getrouwde man zo ongedwongen met een weduwe omging, bovendien een weduwe met wie hij sinds de dood van haar man veel tijd had doorgebracht en die hij had geholpen, was zijn buren en zijn vrouw niet ontgaan. Iedere keer als hij zijn huis binnenkwam, leek de temperatuur met vijf graden te dalen.

Maar deze problemen waren snel vergeten. Brieven vonden hun weg naar Asma, al had ze geen geregistreerd woonadres. Aangezien ze geen Engels kon lezen, gaf ze de brieven aan Nasruddin, die als enige de woorden zag: 'we gooien je op de brandstapel' – zulke kwetsende woorden, gezien de wijze waarop Inam was gestorven – 'terroristenkreng' en 'gore kut'. Nasruddin wist niet dat de Engelse taal zo duivels kon zijn. Hij kende een aantal van die woorden niet eens en moest ze tot zijn verlegenheid aan zijn dochter voorleggen, die ze allemaal wel kende.

Nasruddin wilde naar de politie stappen, maar hij was bang dat hij Asma daarmee aan uitzetting zou blootstellen. Hij had een informeel gesprek met Ralph Pasquale, een vermoeide diender die hij als vriend beschouwde. 'Niemand heeft haar gedwongen daar het woord te voeren,' zei Ralph. Hij had een afwijzende blik in zijn ogen. 'Wat wil je dat we doen? Iemand voor haar deur laten posten? Je weet hoe weinig mensen we hebben. Je loopt altijd te klagen dat er niet genoeg agenten op straat zijn. Denk maar niet dat het goed overkomt als een agent fulltime van de straat wordt gehaald omdat die vrouw rare dingen heeft gezegd. Dien maar een klacht in, als je dat wilt.' Het was voor het eerst in jaren dat Nasruddin – zo beleefd, zo gerespecteerd – op een dergelijke manier werd weggestuurd. Het deed hem pijn dat hij werd beschreven als 'klager', terwijl hij dacht alleen maar een vriendelijk verzoek te doen.

Hij voelde een nieuw soort kwetsbaarheid. Een dag na de hoorzitting ging hij sleutels ophalen bij de huurbaas voor wie hij werkte. De huurbaas, die Nasruddin Senior noemde omdat hij en zijn zoon dezelfde naam hadden, was tevens slager. Nasruddin trof hem aan terwijl hij met een witte muts op en een bloedig voorschoot voor bezig was een lam van zijn ingewanden te ontdoen.

Zoals gebruikelijk zei hij niets ter begroeting, maar in plaats van de wel gebruikelijke geblafte bevelen of klachten – 'Lekkage aan Baltic Street nummer 28', 'mevrouw Whiting zei dat je mensen niet alle verfsnippers van de vloer hebben geveegd' – kreeg hij te horen: 'Mijn vrouw zegt dat ik je moet ontslaan.'

Nasruddin had de vrouw in de loop der jaren een paar keer ontmoet. Ze was een rondborstige dame met een rood gezicht die hem wel leek te mogen. 'Maar waarom, meneer?' vroeg hij, al wist hij het antwoord al.

'Ze heeft je op de tv gezien terwijl je voor die moslim opkwam en ze denkt dat je aan hun kant staat,' zei Senior.

De slagerszoon, Junior, was jong en aantrekkelijk en, naar Nasruddins mening, niet al te snugger. Hij was geïnteresseerd in het Tibetaanse boeddhisme en in yoga; hij verdween regelmatig een maand lang uit de slagerij om 'de poes van zijn vriendinnetje achterna te gaan naar India', zoals Senior het formuleerde. Junior ging ervan uit dat Nasruddins bruine huid een encyclopedische kennis inhield van alles wat oosters en spiritueel was, al had Nasruddin hem een paar keer uit de droom geholpen, waarbij hij zijn corrigerende opmerkingen verzachtte door er verontschuldigend bij te grijnzen. Hij had nooit yoga beoefend. Hij wist niets over Tibet of het boeddhisme. En als moslim had hij geen moeite met de bloederige stukken vlees in de slagerij, in tegenstelling tot wat Junior aannam. Maar nee, moest hij vervolgens uitleggen, hij wilde niet de mooiste stukken met korting kopen en ook niet de mindere stukken gratis krijgen, aangezien hij alleen halal-vlees kocht. Toen moest hij uitleggen wat dat betekende – 'Zoiets als koosjer vlees, maar dan voor moslims,' zei hij –, terwijl hij bij zichzelf dacht: is het echt mogelijk dat er een slager bestaat die niet weet wat halal-vlees is? En daarna denkend, ja, wel in deze buurt, waar voornamelijk Ieren, Italianen en rijke, beklagenswaardige atheïsten woonden.

Maar op deze dag toonde de zoon een verbazingwekkende wijsheid. 'Mama is gek,' zei hij tegen zijn vader. 'U kunt hem niet ontslaan. Trouwens, alles wat ze nu zeggen over moslims zeiden ze vroeger over katholieken; men vertrouwde ons ook niet.'

Nasruddin keek hem met dankbare blik aan. Misschien had hij zich vergist in de jongeman.

'De enigen over wie u zich zorgen moet maken, zijn die moslims met die grote baarden,' ging Junior verder. Misschien toch niet. Nasruddin vertrok uit de winkel met in zijn oren het geluid van een mes dat door vlees hakte.

Hij had eens geprobeerd Asma tot zwijgen te brengen en hij bleek ongelijk te hebben. Wat moest hij nu doen om haar te laten luisteren?

'Voor wie schrijft u?' vroeg hij de blanke vrouw, die noch haar naam, noch de naam van haar krant had gegeven. 'Er zijn al veel verhalen gepubliceerd. Ik vind het wel genoeg.'

'Voor de *Post*,' zei de blanke vrouw. 'Ik probeer gewoon een beeld te krijgen van de vrouw achter het verhaal – haar levensverhaal, weet u wel, dat soort dingen.'

'Hoe lang is ze hier al?' vroeg hij zijn dochter in het Bengalees.

'Drie kwartier.'

'Wat heeft ze allemaal gevraagd?'

'O, een heleboel. Ze is heel aardig. Waar Asma vandaan komt en over Inam, en waarom ze naar Amerika zijn gekomen en hoe ze hier gekomen zijn en dat soort vragen.' Tasleen schakelde heen en weer tussen Bengalees en Engels, zoals ze thuis ook altijd deed.

'Praat Bengalees,' mompelde hij in het Bengalees. Hij wilde niet dat de journaliste aanwijzingen uit zijn vragen zou oppikken.

'Maar baba, je zegt altijd dat ik Engels moet praten,' zei zijn dochter, in het Engels. Dat was waar. Het was zelfs de reden van een voortdurend verschil van mening tussen hem en zijn vrouw. Zij vreesde dat Tasleen haar beheersing van het Bengalees zou kwijtraken, waardoor het moeilijker voor haar zou worden een goede Bengalese echtgenoot te vinden. Hij was bang dat Tasleens slechte cijfers in Engels het moeilijker voor haar zouden maken op een goede universiteit te komen. Maar die toon van haar, de manier waarop ze deed alsof ze niet begreep wat hij bedoelde – wanneer was zijn gehoorzame meisje veranderd in een brutale Amerikaanse tiener? En sinds wanneer smeerde ze lippenstift op haar lippen? De tijd vloog voorbij en liet slechts wat vogelpoep achter. Hij moest eens met zijn vrouw praten.

Hij durfde zijn dochter niet te vragen of Asma iets had gezegd over haar immigrantenstatus, maar daarover was hij bezorgd: dat ze de aandacht van de regering zou vestigen op haar illegaliteit.

'Hebt u een kaartje?' vroeg hij de vrouw.

Hij keek naar de naam – Alyssa Spier – en stak het kaartje in zijn zak. De hele dag en daaropvolgende nacht bleef hij nerveus. Hij bad en probeerde in slaap te komen, maar dat lukte niet. Toen zijn vrouw hem voor zonsopgang en zonder te glimlachen wakker maakte voor de ramadanmaaltijd, duwde hij haar weg, reed zijn bestelwagen achteruit de oprit af en sjeesde door de nog donkere straten naar de nieuwskiosk van zijn vriend Hari Patel. De kranten waren nog niet afgeleverd en Hari was er ook nog niet. Eindelijk verscheen deze en samen wachtten ze op de kranten, terwijl Nasruddin onrustig heen en weer liep, bijna net zo zenuwachtig als tijdens de geboorte van Tasleen. Toen kwam de vrachtwagen. De chauffeur tilde een stapel *Post*s uit de laadbak en gooide die vlak bij hen neer. Hari liep er snel heen om de touwtjes door te snijden, maar voordat hij dat had gedaan, had Nasruddin de foto van Asma op de voorpagina al gezien: lachend, het hoofd in haar nek en haar tanden zichtbaar, alsof ze het woord dat in vette hoofdletters over haar gezicht stond, hilarisch vond.

ILLEGAAL

Paul bevond zich alweer op een onchristelijk uur in het pied-à-terre van de gouverneur. Ditmaal had hij gezelschap: Kyle, Bitmans hoofd van de staf, Harold Dybek, de openbaar aanklager, en de overleden echtgenoot van de gouverneur met zijn eveneens overleden, arrogante Afghaanse hond, die van het enorme olieverfschilderij op hen neerkeken.

'Goedemorgen, allemaal.' De gouverneur kwam gejaagd binnen met blozend gezicht, veroorzaakt, zoals Paul inmiddels wist, door haar ochtendtraining en vandaag benadrukt door een marineblauw mantelpak. 'Probeer wat minder slaperig te kijken. Zo vroeg is het niet.'

Vervolgens onderwierp ze Kyle aan een gedetailleerde ondervraging over de reacties van het publiek, waarvan er nu duizenden waren binnengestroomd. Samen met Lanny had hij de meningen gerubriceerd en representatieve voorbeelden verzameld zodat de gouverneur en de juryleden die konden lezen. De stand was zes tegen één in Khans nadeel, vertelde Kyle haar. Hij was een lomperik met een grof taalgebruik, maar vandaag leek hij ongewoon onderdanig.

'De hoorzitting lijkt de algemene opinie te hebben omgebogen in het voordeel van Khan,' waagde Paul te zeggen. 'De oppositie lijkt wat milder te zijn geworden door zijn toelichting op zijn ontwerp.' Hij had van Lanny gehoord dat deze verschuiving meer te danken was aan die Bengalese vrouw die zo hartstochtelijk had gesproken dan aan Khans magere presentatie. Amerikanen, zo leek het, waren nog steeds in staat tot schaamte; zij had een soort slapende neiging tot nobel gedrag doen ontwaken.

'Khan had er niets mee te maken,' zei de gouverneur. 'Je doelt op wat Kyle zo toepasselijk "de Bengalese sprong" noemde' – Kyle verschoof in zijn stoel alsof hij ergens jeuk had – 'en ik denk dat we ons daar niet meer druk over hoeven te maken.' Ze glimlachte stralend.

Paul staarde haar aan. Een carrière bij een investeringsbank maakte zelfs de gevoeligste ziel – wat hij niet was – tot een meedogenloos mens. Maar zijn mond viel open. Had Geraldine Asma Anwars immigratiestatus gelekt naar Alyssa Spier? De jonge vrouw stond nu uitzetting te wachten. De president zelf had verontschuldigend uitgelegd dat de immigratiedienst haar status niet kon negeren, hoe tragisch haar verhaal ook was. Haar vertrek was nog lang niet zeker: haar advocaat had gezworen haar uitzetting aan te vechten, wat jaren kon duren, en haar verdedigers zowel in als buiten het Congres eisten dat haar een 'genadestaatsburgerschap' werd verleend. Maar haar leven was op zijn kop gezet en de schade nog groter gemaakt door het volgende lek over de 1 miljoen overheidscompensatie die ze had ontvangen. Had Geraldine dat ook nog verraden om de sympathie voor de vrouw te ondermijnen? De ambitie van de gouverneur ging Pauls voorstellingsvermogen voortdurend te boven. En in dit geval tartte ze ook nog zijn gevoel voor fatsoen. De Bengalese sprong had op hem indruk gemaakt.

'Ben ik nog in beeld, Paul?' vroeg Geraldine ongeduldig. Ze wilde weten hoe lang ze na de bekendmaking van de jurybeslissing volgens hem moest wachten voordat ze haar eigen standpunt bekendmaakte, en of ze dan een nieuwe jury moesten installeren. 'Daar zit ik over te denken,' zei ze. 'Een jury met meer nabestaanden.'

'Ik ben er niet zo zeker van of de zaak zich zo gemakkelijk laat oplossen, Geraldine.' Ze snoof. 'Gouverneur. Ervan uitgaand dat de jury Khan steunt, zoals het er nu naar uitziet, zullen ze niet zomaar akkoord gaan met jouw veto over hun keuze.'

'Misschien moeten ze het huishoudelijk reglement nog eens lezen. Ze hebben geen verhaal.'

'Maar daar zullen ze naar blijven zoeken,' zei Paul. 'Ze willen niet dat deze beslissing alleen op basis van publieke gevoelens wordt genomen. Je herinnert je ongetwijfeld dat we juist daarom een jury hebben ingesteld: om een beter overwogen oordeel te krijgen dan waartoe het publiek in staat is – of waarvoor het publiek genoeg tijd heeft, moet ik eigenlijk zeggen.'

'En de jury heeft geweldig werk geleverd,' zei Bitman met opgetrokken wenkbrauwen. 'Maar de bedoeling van het hele proces was altijd dat het publiek ook een stem zou hebben, en die hebben ze dan ook overduidelijk. Ze willen het niet.'

De blik die Kyle en Harold wisselden, gaf Paul de indruk van twee broers die ruzie hadden over wie van de twee hun moeder zou vertellen dat ze haar Spode-theepot hadden gebroken.

'Hetprobleemiserachtertekomenwaaromzehetnietwillen,' zei Kyle, veel te snel achter elkaar. Hij was er een kei in om slecht nieuws van de gouverneur over te brengen naar anderen, maar als hij haar slecht nieuws moest melden, liet zijn talent hem in de steek. Ze fronste haar wenkbrauwen. 'Het probleem is erachter te komen waarom ze het niet willen,' zei hij, nu langzamer. 'Als ze hem niet willen alleen omdat hij moslim is – het komt erop neer dat je niet op de publieke opinie af kunt gaan als het alleen over geloof gaat.'

'In dat geval had je al dat gezwets ongeldig moeten verklaren, Paul.'

'Jij zei dat de mensen een uitlaatklep nodig hadden,' zei Paul, met zichzelf ingenomen omdat het hem was gelukt haar in een hoek te drijven, terwijl het leek of hij in haar redenatie meeging. 'Die hebben ze gebruikt.'

Ze kreeg een harde blik in haar ogen. 'Ze hebben zich uitgelaten over het ontwerp; dát, en niet zijn religie, is hier het probleem. Hij heeft een islamitisch paradijs geschapen!' snauwde ze. 'We zouden hem hoe dan ook moeten afwijzen omdat hij gek is. Dacht hij nou echt dat hij daarmee weg kon komen?'

'Het probleem,' zei Harold met nogmaals een blik naar Kyle, 'is dat hij niet heeft toegegeven dat het een paradijs is. In feite zei hij tijdens de hoorzitting expliciet dat islamitische tuinen hooguit één mogelijke invloed waren en dat de kenmerken die wij als islamitisch beschouwen in feite dateren van voor de komst van die godsdienst. Wat betekent dat wij alleen concluderen dat het een tuin voor martelaren is omdat hij moslim is. Daarmee staat de Grondwet aan zijn zijde, niet aan de onze. Als diezelfde tuin door een katholiek was ontworpen, zou niemand zich druk maken. En zelfs al zou hij toegeven dat het zo is...'

'Wat hij niet zal doen,' onderbrak Paul hem.

'Dan is dat misschien ook niet voldoende om hem af te wijzen, aangezien – ik heb wat onderzoek gedaan – deze symboliek zowel cultureel als religieus is. Die twee zijn moeilijk van elkaar te scheiden.'

'Als het beter is voor jullie gemoedsrust zal ik het ongeschikt verklaren zonder opgaaf van redenen. Ik ben de gouverneur,' voegde ze eraan toe. 'Ik mag iets ongeschikt verklaren.'

'Koninginnen verklaren,' zei Paul. 'Gouverneurs leggen uit.'

Ze wierp hem een woeste blik toe. 'Prima. De beplanting zal afsterven en dat is deprimerend. Is dat genoeg reden voor je?'

'De redenering moet verdedigbaar zijn voor de rechter,' zei Harold. Hij hield zijn schoongepoetste bril tegen het licht om te zien of er krasjes op zaten. Daardoor hoefde hij Bitman niet aan te kijken. 'De staat en de stad zullen verantwoordelijk zijn voor het onderhoud van het monument, dus als de planten doodgaan, is het onze schuld, niet van het ontwerp...'

Haar kille glimlach bracht hem tot zwijgen. Ze keek de aanwezigen onderzoekend aan en staarde toen naar haar handen, alsof ze teleurgesteld was. Toen keek ze op, waarbij ze hen allemaal met haar blik leek te omvatten. 'Dus we maken ons zorgen over een rechtszaak, klopt dat? Over een aanklacht van Khan?'

'Absoluut,' zei Harold. 'Als we hem zijn monument afnemen en hij klaagt ons aan...'

'Zal ik moeten getuigen over de reden waarom ik mijn veto heb uitgesproken over zijn ontwerp...'

'Ja, en...'

'Leg me nog eens uit waarom dat zo erg is?' Ze knipoogde naar Paul en hij zag dat ze zich voorstelde dat ze in het getuigenbankje zat bij een rechtszaak die door alle nieuwszenders van het land zou worden gevolgd, terwijl ze haar bescherming van de plek van het monument, Amerika zelf, verdedigde tegen de islamitische dreiging. Zelfs als de staat de zaak zou verliezen, zou zij winnen. Iedere keer als ze de aanval op Khan inzette, steeg ze in de peilingen. Hij was haar levensadem.

22

Asma werd wakker voordat de zon op was. De duisternis vloeide als water om haar heen en vulde elke holte en opening van haar lichaam: haar neusgaten, de ruimte tussen haar lippen, de gleuf tussen haar borsten, het holle deel van haar buik, de ruimte tussen haar benen, tussen haar tenen. Haar geest vloog naar Bangladesh, alsof ze zich voorbereidde. Bij de dageraad zou de oproep tot gebed door haar heen vibreren. Inams moeder zou opstaan om thee voor zijn vader te zetten, of – waarschijnlijker – Asma zou de thee voor hen beiden zetten, luisterend naar het gekraai van de haan en het geratel van de riksja's, en in de moesson naar het gekletter van de regen, als dansende voeten, op het dak.

Hier hoorde ze alleen een enkele auto en haar eigen adem: in en uit, in en uit. Ze concentreerde zich daarop totdat ze alleen nog adem was, het gevoel had dat ze zo weg kon zweven. Slechts haar botten hielden haar omlaag, pinden haar vast. Haar botten en het jongetje naast haar. Ook zijn adem – zachter, oppervlakkiger – kon ze horen. Een paar seconden lang hield ze haar adem in, de treurzang van haar leven tot zwijgen brengend, zijn lied horend.

Ze was bijna klaar met inpakken. Ze moest alleen nog Abduls kleren en speelgoed in de reistas stoppen. Haar koffers en dozen stonden bij de deur. Haar dure nieuwe potten en pannen. Haar televisie, dvd-speler en videocamera. Ze had geprobeerd een heel land, het idee van een land, in haar koffers te proppen: Nikeschoenen, T-shirts met een afbeelding van Disneyland en het Witte Huis en alle plaatsen die ze nooit had bezocht, glossy tijdschriften en Amerikaanse vlaggen, geschiedenisboeken, vakantiebrochures.

Metrokaartjes die ze nooit zou gebruiken, kinderboeken die ze niet kon lezen. Dvd's van Amerikaanse films en televisieshows, al zouden de illegale versies daarvan in Bangladesh goedkoper zijn. Zoals de Bengalezen hier een klein Bangladesh hadden geschapen, zo zou zij voor Abdul en haarzelf een klein Amerika creëren als ze thuis was.

Het was haar eigen keus om te vertrekken, maar ook weer niet. Tijdens de dagen na haar ontmaskering als illegale vreemdelinge hadden politici het publiek opgezweept tot grote ongerustheid over de duizenden onopgespoorde Bengalese moslims in New York, waarbij ze Asma's overleden man als eerste voorbeeld hadden genoemd. 'Ik zal het wel vragen als niemand anders het doet,' verklaarde Lou Sarge in zijn show. 'Wat deed haar man eigenlijk in die gebouwen?' De gouverneur riep de aanslag in herinnering: 'Ik leef met Asma Anwar mee, maar zij vertegenwoordigt een ernstig probleem. Als wij niet opletten wie door onze open deur naar binnen komt, sterven er duizenden Amerikanen. Zolang ik de leiding over deze staat heb, laat ik dat niet nog eens gebeuren.' Ze eiste dat de federale overheid de Bengalese gemeenschap zou screenen op illegalen en banden met terroristen.

'Naast je, boven je, overal wonen illegalen,' zei Nasruddin. 'Alle mensen uit het gebouw kunnen wel opstappen. De halve buurt.' Haar buren roddelden over haar. Gaven haar de schuld. Zeiden dat Asma alleen aan zichzelf dacht. De gemeenschap kon wat haar betreft verhongeren om haar trots te voeden. De Bengalezen werden op één hoop gegooid met de Pakistanen die een bedreiging vormden. Asma had een goede advocate aan Laila Fathi en kreeg sympathie van het publiek: ze zou haar rechtszaak waarschijnlijk winnen. Maar dat gold niet voor de anderen die door haar toedoen werden opgepakt. Misschien, begon ze te denken, zou haar vertrek de druk doen afnemen.

Maar toen in de *Post* werd onthuld dat ze een miljoen dollar overheidscompensatie had ontvangen, nam ze haar besluit. De Mahmouds waren woedend dat ze misbruik had gemaakt van hun vrijgevigheid door slechts vijftig dollar per maand huur te betalen voor haar kamer. Asma wist dat het mevrouw Mahmoud niet zozeer om het geld ging, maar meer om het feit dat ze in verlegenheid was gebracht omdat ze zulk sensationeel nieuws had gemist, en nog wel in haar eigen appartement! Had ze Abduls nieuwe speelgoed of Asma's gezwollen trots dan niet opgemerkt, zeiden de mensen afkeurend, alsof trots worden een lichamelijke verandering veroorzaakte. Mevrouw Mahmouds opmerkingsgave werd in twijfel getrokken. Meneer Mahmoud liet weten dat Asma moest uitkijken naar een ander onderkomen. Maar wie in Kensington of zelfs in Jackson Heights of welke andere Bengalese buurt dan ook zou haar willen hebben? Iedereen was kwaad op haar, of was bang dat haar illegale status op de een of andere manier de aandacht zou vestigen op die van hen, of ze vroegen een vermogen aan huur omdat zij, met haar miljoen, zich dat kon veroorloven. De wereld buiten Kensington – de blanke wijken met hun gazonsproeiers – leek minder aantrekkelijk nu ze erheen werd gedreven. Waar kon ze heen, met haar gebrekkige Engels? Alleen naar huis, naar Bangladesh, of ze wilde of niet. Zodra ze haar hospita haar besluit meedeelde, vergaf mevrouw Mahmoud haar, misschien omdat Asma haar als eerste in vertrouwen nam.

Haar ballingschap was voorbij. Ze keerde immers terug naar haar eigen land. Maar het voelde alsof ze juist een ballingschap tegemoet ging. Van het boottochtje met Inam – de vrijpostige wind, de meeuwen die hun kreten als veertjes lieten vallen, het verstilde Manhattan – waren alleen vlakke, geluidloze foto's overgebleven. Ze vreesde dat het steeds dunner wordende koord dat haar nog met haar man verbond zou breken zodra ze New York verliet. Ze brak haar belofte dat ze hun zoon in Amerika zou laten opgroeien en ze liet hem in de steek. Inams overblijfselen zwommen in de rivieren van de stad, hingen daar in de lucht.

Ze liet ook haar eigen hoop varen om meer te zijn dan moeder, weduwe, schoondochter. Inam en zij hadden na hun huwelijk een paar weken bij zijn ouders gewoond, in afwachting van hun toeristenvisum. Haar schoonmoeder corrigeerde haar voortdurend – over de manier waarop ze de thee serveerde of kookte of kleren waste –, alsof Asma in die paar weken tot een goede echtgenote moest worden gekneed en zij, Inams moeder, zich geen toegeeflijkheid kon veroorloven. Ze vertelde Asma onophoudelijk wat Inams wensen waren, alsof hij niet voor zichzelf kon spreken. Nu zou ze bij hen gaan wonen, eerder hun dienstmeid dan hun gast zijn, altijd afhankelijk zijn van hun welwillendheid. Ze vermoedde dat ze haar de schuld zouden geven van Inams dood, en daar zouden ze niet helemaal ongelijk in hebben. Het geld zou alles kleuren. Ze besprak dit met Nasruddin. Een van de voorwaarden waaronder ze de fondsen van de Amerikaanse overheid ontving, was dat ze schriftelijk zou verklaren dat ze zich zou houden aan de Amerikaanse erfwet en niet aan die van enig ander land, waaronder Banglasdesh, waar weduwen slechts een klein deel van de nalatenschap van hun echtgenoot erfden. Noch haar ouders, noch die van Inam konden aan het geld komen; als ze dat wel deden, zou de Amerikaanse overheid het terugnemen. Ze had haar best gedaan om verschrikt te kijken toen ze dit hoorde, maar was stiekem blij. In dit opzicht had Amerika haar macht gegeven.

Maar ze was tegen de grenzen van die macht aan gelopen. Ze dacht dat ze hier onbeperkte vrijheid genoot, maar in werkelijkheid was die begrensd – door een grotere cirkel dan thuis, maar toch omcirkeld. Als ze zich eerlijk uitsprak, ertegenaan duwde, eroverheen stapte, gaf ze aanstoot. Het was volkomen anders dan thuis, en toch hetzelfde. Misschien zou Mohammad Khans monument voor Inam verwezenlijkt worden doordat zij zich had uitgesproken. Maar noch Abdul, noch zij zou hier zijn om erheen te gaan.

Verdriet hierover doorstroomde haar, niet ineens, maar in golven. Verlies werd op verlies gestapeld. Ze gleed in slaap, naar een plek waar iemand grote, platte, zware stenen op haar lichaam legde om te zien hoeveel gewicht ze kon dragen. Ze kon niet ademen, kon het gewicht niet van zich af wentelen, zag toen haar kleine jongen die probeerde stenen op te tillen die driemaal zo zwaar waren als hijzelf, en ze worstelde zich onder de slaap vandaan, alleen om te zien dat er niets was veranderd: ze lag in bed, hij lag naast haar en ze zouden worden weggejaagd.

Maar wellicht was het de bedoeling van God, de grootste der intriganten, dat ze naar huis terugging. Ze had haar geld en haar Amerikaanse ervaring, die haar vertelde dat hard werken elke onderneming mogelijk maakte, zelfs als die op de proef werd gesteld door de corruptie en de chaos in Bangladesh. Ze zou thuis een meisjesschool stichten. Misschien konden ze nu niet in één keer een land met honderdveertig miljoen inwoners veranderen, maar als elk meisje een school zou stichten en elke leerlinge daarvan ook weer...

God bezat de macht. Dat had de imam geprobeerd haar duidelijk te maken na Inams dood: dat ze in het leven nergens recht op had – niet op een plaats, niet op een positie, niet op iemand anders. Zelfs haar eigen kind, uit haar geboren, was zijn schepping en kon slechts worden beschermd door zijn zegen. Hij kon alles wegnemen wat hij had geschonken. Alleen hij kon niet worden weggenomen. Hij zou haar niet verlaten als zij hem niet verliet; daarop vertrouwde ze. De tuin in New York, alles waarvan ze werd weggerukt, zouden in het niet vallen bij wat haar te wachten stond.

Trekkend aan haar chunni, de appelgroene, om haar transpirerende hals wat lucht te geven, liep Asma de trap af uit het appartement van de familie Mahmoud. Ze droeg Abdul op de arm en achter haar kwamen Nasruddin en meneer Mahmoud, beladen met haar tassen en dozen; en daarachter liep Laila Fathi, die Asma's reisdocumenten bij zich had; en daarachter mevrouw Mahmoud en mevrouw Ahmed, die huilden en zich aan elkaar vastklampten.

Zodra Asma het gebouw uit kwam, werd ze omringd door een mensenmenigte – vrouwen die hun hand uitstaken om haar aan te raken op een manier die Nasruddin deed denken aan wat pelgrims doen bij het graf van een heilige. Wat ze met die aanraking wilden bereiken, kon hij niet zeggen; haar lot was niet iets om jaloers op te zijn – ze had haar man verloren, haar plek verloren – en toch begreep hij hen. Het leek alsof elke Bengalees uit Kensington en ver daarbuiten was gekomen om getuige te zijn van Asma's vertrek, om medeleven te betuigen, zich te verkneukelen of gewoon deze vrouw aan te gapen: een van hen die een beroemdheid was geworden. Ze stonden op het trottoir en op straat, hingen uit ramen, klampten zich vast aan brandtrappen, tuurden omlaag vanaf de daken. Zonder dat hij hen hoorde, wist Nasruddin wat ze zeiden. Ze zeiden dat al sinds de pogingen om Asma uit te zetten waren begonnen. 'Bhabiakoriokaj, koriabhabiona': Denk na voordat je doet, doe niets zonder nadenken.

In haar gezicht waren ze een en al vriendelijkheid, een en al sympathie. Haar pogingen alles in te pakken waren bemoeilijkt door de eindeloze stroom bezoekers, die allemaal door mevrouw Mahmoud nauwgezet werden geselecteerd, alsof ze bakbananen uitzocht. Zij bepaalde wie toegang kreeg tot het heilige der heiligen (Asma's kamer), wie het appartement mocht betreden, wie in de gang moest wachten. Ze brachten zoetigheden en cadeautjes mee, speeltjes voor Abdul, maar voornamelijk kwamen ze om nieuws over haar aankopen en inpakken te verzamelen en dat op straat verder te vertellen.

Vandaag bevonden zich tussen de Bengalezen ook politieagenten, die de orde moesten bewaren, en journalisten en nieuwscrews; de satellietschotels op hun busjes staken als enorme oren hemelwaarts. De Post, die na de onthulling van haar status nóg niet tevreden was, was er op de een of andere manier in geslaagd haar reisschema te bemachtigen. Zich verlustigend in de succesvolle poging Asma uit het land te verdrijven, had die ochtendkrant nu de hele wereld laten weten wanneer ze zou vertrekken.

Toen Asma naar buiten kwam, drongen de journalisten naar voren, duwden zich door de menigte Bengalezen om dichter bij haar te komen. Nasruddin, die zich al ergerde aan de manier waarop de journalisten zich Asma toe-eigenden en aan de eerbied van zijn buren voor hen, werd woedend toen hij Alyssa Spier in hun midden ontdekte, haar blocnote in de aanslag om de vernedering vast te leggen die zij had bekokstoofd. Hij probeerde te gebaren dat ze moest ophoepelen, maar had zijn handen vol met Asma's dozen. De journalisten cirkelden om Asma heen, riepen haar vragen toe, duwden haar hun microfoons en camera's in het gezicht, slokten haar op.

Nasruddin verloor haar uit het oog en hij liet zijn blik dwalen over de mensen, die er ontspannen bij liepen, alsof ze een dagje uit waren. Ter ere van het vertrek van de kleine Abdul deelde Abdullahs snoepwinkel zijn lievelingssnoepje uit aan kinderen die nog te klein waren om te vasten. De imam, die door Nasruddin was geholpen om uit Bangladesh naar Amerika te komen, moedigde de mensen aan om voor de iftar van die dag naar de moskee te komen en om de armen niet te vergeten tijdens de ramadan. Ergens klonk door een raam Hindoestaanse muziek – Nasruddin, filmliefhebber, zijn enige ontsnapping, probeerde de soundtrack te plaatsen, maar slaagde daar niet in –, met op de achtergrond getoeter van auto's en opgewonden kindergelach en...

De gil van de vrouw sneed zo plotseling door de lucht dat Nasruddins haar rechtovereind ging staan en van schrik van zijn schedel af leek te willen springen. De gil kwam uit de richting waar Asma zich bevond, maar hij kon niet horen wie het was – de spreekstem van een vrouw onthulde niets over hoe haar gegil zou klinken, en het geluid werd vrijwel meteen weerkaatst; de weerkaatsing leek van alle kanten te komen. Het was geen echo, besefte hij, maar het gegil van andere vrouwen die angstig reageerden.

'Ze is gewond!' riep iemand in het Bengalees. 'Haal een dokter!'

Nasruddin duwde de man naast hem de dozen in zijn armen en worstelde zich door de menigte. De mensen gingen uiteen, en daar was Asma, haar gezicht ziekelijk grijsbruin. Ze zag hem en opende haar mond, alsof ze hem iets belangrijks te vertellen had, maar er kwamen geen woorden, althans niet voor zover hij kon horen. Haar lichaam gleed opzij en toen zakte ze langzaam in elkaar, als een overhemd dat werd opgevouwen en in een doos gestopt. Er stonden zoveel mensen om haar heen dat ze niet omviel, wat anders wel zou zijn gebeurd; in plaats daarvan gleed ze half zittend tegen de muur van bewegend, trillend mensenvlees. Maar ze had haar ogen dicht, haar hoofd hing opzij en haar greep op Abdul verslapte. Het kind krijste nu. Laila probeerde Abdul en een van Asma's armen vast te pakken terwijl ze gilde: 'Help me, ze is flauwgevallen! Zet haar rechtop!'

'Nee, leg haar neer!' riep iemand in het Bengalees.

'Hou haar overeind!'

'Leg haar neer!'

De woorden schoten heen en weer door de menigte.

'Haal een dokter!'

'De jongen!'

'Geef haar lucht!'

En toen gilde iemand, een vrouw, in het Bengalees: 'Bloed! Ze bloedt! Bloed!', en de menigte raakte in paniek en begon zich te verspreiden, waarbij iedereen elkaar in de weg liep en dus geen kant op kon, maar waardoor er heftige beweging ontstond, zoals wanneer een krokodil onder water zijn prooi verslindt. Gegil en nog meer gegil, dichtbij en verder weg, ketste door de lucht en leek met elkaar in botsing te komen.

'Leg haar neer!' beval Nasruddin, al liep iedereen hem voor de voeten en bevond zij zich weer buiten zijn gezichtsveld. 'Voorzichtig! Voorzichtig! En haal dokter Chowdhury!'

Het kon Nasruddin niet schelen waar hij zijn handen legde, wie hij opzijschoof om bij haar te komen. Bengalezen draaiden zich geërgerd om, herkenden hem en verontschuldigden zich, waarna ze zich weer terugdraaiden om te kijken naar wat er gebeurde. Om Asma heen stonden mannen die niets nuttigs deden, als nukkige, stomme koeien. Nasruddin snauwde hun met een stem als een zweepslag toe: 'Ga uit de weg! Denken jullie soms dat dit een oefenwedstrijd is? Als je geen dokter bent, ga dan opzij. Als je niet kunt helpen, ga dan uit de weg.'

'Ze is neergestoken!' riep iemand. Hij kon nog steeds niet bij haar komen. 'Neergestoken!' Paniekerige mannen en vrouwen probeerden weg te rennen en botsten tegen elkaar op, niet wetend of hun geren hen van het gevaar verwijderde of er juist dichterbij bracht. Nasruddin was bezig de tijd te ontleden, zo nauwkeurig als zijn vrouw gember sneed; hij probeerde zich te herinneren, een beeld vast te leggen, wat hij had gezien – had er een blanke man in een zwarte jas achter Asma gestaan voordat Nasruddin haar uit het oog was verloren? –, terwijl hij tegelijkertijd zag wat er voor hem gebeurde: een blanke vrouw legde haar zwarte jas over Asma heen tegen de shock. Hij leefde tegelijkertijd in het verleden en in het heden: die blanke man was lang, maar naast Asma leek iedereen lang; of had hij een blauwe jas aangehad? Was er eigenlijk wel een blanke man, of was dat gewoon Nasruddins beeld van de dader? Hij pijnigde zijn hersens om dat laatste ogenblik naar voren te halen dat hij Asma had gezien, maar de waarheid was dat ze net voor de steekpartij aan zijn blik was onttrokken; hij kon niets zinnigs bijdragen. Toen was hij opeens ook weer in de toekomst – de onbekende dader bevond zich nog in hun midden, niemand was veilig, hoe kon hij zijn mensen beschermen zonder hen nog meer angst aan te jagen? Er waren zoveel onbekende gezichten tussen de mensen die hij kende, maar ook bekenden moest hij verdenken. 'Wees voorzichtig!' riep hij in het Bengalees. 'Degene die dit heeft gedaan, is nog steeds onder ons. Kijk goed om je heen. We moeten de dader vinden.'

Zoveel druk in zijn hoofd, op zijn hart. Hij had de bedreigingen aan haar adres moeten aangeven bij de politie; hij had haar die dag moeten beletten om het woord te nemen. Nu voelde hij zich niet alleen diepbezorgd, maar ook schuldig.

'Wat is er gebeurd?' hoorde hij de journalisten vragen aan elkaar en aan elke Bengalees die ze in de kraag konden grijpen. 'Wat zeggen ze? Wat is er met haar aan de hand?'

Eindelijk was hij bij haar. Ze lag op haar rug, haar ogen waren dicht. In de donkere poel die zich onder haar verspreidde, zag Nasruddin het bloed dat thuis in de straten van Eid al-Adha vloeide, als honderden geiten, koeien en schapen werden geslacht voor het festival. Dokter Chowdhury was er ook. Hij haalde de jas en de sjaals weg, tilde Asma toen voorzichtig op en trok de bloeddoordrenkte salwar kameez van haar af, waarbij een glimp zichtbaar werd van gestold bloed op haar bruine huid. Hij legde een drukverband aan over de wond en legde de jas weer over haar heen. Nasruddin nam haar gesloten ogen, haar akelig bleke gezicht in zich op. Asma zou willen weten of iedereen haar had kunnen zien. Ze zou een volledige beschrijving vragen: stond iedereen naar me te kijken? Was ik moedig? En wie heeft Abdul meegenomen? Vochten de tantes om hem of hebt u hem meegenomen? En wat deed mevrouw Mahmoud? Die stond vast te gillen. Moest zij ook behandeld worden door het ambulancepersoneel?

Hebt u hem meegenomen? Deze vraag uit zijn verbeelding bracht Nasruddin weer bij zijn positieven. Waar was Abdul? Nasruddin liet zijn blik over de menigte glijden. Misschien had de politie hem? Tot zijn opluchting zag hij dat Laila de nog steeds huilende Abdul stevig vasthad. De mechanische klaagzang van een ambulance klonk steeds luider naarmate het voertuig zich langzaam een weg baande door de menigte. Twee ambulancebroeders duwden mensen opzij om bij de open plek te komen die de politie rondom Asma had vrijgemaakt en begonnen haar te behandelen. Ze lieten niets blijken over haar toestand, maar Nasruddin wist het en begon al te huilen voordat de ambulance met haar wegreed, en bij de aanblik van de man die twee decennia lang zijn gemeenschap stabiel had gehouden en nu zelf uit zijn evenwicht was, leek de menigte te smelten; vrouwen huilden, mannen knielden, en iedereen wiegde heen en weer, heen en weer.

Abdul – hij moest daar weg.

'Mevrouw Mahmoud! Neem Abdul mee naar boven!' beval hij; vervolgens zag hij mevrouw Mahmoud, die in elkaar was gezegen op de grond. Ze zou zich schrap moeten zetten om te helpen met het wassen van Asma's lichaam, net als mevrouw Ahmed, die nu ook op de grond was gezakt. Nasruddin greep meneer Mahmoud vast, wees naar Laila Fathi en Abdul en zei: 'Neem ze mee naar boven! Nu meteen!', en meneer Mahmoud, die zelf betraande ogen had, nam hen mee, voorafgegaan door een politieagent die de weg voor hen vrijmaakte. Dit was nog maar het begin van de zorg om het kind thuis te brengen, besefte Nasruddin – hij zou met Abdul en Asma's lichaam naar huis, naar Bangladesh moeten vliegen. Alleen al bij de gedachte voelde hij zich hulpeloos: hij, in zijn eentje met een tweejarig weeskind.

'De pers! De pers! Die heeft haar vermoord!' riep iemand uit. De journalisten liepen verspreid in de menigte, als afval op een zich vertakkende rivier. Enkelen van hen werden door mannen bij de arm gegrepen en vastgehouden; andere journalisten vormden met hun rug naar de muur een weerloos groepje bij een gebouw. 'Pers!' riepen ze. 'We zijn journalisten!' Sommigen combineerden een gemaakt glimlachje met de angst in hun ogen.

De nu woedende Bengalezen kwamen naar hen toe rennen en Nasruddin zag dat een paar wat grotere cameramannen voor de groep gingen staan, een paar vrouwen die verwoed op hun mobieltjes cijfers intoetsten en weer anderen die gebaarden naar de politieagenten, die er ook aan kwamen en tegen de menigte riepen: 'Ga terug! Ga terug!'

De menigte kwam steeds dichterbij. De journalisten drukten zich tegen het gebouw, de vrouwen onder hen hielden elkaars hand vast. 'Jullie hebben haar vermoord!' schreeuwden zijn buren woedend. Nasruddin wist niet of ze dit letterlijk meenden – was ze neergestoken door een journalist? – of dat ze bedoelden dat de journalisten haar in gevaar hadden gebracht met hun artikelen. Er werd zo hard tegen hem aan geduwd dat hij nauwelijks overeind kon blijven, maar toch zag hij de handen van de agenten naar hun holsters gaan, en hij riep in het Bengalees uit: 'Ga terug, laat de politie het afhandelen, ga terug!'

Op dat moment zag hij Alyssa Spier, die heen en weer werd geslingerd door de woedende menigte. Er stond angst op haar gezicht te lezen en tot zijn schaamte deed dat hem plezier. Hij gebruikte zijn ellebogen om bij haar te komen. 'Kom mee, kom met me mee,' zei hij nors, terwijl hij haar bij de arm pakte. Ze probeerde zich los te rukken, ze dacht dat hij een van haar belagers was. 'We hebben elkaar ontmoet, u kent me, ik zal u helpen,' zei hij met opeengeklemde kaken, en ze gaf haar verzet op. Hij sleepte haar achter zich aan tot hij een politieagent zag en gooide haar toen bijna in diens armen. Wat ze ook had gedaan, ze moest beschermd worden, maar vanbinnen was hij net zo woedend als zijn buren.

'Zorg dat haar niets overkomt,' zei hij. 'Zij is hiervoor verantwoordelijk.'

23

Toen ze midden in die menigte stond, verlangde Alyssa voor het eerst in haar journalistenleven naar anonimiteit. Omringd door wilde ogen, furieuze monden, duwende handen, stampende voeten, de stank van zweet en gejoel in een vreemde taal, was ze als de dood dat ze zou worden herkend als degene die Asma Anwar aan het gevaar had blootgesteld – haar eerst had bekendgemaakt als illegaal, toen als rijk en toen, vrijwel meteen daarna, als iemand die zou worden uitgezet. WEGWEZEN, luidde de kop in de *Post* van die ochtend. Als ze herkend zou worden, zouden ze haar verscheuren. In plaats daarvan had de enige die haar had herkend haar gered en haar naar de politie geleid, die haar in hun mobiele politiepost in veiligheid hadden gebracht. Hoe bang ze ook was, zodra ze uit de menigte was, wilde ze er weer naar terug. Voor het eerst ervoer ze dat het nieuws een volkomen tastbaar iets was, iets dat haar absorbeerde en dat heftig bewoog, alsof ze in iemands bloedstroom werd meegetrokken. Zo dicht bij oorlogsverslaggeving was ze nog nooit geweest.

Alyssa vertelde de politie alles wat ze had gezien, wat niet veel was, aangezien ze in de buitenste ring journalisten rond Asma Anwar had gestaan. Om de zaak nog erger te maken, was ze een uur aan verslagtijd kwijtgeraakt vanwege het commentaar van haar redder: 'Zij is hiervoor verantwoordelijk.' Drie verschillende rechercheurs namen met haar artikel voor artikel door om erachter te komen wat hij daarmee had bedoeld. Tegen de tijd dat ze klaar was, waren de menigte en alle interviewwaardige getuigen vertrokken en bleef haar niets anders over dan haar collega-journalisten te interviewen.

Ze had geen flauw idee wie Asma had vermoord. Niemand wist het – er hadden zoveel mensen om haar heen gestaan dat zelfs de filmbeelden tot nu toe niets hadden opgeleverd. Maar dat maakte geen einde aan de speculaties. Debbie Dawson van RAVI was ervan overtuigd dat het een wahabiet was geweest die zich beledigd voelde omdat een vrouw in het openbaar naar buiten trad. 'Moet je eens zien wat ze elkaar aandoen!' herhaalde ze voortdurend op tv. Chaz wist zeker dat het een Bengalees was geweest die jaloers was op Asma's geld, al had hij daar geen bewijs voor. Issam Malik van de Amerikaanse Coördinerende Moslimraad hield vol dat Asma was vermoord door een islamhater. Nee, door een vreemdelingenhater, beweerden immigratiehervormingsactivisten. Willekeurige organisaties – zowel van moslims als van niet-moslims – belden met nieuwszenders om de eer op te eisen. Maar zoals dat gaat bij psychologische oorlogvoering was het onmogelijk te zeggen of die telefoontjes betrouwbaar waren of alleen maar pogingen om tegenstanders de moord in de schoenen te schuiven.

Tot Alyssa's ergernis kwam niet één van die telefoontjes bij haar terecht, waardoor ze haar hersens moest pijnigen om een goed aanknopingspunt te vinden. Haar eigen knagende schuldgevoel was grotendeels weggenomen door haar angst in de menigte en de ondervraging door de politie. Die twee dingen leken haar voldoende als algehele boetedoening. Bovendien had ze alleen maar gerapporteerd over wat Khan in gang had gezet. Als er iemand verantwoordelijk moest worden gehouden, was hij dat.

'Het kan niet anders dan dat hij zich schuldig voelt, tenzij hij de Blikken Man is,' zei Chaz goedkeurend toen ze dit als mogelijk aanknopingspunt noemde. 'Zoek hem op en vraag hem of hij zich schuldig voelt. Vraag hem of hij zich zal terugtrekken. Stel je de voorpagina voor als hij zich terugtrekt: SAYAN-ALLAH!' Hij begon te lachen. 'Zorg ervoor dat hij opkrast, alleen al omdat we die kop dan kunnen gebruiken. En probeer erachter te komen of ze haar in zijn tuin gaan begraven: ze is toch een martelares?'

Alyssa hield de wacht bij Khans zolderappartement in Chinatown. Hij kwam niet opdagen. Maar hij was net zo'n type als zij: hij kon niet wegblijven van zijn werk. Ze parkeerde in de buurt van het kantoor van ROI en ging zitten wachten. Tegen het einde van de dag schoven de architecten, met hun hooghartige blikken en rechthoekige brilmonturen, voorbij. Geen Khan. Maar een voorgevoel zei haar te blijven zitten waar ze zat en dat deed ze dan ook, urenlang. Om elf uur kwam hij uit het gebouw, vermoeid om zich heen kijkend. Ze kwam uit haar schuilplaats tevoorschijn. Hij deinsde terug.

'Ik ben het maar,' zei ze zachtjes, alsof ze elkaar al heel lang kennen. In feite, besefte ze, hadden ze elkaar nooit ontmoet, ook al had ze hem achtervolgd. 'Alyssa Spier, *New York Post*.' Even keek hij haar niet-begrijpend aan, alsof hij haar naam niet herkende. Dat was een klap in haar gezicht, al wist ze dat de meeste lezers niet naar de credits keken. Toen verscheen er woede op zijn gezicht.

'Laat me verdomme met rust,' zei hij.

'Wat bent u van plan te doen? Gaat u zich terugtrekken?'

Khan deed of ze lucht was, liep met lange, afgemeten passen door en zij dribbelde mee in een poging hem bij te houden; ze voelde zich als een muisje uit een tekenfilm. 'Voelt u zich verantwoordelijk,' vroeg ze, 'voor Asma Anwars dood?'

Hij draaide zich zo plotseling om dat ze zich kapotschrok. Na wat zij allemaal had geschreven over de islam en geweld zou het bijna komisch zijn, bedacht ze, als een moslim – zeker dit exemplaar – haar te lijf zou gaan.

'Dat vraagt uitgerekend ú me?' zei hij. 'U bent degene die haar de straat op hebt gedreven. U was er ongetwijfeld zelf bij om elk bloederig detail te noteren. U en uw krant hebben er alles aan gedaan om ervoor te zorgen dat de jacht op de moslims werd geopend.'

'Nee, dat hebt u zelf gedaan, door mee te doen aan die wedstrijd, door vol te houden dat u het recht had om te winnen, al was dat voor veel Amerikanen beledigend, al kwetste u daarmee al die nabestaanden. Dus: gaat u zich terugtrekken?'

'Beledigend voor zoveel Amerikanen? Heb ik dat goed gehoord?' zei Khan. Hij kwam op haar af. Ze stonden nog geen meter van elkaar vandaan, waardoor ze geen andere keus had dan achteruit te gaan. 'Ook ik ben Amerikaan,' zei hij, terwijl hij haar verder achteruitdreef. 'Zet dat maar in uw krant. Ik, Mohammad Khan, ben Amerikaan, en ik heb dezelfde rechten als elke andere Amerikaan.' Ze struikelde achteruit; hij kwam dichterbij. 'Ik ben Amerikaan. Dat is het enige citaat dat u van me krijgt. Ik ben Amerikaan.' Ze wierp een blik over haar schouder – nog een paar stappen en hij zou haar Hudson Street op kunnen duwen, maar ze kon niet beweren dat dat zijn bedoeling was, dat hij zich überhaupt bewust was van zijn omgeving, alleen dat hij steeds dichterbij kwam en zij steeds verder achteruitstapte.

'Ik ben Amerikaan. Ik ben Amerikaan.' Nog één stap en ze zou niet meer op het trottoir staan. 'Ik ben...'

'Wacht nou even!' zei ze en ze bleef zo abrupt staan dat hij bijna tegen haar op botste. Ze kneep haar ogen samen. 'U zou me dankbaar moeten zijn. Als ik dit verhaal niet naar buiten had gebracht, hadden ze uw monument onder het tapijt gemoffeld – dan zou u nooit geweten hebben dat u had gewonnen.'

'Gelul,' zei hij. Hij haalde zwaar adem, alsof hij had hardgelopen. 'Zonder u was het ook bekend geworden.'

'Maar ik ben degene die ervoor heeft gezorgd. U zou me dankbaar moeten zijn.'

Khan zette zijn handen in zijn zij en keek omhoog. Alyssa deed een stap naar achteren en zag dat hij glimlachte. Ook zij keek omhoog en ze zag een halvemaan, zo ver weg dat het leek of iemand met een vingernagel langs de hemel kraste.

Op New York 1 werd het verslag van Asma Anwars dood voortdurend herhaald, maar Sean bleef ernaar kijken alsof het iedere keer nieuw voor hem was. Kensington lag niet ver van zijn ouderlijk huis in Ditmas Park – nog geen kilometer –, maar als je de beelden zag, leek het of het in India was. Honderden Bengalezen hadden zich op straat verzameld in afwachting van haar uittocht, waarna ze schreeuwden en gilden toen ze het nieuws van haar dood hoorden en uit angst voor de moordenaar in hun midden. Hij wist wel dat er Bengalezen in de buurt woonden – soms liepen er van die vrouwen met een donkere huid met volgestouwde winkelwagentjes langs het gebouw waar zijn ouders woonden –, maar hij had nooit geweten dat het er zoveel waren. In gedachten ging hij telkens terug naar het moment bij de hoorzitting toen Asma Anwar langs hem heen was gelopen. Hij had geen woord tegen haar gezegd. Hij wenste dat hij haar had gezegd dat hij haar moedig vond. Hij wenste dat hij zich tegenover haar ervoor had verontschuldigd dat hij de hoofddoek van Zahira Hussain had af getrokken, want hij vreesde dat zijn eigen destructieve impuls ruimte had geschapen voor en als vrijbrief was opgevat door mensen met andere, moordzuchtige neigingen. Debbie was ervan overtuigd dat een moslim haar had vermoord, maar Debbies feiten vielen wonderbaarlijk genoeg altijd samen met haar meningen. Hij vroeg zich af wie nu Asma Anwars zoon zou grootbrengen.

Hij ging naar beneden. Zijn moeder zat in haar eentje in de woonkamer te borduren. In het witte licht van de enige lamp leek haar onbeweeglijke gezicht eerder van marmer dan van vlees en bloed.

'Kom even bij me zitten,' zei ze, en hij gehoorzaamde. Hij hoorde het lusteloze getik van de klok. Het geratel van ijs dat werd geboren in de vriezer in de keuken. De geconcentreerde ademhaling van zijn moeder. Hij zou dit allemaal onthouden.

'Ik wil niet meer tegen Khan vechten,' zei hij opeens. Hij wist niet dat hij dit ging zeggen totdat de woorden uit zijn mond kwamen.

Eileen schrok op, alsof ze met open ogen had zitten dommelen, en keek hem aan. Ze had diepe rimpels om haar mond. 'Het is verschrikkelijk wat er met die vrouw is gebeurd,' zei ze. 'Verschrikkelijk. Om zo'n klein kind achter te laten. Maar het heeft niets te maken met de strijd tegen Khan. Denk je soms dat ze zouden willen dat er een kruis wordt gezet op de plek waar ze is gestorven? Denk je niet dat ze dat respectloos zouden vinden?'

Ze nam haar borduurwerk weer op; haar naald werkte razendsnel door.

Hij vouwde zijn handen en liet zijn neus op zijn vingertoppen rusten. 'Ik heb het gevoel dat ik dit allemaal in gang heb gezet,' zei hij.

'Dat heeft Mohammad Khan gedaan,' zei ze op een toon alsof dat vanzelfsprekend was.

'Ik geloof niet dat ik degene wil zijn die het afmaakt. Dat is het enige wat ik zeg. Ik zit niet op de Tuin te wachten, maar ik wil ook niet degene zijn die ertegen vecht.'

'En wie moet dan afmaken waar jij niet mee wilt worden lastiggevallen, Sean? In het leven wordt niets neergegooid wat door iemand anders niet moet worden opgeraapt.'

'Volgens mij keert Claire Burwell zich tegen Khan,' zei hij. 'Ik heb geholpen haar zover te krijgen.' Hij voelde zich als een bedrieger, om eerst een hekel aan Claire te hebben vanwege haar zwakheid en haar vervolgens op te offeren om zijn eigen falen te verbergen.

'Dus waarom zou je er dan nu mee ophouden, Sean, als je denkt dat het einde in zicht is? Je staat op het punt iets te bereiken, iets belangrijks. Waarom zou je nu ophouden, waarom geef je hun de kans te zeggen dat we niet weten wat we willen?'

'Door het monument in de weg te staan blokkeer ik iets. Maar ik bereik niets. Ze zullen echt niet volledig omslaan en vragen of ik het monument wil ontwerpen,' zei hij. 'Ik moet een andere manier vinden. Een andere reden van bestaan.'

'Afgezien van God is er geen belangrijker bestaansreden dan je familie, zeker in ons geval, na wat ons is overkomen.' Haar ogen glansden waterig in het gedempte licht; of dat van verdriet of ouderdom was, wist hij niet. Hij knakte met zijn vingers en zag haar bij dat geluid ineenkrimpen.

Ze pakte haar borduurwerk weer op en hij trok aan de losse

draadjes aan zijn mouw. Zij tweeën maakten en ontmaakten elkaar.

'Ik heb nooit veel van je gevraagd, Sean,' zei ze. Haar oren trokken lichtjes naar achteren. 'Ik zou bijna zeggen dat we heel weinig van je hebben gevraagd. Maar hierom heb ik je wel gevraagd; ik heb je gesmeekt dit monument tegen te houden. En nu wil je ermee kappen voordat de klus is geklaard, zoals je van vrijwel alles in je leven bent weggelopen, waarbij je het half af of kapot achterliet. Waarschijnlijk zou ik niet verbaasd moeten zijn. Maar ik kan wel kwaad zijn.' Haar stem klonk scherper bij deze woorden.

'Ik wil je niet teleurstellen, ma. Dat is het laatste wat ik wil. Maar mijn hart zit er niet in, niet meer. En dat betekent dat ik er niet goed tegen kan vechten.'

'Dacht je dat mijn hart in alles zat wat ik in mijn leven heb moeten doen? Waar haal je het idee vandaan dat je besluit hoe je zult leven op basis van hoe je je voelt als je 's morgens opstaat? Dat heb je niet van mij. Toen jij geboren werd, maakte ik een moeilijke tijd door, weet je.' Hij keek op; dit was nieuw voor hem. 'Ik had al vijf kinderen, een zesde dacht ik niet aan te kunnen. Tegenwoordig hebben de dokters er waarschijnlijk een speciale naam voor, maar ik wist alleen dat ik doodmoe was en eens iets voor mezelf wilde. Ik wilde mezelf terugvinden, kan ik beter zeggen. Ik moet eerlijk zeggen dat ik je vader haatte omdat hij jou had verwekt. En daarom ging ik na jouw geboorte een paar weken weg.' Ze keek hem met vaste, uitdagende blik aan. 'Misschien was alleen Patrick oud genoeg om het zich te herinneren. Misschien was dat de reden dat Frank altijd een zwak voor je had, ondanks al je problemen. Ik ging gewoon weg. Ik nam het huishoudgeld mee dat ik opzij had gelegd voor noodgevallen – je vader was er niet zo goed in rekening te houden met noodgevallen, dus moest ik dat wel doen – en ik ging op en neer langs de oostkust. Naar Rehoboth. Naar Rhode Island. Het was in de winter. Ik ben gewoon langs het strand gaan lopen. Ik was in jaren niet zo lang alleen geweest. Was al jaren helemaal nooit meer alleen geweest. Toen kwam ik weer terug om mijn plicht te doen. Ik kwam terug omdat het mijn plicht was. Heb je vader niet één keer gevraagd hoe hij zich had gered in de tijd dat ik weg was. Alleen met zes kinderen, waaronder een pasgeboren baby!' Ze begon te lachen, waardoor haar gezicht openbrak als beton dat door een drilboor wordt opengebroken. Het leek of de simpele gedachte aan Frank die haar last een paar weken op zich had genomen haar had geholpen diezelfde last jarenlang te dragen.

'Ik kwam terug omdat ik niets beteken buiten deze familie,' zei ze. 'En jij zult ook niets betekenen.'

'Misschien is het wel mijn lot om niets te zijn,' diende hij haar van repliek.

'Ik ben al één zoon kwijt,' zei ze. 'Ik wil er niet nog een verliezen.' Ze zweeg, ging door met borduren. Kleine vingers, vaste hand. Ook dit zou hij zich blijven herinneren.

'Waarom zou je mij verliezen?'

'Je kunt niet half bij een familie horen. Je hoort erbij of niet. Jij wilt hier blijven wonen als de een of andere pacifist die zich opeens te goed voelt om te vechten, maar je wilt ook ons voedsel eten, je voeten hier warmen, terwijl wij ons bloed geven in de oorlog. Zo werkt het niet, Sean.'

'Laat me er een nachtje over slapen, ma,' zei hij abrupt. 'We praten morgen verder.' Hij stak zijn hand naar haar uit en ze keek hem achterdochtig aan, maar liet toen toe dat hij haar uit de stoel hielp. Hij deed het licht uit en samen begaven ze zich door de duisternis.

24

Structuurbehang, versleten projecttapijt, geen raam – het kamertje was misschien ooit een voorraadkast geweest. Claire vroeg zich af of Paul Rubin opzettelijk de kleinst mogelijke ruimte in het gebouw van zijn vroegere bank had uitgezocht om haar samen met Mohammad Khan in op te sluiten. Zij en hij zaten ongemakkelijk dicht bij elkaar aan een smalle stalen tafel, met hun rug bijna tegen de muur.

'Neem alle tijd die je nodig hebt,' beval Rubin vanuit de deuropening. Nu was hij weer de sterke man die ooit deze bank leidde, dacht Claire. Hij was de laatste tijd te vaak afwezig geweest, had zich teruggetrokken van het smerige leiderschapsproces. Maar door Asma Anwars dood was de natuurlijke leider in hem weer naar boven gekomen. Op de ochtend na de moord had hij gebeld en haar op geschokte en norse toon bevolen een afspraak met Khan te maken om met hem haar ambivalentie te bespreken. Hij had haar lang genoeg haar gang laten gaan, zei hij, en Khans koppigheid te lang geaccepteerd. Zij moest zorgen dat ze overtuiging kreeg, Khan moest flexibeler worden. Toen Paul de deur dichtdeed, zou het Claire niet verbaasd hebben als hij hem op slot had gedraaid.

Khans zelfbewustzijn en zijn lange, slanke lichaam in die kleine ruimte imponeerden haar. De laatste keer dat ze hem had gezien, na de hoorzitting, zag hij er uitgeput, verslagen uit. Nu had hij zijn zelfvertrouwen terug, en op de een of andere manier gaf dat haar een onrustig gevoel. Ze zaten zo dicht bij elkaar dat ze gedwongen waren elkaar recht aan te kijken, zoals ze hadden gedaan in haar droom over hem. Maar in de droom straalde zijn gezicht warmte uit, de wens om uit te leggen. Hier straalde hij niets uit. Hij had een ongeïnteresseerde houding, alsof het nieuws over de rampspoed iedereen had bereikt behalve de man die die in gang had gezet.

'Ik vind het heel erg wat met Asma Anwar is gebeurd,' begon ze.

'Ik ook,' zei hij met strakke blik.

'Hebt u haar ontmoet?' vroeg Claire. 'Na de hoorzitting, bedoel ik. Hebt u haar wel eens gesproken?' Ze vond het niet netjes van zichzelf om jaloers te zijn op een dode vrouw, maar ze kon er niets aan doen. Khan had Asma bedankt voor haar steun, terwijl hij Claire nooit had bedankt.

'Nee,' zei hij. 'Ik heb haar niet gebeld.' Claire zag spijt, misschien zelfs schaamte, op zijn gezicht, waardoor ze zich getroost voelde, totdat ze bedacht dat ze zich zelf moest schamen: ook zij had Asma, een medeweduwe wie bovendien uitzetting boven het hoofd hing, niets laten horen. Die laatste beelden van Asma – haar groene salwar kameez als een zwaard van gras – kwamen in haar gedachten.

'Het is verschrikkelijk dat er nu ook nog terreur aan te pas komt,' zei ze. De woorden klonken geforceerd, statisch; ze gaven totaal niet weer hoezeer de moord haar had geschokt. De bedreigingen die ze zelf had gekregen kwamen weer boven, al wist ze dat zij, met al haar voorrechten en haar isolement, goed beschermd was. 's Nachts lag ze met bonzend hart te denken aan dat jongetje, een weesje; dat woord hing als een aasgier boven haar eigen kinderen, die al half verweesd waren. Haar zelfmedelijden over haar status als alleenstaande moeder verdween bij de gedachte aan helemaal geen moeder te kunnen zijn. Misschien was Khan ook bang. Maar hij had geen kinderen.

'We weten niet wie haar heeft vermoord, dus kunnen we niet zeggen wat het betekent,' zei Khan. Deze volkomen rationele verklaring ergerde haar, juist vanwege de rationaliteit. De vraag 'wie?' deed bijna niet ter zake, omdat het antwoord op de vraag 'wat?' zo overduidelijk was: zijn monument, en alle reacties daarop.

'Ik moet eerlijk zeggen dat het me een ongemakkelijk gevoel geeft over de vragen die ik u wil stellen,' zei ze. 'Ik wil... Ik wil haar steun aan u honoreren. Maar ik kan mijn voorkeur voor de Tuin niet volhouden zonder meer te weten. Dus ik stel u de vragen uit respect voor haar.'

'Uw respect voor haar sluit uit dat u haar kunt gebruiken als reden om iets te vragen of niet, mevrouw Burwell. Vraag omdat u iets moet – of wilt – weten.'

'Maar het gaat niet alleen om mij,' protesteerde Claire, die probeerde haar ergernis van zich af te zetten. 'Ik moet me verantwoorden tegenover een heleboel nabestaanden.'

'Dan kunnen we maar beter met uw vragen beginnen,' zei hij.

'Laten we beginnen met de hoorzitting, met wat Betsy Stanton zei over die gebouwen waarbij islamitische visuele taal is gebruikt. Betekent dat dat uw tuin – of in ieder geval het patroon van de namen – die taal ook gebruikt?'

'Het patroon van de namen volgt dat van de gevels van de gebouwen zelf, zoals ik in de toelichting bij mijn inzending heb gezegd. Maar ik was net zo verbaasd als u, als iedereen, toen ik hoorde dat er wellicht islamitische elementen bij die gebouwen zijn gebruikt. Geïntrigeerd, maar verbaasd. Het lijkt mij nogal speculatief.'

'Maar de architect van de torens had toch een tijd in islamitische landen doorgebracht?'

'Ik geloof het wel, maar ik ben niet zo goed op de hoogte van zijn loopbaan.'

'En u?'

'Wat?' Hij trok zijn ene mondhoek licht omhoog, alsof hij wel doorhad dat ze hem in de val probeerde te lokken.

'Bent u ook in islamitische landen geweest?'

'Eén keer, heel kort,' zei hij.

'In welke landen?'

'Afghanistan. En in Dubai, als vijf uur rondhangen op een vliegveld meetelt.'

'Wat deed u in Afghanistan?'

Hij schoof zijn stoel een stukje naar achteren, zodat hij zijn benen over elkaar kon slaan en misschien om haar beter te kunnen bekijken. 'Ik vertegenwoordigde mijn bedrijf bij een competitie voor het ontwerp van een nieuwe Amerikaanse ambassade in Kabul,' zei hij, 'al begrijp ik niet goed wat dat met het monument te maken heeft. We hebben de opdracht niet gekregen.'

Haar hersens weigerden dienst; ze wist niet goed wat haar volgende stap moest zijn.

'Waar had u uw idee vandaan – voor de Tuin?' vroeg ze.

'Uit mijn fantasie.' Deze zin was als een muur waar ze niet overheen kon kijken.

'Ja, natuurlijk,' zei ze na een paar tellen. 'Natuurlijk. Maar uw fantasie moet toch worden gevoed.'

'Onophoudelijk,' zei hij op effen toon. Ze wist niet of hij een grapje maakte of niet.

'Dus tijdens de hoorzitting noemde u – voordat u werd onderbroken, en ik wil graag zeggen dat dat me ook spijt. Het was heel akelig om te zien; ik kan me niet eens voorstellen hoe het was om het zelf mee te maken.'

Hij reageerde niet, dus ploeterde ze voort. 'U zei dat u die hebt gevoed, uw fantasie, met betrekking tot het monument, met islamitische tuinen. Dat zei u tijdens de hoorzitting.'

'Ik zei dat de tuinen die we nu als islamitisch betitelen een van de elementen zijn geweest. Architecten – in ieder geval de goede – plegen geen plagiaat. Ze citeren.'

'En wat citeerde u dan? Tuinen die u in Afghanistan hebt gezien?'

'Ik heb daar inderdaad een tuin gezien, ja.'

'En waar was die voor – waarvoor was die tuin bestemd? Ik bedoel, het kan niet anders dan dat het in Afghanistan wemelt van de martelaren.' Knullig geformuleerd, maar ze moest het weten.

'Dus daarom zitten we hier,' zei hij. Hij keek merkwaardig triest.

'U hebt die vraag nooit beantwoord,' zei ze, 'over of het een martelarenparadijs is, of überhaupt een paradijs. Sinds de vraag werd gesteld in de *Times*. U hebt er nooit iets over gezegd.'

'Als ik me goed herinner, werd die vraag over het "martelarenparadijs"' – hij gaf met zijn vingers de aanhalingstekens aan – 'voor het eerst gesteld op de zender Fox.'

Ze kreeg hetzelfde ongemakkelijke gevoel als toen Wilner, de vertegenwoordiger van de gouverneur, nu de enige tegenstander van de Tuin, haar de eed had afgenomen in de jurykamer.

'Wie hem ook voor het eerst heeft gesteld,' zei ze, 'de vraag ligt er nu. En hangt nu in de lucht.'

'En zal daar ook voor altijd blijven hangen,' zei hij.

'Wat?'

'Waarom zou ik ervoor verantwoordelijk moeten zijn om angsten weg te nemen die ik niet heb gecreëerd?'

'Maar Paul zei dat u mijn vragen zou beantwoorden,' zei ze verbouwereerd. 'Vanwege Asma Anwar.'

'Ik heb hem gezegd dat ik zoveel vragen zou beantwoorden als ik kon,' zei Khan. 'Hij verkoos me niet te verstaan. Het is juist vanwege Asma Anwar dat ik dit soort vragen niet beantwoord. Hebt u niet naar haar toespraak geluisterd? Ze zei dat terroristen niet méér zouden moeten tellen dan mensen als haar echtgenoot. Maar uw vragen – de achterdocht die ze bevatten – maken dat ze wel meer tellen. U gaat ervan uit dat we allemaal denken zoals zij, tenzij het tegendeel wordt bewezen.'

'Ik ga nergens van uit. Het feit dat ik een vraag stel, betekent niet dat ik een fanaticus ben. Hoe kan ik een monument steunen als ik niet weet wat het is?'

'U leek prima te kunnen leven met wat het is toen u het voor het eerst zag,' zei hij zachtjes. 'Zelfs toen we elkaar voor het eerst ontmoetten. U leek van de Tuin te houden. Ik vond het erg ontroerend wat u zei over uw zoontje.'

'Mijn zoontje vormt en vergeet vriendschappen heel gemakkelijk, zoals elk kind,' zei ze. Toen ze Khans verbijsterde blik zag, probeerde ze terug te krabbelen. 'Ik moet gewoon weten wat het is – ook voor William, als hij wat ouder is. Kunt u niet begrijpen...'

'Misschien helpt dit,' zei hij, terwijl hij een blocnootje en een pen uit de zak van zijn jasje haalde. Hij tekende twee lijnen die elkaar sneden en vroeg: 'Wat is dit?'

Claire bestudeerde de lijnen. 'Een kruis?'

Hij draaide het tekeningetje diagonaal. 'En dit?'

'Een X.'

Hij trok een vierkant om het kruis en liet haar weer de tekening zien. 'En nu?'

'Ik weet het niet... een raam, misschien.'

Meer lijnen. 'Een schaakbord?' zei ze. 'Of misschien Manhattan – het lijkt op een raster.'

'Het is al deze dingen, of misschien niet één ervan. Het zijn lijnen op een vlak, net als de Tuin,' vervolgde hij. 'Lijnen op een vlak. Geometrie behoort niet toe aan één specifieke cultuur. Het raster is de voornaamste modernistische vorm, ik weet zeker dat die criticus van de *Times* dat begrijpt. Vóór de twintigste eeuw zag je het nauwelijks en daarna was het opeens overal. Mondriaan was geen moslim. Mies, Agnes Martin, LeWitt, Ad Reinhardt – geen van hen was moslim. Ik kan niets doen aan de associaties die u krijgt omdat ik het wel ben.'

'Het probleem wordt niet alleen gevormd door de associaties die het bij mij oproept, maar die het bij uw medemoslims zou kunnen oproepen. Ze zullen het op een bepaalde manier interpreteren...'

'Zeggen al uw moslimvrienden dat?'

Claire slikte. 'Ik denk gewoon dat het zou helpen als u duidelijk bent en zegt dat het niet is bedoeld voor martelaren, of voor welk slechtste scenario dan ook. Of als u iets aan de Tuin verandert om de angsten weg te nemen. Laat de kanalen weg, zodat uw tegenstanders niet kunnen beweren dat het op het paradijs uit de Koran lijkt. "Tuinen onder welke rivieren stromen", of hoe die regel ook luidt.'

'U wilt dat ik veranderingen aanbreng in de Tuin,' zei hij langzaam.

'Alleen wat symbolische veranderingen, evengoed om te tonen dat u de gemeenschappelijkheid opzoekt als om enige werkelijke reden.'

'U wilt dat ik de kanalen weglaat omdat die u doen denken aan een regel uit de Koran,' zei hij, alsof hij het niet begrepen had.

'Het is maar een idee.'

'Asma Anwar ging daar staan en vertelde over hoe het paradijs van de Koran was voor mensen als haar man – en nu, kunnen we alleen hopen, voor haar. U kunt niet zeggen dat u haar nagedachtenis wilt eren en vervolgens eisen dat ik iets weglaat dat u doet denken aan het paradijs waarover zij sprak.'

'Dus het is bedoeld om dat paradijs op te roepen.'

'Dat zei ik niet,' zei Khan met opeengeklemde kaken. 'Ik zei dat het beledigend jegens haar was om de Tuin te willen ontdoen van alles wat in uw ogen dat paradijs oproept.'

'Die nuances zijn te subtiel voor dit land, in het licht van wat er is gebeurd. Begrijpt u dan niet dat het natuurlijk is dat mensen bang zijn?'

'Net zo natuurlijk als een tuin,' zei Khan. Die zin was te perfect: ze wilde hem aan stukken scheuren.

'Ik ga me er niet voor verontschuldigen dat ik me goed wil voelen bij het ontwerp voor het monument voor mijn man,' zei Claire getergd. 'Als u uw ontwerp niet aanpast, wordt de dreiging die ervan uitgaat groter; dat zegt me dat er iets is, iets geheims, dat u wilt bewaren. Volgelingen van uw religie hebben enorm leed veroorzaakt, hebben mij veel pijn bezorgd. En het is voor ons allemaal erg moeilijk om erachter te komen wat de islam precies betekent of aanmoedigt. Waar moslims in geloven. Heel veel moslims die zelf nooit terreur zouden uitoefenen, steunen het terrorisme toch, om politieke redenen of misschien zelfs op religieuze gronden. Of ze doen alsof het helemaal geen moslims waren die dit hebben gedaan. Dus is het niet onredelijk als ik u vraag waar u in dit geheel staat. Dat ik bij de hoorzitting hoorde dat u de aanslag nooit hebt veroordeeld, dat was een hele schok, moet ik eerlijk zeggen. Waarom hebt u dat niet gedaan?'

'Ik denk omdat niemand het me ooit heeft gevraagd.' Geen spot in de stem, maar wel in de woorden.

'En als ik het u nu vraag?'

'Dan geldt hetzelfde principe, mevrouw Burwell.' Het feit dat hij haar met haar achternaam aansprak stak haar. Ze was nauwelijks ouder dan hij.

'En welk principe is dat?' Ze werd woedend. 'Vanwege welk principe moet u weigeren te zeggen dat een terroristische aanslag verkeerd is, of dat u niet gelooft in de godsleer die zoiets voortbrengt?'

'En volgens welk principe kunt u van mij eisen dat ik dat zeg, terwijl uw zesjarige zoontje u kan vertellen dat het verkeerd is?' Hij wilde met zijn handen door zijn haar woelen, maar besefte dat het te kort was. Hij balde zijn vuisten, drukte die tegen zijn slapen en keek omlaag naar de tafel.

'Wat William mij vertelt, doet er niet toe. Ik ben geïnteresseerd in wat u denkt.'

Er viel een ongemakkelijke stilte. 'Zou u er niet van uitgaan dat elke willekeurige niet-moslim die aan deze wedstrijd zou meedoen de aanslag verkeerd zou vinden? Waarom behandelt u mij anders? Waarom vraagt u meer van mij?'

'Omdat u meer van ons vraagt!' zei ze. 'U verwacht van ons dat we u vertrouwen, al wilt u geen vragen beantwoorden over uw ontwerp – wat het betekent, wat de oorsprong ervan is.'

'Maar u stelt die vragen alleen omdat u me niet vertrouwt.'

'En ik vertrouw u niet omdat u weigert antwoorden te geven, dus we zitten in een impasse.' Ze glimlachte en – tot haar verbazing – hij ook. Als ze in staat waren dit dilemma te onderkennen, er zelfs om konden lachen, dan konden ze er ook aan ontsnappen, dacht ze, terwijl haar weerstand wegsmolt.

'Het is gewoon... Ik heb moeite met u als ontwerper van het monument als ik niet weet wat u denkt.'

'Dat is een kwestie van vertrouwen, nietwaar?'

Dit bracht haar tot zwijgen. Ze reikte naar achteren in een behoefte aan de soliditeit van de muur. Khan had zijn stoel iets opzijgedraaid in een poging meer beenruimte te krijgen, zodat ze elkaar niet meer recht aankeken. Ze bestudeerde zijn voor driekwart zichtbare profiel. De historicus in de jury had een keer op zijn gebruikelijke, schoolmeesterachtige toon opgemerkt dat de Duitsers, ook al waren ze nog niet geboren toen Hitler stierf, steeds nieuwe manieren vonden om zich ten opzichte van de joden te verontschuldigen, om te proberen iets goed te maken. Individuen die onschuldig waren aan een misdaad konden toch een collectief schuldgevoel voelen of dragen. Naar een teken van een dergelijke acceptatie van verantwoordelijkheid zocht ze nu in Khans gezicht.

'Ziet u niet in dat u alleen uzelf beschadigt?' zei ze. 'Als u wilt dat ik voor u opkom – u kunt hier niet van op de hoogte zijn, maar ik was het enige jurylid dat niet weifelde toen we uw naam te horen kregen –, dan moet ik meer over u weten. Ik wil graag dat u een aantal van deze ideeën verwerpt, of er ten minste afstand van neemt, of dat simpelweg in uw ontwerp tot uiting laat komen. Het gaat hier niet om u. Het gaat om de godsdienst.'

Zelfs van opzij zag ze hem schrikken. Hij draaide zijn stoel, waarvan de poten bleven steken in de vloerbedekking, om haar te kunnen aankijken en vroeg: 'Hoe zou u het vinden als ik wat uw man is overkomen zou rechtvaardigen door te zeggen dat het niet om hem draaide, maar om zijn land en het beleid daarvan – verdomde jammer dat hij daarvan de dupe werd, meer niet, maar ja, hij kreeg zijn verdiende loon omdat hij belasting betaalde aan de Amerikaanse regering. Krijg ik mijn verdiende loon omdat ik toevallig dezelfde religie aanhang als een stelletje malloten?'

Claire verstijfde. *Verdomde jammer. Zijn verdiende loon.* De woorden leken tegen het fragiele kraakbeen van haar oren te slaan, al wist ze niet helemaal zeker wat hij precies had gezegd; ze had tegelijkertijd zitten denken en luisteren, waardoor ze niet alles kon volgen. Maar dit was dan eindelijk wat hij werkelijk dacht. Het deed haar pijn, ze werd misselijk door de gedachte dat die akelige Alyssa Spier misschien gelijk had: dat Khan Cal beschouwde als bijkomende schade in een oorlog die Amerika over zichzelf had afgeroepen; dat hij vond dat Cal, die genereuze, goedgehumeurde Cal, verantwoordelijkheid droeg, schuldig was, alleen omdat hij Amerikaan was. Ze sprong op als een klungelig gehanteerde marionet, graaide haar tas mee en stapte in één beweging naar de deur, rukte die open, stapte over de drempel en sloeg hem achter zich dicht. Ze kon de lift niet vinden toen ze in de hal kwam; ze liep door gangen en schuifelde langs bemande kantoorruimtes totdat ze een bordje zag waarop UITGANG stond – het trappenhuis, dat was goed – en zich daar halsoverkop heen haastte, alsof ze zich de trap af wilde laten rollen om weg te komen. Ze deed de deur naar de bedompte trappen open en begon werktuiglijk naar beneden te lopen.

Beneden kwam ze weer bij haar positieven en zag toen opeens het beeld voor zich van haar en Cal die voor Picasso's *Huilende vrouw* stonden in de Tate Galery in Londen. Claire kon het schilderij nog steeds tot in detail oproepen: het blauw in het haar, het rood in de hoed, dat spookachtige, schedelachtige gedeelte rond haar mond. Ze zag dit eigenlijk duidelijker voor zich dan de echtgenoot die naast haar had gestaan.

'Het wordt een beetje verpest door het feit dat Picasso zo'n nare man was, vind je niet?' had Claire gezegd. 'Hij heeft Dora Maar waarschijnlijk eerst aan het huilen gemaakt en heeft haar toen al huilend geschilderd.'

'Dus voor kunst met een grote K heb je een kunstenaar nodig met een hoogstaande moraal?' vroeg Cal. 'Je bekijkt de creatie, niet de schepper ervan.'

'Dus jij gaat eraan voorbij dat hij die arme Dora zo kwelde.'

'Nee, je beoordeelt de schilderijen als kunstwerk en Picasso als mens. Het is volkomen verenigbaar om het een te bewonderen en het andere af te wijzen. En gelukkig is het omgekeerde ook waar: jij houdt van me ondanks het feit dat ik een waardeloze kunstenaar ben. Misschien moet je arrogant zijn om groots te kunnen worden.'

Via de uitgang op de begane grond kwam ze buiten en daar stond ze midden in de stad. Ze werd omgeleid door een onverklaarbare politieafzetting en moest zich een weg banen door de hordes toeristen op Times Square. Haar ademhaling paste zich aan aan de voorbijschietende collage van video's, commercials, neonreclame en kabelkranten die op haar netvlies flikkerden. Ze werkte zich door de traag bewegende mensenmassa heen, waarbij ze zich niets aantrok van de verontwaardigde blikken en kwam terecht op een minder drukke straat die in oostelijke richting voerde. Het was zo'n akelige, vochtige dag waarbij de luchtdruk als een muur op je werd geperst en iedereen in de stad korzelig wachtte op het bevrijdende onweer. Tegen de tijd dat Claire Bryant Park had bereikt, was ze helemaal bezweet. De knoestige bomen aan weerszijden van de grasvelden vormden perfecte wandellanen. De openbare bibliotheek lag voor haar. Aan de overige drie zijden van het park rezen wolkenkrabbers met glazen gevels omhoog, waarin het groen en de wolken werden weerspiegeld. Het was een ommuurde tuin. Ze liet zich op het gras zakken.

Zelfs hier, in deze afgezwakte vorm, werd ze door Khans visie evenzeer verleid als ze door zijn verachting werd gekwetst. Misschien waren ze onafscheidelijk, zoals Cal had beweerd – de arrogantie die de scheppingsdrang aandreef –, maar zij wilde de Tuin weer in zuivere vorm, zonder associaties, zonder Khan. De Tuin zoals ze die voor het eerst had gezien. Maar ze kon hem er niet van ontdoen, want de Tuin was evenzeer – of misschien nog wel meer – van hem als van haar. Hij had hem geschapen.

Ze sloeg haar handen voor haar ogen en begon te huilen.

Paul maakte een wandeling in Central Park, op zoek naar eenzaamheid en frisse lucht. Afgezien van de keren dat Vladimir er met hem doorheen was gereden, was hij er in geen maanden geweest. In feite, besefte hij, had hij het zo druk gehad met heen en weer vliegen tussen zijn huis, juryvergaderingen, kantoor en het hol van politici, dat hij amper buiten was geweest. Khans tuin –

de werkelijke tuin, in tegenstelling tot de controverse – was uit zijn gedachten verdwenen. Nu hij over de gekunsteld informele Sheep Meadow liep, het nauwelijks verborgen bewijs van de ontwerpershand van Frederick Law Olmsted, realiseerde hij zich dat de Tuin de eerste openbare tuin in Manhattan zou zijn sinds de creatie van Central Park anderhalve eeuw geleden. Of moest hij zeggen: 'zou zijn geweest'? Hij wist niet meer welke vervoeging hij moest gebruiken. In zijn verbeelding zag hij een groen lichtje knipperen op de kaart van de ondergrondse – aan, uit, aan, uit. Een polsslag.

Misschien kwam het door het briesje en het vogelgekwetter, of door de jongelui die op rollerblades en fietsen langsreden, maar Paul voelde zich tevredener dan hij in lange tijd was geweest. Zijn korte uitstapjes naar het nietsdoen, naar het laten ontstaan van chaos, waren vergissingen geweest. Het was veel beter dat hij nu Claire en Khan had gedwongen hun meningsverschillen te bespreken en op te lossen. Geraldine Bitman zou doorgaan met haar volksverlakkerij, maar als Claire als meest prominente nabestaande de verzekering zou geven dat Khan betrouwbaar was – dat zij hem vertrouwde – zeker nadat ze haar eigen twijfels onomwonden in het openbaar had geuit, zou er een confrontatie volgen tussen de twee vrouwen, en Paul raakte opgewonden bij de gedachte daaraan. Het amuseerde hem dat dit alles was wat van zijn ooit gewaagde fantasieën over Claire was overgebleven.

Edith belde. Ze klonk buiten adem, wat ongebruikelijk was. 'Paul, er is een persconferentie – Claire Burwell. Ik stuur Vladimir om je op te halen.'

'Ik kan wel lopen,' begon hij te zeggen met de schijnenergie die werd opgeroepen door de jongelui die overal om hem heen voorbijschoten, en toen zakte de moed hem in de schoenen en zei hij: 'Ja, Vladimir.'

Eenmaal thuis installeerde hij zich samen met Edith op de bank om te kijken. Claire zat aan een lange tafel, geflankeerd door leden van de Amerikaanse Coördinerende Moslimraad. Haar energie spatte van het scherm toen ze hun gemeenschappelijke verklaring begon voor te lezen.

'Wij, ondergetekenden,' – ze gebaarde naar de mensen die links en rechts van haar zaten – 'verzoeken Mohammad Khan zijn ontwerp voor het monument in te trekken, zodat het land zich kan verenigen rond een ander monument. We willen meneer Khan niets afnemen. Zijn inspanningen om bij te dragen aan het herstel van het land worden zeer op prijs gesteld. Wij menen slechts dat een ander monument dan de Tuin op dit moment beter zou zijn voor de nabestaanden, voor de Amerikaanse moslims, voor het land. Wij zeggen hem niet wat hij moet doen. We vragen hem om zijn mededogen en zijn beoordelingsvermogen te laten spreken.

De dood van Asma Anwar was een verschrikkelijke gebeurtenis,' voegde ze eraan toe, waarbij ze opkeek van haar tekst. 'Zelfs zonder te weten wie hiervoor verantwoordelijk is, zijn we hierdoor tot het besef gekomen dat het tijd is voor eenheid, voor flexibiliteit, en niet voor onbuigzaamheid.'

Ze had eerst de jury zover gekregen dat die de Tuin steunde, Khan moest steunen, en had zich vervolgens tegen zowel het ontwerp als de ontwerper gekeerd. Zonder haar zou de steun van de jury voor Khan overkomen alsof een stelletje kunstenaars voor hun eigen soort opkwam – een droomscenario voor de gouverneur. Paul nam aanstoot aan niet alleen Claires verraad van haar medejuryleden, het maandenlange werk, hun bereidheid hun meningsverschillen te bespreken, maar ook aan haar gebrek aan nederigheid – haar overtuiging dat zij alleen kon beslissen wanneer er gestreden moest worden en wanneer de strijd moest worden opgegeven. Ze begreep haar eigen land niet, dacht hij. Er was meer dan een monument voor nodig om dat te verenigen.

Maar misschien had hij haar zelf op het idee gebracht. Toen hij Claire had gebeld om te zeggen dat ze met Khan om de tafel moest, had hij bijna terloops opgemerkt dat het nog steeds het best zou zijn als Khan zich terugtrok. Ze had hem overtroefd: ze had begrepen dat haar verzoek zowel krachtiger als minder risicovol zou zijn als ze dat samen met de moslims deed.

'Ik zou willen dat het anders gelopen was,' hoorde hij Claire zeggen. 'Als meneer Khan meer bereidheid had getoond om zijn ontwerp uit te leggen, zodat het niet verkeerd geïnterpreteerd zou worden, of als hij het iets had aangepast, dan was ik mijn best blijven doen voor de Tuin, en veel nabestaanden zouden dat ook hebben gedaan.'

Dus Paul had niet alleen Claire, maar ook Khan verkeerd ingeschat. Hoe had hij kunnen denken dat de architect na al zijn koppige tegenwerking nu zou toegeven aan haar eisen? Khan zou doorvechten, maar het gevecht zou nog onsmakelijker worden, nog langer gaan duren. Geraldine Bitman zou de besluiteloosheid en de onrust die dit met zich meebracht zo veel mogelijk uitmelken, ongeacht de ellende die dat zou veroorzaken. Paul kon zich net zomin voorstellen dat de Tuin ooit zou worden verwezenlijkt als dat Khan ooit zou toegeven. Plotseling verlangde hij naar een pensionering die niet gevuld zou zijn door voorzitterschappen, aanzien en belangrijkheid, maar door kijken naar musicals uit de jaren dertig, samen met Edith op de bank.

'Ze weet niet wat ze wil,' zei hij over Claire.

'Meen je dat nou?' zei Edith. 'Volgens mij weet ze dat juist precies.'

25

Mo moest bijna lachen toen hij naar de persconferentie zat te kijken, naar die lelieblanke vrouw omringd door Arabieren, Zuid-Aziatische en Afrikaans-Amerikaanse moslims. Hij had Oost en West met elkaar willen verenigen, en daar was hij in geslaagd – verenigd tegen hem. Ze zat in het midden aan een lange tafel met leden van de ACMR aan weerszijden: Issam Malik links van haar, Jamilah rechts, en Laila was gelukkig nergens te bekennen. 'Bescherm ons, dan beschermen wij u?' Hij had moeten luisteren.

Hij keek toe hoe Claire en de leden van de ACMR over elkaar heen vielen om maar hun wederzijdse respect te laten blijken. Zie je? leek ze te zeggen, ik heb niet met alle moslims een probleem – helemaal geen probleem met moslims, alleen met Mohammad Khan! Dit bouwsel van onopvallende schoonheid, zoals hij haar had gecategoriseerd, liet nu onverwachte vreemde hoeken zien, alsof valse plafonds, afscheidingen en bouwsteigers – alle conventionele bedenksels – waren verwijderd om haar wezenlijke en verrassende botstructuur bloot te leggen. Het was een creatieve zet om zich gezamenlijk met de moslims te presenteren in plaats van met de nabestaanden. Zelfs nu ze haar principes verloochende, zich conformeerde, had ze toch een manier gevonden om het onverwachte te doen. Mo had haar in het hokje geplaatst van een bepaald type: de welgestelde vrouw die trouwde vanwege het geld, met wie werd getrouwd vanwege haar schoonheid, die leefde op een kaal plateau van moederschap, filantropie en onbetekenendheid. Nu zag hij, voor het eerst, haar uitzonderlijkheid.

Het was meer dan vreemd om zich juist nu in Claire te verdie-

pen, wist hij. Maar het was de minst pijnlijke plek waar zijn gedachten konden vertoeven. Op het moment dat ze de deur uit was
gelopen, wenste hij dat hij de tijd had kunnen terugdraaien, zodat
hun ontmoeting niet zou hebben plaatsgevonden. Hij was niet in
staat te zeggen wat zij wilde dat hij zei; zij was niet in staat te begrijpen waarom hij het niet wilde zeggen. Wat voor hoop was er,
als ze geen gemeenschappelijk punt konden vinden?

'Onze jihad – en ik gebruik dit woord bewust,' zei Malik stijfjes,
'is erop gericht aan te tonen dat het mogelijk is om zowel een goed
moslim als een loyale Amerikaan te zijn, om God te aanbidden en
liefde te koesteren voor ons land. God zal over ons, over alles oordelen. Het enige wat wij kunnen doen, is kijken naar de feiten die
voor ons liggen – deze jonge vrouw, een moeder die ten prooi is gevallen aan terreur; de bedenkelijke emoties in alle kampen – en
concluderen dat het doorduwen van dit monument noch de islam,
noch Amerika dient. Zelfs één dode – moslim of geen moslim, dat
doet niet ter zake – ten gevolge van deze controverse is er één te
veel. Het is zinloos als er vanwege de strijd over wat de muren wellicht symboliseren een extra naam moet worden toegevoegd aan de
namen op diezelfde muren. De principes van meneer Khan, of
misschien kan ik beter "ambities" zeggen, zijn niet nog meer levens
waard.'

Deze laatste zin bleef in Mo's binnenste doorklinken, want hij
wist zelf niet meer waar de grens tussen zijn ambities en zijn principes lag. Het was precies die grens waarnaar Laila had gezocht en
het was haar angst dat ze het een met het ander had verwisseld die
hen uit elkaar had gedreven.

Hij zwierf nog steeds van de ene plek naar de andere en nu was
hij voor een paar dagen in een hotelkamer beland. Hij zette de tv
uit. Zijn keuzemogelijkheden waren duidelijk: vechten voor zijn
tuin zoals die was of zich terugtrekken. Er was geen midden. Het
zou niet moeilijk zijn het ontwerp aan te passen – de muren weglaten, misschien; geen rechte kanalen, maar kronkelende. Een tuin
was maar een tuin. En toch wist hij dat hij zou weigeren er ook

maar iets aan te wijzigen, zelfs al zou die weigering ertoe leiden dat hij zich moest onderwerpen. Ze moesten de Tuin nemen zoals ze hem voor het eerst hadden gezien of helemaal niet.

Zijn advocaat had de transcripten gelezen van de hoorzitting, de interviews, de huishoudelijke regels van de jury. 'Niemand heeft aangetoond dat je op welke manier dan ook "ongeschikt" bent en niemand heeft ook maar één geldig argument aangedragen op basis waarvan het ontwerp kan worden afgewezen,' vertelde Reiss aan Mo. 'Als ze het proberen, maakt een rechtszaak een goede kans, gezien al die islamofobische praat die Rubin toestond tijdens de hoorzitting. Mensen krijgen miljoenen schadevergoeding omdat ze over een putdeksel struikelen. Bij jou wordt je reputatie om zeep geholpen, je ontwerp afgewezen...'

'Het gaat me niet om geld,' zei Mo.

'Onthoud nou maar dat de wet aan jouw kant staat,' zei Reiss. 'Als je besluit om bij je standpunt te blijven en zij proberen door te gaan met een ander ontwerp, kun je een eis instellen voor een dwangbevel en daarmee een ander ontwerp blijven blokkeren. Misschien zullen de emoties op een dag zijn bedaard en kan jouw monument ooit gebouwd worden.'

Dus hij kon de wetten van zijn land ertegen gebruiken, zich een weg naar de overwinning judoën, zijn visie opdringen aan een volk waarvan hij zich elke dag een stukje meer vervreemd voelde. Hij kon dit leven van wachten tot in het oneindige leiden – een leven waaruit liefde, een thuis, zelfs werk, waren weggehaald. Emmanuel Roi, die bezorgd was dat de controverse 'de praktijk van de architectuur' in de weg zou staan, had Mo in quarantaine gedaan; hij mocht geen contact hebben met cliënten of leveranciers. Thomas sprak te vaak over hun eigen praktijk – 'We zullen meer werk hebben dan we aankunnen als de Tuin eenmaal wordt gebouwd' – maar zijn woorden klonken dun, geforceerd.

Hij belde Laila om haar om raad te vragen.

'Luister niet naar Malik,' zei ze. 'Je kunt jezelf niet de schuld geven van Asma's dood.' Het was accurater om te zeggen dat hij niet alléén zichzelf de schuld kon geven, dacht hij. Historische gebeurtenissen kwamen, net als skylines, tot stand door middel van samenwerkingsverbanden.

'Geef het niet op.' Haar stem klonk smekend. 'Als je het opgeeft, is Asma voor niets gestorven.'

De beelden van haar laatste uur speelden net zo vaak door zijn hoofd als op elke tv-zender, Asma's kleine gestalte als de spil in een mensenrad waarvan de gevaarlijke democratie Mo tot eenzaamheid veroordeelde. Laila die Asma's zoontje vastgreep, de wolk die voor de zon in haar gezicht schoof. Aanvankelijk was Mo geschokt geweest, maar nu werd hij achtervolgd door angst: het gevoel dat als dit met Asma kon gebeuren, het hem ook zou kunnen overkomen, hoeveel voorzorgsmaatregelen hij ook trof. Moest hij het risico nemen dat hij zelf zou sterven om haar dood zinvol te laten zijn, moest hij zich opofferen voor een monument dat dit volk nooit in het hart zou sluiten? Of moest hij zichzelf beschermen, zodat hij zijn werk – zijn beste werk – kon doen dat nog in het verschiet lag?

'Ik wil er nog slechts één ding aan toevoegen,' hoorde hij Claire Burwell zeggen. 'Meneer Khan beweert dat hij niet hoeft te zeggen wat de Tuin is, of wat de oorsprong ervan is, en daar heeft hij gelijk in.' Ze keek recht in de camera. 'Maar ik wil toch dat hij dat doet.'

Op de tweede ochtend van zijn verblijf in Kabul had Mo zijn ambassade gebeld om te zeggen dat hij te ziek was om de vergaderingen die dag bij te wonen en was hij erop uitgetrokken om in zijn eentje de stad te verkennen. Hij had een dertig jaar oude stadsgids uit de giftshop van het hotel bij de hand, maar van de schitterende kosmopolitische hoofdstad die het boek beloofde zag hij alleen de toegetakelde overblijfselen: gevels vol kogelgaten, restaurants met dichte luiken, dode architectuur. Van de rivier de Kabul was nog slechts een stinkend stroompje over, waarin de inwoners van Kabul hun kleren wasten, en er was geen spoor te bekennen van de tuinen die de Mongoolse keizers aan de oever ervan hadden aangelegd. De enige dingen die in Kabul welig tierden, waren rioolwater en afval.

Vechtend tegen de honger en dorst stak hij een brug over en begon een steil, stoffig pad te beklimmen. De lucht werd droger en ijler. Beneden spreidde de stad zich uit als een enorm tapijt met een niet te ontcijferen patroon; elk huis, elk leven was een stip. In de verte staken de bergtoppen uit boven de laaghangende nevel.

Hij belandde in een soort sloppenwijk. De heuvels van Kabul waren aan de armen overgelaten. Afval verstopte de afwateringsgoten langs de ongeplaveide paden, die tijdens regenval modderpaden zouden worden. Kinderen sjouwden blikken en plastic flessen met water naar hun huis; de lucht was verzadigd van de rook van kookvuren. De lemen huizen – sterke, rechthoekige bouwsels met muren en hoge ramen die het onmogelijk maakten om naar binnen te kijken – stonden met hun rug naar hem toe en maakten een kloof van het pad. Verberg alles, laat niets zien. Vrouwen in boerka's snelden langs, hun stemmen als gorgelende beekjes achter de verhullende stof. Mannen staarden of glimlachten naar hem of begroetten hem met een zachte stroom van woorden die hij niet kon verstaan. Een paar jongetjes liepen achter hem aan. '*Amerkan?*' vroeg een van hen, en hij begon te giechelen toen Mo bevestigend knikte. Ze hadden vuile, ruwe gezichtjes; hun haar was ongekamd, hun kleren waren stoffig, hun ogen vol nieuwsgierigheid, en vrolijk.

Hij had nog steeds honger en had nog meer dorst – en toen, zonder waarschuwing, werd zijn maag opeens vloeibaar, rommelde, begon zich samen te trekken, verkrampte, was hevig in beroering. Hij dacht terug aan wat hij had gegeten – misschien kwam het door die rauwe biefstuk in dat Franse restaurant – maar het probleem was nu niet wat hij had gegeten, maar waar hij zich ervan kon ontlasten. Hij zag een oudere man die met zijn gebedskralen bezig was in de schaduw van zijn huis, zijn witte keppeltje boven zijn witte baard als een wolk boven met sneeuw bedekte bergtoppen. Toen Mo dichterbij kwam, begonnen zijn met een waas bedekte ogen te stralen. Door zijn tandeloze mond, met hier en daar een stompje, leek zijn glimlach het resultaat van een ontploffing.

'*Asalamu aleikum*,' zei de man.

'*Aleikum asalam*,' antwoordde Mo.

Terwijl hij verging van de pijn in zijn maag, wachtte hij op het zachte gemurmel van de rest van 's mans begroeting.

'Toilet?' vroeg hij.

De man schudde niet-begrijpend het hoofd.

'Wc?' Weer schudde de man met zijn hoofd, en Mo pijnigde zijn hersens, op zoek naar een universele uitdrukking voor het toilet. Hij drukte zijn handen tegen zijn maag. De man wees naar zijn mond in de veronderstelling dat Mo honger had; misschien bood hij hem voedsel aan. Mo, nu wanhopig, hurkte neer, gaf een klapje op zijn achterste, wreef weer over zijn maag, stak zijn handen omhoog, trok een vragend gezicht en keek zoekend om zich heen. Nu begon te man te grinniken, knikte en wenkte dat Mo hem moest volgen door een smal steegje tussen de huizen. Naarmate ze verder kwamen, werd de smerige stank steeds erger, tot ze bij een kleine buiten-wc kwamen. Mo stapte naar binnen, trok de deur dicht en hurkte boven het gat, kokhalzend tot hij bedacht dat hij zijn adem moest inhouden, proberend in evenwicht te blijven zonder de muren aan te raken. Zijn ontlasting spoot met heftige stralen zijn lichaam uit; hij was teruggebracht tot een puur dierlijke staat. Wankelend om zijn evenwicht te behouden ging hij weer rechtop staan en keek omlaag in een zee met eilandjes van poep.

Toen hij zich omdraaide om te plassen, keek hij door een piepklein zijraampje heuvelafwaarts naar de platte daken van de huizen en zag opeens, als een zonnevlekje in zijn blikveld, een plukje groen. Toen hij uit het wc-hokje kwam, waarbij hij over een greppel heen stapte waarin de uitwerpselen wegstroomden, zag hij weer dat groene stukje, nu als een groot groen vierkant met een glinstering van water, ingesloten door muren. Zuivere lucht, frisse adem; hij wees ernaar en zijn redder gebaarde naar een pad dat naar beneden liep. Mo legde zijn hand op zijn hart om zijn dank uit te drukken.

'*Chai*?' bood de man aan.

Mo schudde zijn hoofd; hij dorstte meer naar dat groen. De man riep iets, klapte in zijn handen en er verschenen twee jongetjes, ondeugend in hun salwar kameez; ze probeerden zich achter elkaar te verschuilen, maar gluurden daarbij toch telkens naar Mo. De oude man zei iets tegen hen en wenkte Mo dat hij hen moest volgen. Mo legde nogmaals zijn hand op zijn hart en liep achter de jongetjes aan, waarbij hij het stof inademde dat door hun plastic sandalen werd opgeworpen. De zon brandde op zijn hoofd. Na ongeveer tien minuten lieten ze de armoedige wijk op de heuvel achter zich en kwamen op een geplaveide weg die omlaagliep. De jongetjes gebaarden dat Mo de weg moest volgen en verdwenen weer in de richting waaruit ze waren gekomen. Na korte tijd doemde er een gladde lemen muur rechts naast hem op, waarop puntige bogen waren gegrift en die te hoog was om overheen te kijken. Met zijn schouder naar de muur liep hij verder omlaag tot de weg recht liep en hij bij een hoek kwam. Hij sloeg rechts af en stuitte eindelijk op een enorme, geopende houten poort. Hij liep erdoor en liet de stad achter zich.

Voor hem strekte zich een enorme tuin uit, omhooglopend naar de bergflank waarvan hij zojuist was afgedaald. Vanaf zijn nieuwe gezichtspunt leken de gebalkte huizen in de armoedige wijk op een tekening van Escher, een tekening die net zo gemakkelijk kon worden weggevaagd – door een aardbeving, een modderstroom – als natte inkt op papier. De wirwar van bouwsels op de heuvel hield abrupt op bij de achterste muur van de tuin, die een totaal ander landschap begrensde dat werd bepaald door symmetrie, orde en geometrie. Rechte paden stegen omhoog over de getrapte terrassen van de tuin, een recht kanaal stroomde naar Mo toe. Bomen – amandel- en kersenbomen, walnoot- en granaatappelbomen – marcheerden langs de kanten in keurige, boomgaardachtige rijen.

Een bord van het ministerie van Toerisme vertelde hem waar hij was: in Bagh-e-Babur, de Tuin van Babur, ontworpen in 1526 door de eerste Mongoolse keizer, die er nu in begraven lag. Nadat de tuin had gediend als frontlinie tijdens de oorlog in Afghanistan, werd hij nu in zijn oude glorie hersteld. Van alles wat hij in Kabul had gezien, benaderde dit het meest de beschrijving die hij nu in zijn gids las.

Mo begon de terrassen te beklimmen en slenterde toen naar opzij, naar de intieme schaduwen van het bladerdak van de bomen, waarbij zijn voeten enigszins wegzakten in het drassige gras. Het groene gebladerte was opgesmukt met roze bloesems; rond de boomstammen stonden her en der tulpen met kleine kleurige kopjes. Tegen de omringende muur stond dichte beplanting van moerbei-, amandel- en vijgenbomen, die een nog diepere schaduw creëerden. Hij ademde de geur in van vochtige aarde, voorjaarslucht, platgetreden gras en zoete bloesem.

Hij zag de onvolkomenheden van de tuin; hij had zijn kritische geest niet in het hotel achtergelaten. Het ontbrak Bagh-e-Babur aan structuur. Er was geen natuurlijke of logische route voor een bezoeker, geen reis. Ongecoördineerde interventies door de eeuwen heen – een graftombe, een paviljoen, een zwembad – hadden de tuin het rommelige aanzien gegeven van een slecht ontwikkelde stad.

De tombe behoorde toe aan Babur, een keizer die in Mo's gids werd beschreven als krijger en estheet. Zijn laatste rustplaats bevond zich in een omhulsel van wit marmer, tegen Baburs wens dat zijn graf door niets zou worden bedekt, 'zodat de regen en de zon erop neer konden slaan en wilde bloemen wellicht spontaan zouden groeien'. In plaats daarvan pronkten de omringende judasbomen met hun paarse bloesem.

Op een lagergelegen terras stond een sierlijke witte moskee, waar drie vrouwen onder de zuilengang ervan een maaltijd opwarmden van rijst en vlees. Het wit van de moskee stak scherp af tegen het mooi verzorgde groen van de aan weerszijden geplaatste mediterrane cipressen. Hun vorm deed Mo denken aan een lange flessenborstel of aan een kalligrafeerpen. Aan dat 'Ontwerpers tegen Terrorisme'-seminar: cipressen als verdedigingslinie, getroffen door een explosie, maar onvervaard, rechtop.

Hij daalde af naar weer een ander terras en kwam bij de veranda van een elegant paviljoentje, waar hij ging zitten. Voor hem strekte het kanaal zich uit als een lange loper waarin de lucht werd weerspiegeld. Vanonder de amandelbomen klonken opgetogen kreten: de jongetjes die hem de weg naar de tuin hadden gewezen, waren weer opgedoken en speelden een spel dat het midden hield tussen cricket en hoefijzergooien, waarbij ze elk op de door de ander gegooide steen mikten. De zachte tik van een steen die werd geraakt resulteerde in hoerageroep, een zachte plof in het gras in gekreun van wanhoop. Bij een waterpomp stond een jongeman zich op te frissen, zichzelf bekijkend in een handspiegel waarbij hij zijn gezicht naar links en rechts draaide, op zoek naar onrechtmatigheden. Een groep vrouwen tilde hun boerka's over het hoofd als de vleugels van een nonnenkap en ze wendden hun gezicht naar de zon. Het stadslawaai werd gedempt door de muren, maar bleef vaag hoorbaar.

Herinneringen kwamen bij hem boven. Mo dacht terug aan een reisje naar India tijdens zijn jeugd, naar Kashmir, waarbij ze ook tuinen hadden bezocht. Hij herinnerde zich dat hij pootjebaadde in een rechthoekig zwembad naast een waterval en dat hij wilde zwemmen; gigantische dahlia's, paarse, klokvormige bloemen, terrassen zoals deze hier; en achter de tuinen een oprijzende berg met een donkergroene begroeiing. Heldere, koele lucht. Een paviljoen – van zwart marmer? – waar ze een poosje hadden gezeten. Fonteinen die water omhoogsproeiden. Aan de overkant van de weg een enorm meer, spiegelglad, glanzend zilver.

Hij zat daar te mijmeren tot het donker begon te worden, de schemering inviel in Baburs tuin en de roep van de muezzin hem omringde. Van alle kanten liepen mannen naar de uitgang, naar de stad daarachter, zo onstuitbaar als het kanaal dat langs de terrassen stroomde. Mo voelde een onwillekeurige neiging om hen te volgen, alsof hij een druppel was die werd opgenomen door een waterstroom waarvan hij de omvang onmogelijk kon overzien. En toch verroerde hij zich niet, totdat hij een man zag knielen, alleen, op een stenen border aan de rand van een van de terrassen. Hij ging naar de man toe en bleef even staan om wat water over zijn handen en gezicht te laten glijden als gebaar van rituele reiniging.

Het was waarschijnlijk een jaar geleden dat Mo voor het laatst had gebeden. Toen hij met zijn vader naar de moskee in Virginia was gegaan, was het misschien voor het eerst dat hij als volwassene bad, en aangezien de stappen van de salat hem niet bekend waren, deed hij zijn vader na. Het was een merkwaardig intieme les. Salman was over de zestig en zijn leeftijd verried zich door het gekraak van zijn knieën, het stokken van zijn lichaam in de vorm van een vraagteken voordat hij zich op de vloer liet zakken, de diepe ademhaling voordat hij met zijn voorhoofd de grond raakte, het stijfjes overeind komen.

Hoewel Mo dezelfde bewegingen maakte, voelde hij zich bijna verlamd van verlegenheid. De aanblik van jonge professionals zoals hij, met hun BlackBerry's aan hun riemen, hun achterste omhoog in de lucht, hun in sokken gestoken voetzolen zichtbaar, had hem ineen doen krimpen vanwege hun onwaardigheid en de zijne, had hem doen denken dat het niet de bedoeling kon zijn dat mannen getuige waren van het bidden van anderen.

Maar vandaag liet de Afghaan, diep verzonken in gebed, niet blijken dat hij zich bewust was van Mo's aanwezigheid, zelfs niet nu ze samen een lijn vormden, een muur, een moskee; het interesseerde hem niets wat Mo van hem dacht. Hij was zichzelf vergeten, en dat was de meest wezenlijke onderwerping.

Mo legde zijn handen tegen het raam. De Arabische Zee ontvouwde zich naar de horizon als een rol tussahzijde. Achter hem strekte zich Mumbai uit, waarvan de vage stadsgrens steeds als hij keek iets verder leek te liggen. Die enorme stad die zich voortdurend uitbreidde: de vele geboortes in de kraamklinieken, mensen die aankwamen op de busstations, waarmee de stervenden en vertrekkenden geen gelijke tred konden houden. Mumbai groeide. Mumbai rees op. Mo bekeek de stad vanaf zijn uitkijkpunt, veertig verdiepingen boven de zee.

Zijn blik rustte peinzend op het water; hij probeerde tot rust te komen. Hij had het afgelopen uur ruziënd met een prins uit Kuweit doorgebracht, voor wie hij een bescheiden paleis had ontworpen, met strakke lijnen en energiebesparende voorzieningen. De opdracht was goed verlopen, tot vanochtend, toen de prins aankondigde dat hij een gazon wilde, een groot gazon in Amerikaanse stijl, waarop balspelen konden worden gespeeld, paarden konden galopperen, picknickkleden konden worden uitgespreid, theepartijtjes konden worden gehouden, gewed kon worden bij voetbalwedstrijdjes. Het interesseerde de prins niet dat zelfs Engeland en Amerika tegenwoordig geen grasvelden meer aanlegden. Met zijn oliewinsten kon hij water kopen. Hij moest en zou een gazon hebben.

Hij zou zijn zin niet krijgen, niet zolang Mo de architect was. 'Mijn tuinarchitectuur is geen accessoire, het maakt deel uit van het totaalontwerp, dus u neemt het zoals het is of helemaal niet,' had Mo hem toegesnauwd, zelfs naar zijn eigen maatstaven zeer geïrriteerd. Het was een vergissing geweest om vanmorgen aan het werk te gaan; hij had de tijd moeten nemen om zijn herinneringen op te slaan, om zijn gevoelens onder controle te krijgen. Hij was nerveus, een man van bijna zestig die zenuwachtig was bij het vooruitzicht van de ontmoeting met een paar Amerikaanse kinderen die half zo oud waren als hij.

Ze waren gearriveerd, liet de portier weten; hij stuurde hen naar boven. Mo keek om zich heen in de onberispelijke ruimte en deed toen de deur open voor een jonge vrouw, best aardig om te zien: ogen met lachrimpeltjes, sproeten en een brede glimlach. Ze droeg een ouderwetse wikkeljurk, maar vanwege de merkwaardige manier waarop die om haar heen zat, vermoedde hij dat ze liever lange broeken droeg. Achter haar stond een cameraman met warrig haar en een aarzelende glimlach. Mo verzocht hun beleefd hun schoenen uit te trekken.

Molly had maanden achter hem aan gezeten met haar beschrijvingen van de documentaire die ze wilde maken ter ere van de twintigste gedenkdag van de ontwerpwedstrijd voor het monument, dat ze aanduidde als een 'moment van ontkieming' in de Amerikaanse geschiedenis. Ze wilde nader ingaan op 'de politieke aspecten van een monument', 'Amerika in tweestrijd', 'de benarde situatie van de moslims na de aanslag'. Haar hoofdthema, ontleend aan een van haar professoren, was dat het creatieve proces van het ontwerpen van het monument deel uitmaakte van het monument zelf.

'Maar dit monument is nooit gecreëerd,' schreef Mo terug. 'Het proces doet er niet toe.'

Ze gaf het niet op. Nabestaanden, juryleden, journalisten, activisten – allemaal hadden ze met haar gepraat. Mo was het ontbrekende en belangrijkste puzzelstuk. Uiteindelijk ging hij akkoord, om van haar gezeur af te zijn. Hij was van plan wat algemene opmerkingen te maken, dat het verleden ver achter ons lag, en haar er vervolgens op uit te sturen in Mumbai om te onderzoeken hoe die herdenkingscultuur zich had uitgebreid. Naarmate India steeds meer verwesterde, raakte het net zo geobsedeerd door het benoemen van zijn doden als Amerika. Overal zag je plaquettes: op het treinstation hingen lijsten met de namen van mensen die uit de overvolle wagons waren gevallen; op de vluchthaven de namen van de slachtoffers van de onophoudelijke terroristische aanslagen; in de sloppenwijken de handgeschreven lijsten met namen van de mensen die ten prooi waren gevallen aan infecties, ontstaan door de slechte riolering, of aan politiegeweld.

Hij maakte zichzelf wijs dat hij haar doorzettingsvermogen bewonderde – herkende –, maar dat was niet helemaal waar. Hij was nu al bijna twee decennia lang wereldburger, slechts in naam Amerikaan. K/K Architecten had een kantoor in New York, maar dat werd geleid door Thomas Kroll. Het lukte Mo niet altijd om vol te houden dat hij dit zo wilde.

Twee jaar geleden had het Museum of New Architecture in New York een overzichtstentoonstelling van zijn werk gehouden. *Mohammad Khan, Amerikaanse architect* was een eerbetoon aan zijn omvangrijke werk, grotendeels van de afgelopen twintig jaar in het Midden-Oosten, India en China. Het was ongebruikelijk dat een architect zoveel projecten in zo'n korte tijd realiseerde, al wist Mo dat dit evenzeer aan zijn cliënten lag – rijke weldoeners, ondemocratische regeringen, schurkenstaten die snel een identiteit wilden kopen met hun pasverkregen rijkdom – als aan zijn eigen talent. Maar in de tentoonstelling werd ook aandacht besteed aan zijn invloed. Zijn veelgekopieerde stijl combineerde opmerkelijk eenvoudige vormen met duizelingwekkend ingewikkelde geometrische patronen. Zijn reputatie was evenzeer gestoeld op de zaken die hij zijn cliënten had weten te ontraden – opzichtige, reusachtige paleizen en moskeeën – als op wat hij voor hen had gebouwd. Critici en historici prezen hem omdat hij had bijgedragen aan een verschuiving in de esthetiek van het Midden-Oosten. 'Zelfs in een moskee waan je je in een tuin,' had hij een keer in een interview gezegd. 'Er is niets tussen jou en God.'

Mo was van plan geweest om naar de opening van de tentoonstelling te gaan, maar op het laatste moment bedacht hij zich. Het duurde even voor hij besefte dat dit de schuld was van het monument. De tekeningen van de Tuin en de maquette stonden uitgestald in de sectie 'Niet gebouwd' van de tentoonstelling, samen met een aantal projecten die nog in ontwikkeling waren of waren stopgezet. De toelichtende tekst luidde: 'Khans ontwerp representeerde zijn eerste poging om het moderne minimalisme te laten versmelten met elementen van islamitische ontwerpen. Hij trok zijn inzending terug vanwege de heftige politieke tegenstand, maar dankzij deze controverse trok zijn talent internationale aandacht.' Het was de essentie van de Amerikaanse droom – dat je kon winnen, zelfs als je verloor –, maar het was niet de erkenning waarnaar Mo verlangde.

Het land was doorgegaan met leven, had zich gecorrigeerd zoals het altijd deed, die roerige periode bijna vergeten. Alleen Mo zat vast in het verleden. Hij wilde de erkenning dat hem onrecht was aangedaan, verwachtte lof vanwege het feit dat hij had geweigerd mee te gaan in de redenering dat de aanslag de Amerikaanse achterdocht jegens moslims of de overdreven reactie van de staat rechtvaardigde. Tegenwoordig dachten de meeste Amerikanen zoals hij, maar destijds stond hij er alleen voor. Was het moeilijk.

Er stond meer dan alleen zijn ego op het spel. Amerikaanse moslims werden nu geaccepteerd. Misschien zelfs meer dan dat; ze werden vertrouwd. Hun rechten werden niet in twijfel getrokken. Mo wilde deze toenadering ook vormgeven via zijn architectuur; het plaatje was in zijn ogen anders niet compleet. Er stond geen enkel gebouw van Mohammad Khan in de Verenigde Staten, maar hij wilde niet alleen met zijn naam, maar ook met zijn stijl een stempel drukken. Hij wilde bouwwerken ontwerpen die even vrij elementen aan de islamitische architectuur ontleenden als aan die van de Grieken of van middeleeuwse kathedralen. Maar zijn eigen koppigheid zat hem in de weg, ontzegde hem datgene waarnaar hij het meest verlangde.

Op het tijdstip van de opening in New York was hij bevangen door zo'n groot gevoel van spijt dat hij opgerold als een foetus in zijn bed in Mumbai lag. Daarna had hij gezocht naar andere wegen om zijn doel te bereiken. Hij had nooit in het openbaar gesproken over de controverse rond het monument, hij sprak er zelfs privé vrijwel niet over. Misschien kon hij, door nu openheid te geven, het gesprek op gang brengen en het excuus krijgen waarnaar hij hunkerde. Daar had je het weer: hij speelde weer eens een spel met zijn land, onderwierp het weer aan een test. Hij kon het niet laten.

Molly viel met de deur in huis. 'Mogen we even rondkijken in uw appartement – kijken of we specifieke plaatjes kunnen schieten en waar en hoe we u neerzetten?'

'Volgens mij hebt u hier alles wat u nodig hebt,' zei hij met een gebaar naar de zitkamer. 'Aan die kant is het licht het best...'

'Ik vind het wel, dank u,' zei de cameraman, wiens naam Mo al was ontschoten.

'Wat een fantastische plek,' zei Molly. Mo vertelde niet dat hij het had ontworpen, in feite het hele gebouw had ontworpen en het penthouse voor zichzelf had gehouden. Zijn appartement was simpel, spaarzaam gemeubileerd, koel door de schaduw en de natuurlijke luchtstromen. Rondom het appartement liep een balkon; een zonnescherm beschermde de kunstvoorwerpen binnen tegen de middagzon. Luiken van filigreinwerk op de ramen wierpen een ingewikkeld tapijt van licht en donker op de vloer. Het echte tapijt onder hun voeten was zo zacht dat het erom smeekte gestreeld te worden. Het weefpatroon ervan was vervaagd van ouderdom – grootse, onbetaalbare ouderdom –, maar was nog steeds zichtbaar: een levensboom, cipressen, bloemen. Een tuin.

'Voorzichtig!' zei Mo. De cameraman had als een grote onhandige labrador bijna een standaard omgestoten waarop een foliant met Perzische miniaturen stond. Door het nonchalante, onhandige gebaar kreeg Mo tegelijkertijd heimwee en raakte hij geïrriteerd. De jongeman had de typische halfgevormde kenmerken van zijn leeftijd, klasse en land. Hij leek zenuwachtig te zijn. Daardoor begon Mo ook nerveus te worden.

Ze dronken thee, en Molly vertelde hem over de mensen die ze al had geïnterviewd of had geprobeerd te interviewen. Vicepresident Bitman had niet gereageerd op haar verzoeken voor een gesprek. Lou Sarge was gestorven aan een overdosis medicijnen voordat ze kans had gekregen hem te spreken. Naar Sean Gallagher – 'de hoofddoektrekker' – waren ze nog op zoek. Volgens diens weinig spraakzame moeder dook hij van tijd tot tijd op om te zien of het zijn familie goed ging en verdween dan weer.

Paul Rubin was een paar jaar geleden overleden aan een hartaanval, maar ze hadden zijn vrouw geïnterviewd. Wilde Mo dat zien, vroeg Molly. Ze hadden wat beeldmateriaal meegenomen.

Mo liet haar inloggen op zijn draadloze netwerk. Op het projectiescherm aan de muur verscheen het beeld van een vrouw met grijs haar en scherpe ogen. Ze was ver in de tachtig, keurig gekapt, droeg een parelketting om haar hals, een lichtgroen mantelpak en discreet aangebrachte lippenstift, en ze had een strenge gezichtsuitdrukking die zelfs de dood op een afstand zou houden. Edith Rubin.

Ze begon door uit haar pijnlijke herinneringen een citaat uit Rubins overlijdensbericht op te diepen: ' "Ondanks zijn glansrijke carrière in de financiële wereld zal hij voornamelijk in onze herinnering blijven vanwege zijn mislukte voorzitterschap van het selectieproces voor het monument, waardoor volgens sommigen Amerika's herstelperiode onnodig werd verlengd." '

'Ik heb daarover jarenlang gestreden met de schrijvers van die overlijdensberichten,' zei ze bits. 'Het klopt niet. Het is niet eerlijk tegenover Paul. Niemand had het proces beter kunnen begeleiden dan hij. Het was een onmogelijke situatie. Onmogelijk, zeker door de manier waarop Geraldine Bitman zich gedroeg, en ik hoop dat jullie dat ook in je film naar voren laten komen. Hij vond al die tijd dat het beter was voor het land, zelfs voor de moslims, als Mohammad Khan zich zou terugtrekken, en dat is wat er is gebeurd.'

'Maar ik heb niet toegegeven – heb me niet teruggetrokken – omdat hij me dat vroeg,' protesteerde Mo tegen deze woorden van

Edith. 'Toen Rubin me onder druk zette, werd mijn weerstand alleen maar groter.'

Molly raadpleegde haar aantekeningen en spoelde de film een stukje door. 'Wat Paul me vertelde over zijn contact met Khan deed me sterk denken aan de manier waarop hij omging met onze zoons,' vervolgde Edith, alsof ze met Mo in gesprek was. 'Hij wilde altijd dat de jongens anders zouden zijn – beter – dan ze waren. Zij verzetten zich daartegen, en Khan verzette zich op zijn manier nog heftiger tegen hem. Arme Paul. En Claire Burwell: Paul was heel verbaasd toen ze zich aansloot bij die moslimgroepering en Khan verzocht zich terug te trekken. Ik denk dat hij voor haar ook een soort vader probeerde te zijn. Maar zij had ambities.

Paul had in die periode op zoveel zaken geen greep,' ging ze verder. 'Het was erg moeilijk voor hem, en ook voor mij, omdat ik moest toekijken. Maar uiteindelijk gebeurde er wat hij vond dat moest gebeuren. Dat was geen toeval, niet helemaal. Hij verdient daarvoor erkenning.'

'Dat is wel een heel gemakkelijke zienswijze,' zei Mo. 'Alles wat hij deed was goed, zelfs de fouten die hij maakte, omdat het uiteindelijk allemaal goed kwam. Voor iedereen behalve voor mij, trouwens.'

De blik van verlegenheid op Molly's gezicht maakte dat Mo spijt had van zijn zelfmedelijden.

'Ze houdt van hem,' zei de cameraman. 'Hield van hem, moet ik zeggen.' Zowel Mo als Molly keek hem verbaasd aan. 'Sorry,' zei hij, opeens onzeker. Rood. 'Ik bedoel alleen... dat zou haar visie kleuren op wat hij deed.'

Ondanks zichzelf wierp Molly hem een stralende glimlach toe, Mo's aanwezigheid even vergetend, en wendde zich toen weer tot hem: 'Ze heeft er gelijk in dat het voor anderen goed heeft uitgepakt. Issam Malik zit nu in het Congres, weet u.'

Dat wist Mo inderdaad, omdat Malik zo brutaal was om hem regelmatig – overigens zonder succes – te vragen om een financiële bijdrage te leveren aan zijn verkiezingscampagnes. Voordat hij zijn zetel in het Huis van Afgevaardigden had verkregen, waren hij en Debbie Dawson – die zijn sparring partner werd toen Lou Sarge onbetrouwbaar begon te worden – het land in getrokken met hun gladiator-act om tegemoet te komen aan de internationale behoefte aan debatten over de vraag of de islam een bedreiging vormde. Dawson, die drie internationale bestsellers had geschreven over de bedreiging van de islam, was in het bijzonder populair bij de hindoestaanse nationalisten in India. Mo had nog steeds een hekel aan Malik omdat die zich tegen hem had gekeerd, omdat hij had gesuggereerd dat hij de oorzaak was van Asma Anwars dood. Maar in die tijd had iedereen beweerd dat de dood van de vrouw nooit mocht worden vergeten, ook Mo.

Alsof ze zijn gedachtegang had gevolgd, begon Molly nu over Asma. Laila Fathi had geprobeerd Abdul in de Verenigde Staten te houden, zodat ze hem zelf zou kunnen grootbrengen, vertelde Molly aan Mo. Maar ze kon geen wettelijke aanspraak op hem maken en ze kreeg geen steun van de Bengalese gemeenschap. Hij was terug naar huis gegaan om te worden opgevoed door zijn grootouders. Mo, die probeerde deze informatie tot zich te laten doordringen, herinnerde zich dat Laila het huilende jongetje had vastgehouden toen de moord was gepleegd. Toen Mo haar had gebeld om te vertellen dat hij zich zou terugtrekken uit de wedstrijd, zich schrap had gezet voor haar teleurstelling, had ze niets gezegd over haar pogingen Abdul in Amerika te houden. Wist ze toen al dat ze dit wilde? Hij werd destijds volledig in beslag genomen door de beslissingen die hij moest nemen en had er geen moment bij stilgestaan dat zij misschien ook knopen moest doorhakken. Nu herinnerde hij zich haar zwijgen toen hij had gezegd dat hij het land zou verlaten en vroeg hij zich af of hij daarmee de brug tussen hen had opgeblazen.

Ze had Mo een keer gevraagd of hij kinderen wilde.

'Later,' had hij geantwoord, wat waar was. Later was nooit gekomen. Het werk was zijn kind geworden, zijn levenspartner. En toch, hoe meer gebouwen hij aan zijn naam kon toevoegen, hoe minder betekenis die gaven aan zijn leven. Alle echte relaties die hij in de loop der jaren had gehad, gingen als een nachtkaars uit; de periodes waarin hij alleen was, werden steeds langer en leken een permanente vorm aan te nemen. Wat hij met Laila had gehad, zijn kortste en onuitwisbare relatie, was tot stand gekomen en vervolgens vernietigd door zijn monument.

'Laila,' zei hij. De naam bleef in zijn keel steken. Hij kuchte. 'Laila Fathi. Hebben jullie haar gesproken?'

'Ja,' zei Molly, 'we kunnen u laten zien...' Haar magische vingers kwamen in beweging, riepen de geesten uit het verleden op. Over een paar seconden zou Laila op zijn muur verschijnen. Deze hersenschim uit zijn herinnering – die zou kunnen oplossen als hij te dichtbij kwam.

'Nee,' zei hij abrupt. 'Nee. Laten we verdergaan. Ik heb niet de hele dag de tijd.'

Onderweg naar haar ontmoeting met Mo in India was Molly naar Dhaka gegaan om Abdul te interviewen. Deze beelden wilde Mo wel zien. De jongeman had een lichtgetint gezicht met dikke wenkbrauwen en een verdrietige blik. Mo kon zich niet meer herinneren hoe Asma eruit had gezien. Van de vader had hij nooit een foto onder ogen gehad. Na Asma's dood was er een fonds opgericht voor Abdul, hoewel hij dankzij haar compensatiegeld niet veel nodig had. Maar de Amerikanen, vol afschuw over haar moord – nadat ze haar toespraak op tv hadden gezien, hadden ze het gevoel dat iemand die ze kenden was vermoord –, gaven toch geld, en Mo bleef niet achter. Vervolgens nam zijn eigen vertrek hem volledig in beslag en vergat hij de jongen.

'Ik kan me New York niet herinneren,' begon Abdul. 'Ik was twee toen ik daar wegging. Ik kwam naar huis met mijn moeders lichaam. En deze spullen.' De camera gleed over een aantal keurig uitgestalde spullen, van kinderboeken, speelgoedtrucks en Nike-schoenen tot dvd's en kleren. Alles zag eruit als nieuw, er was niet mee gespeeld en de kleren waren niet gedragen. Deze voorwerpen waren bestudeerd.

'Mijn ouders idealiseerden Amerika. Dat weet ik van mijn familieleden. Toen ik opgroeide, hoorde ik voortdurend het verhaal over mijn moeder die weigerde na de dood van mijn vader naar huis te komen. Als ze dat wel had gedaan, zou ze nu nog leven – dat hoorde ik de hele tijd.'

Er verscheen een ander beeld. Nu zat Abdul in opperste concentratie te kijken naar de toespraak van zijn moeder waarin ze het voor Mo opnam tijdens de openbare hoorzitting. Mo zag dat Abdul zijn lippen bewoog; hij combineerde het Bengalees van zijn moeder met de Engelse vertaling die werd gegeven door de man die naast haar zat. Abdul kende de woorden uit zijn hoofd. Mo wilde er niet aan denken hoe vaak de jongen er waarschijnlijk in de loop der jaren naar had geluisterd.

Abdul had zich opgegeven bij en was geaccepteerd door universiteiten in de Verenigde Staten, maar had onder druk van zijn familie besloten in Bangladesh te blijven. Amerika trok hem aan en beangstigde hem. Allebei zijn ouders waren daar gestorven. Dit was een reden om te gaan, maar ook om niet te gaan. Mo herinnerde zich dat hij opgekruld in bed had gelegen door zijn beslissing niet naar huis te gaan. Hoeveel nachten had Abdul in diezelfde positie verkeerd?

'Soms heb ik het gevoel dat elke plek de verkeerde is,' zei de jongeman op het scherm zachtjes.

Het beeld versprong naar dat van een grijsharige man – dezelfde man die tijdens de hoorzitting naast Asma had gezeten – die een koperen herdenkingsplaquette oppoetste. De plaquette was bevestigd aan de muur van het appartementengebouw in Brooklyn waar zij had gewoond; haar naam stond erop in het Bengalees en in het Engels, en er stond een foto van haar op afgebeeld. De man poetste tot de plaquette glom, zette een bosje plastic bloemen in het houdertje dat erop was bevestigd en legde zijn hand op zijn hart.

Mo keek argwanend naar de camera die uit de tas was gehaald. Tot nu toe hadden camera's hem alleen maar ellende gebracht. En er speelde meer: Molly had alle juryleden opgespoord en rapporteerde voorzichtig dat de meesten van hen – Ariana Montagu in het bijzonder – zich verraden voelden door Mo's terugtreden. Mo wist dit wel, maar had zijn best gedaan die wetenschap te verdringen. Na zijn besluit de strijd op te geven had hij haastig zijn koffers gepakt en was het land ontvlucht, een korte verklaring voor Paul Rubin achterlatend waarin stond dat hij zich terugtrok. Toen hij in het buitenland de berichtgeving las, was Mo verbijsterd geweest door Ariana's verzekering dat de jury hem zou steunen. Het laatdunkende commentaar van de kunstenares op zijn ontwerp, de gespreksflarden van andere juryleden die hij had opgevangen, Claires bewering dat alleen zij hem onversaagd had verdedigd – al deze informatie had hem ervan overtuigd dat de jury nooit de Tuin zou blijven steunen. Toen hij dat interview met Ariana las, was het schaamrood naar zijn kaken gestegen, net als nu, bij de gedachte dat hij zijn land net zo slecht had begrepen als hij het had beschuldigd van onbegrip voor hem. Vanaf dat moment had hij geen enkel bericht over de Tuin meer in zijn hoofd toegelaten. Hij wilde niets meer lezen waardoor hij spijt zou krijgen van zijn beslissingen. Gedeeltelijk schaamde hij zich tegenover Asma Anwar, en ook tegenover Laila: uit zelfbescherming had hij zijn beslissing tot terugtrekking gerechtvaardigd door te zeggen dat zijn monument nooit gebouwd zou worden. Wat als hij zich had vergist?

De camera stond aan; Mo zat naast een enorme, tweeorige marmeren waterkruik. Molly verspilde geen tijd aan inleidende vragen. 'Waarom bent u uit Amerika weggegaan?' vroeg ze.

Mo aarzelde even en zei: 'Mijn ervaringen met het monument legden de wereld voor me open. Ik begon me te verdiepen in de islamitische architectuur, en dat groeide uit tot iets wat een levenslange interesse lijkt te zijn. En in het buitenland lagen zoveel mogelijkheden – in India, China, Qatar, andere Arabische landen. Het was in architectonisch opzicht interessanter om in het buitenland te werken. Het zwaartepunt was verlegd, al begrepen de Ame-

rikanen dat in die tijd nog niet. Ik denk dat ze het nu wel doorheb-
ben. En ik dacht dat ik net zo goed ergens kon gaan werken waar
de naam Mohammad geen struikelblok zou zijn.' Hij dwong zichzelf tot een glimlach.

'Uw instinct had het bij het rechte eind – u hebt goed geboerd.'

'Wel aardig, ja,' zei Mo met valse bescheidenheid. Hij genoot
meer internationale bekendheid dan hij ooit had durven dromen,
en was ook rijk geworden. En toch was zijn verklaring – dat hij
zich tot het buitenland aangetrokken voelde door de mogelijkheden – niet juist. Hij was ertoe gedwongen. Amerika had zijn ouders, de immigranten, de gelegenheid gegeven een nieuw leven op
te bouwen, zichzelf opnieuw te definiëren. Mo werd door derden
opnieuw gedefinieerd, en wel zo dat hij zichzelf er niet in herkende. Zijn verbeelding werd verdacht gemaakt. En daarom had hij de
reis van zijn ouders gevolgd in omgekeerde volgorde: terug naar India, dat hem een veelbelovend land leek. Toen hij zijn ouders belde
om te vertellen dat hij zich terugtrok uit de ontwerpwedstrijd,
voelde hij zich beschaamd, al was dit wat zij wilden. 'Trek het je
niet aan, Mo,' had zijn moeder gezegd. 'De Tuin van Eden, het paradijs – de mooiste tuinen bestaan alleen in de verbeelding.'

Zijn inzending, die op het moment van indiening zo monu-
mentaal had geleken, bleek slechts een klein puzzelstukje van het
mozaïek van zijn leven. Uit de catastrofe – uit de mislukking – was
zijn ware levenspad naar boven gekomen, zijn roeping, alsof het allemaal zo was voorbestemd. Al was hij nog steeds onzeker over het
bestaan van God, hij rekende wel op Gods wil. Of misschien was
dit zijn manier om vrede te krijgen met de gebeurtenissen.

Hij keek weg van de camera en liet zijn blik rusten op een zes-
tiende-eeuwse aardewerken kom uit Iznik. De artisticiteit van dergelijke verfijnde voorwerpen – en zijn appartement stond er vol
mee – was zijn manier van geloofsbelijdenis geworden, meer dan
welk ritueel of welke teksten ook, inclusief de teksten van de islam.
Hij was al die jaren geleden min of meer per toeval in een sfeer van
geloofsontkenning beland en leek zich daar goed bij te voelen. Hij

bad bijna nooit. Er konden maanden voorbijgaan zonder dat hij eraan dacht. Zijn onzekerheid had hem al die jaren in zijn macht en weerhield hem meestal van de weg naar het geloof. Slechts zelden leek het op het geloof zelf.

Maar toch waren deze objecten weerspiegelingen van het geloof, bedoeld om de heilige principes zichtbaar te maken en het onzichtbare te suggereren. Soms, als hij de voorwerpen bestudeerde of de complexe geometrie die hij met computeralgoritmes spon, kreeg hij het gevoel dat hij aan de rand stond van iets onafmetelijks, ontzagwekkends, oneindigs. Dan was het gevoel weer weg. Hij wist niet of de makers van deze voorwerpen slechts de wensen van hun opdrachtgevers hadden uitgevoerd of hun weg naar God hadden gevonden, of zagen met hun handen, met hun geest. Hij vroeg zich hetzelfde af over zichzelf. Als hij ooit de weg naar het geloof zou vinden, dan zou dat niet gebeuren door het vasten, zelfs niet door middel van het gebed, maar door middel van zijn ambacht. Ondertussen dienden zijn ontwerpen het geloof van anderen.

'Als u terugkijkt, zijn er dan dingen die u nu anders zou aanpakken?' vroeg Molly.

Hij bleef naar de kom kijken, naar de schitterende groene glans ervan. Hij voelde zich bedrukt. Door de jaren heen was deze vraag vaak bij hem opgekomen, maar hij had er nooit een bevredigend antwoord op kunnen vinden.

'Ik zou niet hebben meegedaan,' zei hij nu tegen de camera. 'Dat was mijn oorspronkelijke vergissing – de eerste zonde, misschien.'

Het lukte hem niet de verbittering uit zijn stem te weren. Ik ben verbitterd, dacht hij, en hij kneep zijn lippen op elkaar toen hij voelde dat hij op het punt stond de woorden hardop uit te spreken.

'Iedereen heeft spijt over veel dingen,' zei Molly zonder nadere uitleg. En toen, alsof ze zijn gedachten las: 'Wie geeft u de schuld?'

'Het is niet zo dat ik in al die jaren een lijst van vijanden heb aangelegd,' zei Mo. Maar in werkelijkheid had hij dat wel gedaan. Er waren de voor de hand liggende kandidaten: Debbie Dawson en Lou Sarge; gouverneur Bitman; de hoofddoektrekker; die journaliste, tegenwoordig een internetautoriteit, die Mo af en toe een berichtje stuurde: 'Gewoon even horen hoe het met u gaat? Nog iets te melden? Alyssa Spier' – alsof ze oude vrienden waren of collega's.

Maar pijnlijker waren degenen die aan zijn kant hadden moeten staan, of dat aanvankelijk hadden gedaan. Malik en de ACMR. Rubin. Claire Burwell. Al die jaren later was ze nog steeds even teleurstellend, provocerend en geheimzinnig voor hem. Het feit dat ze zich tegen hem had gekeerd, had een zekere logica; hij kon de stappen volgen, waaronder die hij zelf had gezet, die haar daartoe hadden gebracht. Hij had haar steun als vanzelfsprekend beschouwd; hij had haar te veel onder druk gezet. Dat ze zich tegen de Tuin had gekeerd, terwijl er absoluut niets was veranderd in het ontwerp dat ze zo mooi vond, vond hij nog steeds ongelooflijk.

'Claire Burwell,' zei hij, verbaasd dat ze haar niet hadden genoemd. 'Hoe is het haar vergaan?'

Ze had haar hoofd bedekt met een zijden zeeblauwe sjaal, en een fractie van een seconde zag Mo haar als moslima. Toen zag hij haar grauwe huid, het ontsierde gezicht, als de ruïnes van Kabul. Ze was ziek.

Claires stem vulde de kamer. 'Wat ik van hem vond? Ik vond hem een huichelaar. Star. Waarschijnlijk bemoeilijkte dat de zaak – hij was niet gemakkelijk in de omgang, weet u. En zeer talentvol, laten we dat niet vergeten. Ik vond hem echt heel getalenteerd. Ik kon alleen niet omgaan met al die vaagheid, het ontwijken van wat de Tuin was, omdat – en ik probeer zo eerlijk mogelijk te zijn – ik me daardoor ging afvragen wie hij eigenlijk was. Hij wilde de zaken niet duidelijk en simpel maken, weet u. Hij weigerde ervoor uit te komen dat hij niet geloofde in de theologie die de aanslag had voortgebracht, weigerde zelfs te zeggen dat hij de aanslag afkeurde. Er werd zoveel druk op me uitgeoefend. Door de nabestaanden. De pers – dat mens van de *Post*. Het was niet allemaal mijn schuld. Zelfs de *New Yorker* vertrouwde hem niet! Wat kon ík verder doen? Ik vond mezelf zo wereldwijs. Maar ik was naïef. Ik betreur het... Ik heb van veel dingen spijt.'

'Gaat u wel eens naar het monument?'

'Nooit. Ik ben bij de inwijding geweest en nooit meer teruggegaan. Een Tuin der Vlaggen? Afgrijselijk. Net zo lelijk als het hele proces eromheen. En al die onderlinge ruzies, het installeren van een compleet nieuwe jury, de oproep tot inzending van nieuwe ontwerpen – tegen de tijd dat het monument eindelijk was gebouwd, was niemand meer geïnteresseerd. Ik was doodziek van het hele gedoe, en het was het monument voor mijn echtgenoot! En er stierven uiteindelijk veel meer Amerikanen in de oorlogen die ontstonden door de aanslag dan bij de aanslag zelf, dus tegen de tijd dat ze klaar waren met dit monument leek het verkeerd om er zoveel moeite en geld aan besteed te hebben. Maar het lijkt wel of we door middel van deze symbolen strijden over de dingen die we in het echte leven niet kunnen oplossen. Ze vormen het hiernamaals van onze natie.'

'Hebt u Mohammad Khan wel eens verteld hoe u erover denkt?'

'Nee, nee, dat heb ik niet. Het was gewoon te...'

Hij boog zich voorover in zijn stoel in afwachting van de rest van haar zin, en besefte toen dat hij nog steeds werd gefilmd. 'Zet hem alstublieft uit,' zei hij tegen de cameraman, die schrok van verbazing, alsof hij gedacht had dat hij onzichtbaar was.

'Waarom niet?' vroeg de Molly op het scherm aan Claire. 'Waarom hebt u nooit contact met hem opgenomen?'

'Ach, dat weet ik niet. Zijn ontwerp zou stukken beter zijn geweest dan dat waar we uiteindelijk genoegen mee moesten nemen, en ik ben tot de overtuiging gekomen dat we in die tijd in de greep waren van een soort razernij, bijna bezetenheid. Ik had het gevoel dat ik steeds een duwtje kreeg – onder andere van hem –, tot ik tot de ontdekking kwam dat ik aan de andere kant was beland van een grens die ik niet had willen oversteken. Maar toen ging hij naar het buitenland en ging hij werken voor welke moslimheerser hem maar wilde betalen, en opnieuw... wist ik niet hoe hij in elkaar stak. Dus al wilde ik wel mijn verontschuldigingen aanbieden, ik voerde waarschijnlijk toch een tweestrijd, want iedere keer als ik ging zitten om hem te schrijven, kon ik niet de juiste woorden vinden.'

'Wat dacht u van "Het spijt me"?'

Mo moest hardop lachen om Molly's assertiviteit. Op het scherm moest Claire ook lachen. 'Ja, u hebt gelijk. Soms is simpeler beter, nietwaar? Het spijt me. Ik weet niet precies waarom ik vond dat ik meer dan dat moest zeggen. Behalve misschien omdat ik er nooit helemaal zeker van was dat het me speet. Ik moet toegeven dat er momenten waren dat ik vond dat hij mij en alle nabestaanden zijn excuses moest aanbieden, omdat hij van ons vroeg hem te vertrouwen, terwijl hij weigerde ons daar een reden toe te geven. Dat vond ik het moeilijkste: om echt goed te onderscheiden wat ik voelde. Er waren zoveel mensen – de doden, de levenden – die me vertelden wat ik moest doen. Ik dacht... Ik dacht dat ik het eindelijk wist, dat ik me losmaakte van wat iedereen van me verwachtte. Ik denk nu dat ik toch niet helemaal ben losgekomen van al die verwarring.' Ze keek in de verte, naar iets wat hij niet kon zien. Het scherm werd zwart.

Even zaten ze zwijgend bij elkaar. Molly vroeg of de camera weer aan mocht om het interview af te maken. Hij knikte, al was hij er eigenlijk niet meer voor in de stemming.

'Denkt u nog wel eens aan de Tuin? Spookt het ontwerp nog steeds door uw hoofd?'

Mo glimlachte. 'Je zou kunnen zeggen dat ik nooit ben opgehouden met eraan te denken.'

'We willen u iets laten zien,' zei Molly tegen Claire.

Als een geest verscheen Mohammad Khan op het enorme scherm aan de muur van haar zitkamer. Er liepen grijze strepen door zijn haar; hij leek nietig tegen de achtergrond van de hoge witte muur waar hij naartoe liep. Hij ging door een hoge, stalen, met sierzaagwerk gedecoreerde deur en bukte zich om een blaadje van het pad te verwijderen. Voor hem strekte zich een tuin uit die werd bepaald door strikte, geometrische lijnen.

Claire had het alleen op papier gezien, en als maquette. Maar ze koesterde geen enkele twijfel over wat ze zag.

'Ik begrijp het niet,' zei ze tegen Molly. 'De Tuin. Maar hoe is dit mogelijk? Ik begrijp het niet.'

'Hij is aangelegd voor het privégenoegen van de een of andere rijke moslim – een sultan of een emir of zoiets,' zei Molly. 'Hij gaf de opdracht toen Khan zich had teruggetrokken uit de wedstrijd voor het monument. Khan nam ons mee ernaartoe nadat we hem hadden geïnterviewd. Hij wilde dat u het zou zien.'

'Voordat ik zou overlijden?' vroeg Claire met een kribbig lachje, maar ze wendde haar blik weer naar het scherm.

Twee kanalen doorsneden de tuin en vormden zo vier kwadranten. Khan wandelde al vertellend door. De camera volgde hem op de voet terwijl hij de verschillende bomen aanwees: kersen-, amandel-, peren-, abrikozen- en walnootbomen. Rijen mediterrane cipressen, trots, eenzelvig. Platanen met enorme stammen. Glanzende, omgekeerde stalen bomen, met wortels als het warrige haar van een paniekerige vrouw in plaats van takken en bladeren.

Het paviljoen stond iets verhoogd in het midden van de tuin, een enorm beeldhouwwerk dat leek te zweven boven het land en het water. Het was simpel, elegant ontworpen: een plat dak, gladde grijsmarmeren zuilen, scherpe, rechte hoeken. Binnenin wierp het witmarmeren rasterwerk ingewikkelde, geometrische schaduwen, waardoor een aantal meditatieve ruimtes ontstonden met daarin zitbankjes. De kanalen stroomden vanonder het paviljoen, gevoed door een reservoir dat zichtbaar was in een ronde uitsparing in de vloer, alsof het de bron van het leven was.

Claire sloot haar ogen en hoorde het water kabbelen, Khans voetstappen knerpen, vogels zingen, kwetteren, verhalen vertellen – misschien wel haar verhaal. Ze wenste dat ze in het schouwspel voor zich kon stappen. Ze had Cals nabijheid in twintig jaar niet zo sterk gevoeld. Het aanschouwen van de tot leven gekomen tuin was zowel een geschenk als een afstraffing. Toen ze de Tuin voor het eerst had gezien, had ze die beschouwd als allegorie voor Cals eeuwige optimisme. Door er afstand van te nemen, was ze ook van hem weggelopen. De werkelijke wilskracht zat niet in het creëren van een tuin, maar in het niet bezwijken voor en het innemen van een standpunt tegen barbaarsheid. Ze had zich laten overrompelen.

Met een beschaamd gezicht wendde ze zich tot de cameraman. 'Heb je het hem verteld?'

Hij keek haar schaapachtig aan. 'Ik wilde het wel, ik was het wel van plan,' zei hij. 'Maar toen hij over de Tuin begon, dacht ik... was ik bang dat... dacht dat hij die dan misschien niet aan me zou willen laten zien.'

Op dat moment zag Claire William niet als een breedgeschouderde jongeman, maar als het kleine jongetje aan wie ze keer op keer de magie van de Tuin had beschreven. Hij had de lijnen ervan zo vaak met zijn vingers gevolgd. Hoe vreemd moet het zijn geweest om er eindelijk langs te zijn gelopen. Tuin, dan geen tuin – het was te veel, begreep ze nu, net zoals vader, dan geen vader. Hij was een lastige puber geweest; zijn slechte cijfers en wangedrag zo volkomen anders dan haar eigen gedisciplineerde puberteit dat ze niet wist hoe ze hem kon helpen; ze wist nooit precies of zijn problemen voortkwamen uit pech of een overdosis geluk, of allebei. Ze probeerde hem te vertellen over de dood van haar eigen vader, hoe die gebeurtenis haar ertoe had aangezet om uit te blinken. Hij wilde er niets over horen. Uiteindelijk wist hij genoeg zelfbeheersing op te brengen om naar de kunstacademie te gaan.

Toen hij haar kwam vertellen dat hij samen met zijn vriendin Molly een documentaire wilde maken over de ontwerpwedstrijd voor het monument, probeerde ze hem van het idee af te brengen. Maar ze deed er niet zoveel moeite voor als ze had gekund.

De camera berooft het oog van zijn vrijheid, houdt de kijker gegijzeld in zijn keuzes. De focus van de beelden die Claire aanvankelijk zag was beperkt; de camera richtte zich op Khan, op de details van de tuin. Maar nu draaide de camera weg van hem en gleed over de binnenmuren, en toen dat gebeurde, hoorde Claire een merkwaardig, primitief geluid. Het duurde een paar tellen voordat ze besefte dat het uit haar mond kwam. Op de muur was vloeiende Arabische kalligrafie aangebracht waar de namen hadden moeten staan.

'De namen,' fluisterde ze. 'Waar zijn ze? Wat is dat?'

'Het is de Koran,' zei William.

De kamer danste om Claire heen. Dit was geen geschenk, maar een beschimping. Twijfel was het enige wat Khan verdiende.

'Ik zei toch al dat het een vergissing was deze film te maken?' zei ze.

'Hij heeft het in opdracht gedaan,' wees William haar terecht. 'Ik denk niet dat hij veel keus had.'

'We weten niet wiens idee het was,' bracht Molly hem in herinnering. 'Zijn idee of dat van de emir.'

'Hij moet er in ieder geval mee akkoord zijn gegaan,' zei Claire. 'Hij was te onafhankelijk – te halsstarrig – om iets tegen zijn zin te doen. Van wat ik van hem heb meegemaakt, zou hij voor een opdrachtgever nooit iets doen waarin hij niet geloofde, net zomin als hij dat voor de nabestaanden deed.'

Het beeld stond stil. Ze bleven zwijgend zitten.

'We weten niet wat er staat,' zei Molly opeens. 'Toen we daar waren... Het leek op een betovering. Het kwam niet bij me op iets te vragen. Ik wilde de sfeer niet bederven. Hij zei dat het de Koran was, en ik dacht: oké. Maar welke verzen? Welke boodschap? We moeten het door iemand laten vertalen.'

Het beeld begon weer te lopen. Een paar tellen later – of veel later – zweefde Molly's stem over het beeld. 'Wat zou u tegen Claire Burwell over de tuin willen zeggen? Het is duidelijk dezelfde tuin, maar toch anders. De namen, bedoel ik.' Niet alleen de namen, dacht Claire – ook de omgekeerde stalen bomen. Dat was vast niet de wens van de emir geweest. Er zat een boodschap in verborgen.

Khan liep nu terug naar de ingang van de tuin en keek niet in de camera. Toen hij het woord nam, kon ze zijn gezicht niet zien.

'Gebruik je fantasie,' zei hij. Claire luisterde naar zijn woorden, deed haar ogen dicht, probeerde de naam van haar man te zien. Maar de Arabische tekens verstrikten haar als de tongen van een concertina.

Gebruik je fantasie.

Dat had ze gedaan, en ze was daarmee van het ergste uitgegaan. Toen ze haar ogen opendeed, was Khan verdwenen. Alleen de tuin – leeg – was overgebleven. De camera, of de hand die hem vasthield – de hand van haar zoon – trilde. Hoe was het anders te verklaren dat het beeld dat ze voor zich had pulseerde alsof het leefde?

'Mam,' hoorde ze William zeggen. 'Mam, ben je er nog? Ik wil je nog één ding laten zien.'

Op het scherm verscheen, in close-up, een stapeltje steentjes in een hoekje van de tuin.

'Beter dan dit kreeg ik het niet,' zei William. 'Ik had te weinig tijd.'

Hij wachtte op haar reactie. Een onbeduidend hoopje stenen: ze begreep niet wat ze daarin moest zien.

'De steenhoopjes, mam. Herinner je je nog?'

Die dag kwam weer terug: de kleur van elke steen, de vorm van elk stapeltje dat ze achterlieten, zodat Cal de weg naar huis zou vinden, al was zij zelf verdwaald.

Haar zoon had zijn hand in Khans tuin gelegd. Hij had een naam geschreven met een bergje stenen.

Dankbetuiging

Bedankt:

Bill Clegg en Courtney Hodell

De American Academy in Berlijn, de Ledig House International Writers Residency, het Radcliffe Institute for Advanced Study

Lorriane Adams, Katherine Boo, Chloe Breyer, Rodrigo Corral, Kimberly Cutter, Shaun Dolan, Jonathan Galassi, Scott Glass, Eliza Griswold, Juliette Kayyem, Mark Krotov, Mark Laird, Siddhartha Mukherjee, Ratish Nanda, Philip Nobel, Rachel Nolan, Asad Rasa, Sarah Sayeed, Jeff Seroy, Mohammad Shaheer, Lisa Silverman, Brenda Star, Sarah Sze, Sarita Varma, Abdul Waheed Wafa, Don Waldman, Marilyn Waldman

Oliver en Theodora, en vooral Alex

Bij de productie van dit boek is gebruikgemaakt van papier dat het keurmerk Forest Stewardship Council (FSC) draagt. Bij dit papier is het zeker dat de productie niet tot bosvernietiging heeft geleid. Ook is het papier 100% chloor- en zwavelvrij gebleekt.